明文 中國 正史 大系

原文譯註

正史 三國志(四)
정 사 삼 국 지

(蜀書)

西晉 陳　壽 著
(南朝)宋 裴松之 註
陳起煥 譯註

明文堂

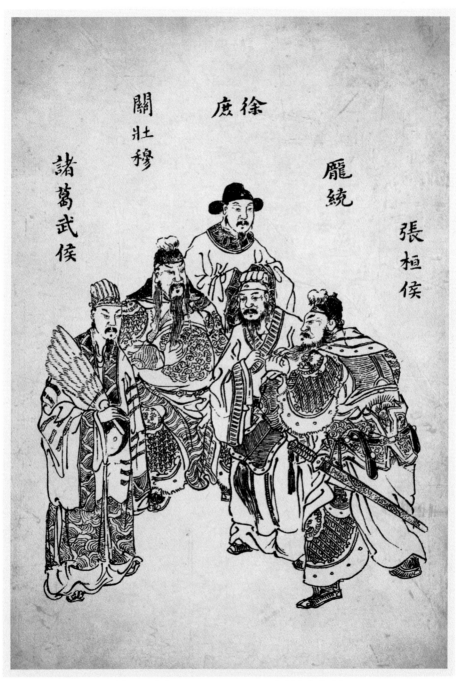

繡像 三國志演義(수상 삼국지연의) − 上海 鴻文書局 印行
국립중앙도서관 소장

繡像 三國志演義(수상 삼국지연의) ‒ 上海 鴻文書局 印行
국립중앙도서관 소장

廖化　馬超　魏延

趙雲　　　　　黃忠

繡像 三國志演義(수상 삼국지연의) – 上海 鴻文書局 印行
국립중앙도서관 소장

明文 中國 正史 大系

原文譯註

正史 三國志(四)
정 사 삼 국 지

(蜀書)

西晉 陳 壽 著
(南朝)宋 裴松之 註
陳起煥 譯註

明文堂

[차례]

《三國志 蜀書》

삼 국 지 촉 서

(四)

31권 〈劉二牧傳〉(蜀書 1)
(유이목전)

❶ 劉焉

|原文|

劉焉字君郎, 江夏竟陵人也, 漢魯恭王之後裔, 章帝元和中徙封竟陵, 支庶家焉. 焉少仕州郡, 以宗室拜中郎, 後以師祝公喪去官. 居陽城山, 積學敎授, 擧賢良方正, 辟司徒府, 歷雒陽令,冀州刺史,南陽太守,宗正,太常.

焉睹靈帝政治衰缺, 王室多故, 乃建議言, 「刺史,太守, 貨賂爲官, 割剝百姓, 以致離叛. 可選淸名重臣以爲牧伯, 鎭安方夏.」

焉內求交阯牧, 欲避世難. 議未卽行, 侍中廣漢董扶私謂焉曰, "京師將亂, 益州分野有天子氣." 焉聞扶言, 意更在益州.

會益州刺史郤儉賦斂煩擾, 謠言遠聞, 而幷州殺刺史張壹, 涼州殺刺史耿鄙, 焉謀得施. 出爲監軍使者, 領益州牧, 封陽城侯, 當收儉治罪. 扶亦求爲蜀郡西部屬國都尉, 及太倉令會巴西趙韙去官, 俱隨焉.

| 국역 |

劉焉(유언)의[1] 字는 君郎(군랑)으로, 江夏郡 竟陵縣(경릉현) 사람이다. 漢 (景帝의 아들) 魯 恭王(劉余)의 後裔(후예)로, (後漢) 章帝 元和 연간에 竟陵(경릉)에 옮겨 봉해진 支孫(지손)의 가문이었다. 유언은 젊었을 때 州郡에 출사하였고, 종실이라서 中郎를 제수 받았는데, 뒷날 사부인 祝公(司徒였던 祝恬)의 상을 당해 사직한 뒤에 陽城山에 거처하면서 학문을 닦고 제자를 가르치다가 賢良方正한 인재로 천거되어 司徒府에 근무했으며, 雒陽 縣令, 冀州(기주) 자사, 南陽 태수와 宗正, 太常 등을 역임하였다.

유언은 靈帝 때 정치가 크게 문란하고 王室에서 변고가 많이 일어나는 현상을 목도하고 조정에 건의하였다.

「刺史와 太守는 뇌물 받기를 업무처럼 생각하고 백성을 수탈하기에 백성의 離叛(이반)을 불러옵니다. 청렴하고 유명한 重臣을 牧

----

1 劉焉(유언, ?-194년, 字 君郎) - 焉은 어조사 언, 어찌 언. 劉璋(유장, 162-220년, 字 季玉)의 父. 삼국 형성 시기 이전의 군벌 세력 중 하나. 서기 214년에, 아들인 益州 자사 劉璋(유장)이 劉備에 투항하며 종결. 荊州 江夏郡 竟陵縣(경릉현)은 今 湖北省 중남부 潛江市(잠강시).

이나 태수에 임명하여 나라를 안정시켜야 합니다.」

유언은 남쪽의 交阯牧(교지목)이 되어 세상의 혼란을 피하려 생각하였다. 그런 생각을 실천하기 전에 侍中인 廣漢郡의 董扶(동부)란 사람이 유언에게 은밀히 말했다.

"京師는 장차 크게 혼란하겠지만 益州[2] 쪽에는 天子의 기운이 있습니다."

유언은 동부의 말을 듣고 익주목이 되고 싶었다.

그때 益州 자사인 郤儉(극검)[3]은 백성들의 부세를 함부로 거둬 謠言(요언)이 멀리까지 알려졌는데, 幷州에서는 刺史 張壹(장일)이 피살되었고, 涼州에서도 刺史 耿鄙(경비)가 피살되자 유언의 뜻은 성취되었다. 유언은 監軍使者가 되어 益州牧을 겸임하였고 陽城侯가 되었는데, 유언은 극검을 체포하여 치죄하였다. 董扶(동부) 역시 蜀郡 西部屬國의 都尉 겸 太倉令이 되었는데 마침 巴西郡 屬國都尉인 趙韙(조위, 韙는 바를 위)가 사직하자 유언을 수행하여 함께 부임하였다.

| 原文 |

是時 益州逆賊馬相,趙祗等於綿竹縣自號黃巾, 合聚疲役之民, 一二日中得數千人, 先殺綿竹令李升, 吏民翕集, 合萬

....
2 益州刺史部 치소는 廣漢郡 雒縣(낙현). 今 四川省 德陽市 관할 廣漢市. 漢中郡, 巴郡, 廣漢郡, 蜀郡, 犍爲郡, 幷柯郡, 益州郡, 越嶲郡(월수), 永昌郡, 廣漢屬國, 蜀郡屬國, 犍爲屬國 등을 관할했다.
3 郤儉(극검)은 郤正(극정, ?-278年)의 祖父. 극정은 後主 유선을 섬겼다가 西晉에 출사했다. 극정은《蜀書》12권,〈杜周杜許孟來尹李譙郤傳〉에 입전.

餘人, 便前破雒縣, 攻益州殺儉, 又到蜀郡,犍爲, 旬月之間, 破壞三郡. 相自稱天子, 衆以萬數. 州從事賈龍領兵數百人在犍爲東界, 攝斂吏民, 得千餘人, 攻相等, 數日破走, 州界淸靜. 龍乃選吏卒迎焉.

焉徙治綿竹, 撫納離叛, 務行寬惠, 陰圖異計. 張魯母始以鬼道, 又有少容, 常往來焉家, 故焉遣魯爲督義司馬, 住漢中, 斷絶谷閣, 殺害漢使. 焉上書言米賊斷道, 不得復通, 又託他事殺州中豪强王咸,李權等十餘人, 以立威刑. 犍爲太守任岐及賈龍由此反攻焉, 焉擊殺岐,龍.

| 국역 |

이 무렵 益州의 逆賊(역적)인 馬相(마상)과 趙祇(조지) 등은 綿竹縣(면죽현)⁴에서 黃巾賊(황건적)이라 자칭하면서, 불과 며칠 사이에 부역으로 피폐한 백성을 수천 명을 불러 모은 뒤, 먼저 綿竹의 현령 李升(이승)을 죽였는데, 관리와 백성 수만 명을 모아 바로 진격하여 雒縣(낙현)을 격파한 뒤에 益州 자사부를 공격하여 익주목인 郤儉(극검)을 죽였으며, 이어 蜀郡과 犍爲郡(건위군)⁵을 차지하여 한 달 남짓에 3개 군을 파괴하였다.

馬相(마상)은 천자를 자칭하며 수만 군사를 거느렸다. 益州牧의

4 廣漢郡 綿竹縣(면죽현) – 今 四川省 중북부 德陽市 관할 綿竹市.

5 益州관할 犍爲郡(건위군) 治所는 武陽縣, 今 四川省 중앙부 眉山市(미산시) 彭山區(팽산구).

從事인 賈龍(가룡)은 군사 수백 명을 거느리고 건위군 동쪽에 주둔하고 있었는데 관리와 백성 1천여 명을 모아 거느리고 마상 등을 공격하여 며칠 만에 격파하여 익주를 안정시켰다. 가룡은 관리를 보내 劉焉(유언)을 영입하였다.

유언은 익주목을 綿竹縣으로 옮기고 반란에 동참하며 흩어졌던 백성을 회유하며 너그럽게 용서하면서 마음속으로 다른 일을 꾸몄다. 그때 張魯(장로)[6]의 모친은 무당으로 귀신을 섬기며 약간의 젊음과 자색도 있어 유언의 집에 출입하였는데, 유언은 장로를 督義司馬로 漢中郡에 파견하여 (關中에서 蜀으로 통하는) 협곡의 棧道(잔도, 閣道)를 단절한 뒤에 漢에서 보낸 관리를 죽여버렸다. 유언을 조정에 米賊(미적, 五斗米道 신봉자)이 잔도를 단절하여 교통할 수 없다고 보고하면서, 다른 핑계를 대어 익주 관내의 호족인 王咸(왕함), 李權(이권) 등 10여 명을 처형하여 자신의 위엄을 세웠다. 犍爲(건위) 태수인 任岐(임기)와 賈龍(가룡)은 이에 유언에게 반기를 들고 공격했지만 유언은 임기와 가룡을 공격 살해하였다.

| 原文 |

焉意漸盛, 造作乘輿車具千餘乘. 荊州牧劉表表上焉有似子夏在西河疑聖人之論. 時焉子範爲左中郎將, 誕治書御史,

....
6 張魯(장로, ?-216년?, 245년?)는 五斗米道의 창립자 張陵(장릉, 張道陵)의 손자, 張衡(장형)의 아들. 天師道의 敎主. 張道陵은 늘 호랑이를 타고 다녔으며 葛玄(갈현), 許遜(허손) 등과 함께 四大天師로 추앙된다. 장로는 한때 武將으로 漢中郡 일대를 장악했었다. 《魏書》 8권, 〈二公孫陶四張傳〉에 입전.

璋爲奉車都尉, 皆從獻帝在長安, 惟叔子別部司馬瑁素隨焉.

獻帝使璋曉諭焉, 焉留璋不遣. 時征西將軍馬騰屯郿而反, 焉及範與騰通謀, 引兵襲長安. 範謀洩, 奔槐里, 騰敗, 退還涼州, 範應時見殺, 於是收誕行刑. 議郎河南龐羲與焉通家, 乃募將焉諸孫入蜀. 時焉被天火燒城, 車具蕩盡, 延及民家.

焉徙治成都, 旣痛其子, 又感祆災, 興平元年, 癰疽發背而卒. 州大吏趙韙等貪璋溫仁, 共上璋爲益州刺史, 詔書因以爲監軍使者, 領益州牧, 以韙爲征東中郎將, 率衆擊劉表.

| 국역 |

劉焉(유언)의 야심은 점차 방자하여 황제용 수레와 필요한 장비를 1천여 대나 제조하였다. 이에 荊州牧인 劉表(유표)는 (益州) 유언의 소행이 마치 (공자의 제자) 子夏(자하)[7]가 (전국시대) 魏의 西河(서

---

7 子夏(자하, 본명 卜商 복상) – 공자보다 44세나 어렸음. 孔門十哲의 한 사람으로 문학 분야에 뛰어났는데 특히 經學에 밝았다. 공자가 함께 《詩》를 논할 수 있는 제자였다. 공자가 '너는 君子儒가 되어야지 小人儒가 되어서는 안 된다.'는 가르침을 주었으며, 공자의 학문과 사상을 후세에 전하는데 공이 많았다. 「仲尼(중니, 공자)가 죽자 70 제자들은 흩어져 제후에게 유세하였는데 크게 된 자는 공경이나 사부가 되었고, 작게 성취한 자는 사대부의 벗이나 스승이 되었으며, 혹자는 은거하며 세상에 나오지 않았다. 그래서 子張은 陳에 살았고, ~ 子夏는 西河에 기거했으며 子貢은 齊에서 죽었다. 田子方, 段干木(단간목), 吳起(오기), 禽滑氂(금활리)같은 사람들은 모두 子夏(자하)에게 배웠다. 이때 오직 魏 文侯(재위 前 445~396年)만이 好學하였다. 전국시대에 천하가 다툴 때 유학은 배척되었지만, 그래도 齊와 魯에서는 학자들이 유학을 폐하지 않았으니 齊 威王과 宣王 무렵에는 孟子와 孫卿(손경) 같은 사람들이 모두 夫子(孔子)의 학술을 받들고 더욱 발전시켜 당세에 학문으로 유명하였다.」 班固의 《漢書 儒林傳》 참고.

하)에 머물면서 聖人의 道를 어지럽힌 것에 비교할 수 있다고 表文을 올렸다. 그때 유언의 아들 劉範(유범)은 (조정의) 左中郎將이었고, 劉誕(유탄)은 治書御史, 劉璋(유장)은 奉車都尉로 모두가 장안에서 獻帝를 모시고 있었으며, 다만 유언의 조카인 別部司馬인 劉瑁(유모)만이 평소에 유언을 수행하고 있었다.

獻帝는 유장을 보내 유언을 설득케 하였는데, 유언은 유장을 억류하며 조정으로 돌려보내지 않았다. 그때 征西將軍인 馬騰(마등)이 (右扶風의) 郿縣(미현)[8]에 주둔하다가 반기를 들었는데, 유언과 (아들) 劉範(유범)은 마등과 결탁하여 군사로 장안을 습격할 계획이었다. 그러나 유범의 모의가 누설되자 유범은 (우부풍의) 槐里縣(괴리현)[9]으로 도주하였고, 마등은 패전하고 涼州로 돌아갔는데, 유범은 얼마 있다가 곧 피살되었고 (유범의 아우) 劉誕(유탄)은 체포, 처형되었다. 議郎인 河南 사람 龐羲(방희)는 유언의 집안과 왕래가 있었는데 유언의 여러 후손을 모아 蜀郡으로 들어갔다. 그러나 그 무렵, 유언의 성 안에 낙뢰로 인한 화재가 발생하여 수레와 여러 장비들이 소실되었고 불은 민가로 번졌다.

이에 유언은 益州의 치소를 成都(성도)[10]로 옮겼지만, 아들의 죽음에 이어 요상한 재해를 당해 걱정하다가, (獻帝) 興平 원년(서기 194)에, 등에 癰疽(옹저, 등창, 악성 피부병)이 나서 죽었다. 익주의 고급 관원인 趙韙(조위)는 유장이 온화 인자하기에 여러 사람과 함께

8 右扶風의 郿縣(미현), 今 陝西省 서남부 寶雞市 관할 郿縣.
9 右扶風의 治所인 槐里縣, 今 陝西省 咸陽市 관할의 興平市.
10 成都(성도)는 蜀郡의 治所. 나중에는 益州牧의 치소. 유비 蜀漢의 도읍지. 今 四川省 중부 成都市.

유장을 益州刺史로 옹립하자, 조정에서는 조서를 내려 유장을 監軍使者 겸 益州牧을 겸임케 하였고, 조위를 征東中郞將에 임명하여 군사를 거느리고 劉表를 공략케 하였다.

❷ 劉璋

|原文|

璋, 字季玉, 旣襲焉位, 而張魯稍驕恣, 不承順璋, 璋殺魯母及弟, 遂爲讎敵. 璋累遣龐羲等攻魯, 數爲所破. 魯部曲多在巴西, 故以羲爲巴西太守, 領兵禦魯. 後羲與璋情好攜隙, 趙韙稱兵內向, 衆散見殺, 皆由璋明斷少而外言入故也.

璋聞曹公徵荊州, 已定漢中, 遣河內陰溥致敬於曹公. 加璋振威將軍, 兄瑁平寇將軍. 瑁狂疾物故. 璋復遣別駕從事蜀郡張肅送叟兵三百人並雜御物於曹公, 曹公拜肅爲廣漢太守. 璋復遣別駕張松詣曹公, 曹公時已定荊州, 走先主, 不復存錄松, 松以此怨. 會曹公軍不利於赤壁, 兼以疫死. 松還, 疵毀曹公, 勸璋自絶, 因說璋曰, "劉豫州, 使君之肺腑, 可與交通."

璋皆然之, 遣法正連好先主, 尋又令正及孟達送兵數千助先主守禦, 正遂還. 後松復說璋曰, "今州中諸將龐羲, 李異等皆恃功驕豪, 欲有外意, 不得豫州, 則敵攻其外, 民攻其內, 必敗之道也."

璋又從之, 遣法正請先主. 璋主簿黃權陳其利害, 從事廣漢
王累自倒縣於州門以諫, 璋一無所納, 敕在所供奉先主, 先主
入境如歸. 先主至江州北, 由墊江水. 詣涪, 去成都三百六十
里, 是歲建安十六年也.

璋率步騎三萬餘人, 車乘帳幔, 精光曜日, 往就與會. 先主
所將將士, 更相之適, 歡飲百餘日. 璋資給先主, 使討張魯,
然後分別.

| 국역 |

劉璋(유장)[11]의 字는 季玉(계옥)인데 이미 부친 劉焉(유언)의 지위
를 계승했고, 張魯(장로)는 점점 교만 방자하면서 유장에게 순종하
지 않자, 유장은 장로의 모친과 동생을 죽여 유장과 장로는 원수가
되었다. 유장은 龐羲(방희) 등을 파견하여 장로를 자주 공격했지만
여러 번 격파 당했다. 장로의 군사들 대부분이 巴西(파서) 사람이라
서, 유장은 방희를 巴西 太守로 삼아 군사를 거느리고 장로를 막게
하였다. 뒷날 방희와 유장의 좋았던 사이가 벌어지게 되자, 趙韙(조
위, 韙는 바를 위)는 군사를 동원하여 내분을 일으켰지만 난군에 의해
피살되었는데, 이 모두가 유장의 결단력 부족과 다른 사람의 말을
쉽게 믿었기 때문이었다.

유장은 曹公(조조)이 荊州를 징벌하려고 남하하여 이미 漢中郡

....
11 劉璋(유장, 162 – 220년, 字 季玉) – 부친 劉焉(유언)의 뒤를 이어 益州牧이 되었
다가 劉備에게 패배한 뒤에 益州를 떠나 형주에서 죽었다. 한마디로 유약하고
무능했다.《後漢書》75권,〈劉焉袁術呂布列傳〉참고.

을 평정했다는 소식을 듣고, 河內郡 사람 陰溥(음부)를 曹公에게 보내 치하하였다. 이에 조조는 유장에게 振威將軍 직함을, 유장의 형인 劉瑁(유모)에게는 平寇將軍 職을 수여했다. 그러나 劉瑁(유모)는 狂疾(狂症, 미친병)로 곧 죽었다.[12]

유장은 다시 別駕從事인 蜀郡 출신 張肅(장숙)[13]을 시켜 蜀의 병력(원문의 叟는 蜀의 별칭, 늙은이 수) 3백 명과 여러 가지 군수물자를 曹公에게 보내주었는데, 曹公은 장숙을 廣漢 太守로 등용하였다. 유장은 다시 別駕인 張松(장송)[14]을 曹公에게 보냈는데, 曹公은 이미 荊州를 평정했고, 先主(劉備)는 패주하였기에, (조조가) 장송을 등용하지 않자, 이에 장송은 원한을 품었다.

마침 曹公의 군사가 赤壁(적벽)[15] 싸움에서 크게 불리했고 아울러 전염병으로 많은 군사가 죽었다. 장송은 돌아와 유장에게 조조를 헐뜯으며 유장에게 조조와 단절을 건의하였고, 또 유장에게 "劉豫州(劉備)는 使君(刺史, 劉璋)의 肺腑(폐부, 一族)이니 서로 도와야 합니다."라고 말했다.

....

12 원문 '狂疾物故' – 미친병으로 죽다. 物은 無也. 故는 事也. 일을 할 수 없다. 죽다.

13 張肅(장숙, 字 君矯) – 용모가 아주 장대했다. 張松의 兄長, 뒷날 장송이 유비와 연결된 것을 알고 자신에게 해가 미칠 것을 두려워하여 유장에게 동생을 고발했고, 그래서 장송은 처형된다.

14 張松(장송, ?-212) – 蜀郡 成都人, 張肅의 동생. 益州牧 劉璋의 별가종사. 足智多謀한 謀士. 《三國演義》에서는 키도 작고 용모가 볼품없는 사람으로 묘사되었다. 張松과 楊修(양수)가 지식을 자랑하는 이야기가 나온다.

15 서기 208년의 적벽대전, 적벽 싸움의 장소가 어딘가에 대해서는 논의가 분분하다. 여러 이론을 근거로 1998年, 湖北省 蒲圻市(포기시)는 咸寧市 관할 赤壁市로 정식 개명하였다.

유장도 그렇게 생각하여, 法正(법정)[16]을 보내 先主(劉備)와 화친하면서 얼마 뒤에 다시 법정과 孟達(맹달)을 시켜 수천 병력을 보내 先主의 방어를 도와주게 했으며, 법정은 임무를 마치고 돌아왔다. 뒤에 장송은 다시 유장을 설득했다.

"지금 益州의 장수로 龐羲(방희), 李異(이이) 등은 모두 자신의 공적을 자랑하고 교만한데다가 변란을 생각하고 있으니, 만약 劉備의 도움을 받지 않을 경우에, 적은 외부에서 또 백성들은 내부에서 봉기한다면 이는 틀림없이 망하는 길입니다."

유장은 이에 법정의 말을 따랐고, 법정을 보내 유비를 초빙케 하였다. 유장의 主簿인 黃權(황권)[17]은 劉備와의 이해관계를 따졌고, 從事인 廣漢郡 출신 王累(왕루)[18]는 자신을 익주 관아의 정문에 거꾸로 매달은 뒤에 간언을 올렸지만, 유장은 하나도 받아들이지 않으면서 유비가 들어오는 곳에서 유비를 잘 대우하라고 명령하자, 유비는 자기 집에 돌아오듯 익주로 들어왔다. 이에 유비는 (巴郡) 江州縣의 북쪽에 도착했고 墊江(점강)에서 수로를 이용하여 成都에서 360리 정도 떨어진 (廣漢郡) 涪縣(부현)[19]에 도착하였는데, 이때가 建安 16년(서기 211)이었다.

....

16 法正(법정, 176 - 220, 字 孝直) - 右扶風 郿縣 출신. 뒷날 蜀漢의 軍師. 曹操의 謀士 程昱(정욱)과 郭嘉(곽가)와 대등한 인물.《蜀書》7권,〈龐統法正傳〉에 입전.

17 황권이 말했다. "劉備는 야심을 가진 사람인데, 이번에 부하 장수로 대우하면 그 마음에 들지 않을 것이고, 손님으로 대우한다면 나라 안에 두 주인이 있을 수 없으니 이는 나라의 안전을 지킬 방도가 아닙니다."

18 王累(왕루, ?-211년) - 益州 廣漢郡 新都縣 출신. 간언은 올렸고 받아들여지지 않자 자살했다.《三國演義》처럼 거꾸로 매달렸나가 밧줄을 설단하여 자살하지는 않았다.

19 (廣漢郡) 涪縣(부현) - 今 四川省 북부 綿陽市. 涪는 물거품 부.

유장은 보병과 기병 3만 병력을 거느렸고 수레와 휘장과 깃발이 번쩍이며 행차하여 유비와 회동하였다. 유비도 장졸을 거느리고 서로 왕래하면서 1백여 일을 마시며 즐겼다. 유장은 유비에게 여러 물자를 공급하면서 張魯를 토벌하라고 부탁한 뒤에 헤어졌다.

|原文|

明年, 先主至葭萌, 還兵南向, 所在皆克. 十九年, 進圍成都數十日, 城中尙有精兵三萬人, 穀帛支一年, 吏民咸欲死戰. 璋言, "父子在州二十餘年, 無恩德以加百姓. 百姓攻戰三年, 肌膏草野者, 以璋故也, 何心能安!"

遂開城出降, 群下莫不流涕. 先主遷璋於南郡公安, 盡歸其財物及故佩振威將軍印綬. 孫權殺關羽, 取荊州, 以璋爲益州牧, 駐秭歸. 璋卒, 南中豪率雍闓據益郡反, 附於吳. 權復以璋子闡爲益州刺史, 處交,益界首.

丞相諸葛亮平南土, 闡還吳, 爲御史中丞. 初, 璋長子循妻, 龐羲女也. 先主定蜀, 羲爲左將軍司馬, 璋時從羲啓留循, 先主以爲奉車中郎將. 是以璋二子之後, 分在吳,蜀.

|국역|

명년에 (서기 212년), 先主(劉備)는 葭萌(가맹)[20]에 도착한 뒤에

20 廣漢郡 葭萌(가맹) - 현명. 今 四川省 북부 廣元市. 陝西省과 연접. 葭는 갈대 가. 萌은 싹 맹.

군사를 돌려 남쪽으로 진격하면서 가는 곳마다 (유장의 군사를 격파하며) 승리했다.[21] (建安) 19년(서기 214), (유비는) 成都城을 수십 일간 포위하였다. 성 안에는 3만 精兵과 1년을 지탱할 곡식과 비단이 있었고 관리와 백성이 모두 싸우려 했다. 그러나 유장이 말했다.

"우리 부자가 益州에 머물기 20여 년에 백성에게 은덕을 베푼 것도 없다. 백성들이 3년을 싸우며 草野에 죽어 묻혔으니 모두가 나 때문이다. 어찌 마음이 편하겠는가!"

그리고는 성문을 열고 나가 항복하였고 아랫사람 모두 눈물을 흘렸다.

유비는 유장을 (南郡) 公安縣으로[22] 이주시켰고 그 재물과 옛 振威將軍 印綬(인수) 등을 모두 돌려주었다. 孫權이 關羽를 죽이고 荊州를 차지하면서(서기 219) 유장을 益州牧에 임명하여 (南郡) 秭歸縣(자귀현)에 주둔케 하였다. 유장이 죽자 (益州) 남부의 세력자인 雍闓(옹개)[23]가 益州郡[24]을 근거로 반기를 들며 吳國에 귀부하였다. 손권은 다시 유장의 아들 劉闡(유천)을 益州刺史로 임명하여 交州

....

21 張松의 형인 廣漢太守 張肅(장숙)은 화가 자신에 미칠 것이 두려워 장송의 모의를 유장에게 말했고, 장송은 잡혀 처형되었으며 모든 관문에서 (유비의) 왕래를 금지시켰다. 유비는 화가 나서 군사를 돌려 유장을 공격했고 가는 곳마다 이겼다.

22 南郡 公安 − 後漢 말 縣名. 今 湖北省 남부 荊州市 관할 公安縣.

23 雍闓(옹개, ?−225년, 一作 雍凱) − 三國 益州 南部 지역 만이의 우두머리. 漢 高祖의 武將 雍齒(옹치)의 후손이라고 알려졌다.

24 益州자사부의 치소는 廣漢郡 雒縣(낙현). 今 四川省 德陽市 관할 廣漢市. 이후 綿竹, 成都縣 등으로 옮겨 다녔다. 郡名으로 益州는 滇池縣(전지현)이 치소였다. 今 雲南省 昆明市 관할 晋寧縣.

(交阯)와 益州의 접경에 주둔케 하였다.

승상 諸葛亮(제갈량)[25]이 남부 지역을 평정하자 유천은 東吳로 돌아가 御史中丞이 되었다. 그전에 유장의 長子인 劉循(유순)의 妻는 龐羲(방희)의 딸이었다. 先主가 蜀을 차지하자 방희는 左將軍 司馬가 되었는데, 유장은 그때 방희의 요청에 따라 유순을 남아있게 하였는데, 유비는 유순을 奉車中郞將에 임명하였다. 이에 따라 유장의 아들은 동오와 촉한에 나눠살았다.

| 原文 |

評曰, 昔魏豹聞許負之言則納薄姬於室, 劉歆見圖讖之文則名字改易, 終於不免其身, 而慶鍾二主. 此則神明不可虛要, 天命不可妄冀, 必然之驗也. 而劉焉聞董扶之辭則心存益土, 聽相者之言則求婚吳氏, 遽造輿服, 圖竊神器, 其惑甚矣. 璋才非人雄, 而據土亂世, 負乘致寇, 自然之理, 其見奪取, 非不幸也.

....

25 諸葛亮(제갈량, 181 - 234년 10월 8일) - 諸葛은 複姓. 琅邪 諸葛氏. 중국 역사상 著名한 政治家, 군사 전략의 1인자, 발명가이며 문장가. 청년시기에 南陽郡에서 농사지으며 독서, 그 지역에서 臥龍(와룡)이라는 별호로 통칭. 劉備의 三顧茅廬(三顧草廬)를 받고, 출사하여 촉한의 건립과 안정을 이룩했다. 작위는 武鄕侯, 선주 및 후주 劉禪(우선)을 보필, 5차에 걸친 북벌 曹魏, 五丈原에서 他界, 시호는 忠武. 제갈량의 재능과 인격은 후세의 존경을 받았으니, 그의 일생은 '鞠躬盡瘁(국궁진췌)하여 死而後已(사이후이)'라'고 한마디로 요약할 수 있다. 중국인들에게 忠臣과 智慧의 대표적 인물로 각인되었고 아마 앞으로도 이런 이미지는 바뀌지 않을 것이다.

| 국역 |

陳壽의 評論 : 옛날 魏豹(위표)[26]는 (觀相家) 許負(허부, 女人)의 말을 믿고 薄姬(박희)를 아내로 삼았고, 劉歆(유흠)[27]은 圖讖(도참)에 따라 이름을 고쳤지만(劉歆 → 劉秀), 끝내 제 명대로 살지 못하고, 福運은 다른 두 군주(漢 高祖와 後漢 光武帝)에게 있었다.

이는 곧 神明의 도움이나 天命을 함부로 기대하거나 바랄 수 없다는 분명한 증거이다. 劉焉(유언)은 董扶(동부)란 사람의 (천자의 氣가 있다는) 말을 믿고 益州를 마음에 두었고, 相者의 말에 따라 吳氏에게 구혼하였으며,[28] (천자의) 수레와 복색을 준비하고 帝位를 탐냈으니 큰 미혹에 빠졌었다. 劉璋은 재능이 人傑에 못 되면서 亂世에 한 지역을 차지하였으니, 이는 재물이 많아 도적을 자초한

....
26 魏豹(위표, ?-前 204) - 전국 말기 魏國 종실, 魏咎(위구)의 아우, 뒷날 項羽에 의해 魏王에 봉해졌다. 漢王에 귀부하는 등 叛服이 무상하여 漢將 周苛에 의해 살해되었다. 魏豹의 妻가 薄姬(박희)였는데, 박희는 나중에 高祖를 모셨고 文帝(劉恒)의 생모이다. 《漢書》33권,〈魏豹田儋韓王信傳〉입전.

27 劉歆(유흠, 前 50-서기 23, 字 子駿) - 학자로서 고대 전적을 정리 분류하는데 큰 업적을 남겼다. 왕망의 신임과 인정을 받으며 왕망의 新朝 건설에 큰 역할을 다했다. 뒷날 참서를 믿고 자신의 이름을 劉秀(유수)로 개명했는데, 후한을 건국하고 제위에 오른 사람은 유흠이 아니라 南陽의 劉秀(光武帝)였다. 나중에 왕망을 암살하려던 어설픈 계획이 탄로나 자살하였다. 劉向(유향, 前 77 - 前 6)의 아들. 유향의 原名은 更生(경생). 成帝 때 向으로 改名.

28 先主의 穆皇后(목황후, 吳氏)의 오빠 吳壹(오일, 吳懿)의 부친은 평소에 (益州 자사) 劉焉(유언)과 가까웠기에 온 가족을 데리고 유언을 따라 蜀郡으로 이주하였다. 유언은 평소에 다른 뜻을 품고 있었는데, 관상을 잘 보는 사람이 오일의 여동생 관상을 보고 大貴하다는 말을 들었다. 그때 유언의 아들 劉瑁(유모)가 부친을 수행하고 있었는데, (오일의 여동생을) 유모의 아내로 맞이하였다.(유언의 며느리가 되었다.) 그런데 유모가 죽어 과부로 지내고 있었다. 유비가 益州를 차지한 뒤에, 孫夫人은 東吳로 돌아가고 없자, 유비는 吳氏를 맞이하였다. 《蜀書》4권,〈二主妃子傳〉에 입전.

것이며, 그가 직위와 땅을 빼앗긴 것은 불행이 아니었다.(당연한 귀결이다.)

32권 〈先主傳〉(蜀書 2)
(선주전)

| 原文 |

先主姓劉, 諱備, 字玄德, 涿郡涿縣人, 漢景帝子中山靖王勝
之後也. 勝子貞, 元狩六年封涿縣陸城亭侯, 坐酎金失侯, 因
家焉. 先主祖雄, 父弘, 世仕州郡. 雄擧孝廉, 官至東郡範令.

| 국역 |

(蜀漢) 先主의 姓은 劉이고 諱(휘)[29]는 備(비), 字는 玄德(현덕)[30]으

---

29 諱는 꺼릴 휘, 조상이나 황제의 이름. 중국과 우리나라에서는 존경의 표시로
聖賢 또는 祖上의 이름에 들어가는 글자를 고의로 피하는 습관이 있는데, 이
를 避諱(피휘)라고 한다. 孔子의 이름 丘(구)를 필사할 때는 맨 아래 획(一)을
생략하거나 글자 자리를 비워놓고 붉은 원을 그려 표시하기도 한다. 글에서
읽을 때는 丘(구)를 발음하지 않거나(默音) 또는 某(모)라고 읽는다. 한 글자이
어서 건너뛸 수 없는 상황에서는 丘(qiū)를 區(구, qū)로 읽기도 한다. 詩의 운

로, 涿郡(탁군) 涿縣 사람이며, 漢 景帝의 아들 中山靖王 劉勝(유승)[31]
의 후손이다. 유승의 아들 劉貞(유정)은 (武帝) 元狩(원수) 6년(前
117) 탁현의 陸城亭侯(육성정후)[32]에 봉해졌다가 酎金(주금)[33]을 바치
지 못해 제후의 자격을 상실했지만 탁현에 그대로 머물러 살았다.
先主의 조부인 劉雄(유웅), 부친 劉弘(유홍)은 州郡에 출사하였다. 유
웅은 孝廉으로 천거되어 東郡 範縣(범현) 현령을 역임했다.

....

율에서는 휴(休, xiū)로 읽는다. 필자도 옛날 재래식 서당에서 《論語》를 배울
때 丘(구)를 某로 읽으라고 배웠다. 지금도 先親이나 祖父의 이름에 들어간 글
자를 某라고 읽는 사람이 있다.

30 劉備(유비, 161 - 223년, 字 玄德)는 涿郡 涿縣(今 河北省 중부 涿州市(탁주시), 北
京市 서남 연접) 출신. 蜀漢 개국 皇帝, 시호 昭烈皇帝, 보통 先主, 아들 劉禪
(유선)은 '後主'로 지칭한다. 유비는 본래 讀書를 좋아하지 않았고 評馬論犬,
音樂, 華美한 衣服 등을 좋아하였다. 신장 七尺五寸(약 173cm, 漢代 1척은
23.1cm), 팔이 무릎에 닿을 정도였다니 약간 기형에 大耳하여 '大耳兒'로 조
롱당했다. 다른 사람을 잘 대우했고 喜怒의 감정을 안색에 나타나지 않았으며
豪俠義士와 잘 사귀었다.

31 劉勝(유승, ? - 前 113)은 武帝의 이복형. 趙王 劉彭祖의 同母弟. 中山國 영역은
常山郡의 동부 지역. 치소는 盧奴縣(今 河北省 남부 定州市). 劉勝은 사람됨이
술을 즐기고 여색을 좋아하여 자녀가 120여 명이었다. 늘 趙王 劉彭祖(유팽조)
를 비난하였다. "兄은 왕이 되어 겨우 관리가 할 일이나 대신하고 있다. 王者라
면 당연히 매일 음악을 듣고 歌妓나 미인을 거느려야 한다." 趙王도 마찬가지
로 말했다. "中山王은 사치하며 음탕하여 천자를 도와 백성을 어루만져 주지
도 못하니 어찌 藩臣(번신)이라 할 수 있겠나!" 《漢書》 53권, 〈景十三王傳〉에
입전.

32 亭侯 - 후한의 제후 중 王은 劉氏뿐이다. 왕은 郡 단위의 封地를 받는다. 그 나
머지 列侯는 공로에 따라 縣侯, 都鄕侯, 鄕侯, 都亭侯, 亭侯로 구분했다. 縣侯도
그 봉지를 國이라 표기하였지만 王과는 格이 크게 달랐다.

33 酎金(주금, 酎는 진한 술 주) - 모든 제후의 가을(8월) 종묘 제례 비용 분담금. 제
후국 인구 1천 명당 금 4兩이었다. 금의 품질이 나쁘거나 부족하면 규정에 따
라 제후의 직위를 박탈하였다.

| 原文 |

先主少孤, 與母販履織蓆爲業. 舍東南角籬上有桑樹生高五丈餘, 遙望見童童如小車蓋, 往來者皆怪此樹非凡, 或謂當出貴人. 先主少時, 與宗中諸小兒於樹下戲, 言,"吾必當乘此羽葆蓋車." 叔父子敬謂曰,"汝勿妄語, 滅吾門也!"

年十五, 母使行學, 與同宗劉德然,遼西公孫瓚俱事故九江太守同郡盧植. 德然父元起常資給先主, 與德然等. 元起妻曰,"各自一家, 何能常爾邪!" 起曰,"吾宗中有此兒, 非常人也." 而瓚深與先主相友. 瓚年長, 先主以兄事之.

先主不甚樂讀書, 喜狗馬,音樂,美衣服. 身長七尺五寸, 垂手下膝, 顧自見其耳. 少語言, 善下人, 喜怒不形於色. 好交結豪俠, 年少爭附之. 中山大商張世平,蘇雙等貲累千金, 販馬周旋於涿郡, 見而異之, 乃多與之金財. 先主由是得用合徒衆.

| 국역 |

先主(劉備)는 어린 나이에 부친을 여의고, 모친과 함께 신발과 자리(蓆, 자리 석)을 짜서 팔았다.[34] 살고 있는 집의 동남방 울타리에 높이가 5길이 넘는 크고 무성한(童童) 뽕나무가 있었는데, 멀리서 보

---

34 때문에 《三國演義》에는 유비의 직업과 관련한 욕설이 많다. 건안 24년(서기 219년) 유비가 漢中王으로 자립, 즉위했다는 소식을 들은 조조는 펄펄 뛰며 욕을 한다. "자리를 짜던 어린 녀석이 어찌 이럴 수가 있는가! 내 기어이 그 녀석을 없애 버리겠다!"

면 수레의 작은 덮개처럼 보여 오가는 사람들이 모두 뽕나무를 특이하다고 생각했으며, 어떤 사람은 그 집에서 貴人이 나올 것이라는 말도 하였다. 先主는 어렸을 때 집안 아이들과 그 뽕나무 아래서 놀며 "나는 틀림없이 이런 덮개가 있는 수레를 탈 것이다."라고 말했다. 그러면 숙부인 子敬(자경)은 "그런 말 함부로 하지 말라! 집안이 다 죽을 수도 있다."라고 하였다.

15살이 되자, 모친은 유비를 遊學(유학)하게 했는데, 同宗의 劉德然(유덕연), 遼西郡의 公孫瓚(공손찬)[35]과 함께 전임 九江太守였던 同郡의 盧植(노식)[36]에게 배웠다. 유덕연의 부친인 劉元起(유원기)는 늘 先主의 학비를 아들 덕연과 똑같이 대주었다. 유원기의 처는 "제각각 자기 살림이 있는데 어찌 그럴 수 있습니까!"라고 말했다. 이에 유원기는 "우리 문중에 이런 아이가 있다니, 보통 사람이 아니다."라고 말했다. 공손찬은 유비와 아주 절친하였다. 공손찬이 연장자라서 유비는 공손찬을 형처럼 섬겼다.

유비는 讀書를 크게 즐겨하지 않았으며 사냥개나 말, 풍악과 멋진 옷을 좋아하였다. 身長은 7尺 5寸[37]에 팔이 무릎 아래까지 내려

....

35 公孫瓚(공손찬, ?-199년, 字 伯珪)은 劉備와 함께 盧植에게 사사. 袁紹와 北方 패권을 놓고 다투다가 建安 4년(서기 199)에 원소에 패배, 여동생과 처자를 먼저 목매어 죽이고 스스로 불타 죽었다. 《後漢書》73권, 〈劉虞公孫瓚陶謙列傳〉에 입전. 《魏書》8권, 〈二公孫陶四張傳〉에 입전.

36 盧植(노식, ?-192년, 字 子幹) - 涿郡 涿縣(今 河北省 중부 涿州市, 북경시 서남 연접) 사람으로, 鄭玄(정현)과 함께 馬融(마융)에게 배워 古今의 學門에 박통한 大儒이며 政治家, 軍事家, 經學家이다. 華北의 名將인 公孫瓚과 뒷날 蜀漢 昭烈帝 劉備(유비)도 盧植의 門下弟子였다.

37 7척 5촌이면 173cm정도, 작은 키는 아니었다.

왔고, 자신의 귀를 돌아볼 수 있었다.[38] 말수가 적었으며 아랫사람을 잘 대우하였고, 희로의 감정을 얼굴에 드러내지 않았다. 호걸이나 협객들과 잘 사귀었고 젊은이들이 많이 따랐다. 中山國의 大商으로 수천 金의 재산을 가진 張世平(장세평)과 蘇雙(소쌍) 등이 탁군을 돌며 말을 판매하다가 유비를 만나 특별하게 여기면서 재물을 많이 내주었다. 先主는 이를 바탕으로 군사를 모을 수가 있었다.

|原文|

靈帝末, 黃巾起, 州郡各擧義兵, 先主率其屬從校尉鄒靖討黃巾賊有功, 除安喜尉. 督郵以公事到縣, 先主求謁, 不通, 直入縛督郵, 杖二百, 解綬繫其頸着馬柳, 棄官亡命. 頃之, 大將軍何進遣都尉毌丘毅詣丹楊募兵, 先主與俱行, 至下邳遇賊, 力戰有功, 除爲下密丞. 復去官.

後爲高唐尉, 遷爲令. 爲賊所破, 往奔中郎將公孫瓚, 瓚表爲別部司馬, 使與靑州刺史田楷以拒冀州牧袁紹. 數有戰功, 試守平原令, 後領平原相. 郡民劉平素輕先主, 恥爲之下, 使

---

38 《三國演義》에 묘사된 유비는 8척 신장에 귀는 어깨에 닿고, 팔은 무릎 아래까지 내려왔으며 눈으로는 자신의 귀를 볼 수 있었다. 그리고 옥 같은 얼굴에 입술은 연지를 바른 듯 붉었다. 이 정도의 외모라면 특이한 정도를 넘어서 상당히 걸출한 사람이라 생각할 수 있다. 약간 과장이 있다지만 어깨까지 닿는 귀라면 다른 사람보나 확실하게 귀가 컸다는 뜻이다. 때문에 유비는 대이적(大耳敵), 또는 대이아(大耳兒)라는 별명으로 조롱을 당하기도 했다. 고대에는 그런 점이 바로 독특한 카리스마로 작용할 수 있었다.

客刺之. 客不忍刺, 語之而去. 其得人心如此.

靈帝(재위, 168 - 188) 말기에 黃巾賊(황건적)이 봉기하자(서기 184년), 각 州郡에서는 義兵이 일어났는데, 先主(劉備)는 소속 군사를 거느리고 校尉 鄒靖(추정)을 따라 황건적 토벌에 공을 세워 (中山國) 安喜縣의 (군사업무 담당인) 縣尉가 되었다. 마침 督郵(독우)[39]가 公事로 안희현에 왔는데 유비가 만나길 청했지만 만나주질 않자, 곧바로 들어가 독우를 결박하고서, 杖(장) 2백 대를 때린 뒤, 말을 매는 말뚝(馬柳, 말뚝 앙)에 묶은 뒤에 인수를 풀어 독우의 목에 걸어놓고서 관직을 버리고 도주하였다.[40]

얼마 뒤에 大將軍 何進(하진)이 都尉인 毌丘毅(관구의)를 보내 丹陽郡 일대에서 모병케 했는데, 유비는 관구의와 함께 동행하다가 下邳(하비)에서 도적을 만났지만 힘써 싸워 공을 세우자, 유비는 (北海國) 下密縣의 縣丞(副 縣令)이 되었다. 그러나 유비는 다시 사직하였다.

그 뒤에 (平原郡) 高唐縣 縣尉가 되었다가 현령으로 승진했다. 그러나 황건적에게 패전하고 中郎將 公孫瓚(공손찬)을 찾아갔는데, 공손찬은 표문을 올려 別部司馬에 임명하였고 青州刺史인 田楷(전해)와 함께 冀州牧 袁紹(원소)를 막게 하였다. 유비는 여러 차례 전공을

----

39 督郵(독우)는 郡 太守의 속관으로 관할 현의 업무와 조세 납부 실적이나 군사동원 관련 직무를 감찰하였다. 太守의 耳目 역할로 필요한 정보도 수집하였다.

40 《三國演義》 제 2회에서는 장비가 독우를 매질하고(張翼德怒鞭督郵), 유비는 만류하는 것으로 묘사하였다.

세웠고 임시 平原令이 되었다가 뒤에 平原國 相[41]을 대행하였다. 郡民인 劉平(유평)은 평소에 유비를 무시하였는데 그 밑에 있는 것을 수치로 여겨 자객을 보내 유비를 죽이려 했다. 그러나 자객이 차마 유비를 찌를 수 없어 사실을 이야기 한 뒤에 떠나갔다. 유비가 인심을 얻은 정도가 이와 같았다.

| 原文 |

袁紹攻公孫瓚, 先主與田楷東屯齊. 曹公征徐州, 徐州牧陶謙遣使告急於田楷, 楷與先主俱救之. 時先主自有兵千餘人及幽州烏丸雜胡騎, 又略得饑民數千人. 旣到, 謙以丹楊兵四千益先主, 先主遂去楷歸謙. 謙表先主爲豫州刺史, 屯小沛.

謙病篤, 謂別駕麋竺曰, "非劉備不能安此州也." 謙死, 竺率州人迎先主, 先主未敢當. 下邳陳登謂先主曰, "今漢室陵遲, 海內傾覆, 立功立事, 在於今日. 彼州殷富, 戶口百萬, 欲屈使君撫臨州事."

先主曰, "袁公路近在壽春, 此君四世五公, 海內所歸, 君可以州與之." 登曰, "公路驕豪, 非治亂之主. 今欲爲使君合步騎十萬, 上可以匡主濟民, 成五霸之業, 下可以割地守境, 書

....
41 平原國(郡) 治所는 平原縣, 今 山東省 북부 德州市 관할의 平原縣. 제후국 相은 군 태수와 동급.

功於竹帛. 若使君不見聽許, 登亦未敢聽使君也."

北海相孔融謂先主曰, "袁公路豈憂國忘家者邪? 冢中枯骨, 何足介意. 今日之事, 百姓與能, 天與不取, 悔不可追."

先主遂領徐州. 袁術來攻先主, 先主拒之於盱眙,淮陰. 曹公表先主爲鎮東將軍, 封宜城亭侯, 是歲建安元年也. 先主與術相持經月, 呂布乘虛襲下邳. 下邳守將曹豹反, 閒迎布. 布虜先主妻子, 先主轉軍海西.

楊奉,韓暹寇徐,揚閒, 先主邀擊, 盡斬之. 先主求和於呂布, 布還其妻子. 先主遣關羽守下邳.

| 국역 |

袁紹(원소)가 공손찬을 공격하자, 先主(劉備)는 田楷(전해)와 함께 동쪽으로 진출하여 齊(제) 땅에 주둔하였다. 曹公(曹操)은 徐州를 정벌했는데, 徐州牧인 陶謙(도겸)이 사자를 보내 전해에게 위급을 알리자, 전해와 유비는 함께 진격하여 도겸을 구원하였다.

그때 유비는 1천여 명의 군사와 幽州 일대의 烏丸(오환) 등 여러 胡人(호인) 기병, 그리고 굶주린 백성 약 1천여 명을 거느리고 있었다. 유비가 서주에 도착하자 도겸은 丹楊(단양)의 군사 4천여 명을 유비에게 보태주었고, 유비는 전해를 떠나 도겸에게 귀부하였다. 도겸은 표문을 올려 유비를 豫州 자사로 임명하여 小沛(소패, 沛縣)[42]에 주둔케 하였다.

----

42 小沛 — 沛縣. 今 江蘇省 徐州市 관할 沛縣. '沛澤'에서 유래한 지명.

도겸의 병이 위독하자 도겸은 別駕인 麋竺(미축)[43]에게 말했다.
"劉備가 아니라면 서주를 안정시킬 사람이 없다."

도겸이 죽자 미축은 서주의 관리와 백성을 거느리고 유비를 영입하였는데, 유비는 감당할 자리가 아니라고 사양하였다. 下邳(하비) 사람 陳登(진등)[44]이 유비에게 말했다.

"지금 漢室이 크게 쇠약하여 해내가 기울어지려 하는데 지금이야말로 공을 세우거나 큰일을 할 때입니다. 서주는 백성도 많고 부유하며 戶口가 1백 만이나 되는데, 지금 使君에게 서주를 맡기려는 것입니다."

이에 유비가 말했다.

"袁公路(袁術)[45]는 가까운 壽春(수춘)에 주둔하고 있는데, 그 분은 四世五公의 명문가로 천하의 민심이 귀부하니 그가 서주를 다스릴 수 있을 것입니다."

그러자 진등이 말했다.

"원술은 교만하고 호사하여 治亂의 主君이 될 수 없습니다. 지금 使君(劉備)에게는 10만의 보병과 기병이 있으니 위로는 천자를 받

---

43 麋竺(미축, ?-221년, 字 子仲) — 徐州 東海國 胸縣(今 江蘇省 連雲港市)의 富商 출신. 미축의 여동생이 유비의 麋夫人, 평범한 인물. 뒷날 蜀漢 관리, 孫乾(손건), 簡雍(간옹) 등과 함께 유비의 重臣. 《蜀書》8권, 〈許麋孫簡伊秦傳〉에 입전.

44 陳登(진등, 생졸년 미상, 字 元龍) — 廣陵郡 일대에서 이름이 났었다. 또 진등은 여포를 견제한 공적으로 伏波將軍(복파장군)의 직함을 받았지만 나이 39세에 죽었다. 《三國志》29권, 〈方技傳〉의 華佗傳(화타전)에 생선회를 좋아하여 뱃속에 기생충이 가득한 사람으로 수록. 《魏書》7권, 〈呂布臧洪傳〉에 입전.

45 袁術(원술, ?-199, 字 公路) — 後漢末, 三國 初期의 軍閥. 袁紹(원소)의 사촌 아우. 亂世에 稱帝했다가 반년을 못 견디고 피를 토하고 죽었다. 흉포하기가 董卓(동탁) 못지않았다. 《後漢書》75권, 〈劉焉袁術呂布列傳〉에 立傳. 《魏書》6卷, 〈董二袁劉傳〉에 입전.

들고 백성을 제도하여 五霸의 대업을 성취할 수 있고, 아래로는 차지한 땅을 지켜 이름을 竹帛(죽백, 史書)에 남길 수도 있습니다. 만약 使君께서 허락치 않으신다면 저 진등 역시 사군의 명을 받들 수 없습니다."

또 北海 相인 孔融(공융)도 유비에게 말했다.

"원술이 어찌 나라를 걱정하며 가문을 버릴 수 있는 사람이겠습니까? 그 사람은 이미 무덤 속의 해골과 같은데 어찌 마음에 둘 수 있겠습니까? 오늘의 일은 백성이 능력 있는 분에게 주는 것이니, 하늘이 내려주는데도 받지 않는다면 후회막급일 것입니다."

이에 유비는 徐州牧을 겸임하였다. 원술이 유비를 공격하자 유비는 盱眙(우이)[46], 淮陰(회음) 등지에서 원술을 방어하였다. 조조는 표문을 올려 유비를 鎭東將軍에 임명케 하였고 宜城亭侯에 봉하게 하였는데 이때가 建安 원년(서기 196)이었다.

유비와 원술은 1달이 넘도록 대치하였는데 呂布가 그 빈틈을 노려 下邳(하비)를 기습 공격하였다. 하비의 守將인 曹豹(조표)[47]가 반기를 들고 여포를 영입하였다. 여포는 유비의 처자를 포로로 잡았

---

46 盱眙(우이) – 徐州 관할 下邳國의 현명. 今 江蘇省 중서부 淮安市 최남단 盱眙縣. 安徽省과 접경.

47 陶謙의 장수였던 曹豹(조표)가 下邳(하비)에 있을 때, 張飛는 조표를 죽이려 했다. 조표는 사람을 보내 여포를 불러들였고 張飛는 敗走하였다. 유비가 군사를 거느리고 하비성 근처에 왔을 때 군사들은 스스로 궤멸했다. 유비는 흩어진 장졸을 다시 불러 모았으나 원술과 싸워 또 패전하였다. 《三國演義》14회에서 조표는 술을 못 마셔 장비의 성질을 건드렸다. 장비가 매질하려 하자 조표는 "사위의 체면을 보아 용서해달라."고 말한다. 조표의 사위가 呂布라는 사실을 안 장비는 조표를 심하게 매질한다. 그래서 조표가 여포를 불러들이는 것이고, 조표는 도주하는 장비를 우습게 보고 추격하다가 장비에게 죽는 것으로 묘사되었다.

고, 유비는 (廣陵郡) 海西縣으로 옮겨 주둔하였다.

楊奉(양봉)과 韓暹(한섬)[48] 등이 徐州와 揚州 일대를 노략질하자 유비는 그들을 맞아 싸워 모두 참수하였다. 유비는 여포와 화해하였고, 여포는 유비의 처자를 돌려보냈다. 유비는 關羽(관우)를 보내 하비를 지키게 하였다.

| 原文 |

先主還小沛, 復合兵得萬餘人. 呂布惡之, 自出兵攻先主, 先主敗走歸曹公. 曹公厚遇之, 以爲豫州牧. 將至沛收散卒, 給其軍糧, 益與兵使東擊布. 布遣高順攻之, 曹公遣夏侯惇 往, 不能救, 爲順所敗, 復虜先主妻子送布.

曹公自出東征, 助先主圍布於下邳, 生禽布. 先主復得妻 子, 從曹公還許. 表先主爲左將軍, 禮之愈重, 出則同輿, 坐 則同席. 袁術欲經徐州北就袁紹, 曹公遣先主督朱靈,路招要 擊術. 未至, 術病死.

| 국역 |

先主(劉備)는 小沛(소패)로 돌아와, 다시 1만여 명의 군사를 모았다. 여포는 유비를 질시하며 직접 군사를 거느려 유비를 공격했고,

----

48 楊奉(양봉)과 韓暹(한섬)은 長安에서부터 이각, 곽사와 싸우면서 천자(獻帝)를 호위하였다. 그 공로로 한섬은 大將軍이, 양봉은 車騎將軍이 되었다.

유비는 패주하고서 조조를 찾아 의탁하였다. 조조는 유비를 후대했고 표문을 올려 豫州牧에 임명하였다.(건안 원년, 서기 196) 유비가 패현에서 흩어진 병졸을 모을 때, 조조는 그 군량을 공급하고 병력을 주어 동쪽으로 여포를 공격케 하였다. 여포가 부장 高順(고순)을 보내 유비를 공격케 하자, 조조는 夏侯惇(하후돈)을 보냈지만 유비를 구원하지 못하고 고순에게 패전했고, 유비의 처자는 다시 잡혀 여포에게 보내졌다.

조조는 동쪽으로 서주를 원정한 뒤에, 유비를 도와 (여포의) 하비성을 포위했고 여포를 생포했다.(서기 198년). 유비는 다시 처자를 되찾았고 조조를 따라 허도로 회군하였다.

조조는 표문을 올려 유비를 左將軍에 임명했고 더욱 예를 갖춰 대우하였으니, 함께 수레를 타고 외출했으며 동석에서 담화하였다. 원술은 徐州를 거쳐 북쪽으로 원술을 찾아가려 했는데, 조조는 유비를 보내 朱靈(주령)의 군사를 지휘하여 도중에 원술을 맞아 요격케 하였으나 서주에 못 미쳐 원술은 病死하였다.(서기 199년).

| 原文 |

先主未出時, 獻帝舅車騎將軍董承, 辭受帝衣帶中密詔, 當誅曹公. 先主未發. 是時曹公從容謂先主曰, "今天下英雄, 唯使君與操耳. 本初之徒, 不足數也."

先主方食, 失匕箸. 遂與承及長水校尉種輯, 將軍吳子蘭, 王子服等同謀. 會見使, 未發. 事覺, 承等皆伏誅.

先主據下邳. 靈等還, 先主乃殺徐州刺史車冑, 留關羽守下
邳, 而身還小沛. 東海昌霸反, 郡縣多叛曹公爲先主, 衆數萬
人, 遣孫乾與袁紹連和, 曹公遣劉岱, 王忠擊之, 不克.

五年, 曹公東征先主, 先主敗績. 曹公盡收其衆, 虜先主妻
子, 並禽關羽以歸.

| 국역 |

先主(유비)가 許都를 떠나기 전에, 獻帝(헌제)의 장인인 車騎將軍
董承(동승)[49]은 황제의 衣帶(의대)를 하사받았는데 그 속에는 '曹公
을 꼭 죽여야 한다.'는 密詔(밀조)가 있었다. 이때 유비는 아무 행동
도 취하지 않았다.

이 무렵 조조는 조용한 자리에서 유비에게 말했다.[50]

"지금 천하 영웅은 使君(劉備)과 曹操뿐이요. 원소 같은 자는 손
에 꼽을 수도 없습니다."

유비는 식사하면서 수저를 놓치며 놀랐다.

나중에 동승과 長水校尉인 種輯(종집), 將軍 吳子蘭(오자란), 王子
服(왕자복) 등은 (조조 살해를) 동모했다. 그때 유비는 출정 중이었기
에 발각되지 않았다. 일이 탄로되었고 동승 등은 모두 처형되었다.

....

49 董承(동승)은 원래 董卓(동탁)의 사위인 牛輔(우보)의 部將. 靈帝의 생모 董太后
의 조카, 獻帝 董貴人의 父親. 원문의 舅는 丈人. 뒷날 曹操가 獻帝를 許昌에
영입하고 정권을 장악했을 때 동승은 헌제편에 선다. 동승은 헌제의 밀조를
받았으나 발각되어 建安 5년(서기 200)에 삼족이 멸족되었다.

50 《三國演義》21회 〈曹操煮酒論英雄〉 참조.

유비가 하비성을 점거하였다. 유비는 곧 徐州刺史인 車冑(차주)를 죽이고 관우를 남겨 하비성을 지키게 하고 유비는 소패로 돌아왔다. 東海郡의 昌霸(창패)가 반기를 들자, 여러 군현이 조조를 배반하고 유비편에 되었는데, 그 군사가 수만 명이 되었으며, 유비는 孫乾(손건)을 보내 원소와 講和(강화)하였으며, 조조는 劉岱(유대)와 王忠(왕충) 등을 보내 유비를 공격케 했으나 이기지 못했다.

(建安) 5년(서기 200), 조조는 동쪽으로 유비를 원정했고, 유비는 패전하였다.[51] 조조는 유비의 군사를 모두 흡수하였고 유비의 처자를 포로로 삼았고 아울러 關羽를 사로잡아[52] 회군하였다.

| 原文 |

先主走靑州. 靑州刺史袁譚, 先主故茂才也, 將步騎迎先主. 先主隨譚到平原, 譚馳使白紹. 紹遣將道路奉迎, 身去鄴二百里, 與先主相見. 駐月餘日, 所失亡士卒稍稍來集.

曹公與袁紹相拒於官渡, 汝南黃巾劉辟等叛曹公應紹. 紹遣先主將兵與辟等略許下. 關羽亡歸先主. 曹公遣曹仁將兵擊先主, 先主還紹軍, 陰欲離紹, 乃說紹南連荊州牧劉表. 紹遣先主將本兵復至汝南, 與賊龔都等合, 衆數千人. 曹公遣蔡陽擊之, 爲先主所殺.

----

51 劉備는 홀로 원소를 찾아가 의지했다.
52 《三國演義》25회 〈屯土山關公約三事〉 참조.

曹公既破紹, 自南擊先主. 先主遣麋竺,孫乾與劉表相聞, 表自郊迎, 以上賓禮待之, 益其兵, 使屯新野. 荆州豪傑歸先主者日益多, 表疑其心, 陰禦之. 使拒夏侯惇,于禁等於博望. 久之, 先主設伏兵, 一旦自燒屯僞遁, 惇等追之, 爲伏兵所破.

| 국역 |

先主(劉備)는 靑州로 달아났다. 靑州刺史인 袁譚(원담)은 옛날에 유비가 茂才(무재)로 천거했었기에, 원담은 기병을 거느리고 유비를 영입하였다. 유비는 원담을 따라 平原郡에 도착했고, 원담은 사자를 원소에게 보내 이를 알렸다. 원소는 직접 군사를 거느리고 鄴縣(업현)에서 2백 리 떨어진 곳까지 나와 유비와 상면하였다. 1달 넘게 원소 진영에 머무르는 동안 흩어졌던 군사들도 점차 모여들었다.

조조와 원소는 官渡(관도)에서 서로 대치하고 있었는데, 汝南郡의 黃巾 잔당인 劉辟(유벽) 등은 조조를 배반하고 원소편이 되었다. 원소는 유비에게 군사를 내 주어 유벽 등과 함께 許都를 공격케 하였다. 關羽는 조조를 떠나 유비에게 돌아왔다.[53]

조조는 曹仁(조인)을 보내 군사를 거느리고 유비를 공격케 하자 유비는 원소의 군사를 거느리고 회군했는데, 마음속으로 원소 곁을 떠날 계획으로 원소에게 남쪽으로 荆州牧인 劉表와 연합해야 한다고 설득하였다. 이에 원소는 유비에게 본부 병력을 거느리고 汝南郡으로 돌아갔으며 황건의 잔당인 龔都(공도) 등과 합세하며 군사

53 《三國演義》 27회 〈美髥公千里走單騎 漢壽侯五關斬六將〉의 五關斬六將은 허구이다.

수천 명을 거느렸다. 조조는 蔡陽(채양)을 보내 유비를 공격케 했지만, 채양은 유비에게 살해되었다.

조조는 원소를 격파한 뒤에 남쪽으로 유비를 공격하였다. 유비가 麋竺(미축)과 孫乾(손건)을 보내 劉表에게 소식을 전하자, 유표는 직접 교외로 나와 영접했고 上賓의 禮를 갖춰 대우했으며 유비에게 군사를 늘려 주어 (南陽郡) 新野縣(신야현)[54]에 주둔케 하였다.

荊州 지역의 많은 호걸들로 유비에게 귀부하는 자가 날로 많아지자, 유표는 마음속으로 의심하며 은밀히 유비를 견제하려고 했다. 조조는 夏侯惇(하후돈)과 于禁(우금) 등을 (南陽郡) 博望縣(박망현) 지역에 파견하였다. 얼마 뒤에 유비는 복병을 두고 군영을 불태우고 거짓으로 도주했는데, 하후돈 등이 유비를 추격하다가 복병에게 격파 당했다.

| 原文 |

十二年, 曹公北征烏丸, 先主說表襲許, 表不能用. 曹公南征表, 會表卒, 子琮代立, 遣使請降. 先主屯樊, 不知曹公卒至, 至宛乃聞之, 遂將其衆去. 過襄陽, 諸葛亮說先主攻琮, 荊州可有. 先主曰, "吾不忍也." 乃駐馬呼琮, 琮懼不能起.

・・・・・・・・・・・・・・・

54 (南陽郡) 新野縣은, 今 河南省 서남부 白河 유역 南陽市 관할 新野縣. 예로부터 人傑地靈하다고 유명, 陰麗華(後漢 光武帝 劉秀의 아내)의 고향. 유비가 單福(선복)을 만난 곳이며, 이를 통해 제갈량과 연결된다. '三請諸葛', '火燒新野' 등 《三國演義》의 무대.

琮左右及荊州人多歸先主.

比到當陽, 衆十餘萬, 輜重數千兩, 日行十餘里, 別遣關羽乘船數百艘, 使會江陵. 或謂先主曰, "宜速行保江陵, 今雖擁大衆, 被甲者少, 若曹公兵至, 何以拒之?"

先主曰, "夫濟大事必以人爲本, 今人歸吾, 吾何忍棄去!"

| 국역 |

(建安) 12년(서기 207), 曹操는 북쪽으로 烏丸(오환)을 원정 중이었는데, 劉備가 유표에게 許都를 습격하라고 설득했지만, 유표는 받아들이지 않았다. 조조는 남쪽으로 유표를 원정하려 출발했는데, 마침 유표가 병사하고 아들 劉琮(유종)이 형주목이 되어 조조에게 투항하였다.

유비는 樊城(번성)[55]에 주둔하고 있었는데, 조조의 원정 사실을 모르고 있다가 조조가 (南陽郡) 宛縣(완현)에 왔을 때야 알고서 무리를 거느리고 피난하였다. 유비가 襄陽(양양)을 지날 때, 諸葛亮(제갈량)은 유비에게 유종을 공격하여 형주를 차지해야 한다고 설득했다. 그러나 유비는 "차마 그렇게 못하겠다."고 하였다. 유비가 행군을 멈추고 유종을 불렀지만, 유종은 두려워 나서지 못했다. 유종의 측근이나 형주의 많은 士人들이 유비에게 귀부하였다.

유비가 (南郡) 當陽縣[56]에 이를 때쯤에는, 무리가 10여 만에 수천

---

55 樊城(번성)은 보루, 작은 성 이름. 당시 襄陽郡 관할, 今 湖北省 襄陽市 樊城區. 漢水 남안.

56 南郡 當陽縣 – 今 湖北省 서부 宜昌市 관할 當陽市(縣級市). 이곳 長坂坡(장판

량의 輜重(치중)이 있어 하루에 겨우 10리를 행군할 수 있었는데, 유비는 별도로 관우를 보내 수백 척의 배를 모아 江陵(강릉)[57]에서 만나기로 하였다. 어떤 사람이 유비에게 말했다.

"빨리 진격하여 江陵을 확보해야 하는데, 지금 많은 백성과 함께 있지만 군사가 될 사람은 많지 않으니, 만약 조조의 군사가 추격한다면 어찌 막을 수 있겠습니까?"

이에 유비가 말했다.

"큰일을 이루려면 반드시 백성을 근본으로 생각해야 하나니 지금 백성이 나를 따라오는데 내가 어찌 버릴 수 있겠는가!"

|原文|

曹公以江陵有軍實, 恐先主據之, 乃釋輜重, 輕軍到襄陽. 聞先主已過, 曹公將精騎五千急追之, 一日一夜行三百餘里, 及於當陽之長坂. 先主棄妻子, 與諸葛亮,張飛,趙雲等數十騎走, 曹公大獲其人衆輜重. 先主斜趣漢津, 適與羽船會, 得濟沔, 遇表長子江夏太守琦衆萬餘人, 與俱到夏口.

先主遣諸葛亮自結於孫權, 權遣周瑜,程普等水軍數萬, 與先主並力, 與曹公戰於赤壁, 大破之, 焚其舟船. 先主與吳軍

파)의 전투. 曹操軍이 劉備軍을 추격, 격파한 싸움으로 赤壁之戰의 前哨戰(전초전)이었다.

57 江陵은 荊州 관할 南郡의 治所, 今 湖北省 중남부 江漢平原에 위치한 荊州市 관할 江陵縣.

水陸並進, 追到南郡, 時又疾疫, 北軍多死, 曹公引歸.

曹操는 군수물자가 충분한 江陵(강릉)을 유비가 먼저 차지할 것을 걱정하여 輜重(치중) 물자를 남겨두고 경무장 군사만을 인솔하여 襄陽(양양)에 도착하였다. 조조는 유비가 이미 통과했다는 말을 듣고 5천의 정병을 거느리고 급박하게 추격하여 하룻밤과 낮에 3백여 리를 행군하여 (南郡) 當陽縣(당양현)의 長坂(장판)[58]이란 곳에 도착했다. 유비는 처자와 백성을 버려두고 諸葛亮(제갈량), 張飛(장비), 趙雲(조운)[59] 등 기병 수십 명과 함께 도주하였고, 조조는 유비의 군사와 치중물자를 모두 노획하였다.

유비는 가장 가까운 길로 漢津(한진)으로 가서 배를 준비한 關羽와 만났고 沔水(면수)를 건너 劉表의 장남인 江夏 태수 劉琦(유기)의 1만여 군사와 함께 夏口(하구)[60]에 주둔하였다.

58 荊州 南郡 當陽縣의 長阪坡(장판파) — 當陽縣은 今 湖北省 서부 宜昌市(의창시) 관할 當陽市. 장판파의 싸움은 赤壁大戰(서기 208년)의 전초전이라 할 수 있다. 열세의 劉備軍은 一觸卽潰의 위기에 몰렸고, 劉備는 백성을 버리고 도주하였으며 張飛는 20여 기병을 거느리고 후미를 차단하였다. 장비의 大喝一聲에 曹操 군사가 놀랐고, 趙雲은 劉備의 甘夫人과 劉禪(유선)을 보호하고 도망하였으며 유비의 두 딸은 포로가 되었다. 유비는 江陵으로 도주 계획을 수정하여 관우의 수군과 함께 江夏郡으로 가서 劉表 長子 劉琦(유기)와 합세한다.

59 趙雲(조운, ?–229년, 字 子龍) — 常山眞定(今 河北省 石家莊市 正定縣), 姿顏雄偉. 처음에는 公孫瓚을 섬기다가 유비를 따랐다. 《三國志 蜀書》에서는 趙雲, 關羽, 張飛, 馬超, 黃忠을 함께 입전하였고, 《三國演義》는 이들을 '五虎上將'이라 불렀다. 충의와 용맹, 성실의 본보기가 되었다.

60 夏口(하구) — 漢水와 長江의 합류지점. 今 湖北省 武漢市 江夏區. 漢水(漢江)는 長江의 최대 지류이고, 漢水 中 襄陽(양양) 이하를 특별히 夏水라고 불렀다. 長江에서 보면 夏水로 들어가는 입구. 今 湖北省 武漢市의 江夏區에 해당.

유비는 諸葛亮(제갈량)을 보내 孫權과 동맹을 맺었고, 손권은 周瑜(주유)와 程普(정보)[61] 등 水軍 수만 명을 보내 유비와 협력하여 조조와 赤壁(적벽)에서 싸워 조조의(서기 208) 군사를 대파하고 그 戰船을 불태웠다. 유비와 吳軍은 수륙으로 병진하면서 조조의 군사를 南郡까지 추격하였는데 그때 질병이 크게 유행하여 조조의 많은 군사들이 죽자, 조조는 군사를 거느리고 철수하였다.

|原文|

先主表琦爲荊州刺史, 又南征四郡. 武陵太守金旋,長沙太守韓玄,桂陽太守趙範,零陵太守劉度皆降. 盧江雷緒率部曲數萬口稽顙. 琦病死, 羣下推先主爲荊州牧, 治公安. 權稍畏之, 進妹固好. 先主至京見權, 綢繆恩紀.

權遣使云欲共取蜀, 或以爲宜報聽許, 吳終不能越荊有蜀, 蜀地可爲己有. 荊州主簿殷觀進曰, "若爲吳先驅, 進未能克蜀, 退爲吳所乘, 卽事去矣. 今但可然贊其伐蜀, 而自說新據諸郡, 未可興動, 吳必不敢越我而獨取蜀. 如此進退之計, 可以收吳,蜀之利."

先主從之, 權果輟計. 遷觀爲別駕從事.

....

61 程普(정보, 생졸년 미상, 字 德謀) – 東吳의 三代 元勳(程普, 黃蓋, 韓當). 손권의 무신 중 최연장자라서 程公이라 통칭.

先主(유비)는 劉琦(유기)를 荊州 자사로 임명해 달라는 표문을 올렸고, 이어 남쪽으로 4郡을 원정했다. 武陵 태수 金旋(김선), 長沙 태수 韓玄(한현), 桂陽 태수 趙範(조범), 零陵 태수 劉度(유도) 등이 모두 투항하였다. 廬江郡(여강군)의 雷緒(뇌서)는 자신의 私兵 수만 명을 인솔하여 투항하였다. 유기가 병으로 죽자 여러 부하들이 유비를 형주목으로 추대하여 公安縣에서 관부를 설치하고 다스렸다. 손권은 점차 유비를 두려워하여 자신의 여동생을 유비에게 시집보내며[62] 우호를 공고히 하였다. 유비는 동오의 金陵(금릉)에 가서 손권을 만났고 서로 친밀하려고 노력했다.

손권은 유비에게 사자를 보내 함께 蜀郡을 공략하자고 제의하였는데 어떤 자는 吳에게 수락하여도 吳軍이 형주를 지나 蜀郡을 차지할 수 없기에 촉군은 우리 차지가 될 것이라고 말했다. 이에 대하여 荊州의 主簿인 殷觀(은관)이 말했다.

"만약 吳를 위하여 우리가 앞장을 설 경우 진격해도 蜀郡을 차지할 수 없고, 물러설 경우 吳에게 우리 빈틈을 보여주어 결국 불리할 것입니다. 지금 다만 촉군 정벌에는 찬성하면서, 여러 군을 평정하느라 함께 작전할 수 없다고 설득하면 吳 역시 우리 땅을 지나 홀로 蜀郡을 정벌하지 못할 것입니다. 이렇게 하면 우리는 吳와 蜀 양쪽에서 이득을 취할 수 있습니다."

유비는 은관의 책략을 따랐고 손권은 蜀郡 정벌 계획을 철회했

---

62 《蜀書 二主妃子傳》에는 孫夫人은 입전하지 않았다. 그 결혼은 《三國演義》 54회 〈吳國太佛寺看新郎 劉皇叔洞房續佳偶〉에 묘사되었다.

다. 유비는 은관을 別駕從事에 임명했다.

|原文|

十六年, 益州牧劉璋遙聞曹公將遣鍾繇等向漢中討張魯, 內懷恐懼. 別駕從事蜀郡張松說璋曰, "曹公兵强無敵於天下, 若因張魯之資以取蜀土, 誰能御之者乎?" 璋曰, "吾固憂之而未有計."

松曰, "劉豫州, 使君之宗室而曹公之深讎也, 善用兵, 若使之討魯, 魯必破. 魯破, 則益州强, 曹公雖來, 無能爲也." 璋然之, 遣法正將四千人迎先主, 前後賂遺以巨億計. 正因陳益州可取之策.

先主留諸葛亮,關羽等據荊州, 將步卒數萬人入益州. 至涪, 璋自出迎, 相見甚歡. 張松令法正白先主, 及謀臣龐統進說, 便可於會所襲璋. 先主曰, "此大事也, 不可倉卒."

璋推先主行大司馬, 領司隷校尉, 先主亦推璋行鎮西大將軍, 領益州牧. 璋增先主兵, 使擊張魯, 又令督白水軍. 先主並軍三萬餘人, 車甲器械資貨甚盛. 是歲, 璋還成都. 先主北到葭萌, 未卽討魯, 厚樹恩德, 以收衆心.

(建安) 16년(서기 211), 益州牧인 劉璋(유장)은 曹公(曹操)이 鍾繇 (종요) 등을 보내 漢中郡의 張魯(장로)를 원정할 것이라는 소문을 듣고 두려움에 떨었다. 이에 別駕從事인 蜀郡 출신 張松(장송)이 유장에게 말했다.

"曹公의 군사는 막강하여 천하에 무적인데, 만약 장로 원정을 바탕 삼아 蜀 땅을 취하려 한다면 누가 막을 수 있겠습니까?"

이에 유장은 "나도 이를 걱정하고 있지만 어찌할 방도가 없다."고 말했다. 이에 장송이 말했다.

"劉豫州(劉備)는 使君의 종실이면서 조조에게 깊은 원한이 있으며 용병에 능하니, 만약 유비로 하여금 장로를 원정하게 한다면 틀림없이 성공할 것입니다. 장로를 격파한다면 우리 益州는 강대할 것이니 조조가 공격해도 어찌하지 못할 것입니다."

유장은 옳다고 여겨 法正(법정)[63]을 보내 4천 군사를 거느리고 유비를 영입케 하면서 여러 차례에 걸쳐 억대가 넘는 물자를 보내주었다. 그러면서 (법정은) 유비가 益州를 차지할 수 있는 방책을 논하였다.

유비는 제갈량과 관우 등을 남겨 荊州를 지키게 하고 보졸 수만 명을 거느리고 益州로 진군하였다. 유비가 (廣漢郡) 涪縣(부현)에 이

---

63 法正(법정, 176 – 220년, 字 孝直) – 右扶風 郿縣(미현) 출신. 뒷날 蜀漢의 軍師, 益州牧 劉璋(유장)의 부하였지만 인정받지 못하자, 유비에 귀부하였다. 劉備의 신임과 제갈량의 인정을 받았다. 유비 在世 시에 죽어 처음 시호를 받았는데 追諡는 翼侯(익후)이다. 曹魏의 모사 程昱(정욱), 郭嘉(곽가)처럼 개성이 뚜렷했고 恩怨(은원)을 분명히 했던 인물이었다. 법정이 죽었을 때 유비는 수일간 통곡했다. 《蜀書》 7권, 〈龐統法正傳〉에 입전.

르자, 유장은 직접 유비를 영접하며 함께 매우 기뻐하였다. 장송은 法正을 시켜 유비를 설득케 하였으며 謀臣 龐統(방통)[64]도 유비를 설득하여 회합하는 기회를 보아 유장을 습격해야 한다고 말하였다. 그러나 유비는 "이는 큰일이니 서두를 수 없다."고 하였다.

유장은 유비를 大司馬의 代行[65] 겸 司隷校尉로 천거하였고, 유비는 유장을 鎭西大將軍 대행 겸 益州牧으로 천거하였다. 유장은 유비에게 군사를 보태 주면서 장로를 공격케 하였고, 또 白水關(백수관)에 주둔하는 군사를 지휘토록 허용하였다. 유비는 총 3만여 대군과 戰車와 갑옷, 무기 등을 충분히 갖추었다. 이 해에 유장은 成都로

---

64 龐統(방통, 179 - 214년, 字 士元) − 襄陽郡 襄陽縣(今 湖北省 襄陽市 襄州區) 출신. 별호 鳳雛(봉추). 臥龍 諸葛亮과 함께 유명, 南郡의 功曹 역임. 방통이 유비를 만날 때 공명은 마침 지방 순찰 중이었다. 유비는 방통을 형주에서 130리 정도 떨어진 뇌양현에 보낸다. 그러나 방통은 뇌양현의 일을 돌보지 않고 오직 술로 세월을 보낸다. 이에 유비는 방통을 잡아오라고 장비와 손건을 보내지만 방통은 100일간 밀린 일을 한나절에 완전하게 끝낸다. 이 사실을 안 유비는 자신의 잘못을 깨닫고 급히 장비를 다시 보내 방통을 모셔온다. 방통은 그때서야 魯肅(노숙)의 추천서를 내 놓는다. "龐士元은 백 리 고을을 다스릴 평범한 인재가 아닙니다(非百里之才). 그에게 정사의 특별한 임무를 맡겨 큰 능력을 발휘토록 해야 합니다(使處治中別駕之任 始當展其驥足). 만약 그의 외모만을 취한다면 평소 그가 배운 바를 버리는 것이며(如以貌取之 恐負所學), 나중에는 다른 사람이 등용할 것이니 실로 애석한 일입니다(終爲他人所用 實可惜也)." 여기서 '기린의 발을 펴다(展其驥足).'는 큰 능력을 발휘한다는 뜻이다. 유비는 '臥龍, 鳳雛 二者 중 得一하면 可安 天下라.'는 司馬徽(사마휘)의 말을 생각하고 방통을 副軍師로 임명한다. 방통은 曹魏의 荀彧(순욱)과 荀攸(순유)에 비교될만한 인물로, 유비의 軍師中郎將 역임했다. 적벽대전 중 조조에게 連環計(연환계)를 건의. 落鳳坡(낙봉파)에서 죽었다. 《蜀書》7권, 〈龐統法正傳〉에 입전.
65 行大司馬 − 行은 代行, 攝行(섭행). 본직을 갖고 다른 일을 겸행. 하급 관직의 관리가 상급 관직을 임시 대행할 경우에 行~이라고 한다. 行大司馬. 行中郎將事, 行車騎將軍事 등이 예이다.

돌아갔다.

유비는 북으로 葭萌縣(가맹현)에 진출하였고 즉시 장로를 토벌하지 않고 널리 은덕을 베풀며 민심을 두루 얻었다.

| 原文 |

明年, 曹公徵孫權, 權呼先主自救. 先主遣使告璋曰, "曹公徵吳, 吳憂危急. 孫氏與孤本爲脣齒, 又樂進在靑泥與關羽相拒, 今不往救羽, 進必大克, 轉侵州界, 其憂有甚於魯. 魯自守之賊, 不足慮也."

乃從璋求萬兵及資實, 欲以東行. 璋但許兵四千, 其餘皆給半. 張松書與先主及法正曰, "今大事垂可立, 如何釋此去乎!" 松兄廣漢太守肅, 懼禍逮己, 白璋發其謀. 於是璋收斬松, 嫌隙始構矣.

璋敕關戍諸將文書勿復關通先主. 先主大怒, 召璋白水軍督楊懷, 責以無禮, 斬之. 乃使黃忠,卓膺勒兵向璋. 先主徑至關中, 質諸將並士卒妻子, 引兵與忠,膺等進到涪, 據其城.

璋遣劉跂,冷苞,張任,鄧賢等拒先主於涪, 皆破敗, 退保綿竹. 璋復遣李嚴督綿竹諸軍, 嚴率衆降先主. 先主軍益强, 分遣諸將平下屬縣, 諸葛亮,張飛,趙雲等將兵溯流定白帝,江州,江陽, 惟關羽留鎭荊州. 先主進軍圍雒. 時璋子循守城, 被攻且一年.

그 다음 해(建安 17년, 서기 212), 조조는 손권을 원정했는데, 손권은 유비에게 구원을 요청했다. 유비는 사람을 유장에게 보내 말했다.

"조조가 吳를 원정하자 吳는 위기에 처했습니다. 손권과 우리는 본디 脣齒(순치, 입술과 치아)의 관계이며, (魏將) 樂進(악진)은 靑泥(청니)에서 關羽(관우)와 대치하고 있는데, 지금 관우를 구원하지 않는다면 악진은 대승을 거두면서 益州 영역을 침략할 것이니 폐해는 張魯보다 훨씬 클 것입니다. 장로는 자신만 지키는 도적이니 걱정하지 않아도 될 것입니다."

그러면서 유장에게 병력 1만과 필요한 군수물자를 요구하고 동쪽으로 진군하려고 했다. 그러나 유장은 겨우 4천의 군사와 요청한 물자 절반만 내주었다. 이에 張松은 유비와 法正에게 서신을 보냈다. "지금 큰일을 벌려야 할 때이니, 어찌 이를 놓칠 수 있겠습니까?"

장송의 친형인 廣漢 태수 張肅(장숙)은 화가 자신에게 미칠 것을 걱정하여 유장에게 장송의 모의를 모두 말했다. 이에 유장은 장송을 잡아 죽였고 유비와 유장은 틈이 벌어졌다.

유장은 여러 관문을 지키는 장수들에게 문서를 보내 유비의 통행을 막았다. 유비는 대노하면서 白水關(백수관) 군사를 감독하는 楊懷(양회)를 불러 무례함을 꾸짖고 죽여버렸다. 그리고는 黃忠(황충)[66]과 卓膺(탁응)을 시켜 군사를 거느리고 유장을 공격케 하였다.

---

66 黃忠(황충, 148-220년. 字 漢升) - 荊州 南陽郡 출신. 본래 劉表의 中郎將, 長沙太守 韓玄(한현)의 部將이었다. 五虎上將의 一人. 《蜀書》〈關張馬黃趙傳〉에 입전. '黃忠交朋友'라고 말하면, 다음에 '人老心不老'라는 말이 나온다. '黃

유비는 지름길로 백수관에 이르러 유장의 여러 장수와 그 처자를 인질로 잡아두고 황충과 탁응에게 涪城(부성)을 공격 점거하게 하였다.

유장은 劉跂(유기), 冷苞(냉포), 張任(장임), 鄧賢(등현) 등을 보내 유비를 涪城(부성)에서 막아내게 했지만 모두 격파되자 물러나 綿竹(면죽)에서 방어하였다. 유장은 다시 李嚴(이엄)을 보내 면죽에서 모든 군사를 지휘케 하였지만, 이엄은 군사를 거느리고 유비에게 투항하였다. 유비의 군사는 더 강성해졌고, 장수를 각지에 나눠 파견하여 여러 속현을 평정케 하였다. 諸葛亮(제갈량), 張飛(장비), 趙雲(조운) 등은 군사를 거느리고 강을 거슬러 白帝城(백제성), 江州(강주), 江陽郡(강양군) 등을 차지했고, 다만 관우만이 남아 형주를 지켰다. 유비는 進軍하여 雒縣(낙현)을 포위하였다. 그때 유장의 아들 劉循(유순)이 낙현을 지키고 있었는데 거의 1년 가까이 공격에 맞섰다.

| 原文 |

十九年夏, 雒城破, 進圍成都數十日, 璋出降. 蜀中殷盛豐樂, 先主置酒大饗士卒, 取蜀城中金銀分賜將士, 還其穀帛. 先主復領益州牧, 諸葛亮爲股肱, 法正爲謀主, 關羽,張飛,馬超爲爪牙, 許靖,麋竺,簡雍爲賓友. 及董和,黃權,李嚴等本璋

....
忠射箭'하면, 다음에 '百發百中'이란 말이 따라붙는다. 이런 식의 표현을 속담이 아닌 歇後語(헐후어 xiēhmòuyǔ)라고 한다. '老黃忠'이란 말은 老益壯을 뜻한다.

之所授用也, 吳壹,費觀等又璋之婚親也, 彭羕又璋之所排擯
也, 劉巴者宿昔之所忌恨也, 皆處之顯任, 盡其器能. 有志之
士, 無不競勸.

| 국역 |

(建安) 19년(서기 214) 여름, 雒城(낙성)이 함락되었고, 유비는 진
격하여 成都(성도)를 수십 일간 포위하자, 유장은 성을 나와 투항했
다. 蜀은 본래 부유하고 풍족한 지역이었으니, 유비는 사졸을 위한
큰 잔치를 벌였고, 성 안의 金銀을 장졸에게 하사하였으며 곡식과
비단 등을 백성에게 돌려주었다.

유비는 다시 益州牧을 겸했고, 諸葛亮(제갈량)은 정사를 보좌하
고, 法正(법정)은 謀主가, 關羽, 張飛, 馬超 등은 무장이, 許靖(허정)과
麋竺(미축), 簡雍(간옹)은 유비의 賓友(빈우)가 되었다. 그리고 董和
(동화), 黃權(황권), 李嚴(이엄) 등은 본래 유장에게 등용되었던 사람
이었고, 吳壹(오일), 費觀(비관) 등은 유장의 婚親이었으며, 彭羕(팽
양)은 유장에게 밀려났던 사람이었고, 劉巴(유파)는 오래 전부터 유
장과 원한이 있었지만 모두가 고위직에 임명되어 그 능력을 발휘하
였다. 뜻을 가진 士人 모두가 힘써 노력하였다.

| 原文 |

二十年, 孫權以先主已得益州, 使使報欲得荊州. 先主言,

"須得涼州, 當以荊州相與." 權忿之, 乃遣呂蒙襲奪長沙,零陵,桂陽三郡. 先主引兵五萬下公安, 令關羽入益陽.

是歲, 曹公定漢中, 張魯遁走巴西. 先主聞之, 與權連和, 分荊州,江夏,長沙,桂陽東屬, 南郡,零陵,武陵西屬, 引軍還江州. 遣黃權將兵迎張魯, 張魯已降曹公. 曹公使夏侯淵,張郃屯漢中, 數數犯暴巴界. 先主令張飛進兵宕渠, 與郃等戰於瓦口, 破郃等, 郃收兵還南鄭. 先主亦還成都.

二十三年, 先主率諸將進兵漢中. 分遣將軍吳蘭,雷銅等入武都, 皆爲曹公軍所沒. 先主次於陽平關, 與淵,郃等相拒.

| 국역 |

(建安) 20년(서기 215), 유비가 益州를 차지하자, 손권은 사자를 보내 형주를 돌려달라고 요구하였다. 이에 유비는 "涼州(양주)를 차지한 뒤에 荊州를 吳에 돌려주겠다."고 하였다. 손권은 분노하면서 呂蒙(여몽)[67]을 보내 長沙(장사), 零陵(영릉), 桂陽(계양)의 3개 郡을 탈취하였다. 이에 유비는 5만 군사를 거느리고 公安(공안)에 주둔한 뒤에, 관우를 보내 (長沙郡) 益陽(익양)을 점거하였다.

....

67 呂蒙(여몽, 178-220년, 字 子明) − 汝南郡 富陂縣(今 安徽省 阜南) 출신, 出身 貧苦. 虎威將軍이었기에 呂虎로 통칭. 孫權의 장려에 힘입어 경전을 공부하고 많은 책을 읽어 전략에 관한 안목을 틔웠고 智勇雙全의 장군이 되었으니 '士別三日, 刮目相看(괄목상대)'의 주인공이다. 關羽를 생포한 東吳의 장수인데, 周瑜, 魯肅, 陸遜(육손)과 함께 東吳의 四大都督이라 한다. 《吳書》 9권, 〈周瑜魯肅呂蒙傳〉에 입전.

이 해에, 조조가 漢中郡을 평정하자, 張魯는 巴西(파서, 巴郡 서쪽)[68]로 도주하였다. 유비는 소식을 듣고 손권과 강화하면서 荊州의 江夏, 長沙, 桂陽郡을 분할하여 東吳에 소속케 하고, 南郡, 零陵, 武陵을 西蜀의 소유로 정한 뒤에 군사를 인솔하여 (巴郡) 江州縣(강주현)으로 돌아왔다. 유비는 黃權(황권)을 보내 군사를 거느리고 張魯를 영접케 하였지만, 張魯는 이미 조조에게 투항한 뒤였다. 이에 조조는 夏侯淵(하후연)과 張郃(장합)을 남겨 漢中郡을 지키게 하였는데, 이들은 자주 巴郡 지역을 노략질하였다.

그러자 유비는 張飛(장비)를 보내 (巴郡) 宕渠縣(탕거현)[69]을 지키게 하였고 장합과 瓦口(와구)에서 싸웠는데 장합의 군사가 패배하여 장합은 군사를 거느리고 (漢中郡) 南鄭(남정)으로 돌아갔다. 유비 역시 成都로 돌아왔다.

(建安) 23년(서기 218), 유비는 여러 장수를 거느리고 漢中郡에 진출하였다. 그리고 吳蘭(오란), 雷銅(뇌동) 등을 나눠 파견하여 武都郡[70]에 진격하였으나 모두 조조의 군사에게 패해 몰사하였다. 유비는 陽平關(양평관)[71]에 주둔하고서 하후연, 장합 등과 대치하였다.

---

68 益州 巴西郡의 治所는 閬中縣, 今 四川省 동북부, 嘉陵江 중류, 南充市 관할 閬中市(낭중시). 巴郡(파군)의 治所는 江州縣, 今 重慶市 도심인 渝中區(투중구, 渝本音 유).

69 宕渠縣(탕거현) ─ 今 四川省 동부 達州市 관할 渠縣 동북.

70 涼州 관할 武都郡. 治所는 下辨縣, 今 甘肅省 남부 隴南市 成縣.

71 당시 漢中郡 沔陽縣(면양현) 定軍山의 陽平關(양평관). 定軍山은 今 陝西省 남부 漢中市 서쪽 勉縣(면현)에 소재.

| 原文 |

二十四年春, 自陽平南渡沔水, 緣山稍前, 於定軍山勢作營. 淵將兵來爭其地. 先主命黃忠乘高鼓譟攻之, 大破淵軍, 斬淵及曹公所署益州刺史趙顒等. 曹公自長安舉衆南征.

先主遙策之曰, "曹公雖來, 無能爲也, 我必有漢川矣." 及曹公至, 先主斂衆拒險, 終不交鋒, 積月不拔, 亡者日多. 夏, 曹公果引軍還, 先主遂有漢中. 遣劉封, 孟達, 李平等攻申耽於上庸.

| 국역 |

(建安) 24년(서기 219) 봄, (劉備는) 陽平關(양평관)에서 남쪽으로 沔水(면수)를 건너 산을 따라 진군하여 定軍山의 산세를 이용하여 군영을 설치하였다. 이에 하후연이 군사를 거느리고 진격하여 탈취하려고 하였다 유비는 黃忠에게 명하여 높은 곳에서 북을 크게 치며 공격케 하여 하후연의 군사를 대파하며 하후연을 죽이고, 조조가 임명한 益州 刺史 趙顒(조옹) 등을 죽였다. 조조는 장안에서 군사를 거느리고 남쪽 원정에 올랐다.

이에 유비가 말하였다.

"조조가 오더라도 할 일이 없을 것이다. 우리는 기어이 漢中을 지킬 것이다."

조조가 진격하자 유비는 군사를 모아 험지에서 방어하며 끝내 교전하지 않기에, 조조는 한 달이 지나도 점령하지 못했고 도망자는 날마다 늘어났다. 여름에, 조조는 군사를 인솔하여 퇴각했고, 유비는 결국 漢中을 차지하였다. 유비는 劉封(유봉), 孟達(맹달), 李平(이평) 등을 보내 上庸縣(상용현)⁷²에서 申耽(신탐)을 공격했다.

| 原文 |

秋, 群下上先主爲漢中王, 表於漢帝曰,

「平西將軍都亭侯臣馬超, 左將軍領長史鎭軍將軍臣許靖, 營司馬臣龐羲, 議曹從事中郎軍議中郎將臣射援, 軍師將軍臣諸葛亮, 蕩寇將軍漢壽亭侯臣關羽, 徵虜將軍新亭侯臣張飛, 征西將軍臣黃忠, 鎭遠將軍臣賴恭, 揚武將軍臣法正, 興業將軍臣李嚴等一百二十人上言曰,

昔唐堯至聖而四凶在朝, 周成仁賢而四國作難, 高后稱制而諸呂竊命, 孝昭幼衝而上官逆謀, 皆馮世寵, 藉履國權, 窮凶極亂, 社稷幾危. 非大舜, 周公, 朱虛, 博陸, 則不能流放禽討, 安危定傾. 伏惟陛下誕姿聖德, 統理萬邦, 而遭厄運不造之艱. 董卓首難, 盪覆京畿, 曹操階禍, 竊執天衡. 皇后太子, 鴆殺見害, 剝亂天下, 殘毀民物. 久令陛下蒙塵憂厄, 幽處虛邑. 人神無主, 遏絶王命, 厭昧皇極, 欲盜神器. 左將軍領司

----

72 上庸縣(상용현)은 漢中郡의 현명. 今 湖北省 서북부 十堰市(십언시) 관할 竹山縣. 獻帝 建安 말에, 漢中郡을 나눠 上庸郡을 설치하였다.

隸校尉豫,荊,益三州牧宜城亭侯備,受朝爵秩,念在輸力,以
殉國難.睹其機兆,赫然憤發,與車騎將軍董承同謀誅操,將
安國家,克寧舊都.會承機事不密,令操遊魂得逞長惡,殘泯
海內.臣等每懼王室大有閻樂之禍,小有定安之變,夙夜惴
惴,戰栗累息.昔在《虞書》,敦序九族,周監二代,封建同姓,
《詩》著其義,歷載長久.漢興之初,割裂疆土,尊王子弟,是
以卒折諸呂之難,而成太宗之基.

臣等以備肺腑枝葉,宗子藩翰,心存國家,念在藩亂.自操
破於漢中,海內英雄望風蟻附,而爵號不顯,九錫未加,非所
以鎮衛社稷,光昭萬世也.奉辭在外,禮命斷絕.昔河西太守
梁統等值漢中興,限於山河,位同權均,不能相率,咸推竇融
以爲元帥,卒立效績,摧破隗囂.今社稷之難,急於隴,蜀.操
外吞天下,內殘群寮,朝廷有蕭牆之危,而禦侮未建,可爲寒
心.臣等輒依舊典,封備漢中王,拜大司馬,董齊六軍,糾合
同盟,掃滅凶逆.以漢中,巴,蜀,廣漢,犍爲爲國,所署置依漢
初諸侯王故典.夫權宜之制,苟利社稷,專之可也.然後功成
事立,臣等退伏矯罪,雖死無恨.」

遂於沔陽設壇場,陳兵列衆,群臣陪位,讀奏訖,御王冠於
先主.

| 국역 |

(建安 24년, 서기 219) 가을, 여러 신하들은 先主(劉備)를 漢中王[73]
으로 옹립하려고 漢 獻帝에게 표문을 올렸다.

「平西將軍인 都亭侯 臣 馬超(마초), 左將軍이며 領長史 鎭軍將軍
인 臣 許靖(허정), 營司馬인 臣 龐羲(방희), 議曹從事中郞軍議 中郞將
臣 射援(사원), 軍師將軍 臣 諸葛亮(제갈량), 蕩寇將軍인 漢壽亭侯 臣
關羽(관우), 徵虜將軍인 新亭侯 臣 張飛(장비), 征西將軍인 臣 黃忠
(황충), 鎭遠將軍인 臣 賴恭(뇌공), 揚武將軍인 臣 法正(법정), 興業將
軍인 臣 李嚴(이엄) 등 120인이 말씀드립니다.

옛날 唐堯(당요)는 至聖이셨지만 조정에 四凶(사흉)이 있었고, 周
成王(성왕)은 인자하고 현명하셨지만 (管叔, 蔡叔 등) 4國이 반란을
일으켰으며, (前漢) 高后(呂后)가 稱制(칭제)하면서 呂氏는 군권을
딜취하였고, 孝昭帝가 어린 나이에 재위하자 上官桀(상관걸)은 역모
를 꾸몄으니, 이 모두가 황제의 총애를 빙자하여 국권을 장악하고
흉악한 짓을 다하면서 조정은 어지러웠고 사직은 위기에 처했습니
다. 大舜이나 周公, (前漢의) 朱虛侯 劉章(유장), 博陸侯 霍光(곽광)이
아니었으며 악인을 방축하거나 잡아낼 수 없었으며 위난 상황을 극
복하지 못했을 것입니다.

생각건대, 폐하께서는 훌륭한 자질과 성덕으로 萬邦을 統理하시
지만 이겨내기 어려운 난처한 상황에 처하셨습니다. 그리하여 董卓
(동탁)이 먼저 반역하여 도성과 近畿(근기)를 뒤집어놓았으며, 曹操
(조조)는 禍亂을 이어 황제의 대권을 탈취하였습니다. 그리하여 皇

---

73 曹操는 건안 21년(서기 216)에 魏王에 책봉되었다.

后와 태자를 鴆毒(짐독)으로 살해하고 천하를 어지럽혔으며 백성을 잔악하게 해치고 있습니다. 아주 오래 전에 폐하께서는 長安으로 옮겨가는(蒙塵, 몽진) 환난을 당하시어 空城에서 유폐되셨습니다. 종묘 제사가 끊기었고 백성은 주군의 통치를 받지 못하였으며, 조조는 君王의 詔命을 절단하며 제위를 넘보고 있습니다.

이에 左將軍으로 司隷校尉와 豫州, 荊州, 益州의 州牧을 겸하는 宜城亭侯 備(비)는 조정의 작위와 봉록을 받으면서 늘 진력하여 국난을 극복하고 순국하려 결심하였습니다. (조조의) 음모의 조짐을 보고 확연히 분발하여 車騎將軍 董承(동승)과 함께 조조를 주살하고 나라를 안정시키고 옛 도읍을 수복하려고 했습니다. 그러나 동승의 계획이 치밀하지 못하여 조조는 목숨을 부지하며 잔악한 짓을 저지르고 천하 백성을 잔인하게 해치고 있습니다. 臣 등은 크게는 왕실에 閻樂(염락)[74]의 화란이 발생하거나 작게는 安定公[75]과 같은 변란이 일어날까 늘 밤낮으로 두려워하며 戰栗(전율)하고 있습니다. 옛날 《尙書 虞書》에도 관대하게 九族 종친의 次序를 정한다 하였기에 周에서는 二代(夏와 商)의 의례에 의거 同姓을 封建하였으며,《詩》에서도 그런 대의를 오랫동안 찬양하였습니다.

漢이 건국된 초기부터 疆土(강토)를 나누어 황친의 자제를 왕으로 봉했기에 呂氏 일족의 위난을 극복할 수 있었고 太宗(文帝) 번영의 기초를 마련했습니다. 臣 등은 備(비)가 황족의 후예이며 종친의 울

74 閻樂(염락) – 秦 환관 趙高(조고)의 사위, 咸陽令으로 재직, 秦二世 2년(前 207), 秦 二世(胡亥)를 望夷宮에서 핍박하여 자결케 하여 子嬰(자영)을 秦王으로 옹립하였다.

75 王莽(왕망)은 孺子 嬰(유자 영)을 폐위한 뒤에 定安公이라고 불렀다.

타리이기에 一心으로 나라를 보존하고 혼란을 극복할 수 있다고 생각합니다. (劉備가) 조조를 漢中에서 격파하자, 海內의 영웅들이 바람에 쏠리듯 떼를 지어 귀부하지만 (備의) 爵號가 높지 않고, 九錫(구석)을 받지도 못하였기에 사직을 호위하고 만세에 빛나는 업적을 이룰 수가 없고, 또 외지에 나와 있기에 직접 詔命을 받을 수가 없어 조정의 의례와 백관의 임명 절차를 밟을 수가 없습니다.

옛날 河西太守 梁統(양통) 등은 漢의 中興(後漢 건국, 서기 25년) 시기에 山河로 막혀 있으면서, 몇 개 郡 군수의 지위와 권한이 비슷하여 통솔할 수가 없자 모두가 한마음으로 竇融(두융)을 元帥(원수)로 추대하였는데, 결국은 큰 공적을 세웠고 隗囂(외효)의 반역을 진압할 수 있었습니다. 지금 社稷(사직)의 위난은 (외효가) 隴西(농서)에서, (公孫述이) 蜀(촉)에서 반역한 것처럼 위태롭습니다. 조조는 밖으로 천하를 병탄하려는 욕심을 내고, 안으로는 여러 신료에게 위해를 가하니 조정은 안팎에서 위기에 처하였지만 이런 위기를 극복할 세력이 형성되지 않았으니 정말 한심할 뿐입니다.

臣 등은 이에 옛 전례에 의거하여 備(비)를 漢中王으로 옹립하고 大司馬의 직분을 제수하여 六軍을 통솔케 하고, 同盟세력을 규합하여 흉악한 잔당을 쓸어버릴 것입니다. 漢中郡, 巴郡, 蜀郡, 廣漢郡, 犍爲郡을 漢中王의 영역으로 삼고 여러 관직의 설치는 漢初 諸侯王의 전고에 따를 것입니다. 상황에 따른 임시적 조치로 制命을 따르지만 사직을 위한 길이기에 이러한 조치도 가능할 것입니다. 사직을 위한 대업이 모두 완성된 뒤에, 臣 등은 물러나 詔命을 임시로 실행한 罪를 받을 것이며 죽어도 여한이 없을 것입니다.」

이어 沔陽(면양, 면수의 북쪽)에 단을 설치하고 군사를 정렬하여 群臣이 陪位한 뒤에 상주문을 다 읽자, 유비는 왕관을 받았다.

| 原文 |

先主上言漢帝曰,

「臣以具臣之才, 荷上將之任, 董督三軍, 奉辭於外, 不得掃除寇難, 靖匡王室, 久使陛下聖敎陵遲, 六合之內, 否而未泰, 惟憂反側, 疢如疾首. 曩者董卓造爲亂階, 自是之後, 群凶縱橫, 殘剝海內. 賴陛下聖德威靈, 人神同應, 或忠義奮討, 或上天降罰, 暴逆並殪, 以漸冰消. 惟獨曹操, 久未梟除, 侵擅國權, 恣心極亂.

臣昔與車騎將軍董承圖謀討操, 機事不密, 承見陷害, 臣播越失據, 忠義不果. 遂得使操窮凶極逆, 主后戮殺, 皇子鴆害. 雖糾合同盟, 念在奮力, 懦弱不武, 歷年未效. 常恐殞沒, 孤負國恩, 寤寐永嘆, 夕惕若厲. 今臣群寮以爲在昔《虞書》敦敍九族, 庶明勵翼, 五帝損益, 此道不廢. 周監二代, 並建諸姬, 實賴晉, 鄭夾輔之福.

高祖龍興, 尊王子弟, 大啓九國, 卒斬諸呂, 以安大宗. 今操惡直醜正, 寔繁有徒, 包藏禍心, 篡盜已顯. 旣宗室微弱, 帝族無位, 斟酌古式, 依假權宜, 上臣大司馬漢中王. 臣伏自三省, 受國厚恩, 荷任一方, 陳力未效, 所獲已過, 不宜復忝高位以重罪謗. 群寮見逼, 迫臣以義. 臣退惟寇賊不梟, 國難未已, 宗廟傾危, 社稷將墜, 成臣憂責碎首之負.

若應權通變, 以寧靖聖朝, 雖赴水火, 所不得辭, 敢慮常宜, 以防後悔. 輒順衆議, 拜受印璽, 以崇國威. 仰惟爵號, 位高寵厚, 俯思報效, 憂深責重, 驚怖累息, 如臨於谷. 盡力輸誠, 獎厲六師, 率齊群義, 應天順時, 撲討凶逆, 以寧社稷, 以報萬分, 謹拜章因驛上還所假左將軍,宜城亭侯印綬.」

於是還治成都. 拔魏延爲都督, 鎮漢中. 時關羽攻曹公將曹仁, 禽于禁於樊. 俄而孫權襲殺羽, 取荊州.

│국역│

이에 劉備가 漢帝에게 上奏(상주)하였다.

「臣은 자리나 차지하는 보통의 재능이나 上將의 중임을 맡아 三軍을 감독하며, 詔命을 받아 지방에 재직하면서 외적의 환난을 제거하고 왕실을 도와 안정시키지 못하였고, 오랫동안 폐하의 聖敎를 실천하지도 못하였으며, 전국 상하 어디든 아직 혼란 속에 태평을 이루지 못하였기에, 臣은 이를 우려하며 불안하기만 합니다. 옛날에 董卓(동탁)이 화란을 일으킨 이후로 다수의 흉포한 자들이 날뛰고 천하 백성에게 해악을 저지르고 있습니다. 그러나 폐하의 聖德과 威靈으로, 백성과 神明이 同應하고, 또 忠義志士가 토벌하며 上天의 형벌을 받아 포악한 자들이 죽어 없어지며 얼음이 풀리듯 점차 사라지고 있습니다. 그런데도 오직 曹操(조조)는 제거되지 않고 국권을 농단하고 악행을 자행하고 있습니다.

臣은 예전에 車騎將軍 董承(동승)과 조조 토벌을 도모했지만 일이 엄밀하지 못하여 동승은 해악을 당했고, 臣은 근거를 잃고 떠돌며 충의를 실천하지 못했습니다. 결국 조조는 흉악한 반역을 저질러 황후를 시해하고 皇子를 죽였습니다. 臣이 비록 동지를 규합하고 분투노력하였지만 나약하고 무예도 없어 오랫동안 성공하지 못하였습니다. 그래서 갑자기 죽어 국은에 보답하지 못할까 늘 두렵고 밤낮으로 탄식하며 큰 슬픔 속에 결의를 새롭게 다짐하였습니다. 지금 臣은 여러 臣僚(신료)와 함께 《尙書 虞書》의 九族의 종친을 寬厚하게 대하고, 여러 賢才가 정사를 보필하고 五帝의 치적을 실천해야 한다는 뜻을 버리지 않고 있습니다. 周室이 二代의 치적을 본받아 姬姓(희성)을 제후에 봉했기에 (뒷날) 晉(진)과 鄭(정)의 보필을 받을 수 있었습니다.

高祖께서 건국하신 이후 왕실 자제를 王으로 9국에 봉하였기에 나중에 위기에서 呂氏 일족을 제거하고 漢의 宗室을 안정시켰습니다. 지금 조조는 정직하고 충성을 다하려는 자를 증오하고 있으며, 그를 추종하는 무리도 모두 간악한 마음을 품고 도적 같은 악행을 저지르고 있습니다. 그런데도 종실은 미약하여 황족으로 고위에 오른 자가 없어 여러 신료들이 옛 제도를 짐작하고 현실을 고려하여 臣을 大司馬에 漢中王으로 추대하였습니다.

臣이 거듭 생각할 때, 국가의 큰 은덕을 입었고 중임을 받았으니 성과를 거두지 못한다거나 高位를 차지하고 소임을 다하지 못한다는 비방을 받지 않도록 온 힘을 다 바칠 것입니다. 여러 신료들은 대의에 입각하여 臣을 독촉하였습니다. 臣이 조용히 생각할 때 賊臣을 제거하고 국난을 해결하며, 위기에 처한 종묘와 사직을 바로 세우는 것만이 臣이 늘 염두에 두고 실천해야 할 책무이며, 또 죽음으로 보국해야 하는 중책을 받았다고 생각합니다.

정세의 변화에 순응하며 조정을 안정시킬 수만 있다면 비록 열탕이나 불길에 뛰어들더라고 사양하지 않을 것이거늘, 보통의 생각과 같은 행동을 취한다면 뒷날의 후회를 어찌 예방할 수 있겠습니까? 衆議에 따라 국새를 받았으니 국위를 선양해야 합니다. 작위와 名號, 그리고 높은 지위와 두터운 은택을 고려하며 그에 상응하는 보답을 생각하고 깊은 책임감을 절감하기에 놀란 숨을 몰아쉬며 깊은 낭떠러지에 임한 것처럼 두렵기만 합니다. 온 힘과 성의를 다하며 6군을 독려하고 대의를 실천하며, 천명에 따라 時宜(시의)에 순응할 것이며 흉악한 자를 토벌하고 사직을 안정시켜 만분의 일이라도 보답할 것입니다. 삼가 그전에 받았던 左將軍과 宜城亭侯의 인수를 역마를 통해 반환할 것입니다.」

그리고서는 成都로 돌아와 다스렸다. 魏延(위연)[76]을 뽑아 都督에 임명하여 漢中을 방어하게 하였다. 그 무렵 관우는 조조의 장수 曹仁을 공격했고 樊城(번성)에서 于禁(우금)을 사로잡았다. 그러나 얼

---

76 魏延(위연, ?-234, 字 文長) - 荊州 義陽郡 출신, 作戰에 뛰어났고 장수로서의 기본 책략을 갖춰 여러 번 전공을 세워 유비와 제갈량의 신임을 받았다. 사졸을 잘 대우했고 뛰어난 용맹으로 제갈량 북벌에 최전선을 담당했던 장수였다. 위연이 타고난 '反骨'이라는 주장은 《三國演義》에서 지어낸 형상이다. 제갈량은 위연의 머리 뒤쪽에 반골이 있어(吾觀魏延腦後有反骨), 뒷날 필히 배반할 것이기에 미리 참수하여 화근을 끊으려 한다(久後必反 故斬之而絶禍根)고 하였다. 《蜀書》10권, 〈劉彭廖李劉魏楊傳〉에 입전.

마 뒤 손권은 기습공격으로 관우를 죽였고 형주를 탈취하였다.

|原文|

二十五年, 魏文帝稱尊號, 改年曰黃初. 或傳聞漢帝見害, 先主乃發喪制服, 追諡曰孝愍皇帝. 是後在所並言衆瑞, 日月相屬, 故議郞陽泉侯劉豹, 靑衣侯向擧, 偏將軍張裔, 黃權, 大司馬屬殷純, 益州別駕從事趙莋, 治中從事楊洪, 從事祭酒何宗, 議曹從事杜瓊, 勸學從事張爽, 尹默, 譙周等上言,

「臣聞〈河圖〉,〈洛書〉, 五經讖, 緯, 孔子所甄, 驗應自遠. 謹案〈洛書甄曜度〉曰, '赤三日德昌, 九世會備, 合爲帝際.'〈洛書寶號命〉曰, '天度帝道備稱皇, 以統握契, 百成不敗.'〈洛書錄運期〉曰, '九侯七傑爭命民炊骸, 道路籍籍履人頭, 誰使主者玄且來.'《孝經鉤命決錄》曰, '帝三建九會備.' 臣父群未亡時, 言西南數有黃氣, 直立數丈, 見來積年, 時時有景雲祥風, 從璿璣下來應之, 此爲異瑞. 又二十二年中, 數有氣如旗, 從西竟東, 中天而行, 〈圖〉,〈書〉曰 '必有天子出其方.' 加是年太白, 熒惑, 塡星, 常從歲星相追. 近漢初興, 五星從歲星謀, 歲星主義, 漢位在西, 義之上方, 故漢法常以歲星候人士. 當有聖士起於此州, 以致中興. 時許帝尙存, 故群下不敢漏言. 頃者熒惑復追歲星, 見在胃昂畢, 昂畢爲天綱,《經》曰

'帝星處之, 衆邪消亡.' 聖諱豫睹, 推揆期驗, 符合數至, 若此非一. 臣聞聖王先天而天不違, 後天而奉天時, 故應際而生, 與神合契. 願大王應天順民, 速卽洪業, 以寧海內.」

| 국역 |

(建安) 25년(서기 220), 魏 文帝(曹丕)는 황제를 칭하면서, 黃初(서기 220 – 226년)로 개원하였다. 어떤 사람이 漢 황제(獻帝)가 시해 당했다는 소식을 전하자, 先主는 곧 發喪하고 服喪하며 孝愍皇帝(효민황제)라는 시호를 올렸다.

이후로 先主가 있는 곳에서는 종종의 祥瑞(상서)가 보고되며, 날마다 또 매달 이어지자 議郎인 陽泉侯 劉豹(유표), 靑衣侯인 向擧(상거)[77], 偏將軍인 張裔(장예)와 黃權(황권), 大司馬 속관인 殷純(은순), 益州別駕從事인 趙莋(조작), 治中從事인 楊洪(양홍), 從事祭酒인 何宗(하종), 議曹從事인 杜瓊(두경), 勸學從事인 張爽(장상), 尹默(윤묵), 譙周(초주) 등이 상서하였다.

「臣이 알기로, 〈河圖〉와 〈洛書〉, 그리고 五經의 讖緯(참위)에 관한 말은 공자가 그 뜻을 闡明(천명)한 것으로 오랜 세월에 걸쳐 상응하는 효험이 있었습니다. 〈洛書甄曜度(낙서견요도)〉에는 '적색을 숭상하는 세 번째 사람의 德은 날로 번창하며 9대를 지나면 備(비)가 출현하니 이때 稱帝할 것이다.' 라고 하였으며, 〈洛書寶號命(낙서보호령)〉을 보면 '上天이 주관하는 제왕의 道는 備(비)를 거쳐 황제를

....

77 向擧(상거) – 向은 성씨 상.

칭하고 정통으로 천명을 받아 모든 것이 이뤄지고 不敗한다.'고 하였습니다. 〈洛書錄運期(낙서녹운기)〉에서는 '九侯와 七傑이 왕명을 놓고 쟁탈하며 백성의 뼈가 불쏘시개가 되며 도처에 발길에 차이고 밟힌 人頭가 널렸으니, 하늘이 보낸 군주로 '玄'이라 불리는 사람이 올 것이다'라고 하였습니다. 또《孝經鉤命決錄(효경구명결록)》에서는 '帝王 三人이 九世에 備(비)를 만날 것이다.'라고 하였습니다.

臣의 父인 群(군)이 살아계실 적에 '서남방에 자주 黃氣가 일어나는데, 직립한 그 높이가 여러 길(丈)이고 여러 해에 걸쳐 나타나며, 때로는 상서로운 구름과 吉祥(길상)의 바람이 北斗에서 내려와 黃氣와 호응하니, 이는 특이한 상서이다.'라고 말하였습니다.

또 (建安) 22년에는 깃발처럼 펄럭이는 기운이 서쪽에서부터 동쪽으로 불어와서 하늘을 가로질러 이동하였으며 〈河圖〉와 〈洛書〉에는 '서쪽 방면에서 천자의 기운이 솟아오른다.'고 하였습니다. 거기다가 그 해에 太白, 熒惑(형혹), 塡星(전성)이 늘 歲星(세성)을 따라 움직였습니다. 後漢이 다시 부흥할 때 五星이 歲星(세성)을 따라 함께 모였는데, 漢位는 서방에 있으니, 이는 大義의 上方이니 그래서 漢法에서도 늘 歲星의 움직임으로 人主를 점지하였습니다. 그렇다면 응당 聖主가 서남방의 州(益州)에서 일어나 중흥을 이룩할 것입니다. 그때 許都의 황제가 살아 있었기에 아랫사람들이 감히 이를 발설하지 못했습니다. 최근에 熒惑星(형혹성)이 다시 歲星을 따라 움직이며 胃宿(위수) 昴宿(묘수) 畢宿(필수) 사이에 보이는데, 昴(묘)와 畢(필)은 天綱에 해당하기에,《星經》에서도 '帝星이 위치하는 곳에서는 모든 邪惡이 사라진다.'고 하였습니다. 폐하의 諱(휘, 곧 備)

가 이미 참위서에 나타나 있으며, 기회에 따라 이미 징험을 추론할 수 있고 여러 가지가 부합하여 나타난 것이 결코 한 번이 아닙니다.

臣 등이 알기로, 聖王은 아들에 앞서 출현하고 하늘은 그런 성왕의 뜻을 어기지 않으며 天意에 따르는 여러 행사가 천시를 받든다고 하였기에 이런 시기에 맞춰 출현하며, 이것이 곧 神靈과 合一입니다. 원컨대 대왕께서는 應天順民하시고 속히 제위에 오르시어 천하를 평안케 하셔야 합니다.」

|原文|

太傅許靖, 安漢將軍糜竺, 軍師將軍諸葛亮, 太常賴恭, 光祿勳黃柱, 少府王謀等上言,

「曹丕簒弒, 湮滅漢室, 竊據神器, 劫迫忠良, 酷烈無道. 人鬼忿毒, 咸思劉氏. 今上無天子, 海內惶惶, 靡所式仰. 群下前後上書者八百餘人, 咸稱述符瑞, 圖, 讖明徵. 間黃龍見武陽赤水, 九日乃去. 《孝經援神契》曰 '德至淵泉則黃龍見', 龍者, 君之像也. 《易》乾九五 '飛龍在天', 大王當龍昇, 登帝位也.

又前關羽圍樊, 襄陽, 襄陽男子張嘉, 王休獻玉璽, 璽潛漢水, 伏於淵泉, 暉景燭燿, 靈光徹天. 夫漢者, 高祖本所起定天下之國號也, 大王襲先帝軌跡, 亦興於漢中也. 今天子玉璽神光先見, 璽出襄陽, 漢水之末, 明大王承其下流, 授與大王

以天子之位, 瑞命符應, 非人力所致.

　昔周有烏魚之瑞, 咸曰休哉. 二祖受命, 〈圖〉, 〈書〉先著, 以爲徵驗. 今上天告祥, 群儒英俊, 並進〈河〉, 〈洛〉, 孔子讖, 記, 咸悉具至. 伏惟大王出自孝景皇帝中山靖王之冑, 本支百世, 乾祇降祚, 聖姿碩茂, 神武在躬, 仁覆積德, 愛人好士, 是以四方歸心焉. 考省〈靈圖〉, 啓發讖, 緯, 神明之表, 名諱昭著. 宜卽帝位, 以纂二祖, 紹嗣昭穆, 天下幸甚. 臣等謹與博士許慈, 議郎孟光, 建立禮儀, 擇令辰, 上尊號.」

| 국역 |

　太傅인 許靖(허정), 安漢將軍 麋竺(미축), 軍師將軍 諸葛亮(제갈량), 太常인 賴恭(뇌공), 光祿勳 黃柱(황주), 少府 王謀(왕모) 등이 상서하였다.

　「曹丕(조비)가 제위를 찬탈하고 시해하여 漢室을 湮滅(인멸)시키고 神器(帝位)를 훔쳤으며, 忠良한 신하를 劫迫(겁박)하니 暴惡(포악) 無道할 뿐입니다. 萬人과 神鬼의 분노가 사무치며 모두가 劉氏를 思念하고 있습니다. 지금 위로는 天子가 없어 천하가 불안에 떨며 믿고 의지할 분이 없습니다. 아래 백성으로 최근에 上書者가 8백여 명인데, 모두가 皇天의 符命과 도참의 분명한 징험을 칭술하고 있습니다. 최근에 黃龍이 (犍爲郡) 武陽縣(무양현)의 赤水(적수)에 출현했다가 9일 만에 사라졌습니다. 《孝經援神契(효경원신계)》에서는 '聖德이 深淵에 이르면 黃龍이 출현한다.'고 하였는데, 龍이란 君

主를 상징합니다. 그래서《易經》乾卦(乾爲天 ☰) 九五의 爻辭(효사)에서도 '飛龍在天'이라 하였으니, 大王께서는 응당 龍이 오르듯 帝位에 오르셔야 합니다.

또 그전에 關羽가 襄陽(양양) 樊城(번성)을 포위했을 때 襄陽의 男子(戶主)인 張嘉(장가)와 王休(왕휴) 등이 玉璽(옥새)를 헌상하였는데, 그 옥새는 漢水의 깊은 심연에 잠겨 있었지만 광채를 발하여 그 신령한 빛이 하늘까지 뻗쳤다고 하였습니다. 대체로 漢(한)은 高祖가 처음에 起身하여 천하를 평정한 국호입니다. 대왕께서는 先帝의 軌跡(궤적)을 따라 역시 漢中에서 흥기하셨습니다. 지금 천자 玉璽(옥새)의 神光이 먼저 출현하였는데, 漢水의 하류는 곧 大王께서 그 후손으로 계승하신 것을 의미하며, 대왕에게 천자의 대위를 수여하며 祥瑞의 천명이 부응한 것이니, 이는 결코 인력으로 초치할 수 있는 일이 아닙니다.

옛날 周室에서는 까마귀(烏)와 물고기(魚)의 祥瑞(상서)가 있어 모두가 칭송하였습니다. 二祖(高祖, 光武帝)께서 천명을 받으실 때, 〈河圖〉와 〈洛書〉에 먼저 실렸던 것이 그 징험입니다. 지금 上天이 祥瑞로 알렸고, 群儒와 英俊이 모두 〈河圖〉와 〈洛書〉, 그리고 孔子의 참서와 기록을 근거로 알려왔습니다.

신이 생각건대, 대왕께서는 孝景皇帝의 아들 中山靖王의 후손으로 왕실과 正宗이 100世에 이어져야 하기에 하늘과 땅이 福祚(복조)를 내리셨고, 신성하신 容姿(용자)가 기이하시며 神明이 威武를 지니셨고, 仁德을 모두 갖추고 베푸시며 백성을 사랑하시기에 사방 백성이 모두 귀의하고 있습니다. 〈靈圖〉를 고찰하고 讖緯(참위)의 여러 뜻을 밝히며 名諱(이름, 備)에 모두가 뚜렷하게 나타났습니다. 응당 제위에 등극하시어, 高祖와 光武帝의 洪鄴을 계승하시고, 종묘의 昭穆(소목, 次序)를 이으셔야 천하 만 백성에게 洪福이 될 것입니다.

臣 등은 삼가 博士 許慈(허자), 議郎 孟光(맹광) 등과 함께 필요한 의례를 준비하고 길일을 택하여 존호를 받들겠습니다.」

卽皇帝位於成都武擔之南. 爲文曰,

「惟建安二十六年四月丙午, 皇帝備敢用玄牡, 昭告皇天上帝后土神祇. 漢有天下, 歷數無疆. 曩者王莽篡盜, 光武皇帝震怒致誅, 社稷復存. 今曹操阻兵安忍, 戮殺主后, 滔天泯夏, 罔顧天顯. 操子丕, 載其凶逆, 竊居神器. 群臣將士以爲社稷墮廢, 備宜脩之, 嗣武二祖, 龔行天罰. 備惟否德, 懼忝帝位. 詢於庶民, 外及蠻夷君長, 僉曰 '天命不可以不答, 祖業不可以久替, 四海不可以無主.' 率土式望, 在備一人. 備畏天明命, 又懼漢祚將湮於地, 謹擇元日, 與百寮登壇, 受皇帝璽綬. 脩燔瘞, 告類於天神, 惟神饗祚於漢家, 永綏四海!」

漢中王은 成都 武擔山(무담산)의 남쪽에서 帝位에 등극하였다. 그

祭文에서 말했다.

「建安 26년(서기 221) 4월 丙午日, 皇帝 備(비)는 삼가 검은 황소를 바치며 皇天上帝와 后土神祇(후토신기)에 아룁니다. 漢이 천하를 차지한 이후 歷數는 끝이 없습니다. 옛날에 王莽(왕망)이 제위를 찬탈하였지만, 光武皇帝가 震怒(진노)하시어 왕망을 죽인 뒤, 사직을 다시 이었습니다. 지금 曹操가 무력을 바탕으로 잔인하게 황후와 皇子를 죽였고, 中原에 죄악이 넘쳐도 하늘의 戒告(계고)를 무시하였습니다. 조조의 아들 曹丕(조비)는 아비의 흉포 잔악한 짓을 계승하고 제위를 훔쳐 차지하였습니다. 이에 群臣과 將士들은 社稷의 몰락을 염려하여 備(비)로 하여금 천하를 수습 회복하고 二祖를 계승하고 하늘을 대신하여 징벌토록 하였습니다. 비록 備(비)가 부덕하여 제위를 더럽힐까 두렵습니다. 백성의 염원에 부응하며 내외의 蠻夷의 군장조차 모두가 '천명에 응하지 않을 수 없으며, 祖業을 오랫동안 비워둘 수 없고, 四海에 주군이 없을 수 없다.'고 말하였습니다. 온 땅의 모든 소망이 저 備(비)에게 쏠렸습니다. 備(비)는 분명한 천명을 두려워하고 또 漢室의 皇統이 단절을 걱정하여, 삼가 元日을 택하여 百寮와 함께 제단에 올라 皇帝의 璽綬(새수)를 받았습니다. 천지 신령께 제사하는 燔瘞(번예)의 예를 행하고 제위에 오른 일을 천신께 고하겠사오니, 삼가 神靈께서는 漢家에 복을 주시어 四海를 영원히 평안토록 보우하시길 빕니다!」

章武元年夏四月, 大赦, 改年. 以諸葛亮爲丞相, 許靖爲司徒. 置百官, 立宗廟, 祫祭高皇帝以下. 五月, 立皇后吳氏, 子禪爲皇太子. 六月, 以子永爲魯王, 理爲梁王.

車騎將軍張飛爲其左右所害. 初, 先主忿孫權之襲關羽, 將東征, 秋七月, 遂帥諸軍伐吳. 孫權遣書請和, 先主盛怒不許, 吳將陸議, 李異, 劉阿等屯巫, 秭歸. 將軍吳班, 馮習自巫攻破異等, 軍次秭歸, 武陵五谿蠻夷遣使請兵.

|국역|

章武(장무) 원년(서기 221) 여름 4월, 나라의 죄수를 대사면하고 연호를 바꿨다. 諸葛亮(제갈량)을 丞相에, 許靖(허정)[78]을 司徒에 임명했다. 百官을 설치하고 종묘를 세웠으며 高皇帝 이하의 祫祭(협제)를 올렸다. 5월, 吳氏를 황후에 책립하고 아들 劉禪(유선)을 皇太子로 삼았다. 6월, 아들 劉永을 魯王에, 劉理를 梁王에 봉했다.

車騎將軍인 張飛(장비)가 그 측근에게 피살되었다. 그전에 先主는 孫權이 관우를 공격 살해한 데에 분노하면서 가을인 7월에 군사를 거느리고 東吳를 원정하였다. 손권은 국서를 보내 강화를 요청했지만 선주는 크게 분노하면서 허락지 않자, 吳將 陸議(육의),[79] 李

---

78 許靖(허정, 152-222, 字 文休) - 劉備가 漢中王 때 太傅(태부)였다가 221년 稱帝時 三公의 하나인 司徒(사도)에 임명되었지만 실권은 없었다. 丞相 諸葛亮도 허정을 매우 존경했었다.

79 陸議(육의)는 陸遜(육손, 183-245년, 字 伯言)의 본명. 陸遜은 吳郡 吳縣(今 江

異(이이), 劉阿(유아) 등을 파견하여 (南郡) 巫縣(무현)과 秭歸縣(자귀현)[80]에 주둔시켰다. (蜀漢의) 장군인 吳班(오반), 馮習(풍습)은 巫縣에서, (東吳) 이이를 격파하고 군사를 자귀현에 주둔시켰으며 武陵郡[81] 五谿(오계)의 蠻夷(만이)도 사람을 보내 출병을 요청하였다.

| 原文 |

二年春正月, 先主軍還秭歸, 將軍吳班, 陳式水軍屯夷陵, 夾江東西岸. 二月, 先主自秭歸率諸將進軍, 緣山截嶺, 於夷道猇亭駐營, 自秭山通武陵, 遣侍中馬良安慰五谿蠻夷, 咸相率響應. 鎮北將軍黃權督江北諸軍, 與吳軍相拒於夷陵道.

夏六月, 黃氣見自秭歸十餘里中, 廣數十丈. 後十餘日, 陸議大破先主軍於猇亭, 將軍馮習, 張南等皆沒. 先主自猇亭還秭歸, 收合離散兵, 遂棄船舫, 由步道還魚復, 改魚復縣曰永安. 吳遣將軍李異, 劉阿等踵躡先主軍, 屯駐南山.

秋八月, 收兵還巫. 司徒許靖卒. 冬十月, 詔丞相亮營南北

蘇省 蘇州市) 출신. 三國 시대 吳의 저명한 장군. 대도독. 政治人. 동오의 국정을 운영. 出將入相의 전형. 62세에 죽어 蘇州에 묻혔고 追諡는 昭侯(소후). 周瑜, 魯肅, 呂蒙(여몽)과 四大 都督으로 합칭.

80 南郡 巫縣은 今 重慶市 동부 巫山縣. 秭歸縣(자귀현)은 今 湖北省 宜昌市 관할 秭歸縣. 巫縣의 長江 협곡을 巫峽(무협)이라 하는데 瞿塘峽(구당협), 西陵峽(서릉협)과 함께 長江三峽이라 부른다.

81 武陵郡 - 治所 臨沅縣. 今 湖南省 북부 常德市 서쪽. 五谿蠻(오계만)은 武陵蠻(무릉만)으로도 호칭. 谿는 溪와 同. 무릉군의 5개 하천 주변에 거주하는 만이.

郊於成都. 孫權聞先主住白帝, 甚懼, 遣使請和. 先主許之,
遣太中大夫宗瑋報. 冬十二月, 漢嘉太守黃元聞先主疾不豫,
舉兵拒守.

| 국역 |

(章武) 2년 봄 정월, 先主의 군사는 秭歸(자귀)로 돌아왔고 將軍
吳班(오반)과 陳式(진식)의 水軍은 (南郡) 夷陵縣(이릉현)[82]에서 長江
을 끼고 동서 江岸에 주둔하였다.

2월에, 先主는 秭歸(자귀)에서 군사를 거느리고 진군하여 산길을
따라 고개를 넘어 夷道(이도)의 猇亭(효정)[83]에 군영을 설치하고, 佷
山(한산)과 武陵(무릉)을 연결하면서 侍中인 馬良(마량)[84]을 보내 五
谿의 만이들을 위무하여 함께 향응하기로 약속하였다. 鎭北將軍인
黃權(황권)은 江北의 모든 군사를 인솔하여 吳軍과 夷陵道(이릉도)에
서 대치하였다.

여름인 6월, 秭歸(자귀)에서 10여 리 떨어진 곳에서 黃氣가 출현하
였는데 그 넓이가 수십 길(丈)이나 되었다. 그 10여 일 뒤에 (東吳의)
陸議(陸遜)는 先主의 군사를 猇亭(효정)에서 (火攻으로) 대파하였는
데,[85] (蜀漢의) 장군인 馮習(풍습), 張南(장남) 등도 모두 전사했다.

....

82 (南郡) 夷陵縣(이릉현) – 今 湖北省 서부 宜昌市 夷陵區.
83 夷道(이도)는 今 湖北省 宜昌市 관할 宜都市. 猇亭(효정)은 今 湖北省 서남부
宜昌市 동남.
84 馬良(마량, 187 – 222년, 字 季常) – 荊州 襄陽 宜城 출신. 劉備의 侍中, '馬氏五
常, 白眉最良'의 주인공.
85 劉備의 패전은 諸葛亮의 군사적 재능을 별로 신임하지 않았기에 유비 자신이
親征에 나설 수밖에 없었다고 분석하는 사람도 있다. 陸遜의 능력을 과소 평

先主는 효정에서 자귀현으로 돌아와 흩어진 군사를 불러 모은 뒤, 선박을 포기하고 도보로 魚復縣(어복현)으로 돌아와서 魚復縣을 永安縣(영안현)[86]으로 개명하였다. 東吳에서는 장군 李異(이이)와 劉阿(유아) 등을 파견하여 先主 군사의 뒤를 추격하며 南山에 주둔하였다.

가을인 8월, 군사를 수습하여 巫縣(무현)으로 돌아왔다. 司徒인 許靖(허정)이 죽었다. 겨울인 10월, 丞相 제갈량에게 성도의 남북 교외에 군영을 설치케 하였다. 손권은 先主가 白帝城(백제성)에 머무는 것을 크게 두려워하며 사신을 보내 강화를 요청했다. 先主가 수락하면서 太中大夫인 宗瑋(종위)를 보내 報命케 하였다.

겨울인 12월, 漢嘉(한가) 태수[87]인 黃元(황원)은 先主의 병환이 위급하다는 사실을 알고 군사를 일으켜 항명하며 성을 지켰다.

| 原文 |

三年春二月, 丞相亮自成都到永安. 三月, 黃元進兵攻臨邛縣. 遣將軍陳曶討元, 元軍敗, 順流下江, 爲其親兵所縛, 生致成都, 斬之.

가한 착각에, 자신도 평생을 싸움터에서 살았다는 자만심, 빨리 吳를 치고 분을 풀겠다는 조급한 감정과 승부욕이 참패를 불러왔다.

86 永安縣 – 巴東郡 魚復縣을 개명한 이름. 白帝城, 수 重慶市 동부 奉節縣. 서기 203, 昭烈帝(劉備)가 붕어한 곳.

87 漢嘉郡(한가군)은 후한 말 蜀郡屬國을 章武 원년(서기 221) 漢嘉郡으로 개명. 郡治는 漢嘉縣. 수 四川省 중부 雅安市 관할 天全縣.

先主病篤, 託孤於丞相亮, 尙書令李嚴爲副. 夏四月癸巳,
先主殂於永安宮, 時年六十三.

| 국역 |

(章武) 3년 봄 2월(서기 223), 丞相 제갈량이 成都에서 永安縣에
도착했다. 3월, (반역한 漢嘉 태수) 黃元(황원)이 군사를 몰아 臨邛
縣(임공현)[88]을 공격하였다. 장군 陳曶(진흘)을 보내 황원을 토벌하
자, 황원은 패전하고 강을 따라 도주하다가 거느린 병졸에게 생포
되어 成都에 보내서 참수하였다.

先主의 병이 위독하자 태자를 제갈량에게 부탁하고,[89] 尙書令 李
嚴(이엄)을 副職에 임명하였다. 여름 4월 癸巳日(계사일)에 先主가
永安宮에서 죽었는데(殂),[90] 時年 63세였다.

| 原文 |

亮上言於後主曰, 「伏惟大行皇帝邁仁樹德, 覆燾無疆, 昊
天不弔, 寢疾彌留, 今月二十四日奄忽升遐, 臣妾號咷, 若喪
考妣. 乃顧遺詔, 事惟大宗, 動容損益. 百寮發哀, 滿三日除

---

88 蜀郡 臨邛縣(임공현)은, 今 四川省 成都市 관할 邛崍市(공래시).

89 유비는 '새가 죽을 때 그 울음이 애달프고(鳥之將死, 其鳴也哀), 사람이 죽을
때 하는 말이 선하다(人之將死, 其言也善).' 는 曾子의 말을 인용하며 자신의
誠心임을 강조하며 후사를 부탁했다. 이는《論語 泰伯》의 구절이다.

90 殂는 죽을 조(王者의 죽음).

服, 到葬期復如禮. 其郡國太守,相,都尉,縣令長, 三日便除
服. 臣亮親受敕戒, 震畏神靈, 不敢有違. 臣請宣下奉行.」

五月, 梓宮自永安還成都, 謚曰昭烈皇帝. 秋, 八月, 葬惠陵.

| 국역 |

諸葛亮이 後主에게 상주하였다.

「삼가, 붕어하신 황제께서는 仁義를 실행하시고 은덕을 널리 베
푸는데 힘쓰시어 그 은택이 끝없었지만 上天이 不善하여 와병하신
뒤에 일어나시지 못하고 이 달 24일에 홀연히 升遐(승하)하셨으니,
群臣과 비빈이 모두 마치 부모를 잃은 듯 애통하였습니다. 그 유조
에 의거하여 국사는 모두 大宗(太子)이 주관토록 하고, 복상 절차는
적의 가감할 것입니다. 백관들의 服喪은 3일 탈상으로 하고, 장례
기간과 제의는 의례에 따라 행할 것입니다. 郡國의 太守나 相, 都尉
나 縣令 縣長도 3일 복상 후 除服할 것입니다. 臣 亮(양)이 친히 조
칙을 받았으며 先帝 신령이 두려워 감히 어길 수가 없습니다. 이를
상주하고 봉행하겠습니다.」

5월에, 梓宮(재궁, 황제의 시신)은 永安縣에서 成都로 환궁했고 시
호는 昭烈皇帝(소열황제)였다. 가을인 8월, 惠陵(혜릉)에 장례했다.

| 原文 |

評曰, 先主之弘毅寬厚, 知人待士, 蓋有高祖之風, 英雄之

器焉. 及其擧國託孤於諸葛亮, 而心神無貳, 誠君臣之至公, 古今之盛軌也. 機權幹略, 不逮魏武, 是以基宇亦狹. 然折而不撓, 終不爲下者, 抑揆彼之量必不容己, 非唯競利, 且以避害云爾.

| 국역 |

陳壽의 評論 : 先主(劉備)의 도량과 의지, 관용과 厚意, 그리고 知人이나 아랫사람을 상대하는 일에 漢 고조의 유풍이 있었으니, 이는 英雄의 器量이었다. 先主는 나라와 후사를 제갈량에게 맡기면서 아무런 의심도 없었으니, 이는 주군과 신하가 公心만을 가진 것으로 이런 관계는 古今의 모범이었다. 다만 先主는 임기응변의 재간이나 經略에서 魏 武帝(曹操)만 못하였고 그 때문에 국가의 강역도 협소하였다. 그렇지만 난관에 처해서도 끝내 굽히지 않았던 것은 조조의 도량이 자신의 局量(국량)을 포용할 수 없었기 때문이며, 이득의 추구가 아니었고 危害를 피하려 했다고 볼 수 있다.

33권 〈後主傳〉(蜀書 3)
(후주전)

|原文|

　後主諱禪, 字公嗣, 先主子也. 建安二十四年, 先主爲漢中王, 立爲王太子.

　及卽尊號, 册曰,「惟章武元年五月辛巳, 皇帝若曰, 太子禪, 朕遭漢運艱難, 賊臣簒盜, 社稷無主, 格人群正, 以天明命, 朕繼大統. 今以禪爲皇太子, 以承宗廟, 祗肅社稷. 使使持節丞相亮授印綬, 敬聽師傅, 行一物而三善皆得焉, 可不勉與!」

　三年夏四月, 先主殂於永安宮. 五月, 後主襲位於成都, 時年十七, 尊皇后曰皇太后. 大赦, 改元. 是歲魏黃初四年也.

| 국역 |

　後主의 諱(휘)는 禪(선)[91]이고, 字는 公嗣(공사)로 先主(劉備)의 아들이다. 建安 24년(서기 219), 先主가 漢中王이 되자 王太子가 되었다.

　선주가 제위에 오른 뒤에 태자로 책봉하며 말했다.

　「章武 원년 5월 辛巳日, 皇帝가 너 太子 禪(선)에게 말하노니, 朕(짐)은 漢朝 國運의 어려운 시기를 만났고, 亂臣賊子(난신적자)가 篡逆(찬역)하여 社稷(사직)이 無主하였으나 바른 마음을 가진 백성과 신하의 도움과 正明한 천명으로 짐은 대통을 계승하였다. 지금 너를 皇太子로 책립하여 종묘를 계승하고 社稷(사직)을 받들도록 하노라. 부절을 가진 승상 제갈량을 시켜 너에게 인수를 전하니 사부의 말을 경청할 것이며 한 가지 일에 여러 가지의 선행을 실천하도록[92] 힘써야 할 것이다!」

　(章武) 3년(서기 223) 여름인 4월, 先主가 永安宮에서 죽었다. 5월, 後主는 成都에서 즉위하였는데 그때 17세였으며, 穆皇后를 皇

....

91 劉禪(유선, 207 - 271년, 字 公嗣) - 蜀漢 昭烈帝 劉備와 甘夫人(감부인) 所生, 17세 즉위, 223 - 263년 재위, 三國 중 재위가 最長인 皇帝. 魏에 멸망당한 뒤, 西晉에서 271년에 65세로 죽었다. 당시로서는 장수했고 개인적으로는 유복한 일생이었다. 趙雲(조운, 子龍)이 當陽(당양) 長坂坡(장판파)에서 아두를 구출한 것은 《三國演義》의 명장면의 하나이다. 阿斗(아두)는 유선의 어릴 적 별호. 무능 인물의 대명사. '朱門出阿斗 寒門出壯元.' '諸葛有智 阿斗有權.' '不要做阿斗的軍師 寧可幇好漢背馬鞭(아두의 軍師가 되느니, 차라리 잘난 사내를 도와 마부가 되는 것이 낫다.)' 劉備摔阿斗 - 收買人心(유비가 아두를 내던지다. 인심을 얻으려 하다.) 등 많은 속담이 있다.

92 원문의 '行一物而三善皆得焉' - 한 가지 일로 끝이 아니라 그 일에 관련되는 여러 일과 선행을 배우고 실천하라는 뜻. 一物은 一事.

太后[93]로 존칭하였다. 천하에 사면령을 내리고 改元하였는데(建興), 이해는 曹魏 黃初 4년(서기 223)이었다.

| 原文 |

建興元年夏, 牂柯太守朱褒擁郡反. 先是, 益州郡有大姓雍闓反, 流太守張裔於吳, 據郡不賓, 越巂夷王高定亦背叛. 是歲, 立皇后張氏. 遣尙書郞鄧芝固好於吳, 吳王孫權與蜀和親使聘, 是歲通好.

二年春, 務農殖穀, 閉關息民.

三年春三月, 丞相亮南征四郡, 四郡皆平. 改益州郡爲建寧郡, 分建寧,永昌郡爲雲南郡, 又分建寧,牂柯爲興古郡. 十二月, 亮還成都.

四年春, 都護李嚴自永安還住江州, 築大城.

五年春, 丞相亮出屯漢中, 營沔北陽平石馬.

---

93 穆皇后(목황후) – 吳氏, 吳壹(오일, 吳懿)의 여동생. 劉備入蜀 후에 夫人으로 맞이했다. 漢中王后. 劉禪 즉위 시, 皇太后가 되었다. 後主 延熙 8년(서기 245) 病死, 劉備와 合葬했다. 後主 劉禪의 생모는 甘夫人(甘皇后, 시호 昭烈皇后)이다. 감부인은 沛縣 출신. 劉備가 徐州 小沛에 거주할 때 첩실로 맞이했다. 형주에서 죽었고, 皇思夫人의 시호를 받고 이장해오는 도중에 유비가 죽자, 다시 昭烈皇后의 시호를 추가하여 유비와 합장했다.

| 국역 |

建興(건흥) 원년(서기 223) 여름, 牂柯郡(장가군, 牂柯)[94] 태수인 朱褒(주포)가 장가군에서 반역했다. 이보다 앞서 益州郡의 大姓인 雍闓(옹개)가 반기를 들어 태수인 張裔(장예)를 東吳로 방축한 뒤, 郡을 점유하고 조정에 복종하지 않았으며, (益州) 越巂郡(월수군)[95]의 만이의 왕 高定(고정)도 반역했다. 이 해에 張氏[96]를 황후로 책봉하였다.

尙書郞 鄧芝(등지)[97]를 東吳에 보내 講和(강화)하자, 吳王 孫權(손권)도 蜀漢과 화친하려 사신을 보내 이 해에 두 나라가 通好했다.

(建興) 2년 봄, 농사에 힘쓰며 관문을 폐쇄하고 백성을 쉬게 했다.

(建興) 3년 봄 3월, 승상 제갈량이 남쪽 4군을 원정하여 모두 평정하였다.[98] 益州郡을 建寧郡(건녕군)으로 개칭하고, 건녕군과 永昌郡을 분할하여 雲南郡을 설치했으며, 또 건녕군과 牂柯郡(장가군)을 분할하여 興古郡을 설치하였다. 12월에, 제갈량이 成都로 돌아왔다.

(建興) 4년 봄, 都護인 李嚴(이엄)[99]이 永安에서 江州縣으로 돌아와 큰 성을 축조하였다.

....

94 牂柯郡(장가군)의 治所는 故且蘭縣, 今 貴州省 黔東南苗族侗族自治州 黃平縣.

95 越巂郡(월수군)의 治所는 邛都縣(공도현), 今 四川省 남부 西昌市.

96 황후 張氏(敬哀皇后 張氏) – 張飛의 長女. 劉禪이 태자 때 태자비로 간택. 223年 皇后가 되어 237年에 죽었다. 장황후의 여동생이(小張后) 후주의 두 번째 황후가 되었다.

97 鄧芝(등지) – 《蜀書》15권, 〈鄧張宗楊傳〉에 입전.

98 南蠻(남만) 孟獲(맹획)을 정벌. 《三國演義》에서는 七擒七縱(칠금칠종).

99 李嚴(이엄, ?–234년, 後 改名 李平, 字 正方) – 蜀漢의 장군이며 重臣, 諸葛亮과 함께 선주 유비의 유언을 들었다. 북벌에서 군량 수송에 차질이 있어 서민으로 강등되었다. 《蜀書》10권, 〈劉彭廖李劉魏楊傳〉에 입전.

(建興) 5년(서기 227) 봄, 丞相 제갈량이 출병하여 漢中郡에 주둔하였는데, 沔水(면수) 북쪽 陽平關[100] 石馬란 곳에 군영을 설치하였다.

| 原文 |

六年春, 亮出攻祁山, 不克. 冬, 復出散關, 圍陳倉, 糧盡退. 魏將王雙率軍追亮, 亮與戰, 破之, 斬雙, 還漢中.

七年春, 亮遣陳式攻武都,陰平, 遂克定二郡. 冬, 亮徙從府營於南山下原上, 築漢,樂二城. 是歲, 孫權稱帝, 與蜀約盟, 共交分天下.

八年秋, 魏使司馬懿由西城, 張郃由子午, 曹眞由斜谷, 欲攻漢中. 丞相亮待之於城固,赤坂, 大雨道絶, 眞等皆還. 是歲, 魏延破魏雍州刺史郭淮於陽溪. 徙魯王永爲甘陵王, 梁王理爲安平王, 皆以魯,梁在吳分界故也.

九年春二月, 亮復出軍圍祁山, 始以木牛運. 魏司馬懿,張郃救祁山. 夏六月, 亮糧盡退軍, 郃追至靑封, 與亮交戰, 被箭死. 秋八月, 都護李嚴廢徙梓潼郡.

十年, 亮休士勸農於黃沙, 作流馬木牛畢, 教兵講武.

----

100 陽平關 – 陝西省 寧羌縣에 위치, 陽安關, 關口, 白馬城으로도 불렸다. 당시 漢中郡 沔陽縣(면양현) 서쪽. 曹魏와 蜀漢의 군사 요지.

(建興) 6년(서기 228) 봄, 제갈량은 출병하여 祁山(기산)[101]을 공격하였으나 이기지 못했다.(1차 북벌) 겨울에 다시 散關(산관)[102]에 출병하여 陳倉(진창)을 포위하였으나 군량이 다하여 철군했다.(2차 북벌) 魏將 王雙(왕쌍)이 군사를 거느리고 제갈량을 추격하여 전투를 벌였는데 위군을 격파하고 왕쌍을 죽이고 漢中郡으로 돌아왔다.

(建興) 7년(서기 229) 봄, 제갈량은 陳式(진식)을 보내어 武都郡(무도군)과 陰平郡(음평군) 지역을 공격하여 2군을 평정하였다.(3차 북벌) 겨울에, 제갈량은 지휘부와 군영을 남산 아래 평원으로 옮기고 漢城(한성)과 樂城(낙성)을 축조하였다. 이 해에 손권이 稱帝(칭제)하면서 蜀漢과 맹약을 맺고 천하를 양분키로 했다.

8년 가을, 曹魏에서는 司馬懿(사마의)를 보내 西城(서성)에서, 張郃(장합)은 子午谷(자오곡)에서, 曹眞(조진)은 斜谷(야곡)에서 출발하여 漢中郡을 공격케 하였다. 승상 제갈량은 城固(성고)와 赤坂(적판)에서 魏軍을 기다렸는데 大雨로 길이 막혀 조진 등은 모두 회군했다. 이 해에 魏延(위연)은 魏의 雍州(옹주) 자사인 郭淮(곽회)를 陽溪(양계)에서 격파하였다.

魯王인 劉永(유영)을 甘陵王에, 梁王인 劉理(유리)를 安平王으로 옮겨 봉했는데, 魯國과 梁國이 모두 東吳의 국경과 가까웠기 때문

101 祁山(기산)은 諸葛亮의 북벌 중 '六出祁山'한 곳. 今 甘肅省 남단 隴南市 관할 禮縣(예현). 天水郡과 漢中郡을 연결하는 요충지. 山 정상에 武侯祠(무후사)가 있다. 祁連山(기련산)이 아님. 祁連山은 甘肅省과 靑海省에 걸친 대 산맥 이름이다.

102 散關(산관)은 關中 땅 서쪽의 관문. 일명 大散關, 今 陝西 寶雞市 서남 17km, 大散嶺에 위치. 漢中郡으로 통하는 陳倉古道의 출발점.

이었다.

9년(서기 231) 봄 2월, 제갈량은 다시 출병하여 祁山을 포위했고 (4차 북벌) 처음으로 木牛(목우)로 군량을 운반케 하였다. 曹魏의 사마의와 張郃(장합)이 祁山(기산)을 구원하였다. 여름인 6월, 제갈량은 군량이 다하여 퇴군했는데 장합이 추격하여 青封(청봉)이란 곳에서 제갈량과 싸웠지만 화살에 맞아 전사했다. 가을인 8월, 都護인 李嚴(이엄)을 파직하여 梓潼郡(재동군)[103]으로 이주케 했다.

(建興) 10년(서기 232), 제갈량은 군사를 휴식케 하고 黃沙(황사)란 곳에서 농사를 지었으며 流馬木牛(유마목우)[104]를 완성하고 군사를 훈련시켰다.

| 原文 |

十一年冬, 亮使諸軍運米, 集於斜谷口, 治斜谷邸閣. 是歲, 南夷劉胄反, 將軍馬忠破平之.

....

103 梓潼 – 군명, 겸 현명. 今 四川省 북부 綿陽市 관할 梓潼縣.

104 木牛流馬 – 諸葛亮과 그 아내 黃月英 등이 발명 제작한 군량 운송기구. 건흥 9년에서 12년(231 – 234년) 사이에 제갈량의 북벌 때 이용했는데, 1일에 혼자 가면 수십 리, 함께 이동하면 2십 리를 운송할 수 있고 하였다. 전해오는 상세한 기록이 없고, 다분히 미화한 내용만 남아 전한다. 《三國演義》에 의하면, 제갈량은 葫蘆谷(호로곡)이란 곳에 비밀 공장을 마련하고 匠人 1천여 명을 동원하여 출입을 통제하며, 木牛流馬를 제조한다. 이 목우유마는 먹지도 자지도 않고 지치지도 않으며, 밤낮을 일할 수 있었고, 목우유마의 혀를 빼어 버리면 다른 사람이 작동시킬 수 없는 안전장치를 갖고 있었다. 이는 마치 현대의 작업 로봇처럼 미화되었다. 제갈량은 이 장치의 기능과 치수를 여러 장수들에게 설명했으며 기계장치가 완성되자 劍閣(검각)에서 기산의 본부대까지 군량을 운송했다고 하였다.

十二年春二月, 亮由斜谷出, 始以流馬運. 秋八月, 亮卒渭濱. 征西大將軍魏延與丞相長史楊儀爭權不和, 擧兵相攻, 延敗走. 斬延首, 儀率諸軍還成都. 大赦. 以左將軍吳壹爲車騎將軍, 假節督漢中. 以丞相留府長史蔣琬爲尙書令, 總統國事.

十三年春正月, 中軍師楊儀廢徙漢嘉郡. 夏四月, 進蔣琬位爲大將軍.

十四年夏四月, 後主至湔, 登觀坂, 看汶水之流, 旬日還成都. 徙武都氐王苻健及氐民四百餘戶於成都.

十五年夏六月, 皇后張氏薨.

| 국역 |

(建興) 11년(서기 233) 겨울, 제갈량은 모든 군사가 군량을 斜谷口(사곡구)로 운반케 하였고, 사곡구에 군량 창고를 지었다. 이 해에 南夷인 劉胄(유주)가 반기를 들었지만 장군 馬忠(마충)이 격파, 평정하였다.

(建興) 12년(서기 234) 봄 2월, 제갈량은 斜谷口로부터 流馬를 이용하여 군량을 운반하였다.(5차 북벌) 가을인 8월, 제갈량은 渭水(위수) 근처에서(五丈原) 죽었다. 征西大將軍인 魏延(위연)과 丞相府長史[105]인 楊儀(양의)[106]가 권력 싸움으로 불화하여 서로 군사를 거

....

105 長史는 丞相, 太尉, 公, 將軍, 太守의 속관, 승상의 장사는 승상의 비서실장 격. 태수의 속관은 군사에 관한 일 담당. 질록 6백석~1천석.

106 楊儀(양의, ?-235年, 字 威公) - 蜀漢 文臣, 北伐 시기 諸葛亮의 속관. 재간이

느리고 공격했는데 위연이 패주하였다. 위연을 참수한 뒤에 양의는 군사를 거느리고 成都로 회군했다. 左將軍인 吳壹(오일)이 車騎將軍이 되어 부절을 받아 漢中郡의 軍事를 감독했다. 丞相留府長史인 蔣琬(장완)[107]이 尙書令이 되어 國事를 총괄하였다.

13년인 봄 정월, 中軍師인 楊儀(양의)[108]는 漢嘉郡(한가군)을 폐지하였다. 여름 4월, 蔣琬(장완)이 대장군으로 승진하였다.

14년 여름 4월, 後主는 (蜀郡) 湔縣(전현)에 행차하여 觀坂(관판)에 올라 흐르는 汶水(문수)를 구경하고 10일 후에 성도로 돌아왔다. 武都郡의 氐王인 苻健(부건) 및 저족의 백성 4백여 호를 成都로 이주시켰다.

(建興) 15년(서기 237년), 皇后인 張氏가 죽었다.

| 原文 |

延熙元年春正月, 立皇后張氏. 大赦, 改元. 立子睿爲太子, 子瑤爲安定王. 冬十一月, 大將軍蔣琬出屯漢中.

....

있고 영민했으나 국량이 좁았다. 제갈량 사후에 배반한 魏延(위연)을 제거하였지만 승진에 대한 불평불만을 하여 하옥되었고 옥중에서 자결했다.

107 蔣琬(장완, ?-246년, 字 公琰) - 蔣은 풀이름 장. 성씨. 琬은 아름다운 옥 완. 蜀漢의 重臣. 荊州 零陵郡 湘鄕(今 湖南省 중동부 湘潭市 관할 湘鄕市) 출신. 蜀漢 四英((四相, 諸葛亮, 蔣琬, 費禕, 董允)의 첫째. 諸葛亮 卒後에 大將軍이 되어 후주 보필. 군정 대권을 장악. 閉關息民 政策을 추진, 國力이 大增했다. 大司馬, 역임 安陽亭侯, 諡號 恭侯.《蜀書》14권,〈蔣琬費禕姜維傳〉에 입전.

108 楊儀(양의, ?-235년, 字 威公) - 襄陽人. 蜀漢의 文臣, 제갈량 북벌 시 제갈량의 속관, 魏延과 불화. 나중에 옥중에서 자살.《蜀書》10권,〈劉彭廖李劉魏楊傳〉에 입전.

二年春三月, 進蔣琬位爲大司馬.

三年春, 使越嶲太守張嶷平定越嶲郡.

四年冬十月, 尙書令費禕至漢中, 與蔣琬咨論事計, 歲盡還.

五年春正月, 監軍姜維督偏軍, 自漢中還屯涪縣.

| 국역 |

延熙(연희, 서기 238 – 257년) 원년(서기 238) 봄 정월, 皇后 張氏[109]를 책립했다. 죄수를 대사하고 (延熙로) 改元하였다. 아들 劉睿(유예)를 太子로 책립했고, 아들 劉瑤(유요)는 安定王에 봉했다. 겨울인 11월, 大將軍 蔣琬(장완)이 출병하여 漢中郡에 주둔하였다.

(延熙) 2년 봄 3월, 蔣琬(장완)이 大司馬가 되었다.

3년 봄, 越嶲郡(월수군) 태수 張嶷(장억)[110]을 시켜 월수군을 평정케 했다.

4년 겨울인 10월, 尙書令인 費禕(비의)[111]가 漢中郡에 가서 蔣琬(장완)과 국정을 논의한 뒤에 연말에 돌아왔다.

5년 봄 정월(서기 242), 監軍인 姜維(강유)[112]가 부대를 지휘하여

----

109 皇后 張氏 – 장비의 딸, 죽은 張황후의 동생.

110 張嶷(장억) – 촉한 서남이 평정과 치안, 교화에 공헌. 《蜀書》 13권, 〈黃李呂馬王張傳〉에 입전.

111 費禕(비의, ?-253년. 字 文偉) – 荊州 江夏郡 출신. 蜀漢의 政治家, 장군. 제갈량의 신임을 받았다. 大將軍 역임. 《蜀書》 14권, 〈蔣琬費禕姜維傳〉에 立傳.

112 姜維(강유, 202-264년, 字 伯約) – 蜀漢의 장수, 본래는 曹魏의 天水郡 中郎將, 촉한에 투항, 제갈량의 인정을 받았다. 諸葛亮 사후에 蜀漢의 軍權을 쥐고 전후 11차례나 伐魏에 나섰다. 司馬昭가 蜀漢을 멸망시킬 때, 姜維는 劍閣(검각)에서 鍾會(종회)를 막고 있었으나, 鄧艾(등애)가 陰平(음·평) 小路로 成都를

漢中郡에서 돌아와 涪縣(부현)에 주둔하였다.

|原文|

六年冬十月, 大司馬蔣琬自還漢中, 住涪. 十一月, 大赦. 以尙書令費禕爲大將軍.

七年閏月, 魏大將軍曹爽,夏侯玄等向漢中, 鎭北大將軍王平拒興勢圍, 大將軍費禕督諸軍往赴救, 魏軍退. 夏四月, 安平王理卒. 秋九月, 禕還成都.

八年秋八月, 皇太后薨. 十二月, 大將軍費禕至漢中, 行圍守.

九年夏六月, 費禕還成都. 秋, 大赦. 冬十一月, 大司馬蔣琬卒.

十年, 涼州胡王白虎文,治無戴等率衆降, 衛將軍姜維迎逆安撫, 居之於繁縣. 是歲, 汶山平康夷反, 維往討, 破平之.

|국역|

(延熙) 6년(서기 243) 겨울 10월, 大司馬인 蔣琬(장완)이 漢中郡에서 돌아와 涪縣(부현)에 머물렀다. 11월에, 죄수를 사면하였다. 尙書令인 費禕(비의)가 大將軍이 되었다.

함락시켰고 後主 劉禪(유선)의 투항을 받았다. 강유는 나중에 亂軍 속에서 62세로 죽었다.《蜀書》14권,〈蔣琬費禕姜維傳〉에 立傳.

7년 윤달(?), 魏 대장군 曹爽(조상)과 夏侯玄(하후현) 등이 군사를 거느리고 漢中郡으로 진격하자, 鎭北大將軍인 王平(왕평)이 興勢(홍세)[113]의 군영에서 방어했고, 大將軍 費禕(비의)는 모든 군사를 거느리고 구원에 나섰는데, 魏軍은 퇴각하였다. 여름 4월, 安平王 劉理(유리)가 죽었다. 가을인 9월, 비위는 成都로 돌아왔다.

8년 가을인 8월, 皇太后(吳氏)[114]가 죽었다. 12월, 大將軍 費禕(비의)가 漢中郡에 가서 군영을 시찰하였다.

9년 여름 6월, 비의가 成都로 돌아왔다. 가을 죄수를 사면하였다. 겨울 11월, 大司馬인 蔣琬(장완)이 죽었다.

(延熙) 10년(서기 247), 涼州 일대 胡人의 우두머리인 白虎文(백호문)과 治無戴(치무대) 등이 무리를 거느리고 투항하였는데, 衛將軍 姜維(강유)가 그들을 맞아 위무하고 繁縣(번현)에 거주하게 하였다. 이 해에 汶山郡 平康縣 일대의 만이가 반기를 들자 강유가 토벌, 평정하였다.

| 原文 |

十一年夏五月, 大將軍費禕出屯漢中. 秋, 涪陵屬國民夷反, 車騎將軍鄧芝往討, 皆破平之.

....

113 興勢는 산 이름. 今 陝西省 서남부 漢中市 관할 洋縣의 서북에 있는 산. 後主 延熙 7년(서기 244) 曹魏의 조상은 10만 대군을 동원하여 촉을 멸망시키려 여기까지 와서 싸웠지만 鎭北大將軍인 王平(왕평)에게 패한 뒤 퇴각하였다.

114 劉備의 穆皇后(吳氏) ─ 劉備가 入蜀 後에 夫人으로 맞이했고, 漢中王后였다. 劉禪 즉위 시에 皇太后로 존칭. 延熙 8년(서기 245) 病死, 劉備와 合葬.

十二年春正月, 魏誅大將軍曹爽等, 右將軍夏侯霸來降. 夏
四月, 大赦. 秋, 衛將軍姜維出攻雍州, 不克而還. 將軍句安,
李韶降魏.

十三年, 姜維復出西平, 不克而還.

十四年夏, 大將軍費禕還成都. 冬, 復北駐漢壽. 大赦.

十五年, 吳王孫權薨. 立子琮爲西河王.

| 국역 |

(延熙) 11년(서기 248) 여름 5월, 대장군 費禕(비의)는 출병하여
漢中郡에 주둔했다. 가을, 涪陵屬國(부릉속국)[115]의 漢人과 蠻夷가
반기를 들자, 車騎將軍 鄧芝(등지)가 토벌하여 모두 평정하였다.

12년 봄 정월, 魏에서 大將軍 曹爽(조상) 등을 죽였는데,[116] (曹魏
의) 右將軍 夏侯霸(하후패)가 찾아와 투항했다. 여름 4월, 죄수를 사
면했다. 가을, 衛將軍 姜維(강유)가 출병하여 (曹魏의) 雍州(옹주)를
공격하였지만 이기지 못하고 돌아왔다. 將軍 句安(구안)과 李韶(이

---

115 涪陵郡 治所는 涪陵縣(부릉현), 今 重慶市 彭水苗族土家族自治縣, 領 涪陵縣
등 5縣 관할. 涪陵屬國은 涪陵郡 동북의 漢髮, 丹興 2縣 일대. 延熙 11년(서기
248) 叛亂을 鄧芝(등지)가 토벌.

116 高平陵의 變(서기 249) – 황제 曹芳의 고평릉(明帝의 능) 참배에 曹爽(조상)
의 일족이 모두 수행했는데, 司馬懿는 낙양 성문을 봉쇄한 뒤에 (明帝의 두
번째 황후인) 皇太后 郭氏(곽씨)를 협박하여 조상 일족의 군권을 박탈하고 조
상 일족을 주살하였다. 이로써 司馬懿는 曹魏의 전권을 장악했고, 曹芳은 완
전한 傀儡(괴뢰) 황제가 되었다. 曹爽(조상, ?-249. 字 昭伯)은 曹眞의 아들, 曹
操의 侄孫(질손). 明帝의 유조를 받아 사마의와 함께 曹芳을 輔政하였지만 난
폭하게 권력을 휘두르다가 司馬懿의 高平陵之變(서기 249년)으로 권력을 잃
고 멸족되었다.

소)가 魏에 투항했다.

13년, 강유가 다시 西平郡(서평군)[117]에 출병했지만 성과 없이 돌아왔다.

14년 여름, 大將軍 비의가 成都에 돌아왔다. 겨울, 다시 북으로 진격하여 漢壽(한수)[118]에 주둔했다. 나라의 죄수를 사면했다.

(延熙) 15년(서기 252), 吳王 孫權(손권)이 죽었다. 후주의 아들 劉琮(유종)을 西河王에 봉했다.

| 原文 |

十六年春正月, 大將軍費禕爲魏降人郭循所殺於漢壽. 夏四月, 衛將軍姜維復率衆圍南安, 不克而還.

十七年春正月, 姜維還成都. 大赦. 夏六月, 維復率衆出隴西. 冬, 拔狄道,河關,臨洮三縣民, 居於綿竹,繁縣.

十八年春, 姜維還成都. 夏, 復率諸軍出狄道, 與魏雍州刺史王經戰於洮西, 大破之. 經退保狄道城, 維卻住鍾題.

十九年春, 進姜維位爲大將軍, 督戎馬, 與鎭西將軍胡濟期會上邽, 濟失誓不至. 秋八月, 維爲魏大將軍鄧艾所破於上邽. 維退軍還成都. 是歲, 立子瓚爲新平王. 大赦.

---

117 西平郡 - 郡治는 西都縣, 今 靑海省 동부 西寧市, 西都, 臨羌, 破羌, 安夷 등 4縣을 관할.

118 漢壽(한수) - 曹魏의 廣漢郡 葭萌縣(가맹현), 今 四川省 북부 廣元市. 陝西省과 연접. 葭는 갈대 가. 萌은 싹 맹. 가맹현을 蜀漢에서 바꾼 이름.

二十年, 聞魏大將軍諸葛誕據壽春以叛, 姜維復率衆出駱谷, 至芒水. 是歲大赦.

| 국역 |

(延熙) 16년(서기 253) 봄 정월, 대장군 費禕(비의)는 魏에 투항한 사람 郭循(곽순)에게 漢壽(한수)에서 살해되었다. 여름인 4월, 衛將軍 姜維(강유)는 다시 군사를 거느리고 南安(남안)을 포위 공격했지만, 이기지 못하고 돌아왔다.

17년 봄 정월, 강유는 成都로 돌아왔다. 나라의 죄수를 사면했다. 여름인 6월, 강유는 다시 군사를 거느리고 隴西로 출정하였다. 겨울, 狄道(적도),[119] 河關(하관), 臨洮(임조) 3개 현의 백성을 綿竹縣(면죽현)과 繁縣(번현)으로 이주시켰다.

18년 봄, 강유는 成都로 돌아왔다. 여름, 강유는 다시 군사를 거느리고 狄道縣(적도현)에서 출발하여, 魏의 雍州(옹주) 자사인 王經(왕경)과 洮西(조서)에서 싸워 대파하였다. 왕경은 물러나 狄道城을 지켰고 왕유도 군사를 鍾題(종제, 鍾提)란 곳으로 퇴각하였다.

19년 봄, 姜維는 大將軍으로 승진했고 군사를 총괄하였는데, 鎭西將軍 胡濟(호제)와 기일을 정하여 上邽縣(상규현)[120]에서 만나기로 했지만 호제가 약속을 어겨 도착하지 않았다. 가을인 8월, 강유는 魏 大將軍 鄧艾(등애)에게 상규현에서 대패하였다. 당유는 군사를 거느리고 成都로 돌아왔다. 이 해에 후주의 아들 劉瓚(유찬)을 新平

119 狄道(적도) – 隴西郡의 狄道縣, 今 甘肅省 남부 定西市 관할 臨洮縣.
120 (天水郡, 漢陽郡) 上邽縣은, 今 甘肅省 동남부 天水市.

王으로 봉했다. 죄수를 사면하였다.

　(延熙) 20년(서기 257), 魏 大將軍 諸葛誕(제갈탄)[121]이 壽春에서 반란을 일으켰다는 소식을 들은 강유는 다시 군사를 거느리고 駱谷 (낙곡)을 출발하여 芒水(망수)란 곳에 도착했다. 이 해에 죄수를 대사 면했다.

| 原文 |

　景耀元年, 姜維還成都. 史官言景星見, 於是大赦, 改年. 宦人黃皓始專政. 吳大將軍孫琳廢其主亮, 立琅邪王休.

　二年夏六月, 立子諶爲北地王, 恂爲新興王, 虔爲上黨王.

　三年秋九月, 追諡故將軍關羽,張飛,馬超,龐統,黃忠.

　四年春三月, 追諡故將軍趙雲. 冬十月, 大赦.

　五年春正月, 西河王琮卒. 是歲, 姜維復率衆出侯和, 爲鄧 艾所破, 還住沓中.

---

121 諸葛誕(제갈탄, ?-258년, 字 公休) - 諸葛豐의 후손, 諸葛亮(제갈량)과 諸葛瑾 (제갈근)의 堂弟. 諸葛誕(제갈탄)이 반역한 근거지 壽春에서는 조위 후기에 연 속 반란이 일어났다. 이를 '壽春三叛', 또는 '淮南三叛' 이라고 칭한다. 이는 司馬氏의 專政에 따른 반발이지만 《魏書》에는 그런 내용이 모두 생략되었 다. 三叛은 王淩의 반란(서기 251년 4월), 毌丘儉(관구검)과 文欽(문흠)의 반 란(255년 1월), 諸葛誕의 반란(서기 257年 5월-258年 2월)인데 모두 司馬氏 에게 평정되었다.

景耀(경요) 원년(서기 258), 강유는 成都로 돌아왔다. 史官이 景星 (경성)이 출현했다고 보고하자 나라의 죄수를 사면하고 개원하였다. 환관 黃皓(황호)[122]가 政事의 대권을 장악했다. 吳 大將軍 孫琳(손림) 이 황제 孫亮(손량)을 폐위하고 琅邪王(낭야왕) 孫休(손휴)를 옹립했 다.

2년 여름 6월, 아들 劉諶(유침)을 北地王에, 劉恂(유순)을 新興王 에, 劉虔(유건)을 上黨王에 봉했다.

3년 가을 9월, 故 將軍 關羽(관우), 張飛(장비), 馬超(마초), 龐統(방 통), 黃忠(황충)에게 시호를 추가했다.

4년 봄 3월, 故 장군 趙雲(조운)에게 시호를 추가했다. 겨울인 10 월, 나라의 죄수를 사면하였다.

(景耀) 5년(서기 262) 봄 정월, 西河王 劉琮(유종)이 죽었다. 이 해 에 강유는 다시 군사를 거느리고 侯和(후화)란 곳에 출병했지만, 鄧 艾(등애)에게 격파당하고 회군하여 沓中(답중)[123]에 주둔했다.

---

122 太黃皓(황호, 생졸 연도 미상) - 劉禪이 총애한 환관. 董允(동윤, ?-246년, 字 休 昭) 재직 중에는 후주에게 자주 간언을 올리고 황호를 억제했었다. 동윤이 去 世 후에 황호는 발호했고, 姜維(강유)도 후주에게 황호를 죽여야 한다고 말했 지만 후주는 따르지 않았다. 오히려 강유가 沓中(답중)에 머물며 황호를 피했 다. 魏將 등애가 유선의 투항을 받고 황호를 죽이려 했지만, 황호는 금은으로 등애를 매수하여 화를 면했다. 후주를 따라 낙양까지 갔고, 司馬昭의 명에 의 해 황호는 처형되었다.

123 沓中(답중)은 요새 이름. 당시 梓潼郡 陰平縣, 今 甘肅省 동남 隴南市 관할 文 縣. 여기서 강유가 둔전했었다.

六年夏, 魏大興徒從衆, 命征西將軍鄧艾, 鎭西將軍鍾會, 雍
州刺史諸葛緖數道並攻. 於是遣左右車騎將軍張翼, 廖化, 輔
國大將軍董厥等拒之. 大赦. 改元爲炎興.

冬, 鄧艾破衛將軍諸葛瞻於綿竹. 用光祿大夫譙周策, 降於
艾, 奉書曰,

「限分江, 漢, 遇値深遠, 階緣蜀土, 斗絶一隅, 干運犯冒, 漸
苒歷載, 遂與京畿攸隔萬里. 每惟黃初中, 文皇帝命虎牙將軍
鮮于輔, 宣溫密之詔, 申三好之恩, 開示門戶, 大義炳然. 而
否德闇弱, 竊貪遺緖, 俯仰累紀, 未率大教.

天威旣震, 人鬼歸能之數, 怖駭王師, 神武所次, 敢不革面,
順以從命! 輒勑群帥投戈釋甲, 官府帑藏一無所毀. 百姓布
野, 餘糧棲畝, 以俟後來之惠, 全元元之命.

伏惟大魏布德施化, 宰輔伊, 周, 含覆藏疾. 謹遣私署侍中
張紹, 光祿大夫譙周, 駙馬都尉鄧良奉繼印綬, 請命告誠, 敬輸
忠款, 存亡救賜, 惟所裁之. 輿櫬在近, 不復縷陳.」

(景耀) 6년(서기 263) 여름, 曹魏는 군사를 대거 동원하였고, 征
西將軍 鄧艾(등애)와 鎭西將軍 鍾會(종회), 雍州(옹주) 자사 諸葛緖(제
갈서) 등에 명하여 여러 길로 동시에 진격케 하였다. 이에 左, 右 車

騎將軍인 張翼(장익)과 廖化(요화), 輔國大將軍 董厥(동궐) 등을 보내 막게 하였다.

죄수를 크게 사면했다. 炎興(염흥)으로 개원하였다.

炎興(염흥) 원년(서기 263) 겨울, 등애는 衛將軍 諸葛瞻(제갈첨)을 綿竹(면죽)에서 격파했다. 後主는 光祿大夫 譙周(초주)의 방책에 따라 등애에게 투항하는 국서를 보냈다.

「(蜀은) 長江과 漢水에 막혔고, 거기에 형성된 蜀土는 한구석에 단절된 땅이라서, 시운을 어기고 천명을 범하면서 여러 해를 지나나 보니 결국 (天子의) 京畿(경기) 지역과 1만 리나 격리되었습니다. 생각해 보면, 지난 黃初 연간에(서기 220 – 226), 文皇帝(文帝, 曹操)께서는 虎牙將軍인 鮮于輔(선우보)에게 명하여, 온유한 조서로 3가지 좋은 은덕을 베풀면서 (천하 통합의) 문호를 열어놓으셨으니 그 대의는 아주 분명하였습니다.[124] 그러나 (後主인 저는) 人德이 우매 유약한데다가 물려받은 자리에 연연하고 유예하며 결정치 못하여 文皇帝의 큰 가르침을 따르지 못했습니다.

이제 天威가 크게 떨치면서 백성이나 神鬼도 천자께 귀의하라는 定數를 알아 王師에 두려워 떨며, 神武가 주둔한 곳에 감히 얼굴색을 바꾸지 못하고 천명에 순종할 뿐입니다! 즉시 모든 장수에게 兵仗器를 버리고 갑옷을 벗게 하였으며, 官府에 보관한 모든 것을 훼손치 못하게 명하였습니다. 들에 일하는 백성이 보관 중인 식량일

---

124 先主가 죽고 後主가 즉위하던 서기 223년, 魏 司徒 華歆(화흠), 司空 王朗(왕랑), 尙書令 陳群(진군), 太史令 許芝(허지), 謁者僕射 諸葛璋(제갈장) 등이 각각 제갈량에게 서신을 보내 天命과 人事를 논하면서 촉한을 들어 曹魏의 번국이 되라는 권유도 있었다.

지라도 이후에 베풀어 줄 은덕에 대비케 하였으니 백성의 생명을 지켜주기 바랍니다.

생각건대, 大魏의 은덕과 교화를 우리에게도 베풀어 伊尹(이윤)이나 周公 같은 자가 輔政케 하여 우리의 허물조차 모두 덮어주기를 바랍니다. 삼가 제가 임명한 侍中 張紹(장소), 光祿大夫 譙周(초주), 駙馬都尉 鄧良(등량)을 보내 인수를 바치며, 명에 따라 성의를 다할 것이며, 충성된 마음으로 올리나니 存亡에 관한 명을 내려 판결하기 바랍니다. 수레와 관이 다 준비되었기에 더 말씀 드리지 않겠습니다.」

|原文|

是日, 北地王諶傷國之亡, 先殺妻子, 次以自殺.

紹, 良與艾相遇於雒縣. 艾得書, 大喜, 卽報書, 遣紹, 良先還. 艾至城北, 後主輿櫬自縛, 詣軍壘門. 艾解縛焚櫬, 延請相見. 因承制拜後主爲驃騎將軍. 諸圍守悉被後主敕, 然後降下. 艾使後主止其故宮, 身往造焉. 資嚴未發. 明年春正月, 艾見收. 鍾會自涪至成都作亂. 會旣死, 蜀中軍衆鈔略, 死喪狼籍, 數日乃安集.

|국역|

이날, (後主의 아들) 北地王 劉諶(유심)은 망국의 한을 못 이겨 처자를 먼저 죽이고 이어 자살하였다.

張紹(장소)와 鄧良(등량)은 등애와 雒縣(낙현)에서 만났다. 등애는 국서를 받고 크게 기뻐하며 즉시 이를 조정에 보고하였고 장소와 등량을 먼저 (후주에게) 돌아가게 하였다. 등애가 成都 성의 북쪽에 이르자, 후주는 수레에 관을 싣고 自縛(자박)한 채로 등애의 군문에 들어갔다. 등애는 밧줄을 풀어주고 관을 불태우게 한 뒤에 후주를 청하여 상견하였다.

등애는 황제의 명을 받아 후주에게 驃騎將軍직을 하사하였다. 각 군영과 관아의 관원은 후주의 명을 받은 뒤에 투항하였다. 등애는 후주를 옛 궁궐에 그대로 머물게 했고 등애가 궁으로 찾아가 만났다. 국고의 자산은 모두 엄격하게 관리하며 사용치 못하게 했다.

등애는 다음 해 봄 정월에, 죄수로 압송되었다. 鍾會는 (廣漢郡) 涪縣(부현)에서 成都에 들어와 (曹魏에) 반기를 들었다. 종회가 피살된 뒤에 촉한에 주둔한 군사들이 노략질을 자행하며 죽은 자가 많았지만 수일 내에 곧 안정되었다.

| 原文 |

後主擧家東遷, 旣至洛陽, 策命之曰,

「惟景元五年三月丁亥, 皇帝臨軒, 使太常嘉命劉禪爲安樂縣公.

於戱, 其進聽朕命! 蓋統天載物, 以咸寧爲大, 光宅天下, 以時雍爲盛. 故孕育群生者, 君人之道也, 乃順承天者, 坤元之義也. 上下交暢, 然後萬物協和, 庶類獲乂. 乃者漢氏失統,

六合震擾. 我太祖承運龍興, 弘濟八極, 是用應天順民, 撫有
區夏. 於時乃考因群傑虎爭, 九服不靜, 乘間阻遠, 保據庸蜀,
遂使西隅殊封, 方外壅隔.

自是以來, 干戈不戢, 元元之民, 不得保安其性, 幾將五紀.
朕永惟祖考遺志, 思在綏緝四海, 率土同軌, 故爰整六師, 耀
威梁, 益. 公恢崇德度, 深秉大正, 不憚屈身委質, 以愛民全國
爲貴, 降心回慮, 應機豹變, 覆信思順, 以享左右無疆之休, 豈
不遠歟!

朕嘉與君公長饗顯祿, 用考咨前訓, 開國胙土, 率遵舊典,
錫茲玄牡, 苴以白茅, 永爲魏藩輔, 往欽哉! 公其只服朕命, 克
廣德心, 以終乃顯烈.」

食邑萬戶, 賜絹萬匹, 奴婢百人, 他物稱是. 子孫爲三都尉
封侯者五十餘人. 尙書令樊建, 侍中張紹, 光祿大夫譙周, 秘書
令郤正, 殿中督張通並封列侯.

公泰始七年薨於洛陽.

| 국역 |

後主는 온 가족을 데리고 東으로 가서 낙양에 이르자 후주에게
책명을 내렸다.
「景元 5년(서기 264년)[125] 3월 丁亥日, 황제는 궁궐에서 太常 嘉

....
125 魏 曹奐(조환)의 景元 5년(서기 264)은 曹魏의 마지막 연호 咸熙 원년.

(가)를 보내 劉禪(유선)을 安樂縣公에 봉한다.

　於戲(어희)라! (유선은) 앞으로 나와서 朕의 命을 들을지어다! 천하와 만물을 統御(통어)함에 모두가 평안한 것이 중대한 일이고, 천하가 평온하다면 이는 나라가 溫和 昌盛할 때이다. 그래서 만물을 양육은 人君의 도리이고, 天意 순응은 땅 위 만물의 大義이다. 天地 상하가 잘 相通한 연후에 萬物이 協和하고 모든 생명이 평안하다. 이전에 漢氏가 天統을 상실하자 六合(上下四方)이 놀라고 두려웠다. 我 太祖께서는 天運을 타고 흥기하시어 八極을 다 구제하셨으니, 이것이 바로 應天 順民이며, 中原을 위무하고 소유하였다. 그 시절에 群雄이 다투며 內外 九服이 안정되지 못했는데, 그런 틈에 (蜀漢이) 구석지며 용렬한 蜀地를 차지하여 異域처럼 분리되었고 中原과의 왕래가 단절되었었다.

　그 이후로 전쟁이 그치지 않아(干戈不戢) 모든 백성들이 그 생명을 지키기도 어려운 시절이 거의 60년(五紀)에 가까웠다. 朕(짐)은 祖考의 遺志(유지)를 계승하여 四海를 안정케 하고 온 땅의 모두가 같은 길을 가도록 全軍(六師)을 동원하여 梁州와 益州에 위엄을 보이었다. 公(安樂公, 劉禪)은 大德의 도량을 헤아려 받들고 大正의 도의를 따라 몸을 낮춰 위탁하기를 꺼려하지 않았고, 온 백성을 아끼려 생각과 마음을 꺾어 기회를 따라 태도를 바꾸고 신의와 온순을 생각하여 백성과 함께 끝없는 복을 누리고자 하였으니, 이 어찌 멀리 있다고 생각할 수 있겠는가! 朕은 君公(安樂公)에게 높은 지위와 복록을 보장하노니 전대의 교훈에 따라 봉국을 세우게 하고, 옛 典故에 의거 검은 털의 숫소(公牛)와 白茅(백모, 띠풀)로 흙을 싸서 하사하니 오래도록 大魏의 藩臣(번신)으로 보필토록 애쓸지어다. 公은 짐의 명에 복종하고 仁義의 心德을 넓혀 끝까지 좋은 명성을 지켜나가라.」

食邑은 1만 호였고 비단 1만 필과 노비 1백 명, 그리고 이에 맞춰 여러 기물을 하사하였다.[126] 후주의 자손으로 都尉 3명과 제후에 봉해진 자가 50여 명이었다. 尙書令 樊建(번건), 侍中 張紹(장소), 光祿大夫 譙周(초주), 秘書令 郤正(극정), 殿中督 張通(장통)도 모두 列侯에 봉해졌다.

安樂公(劉禪)은 (西晉 武帝) 泰始 7년(서기 271)에 낙양에서 죽었다.

| 原文 |

評曰, 後主任賢相則爲循理之君, 惑閹竪則爲昏暗之后,

---

126 司馬昭가 유선을 만나 크게 꾸짖었다. "公은 황음무도하여 어진 신하를 내쫓고 정사를 돌보지 않았으니 죽여야 마땅하다.(公荒淫無道, 廢賢失政, 理宜誅戮.)" 사마소는 환관 황호를 처형했다. 어느 날, 司馬昭는 劉禪(安樂公)을 불러 잔치를 베풀면서 악공들에게 蜀의 의상을 입혀 蜀의 음악을 연주하게 하였다. 이에 촉한의 신하들이 모두 감상에 젖어 눈물을 흘리는데 유선만은 혼자 마냥 웃으며 즐거워하였다. 이에 사마소는 신하를 둘러보며 말했다. "사람이 무정하다더니 저 사람 같을 수 있는가? 비록 제갈공명이 살아 보필했어도 오래 가지 못했을 터인데 더구나 강유 따위가 어쩔 수 있었겠나?(雖使諸葛孔明在, 亦不能輔之久全, 何況姜維乎?)" 그리고는 유선에게 물었다. "고국 蜀의 생각이 나지 않는가?" 이에 후주는 "이곳이 즐거우니 촉에 대한 그리움은 없습니다.(此間樂, 不思蜀也.)"라고 대답했다. 이는 後主 劉禪이 庸才(용재)임을 가장 극렬하게 말해주는 이야기로, 후세 사람에게 두고두고 많은 생각을 하게 한 말이다.

《傳》曰'素絲無常, 唯所染之', 信矣哉!

禮, 國君繼體, 逾年改元, 而章武之三年, 則革稱建興, 考之古義, 體理爲違. 又國不置史, 注記無官, 是以行事多遺, 災異靡書.

諸葛亮雖達於爲政, 凡此之類, 猶有未周焉. 然經載十二而年名不易, 軍旅屢興而赦不妄下, 不亦卓乎! 自亮沒後, 茲制漸虧, 優劣著矣.

| 국역 |

陳壽의 評論 : 後主는 賢相에게 정사를 위임했을 때는 順理에 따르는 군주였지만, 환관에게 현혹되었을 때는 우매한 군주였다. 《傳》에서는 '흰 실(素絲)은 일정할 수 없으니 물을 들이는 대로 된다.'고 하였으니, 사실이로다!

禮에 國君이 지위를 계승하더라도 해가 지나야 改元하는데, (先主) 章武 3년을 바로 建興으로 개원하였으니, 古義에 의거한다면 이치에 맞지 않았다. 또 나라에 史官을 두지 않았고 기록하는 관리도 없어 많은 政事가 누락되었고 재이에 관한 기록도 없다.

諸葛亮이 정사에 통달했다지만 이런 일에 대해서는 모두 챙기지를 못했다. 그러나 (후주를 보필하는) 12년 동안 연호를 바꾸지 않았으며, 자주 군사를 동원하였지만 가벼이 죄수 사면령을 시행하지 않은 것은 역시 탁월한 조치였다. 제갈량이 죽은 이후로 이런 제도는 점차 무너지면서 그 政事의 차이는 분명히 드러났다.

34권 〈二主妃子傳〉(蜀書 4)
(이주비자전)

❶ 先主 甘皇后

|原文|

先主 甘皇后, 沛人也. 先主臨豫州, 住小沛, 納以爲妾. 先
主數喪嫡室, 常攝內事. 隨先主於荊州, 産後主. 値曹公軍至,
追及先主於當陽長阪, 於時困偪, 棄后及後主, 賴趙雲保護,
得免於難. 后卒, 葬於南郡.

章武二年, 追謚皇思夫人, 遷葬於蜀, 未至而先主殂隕. 丞
相亮上言,

「皇思夫人履行脩仁, 淑愼其身. 大行皇帝昔在上將, 嬪妃
作合, 載育聖躬, 大命不融. 大行皇帝存時, 篤義垂恩, 念皇

思夫人神柩在遠飄颻, 特遣使者奉迎. 會大行皇帝崩, 今皇思夫人神柩以到, 又梓宮在道, 園陵將成, 安厝有期. 臣輒與太常臣賴恭等議.《禮記》曰, '立愛自親始, 教民孝也, 立敬自長始, 教民順也.' 不忘其親, 所由生也.《春秋》之義, 母以子貴. 昔高皇帝追尊太上昭靈夫人爲昭靈皇后, 孝和皇帝改葬其母梁貴人, 尊號曰恭懷皇后, 孝愍皇帝亦改葬其母王夫人, 尊號曰靈懷皇后. 今皇思夫人宜有尊號, 以慰寒泉之思, 輒與恭等案謚法, 宜曰昭烈皇后.《詩》曰, '穀則異室, 死則同穴.' 故昭烈皇后宜與大行皇帝合葬, 臣請太尉告宗廟, 布露天下, 具禮儀別奏.」

　制曰可.

| 국역 |

　先主(昭烈帝)의 甘皇后(감황후)는 沛縣(패현)[127] 사람이다. 先主가 豫州(예주) 자사가 되어 小沛(沛縣)에 머무를 때 妾室로 맞이했다. 先主는 嫡室(적실)을 여러 번 잃었기에 甘夫人이 늘 內事를 주관하였다.[128] (감부인은) 先主를 따라 荊州에 왔고 後主(劉禪)를 출산했

---

127 沛縣 – 今 江蘇省 徐州市 沛縣.

128《三國演義》에는 甘夫人과 糜夫人(미부인)이 함께 자주 보인다. 後主 劉禪의 생모는 甘夫人(甘皇后, 시호 昭烈皇后)이다. 감부인은 沛縣 출신. 劉備가 徐州 小沛에 거주할 때 첩실로 맞이했다. 형주에서 죽었고, 皇思夫人의 시호를 받고 이장해오는 도중에 유비가 죽자, 다시 昭烈皇后의 시호를 추가하여 유비와 합장했다.

다. 조조의 군사가 형주에 들어와 유비를 (南郡) 當陽縣 長阪(장판)
에서 공격하자, 매우 급박한 상황에서 유비는 감부인과 아들 유선
을 버리고 달아났지만, 趙雲(조운)의 保護(보호)로 난리 속에서 살아
날 수 있었다. 감부인이 죽자 南郡[129]에 장례했다.

(昭烈帝) 章武 2년(서기 222년), 감부인에게 皇思夫人(황사부인)
의 시호를 올렸고 蜀으로 장지를 옮기게 하였는데 (운구가) 도착하
기 전에 先主도 붕어하였다. 이에 제갈량이 상주하였다.

「皇思夫人은 인덕을 닦고 실천하였으며 처신이 현숙하고 근신하
였습니다. 大行皇帝(先主)께서 예전 上將으로 있을 때 비빈으로 선
주와 함께 聖躬(聖上, 後主)을 기르고 보살폈지만 천수가 길지 못했
습니다. 大行皇帝께서 생존하실 때 도타운 情誼(정의)로 은택을 베
푸시며 늘 皇思夫人의 神柩(신구)가 먼 곳에 묻혀 떠돌고 있다 생각
하여 특별히 사자를 보내 모셔오게 하였습니다. 그리고서 大行皇帝
께서 붕어하셨고, 지금 皇思夫人의 神柩(신구, 靈柩)가 도착할 것인
데, 梓宮(재궁, 붕어한 황제)도 지금 (成都로) 운구 중이며, 황제의 園
陵(원릉)이 곧 준비될 것이니 기일을 정하여 안장해야 합니다.

臣은 즉시 太常인 臣 賴恭(뇌공) 등과 이를 협의하였습니다.《禮
記》에도 '愛育의 情誼는 愛親에서 시작되고, 백성에게 효도를 가르

麋竺(미축, ?~221년, 字 子仲)은 徐州 東海國 朐縣(구현, 今 江蘇省 連雲港市)의
富商 출신인데, 미축의 여동생이 유비의 麋夫人(미부인)이다. 유비는 미축한
테서 많은 경제적 도움을 받았다. 趙雲이 당양현 장판에서 유선을 안고 쫓기
는 미부인을 구했지만 미부인은 아기를 조운에게 주고 우물에 뛰어들어 죽는
것으로 되어있다. 本傳에는 미부인에 관한 기록이 없다.《蜀書》8권,〈許麋孫
簡伊秦傳〉의 麋竺傳(미축전) 참고.

129 南郡 治所는 江陵縣. 今 湖北省 남부 荊州市 江陵縣.

치기는 어른을 敬順하는데서 시작한다.'고 하였으며, 兩親을 잊지
못하는 것은 부모가 낳고 길렀기 때문입니다. 《春秋》의 大義로도
모친은 아들을 따라 尊貴(존귀)하다고 하였습니다. 옛날 高皇帝께서
는 (漢 高祖) 太上昭靈夫人(高祖의 모친)을 昭靈皇后(소령황후)로 追
尊하였고, (後漢의) 孝和皇帝(和帝)는 그 모친 梁貴人(양귀인)을 개
장하면서 恭懷皇后(공회황후)라는 尊號를 올렸으며, 孝愍皇帝(효민
황제, 獻帝) 역시 그 모친 王夫人을 改葬하면서 靈懷皇后(영회황후)를
존칭하였습니다. 이제 皇思夫人에게도 존호를 올려 寒泉(한천, 黃泉)
에서의 哀思를 위로해야 하기에 賴恭(뇌공) 등과 諡法(시법)을 고찰
하여 昭烈皇后(소열황후)로 정하기로 하였습니다.

《詩》에서도[130] '살아서 같은 房이 아니더라도 죽어서는 함께 묻힌
다(死則同穴).'고 하였습니다. 그러하기에 昭烈皇后는 大行皇帝(昭
烈帝)와 합장해야 하며, 臣은 太尉에게 요청하여 이를 宗廟에 고하
고 천하에 널리 알리며, 구체적인 의례는 별도로 상주하겠습니다.」

後主는 可하다고 하였다.

❷ 先主 穆皇后

| 原文 |

先主 穆皇后, 陳留人也. 兄吳壹, 少孤, 壹父素與劉焉有舊,

----

130 《詩經 王風 大車》의 구절.

是以擧家隨焉入蜀. 焉有異志, 而聞善相者相后當大貴. 焉時
將子瑁自隨, 遂爲瑁納后. 瑁死, 后寡居. 先主旣定益州, 而
孫夫人還吳, 群下勸先主聘后, 先主疑與瑁同族, 法正進曰,
"論其親疏, 何與晉文之於子圉乎?" 於是納后爲夫人.

建安二十四年, 立爲漢中王后. 章武元年夏五月, 策曰,

「朕承天命, 奉至尊, 臨萬國. 今以后爲皇后, 遣使持節丞相
亮授璽綬, 承宗廟, 母天下, 皇后其敬之哉!」

建興元年五月, 後主卽位, 尊后爲皇太后, 稱長樂宮. 壹官
至車騎將軍, 封縣侯. 延熙八年, 后薨, 合葬惠陵.

| 국역 |

先主의 穆皇后(목황후, 吳氏)는 陳留郡(진류군)[131] 사람이다. 오빠인
吳壹(오일, 吳懿)은 어릴 적 부친을 여의었는데, 오일의 부친은 평소
에 (益州 자사) 劉焉(유언)과 가까웠기에 온 가족을 데리고 유언을
따라 蜀郡으로 이주하였다. 유언은 평소에 다른 뜻을 품고 있었는
데, 관상을 잘 보는 사람이 오일의 여동생 관상을 보고 大貴하다는
말을 들었다. 그때 유언의 아들 劉瑁(유모)가 부친을 수행하고 있었
는데, (오일의 여동생을) 유모의 아내로 맞이하였다.(유언의 며느리
가 되었다.) 그런데 유모가 죽어 과부로 지내고 있었다.

유비가 益州를 차지한 뒤에 孫夫人(손부인)[132]은 東吳(동오)로 돌아

---

131 兗州(연주) 陳留郡(진류군) 치소는 陳留縣, 今 河南省 동부의 開封市.
132 孫夫人(손부인, 생존 년도 미상.) – 孫權의 여동생. 才智가 민첩했고 그 성격은

가 없었고, 아랫사람들이 유비에게 맞이하라고 권유하였는데, 유비는 劉瑁(유모)가 같을 일족(劉氏)이라서 망설이자 法正(법정)이 유비에게 말했다.

"그 親疏(친소)를 따지기로 한다면 어찌 晋 文公이 子圉(자어)를 맞이한 것보다 더 하겠습니까?"

이에 유비는 오일의 여동생을 부인으로 맞이했다.

(獻帝) 建安 24년, 유비가 漢中王后로 책립하였다. 章武 원년(서기 221) 여름 5월에, 책서를 내렸다.

「朕은 天命을 이어받아 至尊의 자리에 올라 萬國을 親臨한다. 지금 왕후를 황후로 삼고, 부절을 가진 丞相 亮(량)을 보내 (황후의) 璽(새)와 綬(수)를 내리나니, 宗廟를 받들고 만백성의 모친으로서 皇后는 공경할지어다!」

(後主) 建興 원년(서기 223) 5월, 後主가 즉위하며 황후를 皇太后로 올렸으며 長樂宮으로 호칭하였다. 吳壹(오일)은 車騎將軍이 되었고, 縣侯에 봉해졌다. (後主) 延熙 8년(서기 245)에, 황후가 붕어하여 (昭烈帝의) 惠陵(혜릉)에 합장하였다.

....

剛强했다. 적벽대전 이후 孫權은 유비의 커가는 세력을 두려워하여 孫夫人을 유비에게 출가시켰다(서기 209). 유비와 결혼했지만 손부인은 오빠를 믿고 오만하며 무장한 시녀의 호위를 받으며 유비와 만났다. 건안 17년(서기 212) 유비가 촉에 들어가자, 형주에 남은 손부인을 데려가려고 손권은 모친이 위독하다며 큰 배를 보냈다. 손부인은 阿斗(劉禪)를 데리고 돌아가려다가 제갈량이 조운을 보내 아두를 뺏어온다. 劉備가 益州를 차지한 뒤에 吳壹(吳懿)의 여동생을 정실로 맞이했고 그 이후 손부인에 관한 기록은 보이지 않는다. 正史에서는 孫부인에 관한 立傳이 없다. 《三國演義》에는 孫仁(손인)이라는 이름이 보인다.

❸ 後主 敬哀皇后 · 張皇后

|原文|

後主 敬哀皇后, 車騎將軍張飛長女也. 章武元年, 納爲太子妃. 建興元年, 立爲皇后. 十五年薨, 葬南陵.

後主 張皇后, 前后敬哀之妹也. 建興十五年, 入爲貴人. 延熙元年春正月, 策曰,

「朕統承大業, 君臨天下, 奉郊廟社稷. 今以貴人爲皇后, 使行丞相事左將軍向朗持節授璽綬. 勉脩中饋, 恪肅禋祀, 皇后其敬之哉!」

咸熙元年, 隨後主遷於洛陽.

|국역|

後主 敬哀皇后(경애황후)는 車騎將軍 張飛(장비)의 長女이다. (先主) 章武 원년(서기 221), 太子妃가 되었다. (後主) 建興 원년(서기 223), 皇后가 되었다. (건흥) 15년(서기 237)에 죽어 南陵에 장례했다.

後主의 張皇后는 앞서 황후였던 敬哀황후의 여동생이다. 建興 15년에 궁궐에 들어와 貴人이 되었다. (後主) 延熙 원년(서기 238) 봄 정월에 책서를 내렸다.

「朕은 大業을 계승하여 천하를 다스리고 종묘와 사직을 받들고 있다. 이제 張 貴人을 皇后에 봉하며, 丞相事를 대행하는 左將軍 向

朗(상랑)에게 부절을 주어 (황후)의 璽綬(새수)를 하사한다. 황후는 후궁의 업무를 힘써 실행하고 선조와 천지 신령을 공손 장중히 모실지어니 황후는 공경히 받들지어다!」

(曹魏) 咸熙 원년(서기 264)에 (후주를 따라) 낙양으로 옮겨갔다.

❹ 先主子 永

|原文|

劉永字公壽, 先主子, 後主庶弟也. 章武元年六月, 使司徒靖立永爲魯王, 策曰,

「小子永, 受茲靑土. 朕承天序, 繼統大業, 遵脩稽古, 建爾國家, 封於東土, 奄有龜蒙, 世爲藩輔. 嗚呼, 恭朕之詔! 惟彼魯邦, 一變適道, 風化存焉. 人之好德, 世茲懿美. 王其秉心率禮, 綏爾士民, 是饗是宜, 其戒之哉!」

建興八年, 改封爲甘陵王. 初, 永憎宦人黃皓, 皓旣信任用事, 譖構永於後主, 後主稍疏外永, 至不得朝見者十餘年. 咸熙元年, 永東遷洛陽, 拜奉車都尉, 封爲鄕侯.

|국역|

劉永(유영)의 字는 公壽(공수)로, 先主의 아들이며, 後主의 庶弟이다. (先主) 章武 원년(서기 221) 6월, 司徒인 許靖(허정)을 보내 유영을 魯王으로 삼았으며 책서를 내렸다.

「小子 永(영), 동방의 흙을 받을지어다. 짐은 제위를 계승하여 대업을 이어 다스리나니, 옛 禮制를 따르고 배워 나라(제후국)를 세워 동쪽 땅에 봉하나니, 龜山(구산)과 蒙山(몽산)을 차지하고 대대로 울타리가 되어 보필할지어다. 嗚呼(오호)라, 짐의 명을 받들지어다! 그 魯의 땅은 조금만 변화하여도 道德에 이를 만큼 옛 교화의 법도가 남아 있도다. 백성은 好德하고 대대로 아름다운 미덕이 전해온다. 王은 마음을 잡아 禮度에 따를 것이며 그 백성을 편안케 하고 신령의 제사를 받들며 조심할지어다!」

(유영을) (後主) 建興 8년(서기 230)에 甘陵王(감릉왕)으로 바꿔 봉했다. 그전에 유영은 환관 黃皓(황호)를 증오하였는데 황호가 국정을 전담하면서 유영을 후주에게 참소했고, 후주는 점차 유영을 멀리하여서 유영은 10년이 넘도록 입조하여 알현하지 못하였다. (曹魏) 咸熙 원년(서기 264)에 낙양으로 옮겨갔는데, 奉車都尉가 되었고 鄕侯에 봉해졌다.

❺ 先主子 理

| 原文 |

劉理字奉孝, 亦後主庶弟也, 與永異母. 章武元年六月, 使司徒靖立理爲梁王, 策曰,

「小子理, 朕統承漢序, 祗順天命, 遵脩典秩, 建爾於東, 爲

漢藩輔. 惟彼梁土, 畿甸之邦, 民狃敎化, 易導以禮. 往悉乃心, 懷保黎庶, 以永爾國, 王其敬之哉!」

建興八年, 改封理爲安平王. 延熙七年卒, 諡曰悼王. 子哀王胤嗣, 十九年卒. 子殤王承嗣, 二十年卒. 景耀四年詔曰,「安平王, 先帝所命. 三世早夭, 國嗣頹絶, 朕用傷悼. 其以武邑侯輯襲王位.」

輯, 理子也, 咸熙元年, 東遷洛陽, 拜奉車都尉, 封鄕侯.

| 국역 |

劉理(유리)의 字는 奉孝(봉효)로 後主의 庶弟인데, 劉永(유영)과도 모친이 달랐다. (先主) 章武 원년(서기 221) 6월, 司徒인 許靖(허정)을 보내 劉理(유리)를 梁王에 봉하며 책서를 내렸다.

「小子 理(리)여, 朕은 漢의 天序(帝位)를 이어 天命을 받들고 따르며 典章 제도를 준수하며 너를 東쪽에 봉하여 漢의 울타리로 삼는다. 그 梁의 땅은 경기에 속하는 나라이라서 백성은 교화에 순응하여 쉽게 예로 이끌 수 있도다. 가서 너의 마음을 다하여 백성을 품어 지켜주며 영월토록 너의 나라로 할지어니, 왕은 공경으로 실천할지어라!」

(後主) 建興 8년, 劉理를 安平王으로 改封하였다. (후주) 延熙 7년에(서기 244) 죽었는데, 시호는 悼王(도왕)이었다. 아들 哀王(애왕) 胤(윤)이 계승하였는데, (延熙) 19년(서기 256)에 죽었다. 아들 殤王(상왕) 承(승)이 계승했는데, (延熙) 20년에 죽었다. 景耀(경요) 4년

(서기 261)에 조서를 내렸다.

「安平王은 先帝께서 봉했었다. 三世가 요절하여 國嗣가 끊이었기에 짐은 이를 슬퍼하노라. 武邑侯 輯(집)으로 왕위를 계승케 하라.」

劉輯(유집)은 劉理의 아들인데, (曹魏) 咸熙 원년(서기 264)에 동쪽 낙양으로 가서 奉車都尉에 임명되었고, 鄕侯에 봉해졌다.

❻ 後主太子 璿

|原文|

後主太子璿, 字文衡. 母王貴人, 本敬哀張皇后侍人也. 延熙元年正月策曰,

「在昔帝王, 繼體立嗣, 副貳國統, 古今常道. 今以璿爲皇太子, 昭顯祖宗之威, 命使行丞相事左將軍朗持節授印綬. 其勉脩茂質, 祗恪道義, 諮詢典禮, 敬友師傅, 斟酌衆善, 翼成爾德, 可不務脩以自勖哉!」

時年十五. 景耀六年冬, 蜀亡. 咸熙元年正月, 鍾會作亂於成都, 璿爲亂兵所害.

|국역|

後主의 太子인 劉璿(유선, 璿은 아름다운 옥 선)의 字는 文衡(문형)이

다. 모친은 王貴人(왕귀인)인데 본래 敬哀張皇后의 시녀였다. 延熙
원년(서기 238) 정월에 책서를 내렸다.

「옛날의 帝王이 황통을 계승하며 태자로 국통을 이어가는 것은
古今의 常道였다. 이제 너 璿(선)을 皇太子로 삼나니, 祖宗의 위엄을
분명히 펴도록 하라. 丞相事를 대행하는 左將軍 向朗(상랑)에게 부
절을 주어 너에게 (황태자의) 인수를 내리노라. 좋은 바탕을 힘써
닦고 공경으로 도의를 따를 것이며 옛 典禮를 익히고 배우며, 사부
를 공경히 받들고 모든 선행을 헤아리고 실천하여 너의 덕행을 도
와 완성토록 할지어니, 스스로 수양에 힘써 실천하지 않을 수 있겠
는가!」

그때 나이 15세였다. 景耀(경요) 6년(서기 263) 겨울에 蜀이 멸망
했다. (曹魏) 咸熙 원년(서기 264) 정월에, 鍾會가 成都에서 반란을
일으켰는데 유선은 亂兵에게 살해되었다.

| 原文 |

評曰,《易》稱 '有夫婦然後有父子.' 夫人倫之始, 恩紀之
隆, 莫尙於此矣. 是故紀錄, 以究一國之體焉.

| 국역 |

陳壽의 評論 :《易經》[133]에 '夫婦가 있은 뒤에 父子가 있다.' 하였

·············
133《易經 序卦傳》의 내용.「有天地, 然後有萬物, 有萬物, 然後有男女, 有男女, 然

으니, 부부는 人倫의 시작이고 恩情과 기강의 융성이 부부보다 더 중요한 것이 없다. 이에 부부에 관한 기록으로 一國의 체계를 살펴보았다.

·················
　　後有夫婦, 有夫婦, 然後有父子, 有父子, 然後有君臣, 有君臣, 然後有上下, 有
　　上下, 然後禮儀有所錯. 夫婦之道, 不可以不久也, 故受之以恒, 恒者久也.」

35권 〈諸葛亮傳〉(蜀書 5)
(제갈량전)

❶ 諸葛亮

| 原文 |

諸葛亮字孔明, 琅邪陽都人也. 漢司隸校尉諸葛豐後也. 父珪, 字君貢, 漢末爲太山郡丞. 亮早孤, 從父玄爲袁術所署豫章太守, 玄將亮及亮弟均之官. 會漢朝更選朱皓代玄. 玄素與荊州牧劉表有舊, 往依之.

玄卒, 亮躬畊隴畝, 好爲〈梁父吟〉. 身長八尺, 每自比於管仲, 樂毅, 時人莫之許也. 惟博陵崔州平,潁川徐庶元直與亮友善, 謂爲信然.

| 국역 |

諸葛亮(제갈량, 181 - 234년)[134]의 字는 孔明(공명)으로 琅邪郡(낭야군) 陽都縣(양도현)[135] 사람이다. 前漢 司隸校尉였던 諸葛豐(제갈풍)[136]의 후손이다. 부친 諸葛珪(제갈규, ? - 187년)는 字가 君貢(군공)인데, 後漢末에 太山郡丞이었자 (군승, 태산군 副郡守)였다. 제갈량은 어려 부친을 여의었는데(제갈량의 母親 章氏는 제갈규보다 먼저 죽었다), 從父(종부, 叔父)인 諸葛玄(제갈현, ? - 197년)이 袁術(원술)에 의해 豫章 태수가 되자, 제갈현은 제갈량과 동생 諸葛均(제갈균)[137]을 데리고 부임하였다. 마침 漢朝에서는 朱皓(주호)를 선임하여 제갈현을

----

134 諸葛亮(제갈량, 181 - 234년 10월 8일) - 諸葛은 複姓. 琅邪 諸葛氏. 중국 역사상 著名한 政治家, 군사전략의 1인자, 발명가이며 문장가. 청년시기에 南陽郡에서 농사지으며 독서, 그 지역에서 臥龍(와룡)이라는 별호로 통칭. 劉備의 三顧茅廬(三顧草廬)를 받고 출사하여 蜀漢의 건립과 안정을 이룩했다. 작위는 武鄕侯, 先主 및 後主 劉禪(유선)을 보필, 5차에 걸친 북벌 曹魏, 五丈原에서 他界, 시호는 忠武이다. 제갈량의 재능과 인격은 후세의 존경을 받았으니, 그의 일생은 '鞠躬盡瘁(국궁진췌)하여 死而後已(사이후이)라.'고 한마디로 요약할 수 있다. 중국인들에게 忠臣과 智慧의 대표적 인물로 각인되었는데, 이런 이미지는 아마 앞으로도 바뀌지 않을 것이다.

135 徐州 관할 琅邪郡(낭야군)의 치소는 開陽縣, 수 山東省 남부의 臨沂市(임기시). 陽都縣(양도현)은, 수 山東省 남부 臨沂市 沂南縣에 해당.

136 諸葛豐(제갈풍, 字는 少季) - 琅邪郡(낭야군) 사람이다. 明經으로 郡의 文學이 되었는데 강직하기로 특별히 이름이 났다. 貢禹(공우)가 어사대부가 되자 제갈풍을 속리로 삼았다가 侍御史(시어사)에 천거하였다. 前漢 元帝가 제갈풍을 발탁하여 司隸校尉(사예교위)에 임명하였는데 사람을 가리지 않고 죄지은 자를 검거하였기에 경사 사람들이 이를 두고 '이 넓은 세상에 하필 제갈풍을 만났다.(間何闊, 逢諸葛.)'고 하였다. 《漢書》77권, 〈蓋諸葛劉鄭孫毌將何傳〉에 입전.

137 제갈량에게는 친형 諸葛瑾(제갈근, 174 - 241년, 字 子瑜)이 있었는데, 제갈근은 東吳에 출사하였다. 동생 諸葛均(제갈균)은 와룡강에서 제갈량과 함께 생활하다가 나중에 촉한에 출사하여 長水校尉를 역임했다.

후임으로 발령하였다. 제갈현은 평소에 荊州牧인 劉表(유표)와 친분이 있어 유표를 찾아가 의지하였다.

숙부 제갈현이 죽자, 제갈량은 직접 농사를 지었는데[138] 〈梁父吟(양보음)〉[139]을 즐겨 읊었다. 제갈량의 身長은 8尺이며(23.1cm×8), 늘 자신을 管仲(관중)[140]과 樂毅(악의)[141]에 비유하였는데, 時人들은 알아주지 않았다. 다만 博陵(박릉)의 崔州平,[142] 潁川郡(영천군)의 徐庶(서서, 字 元直)[143]는 제갈량과 가까이 지내며, 제갈량이 管仲이나

----

138 제갈량의 집은 南陽郡 鄧縣으로 襄陽城에서 서쪽 20리라 했고, 그 마을을 隆中(융중)이라 했다(今 南陽市 臥龍崗 或 襄陽市 古隆中).《三國演義》에 묘사된 臥龍崗(와룡강)은 '산은 높지 않으나 수려하고(山不高而秀雅), 물은 깊지 않아도 맑으며(水不深而澄淸), 땅이 넓지는 않으나 평탄하고(地不廣而平坦), 숲은 광대하지는 않아도 무성하였다(林不大而茂盛). 또 원숭이와 학이 떼지어 놀고 소나무와 대나무가 뒤섞여 푸르렀다.'고 묘사하였다.

139 〈梁父吟(양보음), 梁甫吟〉 - 泰山 동쪽 梁父山 일대에 전하는 民謠(민요), 작자 無名氏. 주 내용은 齊國 宰相 晏嬰(안영)의 공적을 칭송하는 노래지만, 그 뜻을 다양하게 해석할 수 있다. 諸葛亮의 부친 諸葛珪가 梁父 縣尉를 역임했기에 回鄕의 뜻으로도 새길 수 있다.

140 管仲(관중, 前 725 - 645년) - 春秋 시대 法家 代表 人物. 齊國 政治家, 중국 재상의 典範, 管鮑之交(관포지교)의 주인공.《史記 管晏列傳》에 입전.

141 樂毅(악의, 生卒年 미상) - 전국시대 燕國의 장군, 齊의 70여 성을 탈취, 유능한 전략가.

142 博陵(박릉)의 崔州平(최주평, 생졸년 미상. 이름 失傳, 州平은 그의 字) - 博陵(?) 安平縣(今 河北省 남부 衡水市 安平縣) 출신, 후한 太尉를 역임한 崔烈(최열)의 아들.《三國演義》에서는 유비가 三顧茅廬할 때 제일 먼저 최주평을 만나 제갈량인 줄 알았다. 두 번째 갔을 때는 제갈량이 최주평과 함께 어디에 외출하였기에 만나지 못하는 것으로 묘사되었다. 劉備가 세 번째로 孔明을 찾아갈 때는 建安 12년(서기 207년) 봄이었다.

143 徐庶(서서, 字 元直) - 原名 福(복), 한미한 가문 출신.《三國演義》에서는 서서의 본명이 單福(선복, 單은 성 선)으로 나왔다. 豫州 潁川郡 長社縣(今 河南省 許昌市) 출신. 서서는 제갈량을 추천한 뒤에 모친 때문에 조조에 귀부했지만, 조조는 서서를 크게 발탁하지 않았다.

樂毅(악의)만큼 뛰어나다고 믿었다.

| 原文 |

時先主屯新野. 徐庶見先主, 先主器之, 謂先主曰, "諸葛孔明者, 臥龍也, 將軍豈願見之乎?" 先主曰, "君與俱來." 庶曰, "此人可就見, 不可屈致也. 將軍宜枉駕顧之."

由是先主遂詣亮, 凡三往, 乃見. 因屛人曰,

"漢室傾頹, 姦臣竊命, 主上蒙塵. 孤不度德量力, 欲信大義於天下, 而智術淺短, 遂用猖蹶, 至於今日. 然志猶未已, 君謂計將安出?"

亮答曰, "自董卓已來, 豪傑並起, 跨州連郡者不可勝數. 曹操比於袁紹, 則名微而衆寡, 然操遂能克紹, 以弱爲強者, 非惟天時, 抑亦人謀也. 今操已擁百萬之衆, 挾天子而令諸侯, 此誠不可與爭鋒. 孫權據有江東, 已歷三世, 國險而民附, 賢能爲之用, 此可以爲援而不可圖也.

荊州北據漢, 沔, 利盡南海, 東連吳會, 西通巴, 蜀, 此用武之國, 而其主不能守, 此殆天所以資將軍, 將軍豈有意乎?

益州險塞, 沃野千里, 天府之土, 高祖因之以成帝業. 劉璋闇弱, 張魯在北, 民殷國富而不知存恤, 智能之士思得明君. 將軍旣帝室之胄, 信義著於四海, 總攬英雄, 思賢如渴. 若跨

有荊,益, 保其巖阻, 西和諸戎, 南撫夷越, 外結好孫權, 內修
政理, 天下有變, 則命一上將將荊州之軍以向宛,洛, 將軍身
率益州之衆出於秦川, 百姓孰敢不簞食壺漿以迎將軍者乎?
誠如是, 則霸業可成, 漢室可興矣."

先主曰, "善!" 於是與亮情好日密. 關羽,張飛等不悅, 先主
解之曰, "孤之有孔明, 猶魚之有水也. 願諸君勿復言."

羽,飛乃止.

| 국역 |

그때, 先主(유비)는 (南陽郡) 新野縣(신야현)에 머물고 있었다.[144]
徐庶(서서)가 유비를 만났고, 유비는 서서의 능력을 중시했는데, 서
서가 유비에게 말했다.

"諸葛孔明(제갈공명)은 臥龍(와룡)과 같으니 장군께서 만나보지
않으시겠습니까?"

유비는 "그를 데리고 함께 와주시오."라고 말했다. 이에 서서가
말했다.

"그 사람을 찾아가서 만나볼 수는 있지만, 그가 자신을 굽혀 찾아
오지는 않을 것이니 장군께서 꼭 찾아가서야 합니다."

이에 유비는 제갈량을 찾아갔는데 세 번 만에 만날 수 있었다.[145]

---

144 曹操 – 官渡大戰에서 원소 대파(서기 205년)한 뒤에 남쪽으로 유비를 공격
하자, 유비는 建安 6년(서기 201년)에 형주로 유표를 찾아가 의지하면서 (南
陽郡) 新野縣에 머물고 있었다.

145 유비가 제갈량의 거처를 방문한 것은 建安 11년(서기 206) 겨울과 다음 해

그리고 유비는 다른 사람을 물리치고 제갈량에게 말했다.

"지금 漢室이 衰敗(쇠패)하고 奸臣이 권력을 쥐고 있어, 主上은 (漢 獻帝) 고난을 겪고 있습니다. 저는 德行이나 능력이 모자르다는 사실을 헤아리지 못하고 천하에 대의를 실행하고 싶지만, 지혜와 방책도 모자라 오늘에 이르도록 이룬 것이 없습니다. 그렇지만 내 의지만은 여전하니 선생께서는 방책을 말씀해주기 바랍니다."

이에 제갈량이 말했다.

"董卓(동탁)의 난 이후로 豪傑(호걸)이 並起하고 여러 州와 郡을 차지한 자를 이루 다 셀 수가 없습니다. 曹操은 袁紹(원소)에 비하고 명성도 낮고 군사도 적었지만 결국 조조가 원소를 이겼는데, 이처럼 약자가 강자를 이긴 것은 天時가 아니라 역시 사람의 능력이라 할 수 있습니다. 이미 조조는 백만 대군을 거느리고 천자를 끼고서 제후를 호령하고 있으니 지금 장군으로서는 조조와 세력을 다툴 수가 없습니다. 孫權은 江東에 웅거하여 이미 三世를 거쳤고, 국토는 험고하고 백성이 따르며, 賢者와 能力者를 등용하였으니 손권의 세력을 이용할 수는 있지만 꺾을 수는 없습니다.

荊州(형주)는 북쪽으로 漢水와 沔水(면수)가 막아주고, 남쪽으로는 南海의 이득을 얻을 수 있으며, 동쪽으로는 吳와 會稽(회계)와 연결될 수 있고, 서쪽으로는 巴郡(파군)이나 蜀郡과 통하니, 이는 用武之地(兵家에서 말하는 서로 쟁탈할 만한 땅)라서 이를 감당할 적임

봄이었다. 유비는 재갈량을 찾아가면서 崔州平과 司馬徽(사마휘, ?-208년, 字 德操, 稱號는 水鏡선생)와 제갈량의 장인인 黃承彦(황승언)을 만난다. 《三國演義》에서, 사마휘는 "와룡이 섬길 주군을 찾았지만 때를 만나지 못했으니 애석한 일이다.(臥龍雖得其主, 不得其時 惜哉)"라고 혼자 탄식했다고 한다.

자가 아니라면 지킬 수 없는 곳입니다. 이는 하늘이 장군께 바탕을 삼도록 내려준 곳인데, 장군께서는 어찌 형주를 염두에 아니 두시겠습니까?

그리고 益州는 험한 요새로 막혀있지만 沃野가 千里에 달하는 풍요로운 땅이라서, 高祖께서는 여기를 바탕으로 帝業을 성취하셨습니다. 지금 익주의 劉璋(유장)은 어리석고 나약하고 그 북쪽에 張魯(장로)가 있다지만, 백성은 번영하고 나라는 부강하여 굳이 구휼하지 않아도 될 땅이라서 지혜와 능력을 갖춘 인재들은 明君의 출현을 기다리고 있습니다. 장군께서는 帝室의 후예이며 온 천하에 信義로 알려졌으며, 英雄을 거느리고 賢士를 목 타게 기다리고 계십니다.

장군께서 만약 荊州와 益州를 차지하고 그 험한 지형으로 방어하면서 남쪽으로 夷人이나 越人(월인)을 위무하고, 밖으로는 손권과 和親하며 내정을 잘 이끌어야 합니다. 그런 다음 天下의 변화를 보아 上將에게 형주의 군사를 주어 宛(완, 宛縣, 南陽郡의 治所)과 洛陽으로 진격케 하고, 장군께서는 몸소 益州의 병력을 거느리고 秦川(關中)으로 진격하신다면 백성들 어느 누가 광주리에 음식을 담고 술이나 간장을 넣은 병을 들고 장군을 환영하지 않겠습니까? 정말 이렇게 할 수 있다면 霸業(패업)을 성취하고 漢室을 중흥할 수 있을 것입니다.”[146]

....

[146] 이를 보통 제갈량의 '隆中對(융중대)'라고 한다.《三國演義》에서는 제갈량이 지도를 걸어놓고 설명했다고 묘사하였다. 이 융중대의 요점은 '北은 天時를 얻은 曹操가 있어 不可取하고, 東南에서 地利를 얻은 孫權을 후원세력으로 만들면서 三分天下하되 人和를 바탕으로 세력을 키우면서 漢室 중흥을 도모하자'는 뜻이었다.

유비는 옳은 말이라고 말했다.[147] 이후 제갈량과 유비는 날로 가까워졌다.[148] 그러나 關羽와 張飛 등은 기뻐하지 않았는데, 유비는 관우 등에게 "내가 孔明을 얻은 것은 물고기가 물을 만난 것과 같으니 자네들은 더 이상 말하지 말라."고 말했다.

관우와 장비는 더 말하지 않았다.

|原文|

劉表長子琦, 亦深器亮. 表受後妻之言, 愛少子琮, 不悅於琦. 琦每欲與亮謀自安之術, 亮輒拒塞, 未與處畫. 琦乃將亮游觀後園, 共上高樓, 飮宴之間, 令人去梯, 因謂亮曰, "今日

----

147 이 '三顧草廬'를 제갈량은 그의 〈出師表〉에서 「先帝不以臣卑鄙, 猥自枉屈, 三顧臣於草廬之中, 諮臣以當世之事, 由是感激, 遂許先帝以驅馳.」라고 표현하였다. 뒷날 唐 시인 杜甫도 이를 읊었다.

丞相祠堂何處尋 錦官城外柏森森.
映階碧草自春色 隔葉黃鸝空好音.
三顧頻煩天下計 兩朝開濟老臣心.
出師未捷身先死 長使英雄淚滿襟. 〈蜀相〉

148 《三國演義》에서는, 삼고초려 그날 유비 일행은 제갈량의 집에서 하룻밤을 묵는다. 다음 날 제갈량은 집을 나서면서 동생 諸葛均에게 말한다. "나는 유황숙(劉皇叔)께서 세 번이나 찾아오신 은혜를 입어 출사하지 않을 수 없다.(吾受劉皇叔三顧之恩, 不容不出.) 너는 이곳 농사일을 하면서 논밭을 묵이지 않도록 하라.(汝可躬畊於此, 勿得荒蕪田畝.) 내가 성공하는 날에 다시 돌아와 은거하리라.(待吾成功之日, 卽當歸隱.)"

처음 出仕하는 공명은 바로 돌아올 날의 자신을 그리고 있었다. 그러나 그는 五丈原에서 生을 마쳤고 다시는 와룡강에 돌아오지 못했다. 제갈량이 유비를 따라 와룡강을 떠나던 당시, 후한 헌제 建安 12년(서기 207년), 孔明은 27세였고, 유비는 47세, 조조는 53세였다.

上不至天, 下不至地, 言出子口, 入於吾耳, 可以言不?"

亮答曰, "君不見申生在內而危, 重耳在外而安乎?" 琦意
感悟, 陰規出計. 會黃祖死, 得出, 遂爲江夏太守.

俄而表卒, 琮聞曹公來征, 遣使請降. 先主在樊聞之, 率其
衆南行, 亮與徐庶並從, 爲曹公所追破, 獲庶母. 庶辭先主而
指其心曰, "本欲與將軍共圖王霸之業者, 以此方寸之地也.
今已失老母, 方寸亂矣, 無益於事, 請從此別."

遂詣曹公.

| 국역 |

劉表의 長子인 劉琦(유기) 역시 제갈량의 능력을 인정했었다. 유
표는 후처의 말을 듣고 막내아들 劉琮(유종)을 아끼고 유기를 좋아
하지 않았다. 유기는 여러 번 제갈량과 자신의 안전에 대한 방책을
찾으려 했지만 제갈량은 그때마다 거절하면서 함께 협의하지 않았
다. 유기는 이에 제갈량과 함께 후원을 거닐다가 함께 누각에 올라
가서 술을 마시는 동안 사람을 시켜 사다리를 치우게 한 뒤에, 제갈
량에게 말했다.

"이제 하늘로 올라갈 수도 또 땅으로 내려갈 수도 없으니, 선생의
말씀은 나만 들을 수 있는데 그래도 말씀 아니 하시겠습니까?"

이에 제갈량이 말했다.

"君은 晉의 申生(신생)[149]은 宮內에 있었기에 위험했지만, 重耳(중

149 申生(신생, ?-前 655년) - 춘추시대 晉 獻公의 嫡長子로 태자. 계모인 驪姬(여

이, 뒷날 文公)는 다른 나라에 있었기에 안전했던 것을 모르십니까?"

이 말에 유기는 깨달은 바가 있어 은밀히 출궁할 계획을 꾸몄다. 마침 黃祖(황조)가 죽자, 유기는 벗어나 江夏太守가 되었다.

얼마 뒤에 유표가 죽었고, 유종은 조조가 형주를 정벌하려고 들어오자 사자를 보내 투항하였다. 유비는 이 소식을 樊城(번성)에서 듣고 군사를 거느리고 남쪽으로 진군하며 제갈량과 서서도 함께 수행하였지만, 조조의 군사에게 패전했고 서서의 모친을 데려갔다. 서서는 유비와 이별하면서 가슴에 손을 얹고 유비에게 말했다.

"본래 장군과 함께 천하를 제패하고 王業을 이루고자 했지만 가진 땅이 너무 적었습니다. 저는 지금 노모를 잃었고 좁은 땅도 혼란에 빠져 장군의 대업을 어떻게 도울 수가 없어 이에 떠나려 합니다."[150]

그리고서는 조조에 귀부하였다.

| 原文 |

先主至於夏口, 亮曰, "事急矣, 請奉命求救於孫將軍."

....
희)가 낳은 아들을 태자로 삼으려고 여희는 신생을 죽이려 했다. 신생은 분란을 일으키는 것이 자식의 도리가 아니라고 생각하여 자결했다. 申生의 동생이 重耳는 驪姬(여희)의 亂을 피해 외국으로 망명, 나중에 귀국하여 즉위, 文公, 춘추 5패의 한 사람.

150 이 부분은 《三國演義》의 전개 상황과 크게 다르다. 극적인 전개는 《三國演義》가 훨씬 치밀하지만, 서서가 조조에게 크게 등용되지 못한 점을 고려하면 (서서의 최고 관직은 감찰 실무자인 御史中丞이었나) 이 기록이 사실에 가까울 것이다.

時權擁軍在柴桑, 觀望成敗, 亮說權曰,

"海內大亂, 將軍起兵據有江東, 劉豫州亦收衆漢南, 與曹操芟爭天下. 今操芟夷大難, 略已平矣, 遂破荊州, 威震四海. 英雄無所用武, 故豫州遁逃至此. 將軍量力而處之, 若能以吳,越之衆與中國抗衡, 不如早與之絕. 若不能當, 何不案兵束甲, 北面而事之! 今將軍外託服從之名, 而內懷猶豫之計, 事急而不斷, 禍至無日矣!"

權曰, "苟如君言, 劉豫州何不遂事之乎?"

亮曰, "田橫, 齊之壯士耳, 猶守義不辱, 況劉豫州王室之胄, 英才蓋世, 衆士仰慕, 若水之歸海, 若事之不濟, 此乃天也, 安能復爲之下乎!"

權勃然曰, "吾不能舉全吳之地, 十萬之衆, 受制於人. 吾計決矣! 非劉豫州莫可以當曹操者, 然豫州新敗之後, 安能抗此難乎?"

亮曰, "豫州軍雖敗於長阪, 今戰士還者及關羽水軍精甲萬人, 劉琦合江夏戰士亦不下萬人. 曹操之衆, 遠來疲弊, 聞追豫州, 輕騎一日一夜行三百餘里, 此所謂'彊弩之末, 勢不能穿魯縞'者也. 故兵法忌之, 曰'必蹶上將軍.' 且北方之人, 不習水戰. 又荊州之民附操者, 逼兵勢耳, 非心服也. 今將軍誠能命猛將統兵數萬, 與豫州協規同力, 破操軍必矣. 操軍破, 必北還, 如此則荊,吳之勢彊, 鼎足之形成矣. 成敗之機,

在於今日."

　權大悅, 卽遣周瑜,程普,魯肅等水軍三萬, 隨亮詣先主, 並
力拒曹公. 曹公敗於赤壁, 引軍歸鄴. 先主遂收江南, 以亮爲
軍師中郎將, 使督零陵,桂陽,長沙三郡, 調其賦稅, 以充軍實.

| 국역 |

　先主(유비)가 夏口(하구)[151]에 이르렀을 때, 諸葛亮(제갈량)이 말했
다.

　"상황이 위급하오니[152] 명을 받아 (吳의) 孫將軍(孫權)에게 구원
을 요청하겠습니다."

　그때 손권은 군사를 거느리고 (豫章郡) 柴桑縣(시상현)[153]에서 성
패를 관망하고 있었는데, 제갈량이 손권에게 말했다.

　"지금 천하가 크게 혼란하지만 장군께서는 기병하여 江東을 차
지하고 계시며, 劉豫州(劉備) 역시 漢水 이남에서 군사를 모아 조조
와 천하를 다투고 있습니다. 지금 조조는 주요 강적을 차례로 제거
하면서 대략 평정하였고, 이번에 荊州를 격파하여 그 위세를 四海
에 떨치고 있습니다. 英雄일지라도 힘을 쓸 땅이 없기에 유예주께
서는 지금 이쪽에서 쫓기고 있습니다. 장군께서는 전력을 살피면서
목전의 상황에 대처하고 계시지만 만약 吳나 越(월)의 군사를 가지

고 중원의 曹魏와 항쟁을 한다면 아마 다른 세력자처럼 일찌감치 끝날 것입니다. 만약 조조를 감당할 수 없다면 군사를 묶고 갑옷을 벗은 뒤에, 왜 북쪽을 섬기지 않으십니까? 지금 장군께서는 겉으로는 조조에 복종하겠다는 이름을 걸고 안으로는 이리저리 미루고 계시니, 만약 사태가 급박한데도 단안을 내리지 않는다면 재앙은 곧 닥칠 것입니다."

이에 손권이 물었다.

"정말로 君의 말대로라면 유예주는 왜 조조에게 稱臣하지 않는가?"

그러자 제갈량이 말했다.

"옛날 田橫(전횡)[154]은 齊의 壯士로 대의를 지켜 욕을 당하지 않았거늘, 하물며 劉豫州는 漢室의 후예이며 세상에 으뜸가는 영걸이라서 마치 강물이 바다로 흘러가듯 모든 인재들이 우러러 보고 있습니다. 만약 뜻대로 성공하지 못한다면 그것은 하늘의 뜻이겠지만, 지금 어찌 조조의 아래에 들어가겠습니까!"

이에 손권이 발끈 화를 내며 말했다.

"내가 吳의 전부와 10만의 군사를 거느리지 않았더라도 어찌 남에게 굴복하겠는가! 나의 계획은 이미 결정되었소! 유예주가 아니라면 조조에게 맞설 자가 없다고 말하는데, 그렇다면 유예주는 얼마 전에 대패했으니 이 난관을 어찌 이겨 내겠는가?"

....

154 田橫(전횡, ?-前 202)은 田齊의 宗室. 秦漢 교체기에 齊國의 宰相을 역임하고 齊王으로 自立하였으나 패전하고 海島(今 田橫島)로 숨었다. 漢高祖 劉邦의 압박에 田橫이 不屈하고 자살하니, 그의 門客 500여 명이 모두 主君을 위해 자결했다.《漢書》33권,〈魏豹田儋韓王信傳〉,《史記·田儋列傳》참고.

이에 제갈량이 대답하였다.

"유예주께서 비록 (當陽縣) 長阪(장판)에서 패전하였지만, 지금 되돌아온 군사 및 關羽(관우) 휘하의 수군과 정병이 1만여 명 있고, (劉表의 아들) 劉琦(유기)가 거느린 江夏郡(강하군)의 전사 역시 1만 명이 넘습니다. 조조의 군사는 먼 길을 행군해왔기에 지칠 대로 지쳤는데, 劉豫州를 추격하려고 輕騎兵이 하루 밤낮에 3백여 리를 추격해왔습니다. 이를 두고 '강한 쇠뇌 화살이라도 날아가 떨어질 때면 魯의 흰 비단도 뚫지 못한다.'고 하였습니다. 그래서 병법에서 무리한 추격을 금기하면서 '틀림없이 상장군을 잃을 것이라.'고 하였습니다. 또 북방의 군사들은 수전에 익숙지 않습니다. 그리고 형주의 백성이 조조에 귀부한 경우는 무력의 핍박 때문이지 심복한 것이 아닙니다. 지금 장군께서 진정으로 猛將(맹장)에게 수만 군사를 거느리고 공격케 한다면, 유예주 또한 한마음으로 협력할 것이니 틀림없이 조조의 군사를 격파할 것입니다. 조조의 군사가 격파되면 북으로 돌아갈 것이고, 그러면 형주와 東吳의 세력은 강대해져서 세발 솥(鼎)과 형세가 갖춰질 것입니다. 이번 성패의 관건은 바로 오늘 결정에 있습니다."

손권은 크게 기뻐하면서 즉시 周瑜(주유), 程普(정보), 魯肅(노숙)[155] 등에 명하여 3만 水軍을 거느리게 했고, (노숙은) 제갈량을 따

----

155 魯肅(노숙, 172-217년, 字 子敬) - 臨淮郡 東城縣(今 安徽省 중동부 定遠縣) 사람. 東吳의 著名한 外交家, 政治家. 孫權을 위한 외교방책을 수립, 손책과 인연 이후, 주유가 죽자 동오의 군사 전략을 운용. 유비와 연합 조조와 대결, 周瑜, 魯肅, 呂蒙, 陸遜을 東吳의 四大都督이라 하지만, 노숙은 都督(지역 군사령관)을 역임하지는 않았다. 《吳書》 9권, 〈周瑜魯肅呂蒙傳〉에 입전.

라가 유비를 만나게 하여 힘을 합쳐 조조와 맞서 싸웠다. 조조는 赤壁(적벽)에서 패전하였고(건안 13년, 서기 208. 赤壁大戰), 군사를 거느리고 (본거지인) 鄴縣(업현)으로 돌아갔다.

유비는 드디어 長江 남부 지역을 차지하고, 제갈량을 軍師中郎將에 임명하였으며, 零陵(영릉), 桂陽(계양), 長沙(장사)의 3개 군을 감독케 했고 그 賦稅를 징수하여 군수물자를 확보하였다.

| 原文 |

建安十六年, 益州牧劉璋遣法正迎先主, 使擊張魯. 亮與關羽鎭荊州. 先主自葭萌還攻璋, 亮與張飛,趙雲等率衆泝江, 分定郡縣, 與先主共圍成都.

成都平, 以亮爲軍師將軍, 署左將軍府事. 先主外出, 亮常鎭守成都, 足食足兵.

二十六年, 群下勸先主稱尊號, 先主未許, 亮說曰,

"昔吳漢,耿弇等初勸世祖卽帝位, 世祖辭讓, 前後數四, 耿純進言曰, '天下英雄喁喁, 冀有所望. 如不從議者, 士大夫各歸求主, 無爲從公也.' 世祖感純言深至, 遂然諾之. 今曹氏篡漢, 天下無主, 大王劉氏苗族, 紹世而起, 今卽帝位, 乃其宜也. 士大夫隨大王久勤苦者, 亦慾望尺寸之功如純言耳."

先主於是卽帝位, 策亮爲丞相曰,

「朕遭家不造, 奉承大統, 兢兢業業, 不敢康寧, 思靖百姓,

懼未能綏. 於戱! 丞相亮其悉朕意, 無怠輔朕之闕, 助宣重光, 以照明天下, 君其勖哉!」

亮以丞相錄尙書事, 假節. 張飛卒後, 領司隷校尉.

| 국역 |

(獻帝) 建安 16年(서기 211), 益州牧인 劉璋(유장)이 法正(법정)을 보내 先主(유비)를 영입하였고, 유비에게 張魯(장로)를 공격케 하였다. 제갈량과 관우는 荊州를 지켰다.

유비가 葭萌(가맹)에서 군사를 돌려 유장을 공격하자 제갈량은 張飛, 趙雲 등과 함께 군사를 거느리고 강을 거슬러 올라가 여러 군현을 나눠 평정하였고 유비와 함께 (劉璋의) 成都(성도)를 포위 공격하였다.

成都가 평정되자(건안 19년, 서기 214), 제갈량은 軍師將軍이 되었고 左將軍府事를 총괄하였다. 유비가 지방을 원정할 때면, 제갈량은 늘 成都를 지키면서 군량과 병력을 충분히 공급하였다.

(建安) 26년(서기 221), 여러 신하들은 漢中王이 제위에 올라야 한다고 권유하였는데 한중왕이 수락치 않자 제갈량이 설득하였다.

"옛날(後漢 初) 吳漢(오한)과 耿弇(경엄)[156] 등이 처음 世祖(光武

----

156 吳漢(오한)과 耿弇(경엄) – 모두 광무제를 도운 개국공신. 吳漢(오한, ?-서기 44년, 字 子顔)은 南陽郡 宛縣 출신. 後漢 光武帝의 개국공신, 雲臺 28장 중 2위. 吳漢은 하북 평정과 公孫述의 蜀 평정에 큰 공을 세웠다. 오한은 광무제 中興 이후로 늘 上公의 지위를 누렸고 죽을 때까지 광무제가 의지했고 신임했는데, 이는 오한의 바탕이 질박 진실하면서도 열심히 노력했기 때문이다. 《後漢書》18권, 〈吳蓋陳臧列傳〉에 입전.

耿弇(경엄, 서기 3-58, 字 伯昭)은 耿은 빛날 경, 弇은 덮을 엄. 光武는 邯鄲(하

帝)에게 제위에 오르셔야 한다고 권하였지만, 광무제가 사양하자 서너 번 권한 뒤에 耿純(경순)[157]이 진언하였습니다. '천하의 영웅들이 우러러 귀부한 것은 바라는 바가 있기 때문입니다. 만약 衆議를 따르지 않아 사대부들이 각자 자기 주군을 찾아간다면 장군을 따를 사람이 없을 것입니다.' 그러자 광무제는 경순의 말이 가슴 깊이 와닿아 결국 수락하였습니다. 지금 曹氏가 漢을 찬탈한 이후 천하에 주인이 없는데, 대왕께서는 劉氏의 후손으로 대통을 이어나가야 하기에 이번에 당연히 즉위하셔야 합니다. 사대부들이 대왕을 따라 오래 고생하는 것도 모두 경순의 말과 같이 조그만 공훈이라도 세우려는 뜻입니다."

한중왕은 이에 제위에 올랐고 제갈량을 승상에 봉하면서 책서를 내려 말했다.

「朕은 나라의 불행을 당하여 대통을 이어받았지만 삼가고 두려움에 마음이 편할 수가 없으며 백성을 안정시켜야 하지만 그렇지 못할까 두렵기만 하도다. 아아! 승상 亮(량)은 짐의 이런 뜻을 헤아려 짐의 부족함을 보필하는데 게으르지 말 것이며 漢室을 도와 광휘를 발하도록 힘쓸지어다!」

....

단)에 머무는 어느 날 경엄이 침상에 다가와 문안을 올린 뒤에 말했다. "지금 更始帝가 실정하자, 주군이나 신하 모두의 행동이 분수를 모르고 여러 장수는 장안 근교에서 제멋대로 명령하고, ~(중략) 公(光武帝)께서는 南陽에서 처음 봉기하시어 百萬 군사를 격파하시고 이제 河北을 평정하여 天府의 땅을 차지하셨습니다. ~ 천하는 지극히 중대하기에 다른 성씨가 차지하게 할 수는 없습니다. ~." 光武帝의 功臣, 雲臺二十八將 중 4위. 《後漢書》19권, 〈耿弇列傳〉立傳.

157 耿純(경순, ?-37년, 字 伯山) – 광무제의 신하.

제갈량은 丞相으로 錄尙書事를 겸하였고 부절을 받았다. 장비가 죽은 뒤에는 司隸校尉[158]도 겸임하였다.

|原文|

章武三年春, 先主於永安病篤, 召亮於成都, 屬以後事, 謂亮曰, "君才十倍曹丕, 必能安國, 終定大事. 若嗣子可輔, 輔之, 如其不才, 君可自取."

亮涕泣曰, "臣敢竭股肱之力, 效忠貞之節, 繼之以死!"

先主又爲詔敕後主曰, 「汝與丞相從事, 事之如父.」

建興元年, 封亮武鄕侯, 開府治事. 頃之, 又領益州牧. 政事無巨細, 咸決於亮. 南中諸郡, 並皆叛亂, 亮以新遭大喪, 故未便加兵, 且遣使聘吳, 因結和親, 遂爲與國.

---

158 前漢의 司隸校尉는 처음에 중앙관서에서 사역하는 노예를 감독하는 직책이었다. 前漢 武帝 征和 4년(前 89)에 京師지역, 곧 三輔〔京兆, 右扶風, 左馮翊(좌풍익)〕와 三河(河東郡 河南郡, 河內郡) 및 弘農郡 등 7郡의 관리를 규찰하고 범법자를 다스리는 임무를 수행케 하여 13자사부와 같은 기능을 수행했다. 後漢의 司隸校尉도 京師와 三輔 등 1州의 백관, 외척, 제후, 태수를 감찰하여 그 권세가 당당했다. 建武 元年에 광무제는 御史中丞(어사중승, 최고 감찰관), 司隸校尉(백관 규찰), 尙書令의 三官을 '三獨坐'라 호칭했는데, 이는 朝會 시에 전용석에 혼자 앉는다는 뜻이다. 司隸校尉部의 치소는 洛陽. 曹魏의 사예교위는 河南尹, 河內, 河東, 弘農, 平陽, 魏郡 등 총 10郡 101현을 관장했다. 蜀漢에서도 사예교위를 설치하였고 張飛가 책임자였다. 촉한은 멸망 전 1州(益州, 남, 북부) 22郡 체제였는데 司隸의 관할 구역은 미상.

(昭烈帝) 章武 3년(서기 223) 봄, 先主는 永安宮에서 병이 위독하자 成都의 승상 제갈량을 불러 後事를 당부하며 제갈량에게 말했다.

"승상의 재능은 (魏) 曹丕(조비, 文帝)보다 10배는 뛰어나니 틀림없이 나라를 안정시키고 천하통일의 대업을 완성할 것이요. 만약 嗣子(사자, 劉禪)가 보필할만하다면 보필하지만, 보필할만한 재목이 아니라면 승상이 대신해도 괜찮을 것이요."

이에 제갈량은 눈물을 흘리며 말했다.

"臣은 죽을 때까지 신하로서의 직분을 다하고 忠貞의 지조를 다 바칠 뿐입니다!"

선주는 또 後主에게 조칙을 내렸다.[159]

「너는 승상을 따라 국사를 처리할 것이며, 승상을 부친처럼 섬겨라.」

(後主) 建興 원년(서기 223), 제갈량을 武鄕侯(무향후)에 봉했으며, 제갈량은 승상부를 설치하고 국사를 처리했다. 얼마 뒤에 다시 益州牧을 겸임했다. 크고 작은 모든 정사를 제갈량이 裁決(재결)했다. 남부와 중부의 여러 郡에서 반란이 일어났을 때 제갈량은 국상을 당하였기에 바로 군사를 동원하지 않았으며, 吳에는 사신을 보내 화친하여 두 나라는 동맹국이 되었다.

....

159 또 先主는 後主에게 "아무리 작은 악행이라도 해서는 안 되고(勿以惡小而爲之), 아무리 작은 선행이라도 아니해서는 안 된다(勿以善小而不爲)." 이 말은 뒷날 《明心寶鑑 繼善篇》에 실려 널리 알려졌다.

三年春, 亮率衆南征, 其秋悉平. 軍資所出, 國以富饒, 乃治戎講武, 以俟大舉.

五年, 率諸軍北駐漢中, 臨發, 上疏曰,

「先帝創業未半而中道崩殂, 今天下三分, 益州疲弊, 此誠危急存亡之秋也. 然侍衛之臣不懈於內, 忠志之士忘身於外者, 蓋追先帝之殊遇, 欲報之於陛下也. 誠宜開張聖聽, 以光先帝遺德, 恢弘志士之氣, 不宜妄自菲薄, 引喻失義, 以塞忠諫之路也.

宮中府中俱爲一體, 陟罰臧否, 不宜異同. 若有作奸犯科及爲忠善者, 宜付有司論其刑賞, 以昭陛下平明之理, 不宜偏私, 使內外異法也. 侍中, 侍郎郭攸之, 費禕, 董允等, 此皆良實, 志慮忠純, 是以先帝簡拔以遺陛下. 愚以爲宮中之事, 事無大小, 悉以咨之, 然後施行, 必能裨補闕漏, 有所廣益. 將軍向寵, 性行淑均, 曉暢軍事, 試用於昔日, 先帝稱之曰能, 是以衆議擧寵爲督. 愚以爲營中之事, 事無大小, 悉以咨之, 必能使行陣和睦, 優劣得所.

親賢臣, 遠小人, 此先漢所以興隆也, 親小人, 遠賢臣, 此後漢所以傾頹也. 先帝在時, 每與臣論此事, 未嘗不嘆息痛恨於桓, 靈也. 侍中, 尚書, 長史, 參軍, 此悉貞良死節之臣, 願陛下親之信之, 則漢室之隆, 可計日而待也.」

| 국역 |

(後主, 建興) 3년(서기 225) 봄, 제갈량은 군사를 거느리고 남쪽 지방을 원정하여 그 가을에 모두 평정하였다.[160] 군수물자는 각 郡에서 공급받았고, 나라가 부유하고 풍요롭자 군제를 정비하고 장졸을 훈련하며 동원할 때를 기다렸다.

(建興) 5년(서기 227), 제갈량을 모든 군사를 거느리고 북으로 진격하여 漢中郡에 주둔하였다. 출병에 앞서 제갈량은 표문을 올렸다.[161]

···············

160 제갈량의 南蠻(남만) 원정 – 본격적 북벌에 앞서 배후를 안정시키려는 조치였다. 제갈량이 원정한 지역은, 수 雲南省 북서부 大理市 일대이다. 제갈량은 남만 원정을 〈出師表〉에서 '五月渡瀘, 深入不毛'라고 언급하였다. 孟獲(맹획)을 일곱 번 생포했다가 풀어주어(七擒七縱) 心服케 했다는 사실은 모두 허구이다.

161 제갈량의 〈出師表〉 – 황제나 주군에게 올리는 글이 表(表文)이다. 상주하여 謝恩하는 내용의 글은 章(장)이고, 사물의 이치를 진술하는 表(표), 정사를 검증하거나 탄핵하는 뜻의 奏(주) 등으로 구분할 수 있지만, 上書, 또는 表라고 통칭하였다. 〈출사표〉는 그 情意가 진실하여 읽는 이의 肺腑(폐부)에 와닿는 衷心(충심)이 담겨 있어 지금까지도 명문으로 손꼽히고 있다.

제갈량은 〈출사표〉에서 蜀漢의 창업은 모두 先主의 공덕으로 가능했으며, 지금 신하들은 모두 선주의 은택을 입어 폐하에게 충성한다는 것, 그리고 폐하는 이들이 능력을 다 바칠 수 있도록 폐하 자신도 노력하라는 등등 후주를 깨우치려는 내용과 아울러 제갈량 자신이 선주를 만난 지 21년째이며, 북벌에 성공하여 한 왕실을 부흥하는 것이 선제의 은택에 보답하는 길이기에 남방을 원정했으며 지금이 북벌의 시기라고 강조하고 있다.

이 〈출사표〉 외에, 다음 해 서기 228년에 올린 〈後出師表〉가 있어 〈隆中對〉와 함께 제갈량의 〈一對二表〉라 일컫는다. 그러나 〈後出師表〉는 僞作이라는 주장이 있으며, 陳壽의 《三國志》에도 언급이 없고, 裴松之 注나 〈諸葛亮文集〉 목록에도 들어있지 않으며, 문장이 〈前出師表〉만 못하고, 내용이 사실과 부합하지 않는다는 주장이 있다.

※〈出師表〉- 諸葛亮

「先帝께서 創業하셨지만 하실 일을 절반도 못하시고 中道에 崩殂(붕조)[162]하셨는데, 天下는 지금 三分되었고, 益州(익주)[163]도 疲弊(피폐)하였으니, 지금이야말로 위급하고도 나라의 존망이 달린 중요한 시기입니다.[164] 그렇지만 侍衛(시위)하는 신하는 중앙 부서에서 부지런하고 忠志의 才士는 변방에서 몸을 돌보지 않고 열심인 것은 아마 先帝께서 베풀어준 특별한 우대가 있어 이를 폐하께 보답하려는 뜻일 것입니다.

폐하께서는 진정 마음을 열어 이들의 말을 경청하시어 先帝의 遺德을 빛내시고 志士의 기개를 키워주면서, 스스로 망령되이 재주가 없다고 생각하거나[165] 大義가 아닌 비유로 신하가 忠諫할 言路를 막아서는 안될 것입니다.

宮中과 府中이 함께 하나가 되어야 하고, 善惡에 대한 권장과 징벌이 일정해야[166] 합니다. 만약 간악한 행위나 위법자 및 忠善한 자

----

162 崩殂(붕조)는 崩御(붕어). 崩은 무너질 붕. 殂는 죽을 조. 陳壽는 曹魏를 정통으로 삼았기에 曹魏 황제는 崩(붕)이라 하였지만 先主의 죽음은 殂(조)라고 기록했다.

163 사실 蜀漢의 온전한 영역은 益州 뿐이었다. 荊州의 절반 이상은 東吳에 내주거나 빼앗겼고 또 전쟁터였으며, 漢中郡 지역도 曹魏와 분쟁지역이었다. 익주가 험한 지형으로 둘러싸인 옥야천리로 天府의 땅이라지만 국력이 딸릴 수밖에 없었다.

164 存亡之秋의 秋는 결실의 때. 결코 놓쳐서는 안될 시기. 중요한 시점을 秋라 표현한다.

165 원문 '妄自菲薄(망자비박)' - 비박은 엷다. 함부로 자신의 德이 없다 생각하며 함부로 처신하다.

166 원문 '陟罰臧否(척벌장부)' - 陟은 올릴 척, 승진. 罰은 징벌. 臧은 착할 장. 선행. 否는 죄행.

를 담당관에게(有司)¹⁶⁷ 맡겨 형벌을 내리거나 시상해야 한다면 폐하의 平明한 판단에 따르되 私的인 편애를 하거나 멀고 가깝다 하여 기준이 달라서도 안될 것입니다.

侍中 또는 侍郎인 郭攸之(곽유지), 費禕(비의), 董允(동윤)¹⁶⁸ 등은 모두 선량 진실하며 그 의지와 思慮(사려)가 충직 순수하기에 先帝께서 선발하여 폐하께 물려준 신하입니다. 臣의 생각으로, 宮中의 政事에 관해서는 대소를 막론하고 모두 이들에게 자문한 다음 시행하면 부족을 보완할 수 있고 실수가 없어 널리 이로울 것입니다.

將軍인 向寵(상총)¹⁶⁹은 性行이 선량, 균일하며 軍事에 밝아 이미 그 능력을 시험하여 先帝께서도 유능하다 칭찬하시며 衆議를 거쳐 상총을 천거하여 도독에 임명하였습니다. 臣의 생각으로도 軍營에 관한 모든 일은 상총에게 물어 행하면 군영이 화목하고 능력에 따라 각자 소임을 다할 것이라 생각합니다.

賢臣을 친애하고 소인을 멀리했기에 先漢(前漢)이 흥륭했었고, 소인을 가까이하고 현신을 멀리했기에 後漢이 기울어지고 무너졌습니다. 先帝께서 재위 중에 臣과 함께 桓帝(환제, 재위 서기 147 – 167년)와 靈帝(영제, 재위 168 – 18년) 때의 이런 일을 논할 때마다 탄

----

167 有司 – 設官하고 담당 職務를 구분하기에 事有專司(그 일을 전문으로 담당하는 자)의 뜻. 직분이나 성명을 명시하지 않은 官吏. 담당 관청이나 담당 부서의 뜻.

168 郭攸之(곽유지, 字 演長)는 식견과 재학이 널리 알려졌다. 費禕(비의)는《蜀書》14권,〈蔣琬費禕姜維傳〉에 입전, 董允(동윤)은《蜀書》9권,〈董劉馬陳董呂傳〉에 立傳.

169 向寵(상총, ?-240년) – 向朗(상랑)의 조카. 向은 성 상. 뒷날 장군으로 中領軍 역임. 소수민족 반란 진압시 전사.《蜀書》11권,〈向朗傳〉에 附傳.

식하고 통탄하지 않은 적이 없었습니다. 侍中과 尙書, 長史와 參軍 등 모든 직위에 재직 중인 신하들은 심지가 곧고 선량하며 死節을 다 바칠 신하들이니, 폐하께서 이들을 친애하시고 신임하신다면 漢室의 융성은 날짜를 꼽아가면서 기대할 수 있습니다.」

| 原文 |

「臣本布衣, 躬耕於南陽, 苟全性命於亂世, 不求聞達於諸侯. 先帝不以臣卑鄙, 猥自枉屈, 三顧臣於草廬之中, 諮臣以當世之事, 由是感激, 遂許先帝以驅馳. 後值傾覆, 受任於敗軍之際, 奉命於危難之間, 爾來二十有一年矣. 先帝知臣謹愼, 故臨崩寄臣以大事也. 受命以來, 夙夜憂歎, 恐託付不效, 以傷先帝之明, 故五月渡瀘, 深入不毛.

今南方已定, 兵甲已足, 當獎率三軍, 北定中原, 庶竭駑鈍, 攘除姦凶, 興復漢室, 還於舊都. 此臣所以報先帝, 而忠陛下之職分也.

至於斟酌損益, 進盡忠言, 則攸之, 禕, 允之任也. 願陛下託臣以討賊興復之效, 不效, 則治臣之罪, 以告先帝之靈. 若無興德之言, 則責攸之, 禕, 允等之慢, 以彰其咎. 陛下亦宜自謀, 以諮諏善道, 察納雅言, 深追先帝遺詔. 臣不勝受恩感激, 今當遠離, 臨表涕零, 不知所言.」

遂行, 屯於沔陽.

| 국역 |

「臣은 본래 布衣(포의)[170]로 南陽郡에서 농사를 지으며 亂世에 구차히 性命을 지켜나가며 諸侯에게 알려지기를[171] 원하지 않았습니다. 先帝께서는 臣을 천하다 생각하지 않으시고, 몸소 몸을 낮추시어 초가집으로 세 번이나 臣을 찾아오셔서[172] 臣에세 當世의 정사를 물으셨는데, 臣은 이에 感激(감격)하여 결국 선제를 위해 열심히 헌신하겠다고 결심하였습니다. 그 뒤로 선제께서는 크게 패하셨는데도[173] 저는 임무를 받았고, 危難(위난) 중에서 명을 받아 실천하기 어언 21년이 되었습니다.

先帝께서는 臣이 謹愼(근신)하다고 생각하시어 臨崩(임붕)에 즈음하여 臣에게 나라의 大事를 부탁하셨습니다. 遺命(유명)을 받고서 臣은 밤낮으로 걱정과 탄식하며 소임을 다하지 못할까 두려웠고, 先帝의 明哲하신 뜻에 누를 끼칠까 걱정하며, 지난 해 5월에는 瀘水(노수)를 건너[174] 南蠻(남만)의 불모지를 원정하였습니다.

----

170 布衣는 無位無官한 庶民의 옷. 平民.
171 不求聞達於諸侯 − 관직을 얻으려 하지 않았다. 諸侯는 고급 지방관을 의미할 때는 있다.
172 三顧臣於草廬之中 − 三顧草廬. 중국인들은 흔히 三顧茅廬(삼고모려)라고 말한다.
173 建安 13년, 서기 208년, 當陽에서 曹操에게 대패.
174 五月渡瀘 − 建興 3년(서기 225) 남만 원정. 瀘水(노수)는 수 貴州省 북부의 水名. 孟獲(맹획, 생졸년 미상)은 雍闓(옹개)의 반군에 가담했다가 촉군에 투항한 뒤에, 御史中丞을 역임. 그러나 이는 陳壽의《三國志》에 기록이 없다.《三國演義》에 나오는 祝融夫人, 孟優(맹우), 鄂煥(악환), 楊鋒(양봉), 木鹿大王, 朶思大王(타사대왕), 帶來洞主(대래동주), ~兀突骨(올돌골) 등등은 모두 창작된 가상 인물이다.

이제 南方은 이미 안정되었고 兵甲도 충족하기에 三軍을 인솔하여 북으로 中原을 평정코자 합니다. 신은 우둔한 능력을 다하여 흉악한 자를 물리치고 제거하여 한실을 부흥하고 옛 도읍을 되찾고자 합니다. 이는 臣이 先帝에게 보답하고, 폐하께서 내리신 책무를 다하는 길입니다.

국정의 대략과 손익을 따져 忠言을 올리는 것은 郭攸之(곽유지)와 費禕(비의), 董允(동윤)의 책무입니다. 폐하께서는 臣에게 적도를 토벌하고 한실을 부흥하는 책무를 명령하시고, 臣이 소임을 다하지 못한다면 臣의 죄를 문책하여 先帝의 신령께 고하십시오. 만약 폐하의 덕행에 도움이 되는 간언을 올리지 않는다면 곽유지나 비의와 동윤의 태만을 문책하시고 그 잘못을 널리 알려야 합니다. 폐하께서도 스스로 바른길을 찾아 실천하시고 신하에게 善道를 물어 행하시며, 雅言(아언)을 살펴 받아들이고 선제의 유조를 잘 따르셔야 합니다. 臣은 폐하께서 받은 은덕에 감격하고 이제 먼 길을 출발하며 표문을 올리려니 눈물이 나서 무슨 말씀을 해야 할지 모르겠습니다.」

제갈량은 진군하여 (漢中郡) 沔陽(면양)에 주둔하였다.

| 原文 |

六年春, 揚聲由斜谷道取郿, 使趙雲,鄧芝爲疑軍, 據箕谷, 魏大將軍曹眞擧衆拒之. 亮身率諸軍攻祁山, 戎陳整齊, 賞罰肅而號令明. 南安,天水,永安三郡叛魏應亮, 關中響震.

魏明帝西鎭長安, 命張郃拒亮, 亮使馬謖督諸軍在前, 與郃戰於街亭. 謖違亮節度, 擧動失宜, 大爲張郃所破. 亮拔西縣千餘家, 還於漢中, 戮謖以謝衆.

上疏曰,「臣以弱才, 叨竊非據, 親秉旄鉞以厲三軍, 不能訓章明法, 臨事而懼, 至有街亭違命之闕, 箕谷不戒之失, 咎皆在臣授任無方. 臣明不知人, 恤事多闇,《春秋》責帥, 臣職是當. 請自貶三等, 以督厥咎.」

於是以亮爲右將軍, 行丞相事, 所總統如前.

冬, 亮復出散關, 圍陳倉, 曹眞拒之, 亮糧盡而還. 魏將軍王雙率騎追亮, 亮與戰, 破之, 斬雙.

| 국역 |

(1차 北伐) (建興) 6년(서기 228) 봄, 제갈량은 斜谷道(사곡도)를 따라 진격하여 (魏 扶風郡의) 郿縣(미현)을 공략하겠다고 선언하면서 趙雲(조운)과 鄧芝(등지) 등을 보내 상대방을 현혹시키는 疑兵으로 箕谷(기곡)을 점거하자, 魏 大將軍인 曹眞(조진)은 군사를 동원하여 저항하였다. 제갈량은 모든 군사를 동원하여 祁山(기산)[175]을 공격하였는데, 군영과 진지가 잘 갖춰졌고 상벌이 엄정하고 호령이 분명하였다. (魏 영역인) 南安, 天水, 永安(영안)의 3개 郡이 曹魏에 반기를 들고 제갈량에 호응하니 關中 일대가 진동하였다.

....
175 祁山(기산)은 諸葛亮의 북벌 중 '六出祁山한'(실제는 5회) 곳. 今 甘肅省 남단 隴南市 관할 禮縣(예현).

魏 明帝는 서쪽으로 長安에 행차하여 張郃(장합)[176]에게 제갈량을 막게 하였는데, 제갈량은 馬謖(마속)[177]에게 명하여 선봉에서 각 부대를 통솔 감독케 하였고, 마속은 장합과 街亭(가정)[178]에서 전투를 벌였다. 마속이 제갈량의 통제를 위배하며, 군사 행동이 부적절하여 장합에게 대패하였다. 제갈량은 西縣의 1천여 民戶를 한중군으로 이주시키고 마속을 죽여(泣斬馬謖) 군사들에게 자신의 실수를 사과하였다. 그리고 제갈량이 상소하였다.

　「臣은 將材가 부족한데도 감당할 수도 없는 자리를 차지하고서 부월을 받아 三軍을 지휘하였습니다만, 법규와 기강을 확실하게 세우지도 못하고 大事를 당하여 근신하지 못했기에 街亭(가정)에서 부장이 명령을 따르지 않는 착오와 箕谷(기곡)에서 엄하게 경계하지 못한 실책을 범했는데, 이런 잘못은 모두 臣이 임무 부여를 잘못했기 때문입니다. 臣은 사람을 보는 안목이 부족했고 업무처리가 우둔하였으니《春秋》에서도 패전 책임은 장수에 있다 하였으니, 臣의 직책상 응당 責罰(책벌)을 받아야 합니다. 臣의 관등을 3급 강등하여 과실에 대한 책임을 지고자 합니다.」

....

176 張郃(장합, ?-231年, 字 儁乂) - 郃은 고을 이름 합. 儁은 준걸 준. 乂는 벨 예, 어질 예. 冀州 河間國 鄭縣(막현, 今 河北省 중부, 滄州市 서북부의 任丘市) 사람. 曹魏 五子良將 중 유일한 望族 출신. 追封 시호는 壯侯(장후), 韓馥(한복) 袁紹를 섬기다가 曹操에 귀부. 제갈량의 북벌을 잘 막아냈지만 결국 蜀과 전투 중 木門道란 곳에서 戰死했다.

177 馬謖(마속, 190-228년, 字 幼常) - 謖 일어날 속. 높이 빼어나다. 荊州 襄陽 宜城(今 湖北省 宜城). 蜀漢의 參軍, 侍中 馬良의 아우. '馬氏五常'의 한 사람. 劉備가 臨終 전에 '聰明才氣하나 爲人이 言過其實하니 중임을 맡길 수 없다.'고 하였다.

178 街亭(가정)은, 今 甘肅省 남부 天水市 관할 秦安縣 隴城鎭(농성진)에 해당.

이에 제갈량은 右將軍으로 강등되었고 승상을 대행으로 격하했으나 직무는 전과 같았다.

(2차 북벌) (建興) 6년(서기 228) 겨울, 제갈량은 다시 散關(산관)에서 출동하여 陳倉(진창)[179]을 포위하자, (曹魏의) 曹眞(조진)이 방어했다. 제갈량은 군량이 떨어져 회군하였다. 魏 장군 王雙(왕쌍)이 기병을 거느리고 제갈량을 추격했고, 제갈량은 왕쌍과 싸워 격파하며 왕쌍을 참수했다.

| 原文 |

七年, 亮遣陳式攻武都,陰平. 魏雍州刺史郭淮率衆欲擊式, 亮自出至建威, 淮退還, 遂平二郡. 詔策亮曰,

「街亭之役, 咎由馬謖, 而君引愆, 深自貶抑, 重違君意, 聽順所守. 前年耀師, 馘斬王雙, 今歲爰征, 郭淮遁走, 降集氐, 羌, 興復二郡, 威鎭凶暴, 功勳顯然. 方今天下騷擾, 元惡未梟, 君受大任, 幹國之重, 而久自抑損, 非所以光揚洪烈矣. 今復君丞相, 君其勿辭.」

| 국역 |

(3차 북벌) (建興) 7년(서기 229), 제갈량은 陳式(진식)을 보내 武都郡과 陰平郡을 공격케 했다. 魏의 雍州(옹주) 자사인 郭淮(곽회)는

---

179 陳倉(진창)은 右扶風의 縣名. 今 陝西省 서남부 寶鷄市 陳倉區. 渭水 북안.

군사를 거느리고 진식을 공격하려 했는데, 제갈량이 직접 建威(건위)[180]에 출병하자 곽회는 퇴군하였고 (제갈량은) 무도와 음평 2郡을 평정하였다. 이에 제갈량에게 책서를 내렸다.

「街亭(가정) 전투의 잘못은 馬謖(마속)에 있는데도 승상이 책임을 지며 지나치게 자신을 폄하 억제하였는데, 짐은 승상의 뜻을 저어하기가 어려워 폄직을 수락하였었다. 전년 겨울에도 군사를 거느리고 원정하여 적장 王雙(왕상)을 죽였고[181] 금년에도 이어 원정하여 郭淮(곽회)를 패주케 하였고, 氐族과 羌族의 투항을 받아 아우르고 2개 郡을 수복하며 흉포한 자들에게 위엄을 떨치는 등 공훈이 赫然(혁연)하였다. 지금 한창 천하가 소란하고 元惡(원악)을 아직 없애지 못했지만, 승상은 (先帝의) 大任을 받았고 국가를 운영하는 중책이 있어 오랫동안 스스로 폄직할 수도 없으며, 또 이는 선제의 유업을 발양하고 확산하는 일이 아니다. 이번에 다시 승상 직위를 회복시키니 승상은 사양하지 말지어다.」

| 原文 |

九年, 亮復出祁山, 以木牛運, 糧盡退軍, 與魏將張郃交戰, 射殺郃.

十二年春, 亮悉大衆由斜谷出, 以流馬運, 據武功五丈原,
與司馬宣王對於渭南. 亮每患糧不繼, 使己志不申, 是以分兵
屯田, 爲久駐之基. 耕者雜於渭濱居民之間, 而百姓安堵, 軍
無私焉. 相持百餘日. 其年八月, 亮疾病, 卒于軍, 時年五十
四. 及軍退, 宣王案行其營壘處所, 曰, "天下奇才也!"

| 국역 |

(4차 북벌) (建興) 9년(서기 231), 제갈량은 다시 祁山(기산)에 출
병하여 木牛로 군량을 운반하였지만, 군량이 다하자 퇴군하면서 魏
將 張郃(장합)과 교전하여 장합을 사살하였다.

(5차 북벌) (建興) 12년(서기 234) 봄, 제갈량은 대 부대를 거느리
고 斜谷(사곡)에서 출동하여 流馬(유마)로 군량을 운반하며 (扶風郡)
武功縣(무공현)의 五丈原(오장원)[182]에 주둔하고서 사마의와 渭南(위
남)에서 대치하였다.[183] 제갈량은 군량 공급이 원활하지 못하여 자

----

182 五丈原(오장원) – 今 陜西省 서남부 寶雞市 岐山縣 縣城 남쪽 약 20km의 五
丈原鎭. 고도 약 120m 동서 약 1km, 남북 약 3.5km 정도의 黃土 고원. 남쪽
으로는 秦嶺산맥, 북쪽으로는 渭河(위하), 東西에 작은 강이 흐르는 험한 지
형이다.

183 《三國演義》103회 〈上方谷司馬受困 五丈原諸葛禳星〉에 의하면, 사마의는
호로곡에서 제갈량에게 패전하며 거의 죽을 뻔한 뒤로는 蜀의 공격에 전혀
응전하지 않는다. 계속 도전해도 사마의가 전혀 반응을 보이지 않자 공명은
사마의에게 부인의 옷과 수건 등을 보내며 "中原의 대군을 거느린 대장으로
서 출전하지 않을 것이면 이 옷을 받겠지만, 사나이라면 날짜를 정해 한판 겨
루자."는 편지를 보낸다. 사마의는 속으로 대단히 화가 났으나 겉으로 웃으
면서 편지를 가지고 온 사자에게 "요즈음 孔明의 寢食(침식)과 하는 일이 어
떠냐?"고 묻는다. 제갈량의 사자는 "승상께서는 일찍 일어나서 밤늦게까지

신의 뜻을 달성하지 못한 것을 걱정했기에, 군사를 나눠 屯田(둔전)하면서 오래 주둔한 기지로 삼으려 했다. 경작하는 군사들은 渭水 주변에서 백성과 혼거하였는데, 백성은 안도하였고 군사들은 백성을 수탈하여 사익을 챙기지 않았다. 1백여 일을 서로 대치하였다.

　　그해 8월 제갈량은 병으로 軍營에서 죽었는데, 時年 54세였다.[184] (蜀漢의) 군사는 퇴각했고, 사마의는 제갈량의 군영과 보루 등을 살펴보고서는 "천하의 奇才이다!" 라고 말했다.

·············
곤장 20대에 해당하는 벌 그 이상을 친히 결재하시며, 식사는 담백한 음식 약간을 드십니다."라고 대답한다. 이에 사마의가 주위를 둘러보며 말한다. "밥은 조금 밖에 못 먹고 일은 많으니 어찌 오래갈 수 있겠는가?(食少事煩, 其能久乎?)" 사자로부터 이 말을 전해들은 제갈공명은 "그 사람이 나를 잘 보았구나!(彼深知我也!)"하면서 길게 탄식했다.

184 《三國演義》에 나오는 死孔明能走生仲達(죽은 공명이 살아있는 사마중달을 달아나게 했다)는 말은 대체적으로 사실이라고 알려졌다. 공명은 죽기 전에, 자신이 죽은 뒤 司馬懿(사마의, 字 仲達)의 내침에 대비한 계략을 세워 일일이 부탁한다. 한편 사마의는 천문을 보고 공명이 죽었을 것이라 생각하면서도 공명이 六甲에 능하기에 이 자체가 계략인지 모른다며 공격하지 못한다. 뒤늦게 오장원이 텅 빈 사실을 안 사마의는 급히 추격한다. 사마의의 추격군이 가까워지자, 촉군은 반격으로 나서며 공명이 앉아 있는 사륜거를 호위하고 나온다. 이에 사마의는 "공명이 아직 살아 있다"며 혼비백산 도망친다. 위 장수들은 오십여 리를 도망간 사마의를 겨우 에워싸고 "도독은 그만 놀라십시오"라고 소리친다. 중달은 자신의 머리를 더듬으며 "내 머리가 있어 없어?(我有頭否?)"라고 묻는다. 중달은 이틀 뒤에, 촉의 군사들이 천지를 흔들 만큼 슬피 울며 퇴각했고 촉의 장수들이 밀고 나왔던 사륜거 위의 제갈공명은 木人이라는 보고를 받는다. 이에 사마의가 탄식한다. "나는 그 나무로 만든 공명을 산 사람이라 생각했지, 죽은 사람이라고 생각하지 못했다." 이로부터 蜀에서는 "죽은 공명이 산 중달을 도망치게 했다.(死孔明能走生仲達.)"는 속언이 생겼다.

亮遺命葬漢中定軍山, 因山爲墳, 塚足容棺, 斂以時服, 不
須器物. 詔策曰,

「惟君體資文武, 明叡篤誠, 受遺託孤, 匡輔朕躬, 繼絶興
微, 志存靖亂. 爰整六師, 無歲不征, 神武赫然, 威震八荒, 將
建殊功於季漢, 參伊,周之巨勳. 如何不弔, 事臨垂克, 遘疾隕
喪!

朕用傷悼, 肝心若裂. 夫崇德序功, 紀行命諡, 所以光昭將
來, 刊載不朽. 令使使持節左中郎將杜瓊, 贈君丞相武鄕侯印
綬, 諡君爲忠武侯. 魂而有靈, 嘉玆寵榮. 嗚呼哀哉! 嗚呼哀
哉!」

| 국역 |

제갈량은 漢中郡 定軍山[185]에 묻으라 유언하였기에, 산세를 이용
하여 봉분을 만들었고 무덤에는 棺(관)만 들어갔으며[186] 평상복으로
염을 했고 다른 기물을 사용하지 않았다. 後主가 책서를 내렸다.

「君(丞相)은 文武에 천부적 재능을 타고났으며 총명 叡智(예지)에

---

185 定軍山(정군산) - 今 陝西省 남부 漢中市 서부 勉縣(면현)의 城南. 부근에 옛
陽平關이 있다. 정군산은 蜀漢 대장 黃忠(황충)이 曹魏 대장 夏侯淵(하후연)을
죽였던 곳으로 널리 알려졌다. 제갈량의 무덤이 있고, 黃忠도 병사한 뒤 定軍
山 아래 묻혔다.
186 漢代에는 厚葬이 크게 성행했으나 삼국시대 曹魏의 王公들은 거의 후장을
택하지 않았다.

敦厚(돈후) 誠實하여 先帝로부터 후사를 부탁받아 朕(짐)을 크게 보필하였으며, 쇠미하여 단절한 나라를 일으켰고 굳은 지조로 난세를 바로잡았도다. 六師(六軍)를 정비하여 해마다 원정에 나서면서 그 神武가 혁연하여 八方의 끝까지 무위를 떨쳤고, 漢末에 특별한 공을 세웠으니, 伊尹(이윤)과 周公의 巨勳과 같았다. 上天이 어질지 않아 大事 성공을 앞에 두고 어찌 병으로 性命을 이리 잃을 수 있는가!

朕(짐)은 슬픔으로 간담과 심장이 찢어지도다. 고인의 크신 덕행과 공훈을 높이 받들고 행적을 살펴 시호를 내려 이름과 공훈을 후세에 전하고 靑史에 실려 영원히 사라지지 않을지어다. 부절을 가진 左中郎將 杜瓊(두경)을 보내어 丞相과 武鄕侯의 印綬(인수)를 수여하고 君의 시호를 忠武侯(충무후)로 정하노라. 忠魂(충혼)의 신령이시니 영광과 은총이 아름다울지어다. 嗚呼(오호) 슬프도다! 오호 슬프도다!」

|原文|

初, 亮自表後主曰,「成都有桑八百株, 薄田十五頃, 子弟衣食, 自有餘饒. 至於臣在外任, 無別調度, 隨身衣食, 悉仰於官, 不別治生, 以長尺寸. 若臣死之日, 不使內有餘帛, 外有贏財, 以負陛下.」

及卒, 如其所言.

亮性長於巧思, 損益連弩, 木牛流馬, 皆出其意, 推演兵法, 作〈八陣圖〉, 咸得其要云. 亮言敎書奏多可觀, 別爲一集.

景耀六年春, 詔爲亮立廟於沔陽. 秋, 魏鎭西將軍鐘會征蜀, 至漢川, 祭亮之廟, 令軍士不得於亮墓所左右蒭牧樵採.

亮弟均, 官至長水校尉. 亮子瞻, 嗣爵.

| 국역 |

전에(운명하기 전에), 제갈량은 後主에게 표문을 올렸다.

「成都에 뽕나무 8백 주에 척박한 땅 15頃(경)이 있어, 내 자식의 의식에는 여유가 있을 것입니다. 臣은 外任을 맡고 있어 다른 지출도 없거니와 一身의 衣食은 나라에서 해결해 주어 특별히 治産하거나 한 자의 땅도 늘리지 않았습니다. 만약 臣이 죽는 날에 가내에 여분의 비단이나 외부의 남은 재산이 있다면, 이는 폐하의 뜻을 저버린 것입니다.」

제갈량이 죽은 뒤 그의 말과 같았다.

제갈량은 천성적으로 신묘한 發想에 뛰어났는데 연속 쏠 수 있는 쇠뇌(連弩)를 개량하였고 木牛流馬(목우유마)[187]는 모두 그의 뜻대로 만들었으며, 兵法을 연구하여 〈八陣圖〉[188]를 설계하였는데 모두 그

----

187 裴松之의 주석에는 木牛流馬의 제원과 설명이 있다.

188 八陣圖 – 고대 軍隊의 편제와 배치, 전투 전개 방식을 보통 陣法 또는 陣形, 戰陣이라고 칭한다. 이는 작전의 기본 원칙이기에 戰國 시대부터 孫臏(손빈, 孫子)의 兵法에서도 '八陣' 또는 '十陣' 등이 보이는데 그중에서도 '八陣'이 가장 잘 알려졌다. 諸葛亮은 고대의 팔진을 더욱 개량 적용한 것으로 '八陣圖'의 이론에 의거 3곳에 石陣을 설치하였다고 하는데, 이에 관하여 많은 전설과 이야기의 소재가 전한다. 章武 2년(서기 222년) 6월, 유비의 70만 대군이 陸遜(육손)에게 완파되고 유비는 겨우 조운의 구원을 받아 白帝城에 피신한다. 제갈량의 후주의 부름을 받고 영안궁에 와서 선주의 유조를 받았다. 그리고 돌아가면서 뒷날에 있을 吳의 침입에 대비하여 魚腹浦(어복포)란 곳

요령에 통달했다고 하였다. 제갈량의 언론이나 敎令, 書信, 상주문 등도 매우 우수하여 별도 一書로 편찬하였다.

(後主) 景耀 6년(서기 263, 촉한 멸망) 봄, 조서를 내려 沔陽(면양)에 제갈량의 사당을 짓게 했다. 가을, 魏의 鎭西將軍인 鐘會(종회)는 蜀을 정벌하면서 漢川(한천)에 들어와 제갈량의 묘당에 제사를 지내고, 자기 부하들에게 제갈량의 묘소 근처에서는 草木을 자르거나 放牧, 또는 伐木(벌목)을 못하게 했다.

제갈량의 동생 諸葛均(제갈균)은 長水校尉를 역임했다. 제갈량의 아들 諸葛瞻(제갈첨)[189]이 작위를 이었다.

....

에 돌을 쌓아 八陣을 설치했고, 이는 10만 정병을 매복시킨 효과가 있다고 말했다. 한편 육손은 전선을 시찰하던 중 살기가 충천하는 곳을 보고 필시 복병이 있을 것이라며 척후병을 내보낸다. 그러나 아무런 인마도 없다는 보고를 받고 육손 자신이 그곳을 찾아 들어간다. 육손은 갑자기 일어나는 폭풍 속에 길을 잃고 헤맨다. 결국 한 노인의 도움을 받아 그 돌무더기 사이를 벗어난다. 그 노인은 바로 제갈공명의 장인 黃承彦(황승언)이었다. 육손은 황승언으로부터 제갈량이 이곳에 팔진도를 포진하고 蜀에 들어가면서 "뒷날 吳의 장수가 이곳에서 헤매다가 죽을 것이니 구원하지 말라."는 부탁을 받았지만 자신이 선행 베풀기를 좋아하기에 구원해 주었다는 말을 듣는다. 그리고 자신이 死門으로 들어갔기에 죽을 수밖에 없었다는 사실도 알게 된다. 자기 진영으로 들어온 육손은 "공명은 정말로 와룡(孔明眞臥龍也)"이라며 감탄한다. 陸遜은 蜀에 대한 공격을 중단하고 曹丕의 내침에 대비한다.

189 諸葛亮과 부인 黃氏 소생의 장남. 《襄陽記》에 의하면, 黃承彦(황승언)은 南陽郡의 명사였는데 제갈량에게 말했다. "내가 듣기로, 자네가 擇婦한다는데 나에게 못생긴 딸이 하나 있어 노랑머리에 안색도 검지만, 재주가 있으니 짝이 될 만하네." 이에 결혼했는데 그곳 마을 사람들에게 '孔明처럼 장가들지 말지어니(莫作孔明擇婦), 바로 황승언의 못난 딸을 얻는다(正得阿承醜女).'는 속언이 퍼졌다고 한다. 제갈량의 부인 황씨는 천문, 지리에 밝았고(上通天文下察地理), 韜略(도략)과 遁甲(둔갑)에 관한 모든 책을 섭렵한(凡韜略遁甲諸書 無所不曉) 奇才였다. 제갈량의 모든 학문이 황씨의 도움으로 대성할 수 있었다고 한다. 제갈량이 죽자 황씨도 따라 죽었는데, 황씨는 운명하면서 아들 제갈첨에게 "충효에 힘쓰라"고 유언하였다.

諸葛亮의 智略에 대한 평가

제갈량의 두뇌 속의 지혜나 智略은 무형이기에 어떻게 측량할 수 없다. 때문에 다른 사람과 그 우열을 비교하는 것이 불가능하다고 말할 수 있다. 그러나 그 지혜나 지략의 결과를 놓고 평가한다면 우열과 고저를 판단할 수 있다.

비록 소설 속의 내용을 근거로 평가한 것이지만 제갈량의 지혜나 지략은 당시 삼국의 그 누구보다도 우수했다.

우선 제갈량과 함께 지혜와 지략을 겨루었던 인물들 - 곧 제갈량이 상대하고 겨루었던 사람들을 수준을 생각해보아야 한다. 제갈량은 曹操와 孫權, 司馬懿나 周瑜(주유), 陸遜과 지략을 겨루었다. 조조나 손권 휘하의 그 수많은 참모나 모사들 그 누구 하나 녹록한 인물들은 아니었다. 이들과 싸워 제갈량은 패퇴하거나 물러서지 않았다.

두 번째로, 제갈량이 활동 영역을 생각해야 한다. 제갈량은 軍師로 전술 전략상 군사적 승리를 거두면서 나라의 행정과 民政까지도 제갈량의 책임이었다. 또 東吳와 外交戰뿐만 아니라, 남만을 원정하며 통치권 내의 여러 민족을 아우르는 영역까지 제갈량의 능력이 미치지 않은 곳이 없었다.

셋째로, 제갈량은 현실을 근거로 미래를 예측하는 탁월한 능력의 소유자였다. 유비를 도와 출사하기 전, 三分天下의 큰 밑그림을 그렸고, 또 그의 뜻대로 삼국이 정립하여 세력을 다투었다. 먼 장래를 예측하고 그대로 이끌어 갔다는 점에서 십여 수를 미리 예견한 뛰어난 혜안이었다고 평가할 수 있다.

그러나 제갈량도 결국은 인간이었다. 荊州와 益州를 바탕으로 유비가 흥성했지만, 유비는 결국 형주에서 망했다. 이는 제갈량도 예측하지 못한 부분이었다. 그리고 삼국의 쟁패가 결국 司馬氏의 晉(진)으로 통일될 것은 曹操는 물론 諸葛亮도 예상하지 못했다.

《三國演義》를 읽고 말하는 중국인들에게 제갈량은 거의 신에 가까운 형상으로 나타난다. 錦囊妙計(금낭묘계)의 비책은 기본이면서도 비바람을 마음대로 조절하고 縮地法(축지법)을 쓰고 돌을 쌓아 만든 八陣圖로 적의 내침을 방어하는 초능력의 소유자가 바로 제갈량이다.

그러나 중국인들은 제갈량의 지략은 자신들의 노력으로 따라갈 수 있다고 생각했다.

그리하여 '한 사람의 가죽신 장인은 좋은 신발을 만들어내기 어렵다. 가죽신 장인이 두 사람이면 일이 있을 때 잘 의논한다. 세 사람이면 제갈량보다 낫다.' 라고 했다. 또 '지혜로운 사람의 온갖 사려에도 실수가 있고(智者千慮 必有一失), 어리석은 사람도 많이 생각하면 성취하는 것이 있다(愚者千慮 必有一得).' 라고 했다.

【참고자료 2】
張良과 諸葛亮

대기업이든 중소기업이거나 아니면 행정조직의 長이든 리더는 누구나 그 맞상대 내지 경쟁 그룹을 가지고 있다. 때문에 라이벌과 우호적인 교류 유무와 관계없이 경쟁업체에 대한 社勢나 시스템, 임원이나 인재들에 대하여 계속 정보를 수집하면서 선의의 경쟁이 나 아니면 死生決斷의 경쟁을 한다.

문제는 그 라이벌의 지도자와 핵심 참모에 관한 정보를 얼마나 갖고 있느냐에 따라 전략을 달리해야 할 것이다.

漢 高祖 劉邦과 楚王 項羽의 다툼은 乾坤一擲(건곤일척)이란 말로 표현하지만, 그 과정을 들여다보면 고조 유방의 군사력이 절대적 열세여서 자주 곤경에 처했다. 이런 상황에서는 단 한 번의 패착은 언제나 총체적 실패로 연결될 수 있었다.

그러나 장량은 절묘한 계책으로 위기를 타개하며 유방을 끊임없 이 분발시켜 중원 통일의 일등 공신이 되었다. 후세에 많은 사람들 이 張良의 모든 지모와 책략이 漢의 得失이나 安危에 관계되지 않 은 것이 없었고, 그의 공적은 三傑 중의 으뜸이라고 말한다.

장량의 모든 지모와 책략은 유방의 신임을 받았을 뿐만 아니라 장량의 처세 철학과 고상한 인품, 기품 있는 행동은 유방으로부터 언제나 최상의 예우를 받았다. 사실 유방의 성격은 좀 우쭐대며, 때 와 장소에 따라 또는 대세의 흐름에 따라 감정적이거나 즉흥적인 일면이 있었다. 때문에 유방의 오랜 知己였으며 노련한 수완가였던 蕭何(소하)도, 또 全軍을 지휘했던 대장군 韓信(한신)도 유방의 의심 과 시기에서 벗어나지 못했었다.

그러나 유방은 장량에게만은 처음부터 끝까지 결례되는 행동을 하지 않았고 장량의 충성을 의심하지도 않았다. 이런 점에서 장량은 결코 단순한 전략가만은 아니었다.

司馬遷은 《史記》 〈太史公 自序〉에서 '張良은 명성을 떨치려 하지도 않았고 어려운 일을 다 해냈다. 미세한 단서를 잡아 큰일을 이루어냈다.' 라고 평했다.

아마 이런 점에서는 諸葛亮도 비슷한 평가를 받을 수 있었을 것이다.

유방은 張良의 계책에 따라 秦나라 군사를 연파하면서 수도 咸陽에 먼저 들어갔다.

그러나 項羽에게 밀렸고, 항우의 진영인 鴻門(홍문)의 잔치에서 유방이 목숨을 건진 것도 장량의 지혜였으며, 초패왕 항우로부터 漢中 땅을 봉지로 받고 巴蜀(파촉)으로 들어가는 棧道(잔도)를 불태운 것도, 그리고 다시 關中으로 나와 항우를 패퇴시킨 것도 모두 張良의 智略이었다. 또 천하를 차지한 뒤 6국의 후예들을 세우는 봉건제도를 채택하지 않은 것도 장량의 바른 역사인식에서 나왔다.

漢의 천하통일에는 張良의 계책 어느 하나인들 중요하지 않은 것이 없었고 실패한 것도 없었다. 거기에 장량은 건국 후 안정기에 일어나는 권력 다툼의 소용돌이에서도 일찍 멀리 떨어져 있었으니 이 모두가 그의 명철한 保身策이었다. 그런 점에서 장량은 중국 역대 어느 策士(책사)보다도 뛰어났다.

제갈량은 자신이 張良과 직접 비교를 하지 않았다. 다만 장량 이전의 管仲이나 樂毅(악의)를 빌려 자신의 포부를 말하곤 했었다. 제갈량의 행적을 보면 장량이, 그리고 장량의 행적을 읽으면 제갈량이 그대로 연상된다. 장량과 제갈량은 매우 닮았다.

조조는 유능한 지도자이지만 간사한 지혜가 바탕에 깔려 있기에 존경의 대상이라고는 별로 생각지 않는다. 관우는 용맹과 무예를 바탕으로 한 충성심으로 중국인들의 존경을 받는다. 그리고 제갈량은 지혜를 바탕으로 한 충성심 역시 매우 높게 평가받고 있다.

제갈량 등장 이전에 중국인들이 평가하는 '지혜 또는 전략의 최고봉'은 장량이었다. 항우와의 전투 과정에서 승리하고 한 제국을 건설하는 데 장량의 역할과 성과는 제갈량보다 한수 위였다고 평가할 수 있다. 그러나 장량은 나중에 道家 사상을 바탕으로 처신하며 漢 高祖 곁을 떠나갔다.

그러나 제갈량은 끝까지 유비와 후주에게 충성을 다했다. 한 주인만을 끝까지 섬겼기에 제갈량의 충성심은 모든 군주가 좋아할 수밖에 없었을 것이다.

【참고자료 3】
諸葛亮 - 2인자의 능력과 삶

諸葛亮은 충성, 효성, 의리, 책모의 본보기가 되는, 아마 중국 역사에 가장 걸출한 지혜의 化身이라고 말할 수 있다. 제갈량은 늙고 병들어 지칠 때까지 최선을 다하다가 죽어서야 끝나는 일생을 살았다.

제갈량은 충신의 귀감이 될 만했다. 그러나 사람들은 충성심 외에 좀 더 새롭고 재미있는 것을 더 원했다. 그러다 보니 제갈량에게 비바람을 불러오고 도술을 부리는 萬能의 슈퍼 능력이 보태진다. 민생안정이나 재정의 충실, 완벽한 兵站(병참) 조달 같은 국내 통치에 유능한 승상보다는 전략 전술에 뛰어난 능력의 소유자로 인식된 제갈량의 평가는 실제와는 많이 다르다고 한다.

제갈량은 나라의 승상으로서 백성들을 아우르며 가야 할 길을 제시하고, 시대에 맞는 정책을 내고, 마음을 열고 공정한 정치를 했다. 백성들의 존경과 사랑을 받는 현실적 정치를 잘 아는 사람이었다.

제갈량의 학식이나 소양, 행정과 전략적 능력이나 수완을 생각한다면 그가 결코 유비보다 못하지 않았다. 그러나 제갈량은 유비와 용렬한 후주에게 끝까지 자신을 낮추면서 충성을 다한 제 2인자였다.

일반적으로 2인자는 1인자보다 못한 존재로 여겨진다. 무엇인가가 부족하거나 아니면 운이 없어 성공하지 못한 사람이라는 평가가 따른다. 때로는, 단순히 1인자의 보조자로 인식되는 경우도 많다. 부회장이나 부사장 등이 그런 예이다. 아니면 전문 경영인이었지만 퇴임 이후 원로나 고문의 명칭을 붙이고 조언을 하는 역할 역시 2인자의 다른 모습이라 할 수 있다.

혹은 2인자는 1인자 없이는 존재할 수 없는 보조적 존재로 여겨지기도 한다. 2인자는 패배자, 실패한 사람으로 여겨지거나 비참한 인생에 만족하는 존재로 규정되기도 한다. 과연 그렇게만 볼 수 있을까?

제갈량은 단순한 2위의 의미가 아니라 2인자이면서 실질적으로는 1위인 존재였고 그런 역할을 다했다. 이른바 '2인자의 자리에 있는 1인자'였다.

2인자의 위치는 단순히 중간 과정이 아니라 그 자체가 하나의 1인자의 위치다. 또한 2인자의 위치에 충실할 때 1인자가 되는 구조를 더 포괄하는 개념이다. 제갈량은 스스로 2인자를 선택했을 것이다. 제갈량은 실질적 1인자의 역할과 자리에서 2인자의 리더십을 행사했다.

제갈량의 리더십은 단순히 머릿속의 계산이나 전략이 아니라 진정성을 바탕으로 했다. 제갈량은 유비한테는 처음부터 충성을 다했다. 제갈량은 용렬한 후주를 누르고 자신이 최고의 자리에 나가려는 생각을 하지 않았다. 제갈량은 後主에 대하여 2인자의 열등감이 없었다고 보아야 한다. 제갈량은 1인자에 대한 집착에서 벗어나 있었다. 그래서 제갈량이 더 위대해 보이는 것이다. (이상의 參考資料는 譯者의 愚見임.)

| 原文 |

《諸葛氏集》目錄

〈開府作牧〉第一.〈權制〉第二.〈南征〉第三.

〈北出〉第四.〈計算〉第五.〈訓厲〉第六.

〈綜覈 上〉第七.〈綜覈 下〉第八.〈雜言 上〉第九.

〈雜言〉第十.〈貴和〉第十一.〈兵要〉第十二.

〈傳運〉第十三.〈與孫權書〉第十四.〈與諸葛謹書〉第十五.

〈與孟達書〉第十六.〈廢李平〉第十七.〈法檢上〉第十八.

〈法檢下〉第十九.〈科令 上〉第二十.〈科令 下〉第二十一.

〈軍令上〉第二十二.〈軍令 中〉第二十三.〈軍令 下〉第二

十四,

右二十四篇, 凡十萬四千一百一十二字.

| 국역 |

《諸葛亮 문집》목록

1.〈開府作牧〉 2.〈權制〉 3.〈南征〉 4.〈北出〉 5.〈計算〉

6.〈訓厲(훈려)〉 7.〈綜覈(종핵) 上〉 8.〈綜覈(종핵) 下〉

9.〈雜言 上〉 10.〈雜言〉 11.〈貴和〉 12.〈兵要〉 13.〈傳運〉

14.〈與孫權書〉 15.〈與諸葛謹書〉 16.〈與孟達書〉 17.〈廢李平〉

18.〈法檢 上〉 19.〈法檢 下〉 20.〈科令 上〉 21.〈科令 下〉

22.〈軍令 上〉 23.〈軍令 中〉 24.〈軍令 下〉.

이상 24편, 총 104,112字.

| 原文 |

臣壽等言,

「臣前在著作郎, 侍中領中書監濟北侯臣荀勖,中書令關內侯臣和嶠奏, 使臣定故蜀丞相諸葛亮故事. 亮毗佐危國, 負阻不賓, 然猶存錄其言, 恥善有遺, 誠是大晉光明至德, 澤被無

疆, 自古以來, 未有之倫也. 輒刪除複重, 隨類相從, 凡爲二
十四篇. 篇名如右.

亮少有逸衆之才, 英霸之器, 身長八尺, 容貌甚偉, 時人異
焉. 遭漢末亂, 隨叔父玄避難荊州, 躬耕於野, 不求聞達. 時
左將軍劉備以亮有殊量, 乃三顧亮於草廬之中. 亮深謂備雄
姿傑出, 遂解帶寫誠, 厚相結納. 及魏武帝南征荊州, 劉琮擧
州委質, 而備失勢衆寡, 無立錐之地. 亮時年二十七, 乃建奇
策, 身使孫權, 求援吳會. 權既宿服仰備, 又觀亮奇雅, 甚敬
重之, 卽遣兵三萬以助備. 備得用與武帝交戰, 大破其軍, 乘
勝克捷, 江南悉平. 後備又西取益州. 益州既定, 以亮爲軍師
將軍. 備稱尊號, 拜亮爲丞相, 錄尙書事. 及備殂沒, 嗣子幼
弱, 事無巨細, 亮皆專之. 於是外連東吳, 內平南越, 立法施
度, 整理戎旅, 工械技巧, 物究其極. 科教嚴明, 賞罰必信, 無
惡不懲, 無善不顯. 至於吏不容奸, 人懷自厲, 道不拾遺, 彊
不侵弱, 風化肅然也.」

| 국역 |

臣 壽(수, 陳壽) 등이 아룁니다.[190]

---

190 아래의 글은 《三國志》 저자 陳壽(서기 233-297년)가 《蜀相 諸葛亮集》을 편
찬하여 西晉 武帝(재위 265-290)에게 泰始 10년(서기 274)에 올리면서 상
주한 글이다. 당시 陳壽는 孝廉으로 천거되어 著作郎을 역임한 뒤, 陽平侯의
相(縣令級)으로 근무하고 있었다.

「臣이 앞서 著作郞(저작랑)으로 재직 시에, 侍中 겸 領中書監인 濟北侯 臣 荀勖(순욱), 中書令인 關內侯 臣 和嶠(화교)가 상주하여, 臣에게 故 蜀漢 丞相 諸葛亮의 故事를 편찬케 하였습니다. 제갈량은 위기에 처한 나라를 보좌하며 험한 지형을 이용하여 曹魏에 굴복하지 않았으며, 그의 언론을 기록 보존하였는데 혹 빠진 것이 있을까 염려되나, 이는 진실로 大晉의 光明한 至德의 발로이고 은택이 온 천하에 미친 것이니, 예로부터 이와 비슷한 전례도 없었습니다. 그 중복되는 내용을 삭제하고 같은 내용을 분류하여 총 24편으로 편찬하였으며 그 편명은 上記와 같습니다.

제갈량은 젊은 시절부터 남들보다 뛰어난 재능과 영명한 도량을 타고났으며, 8척 身長에 위엄 있는 용모라서 당시 사람들도 특별히 여겼습니다. 漢末 혼란한 시기를 만나 叔父 諸葛玄(제갈현)을 따라 荊州로 피난하였고, 몸소 농사를 지으면서 벼슬을 구하지 않았습니다. 그때 (漢의) 左將軍 劉備(유비)는 제갈량이 특별한 기량을 가졌다 생각하여 그의 草廬(초려)로 3번을 찾아갔습니다. 제갈량은 유비의 雄姿와 걸출한 才德에 감명 받아 마음을 열고 성의를 다하면서 두터운 情義를 맺었습니다.

魏 武帝(曹操)가 남쪽으로 荊州(형주)을 공략하자, (劉表의 아들) 劉琮(유종)은 형주와 자신을 조조에게 위탁하였기에, 유비는 세력과 군사를 잃고 송곳 하나 세울만한 땅도 없었습니다. 그때 제갈량은 27세였는데, 奇策을 건의하고 직접 孫權(손권)에게 사신으로 가서 吳郡과 會稽(회계) 땅의 구원을 이끌었습니다. 손권은 이미 유비를 우러러 존경하고 있었는데, 제갈량의 기특하고 우아한 인품을 보고

크게 존중하면서 즉시 3만 군사로 유비를 도와주었습니다.

유비는 도움을 받자, 곧 魏 무제와 교전하여 대파하였고 승세를 몰아 長江 남쪽도 평정하였습니다. 뒷날 유비는 서쪽으로 益州를 취했습니다. 유비는 益州를 평정한 뒤에 제갈량을 軍師將軍에 임명하였습니다. 유비는 제위를 칭했고, 제갈량을 승상으로 삼아 尙書事를 겸하게 하였습니다.

유비가 죽은 뒤 嗣子(사자, 劉禪)가 어리고 나약했기에, 제갈량은 대소의 국사를 전담하였습니다. 그리고 제갈량은 밖으로는 東吳와 講和하고 내지의 남월을 평정하였으며 법도를 확립하고 軍制를 정비하며, 여러 기계를 고안하고 사물 이치에 통달하였습니다. 법도와 교화를 엄격하게 시행하였고 신상필벌 하였으며 악행을 모두 징계하였고 선량한 인재를 등용하였습니다. 관리의 농간을 허용하지 않았고, 백성은 힘써 법도를 따랐으며 길에 떨어진 물건은 줍지 않았으며, 강자는 약자를 무시하지 못하고 풍속과 교화가 엄정하였습니다.」

| 原文 |

「當此之時, 亮之素志, 進欲龍驤虎視, 包括四海, 退欲跨陵邊疆, 震蕩宇內. 又自以爲無身之日, 則未有能蹈涉中原, 抗衡上國者, 是以用兵不戢, 屢耀其武. 然亮才, 於治戎爲長, 奇謀爲短, 理民之干, 優於將略. 而所與對敵, 或值人傑, 加衆寡不侔, 攻守異體, 故雖連年動衆, 未能有克. 昔蕭何薦韓

信, 管仲擧王子城父, 皆忖己之長, 未能兼有故也. 亮之器能
政理, 抑亦管,蕭之亞匹也, 而時之名將無城父,韓信, 故使功
業陵遲, 大義不及邪厲 蓋天命有歸, 不可以智力爭也.」

| 국역 |

「이 무렵, 제갈량의 숙원은 교룡처럼 뛰어오르고(龍驤) 호랑이처
럼 雄視(虎視)하여 四海를 통일하거나, 적게는 변방으로 영역을 확
대하여 천하에 위명을 떨치려 했습니다. 그러면서 제갈량은 자신의
死後라도 蜀漢이 中原을 진출 못하더라도 큰 나라와 균형을 잡아
맞서는 기반을 마련하려고, 用兵을 멈추지 않았으며 여러 번 武威
를 크게 떨쳤습니다.

그러나 제갈량의 재능은 군사 조련에 뛰어났지만 기이한 책모는
오히려 적었으며, 내정의 才幹보다는 장수로서의 책략에 우수하였
습니다. 때문에 제갈량은 대적하면서 걸출한 장수와 다투거나 소수
로 다수를 상대하며 상황에 따라 공격과 수비를 달리하였지만, 또
해마다 병력을 동원하였지만, 그것만으로는 상대를 제압하지 못했
습니다.

옛날 (前漢 초에) 蕭何(소하)가 韓信(한신)을 천거했고, 管仲(관중)
이 王子城父(왕자성보)를 대장군으로 천거한 것은 모두 자신의 장점
을 헤아려 혼자 군사와 내정을 겸임하지 않았습니다. 제갈량의 기량
이나 능력 수준이 관중이나 소하의 장점과 비슷하더라도, 제갈량에
게는 왕자성보나 한신같은 명장이 없었기에 그의 공훈은 크게 이루
지 못하고 쇠퇴했으며 천하통일의 대의를 끝내 성취하지 못했습니

다. 천명으로 정해졌다면 인간의 智力으로 다툴 수 없는 것입니다.」

|原文|

「靑龍二年春, 亮帥衆出武功, 分兵屯田, 爲久駐之基. 其秋病卒, 黎庶追思, 以爲口實. 至今梁,益之民, 咨述亮者, 言猶在耳, 雖〈甘棠〉之詠召公, 鄭人之歌子産, 無以遠譬也. 孟軻有云, '以逸道使民, 雖勞不怨, 以生道殺人, 雖死不忿.' 信矣! 論者或怪亮文彩不艷, 而過於丁寧周至. 臣愚以爲咎繇大賢也, 周公聖人也, 考之《尙書》, 咎繇之謨略而雅, 周公之誥煩而悉. 何則? 咎繇與舜,禹共談, 周公與群下矢誓故也. 亮所與言, 盡衆人凡士, 故其文指不得及遠也. 然其聲敎遺言, 皆經事綜物, 公誠之心, 形於文墨, 足以知其人之意理, 而有補於當世.

伏惟陛下邁蹤古聖, 蕩然無忌, 故雖敵國誹謗之言, 咸肆其辭而無所革諱, 所以明大通之道也. 謹錄寫上詣著作. 臣壽誠惶誠恐, 頓首頓首, 死罪死罪.

泰始十年二月一日癸巳, 平陽侯相臣陳壽上.」

|국역|

(曹魏 明帝) 靑龍 2년(서기 234년) 봄, 제갈량은 군사를 거느리고

(扶風郡) 武功縣에 출병하여, 병력을 나눠 屯田하며 오래 주둔할 기지를 구축하려 했습니다. 그 가을에 병들어 죽었는데, 백성들은 제갈량을 추념하며 그의 행적을 이야기하였습니다. 지금도 梁州와 益州의 백성들은 제갈량이 지금도 살아 있는 것처럼 이야기를 하니, 마치 〈甘棠〉의 詩로 召公(소공)을 기리고, 鄭人이 子産(자산)을 노래하는 것과 거의 비슷할 것입니다. 또 孟軻(맹가, 孟子, 前 372 - 289년)가 '백성의 마음을 편하게 해주며 사역시키면 백성이 고생하더라도 원망하지 않고, 백성을 살리려다가 죽게 한다면 죽더라도 분노하지 않는다.' 고[191] 하였는데, 이 말은 정말 그렇습니다!

제갈량을 두고 논하는 사람들은 간혹 제갈량은 문장과 문사가 충분히 화려하지 않다고 말하지만, 이는 너무 완전한 것을 원한 것입니다. 臣의 어리석은 생각이지만 咎繇〔구요, 皐陶(고요), 拼音은 gāoyáo, 舜의 理官, 중국 司法의 鼻祖〕는 大賢이고, 周公은 聖人이었지만, 《尙書》를 통해서 볼 때, 咎繇(皐陶)는 計謀는 간략하면서도 典雅하나, 周公의 誥命(고명)은 번잡하고 상세한데 왜 그러하겠습니까? 咎繇는 舜과 禹와 담론했고, 周公은 많은 신하를 상세히 이해시키면서 서약했기 때문입니다. 제갈량을 논하는 사람들은 거개가 백성이며 凡士였기에 그 문장 요지는 부득불 상세하지 않을 수 없었습니다. 그리고 제갈량의 敎令이나 유언은 모두가 일의 경과와 처리에 관한 것이기에 공평하고 정성된 그 마음이 글로 표현되고 백성이나 관리에게 뜻을 이해시켜야 했으며, 그런 문장은 지금도 매우 유익하다고

---

191 《孟子 盡心章句 上》. 孟子曰 "以逸(佚)道使民, 雖勞不怨, 以生道殺人(民), 雖死不怨殺者"

생각합니다.

臣이 생각할 때 폐하께서는 古聖의 행적을 본받으시며 활달하시고 꺼리는 바가 없으시기에, 비록 敵國에 대한 誹謗(비방)의 말일지라도 거친 문사를 고치지 않고 그대로 기록하였는데, 이는 폐하께서 명철하시고 정도에 대통하셨기 때문입니다. 臣은 삼가 제갈량의 저술을 기록하여 올립니다. 臣 壽(수)는 진심으로 황공할 뿐이오며 고개를 조아리고 조아리며, 저의 죄는 죽고 또 죽어 마땅할 것입니다.

(西晉 武帝) 泰始 10년(서기 274) 2월 1일 癸巳, 平陽侯相 臣 陳壽 上.

❷ 子 諸葛喬

| 原文 |

喬字伯松, 亮兄瑾之第二子也, 本字仲愼. 與兄元遜俱有名於時, 論者以爲喬才不及兄, 而性業過之. 初, 亮未有子, 求喬爲嗣, 瑾啓孫權遣喬來西, 亮以喬爲己適子, 故易其字焉. 拜爲駙馬都尉, 隨亮至漢中. 年二十五, 建興元年卒.

子攀, 官至行護軍翊武將軍, 亦早卒. 諸葛恪見誅於吳, 子孫皆盡, 而亮自有胄裔, 故攀遠復爲瑾後.

| 국역 |

　諸葛喬(제갈교)의 字는 伯松(백송)인데, 제갈량의 兄인 諸葛瑾(제갈근)[192]의 둘째 아들이었고 본래의 자는 仲愼(중신)이었다. 제갈교의 兄 (字) 元遜(원손)과 함께 당시 명성이 있었는데, 논자들은 제갈교의 재능이 형을 따라갈 수 없고, 성품은 형보다 나았다고 말했다. 그전에 제갈량이 아들이 없어 제갈교를 데려다가 뒤를 잇게 하려고 하자, 제갈근은 손권에게 아뢴 다음에 제갈교를 촉한으로 보냈고, 제갈량은 자신의 適子로 삼으면서 제갈교의 字를 伯松으로 바꾸었다. 제갈교는 駙馬都尉가 되어 제갈량을 따라 漢中郡에 머물렀는데, 겨우 25살인 建興 원년(서기 223)에 죽었다.

　아들 諸葛攀(제갈반)은 護軍翊武將軍 대행이었는데 역시 일찍 죽었다. (제갈근의 아들) 諸葛恪(제갈각)도 東吳에서 주살되어 자손이 모두 끊기었기에 제갈량은 자신의 아들이 있기에(諸葛瞻) 뒷날 제갈반을 東吳로 돌려보내 제갈근의 뒤를 잇게 하였다.

---

192 諸葛瑾(제갈근, 174-241년, 字 子瑜) - 琅邪郡(낭야군) 출신, 三國時期 東吳의 政治家 겸 武將, 諸葛亮(제갈량)의 친형, 族弟인 諸葛誕(제갈탄)은 魏에 출사했다. 제갈근은 太傅 및 大將軍을 역임했고, 제갈근의 아들 諸葛恪(제갈각)은 東吳의 太傅 및 丞相을 역임했다. 諸葛瑾은 公私가 分明하여 아우 諸葛亮과 오랫동안 헤어져 있으면서 제갈근이 촉에 사신으로 가서 공무만을 논했지 私的 만남이 없었다. 《吳書》 7권, 〈張顧諸葛步傳〉에 입전. 諸葛恪은 《吳書》 19권, 〈諸葛滕二孫濮陽傳〉에 입전.

❸ 子 諸葛瞻

|原文|

瞻字思遠. 建興十二年, 亮出武功, 與瑾書曰,「瞻今已八歲, 聰慧可愛, 嫌其早成, 恐不爲重器耳.」

年十七, 尙公主, 拜騎都尉. 其明年爲羽林中郎將, 屢遷射聲校尉, 侍中, 尙書僕射, 加軍師將軍. 瞻工書畫, 强識念, 蜀人追思亮, 咸愛其才敏. 每朝廷有一善政佳事, 雖非瞻所建倡, 百姓皆傳相告曰, '葛侯之所爲也.' 以美聲溢譽, 有過其實.

景耀四年, 爲行都護衛將軍, 與輔國大將軍南鄕侯董厥並平尙書事. 六年冬, 魏徵西將軍鄧艾伐蜀, 自陰平由景谷道旁入. 瞻督諸軍至涪停住, 前鋒破, 退還, 住綿竹. 艾遣書誘瞻曰, "若降者, 必表爲琅邪王." 瞻怒, 斬艾使. 遂戰, 大敗, 臨陣死, 時年三十七.

衆皆離散, 艾長驅至成都. 瞻長子尙, 與瞻俱沒. 次子京及攀子顯等, 咸熙元年內移河東.

|국역|

諸葛瞻(제갈첨)[193]의 字는 思遠(사원)이다. 建興 12년(서기 234), 제

---

193 諸葛瞻(제갈첨, 227-263년, 字 思遠) - 瞻은 볼 첨. 諸葛亮의 長子, 제갈량이 54세에 죽을 때 겨우 8살이었다. 蜀漢의 重臣, 명필 및 화가로 명성, 後主의 사위, 騎都尉와 羽林中郎, 衛將軍 역임했다. 父子가 끝까지 충절을 지켜 전사했다.

갈량이 (5차 북벌) 武功縣에 출병하여 (형인) 諸葛瑾(제갈근)에게 보낸 서신에 「瞻(첨)이 이제 8살이고, 총명하여 귀엽지만 너무 일찍 숙성한 것 같아 뒷날 큰 그릇이 되지 못할까 걱정입니다.」라고 하였다.

제갈첨은 17세에 공주와 결혼하였고 騎都尉가 되었다. 그 다음해 羽林中郎將이 되었으며, 여러 번 승진하여 射聲校尉, 侍中, 尙書僕射(상서복야)를 역임하였고 加官으로 軍師將軍이 되었다. 제갈첨은 글씨와 그림에도 조예가 깊었고 학식과 기억력이 뛰어나, 촉의 백성들은 제갈량을 그리면서 모두 제갈첨의 영민한 才華와 聰叡(총예)를 칭송하였다. 그래서 조정에서 선정을 베풀면, 제갈첨이 건의하거나 주장하지 않았는데도 백성들은 서로에게 '諸葛侯가 한 일이다.' 라고 말하였으니 그 칭송과 예찬이 실질보다 훨씬 지나쳤다.

(後主) 景耀 4년(서기 261), 제갈첨은 都護衛將軍 대행으로, 輔國大將軍 南鄕侯 董厥(동궐)과 함께 尙書事 업무를 주관하였다. 6년(서기 263) 겨울, 魏의 徵西將軍 鄧艾(등애)가 蜀을 정벌하면서 陰平(음평)을 거쳐 景谷道(경곡도)를 끼고 진입했다. 제갈첨은 모든 군사를 거느리고 涪縣(부현)에 주둔하다가 등애의 선봉에게 격파되자 후퇴하여 綿竹(면죽)에 머물렀다. 등애가 서신을 보내 제갈첨에게 "만약 투항한다면 표문을 올려 틀림없이 琅邪王(낭야왕)이 되게 하겠다."고 유인하였다. 제갈첨은 대노하며 등애의 사자를 죽여버렸다. 등애와 싸웠지만 결국 대패하고 戰場에서 죽으니 그때 37세였다.

제갈첨의 군사는 모두 흩어졌고, 등애는 대군을 거느리고 成都에 이르렀다. 제갈첨의 장자인 諸葛尙(제갈상)은 제갈첨과 함께 전사했다. 제갈첨의 작은아들 諸葛京(제갈경)과 諸葛樊(제갈번)의 아들 諸

葛顯(제갈현) 등은 (曹魏) 咸熙 원년(서기 264)에 關內의 河東郡으로 이주하였다.

※ 諸葛亮의 〈誡子書〉

제갈량은 늦게 47세에 아들 諸葛瞻(제갈첨)을 얻었고, 제갈첨은 영특했다. 〈誡子書(계자서)〉는 제갈첨이 7살 때, 그러니까 제갈량이 죽기 전 해에 이 글을 지은 것으로 알려졌다. 제갈량이 아들을 훈계하는 글은 짧은 글이지만 아들에게 修身과 立志를 강조하였다. 아들을 훈계하는 요점은 '澹泊明志(담박명지)'와 '寧靜致遠(영정치원)'이라 할 수 있다. 많은 사람들이 제갈량의 문장으로 〈出師表〉만 알고 있기에 여기에 원문을 싣고 국역하였다.

│原文│

「夫君子之行, 靜以修身, 儉以養德. 非澹泊無以明志, 非寧靜無以致遠. 夫學須靜也, 才須學也. 非學無以廣才, 非志無以成學. 淫慢則不能勵精, 險躁則不能治性. 年與時馳, 意與日去, 遂成枯落, 多不接世. 悲守窮廬, 將復何及!」

│국역│

「君子의 행실은 靜心으로 修身하고 儉素로 養德한다. 澹泊(담박)하지 않으면 心志를 명확히 가질 수 없고, 마음이 平靜(평정)하지 않으면 원대한 뜻을 품을 수 없다. 학문은 마음이 평정해야 성취할 수 있고, 재능은 학문이 있어야 이룰 수 있다. 학문이 없으면 재능을 확장할 수 없고, 의지가 없으면 학문을 완성할 수도 없다. 放逸(방일)하거나 태만하면 精密하게 성취할 수 없고, 거칠고 조급하면 性情을 다스릴 수 없다. 나이와 시간은 흘러가고, 의지도 세월따라 사라져서 결국 시들어 떨어지나니, 삶에 이룬 것이 많지 않도다. 궁색한 집안에 앉아 슬퍼한들 다시 무슨 일이 있겠는가!」

❹ 董厥·樊建

| 原文 |

董厥者, 丞相亮時爲府令史, 亮稱之曰, "董令史, 良士也. 吾每與之言, 思愼宜適." 徙爲主薄. 亮卒後, 稍遷至尙書僕射, 代陳祗爲尙書令, 遷大將軍, 平臺事, 而義陽樊建代焉.

延熙十四年, 以校尉使吳, 値孫權病篤, 不自見建. 權問諸葛恪曰, "樊建何如宗預也?" 恪對曰, "才識不及預, 而雅性過之." 後爲侍中, 守中書令. 自瞻,厥,建統事, 姜維常徵伐在外, 宦人黃皓竊弄機柄, 咸共將護, 無能匡矯, 然建特不與皓好往來. 蜀破之明年春, 厥,建俱詣京都, 同爲相國參軍, 其秋併兼散騎常侍, 使蜀使慰勞.

| 국역 |

董厥(동궐, 字 龔襲)은 승상 제갈량 시기에 승상부 令史였는데, 제갈량은 "董令史는 良士이다. 내가 이야기를 나눠보면 그 생각이 신중하면서도 적의하다."라고 칭찬하였다. 동궐은 나중에 主薄(주부)가 되었다. 제갈량이 죽은 뒤 점차 승진하여 尙書僕射(상서복야)가 되었고, 陳祗(진지)[194]의 후임으로 尙書令이 되었다가 大將軍이 되었으며 대간의 업무를 주관했는데 나중에 義陽郡 출신 樊建(번건)이 그 후임이 되었다.

(後主) 延熙 14년(서기 251), 樊建(번건)은 校尉로 東吳에 사신으로 나갔지만, 마침 손권은 병환이 심하여 번건을 만나보지는 않았다. 손권이 諸葛恪(제갈각)에게 물었다.

"樊建(번건)은 宗預(종예)와 비교할 때 어떤 사람인가?"

이에 제갈각이 말했다. "才識은 종예만 못하지만 우아한 인품은 종예보다 낫습니다."

번건은 뒷날 侍中이 되었고 中書令 대행이 되었다. 제갈첨, 동궐, 번건 등이 정사를 주관하였고, 姜維는 늘 외부 원정 중이었기에, 환관 黃皓(황호)가 권력을 멋대로 행사해도 모두가 그냥 지켜볼 뿐 바로잡아주지 못했는데, 번건 만은 황호와 왕래하지 않았다. 촉한이 멸망한 다음 해에 동궐, 번건 등은 낙양으로 옮겨갔고 두 사람은 함께 相國의 參軍이 되었고, 그 해 가을에 모두 散騎常侍를 겸임하면서 蜀郡에 사자로 나와 백성을 위무하였다.

....

194 陳祗(진지) – 祗는 공경할 지. 祇(토지신 기, 다만 지)와 다른 글자.

評曰, 諸葛亮之爲相國也, 撫百姓, 示儀軌, 約官職, 從權
制, 開誠心, 布公道. 盡忠益時者雖親必賞, 犯法怠慢者雖親
必罰, 服罪輸情者雖重必釋, 游辭巧飾者雖輕必戮. 善無微而
不賞, 惡無纖而不貶.

庶事精練, 物理其本, 循名責實, 虛僞不齒. 終於邦域之內,
咸畏而愛之, 刑政雖峻而無怨者, 以其用心平而勸戒明也. 可
謂識治之良才, 管,蕭之亞匹矣. 然連年動衆, 未能成功, 蓋應
變將略, 非其所長歟!

| 국역 |

陳壽의 評論 : 제갈량은 일국의 相國(丞相)으로서, 백성을 慰撫(위
무)하고 예의와 법도를 明示하며, 관직을 줄이고 적당한 제도를 마
련하며, 誠心을 열고 공정한 대도를 널리 폈다. 제갈량은 충성을 다
하고 시국에 도움이 된다면 비록 원수였어도 상을 내렸고, 犯法하
며 태만한 자는 아무리 친척이라도 벌을 내렸으며, 잘못을 인정하
며 진정 반성하는 자는 중죄라도 풀어주었고, 핑계를 꾸미거나 교
묘히 둘러대는 자는 가벼운 죄라도 중벌을 내렸다. 선행이라면 사
소하더라도 반드시 시상하였고, 악행은 아무리 작아도 용서하지 않
았다.

제갈량은 모든 업무에 달통했고 사물의 근본이치를 깨달았으며,
명분을 따르면서도 명실상부를 추구했고, 거짓과 허위라면 상대하

지도 않았다. 그리하여 나라 안의 모두가 제갈량을 두려워하면서도 경애하였고, 刑政이 준엄하여도 원망이 없었던 것은 그 마음 씀씀이가 공평하고 정당했기 때문이었다. 그리하여 제갈량은 통치의 大道을 잘 아는 良才로 管仲(관중)이나 蕭何(소하)에 버금가는 사람이었다. 그렇지만 제갈량이 해마다 많은 군사를 동원하고도 통일 대업을 이루지 못한 것은 상황 변화에 적응하거나 장수로서의 지략이 뛰어나지 않았기 때문이 아니겠는가?

36권 〈關張馬黃趙傳〉(蜀書 6)
(관,장,마,황,조전)

❶ 關羽

| 原文 |

關羽字雲長, 本字長生, 河東解人也. 亡命奔涿郡. 先主於
鄕里合徒衆, 而羽與張飛爲之禦侮. 先主爲平原相, 以羽,飛
爲別部司馬, 分統部曲. 先主與二人寢則同床, 恩若兄弟. 而
稠人廣坐, 侍立終日, 隨先主周旋, 不避艱險. 先主之襲殺徐
州刺史車冑, 使羽守下邳城, 行太守事, 而身還小沛.

| 국역 |

關羽(관우)[195]의 字는 雲長(운장)인데, 처음 字는 長生(장생)으로,

河東郡 解縣(해현) 사람이다. 涿郡(탁군)으로 달아나(奔) 숨어 살았다(亡命). 그때 先主(劉備)는 鄕里에서 군사를 모으고 있었는데(靈帝, 中平 원년, 서기 184년), 張飛(장비)와 함께 유비를 호위하였다. 유비가 平原 相이 되었을 때, 관우와 장비를 別部司馬에 임명하여 군사를 나눠 지휘케 하였다. 유비는 관우, 장비와 같은 침상에서 기거하며 그 恩義가 형제와 같았다.[196]

....

195 關羽(관우, 서기 160-220년, 字 雲長, 本字 長生) - 河東郡 解縣 출신, 今 山西省 서남단 運城市. 劉備의 장군, 張飛와 함께 '1만 명을 상대할 수 있는 사람(萬人敵)'으로 알려졌다. 建安 4년(서기 199년)에 漢壽亭侯(한수정후)에 봉해졌다. 赤壁大戰(서기 208) 뒤에 주로 荊州를 방어했다. 建安 24년(서기 219), 關羽가 襄陽, 樊城(번성)을 포위하자, 조조는 구원군으로 于禁(우금)을 보냈는데, 관우는 우금을 생포하고 龐德(방덕)을 참수하자 천하에 관우의 명성이 진동했다. 조조는 徐晃(서황)을 증파하면서 東吳와 연합했고, 東吳에서는 陸遜(육손)과 呂蒙(여몽)을 보내 관우를 공격, 생포한 뒤에 살해했다. 關羽는 武將으로 생애를 마쳤지만 관우 사후에 제왕이나 백성들의 追崇(추숭)과 숭배를 받는 특수한 신령이 되었다. 관우에 대한 숭배와 신앙은 우리나라와 일본, 월남까지 널리 퍼졌다. 관우이 忠義와 勇武의 형상은 관우에 대한 호칭에 잘 나타나 있는데, 關公(관공), 關老爺(관노야)로부터 武聖(무성)으로 文聖(문성)이 孔子와 나란한 명성을 누리고 있다. 그리하여 關聖帝, 關帝, 關聖帝君 등 극존칭이 지금껏 그대로 통용되고 있다.
道敎에서는 관우를 協天大帝, 伏魔大帝, 翊漢天尊으로 불리고, 심지어 불교에서도 관우의 숭배 신앙을 흡수하여 護法神의 하나로 '伽藍菩薩(가람보살)'로 숭배된다.
陳壽는 《三國志》에서 關羽와 張飛, 馬超, 黃忠, 趙雲을 함께 입전하였다. 羅貫中(나관중)의 《三國演義》에서는 이들을 '五虎上將'이라 통칭하는데, 그중에서 으뜸은 前將軍 關羽이다.

196 중국 속담에 "장비는 용기가 있고, 관우는 지모가 있다.(張飛有勇, 關羽有謀.)"는 말이 있다. 장비는 그 용기로, 관우는 그 지모를 우선 연상한다는 뜻일 것이다. 또 "유비와 관우는 각자 타고난 천성이 있다.(劉備關羽, 各有秉性.)"라는 속담은 관우와 유비가 아무리 친형제 이상의 우애와 의리가 있지만 확실하게 다른 성격이라는 뜻일 것이다. 유비, 관우, 장비 세 사람의 형제애는 우애의 표본이면서 동시에 중국인들에게 의리의 표본이라 말할 수 있다.

많은 사람들이 모인 장소에서는 유비를 모시고 종일 侍立(시립)하였으며 유비를 따라 정벌에 나서는 등 곤경과 위험을 피하지 않았다. 유비가 徐州刺史 車冑(차주)를 습격 살해한 뒤에 관우를 시켜 下邳(하비)성을 지키며 태수를 대행케 했고, 유비는 小沛(소패)로 돌아갔다.

| 原文 |

建安五年, 曹公東征, 先主奔袁紹. 曹公禽羽以歸, 拜爲偏將軍, 禮之甚厚. 紹遣大將軍顏良攻東郡太守劉延於白馬, 曹公使張遼及羽爲先鋒擊之. 羽望見良麾蓋, 策馬刺良於萬衆之中, 斬其首還, 紹諸將莫能當者, 遂解白馬圍. 曹公卽表封羽爲漢壽亭侯.

初, 曹公壯羽爲人, 而察其心神無久留之意, 謂張遼曰, "卿試以情問之." 旣而遼以問羽, 羽歎曰, "吾極知曹公待我厚, 然吾受劉將軍厚恩, 誓以共死, 不可背之. 吾終不留, 吾要當立效以報曹公乃去."

遼以羽言報曹公, 曹公義之. 及羽殺顏良, 曹公知其必去, 重加賞賜. 羽盡封其所賜, 拜書告辭, 而奔先主於袁軍. 左右

'복은 같이 누리고(有福同亨), 어려움도 같이 나누며(有難同當), 같은 날 태어나지는 않았지만 같은 날에 죽기를 바랐던(不求同年月日生, 但願同年月日死)' 세 사람은 마치 형제와 같았으니, 후세인들은 이를 '도원삼결의(桃園三結義)'라 하여 의리의 표본으로 삼았다.

欲追之, 曹公曰, "彼各爲其主, 勿追也."

| 국역 |

　(獻帝) 建安 5년, 曹公(조조)이 동쪽을 원정했고, 先主(劉備)는 袁紹(원소)에게로 달아났다. 조조는 關羽(관우)를 생포하고 돌아와 관우를 偏將軍에 임명하고 크게 예우했다. 원소는 대장군 顔良(안량)을 보내 (東郡)의 白馬縣(백마현)에서 東郡 태수 劉延(유연)을 공격했는데, 조조는 張遼(장료)[197]와 관우를 선봉으로 삼아 안량을 공격하였다. 관우는 안량의 깃발과 수레 덮개가 보이자 말을 달려 나가 만인의 군사가 보는 앞에서 안량을 찌르고 그 머리를 잘라 돌아오자, 원소의 장군 그 누구도 감히 맞서려는 자가 없었으며, 결국 白馬城의 포위를 풀고 물러났다. 조조는 즉시 표문을 올려 관우를 漢壽亭侯(한수정후)[198]에 봉했다.

....

197 張遼(장료, 170 전후-222년, 字 文遠) - 幷州 雁門郡 馬邑縣 사람. 前漢 聶壹(섭일)의 후손, 원수를 피해 改姓했다. 曹魏의 유명한 五子良將(張遼, 樂進, 于禁, 張郃, 徐晃)의 첫째. 丁原, 董卓, 呂布 등을 섬겼다(侍從多主). 조조가 여포를 下邳(하비)에서 격파하자, 장료는 그 군사와 함께 투항하여 中郎將이 되었고 關內侯의 작위를 받았다. 장료는 여러 번 戰功을 세워 神將軍이 되었다. 조조는 袁紹를 격파한 뒤 별도로 장료를 보내 魯國의 여러 현을 평정케 하였다. 《三國演義》25회에서는 조조가 下邳(하비) 城外 土山에서 關羽를 포위했을 때 장료를 보내 귀순의사를 타진하고 '張文遠約三事' 했다. 관우와 장료는 서로 협조했고, 결국 관우는 五關斬六將한 뒤에 순탄하게 유비에게 돌아간다. 장료는 袁氏 일족 정벌에 공을 세웠고, 서기 215년에 李典(이전), 樂進(악진)과 함께 적은 병력으로 合肥(합비)를 지키며 東吳 孫權의 대군을 무찔렀고 손권을 거의 생포할 뻔했다. 《三國演義》67회, 〈威震逍遙津〉 참고. 《魏書》17권, 〈張樂于張徐傳〉에 立傳.

198 漢壽亭侯(한수정후) - 漢의 壽亭侯(수정후)가 아니다. 漢壽亭(한수정)의 토지를 봉지로 받은 列侯이라는 뜻이다.

그전에 조조는 관우의 사람됨을 장하게 여겼는데, 관우의 마음을 살펴 관우가 오래 머물 뜻이 없다는 것을 알고 장료에게 "卿이 한 번 그 뜻을 알아보라."고 말했다.

곧 장료가 관우에게 묻자, 관우가 탄식하며 말했다.

"나는 曹公이 나를 극진하게 대우한 것을 잘 알고 있지만, 나는 劉將軍의 厚恩(후은)을 입었고 이미 함께 죽겠다고 맹서하였으니 그 약조를 어길 수 없습니다. 나는 끝내 머물 수 없으니 응당 공을 세워 曹公에게 보답한 뒤에 떠날 것입니다."

장료는 관우의 말을 조조에게 전했고 조공은 의로운 사람이라 생각하였다.[199] 관우가 안량을 죽이자 조조는 관우가 떠날 것이라 생각하여 거듭 많은 상을 내렸다. 그러나 관우는 그가 받은 것을 모두 봉해두고 서신을 남기고[200] 떠나가서,[201] 유비가 머물고 있는 원소의 군영을 찾아갔다. 측근들이 관우를 추격하려고 했지만 조조가 말했다.

"그도 그의 主君을 섬기니 추격하지 말라."[202]

---

199 曹操는 關羽가 "事君하며 不忘其本하니, 天下의 義士이다."라고 말했다.

200 《三國演義》에서는 관우가 조조를 찾아갈 때마다, 조조는 일부러 자리를 비웠다. 이 부분은 《三國演義》第 26회 〈袁本初敗兵折將 關雲長掛印封金〉에 실감나게 묘사했다.

201 이는 《三國演義》 27회 〈美髥公千里走單騎 漢壽侯五關斬六將〉에 잘 묘사되었다.

202 이를 曹操의 度量이 그만큼 弘大하다고 말하는 사람도 있다.

從先主就劉表. 表卒, 曹公定荊州, 先主自樊將南渡江, 別
遣羽乘船數百艘會江陵. 曹公追至當陽長阪, 先主斜趣漢津,
適與羽船相值, 共至夏口.

孫權遣兵佐先主拒曹公, 曹公引軍退歸. 先主收江南諸郡,
乃封拜元勳, 以羽爲襄陽太守,蕩寇將軍, 駐江北.

先主西定益州, 拜羽董督荊州事. 羽聞馬超來降, 舊非故
人, 羽書與諸葛亮, 問超人才可誰比類. 亮知羽護前, 乃答之
曰, "孟起兼資文武, 雄烈過人, 一世之傑, 黥,彭之徒, 當與益
德並驅爭先, 猶未及髥之絶倫逸群也."

羽美鬚髥, 故亮謂之髥. 羽省書大悅, 以示賓客.

|국역|

關羽는 劉備를 따라 劉表(유표)에 의탁했다. 유표가 죽었고 조조
는 荊州(형주)를 평정했고, 先主는 樊城(번성)에서 남쪽으로 長江을
건너려고 별도로 관우를 보내 수백 척 배를 준비하여 江陵(강릉)[203]
에서 유비를 기다리게 했다. 조조가 當陽縣(당양현) 長阪(장판)에서
유비를 공격하자, 유비를 샛길로 武漢의 나루를 건너 마침내 관우
가 준비한 배를 만나 함께 夏口(하구)[204]에 도착했다.

....

203 江陵은 荊州 관할 南郡의 治所, 今 湖北省 중남부 江漢平原에 위치한 荊州市
   관할 江陵縣. 李白의 〈早發白帝城〉 詩의 「朝辭白帝彩雲間, 千里江陵一日還.
   兩岸猿聲啼不住, 輕舟已過萬重山.」에 나오는 江陵.
204 夏口(하구)는 지명. 長江의 최대 지류인 漢水를 夏水라고도 부른다. 夏水가

孫權(손권)은 군사를 보내 유비를 돕게 하여 조조의 남하를 막았고,[205] 조조는 군사를 철수하여 돌아갔다. 유비는 江南의 여러 군을 차지하고 공을 세운 부하들을 봉했는데, 관우는 襄陽(양양) 태수 겸 蕩寇將軍(탕구장군)으로 長江 북쪽에 주둔케 하였다.

유비가 서쪽으로 진출하여 益州(익주)를 평정하고서는, 관우에게 형주의 모든 군사를 감독케 했다. 관우는 馬超(마초)[206]가 투항했다는(서기 214) 소식을 듣고, 마초가 전부터 아는 사람이 아니라서 제갈량에게 서신을 보내 마초의 재능이 누구와 비슷한가를 물었다.

제갈량은 관우가 승부 겨루기를 좋아한다는 사실을 알고, 관우에게 私信을 보냈다.

"孟起(마초)가 文武를 겸비하고, 그 용맹이 남들보다 뛰어나 一世의 雄傑(웅걸)이라 하지만, (前漢의) 黥布(경포)나 彭越(팽월)같은 정도라서 益德(張飛)과 선두를 다툴 만하지만, 超群(초군)하고 絶倫(절윤)한 美髥公(關羽)[207]과는 다툴만한 인물은 아닙니다."

....

長江에 합류하는 곳이 夏口이다. 今 湖北省 武漢市(武昌과 漢陽의 합칭). 지금 중국이 성립되기 전에는 漢口特別市가 있었다.

205 建安 13년(서기 208)의 赤壁大戰.

206 馬超(마초, 176 – 222년, 字 孟起)는 馬騰(마등, ? – 212년, 字 壽成, 馬援의 후손)의 아들. 蜀漢 五虎將軍의 1人.《蜀書》6권,〈關張馬黃趙傳〉에 立傳.《三國演義》에서 조조는 "저 馬氏 애송이가 죽지 않으면 내 묻힐 자리가 없을 것이다(馬兒不死 吾無葬地矣)."라고 말할 정도로 마초를 두려워했다.

207 美髥公 – 관우가 조조에게 조건부 항복을 한 뒤 조조는 관우의 마음을 잡으려고 여러 가지로 애를 썼다. 조조는 관우의 두자나 되는 수염을 보호하라고 비단으로 수염주머니를 만들어 주었다. 조조가 관우를 데리고 헌제를 알현할 때, 헌제는 "수염 주머니를 풀어 보라."고 요청했다. 관우의 배 아래까지 내려오는 수염을 보고서는 '정말 멋진 수염을 가진 사람(眞美髥公也)'이라 감탄했다. 이후 사람들은 관우를 미염공이라 불렀다.

관우는 멋진 鬚髯(수염)이 있어 제갈량은 관우를 髯(염)이라고 말했다. 관우는 서신을 읽고 크게 기뻐하며[208] 빈객들에게 서신을 보여주며 자랑했다.

| 原文 |

羽嘗爲流矢所中, 貫其左臂, 後創雖愈, 每至陰雨, 骨常疼痛, 醫曰, "矢鏃有毒, 毒入於骨, 當破臂作創, 刮骨去毒, 然後此患乃除耳."

羽便伸臂令醫劈之. 時羽適請諸將飲食相對, 臂血流離, 盈於盤器, 而羽割炙引酒, 言笑自若.

| 국역 |

그전에 관우는 流矢(유시)에 맞아 왼쪽 어깨를 맞았는데 創傷(창상)은 나았지만 비가 올 때마다 뼈가 늘 아팠다. 이에 의원이 말했다.[209]

"살촉에 독약이 묻었고 그 독에 뼈에 들어갔으니, 어깨를 갈라 뼈의 독을 긁어내야만 고칠 수 있습니다."

---

208 《三國演義》「서신을 받아 본 關羽는 흐뭇한 미소를 지으며 "孔明이 내 마음을 알아준다.(孔明知我心)"고 말했다.」

209 당시 軍中에는 군의가 배치되어 있었다. 《三國演義》에는 神醫 華佗(화타, 145－208년, 字 元化)가 관우의 뼈를 갈라 수술한 것으로 묘사되었지만, 이때 화타는 이미 죽은 뒤였다. 《魏書》 29권, 〈方技傳〉 참고.

관우는 바로 의원에게 어깨를 풀어주며 상처를 수술하게 했다. 그때 관우는 마침 여러 부장을 불러 술을 마시며 이야기를 나눴는데, 어깨에서 피가 흘러내려 소반(盤器)에 가득했지만 관우는 고기를 구워 술을 마시며 태연히 담소하였다.[210]

| 原文 |

二十四年, 先主爲漢中王, 拜羽爲前將軍, 假節鉞. 是歲, 羽率衆攻曹仁於樊. 曹公遣于禁助仁. 秋, 大霖雨, 漢水氾溢, 禁所督七軍皆沒. 禁降羽, 羽又斬將軍龐德. 梁, 郟, 陸渾群盜或遙受羽印號, 爲之支黨, 羽威震華夏.

曹公議徙許都以避其銳, 司馬宣王, 蔣濟以爲關羽得志, 孫權必不願也. 可遣人勸權躡其後, 許割江南以封權, 則樊圍自解. 曹公從之. 先是, 權遣使爲子索羽女, 羽罵辱其使, 不許婚, 權大怒.

又南郡太守麋芳在江陵, 將軍傅士仁屯公安, 素皆嫌羽輕己. 羽之出軍, 芳, 仁供給軍資, 不悉相救. 羽言 "還當治之", 芳, 仁咸懷懼不安. 於是權陰誘芳, 仁, 芳, 仁使人迎權. 而曹公遣徐晃救曹仁, 羽不能克, 引軍退還.

---

210 이 부분은 《三國演義》 第75回 〈關雲長刮骨療毒 呂子明白衣渡江〉에 묘사되었다.

| 국역 |

(獻帝 建安) 24년(서기 219), 先主(劉備)가 漢中王이 되자, 관우
에 前將軍을 제수하고 斧鉞(부월)을 내렸다. 이 해에 관우는 군사를
거느리고 曹仁(조인)[211]을 樊城(번성)에서 포위했다. 조조는 于禁(우
금)을 보내 조인을 돕게 했다. 가을에 큰 장마가 지면서 漢水(한수)가
범람하자 우금이 관할하는 七軍이 모두 물에 갇혔다. 우금은 관우
에게 항복했고, 관우는 將軍 龐德(방덕)을 참수했다.

(河南尹) 梁縣(양현), (潁川郡) 郟縣(겹현), (弘農郡) 陸渾縣(육혼현)
의 각 群盜(군도)들은 관우에 투항하고 인수나 장군 칭호를 받아 관
우편이 되었고, 관우의 위세는 中原을 흔들었다.

曹公은 許都에서 도읍을 옮겨 가서 관우의 예봉을 피할 수 있는
가를 논의했는데, 사마의와 蔣濟(장제) 등은 관우의 得志를 손권은
틀림없이 원하지 않을 것이라고 말했다. 그러면서 사람을 보내 손
권에게 유비의 후방을 공격하게 하고, 江南을 할양하여 손권에게
봉한다면, 번성의 포위는 절로 풀릴 것이라고 말했다. 曹公은 그 말
에 따랐다.

이보다 앞서 손권은 사자를 보내 관우의 딸과 혼사를 원했는데,
관우는 사자에게 욕을 하며 허락하지 않았다.[212] 이에 손권은 대노
하였다.

....

211 曹仁(조인, 168 - 223년, 字 子孝)은 曹操의 堂弟, 일찍부터 조조를 따라 원정과
각종 전투에 참여했다. 樊城(번성)의 싸움에서 관우의 水攻을 최후까지 방어
했다. 曹魏 建國 후 大司馬를 역임, 병사했다. 《魏書》 9권, 〈諸夏侯曹傳〉에
입전.
212 《三國演義》에 의하면, 이 일은 諸葛瑾(제갈근)이 중개했다. 漢中을 차지한 유
비가 漢中王을 자칭하며 자립하자, 조조는 동오의 손권에게 유비를 공격하

또 南郡 태수인 麋芳(미방)[213]은 江陵(강릉)에 있었고, 將軍인 傅士仁(부사인)은 公安縣(공안현)에 주둔하고 있었는데 관우가 평소에 자신을 모욕한데 대하여 감정이 있었다. 관우가 出軍하면 미방과 부사인이 군량을 공급해야 했지만, 전력을 다하여 돕지 않았다. 이에 관우는 "회군하면 治罪하겠다."고 말했다. 미방과 부사인 모두 두렵고 불안하였다.

이에 손권은 은밀히 미방과 부사인을 회유했고, 미방과 부사인은 사람을 보내 손권을 영입하였다. 그리고 曹公이 徐晃(서황)을 보내 曹仁을 구원하자, 관우는 당할 수 없어 결국 군사를 철수하였다.

| 原文 |

權已據江陵, 盡虜羽士衆妻子, 羽軍遂散. 權遣將逆擊羽,

···············

여 형주를 뺏자는 제의를 한다. 손권은 조조의 사신을 좋은 말로 접대해 돌려보내고 형주를 지키는 관우의 동정을 살핀다. 손권은 제갈근을 관우에게 보내어 양가 혼인을 제의한다. 이에 제갈근이 형주에 가서 관우를 만난다. "吳候에게 총명한 아드님이 한 분 계신데, 듣자니 장군도 한 따님을 두었다니 특별히 청혼하오니, 양가 혼인을 맺고 힘을 합하여 조조를 격파한다면 이 얼마나 좋은 일이겠습니까?" 이 말을 들은 관우가 얼굴을 붉히며 벌컥 성을 내어 말한다. "나의 호랑이 딸 같은 애를 어찌 강아지에게 시집보내겠는가?(吾虎女安肯嫁犬子?) 당신 동생(諸葛亮)의 체면을 생각지 않았다면 당장 목을 자를 것이니, 두 번 다시 여러 말하지 마시오.(不看汝弟之面, 立斬汝首, 再休多言.)" 관우가 대노하자, 제갈근은 '고개를 숙이고 쥐가 구멍에 숨듯(抱頭鼠竄)' 돌아갔다.

213 麋芳(미방)은 麋竺(미축)의 동생. 미축은 자기 여동생(麋夫人)과 함께 많은 재물을 유비에게 지원하였고, 元老로서 유비의 절대적 신임을 받고 있었다. 미방의 字는 子方(자방)으로 南郡 태수였다.

斬羽及子平於臨沮.

追諡羽曰壯繆侯, 子興嗣. 興字安國, 少有令問, 丞相諸葛亮深器異之. 弱冠爲侍中,中監軍, 數歲卒. 子統嗣, 尚公主, 官至虎賁中郎將. 卒, 無子, 以興庶子彝續封.

│국역│

손권이 江陵(강릉)을 점거한 뒤에, 관우 수하 장졸의 가족을 모두 포로로 잡자, 관우의 군사는 흩어졌다. 그러자 손권은 장수를 보내 관우를 공격했고, 관우와 아들 關平(관평)을 (南郡) 臨沮縣(임저현)에서 죽였다.[214]

(蜀漢에서는) 관우에게 壯繆侯(장목후)라는 追諡(추시)를 내렸고, 아들 關興(관흥)이 뒤를 이었다. 관흥의 字는 安國(안국)인데, 젊어서도 이름이 알려졌고 丞相 제갈량은 관흥의 器量을 인정하며 특별하게 대우하였다. 관흥은 弱冠에 侍中과 中監軍을 역임했으나 몇 년 뒤에 죽었다. 아들 關統(관통)이 계승하여 (후주의) 公主를 맞이했고, 관직은 虎賁中郎將이 되었다. 관통이 죽은 뒤에 아들이 없어, 관흥의 庶子인 關彝(관이)가 뒤를 이어 열후에 봉해졌다.

---

214 관우가 생포된 麥城은, 今 湖北省 서부 宜昌市 관할 當陽市 兩河鎭 麥城村에 해당한다. 建安 24년(서기 219) 맥성에서 관우를 사로잡은 사람은 馬忠(마충)이다.

※《三國演義》에 묘사된 關羽

關羽는 河東郡 解縣 출신으로, 신장은 9척(23.1cm×9)에 수염이 2척이고, 눈은 봉황의 눈이며, 누에 눈썹을 가진 당당하고 위풍이 늠름한 모습으로 등장한다.

관우는 고향에서 위세를 부리던 사람을 죽이고 5~6년 각지를 방랑했다고 자신을 소개한 뒤, 유비 장비와 함께 張飛네 桃園에서 의형제를 맺는다.

《三國演義》에 나타난 관우는 가히 神의 경지에 이른 인물로 묘사되고 있다. 뛰어난 무예(武藝超群), 80근 무게의 靑龍偃月刀(청룡언월도)와 赤兎馬(적토마), 멋진 수염(美髥公), 경전과《春秋》에 정통한(兼通經史) 학문적 실력도 갖추었고, 무엇보다도 의리를 중히 여기며 文武를 겸비한 가장 이상적인 인물로 형상화되었다.

《삼국연의》에 등장하는 주요 인물들은 전쟁터에서 서로 욕을 하며 싸운다. 그러나《삼국연의》에는 관우에 대한 욕설이 없다. 기껏해야 "관모는 도망가지 마라(關某休走)." 정도로 서술된다. 이는 소설《삼국연의》의 모습이 완성되는 明나라 때, 이미 關羽의 神格化가 이루어졌었다는 것을 의미한다.

중국인들에게 관우는 關聖帝君으로 불리며, 軍神, 마귀로부터 우리를 지켜주는 수호신, 또 재물을 주관하는 財神으로도 널리 숭배되고 있다. 관우를 소재로 하는 京劇(경극)에서 관우로 분장하는 배우는 목욕재계하고 관우의 신위에 절을 한 뒤 출연하며, 극중에서도 이름 우(羽)를 발음하지 못한다 하니 관우에 대한 숭배가 어느 정도인지 알 수 있다.(졸저,《중국인의 토속신과 그 신화》중 關聖帝君 참고)

※《三國演義》關雲長刮骨療毒(關雲長의 뼈를 긁어 毒을 치료하다)

옛날 중국이나 우리나라에서 醫員은 고귀한 직업이 아니었지만, 훌륭한 醫員은 萬人의 존경을 받았다. 樊城(번성)의 曹仁은 지구전으로 버티면서 雲長을 화살로 공격했다. 毒 화살을 맞은 雲長의 오른팔이 퍼렇게 부어올랐을 때 마침 神醫 華陀(화타)가 찾아와 雲長의 팔을 치료한다.

關羽를 거의 武神의 경지로 끌어올리는데 큰 몫을 한 虛構(허구)이지만, 그래도 華佗(화타)의 치료 장면 묘사는 감동 그 자체이다. 여기《三國演義》의 원문을 수록 번역했다.

|原文|

佗曰, "某自有治法. 但恐君侯懼耳." 公笑曰, "吾視死如歸, 有何懼哉?" 佗曰, "當於靜處立一標柱, 上釘大環, 請君侯將臂穿於環中, 以繩繫之, 然後以被蒙其首. 吾用尖刀割開皮肉, 直至於骨, 刮去骨上箭毒, 用藥敷之, 以線縫其口, 方可無事. 但恐君侯懼耳." 公笑曰, "如此容易, 何用柱環?" 令設酒席相待.

|국역|

화타가 말했다. "저에게 치료 방법이 있지만 다만 君侯께서 두려워하실까 걱정입니다."

이에 關公이 웃으며 말했다.

"나는 죽음을 돌아간다고 생각하거늘, 무슨 두려움이 있겠는가?"

화타가 말했다. "깨끗한 방에 기둥을 세워놓고 그 위에 큰 고리를 박아놓고, 君侯의 어깨를 고리에 끼워 단단히 묶어 맨 뒤에 이불로 (환자의) 머리를 덮어 씌워 놓아야 합니다. 제가 칼로 살을 갈라 뼈를 드러낸 뒤에 뼈에 있는 화살 독을 긁어낸 다음 약을 바르고, 실로 상처를 꿰매면 무사할 것이나 다만 君侯께서 두려울까 걱정입니다."

이에 關公이 웃으며 말했다.

"이렇듯 쉬운 일이라면 왜 기둥이나 고리가 있어야 하나?"

| 原文 |

公飮數盃酒畢, 一面仍與馬良弈棋, 伸臂令佗割之. 佗取尖刀在手, 令一小校, 捧一大盆於臂下接血. 佗曰, "某便下手, 君侯勿驚."

公曰, "任汝醫治. 吾豈比世間俗子, 懼痛者耶?" 佗乃下刀割開皮肉, 直至於骨, 骨上已靑. 佗用刀刮骨, 悉悉有聲. 帳上帳下見者 皆掩面失色. 公飮酒食肉, 談笑弈棋, 全無痛苦之色.

須臾, 血流盈盈. 佗刮盡其毒, 敷上藥, 以線縫之. 公大笑而起, 謂衆將曰, "此臂伸舒如故, 並無痛矣. 先生眞神醫也!"

佗曰, "某爲醫一生, 未嘗見此. 君侯眞天神也!"

後人有詩曰,

　　治病須分內外科,　世間妙藝苦無多.

　　神威罕及惟關將,　聖手能醫說華佗.

| 국역 |

關公은 몇 잔의 술을 마신 뒤, 馬良(마량)과 바둑을 두면서 팔을 뻗어 화타가 팔을 가르게 했다. 화타는 뾰쪽한 칼을 손에 들고 젊은 校尉를 불러 큰 대야로 들고 어깨에서 흐르는 피를 받게 했다. 그러면서 화타가 말했다.

"제가 되는대로 손을 댈 터이니 君侯께서는 놀라지 마십시오."

관공이 말했다.

"당신의 치료에 맡기겠소. 내가 어찌 世間의 俗子처럼 아픈 것을 두려워하겠는가?"

그리고 화타가 칼로 살을 가르자 곧바로 뼈가 보였는데, 뼈는 이미 시퍼렇게 독이 올랐었다. 화타가 칼로 뼈를 긁는데 사각사각 소리가 났다. 장막 위와 아래에서 바라보는 사람들이 모두 얼굴을 가리고 새파랗게 질렸다. 관공은 술을 마시고 안주로 고기를 먹으면서 웃으며 바둑을 두는데 고통스러운 안색이 전혀 없었다.

잠깐 만에 흘러내린 피가 그릇에 가득 찼다. 화타가 그 독을 다 긁어내고 뼈 위에 약을 바르고 실로 살을 꿰맸다. 관공은 큰 소리로 웃으며 일어나 여러 부장을 둘러보며 말했다.

"이 팔이 전처럼 펴지고 아무 통증도 없다. 선생은 정말 神醫입니다!"

화타가 말했다.

"제가 한평생을 醫員으로 지냈지만 이런 일은 겪어보지 못했습니다. 君侯께서는 정말 天神이십니다!"[215]

뒷날 어떤 시인이 이를 두고 읊었다.

治病에 꼭 內, 外科를 구분하나니

世間에 妙藝은 정말로 많지 않네!

神威는 오직 關將軍 뿐이고,

聖手이며 能醫로는 華佗를 말하네!

原文

關公箭瘡旣愈, 設席款謝華佗. 佗曰, "君侯箭瘡雖治, 然須愛護. 切勿怒氣傷觸. 過百日後, 平復如舊矣." 關公以金百兩酬之. 佗曰, "某聞君侯高義, 特來醫治, 豈望報乎?" 堅辭不受, 留藥一帖, 以敷瘡口, 辭別而去.

第七十五回〈關雲長刮骨療毒 呂子明白衣渡江〉中 節錄

국역

關公은 화살의 상처가 나은 뒤 술자리를 마련하여 화타를 불러

---

215 關羽는 華陀를 神醫로, 華陀는 關羽를 天神으로 인정했다. 華陀는 內, 外科를 구분했고 마취제인 麻痺散(마비산)을 사용했다는 기록이 있다.

사례하였다. 거기서 화타가 말했다.

"君侯께서 지금 화살의 상처가 나았지만 그래도 아껴 조심하셔야 합니다. 절대로 怒氣를 내어 상처를 터지게 하지 마십시오. 1백일 정도가 지나야 옛날처럼 회복될 것입니다."

關公은 황금 1百兩을 사례로 내주었다. 그러자 화타가 말했다.

"저는 君侯의 高義를 들어 알고 있었기에 그냥 지니다가 들려 치료를 했는데, 어찌 보수를 바라겠습니까?"

그러면서 군이 사양하며 받지 않았고 약 1첩을 남겨 자주 상처에 바르라고 하고서 인사를 올리고 떠나갔다.

第75回 〈關雲長刮骨療毒 呂子明白衣渡江〉 중 절록

※ 中國人의 關羽 崇拜

관우는 가장 중요한 시기에 어이없는 실수로 결국 자기 생명도 지키지 못하였으니 보통 사람의 범주에서 크게 벗어날 수 없는, 그저 다른 사람보다 약간 힘과 무예가 뛰어난 정도였을 뿐, 결코 神通했다는 평가를 받기에는 많이 부족하다는 느낌을 준다.

사실, 魏(위)에서 唐(당)에 이르는 시기에 관우의 민간에 대한 영향력도 별로 없었다고 한다. 그러나 북방 이민족의 침입에 시달리며 文弱했던 宋나라 때부터 관우의 운이 트이기 시작하였으니, 관우는 곧바로 승천하여 靑雲 위에 올라앉았다고 말할 수 있다.

그 무렵부터 관우의 사당이 곳곳에 세워졌으며 北宋 哲宗(철종, 재위 1085 – 1100) 때 '顯烈王(현열왕)', 徽宗(휘종) 때에 '義勇武安王(의용무안왕)'에 봉해졌다. 元나라 때에는 '顯靈義勇武安英濟王'에 봉해졌다고 한다.

그러다가 元 말기 장편 역사 소설《三國演義》가 널리 유포되면서 관우의 명성은 온 중국을 뒤흔들기 시작했다. 역사상 그 지위가 별로 높지 않은 관우였지만 소설 속에 그려진 관우는 완전한 아름다움 그 자체였다.

그는 용기와 지략, 충성과 의리의 化身이었으며 무예뿐만 아니라 학식도 풍부한 인물이었다. 관우는 사나이가 갖추어야 할 모든 것을 완비한 사람이며, 역대 모든 명장보다 한 수 위의 고금에 제일가는 장수였다. 湖北省 當陽의 關羽陵에 쓰인 對聯 글귀 그대로였다.

漢朝忠義無雙士　(漢의 충의에 그 같은 이 없으니,)

千古英雄第一人　(千古 영웅 중 첫째 인물이로다.)

明 神宗 萬曆(만력, 1573 - 1619) 연간에는 관우를 '三界伏魔大帝神威遠鎭天尊關聖帝君(삼계복마대제신위원진천존관성제군)'에 봉했다. 거기에다가 陸秀夫(육수부)와 張世杰(장세걸, 南宋 말의 대신으로 元에 항거, 순국)을 관우의 좌,우승상으로, 그리고 岳飛(악비)를 관우 휘하의 元帥(원수)로 임명하기도 했다. 淸代의 世祖 順治帝는 한술 더 떠서 관우에 대한 封號가 무려 26자에 달하는 영광스러운 호칭을 부여했다.

이상의 여러 단계를 거쳐 관우는 王에서 帝, 그리고 大帝에 올랐으니, 그 명분상의 지위는 明·淸代의 어느 황제보다 더 위였다. 속세의 황제 어느 누구도 감히 대제란 칭호를 붙이지 못했다.

이렇듯 세속 황제의 숭배를 받은 관우의 지위는 참으로 혁혁하였다. 민간인의 숭배를 받을 뿐만 아니라 국가의 제사를 받는 최고의 신이 되었다. 동시에 관우는 황실의 보호신이 되었다.

관우의 명성이 이 정도니 불교나 도교에서는 관우를 서로 자기 종교 속의 인물로 만드는 작업을 벌였다. 宋代 불교의 각 사찰에서는 관우를 호법신으로 모셨고, 중국의 토착 종교라 할 수 있는 道敎 측에서 관우를 크게 떠받드는 것은 당연한 이치라 할 수 있다.

도교에서는 관우의 호칭을 마귀를 항복시킨다는 뜻에서 伏魔大帝(복마대제), 또 마귀를 소탕한다고 蕩魔大帝(탕마대제)로 부른다.

이에 관우는 유교, 불교, 도교에서 다 같이 숭배하는 초특급의 신이 되었으니 그런 점에선 중국에서 가히 唯一無二하다고 말할 수 있다.

明·淸 시대에 관우는 武王 또는 武聖人으로 존칭되면서, 文王 또는 文聖人인 孔子와 나란한 지위를 누리게 되었다.

그리하여 關帝는 인간의 수명과 벼슬을 주관하고 과거 합격을 도우며 질병 치료 및 각종 재앙을 제거해주고 사악한 잡귀를 물리친다. 또 반역자를 징벌하고 저승의 순찰도 담당하며 나아가 상인을 보호하여 큰 재물을 얻게 해주는 등 그야말로 全知全能한 法力의 소유자가 되었다.

중국인의 모든 점포나 공장, 그리고 남녀노소 가리지 않고 만능지신인 관우에 대해 최상의 경배를 올리니 아마도 그 숭배 받는 정도에 있어서는 공자가 결코 따라올 수 없다고 한다.

또한 관우는 義氣千秋(의기천추) 忠貞不二(충정불이) 見義勇爲(견의용위)의 영웅호걸이었다. 《三國演義》중 桃園結義 이야기는 누구나 다 알고 있으며, 모든 사람의 마음속에 江湖義氣(강호의기)의 모범으로 깊이 인식되었다.

그래서 봉건 지배층에서 볼 때 관우는 충성과 절개와 의리를 한 몸에 지닌 신하이니 관우를 통해 만백성을 교화시킬 수 있다고 생각하였다. 그러니 이보다 더 좋은 靈丹妙藥(영단묘약)은 없었을 것이다.

武 財神

인간의 행복이란 재물과 밀접한 관계가 있다.

기본 식량도 해결되지 않는데, 학문과 예술적 재능을 어떻게 계발할 수 있겠는가? 굶주린 시인의 생활이 얼마나 힘들었는가는 東晉의 陶淵明이나 詩聖이라 일컬어진 唐나라 杜甫(두보)의 생애를 보면 아주 절실하게 느낄 수 있다.

그러므로 누구에게나 일상생활에서 굴욕을 느끼지 않을 정도로 기본 욕구를 충족시킬 수 있는 재물은 있어야 한다.

중국인들은 財神을 숭배하였고, 큰돈을 벌 수 있도록 재신이 돌보아줄 것을 간절히 바랐다. 특히 정초에 재신을 맞이하고 제사하는 여러 민속이 많다고 한다.

중국인들은 정월 초하루, 설날을 春節이라며 최고의 명절로 꼽는다. 그래서 섣달 그믐날 밤에 만두(餃子; 어떤 지역에서는 財神이 내려주는 돈이라고 생각한다)를 먹으며 잠을 자지 않고 재신을 맞이한다.

섣달 그믐날 밤, 가난한 집 아이들이 거친 종이에 財神像(재신상)을 인쇄한 그림을 팔러 다닌다.

'財神 어른을 모시고 왔습니다!' 라고 소리치면, 집 주인은 '안 산다!'라는 말을 할 수가 없다. 그냥 점잖게 '고생이 많구나. 빨리 모시고 들어오너라!' 하고서 동전 한 닢을 주거나 팥고물을 넣은 찐빵을 몇 개 주고 한 장을 산다.

이날 밤, 이런 아이들이 10여 명 다녀가면 10여 장의 재신상을 사 놓는다. 이것은 우리 집에 재신이 많이 올수록 좋다는 뜻이라 할 수 있다.

초하루가 지나고 다음 날, 섣달 그믐날 밤에 모아둔 재신을 모두 모아 한꺼번에 제사하는데, 제수로는 잉어나 양고기를 쓴다. 이는 고기 魚에 羊을 합치면 새롭다는 뜻의 '鮮'字가 되어 올해는 새로운 財運이 트인다는 의미라고 한다. 이 재신에 대해 간단히 제사 한 뒤 모든 것을 불태워 재신을 보낸다.

다음으로 중국인들에게 관우는 關聖帝君으로 불리며 軍神, 마귀로부터 지켜주는 수호신이다. 또한 關羽의 전지전능을 전폭적으로 믿고 있기에 관우는 재물의 신으로서도 영험한 능력이 있다 하여 극진히 모신다고 한다.

관우를 재신으로 모시는 것에 대한 또 다른 해석이 있다. 관우의 고향인 山西省 解縣은 소금의 산지로 유명하다. 산서의 상인은 소금 거래상 전국 각지를 여행하게 되고 자연스럽게 큰돈을 벌며 각지에 정착해 나갔다. 이 과정에서 山西 상인들은 자신들의 보호 겸 재물을 벌게 하고 지켜 주는 신으로 관우를 섬기게 되었고 각지에 關王廟(관왕묘)를 세웠다고 한다.

이처럼 관우는 중국인들에게 영원한 師表이며 동시에 복을 내려

주고 정의를 실현시킬 수 있는 그야말로 중국인들의 슈퍼맨이라 아니할 수 없다.

우리가 흔히 대상을 잘못 찾았다는 뜻으로 '번지수가 틀렸다' 라고 말하는데, 중국인들의 '관우 사당에 가서 아들을 빌다' 라는 속담은 '엉뚱한 곳에서 구하다' 라는 뜻이다. 이런 속담은 아마도 관우의 초능력을 믿다 보니 저절로 생긴 속담일 것이다.

關公戱(관공희)

關羽가 전 중국인들의 숭배 대상으로 최고의 칭송을 받게 되자, 아주 자연스럽게 관우에 관한 여러 가지 이야기들이 연극무대의 소재로 등장하였다. 관우와 관계되는 연극 제목들은 수십 종이 있고, 그것들은 모두 關公戱라는 특별한 명칭으로 일컬어진다.

관공희는 일종의 전문 분야로 독특한 창법과 복장, 그리고 도구가 있다고 한다. 그리고 관공희는 淸代까지 특별한 규정 아래 공연되었다고 한다.

청대에는 공자와 관우를 文武 聖人으로 똑같이 존중하였다. 공자의 무덤을 孔林이라 부르듯 관우의 무덤을 關林이라고 부른다. 또 공자와 관공의 이름자인 丘와 羽는 휘자(諱字)라 하여 소리 내어 읽거나 문장에 사용하지 못하였다.

사실 우(羽)자를 전혀 쓰지 않을 수 없었다. 그래서 羽의 삐침이 본래 셋이었으나 양쪽에서 한 획씩 두 획을 줄여 지금 통용되는 '깃 羽' 자가 되었다고 한다.

관공희에서 관우의 이름을 말할 때는 '관우' 라고 전체를 발음하지 못하고 '관' 한자만 발음했다. 그리고 극중에서 관우는 자신을 관모(關某)라 말하고, 다른 배역이 관우를 지칭할 때는 '관공' 이라고 말했다고 한다.

전해오는 바에 의하면, 청말 자금성 안에서 西太后가 관공희를 관람할 때, 관우가 무대에 나오면 황제나 서태후 등은 모두 자리에서 일어나 다른 곳으로 피하듯 제자리를 몇 걸음 걷다가 다시 자리에 앉아 관람했다고 한다.

또 관우로 분장한 배우는 몸을 깨끗이 해야 하기에 목욕재계는 물론 부인과의 房事도 할 수 없었다고 한다. 또한 무대 뒤에서 관공의 신위를 받들고 분향재배해야 했으니, 아마 이 모두가 관우에 관한 연극의 본래 규정은 아니었으리라고 생각된다.

우리 속담의 '색시가 예쁘면 처가 집 소 말뚝보고도 절을 한다.' 는 뜻으로 중국에서는 '처갓집 지붕 위의 까마귀도 예뻐 보인다.' 는 말이 있다.

관우의 신통력을 믿고 강조하다 보니 관우의 靑龍刀를 메고 있는 위병 겸 심부름꾼인 周倉(주창)까지도 그 은혜를 입어 대만에서는 정식으로 神의 자리에 승진하였다. 그리하여 각지에 周倉廟가 세워져 관우와 비슷하게 존경받고 있다. 물론 본토에도 약간의 주창묘가 있다고 한다.

음력 6월 24일은 관우의 생신으로 알려져 있다. 이날 홍콩 대만 등지에서는 융성한 제사를 지내고 많은 사람들이 관제묘에 나아가 고개 숙여 절하고 향을 피우며 은혜와 복을 베풀어 달라고 기원한

다고 한다. (이상 陳起煥 저《중국인의 토속신앙과 그 신화》재인용)

❷ 張飛

| 原文 |

張飛字益德, 涿郡人也, 少與關羽俱事先主. 羽年長數歲, 飛兄事之. 先主從曹公破呂布, 隨還計, 曹公拜飛爲中郎將. 先主背曹公依袁紹,劉表. 表卒, 曹公入荊州, 先主奔江南. 曹公追之, 一日一夜, 及於當陽之長阪. 先主聞曹公卒至, 棄妻子走, 使飛將二十騎拒後. 飛據水斷橋, 瞋目橫矛曰,"身是張益德也, 可來共決死!"敵皆無敢近者, 故遂得免.

先主旣定江南, 以飛爲宜都太守,徵虜將軍, 封新亭侯, 後轉在南郡. 先主入益州, 還攻劉璋, 飛與諸葛亮等溯流而上, 分定郡縣. 至江州, 破璋將巴郡太守嚴顏, 生獲顏. 飛呵顏曰, "大軍至, 何以不降而敢拒戰?"顏答曰,"卿等無狀, 侵奪我州, 我州但有斷頭將軍, 無有降將軍也."飛怒, 令左右牽去斫頭, 顏色不變, 曰,"斫頭便斫頭, 何爲怒邪!"飛壯而釋之, 引爲賓客.

飛所過戰克, 與先主會於成都. 益州旣平, 賜諸葛亮,法正, 飛及關羽金各五百斤, 銀千斤, 錢五千萬, 錦千匹, 其餘頒賜各有差, 以飛領巴西太守.

| 국역 |

張飛(장비)[216]의 字는 益德(익덕, 翼德)으로 涿郡(탁군) 사람인데, 젊어 關羽와 함께 先主(劉備)를 섬겼다. 관우가 몇 살 연장이라서 장비가 형으로 모셨다. 先主가 曹公(曹操)을 따라 呂布(여포)를 정벌한 뒤에 조조의 군사와 함께 회군했는데, 조조는 장비를 中郎將에 임명했다.

유비는 조조를 떠나 袁紹와 劉表에 의지했었다. 유표가 죽은 뒤 조조가 형주를 원정하여 입성하자, 유비는 長江 남쪽으로 달아났다. 조조가 유비를 추격하여 하루와 1夜에 當陽縣(당양현)의 長阪(장판)에 이르렀다. 유비는 조조가 갑작스레 다다르자, 유비는 처자를 버리고 달아나며, 장비로 하여금 20여 기병을 거느리고 뒤를 차단케 하였다. 장비는 냇물을 사이에 두고 교량을 절단한 뒤 부릅뜬 눈으로 창을 비껴들고 말했다.

"이 몸이 張益德이니 누구든 와서 함께 죽도록 싸워보자!"

그러나 적군 그 누구도 가까이 오는 자가 없어 유비는 달아날 수 있었다.[217]

....

216 張飛(장비, 167-221년, 字 益德, 《三國演義》에서는 翼德) - 幽州 涿郡 출신, 今 河北省 保定市 관할 涿州市(北京市 연접). 關羽와 함께 '萬人敵'으로 일컬음. 陳壽 撰 《三國志》에서는 關羽, 張飛, 馬超, 黃忠, 趙雲을 合傳. 羅貫中 《三國演義》에서는 '五虎上將'으로 통칭. 中國 傳統 文化에서 張飛의 캐릭터는 거칠고 剛烈(강렬)하며 好酒하는 성격으로 고정화 되었는데, 이는 소설의 영향이라 할 수 있다. 그러면서 장비는 수많은 속담의 단골 소재로 사랑을 받고 있다.

유비가 江南을 평정한 뒤, 장비는 宜都(의도) 태수[218]에 徵虜將軍(징로장군)이 되었고 新亭侯(신정후)에 봉해졌는데 뒤에 南郡으로 옮겨 주둔하였다. 유비가 益州에 들어갔고 (益州牧인) 劉璋(유장)과 싸우자, 장비는 제갈량과 함께 長江을 거슬러 올라가 군사를 나눠 각 군현을 평정하였다. 江州(강주)에 이르러 璋將의 巴郡 太守인 嚴顔(엄안)[219]과 싸워 엄안을 생포하였다. 장비가 엄안을 질책하였다.

"大軍이 공격하는데, 어찌 투항하지 않고 감히 맞서 싸웠는가?"

이에 엄안이 말했다.

"卿 등은 아무 경우도 없이 우리 州郡을 침탈하거늘, 우리 益州에서 장군의 목을 자를 장수는 있어도 장군에게 투항할 장군은 없다."

이에 장비는 화를 내며 측근에게 끌고 가서 참수하라고 명했는데 엄안은 두려운 안색도 없이 말했다.

"머리를 자르면 그뿐이거늘 왜 성질을 부리는가!"

장비는 엄안을 장하게 생각하며 풀어주고 손님으로 예를 갖춰 대우했다.

----

217 《三國演義》의 趙雲은 변함없는 충성심, 뛰어난 무예와 용기, 그리고 고매한 인격을 가진 인물로 묘사되었다. 그에 비하여 張飛는 용감하지만 거칠고 때로는 지혜로운, 그래서 더 친근감을 느끼는 캐릭터로 묘사되었다. 張飛가 장판교에서 曹操와 그 部將들에게 호통을 친 것은 과장이 좀 있지만 아주 재미있는 대목이다. 이는 《三國演義》第42回, 〈張翼德大鬧長阪橋 劉豫州敗走漢津口〉에 들어있다.

218 建安 15년(서기 210), 劉備는 臨江郡을 宜都郡으로 개칭하고 張飛를 태수에 임명했고, 建安 24년(서기 219), 吳將 陸遜은 宜都郡을 점령하고 촉한에 저항하며 陸城이라고 했다. 나중에 宜都郡은 吳國 荊州에 속하여 秭歸(자귀), 西陵, 夷道, 佷縣(한현)을 관할, 今 湖北省 서부 宜昌市 관할 宜都市.

219 嚴顔(엄안, 생졸년 미상) – 장비에 투항 이후의 행적에 관한 기록은 없다. 다만 소설에서는 黃忠 다음의 노장으로 용맹을 떨친다.

장비는 가는 곳마다 싸워 이기면서 유비와 成都에서 재회했다. 益州가 평정된 뒤, 諸葛亮, 法正, 장비 및 관우에게 각각 황금 5백 근, 금전 5천 만, 비단 1천 필을 하사하고 그 외 부장에게는 각각 차등을 주어 하사했으며, 장비는 巴西 태수를 겸임하였다.

|原文|

曹公破張魯, 留夏侯淵, 張郃守漢川. 郃別督諸軍下巴西, 欲徙其民於漢中, 進軍宕渠, 蒙頭, 蕩石, 與飛相拒五十餘日. 飛率精卒萬餘人, 從他道邀郃軍交戰, 山道迮狹, 前後不得相救, 飛遂破郃. 郃棄馬緣山, 獨與麾下十餘人從間道退, 引軍還南鄭, 巴土獲安.

先主爲漢中王, 拜飛爲右將軍, 假節. 章武元年, 遷車騎將軍, 領司隸校尉, 進封西鄕侯, 策曰,

「朕承天序, 嗣奉洪業, 除殘靖亂, 未燭厥理. 今寇虜作害, 民被荼毒, 思漢之士, 延頸鶴望. 朕用悼然, 坐不安席, 食不甘味, 整軍詰誓, 將行天罰. 以君忠毅, 侔蹤召虎, 名宣遐邇, 故特顯命, 高墉進爵, 兼司於京. 其誕將天威, 柔服以德, 伐叛以刑, 稱朕意焉. 《詩》不云乎, '匪疚匪棘, 王國來極. 肇敏戎功, 用錫爾祉.' 可不勉歟!」

曹公(조조)가 張魯(장로)를 격파한 뒤에, 夏侯淵(하후연)과 張郃(장합)을 남겨 漢川(한천)을 수비케 하였다. 장합은 별도로 부대를 거느리고 巴西(파군 서쪽)에 주둔하며 그 백성을 漢中(한중) 지역으로 이주시키려고 (巴郡의) 宕渠縣(탕거현), 蒙頭(몽두), 蕩石(탕석) 지역에 진출하여 張飛와 50여 일을 대치하였다.

장비는 정예 군졸 1만여 명을 거느리고 다른 샛길로 이동하여 장합의 군사와 교전하였는데 산간 소로가 좁아 전후가 (장합의 군사는) 前後가 서로 도울 수가 없었고, 장비는 결국 장합을 격파하였다. 장합은 말을 버리고 휘하 10여 명의 군사만 거느리고 샛길을 찾아 도주했다가 군사를 철수하여 (漢中郡 치소인) 南鄭縣(남정현)[220]으로 철수했고, 巴郡 지역은 안정되었다.

劉備가 漢中王으로 즉위하며 장비에게 右將軍을 제수하고 부절을 내렸다. (蜀漢 昭烈帝) 章武 元年(서기 221), 장비는 車騎將軍으로 승진하여 司隷校尉(사예교위)를 겸했으며 작위를 올려 西鄕侯에 봉해졌다. 이에 책서를 내렸다.

「朕(짐)이 帝位를 이어, 先帝의 대업을 계승하여 받들어서 포악한 자들을 제거하고 禍亂을 평정해야 하나, 천하는 아직 질서를 회복하지 못했다. 지금 적도가 해악을 저질러 백성들이 쓰라린 고통을 겪으면서 漢朝의 부흥을 鶴首苦待(학수고대)하고 있도다. 짐은 이를 측은케 여겨 좌불안석하고 음식 맛을 잊었으며, 군사를 정돈하고 맹서하며 적도에게 천벌을 내려줄 것을 빌었도다. 君의 충성과 군

---

220 南鄭縣(남정현), 今 陝西省 남서부 漢中市 南鄭區.

센 의기로 召虎(소호)[221]만큼이나 명성이 널리 알려졌으니 특별히 책서를 내려 관직과 작위를 올려주고 京師의 업무를 겸임토록 하노라. 바라나니 卿은 天威를 떨치고 덕행으로 부드럽게 거느리며, 엄한 형벌로 반역자를 징벌하여 짐의 기대에 부응하라.《詩》에서도[222] '어려움과 위기를 다 수습하여 나라가 평안하도다. 군사 일을 잘 성공시켜 천복을 받게 하라.' 고 하였으니 힘쓰지 않을 수 있겠는가!」

| 原文 |

初, 飛雄壯威猛, 亞於關羽, 魏謀臣程昱等咸稱羽,飛萬人之敵也. 羽善待卒伍而驕於士大夫, 飛愛敬君子而不恤小人. 先主常戒之曰, "卿刑殺既過差, 又日鞭撾健兒, 而令在左右, 此取禍之道也." 飛猶不悛.

先主伐吳, 飛當率兵萬人, 自閬中會江州. 臨發, 其帳下將張達,范彊殺飛, 持其首, 順流而奔孫權. 飛營都督表報先主, 先主聞飛都督之有表也, 曰, "噫! 飛死矣."

追謚飛曰桓侯. 長子苞, 早夭. 次子紹嗣, 官至侍中尙書僕

221 召虎(소호)는 周의 召穆公, 姬姓에 召氏, 名은 虎. 召公奭의 후손. 당시 周 厲王(여왕) 포악하고 학정을 펴자 태자를 자기 집에 숨겨놓고 자신의 아들을 대신 죽게 한 뒤에, 태자를 외국으로 피신시켰다. 周 厲王이 죽은 뒤 태자가 周 宣王으로 즉위했고, 召穆公은 定公과 함께 周 宣王을 보필했는데, 이를 역사에서는 '周召共和' 라고 한다.

222 《詩經 大雅 江漢》. 周 宣王이 召穆公에 명하여 淮水 남쪽의 蠻夷를 정벌, 평정케 하였다. 선왕의 공로와 召虎의 공적을 칭송한 노래이다.

射. 苞子遵爲尙書, 隨諸葛瞻於綿竹, 與鄧艾戰, 死.

| 국역 |

그전에, 張飛의 힘과 용맹은 관우에 버금갈 정도라서 魏의 謀士
(모사)인 程昱(정욱)[223] 등은 모두 관우와 장비가 萬人을 상대할 수 있
다고 말했었다. 관우는 병졸을 잘 대우했지만 사대부에게는 오만하
였으며,[224] 장비는 君子를 존중하였지만 병졸을 어엿비 여기지 않았
다. 때문에 유비는 늘 이를 훈계하였다.

"卿은 형벌이 너무 지나치고, 또 장사를 매질하고도 측근으로 가
까이 두는 것은 화를 불러오는 길이다."

그런데도 장비는 매질하는 버릇을 고치지 않았다.

先主가 (관우에 대한 복수의 일념으로) 吳를 원정할 때, 장비는 1
만 군사를 거느리고 (巴西郡 治所) 郞中縣(낭중현)[225]에서 출병하여
(巴郡) 江州(今 重慶市)에서 합세하기로 되었었다. 그런데 출병하
기 전에 그 휘하 부장인 張達(장달)과 范彊(범강)이 장비를 죽이고 (서

....

223 程昱(정욱, 141 - 220년, 字 仲德) - 東郡 東阿縣 출신. 原名 程立. 泰山에 올라
해를 들어 올리는 꿈을 꾸었다 하여 조조가 '立' 위에 '日'을 보태어 程昱으
로 개명해 주었다. 담략이 뛰어난 장수였지만 성격이 급박하여 다른 사람과
원만하지 못했다는 설명이 있다. 《三國演義》에서 정욱은 10회에 등장하는
데, 荀彧(순욱)이 정욱을 조조에게 천거하였다. 정욱은 나중에 郭嘉(곽가)를
조조에게 천거한다. 《魏書》 14권, 〈程郭董劉蔣劉傳〉에 입전.

224 關羽는 여러 경전 특히 《春秋》에 박통하다고 알려졌다. 그래서 관우의 초상
은 대개 書案에 기대고 독서하는 모습으로 그려졌다. 자신이 그만한 학식이
있기에 어설픈 士人을 무시했을 것이다.

225 閬中縣(낭중현, 郞中) - 지명. 今 四川省 동북부, 嘉陵江(가릉강) 중류, 南充市
관할에서 四川省 직할 縣級市.

기 221년) 그 목을 가지고 강을 따라 손권에게로 달아났다.[226] 장비 군영의 都督이 先主에게 표문을 올렸는데, 장비 군영 도독의 표문에 왔다는 소식에 先主는 "어허! 장비가 죽었구나!"라고 말했다.

張飛의 追諡(추시)는 桓侯(환후)이다. 長子인 張苞(장포)는 요절했다. 次子인 張紹(장소)가 후사가 되었고, 관직은 侍中尙書僕射를 역임했다.[227] 장포의 아들 張遵(장준)은 尙書가 되었는데, 諸葛瞻(제갈첨)과 함께 綿竹(면죽)에서 鄧艾(등애)와 싸우다가 전사하였다.

※ 張飛의 인간적 매력

張飛는 劉備와 關羽 사이에서 조정자 역할을 다하면서 의리를 지켰다.

중국인들에게 張飛는 무서운 장수가 아니다. 장비의 두 딸은 모두 後主의 황후가 되었다. 그렇다면 아버지 장비가 결코 못생긴 사나이는 아니었을 것이다. 하여튼 소설 속의 장비는 무섭지만, 중국인들에게는 더 없이 착하고 단순 우직하며 가까운 이웃으로 나타난다.

이는 장비의 이름이 들어가는 속담이 바로 그 증거라 할 수 있다. 아래의 몇 가지 속담들을 보면, 장비의 모습은 친근하게 우리 주변

----

226 東吳로 달아난 이후의 역사 기록은 없다. 《삼국연의》에서는 나중에 蜀漢과 東吳가 강화하면서 동오에서는 두 사람을 잡아 촉한으로 보냈고, 촉한에서는 2인을 능지처참하였다.

227 장비의 장녀는 漢 章武 원년(서기 221)에 태자비가 되었고, 建興 원년(서기 223)에 황후(敬哀皇后 張氏)가 되었다가 後主 建興 15년(서기 237)에 죽었다. 경애황후가 죽자 후주는 장비의 딸, 경애황후의 여동생을 다시 황후로 맞이했고[延熙 원년(서기 238)], 촉한이 망하자 후주와 함께 낙양으로 가서 安樂公夫人으로 생을 마쳤다. 《蜀書》4권, 〈二主妃子傳〉에 입전.

에 다가온다.

▷ 속담 속의 장비

'장비가 바늘에 실을 꿰다 – 거칠면서도 세밀하다.(張飛穿針 – 粗中有細.)'

'장비는 거칠지만 찬찬한 곳이 있고, 제갈량은 꼼꼼하지만 거친 면이 있다.(張飛粗中有細, 諸葛細中有粗.)'

'장비는 손님을 청해 놓고도 큰 소리를 지르고 고함을 친다.(張飛請客, 大呼大喊.)'

'장비가 혹선풍 이규를 찾아가다.(張飛找李逵.)'(누가 누군지 헷갈린다는 뜻.)

'장비는 岳飛와 싸울 수 없다.(張飛不能戰岳飛)'(시대가 다르다는 뜻.)

'장비가 두부장수를 하다.(張飛賣豆腐.)'(어울리지 않는다는 뜻.)

'장비는 무서운 표정을 하지 않아도 위엄이 있다.(張飛不惡而嚴.)'

'장비가 저울추를 파니, 억센 사람에 억센 물건이다.(張飛賣秤錘, 硬人碰硬貨.)'

'장비가 고슴도치를 파니, 파는 사람은 억세고 물건엔 손을 댈 수도 없다.(張飛賣刺猬, 人强貨札手.)'

'사나운 장비처럼 힘을 쓸 필요 없다.(不要拿出猛張飛的勁兒.)'(분별없는 짓을 하지 말라는 뜻.)

《水滸傳(수호전)》에 등장하는 梁山泊(양산박) 108명의 두령 중에 가장 인기 있는 사람은 黑旋風 李逵(흑선풍 이규)라고 한다. 사실 이규는 그야말로 단순무식하며 도끼를 마구 휘둘러대는 잔인한 캐릭터이다.

장비와 이규는 '거칠지만 단순한 사람' 이라는 공통점이 있다. 장비는 상스러운 언행으로 문제를 일으키는 캐릭터이다. 《서유기》의 저팔계도 비슷한 성격으로 등장한다.

장비는 涿郡(탁군)에 농장을 갖고 있으며 술도 팔고 돼지도 잡는 (世居涿郡, 頗有莊田, 賣酒屠豬) 도축업에 종사했다. 도축업은 죄를 많이 짓는 직업이다. 《수호전》에 등장하는 푸줏간 鎭關西(진관서)도 죄를 많이 지었다. 이를 죽인 魯智深(노지심)은 결국 엉터리 중이지만 출가승으로 활동한다.

그러나 장비나 노지심이나 크게 깨달음을 얻은 사람이다. 장비는 학식 있는 사람을 존경했고, 노지심은 양산박이 해체된 이후에 杭州(항주)의 절에서 앉은 채 입적, 곧 坐化(좌화)했다.

참고로, 중국의 京劇(경극)에서 張飛 역할을 하는 배우는 검은 얼룩의 얼굴(花臉, 화검)로 분장한다. 《수호전》의 이규 역시 얼굴이 검다. 검정(黑)은 변함이 없는 색이며 공정하고 정직한 색이라고 한다.

관우는 붉은 얼굴로 분장하는데, 이는 범속을 초월한 神의 얼굴이다. 조조는 흰색인데, 흰색은 여러 가지 색으로 변할 수 있는 불길한 색이며 악을 상징하는 색이다. 여기서 악이란 '너무 강해서 통제가 되지 않는다.'는 뜻으로 해석할 수 있다고 한다.

후세의 중국인들이 지어낸 우스갯소리를 하나 소개하려고 한다.

어느 유명한 관상쟁이 앞에 劉·關·張 세 사람이 앉았다. 유비가 관상을 봐 달라고 했다. 관상쟁이가 유비에게 말했다.

"참으로 좋은 貴人相입니다. 白面白心이로군요."

얼굴도 마음도 모두 희다는 칭찬이었다. 이어 관우를 본 관상쟁이가 말했다.

"만고에 길이길이 빛날 상입니다. 紅面紅心입니다."

얼굴만큼이나 충성심으로 붉은 마음이라는 감탄이었다.

그 말을 들은 유비와 관우는 장비에게 돌아가자고 말했다.

아마도 틀림없이 黑面黑心이란 말이 나올 것이고, 그러면 관상쟁이는 목숨을 붙들고 앉아 있기가 아마 어려웠을 것이다.

▷ 史書와 역사 소설

소설 《三國演義》와 正史 《三國志》의 기록은 상당한 차이가 있다. 소설의 등장인물은 그 나름대로의 특성이 있다. 장비는 거칠지만 단순하며 윗사람에게는 유순하지만 아랫사람에게는 엄한 장군으로 등장한다. 이는 인간의 가장 보편적인 특성이다. 장비는 중국인들에게 친숙한 캐릭터로 등장한다.

중국에는 還生(환생) 설화가 많다. 장비는 죽은 다음에 張巡(장순)이란 인물로 환생했는데, 장순은 당나라 安史의 亂(안록산과 사사명의 난) 때 나라에 충성을 다한 장군이다.

이후 또 한 번 장비는 姓만 바꿔 岳飛(악비, 1103 - 1142. 시호 忠武)

로 태어났다고 한다. 악비는 北宋을 멸망시킨 女眞族의 金나라에 싸워 화려한 승전을 거듭했던 南宋 초기의 장군이다. 당시 남송은 군사적인 열세로 金나라와 굴욕적인 화평을 유지했었다.

결국 失地 회복을 주장하는 主戰派 岳飛와 金나라와 강화를 주장하는 主和派 秦檜(진회, 1090 – 1155)가 대립하게 된다. 재상인 진회가 군벌끼리의 불화를 틈타서 악비의 지휘권을 박탈하자, 이에 불복한 악비는 무고한 누명을 쓰고 투옥된 뒤 살해되었다. 남송이 망한 후도 악비는 충성을 다 바친 영웅으로 곧 충성의 귀감이 되어 관왕묘에 배향되었지만, 진회는 매국노의 대명사가 되었다. 따라서 중국인들은 지금도 이름에 檜(회)자를 쓰지 않는다고 한다.

관우와 장비는 그 당시는 물론 후세에서도 모두 용맹하고 전투에 능한 장수의 대명사였다. 관우나 장비에 대하여 조조의 책사인 郭嘉(곽가)나 程昱(정욱)은 '만인을 대적할만한 지략과 용기를 가진 사람' 이라는 뜻으로 만인적(萬人敵)이라고 했다.

또 조조의 참모인 傅幹(부간)은 '용감하고 의로웠으며 만인을 대적할만한 장수' 라고 칭찬했다. 吳(오)의 주유(周瑜)도 관우와 장비의 장수로서의 능력을 높이 평가하면서 熊虎之將(웅호지장)이라 칭찬했다.

正史《三國志》의 저자 陳壽(진수)는 '관우와 장비 모두 만인을 상대할만한 장수였고 당대에 뛰어난 무신이었다. 관우는 조조에게 은혜를 갚았고, 장비는 엄안의 결박을 풀어주었으니 두 사람 다 國士의 풍모를 지닌 사람이었다. 그러나 관우는 너무 강하고 자긍심(剛

而自矜) 때문에, 장비는 사납고 자비심이 없어(暴而無恩) 그 때문에 실패했으니 당연한 이치가 아니겠는가!'라고 말했다.

장비에 대한 이상의 평가처럼 소설《삼국연의》, 그리고 민간 전설 속의 장비와 역사책 속의 장비는 크게 차이가 난다.

독우를 매질한 것은 장비가 아니라 유비였으며, 장판교에서 장비의 고함에 놀라 낙마해 죽었다는 夏候傑(하후걸)은 실존 인물이 아니며 전부 과장된 것이다. 심지어는 桃園三結義(도원삼결의)나 呂布와의 대결, 혼자서 武陵(무릉)을 취한 것, 장비의 무기인 丈八蛇矛(장팔사모), 키나 생김새, 翼德(익덕)이라는 字까지 모두 허구라고 한다.

사실 역사를 바탕으로 하는 역사소설도 어디까지나 창작이고 소설은 소설일 뿐이다.

《서유기》속의 孫悟空(손오공)과 豬八戒(저팔계)를 역사인물로 생각하는 사람은 없다. 그러나 소설 속의 玄奘(현장, 三藏)은 唐의 실존 인물로 629년부터 645년까지 天竺國을 다녀왔고, 구해온 불경을 번역한 현장(玄奘, 602 – 664)과 혼동한다. 실존인물 현장은 굳은 의지로 17년간 온갖 역경을 이긴 굳은 의지의 고승으로 소설 속의 삼장법사처럼 무능하고 칠칠치 못한 인물은 아니었다.

《삼국지》속의 조조, 제갈량, 유비, 관우, 장비 등은 모두 실존 인물로 역사상의 행적도 거의 일치한다. 때문에 소설 속의 형상이 실제의 모습으로 잘못 인식되는 경우가 많다.

淸代의 章學誠(장학성)은《三國演義》가 '역사적 진실과 다른 허구의 옛 이야기(背馳信史 虛構故事)'로 《삼국연의》의 70%만 사실이며, 30%가 허구(惟三國七分事實 三分虛構)로 읽는 사람을 자주 현혹한다.' 고 하였다.

사실 역사소설에서 정말로 중요한 것은 70%의 진실이 아닌 30%의 허구라고 말할 수 있다. 그 30%는 역사가가 기록하거나, 생각하지 못한 그 인물의 영혼이기에 만약 그 30%를 부정한다면, 아무도 소설《三國演義》를 읽지 않을 것이다.

유비와 가까운 관우와 장비에 대하여 여러 가지 신비한 윤색이 보태지고 개성이 뚜렷한 인물로 창조한 소설 그 자체를 부정한다면, 처음부터 역사책만 읽고 공부하면 된다. 역사적 사실과 틀린다 하면서 역사소설의 가치를 폄하할 필요는 없다.

소설은 소설로 재미가 있고, 神話처럼 각색된 이야기는 그 신화로 가치가 있다. 그런 신화를 읽고 각자 느끼면 되는 것이다. 신화를 종교로 강요받지 않는 이상 신화 자체를 부정할 필요는 없다고 생각한다.

신화를 이야기해온 그 많은 옛사람들, 관우와 장비를 독특한 캐릭터로 만들어 온 그 수많은 사람들의 思考나 감정을 '비합리적이다.' 또는 '역사적 진실이 아니다.' 라고 큰 소리로 외쳐대는 사람이 오히려 이상한 사람일 것이다.

❸ 馬超

|原文|

馬超字孟起, 右扶風茂陵人也. 父騰, 靈帝末與邊章,韓遂
等俱起事於西州. 初平三年, 遂,騰率衆詣長安. 漢朝以遂爲
鎭西將軍, 遣還金城, 騰爲征西將軍, 遣屯郿. 後騰襲長安,
敗走, 退還涼州.

司隷校尉鍾繇鎭關中,移書遂,騰, 爲陳禍福. 騰遣超隨繇討
郭援,高幹於平陽, 超將龐德親斬援首. 後騰與韓遂不和, 求
還京畿. 於是徵爲衛尉, 以超爲偏將軍, 封都亭侯, 領騰部曲.

|국역|

馬超(마초)의 字는 孟起(맹기)로, 右扶風(우부풍) 茂陵縣(무릉현)[228]
사람이다. 부친인 馬騰(마등)[229]은 靈帝 말기에 邊章(변장), 韓遂(한
수) 등과 함께 西州(서주, 涼州)에서 기병하였다. (獻帝) 初平 3년(서
기 192), 한수와 마등은 군사를 거느리고 長安(장안)에 들어오자, 漢
朝에서는 한수에게 鎭西將軍을 제수하여 金城郡으로 회군하게 하

----

228 茂陵縣(무릉현) - 본래 茂陵은 漢 武帝의 능. 前漢 帝王陵 중에서 최대 규모.
소재지가 漢代 槐里縣 茂鄕이라서 茂陵. 今 陝西省 咸陽市와 興平市 중간.
漢代에는 황제 능 주변에 주민을 이주시킨 뒤, 현을 설치하였다. 이런 縣을
陵縣이라 하는데, 조정 九卿 중 太常의 관할이었다.

229 馬騰(마등, ?-212년) - 字는 壽成(수성), 右扶風 茂陵縣人, 馬援(마원)의 후손.
八尺이 넘는 신장에 신체가 매우 장대하였고 천성이 현명 온후하여 많은 사람
의 존경을 받았다. 마등의 아들이 촉한의 馬超(마초, 176-222년, 字 孟起)이다.

고, 마등을 征西將軍으로 삼아 (右扶風의) 郿縣(미현)에 주둔케 하였다. 뒷날 마등은 長安을 습격했다가 패주한 뒤에 달아나 涼州로 돌아갔다.

司隷校尉인 鍾繇(종요)[230]는 關中을 진압한 뒤에 한수와 마등에게 서신을 보내 앞으로 행동에 따른 禍福으로 설득하였다. 이에 마등은 (아들) 馬超를 보내 종요와 함께 郭援(곽원)과 高幹(고간)의 세력을 平陽(평양)에서 진압했는데, 마초의 부장 龐德(방덕)은 곽원을 죽여 수급을 바쳤다. 뒷날 마등은 한수와 불화하며 京畿 일대로 돌아가겠다고 요청했다. 이에 조정에서는 마등을 衛尉(위위)에 임명하고, 馬超를 偏將軍(편장군)에 임명하고 都亭侯에 봉했으며, 마등의 부대를 거느리게 하였다.

| 原文 |

超旣統衆, 遂與韓遂合從, 及楊秋,李堪,成宜等相結, 進軍至潼關. 曹公與遂,超單馬會語, 超負其多力, 陰欲突前捉曹公, 曹公左右將許褚瞋目盼之, 超乃不敢動. 曹公用賈詡謀, 離間超,遂, 更相猜疑, 軍以大敗.

超走保諸戎, 曹公追至安定, 會北方有事, 引軍東還. 楊阜說曹公曰,

----

230 鍾繇(종요, 151-230년, 字 元常) - 豫州 潁川 長社縣 출신. 曹魏의 重臣, 유명한 서예가. 太傅 역임. 晉代 書法家 王羲之와 함께 '鍾王'으로 불린다. 《魏書》 13권, 〈鍾繇華歆王朗傳〉에 立傳.

"超有信,布之勇, 甚得羌,胡心. 若大軍還, 不嚴爲其備, 隴
上諸郡非國家之有也."

超果率諸戎以擊隴上郡縣, 隴上郡縣皆應之, 殺涼州刺史
韋康, 據冀城, 有其衆. 超自稱徵西將軍, 領幷州牧, 督涼州
軍事. 康故吏民楊阜,姜敍,梁寬,趙衢等, 合謀擊超. 阜,敍起
於鹵城, 超出攻之, 不能下, 寬,衢閉冀城門, 超不得入. 進退
狼狽, 乃奔漢中依張魯. 魯不足與計事, 內懷於邑, 聞先主圍
劉璋於成都, 密書請降.

| 국역 |

馬超(마초)는 군사를 통솔하게 되자 韓遂(한수)[231]와 合從(합종)하였
고, 楊秋(양추), 李堪(이감), 成宜(성의) 등과 함께 결합한 뒤 進軍하여
潼關(동관)[232]까지 진출하였다. 조조는 한수, 마초 등과 單馬로 이야
기를 나누곤 했는데, 마초는 자신의 강한 힘을 믿고 은밀히 돌진하
여 조조를 잡으려 했으나, 조조 측근의 장수 許褚(허저)[233]가 화난 눈
으로 노려보고 있어 마초는 감히 움직일 수가 없었다. 조조는 賈詡
(가후)의 謀策에 의거 마초와 한수를 이간시켜 서로 의심케 했고[234]

----

231 太韓遂(한수, ?-215년, 一名 韓約, 字 文約)는 후한 말 涼州 출신 군벌의 한 사람.
232 潼關(동관)은, 今 陝西省 동남부 渭南市 관할 潼關縣 북쪽의 관문, 北東쪽으
로 黃河에 연접. 후한 建安 원년(196年)에 건립.
233 許褚(허저, 161-230년, 字 仲康) — 褚는 솜옷 저. 譙國 譙縣(초현, 今 安徽省 서북
단 亳州市) 사람. 조조와 同鄉. 典韋(전위)가 전사(서기 197년)한 이후 曹操의
경호실장. 力大하지만 寡言(과언)하여 '虎痴(호치)' 또는 '虎侯(호후)'로 통칭.
234 曹公이 韓遂에게 서신을 보냈는데 여러 곳에 점으로 글자를 지워 마치 한수

결국 마초와 한수는 대패하였다.

마초는 서쪽으로 달아나 여러 西戎(서융)의 종족을 아울렀고, 조조는 추격하여 安定郡[235] 지역까지 이르렀지만, 마침 북방에 일이 있어 군사를 거느리고 동쪽으로 돌아갔다. 이에 楊阜(양부)가 조조에게 말했다.

"마초는 韓信(한신)이나 英布(영포) 같이 용맹한데다가 羌族(강족)과 胡人들의 민심을 얻고 있습니다. 만약 大軍이 회군하며, 마초에 대한 경계가 풀어지게 되면 隴山(농산) 일대의 군현은 나라의 소유가 아닐 것입니다."

마초는 예상 그대로 西戎(서융)의 여러 종족의 군사를 거느리고 隴山(농산) 일대의 군현을 공격하자, 일대의 모든 군현이 마초에 호응하였으며, 마초는 涼州 자사인 韋康(위강)을 죽이고 (漢陽郡) 冀縣(기현)에 주둔하며 그 인근의 군사를 통솔하였다.

마초는 徵西將軍을 자칭하고 幷州牧을 겸임하며 涼州 일대의 군사를 감독하였다. 韋康(위강)의 옛 속관이었던 楊阜(양부)와 姜敘(강서), 梁寬(양관), 趙衢(조구) 등은 함께 마초를 격퇴할 계획을 꾸몄다. 양부와 강서가 (雁門郡) 鹵城縣(노성현)에서 봉기하자, 마초가 출병하여 공격했지만 점령하지 못했는데, 이를 이용하여 양관과 조구가 冀縣의 城門을 닫아버리자, 마초는 기현에 들어갈 수가 없었다. 마

....

가 고친 것처럼 보였기에 마초 등은 한수를 더욱 의심하였다. 曹公은 마초 등과 날짜를 정해 會戰하였는데 먼저 경무장 군사로 싸우다가는 나중에 중무장 기병으로 공격하여 대파하면서 成宜(성의), 李堪(이감) 등을 죽였다. 한수와 마초 등은 涼州(양주)로 도주하였고, 楊秋(양추)는 安定郡(안정군)으로 도주하여 關中을 평정하였다.

235 安定郡의 治所는 臨涇縣(임경현), 今 甘肅省 동부 慶陽市 관할 鎭原縣.

초는 진퇴가 狼狽(낭패)하자, 곧 漢中郡으로 달아나 張魯(장로)에 의지하였다. 그러나 장로는 함께 큰일을 도모할 사람이 못되어 마초는 번민하다가 先主가 (益州) 劉璋(유장)을 成都(성도) 엣 포위 공격한다는 소식을 듣고 밀서를 보내 투항하겠다고 말했다.(建安 19년, 서기 214년)

|原文|

先主遣人迎超, 超將兵徑到城下. 城中震怖, 璋卽稽首, 以超爲平西將軍, 督臨沮, 因爲前都亭侯. 先主爲漢中王, 拜超爲左將軍, 假節. 章武元年, 遷驃騎將軍, 領涼州牧, 進封斄鄉侯, 策曰,

「朕以不德, 獲繼至尊, 奉承宗廟. 曹操父子, 世載其罪, 朕用慘恒, 疢如疾首. 海內怨憤, 歸正反本, 暨於氐,羌率服, 獯鬻慕義. 以君信著北土, 威武並昭, 是以委任授君, 抗颺虓虎, 兼董萬里, 求民之瘼. 其明宣朝化, 懷保遠邇, 肅愼賞罰, 以篤漢祜, 以對於天下.」

二年卒, 時年四十七. 臨沒上疏曰,「臣門宗二百餘口, 爲孟德所誅略盡, 惟有從弟岱, 當爲微宗血食之繼, 深託陛下, 餘無復言.」

追諡超曰威侯, 子承嗣. 岱位至平北將軍, 進爵陳倉侯. 超女配安平王理.

| 국역 |

先主가 사람을 보내 馬超를 영입했고, 마초는 군사를 거느리고
지름길로 成都 근처에 이르렀다.[236] 城中 관민이 두려움에 떨었고
유장은 곧 투항하였는데, 선주는 마초를 平西將軍에 임명하여 (南
郡) 臨沮縣(임저현)에 주둔케 했고, 이전 작위를 계승케 하며 都亭侯
로 봉했다. 先主가 漢中王이 되자, 마초를 左將軍에 임명하고 부절
을 내려주었다.

(昭烈帝) 章武 원년(서기 221), 마초는 驃騎將軍으로 승진하며 涼
州牧을 겸임케 했고, 작위를 올려 斄鄕侯(태향후)에 봉하며 책서를
내렸다.

「朕(짐)은 不德한데도 제위를 계승하여 宗廟를 받들게 되었도다.
曹操 父子의 죄가 세상을 가득 채웠으니 짐은 매우 참담하며 심장
과 머리가 깨질 것 같도다. 海內 모든 원한과 분노는 정도와 근본으
로 되돌아 올 것이니, 이미 氐族(저족)과 羌族(강족)이 자진하여 복속
하였고, 獯鬻(훈육, 훈죽, 匈奴族)도 대의를 흠모하고 있도다. 君은 신
의를 지켜 北土에 널리 알려졌고, 위엄과 무예가 함께 빛이나니, 이
에 君에게 맡겨 임무를 주나니, 흉악한 강적을 막아 1만 리 강역을
지키며 백성의 疾苦(질고)를 구원할지어다. 조정의 교화를 널리 행
하고 멀고 가까운 모두를 가슴에 품어 지키며, 상벌을 엄격 신중히
시행하여 漢室의 복운을 도탑게 하고 천하 백성의 요구에 응대할
지어다.」

....
236 유비는 마초의 투항 소식에 기뻐하며 "나는 이제 益州를 얻었다."라고 말했
다. 마초가 성도에 들어온 지 10일이 안 되어 劉璋은 투항했다.

마초는 章武 2년(서기 222)에 죽었는데, 그때 47세였다. 죽기 전에 마초가 상서하였다.

「臣의 門宗 2백여 명이 모두 孟德(맹덕, 曹操)에게 주살당하여 거의 없어졌고, 다만 從弟인 馬岱(마대)[237]만 남아 쇠약해진 일족의 제사를 받들어야 하기에 폐하께 진심으로 부탁드리오며 다른 말씀은 드릴 것이 없습니다.」

마초에게 威侯(위후)라는 追諡(추시)를 내렸고, 아들 馬承(마승)이 후사가 되었다. 마대는 平北將軍을 역임하였고 陳倉侯로 작위가 올랐다. 마초의 딸은 安平王 劉理(유리)에게 출가했다.

❹ 黃忠

|原文|

黃忠字漢升, 南陽人也. 荊州牧劉表以爲中郞將, 與表從子磐共守長沙攸縣. 及曹公克荊州, 假行裨將軍, 仍就故任, 統屬長沙守韓玄. 先主南定諸郡, 忠遂委質, 隨從入蜀. 自葭萌受任, 還攻劉璋, 忠常先登陷陣, 勇毅冠三軍. 益州旣定, 拜爲討虜將軍.

建安二十四年, 於漢中定軍山擊夏侯淵. 淵衆甚精, 忠推鋒

----

237 馬岱(마대, 183 - ?) − 司隸 右扶風 茂陵 출신. 馬騰(마등)의 조카, 馬超(마초)의 사촌동생. 蜀漢의 平北將軍. 제갈량 사후에 항명하는 위연을 죽였다.

必進, 勸率士卒, 金鼓振天, 歡聲動谷, 一戰斬淵, 淵軍大敗.
遷征西將軍.

是歲, 先主爲漢中王, 欲用忠爲後將軍, 諸葛亮說先主曰,
"忠之名望, 素非關,馬之倫也. 而今便令同列. 馬,張在近, 親
見其功, 尚可喩指, 關遙聞之, 恐必不悅, 得無不可乎!"

先主曰, "吾自當解之." 遂與羽等齊位, 賜爵關內侯. 明年
卒, 追諡剛侯. 子敍, 早沒, 無後.

| 국역 |

　黃忠(황충)[238]의 字는 漢升(한승)으로, 南陽郡 사람이다. 荊州牧인
劉表(유표)가 中郎將에 임명하여 유표의 조카인 劉磐(유반)과 함께
長沙郡 攸縣(유현)에 주둔하였다. 조조가 荊州를 정벌한 뒤에는 임
시 裨將軍이 되어 이전 임지에 근무케 하였는데 長沙 태수 韓玄(한
현)에게 소속되었다. 先主(유비)가 남으로 여러 군을 평정하자 황충
은 유비에 투항하고, 유비를 따라 蜀에 들어갔다. 황충은 葭萌縣(가
맹현, 漢壽)[239] 명을 받아 劉璋(유장)의 군사를 공격하였는데, 황충은
늘 맨 앞에서 공격하여 군진을 함락시켰고, 황충의 용기에 무예는
三軍의 으뜸이었다. 益州가 평정되자 황충은 討虜將軍(토로장군)이

----

238 黃忠(황충, 148?-220년, 字 漢升) - 蜀漢의 노장, 猛將. 본래 漢末 群雄 劉表의
　　부장, 長沙 太守 韓玄(한현)의 部將, 유비의 장군으로 討虜將軍, 征西將軍, 後
　　將軍. 諡號는 剛侯(강후). 황충의 나이는 本傳에 기록이 없다. 소설에서 황충
　　을 노장으로 묘사한 것은 의심의 여지가 많다.

239 廣漢郡 葭萌(가맹) - 현명. 今 四川省 북부 廣元市. 蜀漢에서는 漢壽縣. 陝西
　　省과 연접. 葭는 갈대 가. 萌은 싹 맹.

되었다.

　(獻帝) 建安 24년(서기 219), 漢中郡 定軍山에서 (曹魏의) 夏侯淵(하후연)을 공격했다. 하후연의 군사는 정예군이었지만 황충은 부대를 지휘하여 정확하게 진격했고, 장졸을 격려하고 앞장서서 징과 북을 크게 올리며 함성이 계곡을 진동하였는데, 단 한 차례 싸움으로 하후연을 참수하자 하후연의 군사는 대패했다. 황충은 征西將軍으로 승진했다.

　이 해에 先主는 漢中王이 되었는데, 황충을 後將軍에 임용하려 하자, 諸葛亮이 先主에게 말했다.

　"황충의 명망은 평소에 關羽나 馬超에 미치지 못하는데, 지금 같은 반열에 세우려 하십니다. 마초나 장비는 가까이 있어 황충의 공적을 직접 보았기에 이해할 수 있다지만 관우가 멀리서 이를 알게 된다면 틀림없이 싫어할 것이니, 상황이 별로 좋지 않을 것 같습니다."

　이에 先主가 말했다. "내가 응당 알아서 해결할 것이요."

　결국 황충과 관우는 나란히 지위에 올랐고 황충은 關內侯가 되었다. 황충은 그 다음 해에 죽었는데, 追諡는 剛侯(강후)였다. 아들 黃敍(황서)가 일찍 죽어 후사가 없었다.

❺ 趙雲

|原文|

趙雲字子龍, 常山眞定人也. 本屬公孫瓚, 瓚遣先主爲田楷

拒袁紹, 雲遂隨從, 爲先主主騎. 及先主爲曹公所追於當陽長阪, 棄妻子南走, 雲身抱弱子, 即後主也, 保護甘夫人, 即後主母也, 皆得免難. 遷爲牙門將軍. 先主入蜀, 雲留荊州.

| 국역 |

趙雲(조운)[240]의 字는 子龍(자룡)으로, 常山郡(國) 眞定縣 사람이다. 본래 公孫瓚(공손찬)의 부장이었는데, 공손찬이 조자룡을 유비에게 보내 田楷(전해)를 도와 袁紹(원소)를 막게 하였는데, 조운은 유비를 따랐고 유비의 시종 騎將이 되었다. 유비가 조조에 쫓겨 當陽縣 長阪(장판)에서 처자를 버리고 남쪽으로 도주할 때 조운은 어린 아이를 품에 안았으니 곧 後主이며 甘夫人을 지켰으니, 곧 後主의 모친이었는데 모두 난관을 피할 수 있었다. 조운은 牙門將軍이 되었다. 先主는 入蜀하며 조운을 형주에 남겨두었다.

| 原文 |

先主自葭萌還攻劉璋, 召諸葛亮. 亮率雲與張飛等俱溯江

----

240 趙雲(조운, ?-229년, 字 子龍) — 三國 시기 蜀漢 名將, 常山 眞定(今 河北省 省會 石家莊市 관할 正定縣) 출신. 身高 8척, 체구 장대. 처음 公孫瓚의 부하, 나중에 劉備에 귀부. 牙門將軍, 偏將軍, 領 桂陽太守, 翊軍將軍, 領中護軍, 征南將軍 역임했다. 조운의 대담한 용기에 대하여 유비도 "子龍의 一身이 전부 쓸개이다(子龍一身都是膽也)."라고 말했으니, 사람의 담력은 쓸개에서 나온다고 생각하였다. 趙子龍은 중국 민간신앙과 민간 예술에 수많은 소재를 제공한 인물이며, 우리나라 村夫들도 趙子龍의 武勇을 즐겨 듣고 이야기했다.

西上, 平定郡縣. 至江州, 分遣雲從外水上江陽, 與亮會於成都. 成都既定, 以雲爲翊軍將軍.

建興元年, 爲中護軍,征南將軍, 封永昌亭侯, 遷鎭東將軍. 五年, 隨諸葛亮駐漢中. 明年, 亮出軍, 揚聲由斜谷道, 曹眞遣大衆當之. 亮令雲與鄧芝往拒, 而身攻祁山. 雲,芝兵弱敵强, 失利於箕谷, 然斂衆固守, 不至大敗. 軍退, 貶爲鎭軍將軍.

七年卒, 追諡順平侯.

| 국역 |

先主(劉備)는 葭萌縣(가맹현)에서 방향을 돌려 (益州牧) 劉璋(유장)을 공격하면서 諸葛亮(제갈량)을 소환하였다. 제갈량은 趙雲(조운)과 張飛 등과 함께 長江을 거슬러 서쪽으로 올라가면서 여러 군현을 평정하였다. (巴郡) 江州縣(강주현)에 이르러 조운을 별도로 파견하여 長江의 지류를 거슬러 올라가 (犍爲郡) 江陽縣을 거쳐 제갈량과 成都에서 합세하였다. (巴郡) 成都가 평정된 뒤에 조운은 翊軍將軍이 되었다.

(後主) 建興 원년(서기 223), 조운은 中護軍[241]에 征南將軍이 되었고 永昌亭侯가 되었다가 鎭東將軍으로 승진했다.

建興 5년(서기 227년), 제갈량을 따라 漢中郡에 주둔하였다. 다음 해 제갈량은 대군을 출동시키면서 斜谷道를 따라 공격한다고 소

---

241 護軍은 무관의 직명. 中護軍, 中領軍, 中都護 등으로도 불렸다. 禁軍 관련 업무 담당, 武官의 선발과 여러 무장의 인사를 담당했고 나라마다 임무는 직급은 조금씩 달랐다.

문을 냈고 (魏軍) 曹鎭은 대군을 거느리고 이를 방어케 했다. 제갈량은 조운과 鄧芝(등지)를 보내 조진과 대적케 하면서 자신은 祁山(기산)을 공격하였다. 조운과 등지의 군사는 약하고 적은 강성하여 결국 箕谷(기곡)[242]에서 패전하였지만 군사를 모아 굳게 지켜 대패하지는 않았다. 군사가 철수하자 조운은 자신의 직급을 낮춰 鎭軍將軍이 되었다.

建興 7년(서기 229)에 조운은 죽었고, 追諡(추시)는 順平侯였다.

|原文|

初, 先主時, 惟法正見諡. 後主時, 諸葛亮功德蓋世, 蔣琬, 費禕荷國之重, 亦見諡, 陳祗寵待, 特加殊獎, 夏侯霸遠來歸國, 故復得諡. 於是關羽,張飛,馬超,龐統,黃忠及雲乃追諡, 時論以爲榮.

雲子統嗣, 官至虎賁中郎, 督行領軍. 次子廣, 牙門將, 隨姜維沓中, 臨陳戰死.

|국역|

그전에 先主 재세에, 法正(법정)에게만 죽은 다음에 諡號(시호)를 내렸다. 後主 시기에, 諸葛亮은 공덕이 천하에 미쳤고, 蔣琬(장완), 費禕(비의) 등은 나라의 중임을 수행하였기에 역시 시호를 내렸고,

....
242 今 陝西省 서남부 漢中市 箕山의 계곡.

陳祗(진지)[243]는 후주의 특별한 총애를 받았기에 특별한 은총으로, 또 (曹魏에서 귀부한) 夏侯霸(하후패)는 먼데서 촉한에 귀부하였기에 또한 시호를 받았다. 이에 關羽, 張飛, 馬超, 龐統(방통), 黃忠 및 조운에게도 追謚를 내렸는데 논자들은 영광이라고 생각하였다.

趙雲의 아들 趙統(조통)이 후사가 되었는데 관직은 虎賁中郎이었고, 군사를 감독하였다. 次子인 趙廣(조광)은 牙門將(아문장)으로 姜維(강유)를 따라 沓中(답중)에서 싸우다가 전사하였다.

| 原文 |

評曰, 關羽,張飛皆稱萬人之敵, 爲世虎臣. 羽報效曹公, 飛義釋嚴顔, 並有國士之風. 然羽剛而自矜, 飛暴而無恩, 以短取敗, 理數之常也. 馬超阻戎負勇, 以覆其族, 惜哉! 能因窮致泰, 不猶愈乎! 黃忠,趙雲强摯壯猛, 並作爪牙, 其灌,滕之徒歟?

| 국역 |

陳壽의 評論 : 關羽와 張飛는 모두 만인을 상대할만한 장수라는

----

243 陳祗(진지, ?-258년, 字 奉宗) - 祗는 공경할 지. 祇(토지신 기, 다만 지)와 다른 글자. 진지는 後主 劉禪의 寵臣. 卜筮(복서)에 능통하여 費褘(비위)도 진지를 인정해 주었다. 董允(동윤)이 죽은 뒤, 그 후임으로 侍中이 되었다. 후주에게 아첨하며 환관 黃皓(황호)와 表裡(표리)가 되어 국정을 농단하여 결국 멸망에 이르게 했다.

칭송을 들은 當代에 뛰어난 武臣(虎臣)이었다. 관우는 조조에게 은혜를 갚았고, 장비는 의리로 嚴顔(엄안)[244]의 결박을 풀어주었으니 두 사람 다 國士의 풍모를 지닌 사람이었다. 그러나 관우는 너무 강하고 자긍심(剛而自矜) 때문에, 장비는 사납고 은덕을 베풀지 않는 (暴而無恩), 단점으로 패망했으니 事理로 보면 당연하였다. 馬超는 西戎(서융)의 도움과 자신의 용력을 믿었지만 그 일족은 거의 죽었으니 그저 안타까울 뿐이다. 차라리 失意했다가 태평을 이루는 것이 더 낫지 않았겠는가! 黃忠과 趙雲은 강단과 용맹으로 호국의 무신이었으니 灌嬰(관영)[245]이나 夏侯嬰(하후영)[246]과 같지 않겠는가?

....

244 嚴顔(엄안) – 본래 劉璋의 巴西太守 – 건안 19년(서기 214) 江州를 지키다가 장비에게 사로 잡히나, 장비가 엄안을 풀어주어 굴복케 했다.

245 灌嬰(관영, ?–前 176년) – 漢朝 開國功臣, 太尉, 丞相 역임. 灌嬰은 본래 睢陽의 비단 장수였다가 한고조를 따라 기병하였다. 나중에 呂氏 일족을 제거하고 文帝를 영입하는 공을 세웠다.

246 夏侯嬰(하후영, ?–前172년)은 漢朝 開國功臣, 보통 滕公(등공)이라 호칭. 嬰 어린아이 영. 하후영은 패현에서 말을 관리하며 수레를 몰았는데 泗上亭長이던 劉邦과 친했다. 하후영은 나중에 임시 縣吏가 되었는데, 고조가 장난을 하다가 하후영을 다치게 했고, 다른 사람이 고조를 고발하였다. 고조는 그때 亭長으로 (관리였기에) 사람을 다치게 하면 무겁게 처벌을 받아야 했기에 고의로 하지 않았다고 말했고 하후영이 이를 입증했다. 뒤에 위증죄로 하후영은 수백 대 볼기를 맞았지만 끝내 고조를 죄에서 벗어나게 했다. 하후영은 고조가 패현에서 봉기할 때부터 늘 太僕(태복)으로 고조가 죽을 때까지 수행했으며 태복으로 惠帝를 섬겼다. 孝惠帝와 高后는 하후영이 惠帝와 노원공주를 下邑에서 구해준 것을 은덕으로 생각하였는데, 하후영에게 궁궐 북쪽에 제일 좋은 집을 하사하며 '내 가까이 살라!' 하면서 특별히 존중하였다. 혜제가 죽자 하후영은 태복으로 高后를 섬겼다. 고후가 죽고 代王을 모셔올 때 하후영은 태복으로서 文帝를 옹립하였고 다시 태복이 되었으며, 시호는 文侯이었다. 曹魏의 夏侯씨는 모두 전한 하후영의 후손이다.

37권 〈龐統法正傳〉(蜀書 7)
(방통,법정전)

❶ 龐統

| 原文 |

龐統字士元, 襄陽人也. 少時樸鈍, 未有識者. 潁川司馬徽
清雅有知人鑒, 統弱冠往見徽, 徽採桑於樹上, 坐統在樹下,
共語自晝至夜. 徽甚異之, 稱統當南州士之冠冕, 由是漸顯.

後郡命爲功曹. 性好人倫, 勤於長養. 每所稱述, 多過其才,
時人怪而問之, 統答曰, "當今天下大亂, 雅道陵遲, 善人少而
惡人多. 方欲興風俗, 長道業, 不美其譚卽聲名不足慕企, 不
足慕企而爲善者少矣. 今拔十失五, 猶得其半, 而可以崇邁世
勵, 使有志者自勵, 不亦可乎?"

吳將周瑜助先主取荊州, 因領南郡太守. 瑜卒, 統送喪至吳, 吳人多聞其名. 及當西還, 並會昌門, 陸勣,顧劭,全琮皆往. 統曰,"陸子可謂駑馬有逸足之力, 顧子可謂駑牛能負重致遠也." 謂全琮曰,"卿好施慕名, 有似汝南樊子昭. 雖智力不多, 亦一時之佳也."

績,劭謂統曰,"使天下太平, 當與卿共料四海之士." 深與統相結而還.

| 국역 |

龐統(방통)[247]의 字는 士元(사원)으로, (南郡) 襄陽縣(양양현) 사람이다. 어렸을 적에는 순박하고 노둔하여 알아주는 사람이 없었다. 潁川郡(영천군)의 司馬徽(사마휘)[248]는 清雅한 인품에 사람을 잘 알아

---

247 龐統(방통, 179 - 214년, 字 士元) - 襄陽郡 襄陽縣(今 湖北省 襄陽市 襄州區) 출신. 별호 鳳雛(봉추). 臥龍 諸葛亮과 함께 유명, 南郡의 功曹 역임. 적벽대전 중 조조에게 連環計(연환계)를 건의한 것은 소설의 虛構이다. 후에 吳의 魯肅(노숙)이 유비에게 보낸 서신에서 말했다. "龐士元은 백 리 고을을 다스릴 평범한 인재가 아닙니다(非百里之才). 그에게 정사의 특별한 임무를 맡겨 큰 능력을 발휘토록 해야 합니다(使處治中別駕之任 始當展其驥足). 만약 그의 외모만을 취한다면 평소 그가 배운 바를 버리는 것이며(如以貌取之 恐負所學), 나중에는 다른 사람이 등용할 것이니 실로 애석한 일입니다(終爲他人所用 實可惜也)." 여기서 '기린의 발을 펴다(展其驥足).'는 큰 능력을 발휘한다는 뜻이다. 유비는 '臥龍, 鳳雛 二者 중 得一하면 可安 天下라.'는 司馬徽(사마휘)의 말을 생각하고 방통을 副軍師로 임명한다. 曹魏의 荀彧(순욱)과 荀攸(순유)에 비교될만한 인물. 유비의 軍師中郎將 역임. 落鳳坡(낙봉파)에서 죽었다는 것도 소설상의 허구이다. 《蜀書》7권, 〈龐統法正傳〉에 입전.

248 司馬徽(사마휘, ?-208년, 字 德操) - 별호는 水鏡, 潁川郡 陽翟縣(今 河南省 許昌市 관할 禹州市) 출신. 漢末에 천하가 혼란하자 형주로 피난했다. 曹操가

보았는데, 방통이 弱冠에 사마휘를 찾아갔을 때, 사마휘는 뽕나무에 올라가 오디를 따고 있어, 방통은 나무 밑에 앉아 사마휘와 이야기를 나눴는데 낮부터 밤까지 계속하였다. 사마휘는 방통을 특별한 인재로 알아주며 방통을 南州 士人의 으뜸이라고 칭찬했는데, 이로부터 방통은 점차 알려졌다.

방통은 이후, 南郡의 功曹가 되었다. 방통은 그 천성이 인물평을 좋아했고 인재 육성에 힘썼다. 다른 사람에 대하여 그 실제 재능 이상으로 늘 칭찬을 했기에, 時人이 이상히 여겨 물어보자 방통이 말했다.

"지금 크게 혼란한 세상을 만나 雅道(正道)가 사라졌고 선인은 적고 악인은 많습니다. 다시 바른 풍속을 진작하고 도덕을 권장해야하는데, 장점을 권장하고 말하지 않는다면 우러러 본받을 사람이 없습니다. 본받고 따라야 할 사람이 없다면 선인이 없는 것입니다. 지금 10인을 발탁했어도 다섯 사람은 正人이 아닌데, 그래도 절반이라도 얻을 수 있다면 높이 우러러보고 세상을 교화할 수 있으며 뜻을 세운 자는 힘써 노력할 것이니 이 또한 좋은 일이 아니겠습니까?"

吳將 周瑜(주유)는 劉備를 도와주고(적벽대전을 말함) 荊州를 차지했는데 南郡太守를 겸임하였다. 뒷날 주유가 죽자[249] 방통은 주유를 운구하여 吳에 갔는데, 소문으로 들어 방통을 아는 사람이 많았

荊州를 원정하고 사마휘를 데려다가 중용하려고 했으나 곧 병사했다. 후한 말 은사인 龐德公(방덕공, 龐統의 당숙)은 諸葛亮을 臥龍, 龐統을 鳳雛(봉추), 司馬徽를 水鏡이라고 불렀다.

249 周瑜(주유, 175 - 210년, 字 公瑾) – 별칭 '周郎.' 적벽대전 중 입은 상처가 악화되어 건안 15년(서기 210), 36세로 巴丘에서 병사했다.

다. 방통이 서쪽으로 돌아오려 할 때, 방통을 전송하려고 많은 사람이 昌門(西門)이란 곳에 모였는데, 陸勣(육적, 陸績),[250] 顧劭(고소), 全琮(전종)[251] 등도 있었다. 이에 방통이 말했다.

"陸子(陸勣)는 노둔한 말(駑馬)이나 빨리 달릴 수 있는 힘이 있고, 顧子(顧劭)는 우둔한 소지만(駑牛, 노우) 큰 짐을 싣고 멀리 갈 수가 있습니다."

그리고 全琮(전종)에게 말했다.

"卿은 베풀기를 좋아하고 명성을 추구하는 것이 汝南郡 사람 樊子昭(번자소)와 같습니다. 비록 智力이 많지 않지만 그래도 한 시대의 뛰어난 인재입니다."

이에 육적과 고소가 방통에게 말했다.

"天下가 太平하다면 응당 卿과 함께 천하의 인재를 논평하고 싶습니다."

그러면서 방통과 깊이 친교를 맺고 돌아갔다.

| 原文 |

先主領荊州, 統以從事守未陽令, 在縣不治, 免官. 吳將魯

250 陸勣(육적, 陸績, 188 – 219년, 字 公紀) – 孫權 휘하의 관리, 鬱林太守, 偏將軍 역임. 〈二十四孝〉 중 '懷橘遺親'의 주인공. 《吳書》12권, 〈虞陸張駱陸吾朱傳〉에 입전.

251 全琮(전종, 198 – 247년, 字 子璜) – 東吳의 장군. 爲人이 謙恭하며 有謀했다. 손권의 장녀와 결혼. 右大司馬, 左軍師 역임. 《吳書》15권, 〈賀全呂周鍾離傳〉에 입전.

肅遺先主書曰,「龐士元非百里才也, 使處治中,別駕之任, 始當展其驥足耳.」

諸葛亮亦言之於先主, 先主見與善譚, 大器之, 以爲治中從事. 親待亞於諸葛亮, 遂與亮倂爲軍師中郞將. 亮留鎭荊州. 統隨從入蜀.

| 국역 |

先主(劉備)가 荊州를 차지하자 龐統(방통)은 從事[252]에서 (桂陽郡) 耒陽(뇌양) 縣令이 되었지만 뇌양현의 업무를 보지 않아 면직되었다. 吳將 魯肅(노숙)이 유비에게 서신을 보내 말했다.

「龐士元(龐統)은 百里才[253]가 아니오니, 治中[254]이나 別駕(별가)의 직무를 맡겨 그 능력을 발휘할 수 있게 하십시오.」

諸葛亮 역시 유비에게 그런 말을 하자, 유비는 방통을 불러 함께 이야기를 나눈 뒤에, 그 능력을 크게 중시하며 治中從事에 임명하였다. 유비는 방통을 諸葛亮 다음으로 대우했고, 방통은 제갈량과 나란히 軍師中郞將이 되었다. 제갈량은 형주에 남았고, 방통은 유비와 함께 蜀郡으로 진군하였다.

---

252 從事 – 從事史의 간칭. 後漢의 경우, 司隷校尉의 속관(정원 12인). 都官從事(百官 범법자 감찰), 功曹從事(서무 총괄), 別駕從事(사예교위 호위) 및 簿曹從事(경리회계 담당), 兵曹從事(사예교위 소속 병사 관리) 등이 있었다. 각 郡國에도 從事가 있었다.

253 百里才 – 사방의 둘레가 1백 리 되는 작은 고을을 다스릴만한 인재.

254 治中 – 자사를 도와 문서를 취급하고 치안을 관장하는 治中從事의 약칭. 州牧의 수석 속관인 別駕는 別駕從事의 약칭. 別駕의 다음 직위가 治中이었다.

益州牧劉璋與先主會涪, 統進策曰, "今因此會, 便可執之,
則將軍無用兵之勞而坐定一州也." 先主曰, "初入他國, 恩信
未著, 此不可也."

璋既還成都, 先主當爲璋北征漢中, 統復說曰, "陰選精兵,
晝夜兼道, 徑襲成都, 璋既不武, 又素無預備, 大軍卒至, 一舉
便定, 此上計也. 楊懷,高沛, 璋之名將, 各仗强兵, 據守關頭,
聞數有箋諫璋, 使發遣將軍還荊州. 將軍未至, 遣與相聞, 說
荊州有急, 欲還救之, 並使裝束, 外作歸形. 此二子既服將軍
英名, 又喜將軍之去, 計必乘輕騎來見, 將軍因此執之, 進取
其兵, 乃向成都, 此中計也. 退還白帝, 連引荊州, 徐還圖之,
此下計也. 若沈吟不去, 將致大困, 不可久矣."

先主然其中計, 卽斬懷,沛, 還向成都, 所過輒克. 於涪大會,
置酒作樂, 謂統曰, "今日之會, 可謂樂矣." 統曰, "伐人之國
而以爲歡, 非仁者之兵也."

先主醉, 怒曰, "武王伐紂, 前歌後舞, 非仁者邪? 卿言不當,
宜速起出!"

於是統逡巡引退. 先主尋悔, 請還. 統復故位, 初不顧謝,
飲食自若. 先主謂曰, "向者之論, 阿誰爲失?" 統對曰, "君臣
俱失." 先主大笑, 宴樂如初.

益州牧인 劉璋(유장)과 유비가 涪縣(부현)[255]에서 만날 때, 龐統(방통)이 계책을 올렸다.

"지금 이 회견을 이용하여 바로 유장을 잡아버린다면 장군은 군사를 동원하지 않고서도 익주를 평정할 수 있습니다."

그러자 유비가 말했다.

"남의 나라에 들어와서 아직 은덕과 신의를 베풀지도 않았으니 그럴 수 없다."

유장은 成都로 돌아갔고, 先主는 유장을 위해 북쪽으로 漢中郡을 원정해야 했는데 방통이 다시 건의하였다.

"은밀하게 精兵을 골라 주야로 속도를 두 배로 행군하여 지름길로 成都를 습격한다면, 유장은 본래 군사에 서툴며 또 평소에 미리 준비가 없기에 대군이 갑자기 들이닥치면 일거에 바로 평정할 수 있으니, 이것이 가장 좋은 방책입니다. 楊懷(양회)와 高沛(고패)는 劉璋에게는 명장으로 각자 강병을 거느리고 關頭(관두)란 곳에 주둔하고 있는데, 여러 번 글을 올려 유장에게 군사를 보내 형주를 차지해야 한다고 건의했었습니다. 장군께서 漢中에 도착하기 전에 그들에게 사자를 보내 형주에서 위급한 상황이 있어 돌아가 구원해야 한다면서 외견상으로 철수할 준비를 하십시오. 그 두 장수는 이미 장군의 英名에 감복하고 있으니 틀림없이 경무장 기병으로 찾아와 뵐 것이니, 장군께서는 그들을 생포하고 그 군사를 탈취하여 成都로 진격한다면, 이는 中策이라 할 수 있습니다. 아니면 아예 白帝城으

----

255 廣漢郡 涪縣(부현) – 수 四川省 북부 綿陽市. 涪는 물거품 부.

로 돌아가 형주의 군비를 강화한 뒤에 천천히 익주를 도모한다면, 이는 下策입니다. 만약 신중히 생각한다면서 행동하지 않는다면 앞으로 큰 어려움을 겪을 것이니 오래 지탱할 수 없을 것입니다."

유비는 中計를 택하여 즉시 양회와 고패를 유인하여 참수하고 군사를 成都로 돌렸고 가는 곳마다 승리하였다. 유비는 부성에서 큰 잔치를 벌이고 즐기며 방통에게 말했다.

"오늘 이 잔치는 마음껏 즐겨야 한다."

이에 방통은 "남의 나라를 정벌하고 기뻐한다면, 이는 仁者의 군사가 아닙니다."

유비는 취했기에 화를 냈다.

"武王이 紂王(주왕)을 정벌한 뒤에, 노래하고 춤추며 즐겼는데, 무왕은 인자가 아닌가? 卿의 말이 합당치 않으니 빨리 일어나 나가라!"

그러자 방통은 천천히 일어나 물러났다. 유비는 곧 후회하고 방통을 돌아오라고 불렀다. 방통이 자리로 돌아와 사과하지도 않고 태연하게 음식을 먹었다. 이에 유비가 방통에게 말했다.

"조금 전의 논쟁은 누가 잘못했는가?"

그러자 방통은 "君臣이 모두 실수했습니다."

유비는 크게 웃었고 아무렇지도 않은 듯 잔치를 즐겼다.

| 原文 |

進圍雒縣, 統率衆攻城, 爲流矢所中, 卒, 時年三十六. 先主痛惜, 言則流涕. 拜統父議郎, 遷諫議大夫, 諸葛亮親爲之拜.

追賜統爵關內侯, 謚曰靖侯.

統子宏, 字巨師, 剛簡有臧否, 輕傲尙書令陳祗, 爲祗所抑,
卒於涪陵太守. 統弟林, 以荊州治中從事參鎭北將軍黃權征
吳, 値軍敗, 隨權入魏, 魏封列侯, 至鉅鹿太守.

| 국역 |

龐統은 진격하여 (廣漢郡) 雒縣(낙현)[256]을 포위하였고, 군사를 거
느리고 성을 공격하다가 流矢(유시)에 맞아 죽으니 그때 36세였다
(建安 19년, 서기 214년). 유비는 애통해 하면서 방통을 애기할 때
마다 눈물을 흘렸다. 방통의 부친을 議郞에 임명했고 諫議大夫로
승진했는데, 제갈량은 방통의 부친을 만나면 절을 올렸다. 방통에
게 관내후의 작위를 추가로 하사했고, 시호는 靖侯(정후)였다.

방통의 아들 龐宏(방굉)의 字는 巨師(거사)로, 강직하면서도 선악
이 분명했는데 (후주에 아부하는) 尙書令 陳祗(진지)를 무시하였기
에 진지에게 억눌렸고, 涪陵(부릉) 태수로 재직 중에 죽었다. 방통의
동생 龐林(방림)은 荊州의 治中從事로 鎭北將軍인 黃權(황권)을 수종
하여 東吳를 원정했지만 패전하면서 황권을 따라 曹魏에 망명한
뒤, 列侯가 되었고 鉅鹿(거록) 태수를 지냈다.

---

256 廣漢郡 雒縣(낙현) − 본래 益州刺史部 치소. 今 四川省 德陽市 관할 廣漢市에
해당.

❷ 法正

|原文|

法正字孝直, 扶風郿人也. 祖父眞, 有淸節高名.

建安初, 天下饑荒, 正與同郡孟達俱入蜀依劉璋, 久之爲新都令, 後召署軍議校尉. 旣不任用, 又爲其州邑俱僑客者所謗無行, 志意不得. 益州別駕張松與正相善, 忖璋不足與有爲, 常竊嘆息.

松於荊州見曹公還, 勸璋絕曹公而自結先主. 璋曰, "誰可使者?" 松乃擧正, 正辭讓, 不得已而往. 正旣還, 爲松稱說先主有雄略, 密謀協規, 原共戴奉, 而未有緣. 後因璋聞曹公欲遣將征張魯之有懼心也, 松遂說璋宜迎先主, 使之討魯, 復令正銜命. 正旣宣旨, 陰獻策於先主曰, "以明將軍之英才, 乘劉牧之懦弱, 張松, 州之股肱, 以響應於內. 然後資益州之殷富, 馮天府之險阻, 以此成業, 猶反掌也."

先主然之, 溯江而西, 與璋會涪. 北至葭萌, 南還取璋.

|국역|

法正(법정)[257]의 字는 孝直(효직)으로, 右扶風 郿縣(미현) 사람이다.

---

257 法正(법정, 176 – 220년, 字 孝直) – 蜀漢의 軍師, 益州牧 劉璋(유장)의 부하였지만 인정받지 못하자 유비에 귀부하였다. 劉備의 신임과 제갈량의 인정을 받았다. 유비 在世 시에 죽어 처음 시호를 받았는데, 追諡는 翼侯(익후)이다.

조부인 法眞(법진)은 淸節로 명성이 높았다.

(獻帝) 建安 초년에(서기 196), 天下에 흉년이 들자 同郡의 孟達
(맹달, ?‒228년)[258]과 함께 蜀郡으로 劉璋(유장)을 찾아가 의탁했는
데, 오랜 세월이 지나서야 (廣漢郡) 新都 현령에 임명되었다가, 뒤
에 軍議校尉에 임명되었다. 법정은 이처럼 중용되지 못했고, 또 익
주 지역으로 이주해 온 사람들 사이에서도 비방을 당하며 뜻을 펼
수가 없었다. 益州 別駕인 張松(장송)[259]은 법정과 서로 가까웠는데
유장이 큰일을 할 인재가 못된다고 생각하며 늘 탄식하였다.

장송은 南陽郡(荊州)에 가서 조조를 만나고 돌아와 劉璋에게 조
조와 관계를 끊고 유비와 결합할 것을 권유했다. 유장이 "누구를 보
내야 하겠는가?"라고 묻자, 장송은 법정을 천거했고, 법정은 사양
했지만 부득이 유비를 만나고 돌아왔다. 법정은 돌아와서 장송에게

....

曹魏의 모사 程昱(정욱), 郭嘉(곽가)처럼 개성이 뚜렷했고 恩怨(은원)을 분명
히 했던 인물이었다. 법정이 죽었을 때 유비는 수일간 통곡했다.

258 孟達(맹달, ?‒228, 字 子敬, 子度) ‒ 본래 益州 劉璋(유장)의 부하. 劉備가 蜀에
들어갈 때 유장은 맹달을 보내 유비를 영접케 했는데, 맹달은 유비에 귀부한
다. 맹달은 江陵(강릉)을 수비했다. 건안 24년(서기 219년)에 孟達은 秭歸(자
귀)에서 房陵(방릉)을 공격하고 이어 上庸(상용)까지 진격하여 劉封(유봉)과
합세한다. 關羽(관우)가 樊城(번성)에서 포위되었을 때 유봉과 맹달은 구원을
거절한다. 관우가 패전 후 전사하자, 맹달은 문책이 두렵고 또 유봉과 不和하
여 바로 曹魏에 투항했다. 투항한 맹달은 魏에서 승진을 거듭하다가 文帝가
(曹丕) 죽자 蜀으로 다시 돌아가려 계획이 누설되어 司馬懿(사마의)에게 잡
혀죽었다(서기 228년).

259 張松(장송, ?‒212) ‒ 蜀郡 成都人, 張肅의 동생. 益州牧 劉璋의 별가종사. 足
智多謀한 謀士. 장송은 유비에게 마음이 기울었고, 유비에게 巴蜀(今 四川
省)의 地理, 事物, 兵器, 군현제도, 倉庫, 人馬의 다과 등 군사에 필요한 모든
지식을 해설하고 지도로 그려주어서, 유비는 益州牧 관내의 구체적 상황을
곧 파악할 수 있었다. 《三國演義》에서는 키도 작고 용모가 볼품없는 사람으
로 묘사되었다. 張松과 楊修(양수)가 지식을 마음껏 자랑하는 장면도 나온다.

유비의 雄才大略을 칭송하며 함께 유비를 받들기로 모의했으나 적절한 기회가 없었다.

뒤에 유장은 조조가 장수를 보내 張魯(장로)를 공격할 것이라는 소식을 듣고 조조의 침공을 두려워했는데, 이에 장송은 유장에게 유비를 불러들여 유비로 하여금 장로를 토벌해야한다고 적극 권장하자, 유장은 법정을 다시 유비에게 보냈다. 법정은 유비에게 유장의 뜻을 전하면서 유비에게 은밀히 방책을 말했다.

"將軍의 영명하신 재략으로 익주목 유장의 나약한 무능을 이용하신다면, 유장의 최측근인 張松이 안에서 장군에게 호응할 것입니다. 그런 뒤에 익주의 풍부한 자원과 天府之地의 험한 지형을 이용한다면 대업을 이루기가 손바닥 뒤집기처럼 쉬울 것입니다."

유비는 법정의 헌책을 받아들였고 長江을 거슬러 서쪽으로 나아가 유장과 涪縣(부현)[260]에서 만났다(서기 212년). 유비는 (張魯를 원정하러) 북쪽으로 葭萌縣(가맹현)[261]에 이르렀다가 군사를 돌려 유장의 익주를 빼앗았다(서기 214년).

| 原文 |

鄭度說璋曰,

"左將軍縣軍襲我, 兵不滿萬, 士衆未附, 野穀是資, 軍無輜

---

260 (廣漢郡) 涪縣(부현) - 今 四川省 북부 綿陽市. 涪는 물거품 부.

261 廣漢郡 葭萌(가맹) - 현명. 今 四川省 북부 廣元市. 陝西省과 연접. 葭는 갈대 가. 萌은 싹 맹.

重. 其計莫若盡驅巴西, 梓潼民內涪水以西, 其倉廩野穀, 一
皆燒除, 高壘深溝, 靜以待之. 彼至, 請戰, 勿許, 久無所資,
不過百日, 必將自走. 走而擊之, 則必禽耳."

先主聞而惡之, 以問正. 正曰, "終不能用, 無可憂也." 璋
果如正言, 謂其群下曰, "吾聞拒敵以安民, 未聞動民以避敵
也."

於是黜度, 不用其計.

| 국역 |

(益州從事인) 鄭度(정도)가 유장을 설득하였다.

"左將軍(劉備)의 고립된 군사가 우리를 공격하지만 그들 군사는
1만 명이 되지 않고 軍民은 아직 유비편이 아니며, 농촌 마을의 곡
식이 그들 군량일 뿐 다른 군량도 없습니다. 가장 좋은 계책은 巴西
(파군 서쪽)와 (廣漢郡) 梓潼縣(재동현)의 백성을 涪水(부수) 서쪽으
로 이주시키고 그곳 창고와 들에 흩어진 민가의 곡식을 모두 소각
한 뒤에 높은 보루와 깊은 물도랑을 파고 조용히 기다려야 합니다.
저들이 도착해서 싸움을 걸어와도 싸우지 않으면 오랫동안 버틸 방
법이 없어 1백 일도 안 되어 저절로 퇴각할 것입니다. 그때 추격한
다면 틀림없이 유비를 생포할 수 있습니다."

유비가 이를 알고 크게 걱정하며 법정에게 물었다. 법정은 "유장
은 끝내 받아들이지 않을 것이니 걱정하지 마십시오."라고 대답했
다.

유장은 법정의 예상대로 그 부하에게 말했다.

"나는 적을 막아 백성을 편안케 한다는 말은 들었지만, 백성을 이주시켜 적을 피한다는 말은 들어보지 못했다."

그리고서는 정도를 파면하며 건의를 받아들이지 않았다.

| 原文 |

及軍圍雒城, 正牋與璋曰,

「正受性無術, 盟好違損, 懼左右不明本末, 必並歸咎, 蒙恥沒身, 辱及執事, 是以損身於外, 不敢反命. 恐聖聽穢惡其聲, 故中間不有牋敬, 顧念宿遇, 瞻望悢悢. 然惟前後披露腹心, 自從始初以至於終, 實不藏情, 有所不盡, 但愚闇策薄, 精誠不感, 以致於此耳.

今國事已危, 禍害在速, 雖捐放於外, 言足憎尤, 猶貪極所懷, 以盡餘忠. 明將軍本心, 正之所知也, 實爲區區不欲失左將軍之意, 而卒至於是者, 左右不達英雄從事之道, 謂可違信黷誓. 而以意氣相致, 日月相遷, 趨求順耳悅目, 隨阿遂指, 不圖遠慮爲國深計故也. 事變旣成, 又不量强弱之勢, 以爲左將軍縣遠之衆, 糧穀無儲, 欲得以多擊少, 曠日相持. 而從關至此, 所歷輒破, 離宮別屯, 日自零落.

雒下雖有萬兵, 皆壞陳之卒, 破軍之將, 若欲爭一旦之戰,則兵將勢力, 實不相當. 各欲遠期計糧者, 今此營守已固, 穀米已積, 而明將軍土地日削, 百姓日困, 敵對邊多, 所供遠曠.

愚意計之, 謂必先竭, 將不復以持久也. 空爾相守, 猶不相堪, 今張益德數萬之衆, 已定巴東, 入犍爲界, 分平資中, 德陽, 三道並侵, 將何以御之? 本爲明將軍計者, 必謂此軍縣遠無糧, 饋運不及, 兵少無繼. 今荊州道通, 衆數十倍, 加孫車騎遣弟及李異, 甘寧等爲其後繼. 若爭客主之勢, 以土地相勝者, 今此全有巴東, 廣漢, 犍爲, 過半已定, 巴西一郡, 復非明將軍之有也.

計益州所仰惟蜀, 蜀亦破壞, 三分亡二, 吏民疲睏, 思爲亂者十戶而八. 若敵遠則百姓不能堪役, 敵近則一旦易主矣. 廣漢諸縣, 是明比也. 又魚復與關頭實爲益州福禍之門, 今二門悉開, 堅城皆下, 諸軍並破, 兵將俱盡, 而敵家數道併進, 已入心腹, 坐守都, 雒, 存亡之勢, 昭然可見. 斯乃大略, 其外較耳, 其餘屈曲, 難以辭極也.

以正下愚, 猶知此事不可覆成, 況明將軍左右明智用謀之士, 豈當不見此數哉? 旦夕偸幸, 求容取媚, 不慮遠圖, 莫肯盡心獻良計耳. 若事窮勢迫, 將各索生, 求濟門戶, 展轉反覆, 與今計異, 不爲明將軍盡死難也. 而尊門猶當受其憂.

正雖獲不忠之謗, 然心自謂不負聖德, 顧惟分義, 實竊痛心. 左將軍從本擧來, 舊心依依, 實無薄意. 愚以爲可圖變化,以保尊門.」

劉備의 군사가 (廣漢郡) 雒縣(낙현)을 포위한 뒤, 법정은 유장에게 서신(牋, 箋)을 보냈다.

「저 法正은 본래 아무런 재능도 없는 사람이지만, 이루어진 맹약을 깨지 않고 당신 측근이 일의 본말을 알지 못해서 제가 허물을 덮어쓰고 죽을 때까지 치욕을 당하거나 일을 하면서도 욕을 먹는 것이 두렵기에, 저는 사명을 받았지만 망명하여 감히 복명하지 못했습니다. 아마 장군께서도(劉璋) 저에 관한 소식을 듣기 싫었을 것이라서 그동안 서신을 올리지 못했습니다만, 옛날의 만남을 생각하시어 너그럽게 읽어 주시기를 바랍니다. 사실, 그동안 저의 본심은 다 알려졌지만, 처음부터 지금 끝까지 하나도 숨긴 것 없이 다 피력할 기회도 없었고, 거기다가 제가 우둔하고 일을 잘 꾸며대지도 못하여 저의 본심을 다 전하지 못하였기에 지금 이런 상황까지 왔습니다.

지금 益州의 政事는 이미 위기에 이르렀고, 재앙은 눈앞에 닥쳤으며, 이미 밖으로 쫓겨난 몸이기에 미움과 원망이 많지만, 그래도 저의 품은 마음을 다 말씀드려 남아있는 충성을 다하고자 합니다. 장군의 본심이야, 法正 저 자신도 알고 있듯이, 진정으로 左將軍(劉備)의 지원을 버릴 수 없지만 사태가 지금 상황에 이르게 된 것은 장군의 측근들이 英雄이 세상사를 어떻게 처리하는가를 알지 못하고 신의와 맹서를 저버렸기 때문입니다. 또 意氣가 서로 일치했다하더라도 세월이 지나면서 (장군께서) 듣기 좋은 말이나 보기에 즐거운 일을 추구하고, 장군의 뜻에만 아부하며 먼 장래나 익주를 위한 근본적 계책을 생각하지 않았기 때문입니다. 상황이 이미 바뀌었는데도, 또 강약의 형세를 제대로 헤아리지 못하고, 左將軍의 군사는 먼데서 들어온 고립된 군사이며, 군량이나 비축물자도 없는 군사라 생각하고 다수로 소수를 칠 수 있으며 날짜를 끌면서 대치할 수 있다고만 생각하였습니다. 益州의 관문을 지나 여기에 이르기까지 지나온 곳 모두를 격파하였으며 離宮(이궁)이나 별도의 주둔 군영도 이미 다 몰락하였습니다.

雒縣(낙현) 부근에 1만 대군이 있다지만 모두 격파된 군영의 보졸이며 부러진 장수이니, 어느 날 한바탕 싸우고 싶어도 그 장졸들로서는 상대하기 어려울 것입니다. 장군께서 장기전을 생각하고 군량을 모으려 하여도, 지금 이곳 군영은 견고하고 군량미도 비축되었지만, 장군의 지역은 분명히 날로 줄어들고 백성은 날로 피폐하여 우리에게 들어오는 군량만 많아지고 또 넓어졌습니다.

저의 계산으로도 장군의 군량과 馬草가 먼저 바닥날 것이니, 장군은 지구전을 펼 수가 없을 것입니다. 공연히 서로 대치하지만, 서로 상대가 되지 않으며, 지금 張益德(張飛)의 수만 군졸이 이미 巴郡의 동쪽을 평정하고 犍爲郡(건위군)[262] 지역에 들어와 (犍爲郡) 資中縣과 (廣漢郡) 德陽縣 등을 나눠 평정했으며, 三道에서 한꺼번에 진격해 들어오니 앞으로 어떻게 막을 수 있겠습니까? 본래 장군을 위하여 방책을 마련하던 모사들은 (劉備의) 군사는 후방 지원도 없

---

262 犍爲郡(益) - 治所 武陽縣, 今 四川省 중앙부 眉山市 彭山區.

고 군량도 없는 군사이며, 병력도 적고 계속 충원도 없을 것이라고 생각했을 것입니다. 지금 荊州 지역과 길이 트였고 군사는 장군의 10배나 되는데, 거기에 孫 車騎將軍(孫權)이 파견한 동생과 李異(이이)와 甘寧(감녕)[263] 등이 후방을 지원하고 있습니다. 만약 主客之勢를 다투려 한다면 점유한 지역으로 비교해야 할 것이니, 이미 우리는 巴東과 廣漢郡, 犍爲郡 등을 점유하여 (益州의) 과반을 평정하였으며 巴西의 一郡도 분명히 장군의 소유가 아닐 것입니다.

益州에서 가장 믿을 수 있는 곳은 蜀郡이겠지만 지금 蜀郡도 이미 격파되어 3분의 2를 잃었고 吏民이 피곤하여 반란을 생각하는 民戶가 이미 10에 8입니다. 만약 적이 아주 먼 곳에 있을 때, 백성들은 병역과 노역을 감당하기 어렵지만, 적이 가까이에 있으면 백성들은 일단 새로운 강자에게 곧장 투항할 것입니다. 廣漢郡의 여러 현이 바로 이와 같았습니다. 또 (巴郡의) 魚復縣(어복현)과 關頭(관두) 지역은 益州의 禍福의 門戶라 할 수 있는데, 지금 두 출입 문호가 다 열려 있으며, 견고하다는 성도 모두 함락되었고, 여러 군영 또한 전부 격파되었으며 장졸이 함께 다 흩어졌는데, 우리의 군사는 여러 갈래 길로 병진하여 이미 익주의 중요 지역을 차지한 지금에, 장군께서 成都와 雒縣(낙현)만을 앉아 지키지만 存亡의 형세는 이미 분명해졌습니다. 이는 형세의 대략을 말한 것이고 그 외의 여러 비교나 나머지 사정이야말로 다할 수도 없습니다.

---

263 甘寧(감녕, ?-215년, 字興霸) - 巴郡 江縣(今 重慶市 忠縣) 사람. 東吳의 저명한 將郡, 유표를 섬기다가 重用되지 않자, 孫權 휘하의 周瑜(주유)에 투항하여 曹魏와 전쟁에서 혁혁한 전공을 세웠다. 孫權은 "孟德에게 張遼(장료)가 있다면 나에게는 興霸(흥패, 甘寧)가 있으니 말 상대할 수 있다."고 말했다. 《吳書》10권, 〈程黃韓蔣周陳董甘淩徐潘丁傳〉에 입전.

저 法正은 下愚(하우)인데도 이 상황은 다시 번복되기 어렵다는 것을 아는데, 하물며 명철하신 장군과 측근의 明智用謀하는 책사가 어찌 이런 상황의 수를 못 보겠습니까? 그 책사들이 겨우 아침저녁으로 요행수나 바라고 장군에게 아부나 하면서 먼 장래를 도모하지도 못하고, 진심으로 良策을 헌상하려는 책사는 아무도 없을 것입니다. 만약 상황이 궁박하게 쫓기게 되면 장수들은 각자 살 길을 찾으며, 가족만이라도 살리려고 이리저리 반복하고 변화를 따를 것이니, 지금의 상황과 딴판이 되어 장군을 위해 분명히 죽음으로 충성을 바치지 않을 것입니다. 그리고 장군의 일족은 우선 재앙을 당할 것입니다.

저 法正은 이미 불충하다는 비방을 받고 있지만 마음으로는 당신의 은덕을 버릴 수 없고, 名分과 그간의 情誼(정의)를 생각하면 정말로 가슴이 아플 뿐입니다. 左將軍은 본래 同姓을 찾아 군사를 거느리고 찾아왔기에 사실 옛 마음 그대로 장군을 박대할 마음은 없습니다. 어리석은 저의 생각은 장군께서 변화에 따르시며 尊門을 보전하셔야 합니다.」

| 原文 |

十九年, 進圍成都, 璋蜀郡太守許靖將逾城降, 事覺, 不果. 璋以危亡在近, 故不誅靖. 璋旣稽服, 先主以此薄靖不用也.

正說曰, "天下有獲虛譽而無其實者, 許靖是也. 然今主公始創大業, 天下之人不可戶說, 靖之浮稱, 播流四海, 若其不禮, 天下之人以是謂主公爲賤賢也. 宜加敬重, 以眩遠近, 追昔燕王之待郭隗."

先主於是乃厚待靖. 以正爲蜀郡太守,揚武將軍, 外統都畿,
內爲謀主. 一餐之德, 睚眥之怨, 無不報復, 擅殺毀傷己者數
人. 或謂諸葛亮曰,"法正於蜀郡太縱橫, 將軍宜啓主公, 抑其
威福." 亮答曰,"主公之在公安也, 北畏曹公之强, 東憚孫權
之逼, 近則懼孫夫人生變於肘腋之下. 當斯之時, 進退狼跋,
法孝直爲之輔翼, 令翻然翱翔, 不可復制, 如何禁止法正使不
得行其意邪!"

初, 孫權以妹妻先主, 妹才捷剛猛, 有諸兄之風, 侍婢百餘
人, 皆親執刀侍立, 先主每入, 衷心常凜凜.

亮又知先主雅愛信正, 故言如此.

| 국역 |

(建安) 19년(서기 214), (劉備는) 진격하여 成都(성도)를 포위했는
데, 劉璋의 蜀郡太守인 許靖(허정)[264]은 성을 넘어 투항하려다가 사
전에 발각되어 단행하지 못했다. 유장은 危亡이 목전이라서 허정을
죽이지는 않았다. 유장이 굴복한 뒤에 유비는 허정을 박대하며 등
용하지 않았다. 이에 法正(법정)이 말했다.

....
264 許靖(허정, 147－222, 字 文休) － 人物評論家으로 유명한 許劭(허소)의 堂兄, 촉
한의 太傅와 司徒 역임. 제갈량 다음 자리이나 실권은 없었다. 章武 2년(서기
222)에 노환, 병사.《蜀書》8권,〈許麋孫簡伊秦傳〉에 입전.

"천하에 헛 명성만 있고 실질이 없는 사람이 바로 허정입니다. 그러나 지금 主公께서는 大業을 처음 시작하셨기 때문에 가가호호에 이런 사연을 다 설명할 수도 없으며, 허정의 浮華(부화)한 칭송은 천하에 널리 퍼졌기에 허정을 예우하지 않는다면 세상 사람들은 主公께서 현자를 천대한다고 말할 것입니다. 그냥 대우하며 중시하여 원근의 이목에 부응하시면 마치 옛날 燕王이 郭隗(곽외)[265]를 대우한 것과 같을 것입니다."

先主는 이에 허정을 후대하였다. 법정은 蜀郡太守에 揚武將軍이 되었고, 도성과 畿內(기내)를 통솔하였고 조정의 謀主가 되었다. 법정은 한 끼 식사를 대접받은 작은 은덕이나 자신에게 눈을 한 번 흘긴 사소한 원망까지도 모두 보답하거나 보복하였고 마음대로 죽이거나 다치게 한 사람이 수십 명이었다. 그러자 어떤 사람이 제갈량에게 말했다.

"法正은 蜀郡에서 너무 멋대로 설처대고 있으니, 장군께서는 응당 主公에게 보고하여 법정의 위세를 억제해야 합니다."

이에 제갈량이 말했다.

"主公께서 지금 公安(공안)[266]에, 이는 북으로 조조의 강성과 동쪽으로는 손권의 위협에 대처하면서 가깝게는 孫夫人이 가까운 집안

----

265 郭隗(郭隗, 생졸년 미상) – 戰國 시대 燕國, 燕 昭王(소왕)의 重臣, 燕國을 강대국으로 변화시켜 靑史에 이름을 남긴 賢臣이 되었다. 昭王이 곽외에게 强國之策을 묻자, 곽외는 千金買骨의 예를 들며 "賢士를 모으려면 우선 곽외 자신에게 깍듯이 대우하면 곽외보다 훌륭한 인재들이 모여들 것이라."고 건의하였다. 소왕이 곽외를 크게 예우하자, 각국의 현사들이 소문을 듣고 만 리가 멀다 하지 않고 燕國으로 모여들었다.
266 公安(공안)은 지명. 군사 주둔지, 수 湖北省 남부 荊州市 관할 公安縣, 長江 남안.

에서 변란을 일으킬까 걱정하기 때문입니다. 이렇게 진퇴가 매우 난처한 상황에서 法孝直(法正)은 정사를 보필하는 중신으로 主公의 큰 뜻을 펼 수 있게 돕고 있어 법정을 억제할 수 없으니, 어떻게 해서 법정의 그런 속뜻을 견제할 수 있겠습니까!'

당초에, 孫權이 그 여동생을 유비에게 시집보냈는데, 孫夫人은 행동이 민첩하고 性情이 강렬하여 그 오빠들의(孫策, 孫權) 풍모가 있었으니, 侍婢(시비) 1백여 명이 모두 칼을 차고 시중을 들었기에 유비는 갈 때마다 마음속으로 늘 불안했었다.

제갈량은 유비가 법정은 한결같이 친애하고 신임한다는 사실을 잘 알고 있었기에 그렇게 말했었다.

| 原文 |

二十二年, 正說先主曰, "曹操一擧而降張魯, 定漢中, 不因此勢以圖巴,蜀, 而留夏侯淵,張郃屯守, 身遽北還, 此非其智不逮而力不足也, 必將內有憂偪故耳. 今策淵,郃才略, 不勝國之將帥, 擧衆往討, 則必可克. 克之之日, 廣農積穀, 觀釁伺隙, 上可以傾覆寇敵, 尊獎王室, 中可以蠶食雍,涼, 廣拓境土, 下可以固守要害, 爲持久之計. 此蓋天以與我, 時不可失也."

先主善其策, 乃率諸將進兵漢中, 正亦從行.

二十四年, 先主自陽平南渡沔水, 緣山稍前, 於定軍,興勢作營. 淵將兵來爭其地. 正曰, "可擊矣." 先主命黃忠乘高鼓

謀攻之, 大破淵軍, 淵等授首. 曹公西征, 聞正之策, 曰, "吾
故知玄德不辦有此, 必爲人所敎也."

| 국역 |

(建安) 22년(서기 217), 法正이 先主(유비)에게 말했다.

"조조가 단 한 번의 거병으로 張魯(장로)의 투항을 받고 漢中을
평정하면서, 그 형세를 이용하여 巴郡과 蜀郡을 원정하지 않고, 夏
侯淵(하후연)과 張郃(장합)을 남겨 주둔케 한 뒤에, 자신은 급거 북쪽
으로 돌아간 것은 지략이 모자라거나 군사력이 부족해서가 아니라
필히 내부에 급박한 우환이 있었기 때문입니다. 지금 방책으로 하
후연이나 장합의 책략은 일국의 장수 직분을 감당하기 어려우니,
우리가 군사를 동원하여 토벌한다면 틀림없이 이길 수 있습니다.
우리가 적을 물리친 다음에 농업에 힘써 군량을 비축하고 빈틈이나
기회를 보아 최상의 경우에는 적국을 뒤집어엎고 왕실을 받들 수
있고, 중책으로는 雍州나 涼州을 잠식하며 영역을 확장하고, 하책
이라도 要害地를 지켜 지구전의 방책을 펼 수 있습니다. 이는 아마
도 하늘이 우리에게 준 기회이니 이 시기를 놓칠 수 없습니다."

유비는 법정의 방책을 옳다고 생각하여 여러 장수를 거느리고 漢
中으로 진격하였는데 법정 역시 수행하였다.

(建安) 24년(서기 219)(漢中王 즉위 직전), 유비는 陽平關(양평
관)[267]에서 남쪽으로 沔水(면수)를 건너 산길을 따라 조금씩 전진하

----

267 당시 漢中郡 沔陽縣(면양현) 定軍山의 陽平關(양평관). 定軍山은, 今 陝西省
남부 漢中市 서쪽 勉縣(면현)에 소재.

여 定軍山(정군산) 興勢(흥세)란 곳에 군영을 설치하였다. 하후연은 군사를 거느리고 거기에서 싸웠다. 이에 법정은 "우리가 공격할 때입니다"라고 말했다. 유비는 黃忠(황충)에 명하여 북을 크게 치며 하후연을 공격하여 하후연의 군사를 대파하고 하후연의 목을 잘랐다.[268]

이에 조조는 군사를 거느리고 서쪽으로 원정하였는데, 법정의 방책을 전해 듣고서 말했다.

"나는 전부터 玄德이 이런 책모를 낼 수 없고, 누군가가 일러 주었으리라 생각했다."

原文

先主立爲漢中王, 以正爲尙書令, 護軍將軍. 明年卒, 時年四十五. 先主爲之流涕者累日. 謚曰翼侯. 賜子邈爵關內侯, 官至奉車都尉, 漢陽太守. 諸葛亮與正, 雖好尙不同, 以公義相取. 亮每奇正智術.

先主旣卽尊號, 將東征孫權以復關羽之恥, 群臣多諫, 一不從. 章武二年, 大軍敗績, 還住白帝. 亮嘆曰, "法孝直若在,

---

268 蜀의 군사가 하후연을 대파하며 하후연을 죽이자, 조조는 장안에서 군사를 거느리고 남쪽 원정에 올랐다. 이에 유비가 말하였다. "조조가 오더라도 할 일이 없을 것이다. 우리는 기어이 漢中을 지킬 것이다." 조조가 진격하자, 유비는 군사를 모아 험지에서 방어하며 끝내 교전하지 않았기에, 조조는 한 달이 지나도 점령하지 못했고 도망자는 날마다 늘어났다. 여름에, 조조는 군사를 인솔하여 퇴각했고, 유비는 결국 漢中郡을 차지하였다.

則能制主上, 令不東行, 就復東行, 必不傾危矣."

| 국역 |

劉備가 漢中王을 자칭한 뒤, 法正(법정)은 尙書令 겸 護軍將軍이 되었다. 법정은 다음 해에 죽었는데(서기 220년), 그때 45세였다. 한중왕은 여러 날 눈물을 흘렸다. 법정의 시호는 翼侯(익후)였다. 아들 法邈(법막)은 關內侯가 되었고, 奉車都尉와 漢陽太守를 역임하였다. 제갈량과 법정은 취향이 같지 않았지만 公義로 함께 협력하였다. 제갈량도 법정의 지략과 술책을 늘 기특하게 생각하였다.

先主가 제위에 오른 뒤에, 동쪽으로 손권을 원정하여 關羽(관우)가 당한 치욕을 복수하려 하자 여러 신하들이 간언을 올렸지만 한 결같이 받아들이지 않았다. 章武 2년(서기 222), 大軍은 패전한 뒤 白帝城으로 회군하였다. 이에 제갈량이 탄식하며 말했다.

"만약 法孝直(法正)이 살아 있었다면 주상을 제지하여 동쪽을 원정하지 못하게 했을 터이고,[269] 동쪽을 원정했더라도 위기에 처하지는 않았을 것이다."

---

269 유비와 조조의 전투에서 전세가 불리하여 퇴각해야 했는데도, 유비는 화를 내며 따르지 않자 감히 간언을 올리는 자가 없었다. 화살이 비처럼 쏟아질 때, 법정은 유비 앞에서 그대로 서 있었다. 유비가 "孝直은 화살을 피하라."라고 말하자, 법정이 말했다. "明公께서 矢石을 그대로 맞고 계신데, 하물며 제가 어찌 피하겠습니까?" 이에 유비가 말했다. "孝直! 내가 함께 철수하겠다."

| 原文 |

評曰, 龐統雅好人流, 經學思謀, 於時荊・楚謂之高俊. 法
正著見成敗, 有奇畫策算, 然不以德素稱也. 儗之魏臣, 統其
荀彧之仲叔, 正其程・郭之儔儷邪?

| 국역 |

陳壽의 評論 : 龐統(방통)은 품성이 인물평을 좋아했고, 經學과 책
모를 깊이 연구하여 당시 荊州와 楚 일대에 高雅한 俊傑(준걸)로 알
려졌다. 法正은 成敗를 정확하게 예측하고 기이한 책략이 뛰어났지
만 德行의 칭송은 없었다.

魏의 인물에 비교한다면, 龐統은 아마 荀彧(순욱)의 위 또는 아래
였고, 法正은 程昱(정욱)이나 郭嘉(곽가)의 짝이 될만했다.

38권 〈許麋孫簡伊秦傳〉(蜀書 8)
(허,미,손,간,이,진전)

❶ 許靖

|原文|

許靖字文休, 汝南平輿人. 少與從弟劭俱知名, 並有人倫臧否之稱, 而私情不協. 劭爲郡功曹, 排擯靖不得齒敍, 以馬磨自給. 潁川劉翊爲汝南太守, 乃擧靖計吏, 察孝廉, 除尙書郞, 典選擧. 靈帝崩, 董卓秉政, 以漢陽周毖爲吏部尙書, 與靖共謀議, 進退天下之士, 沙汰穢濁, 顯拔幽滯.

進用潁川荀爽, 韓融, 陳紀等爲公,卿,郡守, 拜尙書韓馥爲冀州牧, 侍中劉岱爲兗州刺史, 潁川張咨爲南陽太守, 陳留孔伷爲豫州刺史, 東郡張邈爲陳留太守, 而遷靖巴郡太守, 不就,補御史中丞. 馥等到官, 各舉兵還向京都, 欲以誅卓.

卓怒毖曰, "諸君言當拔用善士, 卓從諸君計, 不欲違天下人心. 而諸君所用人, 至官之日, 還來相圖. 卓何用查負" 叱毖令出, 於外斬之. 靖從兄陳相瑒, 又與伷合規, 靖懼誅, 奔伷.

伷卒, 依揚州刺史陳禕. 禕死, 吳郡都尉許貢, 會稽太守王朗素與靖有舊, 故往保焉. 靖收恤親里, 經紀振贍, 出於仁厚.

| 국역 |

許靖(허정)[270]의 字는 文休(문휴)로, 汝南郡(여남군) 平輿縣(평여현)[271] 사람이다. 젊어서는 從弟인 許劭(허소)[272]와 함께 이름이 알려졌고, 인물 품평[273]을 잘한다고 칭송을 들었지만 사적으로는 잘 어울리지 못했다. 허소는 郡의 功曹(공조)[274]였는데 허정을 배제해서

....

270 許靖(허정, 147 - 222, 字 文休) - 人物評論家으로 유명한 許劭(허소)의 당형, 촉한의 太傅와 司徒 역임, 제갈량 다음 자리이나 실권 없었다. 章武 2년(서기 222)에 노환, 병사.《蜀書》8권,〈許麋孫簡伊秦傳〉에 입전.

271 平輿縣은, 今 河南省 동남부 駐馬店市 관할 平輿縣.

272 許劭(허소) 字는 子將인데 汝南郡 平輿縣 사람이다. 젊어서도 높은 명망과 지조가 있었고 人物評을 좋아했다. 曹操가 미천할 때 늘 겸손한 말씨와 후한 예물로 자신의 미래를 점쳐달라고 했으나 허소는 조조의 인물됨을 낮게 평가하여 대답하지 않았는데, 조조가 어느 날 틈을 보아 허소를 협박하자, 허소는 할 수 없이 말했다. "君淸平之姦賊, 亂世之英雄.(君은 淸平한 시대에는 姦賊이나, 亂世에는 영웅이다.)" 이에 조조는 크게 좋아하며 돌아갔다.《後漢書》68권,〈郭符許列傳〉에 입전.

273 원문의 人倫(인륜)은 인물평론. 당시에 유행했던 시대풍조로 현세 인물이나 과거 인물에 대한 품평을 했다. 이런 풍조는 뒷날 淸議, 곧 淸談으로 발전하였다.

274 功曹(공조) - 郡 太守나 현령의 보좌관, 郡에는 功曹掾과 功曹史를 두었다. 鄕吏 중 首席, 태수 부재 시 직무대행.

함께 출사하지 못하고, 허정은 말(馬)이 끄는 방앗간으로(馬磨) 먹고 살았다.

潁川(영천) 사람 劉翊(유익)이 汝南 태수가 되자, 허정을 計吏(계리)로 발탁했다가 孝廉(효렴)으로 천거했고, 허정은 尚書郎을 제수받고 인재 선임을(選擧) 담당하였다.

靈帝가 붕어하자(서기 189), 董卓(동탁)이 정권을 장악했고, 漢陽郡 사람 周毖(주비)가 吏部 尚書가 되었는데, 허정과 함께 숙의하여 천하의 士人을 물리치거나 새로 등용하여 탐관오리를 도태시키고(沙汰穢濁), 알려지지 않았거나 억압된 인재를 등용하였다.

그리하여 潁川郡(영천군)의 荀爽(순상), 韓融(한융), 陳紀(진기) 등을 公이나 卿 또는 군수로 발탁하였으며, 尚書 韓馥(한복)을 冀州牧에, 侍中인 劉岱(유대)를 兗州(연주) 자사에, 潁川 張咨(장자)를 南陽 태수로, 陳留郡 출신 孔伷(공주)를 豫州 자사로, 東郡 출신 張邈(장막)을 陳留 태수로, 그리고 허정을 巴郡 태수로 승진케 하였으나, 허정이 지방관으로 부임하려 하지 않자 御史中丞에 보임하였다. 한복 등은 지방관으로 부임한 뒤, 각각 거병하여 京都(洛陽)로 진격하여 동탁을 주살하려고 했다.

이에 동탁은 화를 내며 周毖(주비)를 질책하였다.

"너희들이 善士를 발탁 등용한다 하여 내가 건의를 받아들인 것은 세상 민심을 거스르지 않으려는 뜻이었다. 그러나 당신들이 등용한 사람들이 부임하는 날부터 나를 공격하려 했다. 그러니 내가 어찌 믿을 수 있겠는가!"

그러면서 주비를 끌어내 밖에서 처형케 했다. 허정의 從兄인 陳

國의 相 許瑒(허창)은 (豫州자사) 孔伷(공주)와 함께 동탁 제거를 모의했는데 허정은 죽음이 두려워 공주에게 도망갔다.

공주가 죽자, 허정은 揚州 자사인 陳禕(진의, 禕는 아름다울 의)에게 의지하였다. 뒤에 진의가 죽자 吳郡 都尉인 許貢(허공),[275] 會稽(회계) 태수인 王朗(왕랑) 등이 평소에 친분이 있었기에 허정은 그들을 찾아 몸을 의탁했다. 허정은 평소에 향리의 친척들을 잘 거두어 보살피며 생계를 도와주었는데, 이는 그의 인자 후덕한 마음이었다.

| 原文 |

孫策東渡江, 皆走交州以避其難, 靖身坐崖邊, 先載附從, 疏親悉發, 乃從後去, 當時見者莫不嘆息. 旣至交阯, 交阯太守士燮濃加敬待. 陳國袁徽以寄寓交州, 徽與尙書令荀彧書曰,

「許文休英才偉士, 智略足以計事. 自流宕已來, 與群士相隨, 每有患急, 常先人後已, 與九族中外同其飢寒流. 其紀綱同類, 仁恕惻隱, 皆有效事, 不能復一二陳之耳.」

鉅鹿張翔銜王命使交部, 乘勢募靖, 欲與誓要, 靖拒而不許.

----

275 孫堅(손견)의 기반을 이어받은 孫策은 豫章太守 華歆(화흠)의 항복을 받으며 세력을 키웠고, 자신을 曹操에게 모함한다고 吳郡太守 許貢(허공)을 죽였다. 그러나 사냥하던 중에 許貢의 家客에게 습격당해 큰 부상을 당한다. 치료 과정에서 道士 于吉(우길)을 죽이나 孫策은 그 虛像에 시달리다가 26세에 죽었다.

| 국역 |

孫策(손책)이 동쪽으로 진출하여 長江을 건너 정벌하자, 많은 백성들이 交州(교주)[276]로 피난하였는데, 許靖(허정)은 해안에 거주하고 있어 자신을 따라온 사람들을 먼저 태워 보내고, 멀고 가까운 친척이 다 출발한 다음에 뒤를 따라갔는데, 이를 본 사람 모두가 감탄하였다.[277]

허정 일행이 交阯(교지)에 도착하자, 交阯 太守인 士燮(사섭)[278]은 허정을 크게 공경하며 우대하였다. 陳國 출신 袁徽(원휘)는 그때 交州에 기거하고 있었는데 원휘가 尙書令 荀彧(순욱)에게 서신을 보내 말했다.

「許文休(許靖)는 영재에 걸출한 士人으로 지략이 많아 국가 대사를 잘 해결할 것입니다. 각지를 떠돌았지만 많은 사인들이 허정을 따르고, 허정은 어려운 일을 당하여 다른 사람을 먼저 돌보고 자신을 나중에 생각하며, 그 九族과 원근 친우와 함께 추위와 굶주림을 견디고 있습니다. 허정은 동료 모두에게 모범이 되고 많은 사람에게 인자하며 측은히 여겨 보살피는데, 이런 일은 모두 사실이나 여

----

276 交州(교주) - 자사부로서 교주자사부의 치소는 交阯郡(교지군) 龍編縣으로, 今 越南國 河內(하노이)市 동쪽에 있었다. 交阯라면 일반적으로 廣東省, 廣西壯族自治區(廣西省) 및 越南 북부 지역을 지칭한다.

277 避世(피세)나 避難(피난)은 결국 安危에 관한 識見일 것이다. 孫策이 袁術의 휘하에 있다가 장강을 건너와 자신의 세력 근거지를 확보하려는 뜻이었는데, 아무런 이해관계도 없는 백성이 그것도 하나의 문중 수백 명이 풍토가 완전히 다른 남방으로 왜 이주를 해야 했는지 이해하기 어렵다. 결국 허정의 眼目인데, 그를 지략이 풍부하다고 할 수 있겠는가?

278 士燮(사섭, 137 - 226년, 字 威彦) - 후한 말 삼국 초기에 交阯 일대를 사실상 장악했던 군벌의 한 사람.

기서 하나하나 열거하지는 않겠습니다.」

　鉅鹿郡(거록군) 출신 張翔(장상, 字 元鳳)은 왕명으로 교지자사부에
출장왔다가 기회를 보아 허정을 초치하여 우정을 다진 뒤에 등용코
자 했으나 허정은 거부하며 허락지 않았다.

| 原文 |

　靖與曹公書曰,

「世路戎夷, 禍亂逾合, 駑怯偸生, 自竄蠻貊, 成闊十年, 吉
凶禮廢. 昔在會稽, 得所貽書, 辭旨款密, 久要不忘. 迫於袁術
方命圮族, 扇動群逆, 津塗四塞, 雖縣心北風, 欲行靡由. 正禮
師退, 術兵前進, 會稽傾覆, 景興失據, 三江五湖, 皆爲虜庭.

　臨時困厄, 無所控告, 便與袁沛,鄧子孝等浮涉滄海, 南至
交州. 經歷東甌,閩,越之國, 行經萬里, 不見漢地, 漂薄風波,
絶糧茹草, 飢殍荐臻, 死者大半. 旣濟南海, 與領守兒孝德相
見, 知足下忠義奮發, 整飭元戎, 西迎大駕, 巡省中嶽. 承此
休問, 且悲且憙, 卽與袁沛及徐元賢復共嚴裝, 欲北上荊州.
會蒼梧諸縣夷,越蜂起, 州府傾覆, 道路阻絶, 元賢被害, 老弱
並殺.

　靖尋循渚崖五千餘里, 復遇疾癘, 伯母隕命, 並及群從, 自
諸妻子, 一時略盡. 復相扶侍, 前到此郡, 計爲兵害及病亡者,

十遺一二. 生民之艱, 辛苦之基, 豈可具陳哉! 懼卒顚仆, 永
爲亡虜, 憂瘁慘慘, 忘寢與食.

欲附奉朝貢使, 自獲濟通, 歸死闕庭, 而荊州水陸無津, 交
部驛使斷絶. 欲上益州, 復有峻防, 故官長吏, 一不得入. 前
令交阯太守士威彦, 深相分托於益州兄弟, 又靖亦自與書, 辛
苦懇惻, 而復寂寞, 未有報應. 雖仰瞻光靈, 延頸企踵, 何由
假翼自致哉?」

| 국역 |

許靖(허정)이 曹公에게 서신을 보냈다.

「지금 이 세상에 戰亂이 사방에서 일어나고 禍亂(화란)이 이어져
서 힘없는 백성이 겨우 살아가는데, 만이들의 땅으로 숨어든지 어언
10년에 吉禮나 凶禮도 지키지 못하였습니다. 예전에 會稽(회계)에
살면서 公께서 보낸 서신을 받았는데 言辭가 아주 너그럽고 친밀하
여 오랜 세월이 지나도 잊을 수 없었습니다. 袁術(원술)이 문중을 없
애라는 명령으로 많은 역도들을 선동하자, 피난하려는 백성으로 나
루나 길이 모두 막혔었고, 마음은 북방에 있어 돌아가고자 했지만
이주할 길이 없었습니다. 劉正禮(유정례)의 군사가 패망하고 원술의
군사가 前進하여 會稽(회계) 일원이 붕괴되었으며, 景興(경흥)은 근
거를 잃었고 三江 五湖의 땅이 모두 도적(원술)의 땅이 되었습니다.

그 당시의 곤경과 액운은 어디에도 하소연할 수 없어 袁沛(원패),
鄧子孝(등자효) 등과 함께 큰 바다를 건너 남쪽으로 交州에 도착하

였습니다. 東甌(동구)와 閩(민), 越(월) 등의 땅을 지나 1만 리를 내려오니 중원의 땅은 볼 수 없고, 풍파에 시달렸으며 식량이 없어 풀을 뜯어먹었고, 굶어 죽은 시신이 곳곳에 널렸으니 일행도 절반이 넘게 죽었습니다.

南海를 건너 南海郡[279] 태수인 兒孝德(예효덕)과 相見하여 귀하께서 忠義로 분발하시어 군사를 정비하시고, 서쪽에서 황제를(獻帝) 영입하였으며 중원을 순시하며 질서를 수복하셨음을 알았습니다. 이런 기쁜 소식을 듣고 한편으로는 슬프면서 기뻤으니, 즉시 袁沛(원패) 및 徐元賢(서원현)과 함께 다시 여장을 챙겨 북쪽 형주로 올라가려고 했습니다. 마침 蒼梧郡(창오군)[280]의 내 여러 현에서 蠻夷와 越人이 봉기하여 州府가 점령당하고 道路가 막혔으며 徐元賢(서원현)도 피살되었고 일가의 노약자가 모두 살해되었습니다.

저 許靖은 다시 연안을 따라 5천여 리를 더 피난하였는데, 다시 전염병이 돌아 伯母가 돌아가셨으며 저를 따르던 무리와 처자들 마저 일시에 모두 잃었습니다. 이에 다시 서로를 부축하여 교지군에 이르렀는데, 그동안 亂兵이나 질병으로 모두를 잃어 10에 1, 2정도만 남았습니다. 백성의 어려움과 무서운 고난의 실상을 어찌 다 말할 수 있겠습니까! 저는 여기서 죽거나 아니면 영원히 떠도는 망혼이 될 것 같아 두렵기만 하고 마음이 울적하고 근심으로 침식을 잊었습니다.

조정에 공물을 헌상하는 사자를 따라 돌아갈 수 있어 조정에서 여생을 마치고 싶으며, 또 여기서는 荊州로 통할 길도 없고 교지자

279 南海郡 治所는 番禺縣(번우현), 今 廣東省 廣州市 越秀區 일대.
280 交州 蒼梧郡, 治所는 廣信縣. 今 廣西省 동부 梧州市.(廣東省과의 접경).

사부의 郵驛(우역)의 길도 끊어졌습니다. 益州(익주)로 돌아가려 하나, 관문 통행을 엄격하게 막고 있어 관리 한 사람도 들어갈 수 없다고 합니다. 앞서 명령을 받은 交阯 태수 士威彦(사위언, 士燮)은 익주의 형제들에게 저를 간절히 부탁하였고, 저도 서신을 보내 쓰라린 고생에 시달리는 어려움을 말했지만 다시 소식이 끊겨 아무런 응답이 없습니다. 비록 공의 훌륭하신 공적을 흠모하여 목을 빼고 발꿈치를 들어 간절히 바라지만, 그렇다고 어찌 날아갈 수가 있겠습니까?」

| 原文 |

「知聖主允明, 顯授足下專征之任, 凡諸逆節, 多所誅討, 想力競者一心, 順從者同規矣. 又張子雲昔在京師, 志匡王室, 今雖臨荒域, 不得參與本朝, 亦國家之藩鎭, 足下之外援也.

若荊, 楚平和, 王澤南至, 足下忽有聲命於子雲, 勤見保屬, 令得假途由荊州出, 不然, 當復相紹介於益州兄弟, 使相納受. 倘天假其年, 人緩其禍, 得歸死國家, 解逋逃之負, 泯驅九泉, 將復何恨! 若時有險易, 事有利鈍, 人命無常, 隕沒不達者, 則永銜罪責, 入於裔土矣.」

| 국역 |

「저는 聖明하신 主君의 叡智(예지)로 귀하에게 평정의 大任을 맡기는 그 뜻을 분명히 알고 충절을 거역하는 모든 세력을 토벌하시

고, 함께 힘써 애쓰며 公과 한 뜻으로 순종하리라고 생각합니다. 또 張子雲(장자운)[281]이 예전 京師에 있으면서 漢室을 도우려는 뜻을 세웠지만, 지금은 변방에 재직하느라고 本朝에 참여할 수 없지만, 이 역시 國家의 藩鎭(번진)이니 공께 外援(외원)의 힘이 될 것입니다.

만약 荊州나 楚地가 평정이 된다면, 이는 황실의 은택에 남쪽에도 미치는 것이며, 귀하께서는 마음대로 장자운에게 명령하여 은근히 복속해야 한다는 뜻을 내비치며, 제가 형주 쪽으로 진출할 수 있게 해주시거나, 아니면 다시 益州에 있는 (士爕의) 형제들에게 저를 소개하여 저를 영입할 수 있게 도와주시기 바랍니다. 만약(倘) 하늘이 나에게 그러한 기회를 주신다면 世人들에 당하는 화를 면하게 되고 중원의 조정에 돌아가 죽을 수 있고 도망자라는 부담을 벗어버릴 것이니, 구천에 묻힌다 한들 다시 무슨 여한이 있겠습니까? 만약 시세가 험난하든 용이하든, 사정이 유리하든 불리하든, 인명은 무상하거늘, 제가 뜻을 이루지 못하고 죽는다면 영원히 죄를 지고 가는 것이니 변방의 땅에 그냥 묻혀버릴 것입니다.」

|原文|

「昔營邱翼周, 杖鉞專征, 博陸佐漢, 虎賁警蹕. 今日足下扶危持傾, 爲國柱石, 秉師望之任, 兼霍光之重, 五侯九伯, 制御在手, 自古及今, 人臣之尊未有及足下者也. 夫爵高者憂深,

281 張子雲은 張津(장진). 南陽 출신, 交州刺史 역임.

祿濃者責重. 足下據爵高之任, 當責重之地, 言出於口, 卽爲賞罰, 意之所存, 便爲禍福. 行之得道, 卽社稷用寧, 行之失道, 卽四方散亂.

國家安危, 在於足下, 百姓之命, 縣於執事. 自華及夷, 顒顒注望. 足下任此, 豈可不遠覽載籍廢興之由, 榮辱之機, 棄忘舊惡, 寬和群司, 審量五材, 爲官擇人? 苟得其人, 雖讎必擧, 苟其非人, 雖親不授. 以寧社稷, 以濟下民, 事立功成, 則繫音於管弦, 勒勳於金石, 願君勉之! 爲國自重, 爲民自愛.」

翔恨<u>靖</u>之不自納, 搜索<u>靖</u>所寄書疏, 盡投之於水.

| 국역 |

「옛날 營邱(영구, 姜太公)[282]가 周 왕실을 보필하였고, (周 武王은) 창과 도끼를 내려 원정을 전담케 하였으며, 博陸侯〔박륙후, 霍光(곽광)〕[283]가 漢 宣帝를 보필할 때 虎賁(호분)의 군사는 통행을 금지시켰습니다(警蹕, 경필).

오늘날 귀하께서는 기울어가는 漢室을 보필하는 나라의 柱石이며, 太公望(呂尙)과 같은 大任을 수행하시고, 또 霍光(곽광) 같은 重責을 다하시고 나라의 제후나 九卿을 직접 통제하시니 예로부터 지

----

282 營邱(영구)는 姜太公을 봉한 땅. 지명. 강태공은 齊國의 개국 시조, 今 山東省 중부 淄博市(치박시) 臨淄區 일원.
283 霍光(곽광, ?-前 68년, 字 子孟) - 선제를 영입 보필한 麒麟閣 11功臣의 첫째. 大司馬, 大將軍 역임. 博陸侯, 시호 宣成. 漢 武帝, 昭帝, 宣帝를 섬김. 곽광 사후 2년만에 모반죄로 멸족.

금까지 人臣으로 귀하처럼 고귀한 사람은 없었습니다.

작위가 높은 자는 걱정이 많고, 녹봉이 많은 사람은 책임이 중하다고 하였습니다. 귀하께서는 높은 작위와 중책의 지위에 오르셨으니, 말이 나오면 그것이 바로 포상이고 징벌이며 하고자 하는 바가 곧 보통 사람의 禍福이 됩니다. 귀하의 행실이 도에 부합하면 社稷(사직)이 평안하지만 만약 부합하지 않으면 천하 사방이 혼란에 빠질 것입니다.

이처럼 국가의 안위와 백성의 성명이 귀하의 손에 달렸습니다. 華夏나 만이가 모두 귀하를 우러러 기대하고 있습니다. 그러니 이러한 대임을 받은 귀하가 어찌 먼 옛날 전적에 실린 歷代 興廢(흥폐)의 원인이나 榮辱(영욕)이 계기를 읽지 않을 수 있겠으며, 구악을 잊고 관용과 온화로 백관을 이끌며 인의예지신의 능력을 살펴 관리를 선임하지 않을 수 있겠습니까? 정말로 얻으려 하는 적임자라면 비록 원수가 천거하더라도 등용할 것이며, 그 적임자가 아니라면 친속이라도 임용하지 않을 것입니다. 그리하여 사직을 편안케 하고 세상 백성을 구제하면서 대업을 성취하신다면 귀하를 칭송하는 아악이 만들어지고 공훈은 금석에 새겨질 것이니, 바라옵건대 귀하께서는 힘써 주십시오. 나라를 위하여 자중하시고 백성을 위해 자애하시길 빕니다.」

(鉅鹿郡 출신) 張翔(장상)은 허정이 자신의 結交를 받아주지 않았다 하여 허정이 올린 여러 서신이나 상소를 모두 강물에 던져버렸다.

後劉璋遂使使招靖, 靖來入蜀. 璋以靖爲巴郡,廣漢太守.
南陽宋仲子於荊州與蜀郡太守王商書曰, "文休倜儻瑰瑋, 有
當世之具, 足下當以爲指南."

建安十六年, 轉在蜀郡. 十九年, 先主克蜀, 以靖爲左將軍
長史, 先主爲漢中王, 靖爲太傅. 及卽尊號, 策靖曰,

「朕獲奉洪業, 君臨萬國, 夙宵惶惶, 懼不能綏. 百姓不親,
五品不遜, 汝作司徒, 其敬敷五敎, 在寬. 君其勖哉! 秉德無
怠, 稱朕意焉.」

뒷날 劉璋(유장)은 사람을 보내 許靖(허정)을 초빙하였고, 허정은
(益州) 蜀郡에 들어갔다. 유장은 허정을 巴郡과 廣漢太守에 임명하
였다. 南陽郡의 宋仲子(송중자)는 荊州에서 蜀郡 태수 王商(왕상, 字
文表)에게 보낸 서신에서 말했다.

"文休(許靖)는 풍류도 빼어나고(倜儻, 척당) 인품도 훌륭하며(瑰
瑋, 괴위), 세상을 다스리는 능력도 있으니 足下께서는 본보기로(指
南) 삼아도 괜찮을 것입니다."

建安 16년(서기 211), 허정은 蜀郡 태수로 전임했다. (建安) 19년,
유비가 촉군을 차지하고서는 허정을 左將軍府 長史[284]에 임명했고,

---

284 長史는 丞相, 太尉, 公, 將軍, 太守의 속관, 승상의 장사는 승상의 비서실장
격. 태수의 속관은 군사에 관한 일 담당. 질록 6백석~1천석.

유비가 漢中王이 되자 허정은 太傅(태부)가 되었다. 유비는 제위에 오른 뒤 허정에게 책서를 내렸다.

「짐은 대업을 이어 받아 萬國을 다스리면서 밤낮으로 불안하며 두려움에 마음 편할 수가 없도다. 百姓이 서로 친애하지 않고 五品[285]이 和順하지 않나니, 그대를 司徒(사도)에 임명하니 경애하며 五教[286]를 널리 실천케 하되 관용을 바탕으로 하면 君은 더욱 힘쓸지어다! 덕행의 실천에 나태하지 않아야 짐의 뜻에 부합할지어다.」

| 原文 |

靖雖年逾七十, 愛樂人物, 誘納後進, 淸談不倦. 丞相諸葛亮皆爲之拜.

章武二年卒. 子欽, 先靖夭沒. 欽子游, 景耀中爲尙書.

始靖兄事潁川陳紀, 與陳郡袁渙,平原華歆,東海王朗等親善, 歆,朗及紀子群, 魏初爲公輔大臣, 咸與靖書, 申陳舊好, 情義款至, 文多故不載.

| 국역 |

許靖(허정)은 비록 70세가 넘었어도 널리 여러 사람과 교제하면서 후진을 이끌고 격려하였으며 淸談을 즐겼다. 丞相 諸葛亮도 허

정에게는 늘 배례했다.

허정은 章武 2년(서기 222)에 죽었다. 아들 許欽(허흠)은 허정보다 먼저 죽었다. 허흠의 아들 許游(허유)는 (後主) 景耀(경요) 연간에 (서기 258 – 263) 尙書가 되었다.

그전에 허정은 潁川郡 陳紀(진기)를 兄으로 섬겼고, 陳郡의 袁渙(원환), 平原郡의 華歆(화흠), 東海郡의 王朗(왕랑)[287] 등과 가까이 지냈다. 화흠, 왕랑 및 진기의 아들 陳群(진군)[288]은 魏初에 三公을 돕는 大臣이었는데, 모두 허정에게 서신을 보내 옛정을 서술했는데 그 정의가 아주 돈독하였지만 문장이 길어 수록하지 못했다.

❷ 麋竺

| 原文 |

麋竺字子仲, 東海胊人也. 祖世貨殖, 僮客萬人, 貲産鉅億. 後徐州牧陶謙辟爲別駕從事. 謙卒, 竺奉謙遺命, 迎先主於小沛.

建安元年, 呂布乘先主之出拒袁術, 襲下邳, 虜先主妻子.

----

287 華歆(화흠)은 《三國演義》의 묘사로 지저분한 인물이 되었지만, 인품과 학식이 바르고 隱士 管寧(관녕)과 좋은 관계를 유지했다. 다만 전혀 다른 길을 걸었을 뿐이다. 王朗(왕랑)은 고관을 두루 역임하며 부지런히 상소하였지만 그 효과는 크지 않았다. 《魏書》13권, 〈鍾繇華歆王朗傳〉에 입전.

288 陳羣(진군)은 司空을 역임했는데, 바른 인품에 매우 유능한 문신이었다. 《魏書》22권, 〈桓二陳徐衛盧傳〉에 입전.

先主轉軍廣陵海西, 竺於是進妹於先主爲夫人, 奴客二千, 金
銀貨幣以助軍資, 於時困匱, 賴此復振. 後曹公表竺領嬴郡太
守,

竺弟芳爲彭城相, 皆去官, 隨先主周旋. 先主將適荊州, 遣
竺先與劉表相聞, 以竺爲左將軍從事中郎. 益州旣平, 拜爲安
漢將軍, 班在軍師將軍之右.

竺雍容敦雅, 而幹翮非所長. 是以待之以上賓之禮, 未嘗有
所統御. 然賞賜優寵, 無與爲比.

| 국역 |

麋竺(미축)[289]의 字는 子仲(자중)으로 東海郡 朐縣(구현) 사람이다.
위 조상 때부터 상업에 종사하였고 하인이 1만여 명이었고, 재산은
수 억에 달했다.[290] 뒷날 徐州牧인 陶謙(도겸)[291]의 부름을 받아 別駕

....
289 麋竺(미축, ?-221년, 字 子仲) - 麋는 큰 사슴 미. 竺은 대나무 축. 나라 이름.
徐州 東海郡 朐縣(今 江蘇省 북단 해안 連雲港市) 출신, 蜀漢의 官吏, 孫乾(손
건), 簡雍(간옹)과 함께 최고 대우를 받았던 신하. 본래 徐州의 富商으로 유비
에게 여동생을 아내로 주고(麋夫人) 아울러 많은 노비와 재물을 보냈다. 《三
國演義》에는 糜竺(미축, 糜는 죽 미)으로 기록되었다.
290 《搜神記》에 다음과 같은 기록이 있다. 「미축이 낙양에서 집으로 돌아오는 길
에 어떤 부인이 태워 달라고 하자, 미축이 태워 몇 리를 갔는데 부인이 내리
면서 말했다. "나는 하늘의 심부름으로 지금 미축의 집에 불을 지르러 가는
데, 나를 태워줘서 고맙기에 미리 일러 줍니다."라고 말했다. 미축이 그러지
말라고 사정했으나 부인은 어서 가라고 말했다. 미축은 서둘러 집에 와서 주
요 재물을 모두 옮겼는데 과연 한낮이 지나자 집안에서 알 수 없는 불이 났
다.」이는 미축의 성품이 인자 온화하여 하늘의 도움을 받았다는 뜻으로 해석
할 수 있다.

從事가 되었다. 도겸이 죽자, 미축은 도겸의 유언을 받들어 유비를 小沛(소패)로 영입하였다.

建安 원년(서기 196), 呂布(여포)는 유비가 袁術(원술)과 싸우러 나간 사이에 下邳(하비) 성을 습격하여 유비의 처자를 사로잡았다. 유비는 廣陵郡 海西縣로 군사를 옮겨 주둔하였는데, 미축은 이때 여동생을 유비에게 부인으로 보내며 노비 2천 명과 金銀과 재물을 軍資로 보내주었는데 궁핍하던 유비는 다시 세력을 펼 수 있었다. 뒷날 조조는 표문을 올려 미축을 嬴郡(영군)[292] 태수를 대행케 하였다.

미축의 동생 麋芳(미방)은 彭城國 相이었는데 관직을 버리고 유비를 따라 사방을 유랑하였다. 유비가 荊州(형주)로 진군할 때, 유비는 미축을 유표에게 먼저 보내 서로 알렸으며, 미축을 左將軍 從事中郎에 임명하였다. 益州가 평정된 뒤에 미축은 安漢將軍이 되었는데, 서열로는 軍師將軍(諸葛亮)보다 높았다.

미축은 점잖고 우아하였으며, 전투나 모략에는 재간이 없었다. 이 때문에 유비는 미축을 上賓의 예로 섬기었고 군사는 거느리지 않게 하였다. 그러나 여러 하사품이나 총애로 볼 때, 미축은 최고의 대우를 받았다.

....

291 陶謙(도겸, 132 - 194, 字는 恭祖) - 丹陽郡(縣, 今 安徽省 馬鞍山市 博望區) 사람. 《後漢書》 73권, 〈劉虞公孫瓚陶謙列傳〉에 立傳. 《魏書》 8권, 〈二公孫陶四張傳〉에 입전. 陶謙(도겸)은 《三國演義》를 통해 친숙한 이름이지만 실상은 그렇지 못했고 역시나 무능했다. 曹操가 피살된 부친의 원수를 갚는다고 도겸 관내의 여러 현의 무고한 백성을 殲滅(섬멸)했는데, 잔악한 조조의 행위에 분노하면서 그런 결과를 초래한 근본은 역시 도겸의 무능이었다.

292 嬴郡(영군) - 후한 建安 연간에 泰山郡을 분할하여 설치한 군. 치소 嬴縣(영현), 今 山東省 중부 萊蕪市 일원.

|原文|

芳爲南郡太守, 與關羽共事, 而私好攜貳, 叛迎孫權, 羽因覆敗. 竺面縛請罪, 先主慰諭以兄弟罪不相及, 崇待如初. 竺慚恚發病, 歲餘卒. 子威, 官至虎賁中郎將. 威子照, 虎騎監. 自竺至照, 皆便弓馬, 善射御云.

|국역|

麋芳(미방)은 南郡 태수였는데, 주둔한 關羽(관우)와 함께 일을 했지만 보이지 않는 不和가 있어 두 마음을 품었다가 반기를 들어 손권을 불러들였으며, 그 때문에 관우는 패망에 이르렀다.

미축은 목에 밧줄을 걸고 請罪하였지만, 先主는 오히려 위로하면서 형제간의 죄는 연루되지 않는다면서 처음 그대로 대우하였다. 미축은 부끄럽고 창피하여 결국 병이 나서 1년 만에 죽었다.

아들 麋威(미위)는 虎賁中郎將을 지냈다. 미위의 아들 麋照(미조)는 虎騎監(호기감)이었다. 미축에서 미조에 이르는 3대가 모두 궁술과 승마에 뛰어났고, 騎射(기사)와 御車(어거)에도 능했다고 한다.

❸ 孫乾

|原文|

孫乾字公佑, 北海人也. 先主領徐州, 辟爲從事, 後隨從周

旋. 先主之背曹公, 遣乾自結袁紹, 將適荊州, 乾又與麋竺俱
使劉表, 皆如意指.

後表與袁尙書, 說其兄弟分爭之變, 曰, "每與劉左將軍, 孫
公佑共論此事, 未嘗不痛心入骨, 相爲悲傷也."

其見重如此. 先主定益州, 乾自從事中郞爲秉忠將軍, 見禮
次麋竺, 與簡雍同等. 頃之, 卒.

| 국역 |

孫乾(손건)[293]의 字는 公佑(공우)로, 北海郡 사람이다. 先主가 徐州
를 차지했을 때 손건을 불러 從事에 임명했고, 이후 손건은 유비를
따랐다. 유비가 조조와 결별할 때 유비는 손건을 원소에 보내 연결
케 했고, 유비가 형주를 찾아갈 때도 손건은 미축과 함께 劉表에게
사자로 가서 뜻대로 일을 성사시켰다.

뒷날 유표는 (원소의 아들) 袁尙에게 편지를 보냈는데, 그 편지에
원상 형제의 분쟁을 언급하며 "늘 劉左將軍(유비)와 孫公佑(孫乾)
과 함께 이를 논의하면서 언제나 뼈에 사무치도록 마음 아파하며
슬퍼하지 않은 적이 없다."라고 말했다.

유비는 이처럼 손건을 중히 여겼다. 유비가 益州을 차지한 뒤에,
손건은 從事中郞에서 秉忠將軍이 되었고, 예우는 麋竺(미축) 다음으

....

293 孫乾(손건, 생졸년 미상, 字 公祐) ─ 靑州 北海郡 출신. 北海郡 치소는 劇縣, 今
山東省 중부 濰坊市(유방시) 昌樂縣. 손건은 유비가 徐州에 있을 때 손건을
발탁했고 이후 유비와 행동을 같이했다. 簡雍(간옹), 麋竺(미축)과 함께 촉한
의 원로 신하. 유비의 각별한 대우를 받았다.

로 簡雍(간옹)과 같았다. 얼마 뒤에 손건은 죽었다.

❹ 簡雍

|原文|

簡雍字憲和, 涿郡人也. 少與先主有舊, 隨從周旋. 先主至荊州, 雍與麋竺,孫乾同爲從事中郎, 常爲談客, 往來使命. 先主入益州, 劉璋見雍, 甚愛之. 後先主圍成都, 遣雍往說璋, 璋遂與雍同輿而載, 出城歸命.

先主拜雍爲昭德將軍. 優游風議, 性簡傲跌宕, 在先主坐席, 猶箕踞傾倚, 威儀不肅, 自縱適. 諸葛亮已下則獨擅一榻, 項枕臥語, 無所爲屈.

時天旱禁酒, 釀者有刑. 吏於人家索得釀具, 論者欲令與作酒者同罰. 雍與先主游觀, 見一男女行道, 謂先主曰. "彼人慾行淫, 何以不縛?" 先主曰, "卿何以知之?" 雍對曰, "彼有其具, 與欲釀者同."

先主大笑, 而原欲釀者. 雍之滑稽, 皆此類也.

|국역|

簡雍(간옹)²⁹⁴의 字는 憲和(헌화)로, 涿郡(탁군) 사람이다. 젊어 유

---

294 簡雍(간옹, 생졸년 미상, 字 憲和) - 本姓名 耿雍(경옹), 幽州 涿郡 涿縣(今 河北

비와 친했으며 유비를 따라 온 곳을 돌아다녔다. 유비가 荊州에 들어갈 때, 간옹과 麋竺(미축), 孫乾(손건)이 모두 從事中郞으로 손님과 늘 담소하거나 명을 받아 사자로 왕래했다.

유비가 익주에 들어갈 때, 劉璋(유장)은 간옹을 만나보고 매우 친애하였다. 뒷날 유비가 成都(성도)를 포위했을 때, 간옹을 보내 유장을 설득케 했고, 유장은 간옹과 같은 수레를 타고 나와 유비에게 투항하였다.

유비는 간옹을 昭德將軍으로 삼았다. 간옹은 그 풍모와 威儀(위의)에 꾸밈이 없었고 성격은 단순 고매하면서 매인 데가 없었으니, 유비가 있는 좌석에서도 다리를 벌리고 앉거나 기대어 앉아서 체면에 얽매이지 않고 늘 마음대로 자유로웠다. 諸葛亮 이하 관원 앞에서는 혼자 榻床(탑상, 걸상)을 하나 차지하고 팔로 목을 베고 누워 이야기를 나누면서 조금도 위축되지 않았다.

어느 때, 날이 가물어 禁酒令을 내리고 술을 양조하는 자를 형벌에 처했다. 관리는 민가를 수색하여 양조도구가 나오면 술을 제조한 것과 같이 처벌케 하였다. 간옹과 유비가 놀러 나왔다가 길을 가는 남녀를 보자, 간옹에 유비에게 말했다.

"저 사람들이 음행을 할 것인데 왜 잡아 결박하지 않습니까?"

유비가 "어떻게 알았느냐?"고 물었다. 그러자 간옹이 말했다.

"저 남녀가 그 도구를 갖고 있으니, 술을 담그려는 백성과 똑같이 체포해야 합니다."

省 涿州市) 사람. 劉備와 동향인, 젊어서부터 아는 사이. 孫乾, 麋竺(미축)과 함께 蜀漢의 원로, 소절에 구애받지 않았으며 농담을 즐겼다.

유비는 대소하면서 술을 제조하려 했다는 백성을 모두 사면하였다. 간옹의 滑稽(골계, 농담)는 대개 이런 식이었다.

❺ 伊籍

| 原文 |

伊籍字伯機, 山陽人. 少依邑人鎭南將軍劉表. 先主之在荊州, 籍常往來自托. 表卒, 遂隨先主南渡江, 從入益州. 益州旣定, 以籍爲左將軍從事中郎, 見待亞於簡雍, 孫乾等. 遣東使於吳, 孫權聞其才辨, 欲逆折以辭.

籍適入拜, 權曰, "勞事無道之君乎?" 籍卽對曰, "一拜一起, 未足爲勞." 籍之機捷, 類皆如此, 權甚異之. 後遷昭文將軍, 與諸葛亮, 法正, 劉巴, 李嚴共造《蜀科》.《蜀科》之制, 由此五人焉.

| 국역 |

伊籍(이적)[295]의 字는 伯機(백기)로, 山陽郡 사람이다. 젊어서는 같은 고향 사람인 鎭南將軍 劉表(유표)에 의지했었다. 유비가 荊州에 있을 때, 이적은 늘 유비를 따랐고 자신을 의탁했다. 유표가 죽자 (서기 208), 유비를 따라 남으로 長江을 건너 益州에 들어갔다. 익

---

295 伊籍(이적, 生卒年 미상, 字 機伯) — 兗州 山陽郡 高平縣 출신.

주가 평정된 뒤에, 이적은 左將軍 從事中郎이 되었고, 簡雍(간옹)이
나 孫乾(손건) 등의 다음으로 (원로) 대우를 받았다.

　이적이 東吳에 사신으로 갔을 때, 손권은 이적의 구변이 뛰어나
다는 말을 듣고 이적을 말로 굴복시키려 하였다. 마침 이적이 들어
와 배례하자 손권이 말했다.

　"無道한 주군을 섬기는 것이 힘들지 않은가?"

　그러자 이적이 즉시 대답하였다.

　"한 번 절한 뒤에 일어나는 것은 힘들지 않습니다."[296]

　이적의 기지와 민첩이 대개 이와 같았다. 이적은 뒷날 昭文將軍
이 되었는데, 諸葛亮, 法正, 劉巴(유파),[297] 李嚴(이엄) 등과 함께 (촉
한의 각종 예규집인)《蜀科》를 저술하였다.《蜀科》의 제도는 이 5인
이 제정하였다.

❻ 秦宓

| 原文 |

　秦宓字子敕, 廣漢綿竹人也. 少有才學, 州郡辟命, 輒稱疾
不往. 奏記州牧劉焉, 薦儒士任定祖曰,

----

296 지금 당신에게 한 번 절하고 일어났는데 힘들지 않다. 곧 孫權 당신이 無道之
　　君이란 뜻.

297 劉巴(유파, 190?-222년, 字 子初) - 莉州 零陵郡 출신, 蜀漢 尙書令.《蜀書》9
　　권,〈董劉馬陳董呂傳〉에 입전.

「昔百里,蹇叔以耆艾而定策, 甘羅,子奇以童冠而立功, 故
《書》美黃髮, 而《易》稱顏淵, 固知選士用能, 不拘長幼, 明矣.
乃者以來, 海內察擧, 率多英俊而遺舊齒, 衆論不齊, 異同相
伴, 此乃承平之翔步, 非亂世之急務也.

夫欲救危撫亂, 修已以安人, 則宜卓犖超倫, 與時殊趣, 震
驚鄰國, 駭動四方, 上當天心, 下合人意. 天人旣和, 內省不
疚, 雖遭凶亂, 何憂何懼!

昔楚葉公好龍, 神龍下之, 好僞徹天, 何況於眞? 今處士任
安, 仁義直道, 流名四遠, 如今見察, 則一州斯服.

昔湯擧伊尹, 不仁者遠, 何武貢二龔, 雙名竹帛, 故貪尋常
之高而忽萬仞之嵩, 樂面前之飾而忘天下之譽, 斯誠往古之所
重愼也. 甫欲鑿石索玉, 剖蚌求珠, 今乃隨,和炳然, 有如皎日,
復何疑哉! 誠知晝不操燭, 日有餘光, 但愚情區區, 貪陳所見.」

| 구역 |

秦宓(진복)[298]의 字는 子敕(자칙)으로, 廣漢郡 綿竹縣(면죽현)[299] 사
람이다. 젊어서도 재능과 학식이 뛰어났는데, 州郡에서 관직으로

----

298 秦宓(진복, ?-226년, 字 子敕) - 宓은 성 복. 편안할 밀. 대법원 인명용 한자의
音은 '복'. 廣漢郡 綿竹縣 사람. 진복은 젊어서부터 재학이 뛰어났다. 劉備가
入蜀後에 從事祭酒가 되었고, 유비가 동오를 원정할 때 진복은 반대하여 하옥
되었다. 諸葛亮이 益州牧이 되자 진복은 別駕가 되었고, 이후 중랑장과 長水
校尉가 되었다. 東吳의 사신 張溫(장온)과 일문일답이 유명하다.

299 廣漢郡 綿竹縣(縣竹縣) - 今 四川省 중북부 德陽市 관할 綿竹市.

불러도 그때마다 병을 핑계로 응하지 않았다. 진복은 益州牧인 劉焉 (유언, 劉璋의 父)에게 상서하여 儒士인 任定祖(任安)를 추천하였다.

「옛날 百里奚(백리해)[300]와 蹇叔(건숙)[301]은 고령에도(耆艾, 기애) 良策을 건의하였고, 甘羅(감라)[302]와 子奇(자기)는 어린 나이에도 공을 세웠으니, 그래서 《尙書》에서는 노인(黃髮)을 칭송했고, 《易》에서는 顔淵(안연)[303]을 칭찬하였습니다. 이처럼 士人을 선발하고 능력자를 등용하는 일에는 長幼(장유)에 구애받지 않는 것이 명확합니다. 근자에, 나라 안에서 천거되는 사람의 대부분이 젊은 俊傑(준걸)들로 노년을 거의 빼놓고 있으며, 衆論이 제각각이고 그 同異가 반반씩인데, 이는 承平한 시대의 안정된 추세이지 亂世에도 적용할 수 있는 急務는 아닙니다.

위기를 구원하고 난세를 진무하려 한다면 修己하여 백성을 안정

---

300 百里奚(백리해) – 姜姓, 百里氏, 名 奚(해), 百里傒, 百里子 – 世稱 五羖大夫(오고대부), 春秋 시대 秦國의 政治家.

301 蹇叔(건숙) – 春秋 시대 秦國의 上大夫. 宋國人, 百里奚의 벗, 백리해가 천거, 秦 穆公이 등용.

302 甘羅(감라, 前 247 - ?) – 戰國 末期 下蔡 출신, 司馬遷 《史記》에서는 甘羅를 〈樗里子甘茂列傳〉에 附傳. 甘羅는 秦 左丞相 甘茂(감무)의 손자. 12세 秦 相 呂不韋(여불위)의 빈객이었다.

303 顔回(안회, 顔淵, 前 521~481년)는 春秋 시대 魯國人(今 山東省 南部 濟寧市 관할 縣級 曲阜市). 孔子보다 30세 적었다. 孔子 72 門徒의 첫째. 孔門十哲 德行으로도 첫째. 漢代 이후로 안연은 72제자의 첫째 인물로, 공자 제향 시에 늘 配享되었다. 이후 여러 추증을 받았는데 明 世宗 嘉靖 9년(1530) 이후 '復聖'이라 존칭하였다. 顔淵(안연)이 仁에 대하여 묻자, 孔子는 "克己하여 復禮(복례)한다면 천하 사람들은 너를 仁德을 갖춘 사람이라고 칭송할 것이다."라고 말했다. 孔子가 말했다. "顔回의 덕행은 훌륭하도다! 한 그릇의 밥과 물 한 바가지를 마시며 좁은 골목에 살아도 다른 사람은 그런 고생을 감당하지 못하지만 안회는 道樂을 바꾸지 않는다."

시켜야 하나니, 응당 보통 사람의 志向을 뛰어넘는 걸출한 인물이 있어 이웃 나라나 천하를 놀라게 할 수 있고, 위로는 天心에 부합하며 아래로는 민심을 따를 수 있는 인재이어야 합니다. 하늘과 백성이 모두 다 알고 자신의 반성으로도 부끄럽지 않는다면, 비록 천하에 아무리 험악한 禍亂을 당하더라도 무엇을 근심하고 무엇을 두려워하겠습니까!

옛날 楚의 葉公(섭공)은 龍을 좋아했는데 그려진 용도 하늘에 오른다고 생각하였으니 진짜 神龍이라면 어떻겠습니까? 지금 處士인 任安(임안, 任定祖)은 仁義에 正直하며 그 이름이 사방에 널리 알려졌으니, 지금 불러 등용한다면 一州가 모두 順服할 것입니다.

옛날에 湯王이 伊尹(이윤)을 등용하자 不仁者가 멀리 사라졌으며, (前漢의) 何武(하무)[304]가 龔勝(공승)과 龔舍(공사) 두 사람을 천거하여 그 두 사람의 이름이 역사에 기록이 되었습니다. 보통 높이의 山을 탐내면 1만 길이나 되는(萬仞, 만인) 높은 산을 알지 못하고, 눈앞의 멋진 장식만을 좋아하다가는 세상 사람들이 칭송하는 인재를 잊을 것이니, 이것이야말로 예로부터 마음에 신중해야 할 일이었습니다. 지금 돌을 갈라 玉을 찾고 진주조개를 갈라 珠玉을 구한다지

....

304 何武(하무, ?-서기 3년) - 前 8년 御史大夫(大司空) 역임. 나중에 왕망의 모함으로 자살. 사람이 인자후덕하고 선비 추천을 좋아했고 다른 사람의 선행을 칭찬하였다. 楚國의 內史 때는 龔勝(공승)과 龔舍(공사)를 후대하였고, 패군 태수로 근무할 때는 唐林(당림)과 唐尊(당존)을 우대하였는데 공경이 되어서 이들을 조정에 천거하였다. 이 4인이 세상이 알려진 것은 하무의 힘이었기에 세상에서는 하무를 많이 칭송하였다. 재임했던 곳에서 혁혁한 명성은 없었지만 떠나간 뒤에는 늘 생각이 나는 사람이었다. 《漢書》86권, 〈何武王嘉師丹傳〉에 입전.

만, 지금 隨侯(수후)의 夜光珠나 찬란한 和氏璧(화씨벽)[305]이 해처럼 빛난다면 더 이상 무엇을 의심하겠습니까! 이를 보면, 낮에는 촛불을 밝히지 않아도 日光의 여유가 있음을 알겠지만, 愚人의 자자분한 정이 남아 제 의견을 많이 말씀드렸습니다.」

| 原文 |

劉璋時, 宓同郡王商爲治中從事, 與宓書曰,「貧賤困苦, 亦何時可以終身! 卞和炫玉以耀世, 宜一來 與州尊相見.」

宓答書曰,「昔堯優許由, 非不弘也, 洗其兩耳, 楚聘莊周, 非不廣也, 執竿罔顧.《易》曰 '確乎其不可拔' 夫何炫之有? 且以國君之賢, 子爲良輔, 不以是時建蕭,張之策, 未足爲智也.

僕得曝背乎隴畝之中, 誦顏氏之簞瓢, 詠原憲之蓬戶, 時翶翔於林澤, 與沮,溺等儔. 聽玄猿之悲吟, 察鶴鳴於九皋, 安身爲樂, 無憂爲福, 處空虛之名, 居不靈之龜, 知我者希, 則我貴矣. 斯乃僕得志之秋也, 何困苦之戚焉!」

305 隨侯珠는 春秋 戰國 시기에 隨國(수국)의 珍寶, '和氏璧(화씨벽)'과 함께 '春秋二寶' 또는 '隨和'라 일컫는다. 隨國의 君主인 隨侯가 상처를 입은 큰 뱀을 불쌍히 여겨 약을 발라 치료해 주었다. 나중에 그 뱀이(龍王의 아들) 밤에는 빛이 나는 夜明珠를 주었다는 전설이 있다. 화씨벽과 함께 '隨珠和璧'이라고 말한다. '隨珠彈雀(수주탄작)'이라는 成語는 하는 일이 부당하여 얻는 것보다 잃는 것이 아주 많다는 뜻이다.

劉璋(유장)이 익주목이던 때, 秦宓(진복)과 同郡 출신인 王商(왕상)은 治中從事였는데[306] 진복에게 서신을 보내 말했다.

「貧賤과 고생 속에 일생을 마칠 때가 언제이겠습니까? (楚의) 卞和(변화)[307]는 빛나는 玉으로 세상을 밝혔는데, 꼭 한 번 들려서 州牧(劉璋을 지칭)을 한번 만나 보십시오.」

이에 진복이 답서를 보냈다.

「옛날 堯는 許由(허유)를 우대하면서 언제나 寬厚하였지만 허유는 양쪽 귀를 씻어(洗耳) 거절하였고, 楚에서는 莊周(장자)를 초빙하며 크게 우대하였지만 장주는 낚싯대를 잡고 상대하지도 않았습니다. 또《易》에서도 '확실하나니 바꿀 수 없도다.' 라고 하였는데, 무엇이 빛나는 것입니까? 또 國君이 현명하시고 그대가 잘 보필하고 있으며, 지금으로서는 蕭何(소하)나 張良(장량)의 良策이라도 지혜롭다고 인정할 상황이 아닙니다.

저는 밭에서 일하고 등에 햇볕을 쬐며 살지만, 그래도 顔回처럼(顔淵) 一簞食一瓢飮(일단사일표음)을 읊을 수 있고, 原憲(원헌)[308]처럼

---

306 治中從事 – 약칭 治中, 자사를 도와 문서를 취급하고 치안을 관장. 州牧의 수석 속관인 別駕는 別駕從事의 약칭. 別駕의 다음 직위가 治中이었다.

307 《韓非子·和氏》에 의하면, 卞和(변화)는 荊山(형산)에서 돌을 하나 찾아내었는데 美玉이 들어있다고 생각하였다. 楚의 厲王(여왕), 楚 武王(무왕)은 돌이라면서 변화에 형벌을 가했다. 楚 文王이 즉위하자, 卞和는 옥석을 끌어안고 荊山 앞에 3일 3야를 피를 토하며 울었다. 문왕은 玉匠을 시켜 결국 璧玉(벽옥)을 얻었고, 이를 和氏璧이라 했다.

308 原憲(원헌) – 공자의 제자 原憲(원헌)의 字는 子思(자사)이다. 《論語 憲問》은 '원헌이 恥에 대하여 물었다' 로 시작한다. 원헌은 공자가 魯의 사구가 되었을 때 원헌은 공자의 가신이 되었다. 子思가 恥辱(치욕)에 대하여 물었다. 孔

초가지붕 아래 살며 가끔 숲과 소택을 거닐고 있으며, 長沮(장저)나 桀溺(걸익)[309]과 짝을 하며 살고 있습니다. 저는 검은 원숭이의 울음소리를 듣고 못에서 우는 鶴을 구경하며, 몸 편히 즐기면서 걱정없는 이 생활을 福이라 여기고 공허한 명성을 누리거나 영험도 없으면서 대우를 받는 죽은 거북처럼 지내기보다는 나를 아는 사람이 없는 곳에 사는 내가 더 고귀하다고 생각합니다. 지금이야말로 내가 가장 得意한 시절이거늘 어찌 내가 고생한다며 슬퍼하겠습니까!」

|原文|

後商爲嚴君平,李弘立祠, 宓與書曰,

················

子는 "나라에 道가 행해지면 관록을 받는다. 나라가 무도할 때 국록을 받는 것이 치욕이다."라고 말했다.(《論語 憲問》) 孔子가 죽은 뒤에 原憲은 (衛나라) 초야에 묻혔는데, 子貢이 衛의 재상이 되어 말 4마리가 끄는 수레를 타고 수행 기마를 거느리고 원헌의 거처에 찾아 들렀다. 원헌은 해진 의관을 쓰고 자공을 만났다. 자공은 원헌의 그런 모습을 부끄럽게 여기면서 "어디가 편찮으십니까?"라고 물었다. 그러자 원헌이 말했다. "내가 알기로, 재산이 없다면 가난입니다. 道를 배워 알면서도 실행하지 못한다면 病이라고 합니다. 나는 가난하지만 병은 아닙니다." 자공은 부끄러웠고 서먹하게 떠나갔지만 죽을 때까지 실언의 과오를 수치로 여겼다.《史記 仲尼弟子列傳》참고.

309 《論語 微子》에는 隱逸(은일, 隱者)이 몇 사람 등장한다. 여기 나오는 楚의 狂人(광인) 接興(접여) 외에 長沮(장저)와 桀溺(걸익), 그리고 荷蓧丈人(하조장인) 등이 등장한다. 長沮(장저)와 桀溺(걸익) 두 사람이 밭을 갈고 있을 때, 공자가 지나가면서 子路를 시켜 나루터(津) 가는 길을 묻게 했다.(子路問津) 장저가 누구냐고 물었고 孔丘(공구)라고 말하자, 장저는 "그분이라면 길을 알 것이요." 하면서 일러 주지 않았다. 걸익에게 묻자, 공자의 제자냐고 물으면서 "온 천하가 도도한 물결처럼 흘러가는데 누가 이 풍조를 막을 수 있겠는가? 사람을 피해 다니는 분을 따라다니느니 세상을 피해 살고 있는 우리를 따르는 것이 어떻겠는가?" 라고 묻고서는 밭일을 계속했다.

「疾病伏匿, 甫知足下爲嚴,李立祠, 可謂濃黨勤類者也. 觀嚴文章, 冠冒天下, 由,夷逸操, 山嶽不移, 使揚子不嘆, 固自昭明. 如李仲元不遭《法言》, 令名必淪, 其無虎豹之文故也, 可謂攀龍附鳳者矣.

如揚子雲潛心著述, 有補於世, 泥幡不滓, 行參聖師, 於今海內, 談詠厥辭. 邦有斯人, 以耀四遠, 怪子替茲, 不立祠堂. 蜀本無學士, 文翁遣相如東受七經, 還敎吏民, 於是蜀學比於齊,魯. 故《地裡志》曰, '文翁倡其敎, 相如爲之師.'

漢家得士, 盛於其世, 仲舒之徒, 不達封禪, 相如制其禮. 夫能制禮造樂, 移風易俗, 非禮所秩有益於世者乎! 雖有王孫之累, 猶孔子大齊桓之霸, 公羊賢叔術之讓. 僕亦善長卿之化, 宜立祠堂, 速定其銘.」

| 국역 |

뒷날 王商(왕상)은 嚴君平(엄군평)³¹⁰과 李弘(이홍)이란 사람의 사당을 건립하였는데, 秦宓(진복)이 왕상에게 서신을 보냈다.

「疾病(질병)으로 숨어 사는데, 지금 足下(貴下)께서 嚴君平(엄군

310 前漢 蜀郡의 嚴君平(名 遵, 字 君平)은 成都의 저자에서 점을 쳐주며 살았는데 《老子》를 연구하고 가르쳤다. 많은 책을 보아 모르는 것이 없었으며, 老子와 莊子의 요지를 10여만 자의 《老子指歸》를 저술하였다. 揚雄(양웅)은 젊어 그를 따라 배웠는데, 얼마 뒤 장안에 와서 출사하여 이름을 날리며 여러 번 조정의 고관에게 엄군평의 학덕을 말했다. 엄군평은 나이가 90여 세로 그 일생을 마쳤는데 蜀人들이 경애하며 지금까지도 칭송하고 있다. 《漢書》72권, 〈王貢兩龔鮑傳〉의 서문에 그 행적이 수록되었다.

평)과 李弘(이홍)의 사당을 세운 것을 알았습니다만, 이는 가히 붕당 사람을 위하고 동년배를 권면했다고 말할 수 있을 것입니다. 엄군평의 文章을 천하 제일로 볼 수도 있어, 許由(허유)나 伯夷(백이)와 같은 높은 지조는 마치 산처럼 움직일 수 없으며, 揚子(揚雄)의 감탄이 아니더라도 그 자체로 빛을 낼 수 있다고 생각합니다. 만약 李仲元(이중원, 李弘)이 (양웅의)《法言》이 없었더라면 그 명성은 분명 매몰되었을 것인데, 그것은 虎皮와 같은 분명한 문채가 없기 때문이며, 가히 용이나 기린에 매달려 가려는 자와 같을 것입니다.

揚子雲(揚雄)[311]은 저술에만 전념하여 세상을 補益(보익)하였고, 진흙 같은 세상에 오염되지 않았으며, 성인의 뜻을 널리 알리는 일에 힘을 썼기에 지금 세상에서도 그의 글을 이야기하고 읽고 있습

311 揚雄(양웅, 前 53 - 서기 18년, 字 子雲) - 蜀郡 成都縣 사람으로 前漢 말기의 문인, 철학자이다. 양웅은 어려서부터 호학하였으며, 문장을 분석하기보다는 뜻만 통하면 되었고 많은 책을 보아 읽지 않은 것이 없었다. 사람됨이 소략하면서도 초탈하였고, 말을 더듬어 언사가 유창하지 못했기에 말없이 깊이 생각에 잠겼으며, 청정무위하면서 욕심이 없고 부귀에 급급하지 않았고, 빈천을 서글피 여기지도 않으면서 행실을 닦고 교제하여 당세에 이름을 얻으려 하지도 않았다. 양웅은 진실로 好古하고 樂道하며 문장으로 후세에 이름을 남기려 하였는데, 經으로는《易經》보다 더 중요한 것이 없다고 생각하여《太玄》을 저술하였고, 성인의 말씀을 전한 것으로는《論語》보다 더한 것이 없기에《法言》을 저술하였으며, 字書로는《蒼頡(창힐)》보다 나은 것이 없다 하여《訓纂(훈찬)》을 지었고, 잠언으로는〈虞箴(우잠)〉보다 나은 것이 없다 하여〈州箴〉을 지었으며, 賦는〈離騷(이소)〉보다 나은 것이 없기에 그 反意로 뜻을 넓혔고, 문학으로는 司馬相如보다 더 좋은 것이 없다고 생각하여 4편의 賦를 지었으니, 모두가 그 근본을 짐작할 수 있고 그 근본을 바탕으로 크게 넓혔다고 볼 수 있다. 양웅은 내적세계에만 마음을 쓰고 외형을 추구하지 않았기에 그 당시 사람들이 경시하였지만, 오직 劉歆(유흠)과 范逡(범준)은 양웅을 공경하였으며 桓譚(환담)은 양웅을 다른 사람과 비교할 수 없다고 칭찬하였다.《漢書》87권,〈揚雄傳 上, 下〉에 입전.

니다. 우리 蜀에 揚雄 같은 분이 있어 사방 멀리까지 빛을 발하는데, 그대는 이런 분의 사당을 세우지 않는 것이 괴이할 뿐입니다. 蜀 땅에는 본래 學士가 없었지만 文翁(문옹)[312]이 司馬相如(사마상여)[313] 같은 사람을 뽑아 동쪽 長安으로 보내 七經을 배우게 했고 돌아와 吏民을 교육케 하였기에 이때부터 蜀의 학문이 齊(제)와 魯(노)와 비슷하게 향상된 것입니다. 그래서 《漢書 地裡志》에서도, '文翁이 교화를 창도하였고, 相如가 스승이 되었다.'고 하였습니다.

漢室에서는 人才(士人)를 얻었기에 盛世를 누렸지만, 董仲舒(동중서)[314] 같은 사람도 封禪(봉선)의 禮制를 몰랐지만 司馬相如는 봉선의 예제를 저술하였습니다. 대체로 制禮造樂과 移風易俗(이풍역속)

312 文翁(名 黨, 字 仲翁) ‒ 전한 관리 漢 景帝 때 촉군 태수가 되어 興敎育하고, 擧賢能하며, 修水利하는 등 치적이 탁월하였다. 특히 교육을 장려하여 관리를 長安에 유학시켰고 박사에게 수업을 받고 돌아와 관리의 자제를 교육시켜 교화를 이룩하고 문화적 발전을 성취하였다. 문옹은 蜀에서 죽었는데, 백성들이 사당을 세웠고 세시에 맞춰 제사가 끊이지 않았다. 지금껏 巴郡이나 蜀郡에서 文雅를 숭배하는 것은 문옹의 교화이다. 班固도 '지금 巴蜀에서 文雅를 숭상하는 것은 모두 文翁의 교화이다.'라고 말했다.《漢書》89권, 〈循吏傳〉에 입전.

313 司馬相如(사마상여, 前 179?‒118) ‒ 漢賦의 代表作家, '賦聖'이라는 칭송도 있다. 卓文君과의 私奔(사분)은 널리 알려진 이야기이다.《漢書 藝文志》에 사마상여의 賦 29편명이 올랐는데, 잘 알려진 것으로는 〈子虛賦〉, 〈上林賦〉, 〈大人賦〉, 〈哀二世賦〉 등이 있다.《漢書》57권, 〈司馬相如傳〉上,下에 입전.《史記 司馬相如列傳》참고.

314 董仲舒(동중서, 前 179‒104) ‒ 유학자.《春秋公羊傳》전공. 今文經의 大師, 孔安國과 나란한 명성, 司馬遷의 經學 사상에도 영향을 주었다. 젊어서《春秋》를 전공했고, 景帝 때 박사가 되었다. 휘장을 치고 책을 읽었고 제자들은 들어온 순차에 의거 서로를 가르쳤기에 (동중서의) 얼굴을 보지 못한 자도 있었다. 거의 3년 동안 뜰을 바라보지 않을 정도로 정진하였다. 거취와 표정과 행동이 禮가 아니면 행하지 않았기에 學士들이 모두 스승으로 받들었다.《漢書》56권, 〈董仲舒傳〉에 입전.《史記 儒林列傳》참고.

한다면 禮에 의거 이 세상에 예교질서에 유익하지 않겠습니까? 사마상여가 비록 卓王孫[315]의 딸과 사랑의 도피라는 실수가 있었지만, (이런 실수는) 공자가 齊 桓公의 霸道(패도)를 칭송하고, 《춘추공양전》의 저자 公羊高(공양고)가 叔術(숙술)의 겸양을 칭찬한 것과 같은 것입니다. 저 역시 司馬相如(司馬長卿)의 교화를 받았으니 응당 그 사당을 세워 칭송의 銘文을 지어야 할 것입니다.」

| 原文 |

先是, 李權從宓借《戰國策》, 宓曰, "戰國從橫, 用之何爲?" 權曰, "仲尼,嚴平, 會聚衆書, 以成《春秋》,《指歸》之文, 故海以合流爲大, 君子以博識爲弘."

宓報曰,「書非史記周圖, 仲尼不採, 道非虛無自然, 嚴平不演. 海以受淤, 歲一蕩淸, 君子博識, 非禮不視. 今戰國反覆儀,秦之術, 殺人自生, 亡人自存, 經之所疾. 故孔子發憤作《春秋》, 大乎居正, 復制《孝經》, 廣陳德行. 杜漸防萌, 預有所

---

315 司馬相如의 고향 臨邛縣(임공현)에는 부자가 많았는데, 卓王孫(탁왕손)은 그 중에서도 제일이었다. 이때 卓王孫에게는 과부가 된 지 얼마 안 된 文君이란 딸이 있었는데, 탁문군이 음률을 즐겼기에 상여는 현령과 서로 존중하는 체하면서 거문고를 타며 탁문군의 마음을 흔들었다. 가끔 탁왕손의 집에서 술을 마시며 거문고를 타면 탁문군은 창틈으로 엿보면서 마음으로 좋아하고, 음률을 즐기면서 짝이 될 수 없을까를 걱정하였다. 상여도 시종을 시켜 탁문군의 시녀에게 선물을 보내며 은근한 뜻을 전했다. 탁문군은 밤에 집을 나와 상여에게 왔고, 상여는 문군을 데리고 서둘러 成都로 돌아왔다.

抑, 是以老氏絕禍於未萌, 豈不信邪! 成湯大聖, 睹野魚而有
獵逐之失, 定公賢者, 見女樂而棄朝事, 若此輩類, 焉可勝陳.
道家法曰, '不見所欲, 使心不亂.' 是故天地貞觀, 日月貞明,
其直如矢, 君子所覆. 《洪範》記災, 發於言貌, 何《戰國》之譎
權乎哉!」

| 국역 |

　이보다 앞서 李權(이권)이란 사람이 秦宓(진복)한테서 《戰國策》[316]
을 빌려갔는데, 진복이 말했다. "戰國시대 從橫家(종횡가)의 글을 읽
어 무슨 이득이 있겠습니까?"

　이에 이권이 말했다. "仲尼(孔子)와 (前漢의 蜀郡 사람) 嚴君平
(嚴遵)은 많은 서책을 참고로 하여 《春秋》와 《老子指歸》의 저술을
남겼으니 마치 큰 바다가 모든 물을 받아들인 것과 같으니, 君子는
博識(박식)으로 그 뜻을 넓힐 수 있다고 생각합니다."

　이에 진복이 답신을 보냈다.

　「공자께서는 歷史 典籍이나 周代 圖錄이 아니라면 채택하지 않
았으며, 嚴君平은 虛無自然의 道가 아니라면 인정하지 않았습니다.
바다가 진흙찌꺼기도 받아들이지만 해마다 스스로 自淨하며, 君子
는 博識을 추구하지만 正禮에 어긋난 글이라면 읽지 않습니다. 지

---

316 《戰國策》은 고대 史學 名著. 전한 劉向 編, 그 원작자 미상. 東周 後期 각국의
　상황을 기록. 이 책에서 전국시대라는 이름이 유래. 東周, 西周, 秦, 齊, 楚,
　趙, 魏, 韓, 燕, 宋, 衛, 中山國 등의 상황을 33권 약 12만 자로 기록. 前 455년
　晉陽之戰에서 前 221년 高漸離(고점리)가 진시황을 筑(축)으로 저격하는 사
　실까지 기록. 《四庫全書》 史部에 속함.

금《戰國策》에는 張儀(장의)나 蘇秦(소진)의 反覆無常(반복무상)한 權術(권술)이 있고, 자신이 살려고 殺人하고, 자신의 세력을 펴려고 남을 망하게 하는데, 이는 경전에서는 이를 통렬히 배척합니다. 孔子께서 발분하여《春秋》를 저술했는데 가장 중요한 것은 정도를 지킨 것이며, 다시《孝經》[317]을 지어 덕행을 광범위하게 강조하였습니다. 老子는 악행의 싹을 근절하고 점진적 확장을 미리 억제하여 화근의 시작을 단절하려 했으니, 이를 어찌 믿지 않을 수 있겠습니까! 成湯(성탕, 湯王) 같은 大聖께서도 야생 물고기 잡이와 사냥을 재미있게 구경하고, (魯) 定公(정공) 같은 賢者도 (齊)에서 보낸 女樂을 구경하느라 정사를 접어두었는데,[318] 이런 소소한 예를 어찌 다 설명할 수 있겠습니까?

그래서 道家의 法說에 '마음에 욕심낼 일을 보지 않는다면 마음

317《孝經》은 儒家 13경(經)의 하나인데, 본문은 1,800여 자로 적은 분량의 책이다. 이 책은 공자의 뜻을 曾子(증자, 前 505 - 435)가 서술한 책으로 알려졌지만, 후세 사람이 지은 것을 증자에게 假託(가탁)했다고 인정되고 있다. 증자는 공자보다 46세 연하의 제자인데, 공자의 학통을 계승했다 하여 宗聖(종성)으로 추앙받으며 효자로 널리 알려졌다. 이 책의 저술에 대하여 공자와 증자가 거명되는 것은 유가에서 이 책을 그만큼 중시했다는 뜻이라고 해석할 수 있다.

318 공자 43세부터 57세까지 魯 定公(재위 前 509 - 495년)이 재위했었다. 정공은 공자를 등용했고, 공자는 司寇(사구)로 재직하며 한때 국정을 총괄하였다 (攝相事). 공자가 재직했던 3년 동안(52~54세)에 魯國의 정치는 크게 안정되었는데, 이에 불안을 느낀 이웃 齊에서는 가무에 능한 미인과 名馬를 정공에게 보냈는데 季桓子(계환자)가 이를 받아들였고 정공 또한 정치에 태만했다. 결국 이 때문에 공자는 魯를 떠났다고 〈孔子世家〉에 기록되었다. 공자는 定公 13년(前 497년, 공자 55세)에 魯를 떠나 衛를 찾아갔고, 이어 여러 나라를 14년 간 정처 없이 돌아다녔다. 공자가 다시 魯에 돌아온 것은 哀公 11년(前 484), 공자 68세 때였다. 이런 定公을 현명하다고 말한 것은 잘못이라는 裴松之의 주석이 있다.

이 혼란하지 않다.'[319]고 하였습니다. 이 때문에 天地는 제자리에서 正道를 보여주고 日月은 정위치에서 빛을 내나니, 정도란 것이 바로 이런 것이고 군자는 이를 본받아야 합니다. 《尙書 洪範》에 기록된 災禍(재화)는 인간의 언행에서 시작되는데, 《전국책》의 교활한 權術을 읽어 무엇 하겠습니까!」

| 原文 |

或謂宓曰, "足下欲自比於巢,許,四皓, 何故揚文藻見瑰穎乎?"

宓答曰, "僕文不能盡言, 言不能盡意, 何文藻之有揚乎! 昔孔子三見哀公, 言成七卷, 事蓋有不可嘿嘿也. 接輿行且歌, 論家以光篇, 漁父詠滄浪, 賢者以耀章. 此二人者, 非有欲於時者也.

夫虎生而文炳, 鳳生而五色, 豈以五采自飾畫哉? 天性自然也. 蓋〈河〉,〈洛〉由文興, 六經由文起, 君子懿文德, 采藻其何傷! 以僕之愚, 猶恥革子成之誤, 況賢於己者乎!」

| 국역 |

어떤 사람이 秦宓(진복)에게 말했다. "足下께서는 스스로를 巢父

319 《老子道德經》3章 - 「不尙賢, 使民不爭, 不貴難得之貨, 使民不爲盜, 不見可欲, 使民心不亂.」

(소보)나 許由(허유) 또는 (商山의) 四皓(사호)[320] 같은 은자를 자처하면
서도, 문장을 지을 때는 어찌 그리 아름답고 멋지게 꾸미려 합니까?"

이에 진복이 대답했다.

"내가 문장을 짓더라도 내 생각을 다 말할 수 없고, 말로써 내 본
의를 다 표현할 수 없는데, 어찌 문장으로 내 뜻을 선양할 수 있으리
오! 옛날 공자가 (魯) 哀公을 3번 알현하면서 말한 내용이 책 7권 분
량이나 되지만,[321] 그래도 그냥 묵묵히 말하지 않는 것만 못하다고
하였습니다. (楚 狂人) 接輿(접여)[322]가 노래하며 공자 곁을 지나갔는
데, 이를 논할 사람들이 문장으로 그 뜻을 보태었습니다. (屈原이
유배되었을 때) 漁父(어부)가 滄浪之歌(창랑의 노래)[323]를 불렀는데,

....

320 商山四皓(상산사호). '四皓'라 간칭. 秦末의 隱士인 東園公, 夏黃公, 綺里季
(기리계), 甪里(녹리, 또는 角里)先生. 漢 고조는 이들 4인을 초빙하지 못했다.
장량의 계책에 따라 이들이 태자(惠帝)를 보필했다. 이들이 고조에게 헌수하
자, 고조가 말했다. "수고스럽더라도 끝까지 태자를 도와주기 바라오." 4인
이 祝壽를 마치고 나갔다. 고조는 가는 모습을 전송하며 戚夫人(척부인)을 불
러 가리키며 말했다. "나는 태자를 바꾸려 했지만 저 4인이 태자를 보좌하니
날개가 다 생긴 것이니 바꾸기 어렵게 되었다. 呂氏가 너의 진짜 주인이로
다."《漢書》40권,〈張良傳〉참고.

321 前漢 劉向(유향)의《七略》에, 孔子는 哀公을 三見하고《三朝記》7篇을 지었
는데, 지금《大戴禮》에 실려 있다고 하였다.

322 《論語 微子》에는 隱逸(은일, 隱者)이 몇 사람 등장한다. 여기에는 楚의 狂人
(광인) 接輿(접여) 외에 長沮(장저)와 桀溺(걸익), 그리고 荷蓧丈人(하조장인) 등
이 등장한다. 楚의 광인 접여는 공자 곁을 노래하며 지나간다. "鳳凰이여, 봉
황새여! 어찌 그리 德을 잃었나? 지난 일은 탓할 수 없지만 닥칠 일은 좇을
수 있단다. 그만, 그만두게나! 지금 세상에 벼슬하기는 위태로워라!" 이에 공
자가 수레에서 내려 이야기를 하려 했으나 접여는 뛰듯이 피했기에 이야기
를 나누지 못했다.《論語 微子》楚狂接輿歌而過孔子曰, "鳳兮鳳兮! 何德之
衰? 往者不可諫, 來者猶可追. 已而已而! 今之從政者殆而!" 孔子下, 欲與之言.
趨而辟之, 不得與之言.

323 屈原은《漁父》를 지어 자신은 결코 세상과 함께 부침하지 않겠다는 지조를

賢者들은 문장으로 더욱 멋지게 꾸몄습니다. 이 두 사람(接輿와 漁父)은 그때 아무것도 얻으려 하지 않았습니다.

호랑이는 태어날 때부터 뚜렷한 줄무늬가 있고 봉황은 오색 깃털을 타고 났는데, 어찌 이를 오색으로 꾸몄다고 말할 수 있겠습니까? 그냥 天生의 자연입니다. 대체로 〈河圖〉와 〈洛書〉는 文彩로 이루어졌고 六經 또한 文彩에서 홍기하였으니, 君子의 한결같은 文德이 화려한 文辭로 꾸며졌다 하여 어찌 손상될 수 있겠습니까? 나같이 우둔한 사람도 革子成(혁자성)[324]의 착오를(사리에 어긋난 말) 치욕으로 생각하는데, 하물며 저보다 더 현명한 사람이야 더 말할 필요도 없을 것입니다!」

| 原文 |

先主旣定益州, 廣漢太守夏侯纂請宓爲師友祭酒, 領五官

....

밝혔다. 물가에서 만난 어부에게 굴원은 "擧世皆濁하나 我獨淸하고, 衆人이 皆醉하나 我獨醒하여 是以見放이라."고 말했다. 대화를 다 마친 어부가 빙그레 웃으며 노로 뱃전을 두드리며 노래했다. '滄浪之水가 淸兮하면 可以濯吾纓하고, 滄浪之水가 濁兮면 可以濯吾足하리라.'

324 革子成(혁자성)은《論語》에 棘子成(극자성)으로 나온다. 衛(위)나라의 대부 棘子成(극자성)이란 사람이 말했다. "君子가 바탕(質)을 갖추면 되는데, 왜 文彩(문채)까지 갖추어야 합니까?" 이에 子貢(자공)이 말했다. "당신의 君子에 대한 말씀을 들으니 참 안타깝습니다! 말 4마리가 끄는 수레도 당신의 말씀을(舌, 혀 설) 못 따라갈 것입니다. 문채가 곧 바탕이고(文猶質也), 바탕이 곧 문채입니다(質猶文也). 호랑이나 표범의 털을 뽑아버린 가죽(鞹, 다듬은 가죽 곽)이나 개나 양의 털을 없앤 가죽은 똑같아 보입니다."《論語 顔淵》棘子成曰, "君子質而已矣, 何以文爲?" 子貢曰, "惜乎, 夫子之說君子也! 駟不及舌. 文猶質也, 質猶文也. 虎豹之鞹猶犬羊之鞹."

掾, 稱曰仲父. 宓稱疾, 臥在第舍, 纂將功曹古朴, 主簿王普, 廚膳卽宓第宴談, 宓臥如故. 纂問朴曰, "至於貴州養生之具, 實絶餘州矣, 不知士人何如餘州也?" 朴對曰, "乃自先漢以來, 其爵位者或不如餘州耳, 至於著作爲世師式, 不負於餘州也. 嚴君平見黃,老作《指歸》, 揚雄見《易》作《太言》, 見《論語》作《法言》, 司馬相如主武帝制封禪之文, 於今天下所共聞也." 纂曰, "仲父何如?"

宓以簿擊頰, 曰, "願明府勿以仲父之言假於小草, 民請爲明府陳其本紀. 蜀有汶阜之山, 江出其腹, 帝以會昌, 神以建福, 故能沃野千里. 淮,濟四瀆, 江爲其首, 此其一也. 禹生石紐, 今之汶山郡是也. 昔堯遭洪水, 鯀所不治, 禹疏江決河, 東注于海, 爲民除害, 生民已來功莫先者, 此其二也. 天帝布治房心, 決政參伐, 參伐則益州分野, 三皇乘祇車出谷口, 今之斜谷是也. 此便鄙州之阡陌, 明府以雅意論之, 何若於天下乎?"

於是纂逡巡無以復答.

| 국역 |

劉備가 益州를 평정한 뒤에, 廣漢郡 太守인 夏侯纂(하후찬)은 秦宓(진복)을 청해 師友祭酒에 임명하고, 五官掾(오관연)을 감독케 하며 仲父(중부, 작은아버지)라고 호칭하였다. 그러나 진복은 병을 핑계

대며, 집에 누워 있으며 응하지 않자, 하후찬은 功曹인 古朴(고박)과 主簿인 王普(왕보)와 함께 요리사와 음식을 장만하여 진복의 집에 와서 음식을 먹으며 담소하였는데, 진복은 여전히 누워 있었다.

하후찬이 고박에게 물었다.

"당신의 고향 州郡에서 가져온 養生의 器具(기구)들은 다른 주군의 것보다 확실하게 좋은데, 그곳 士人은 다른 주에 비교하면 어떠한가요?

이에 고박이 대답했다.

"옛 前漢 이후로 그 작위를 받은 자는 다른 州만 못합니다만, 여러 저술에 있어서는 역대의 師表가 될 만하며 다른 州에 비하여 손색이 없습니다. 嚴君平(엄군평)은 黃帝(황제)와 老子를 바탕으로《指歸》를 저술하였고, 揚雄(양웅)은《易》을 모방한《太言》을,《論語》를 따라《法言》을 저술하였으며, 司馬相如(사마상여)는 武帝를 위하여 封禪(봉선)의 禮文을 지었는데, 지금까지도 세상 사람들이 다 알고 있습니다."

이에 하후찬이 "仲父께서는 어떻게 생각하십니까?"라고 물었다.

그러자 진복은 書板을 들어 자신의 뺨을 살짝 치면서 말했다.

"明府(太守)께서는 잡초 같은 이 사람에게 仲父라고 부르지 마시고, 저 같은 民草는 明府께서는 백성을 위한 근본적인 일을 말씀하시기 바랍니다. 蜀(촉)에는 汶阜山(문부산)이 있고 長江은 그 산허리를 흐르고, 上天은 촉 땅을 번성하게 했고 神明은 그 땅에 복을 내렸으니, 그야말로 沃野(옥야) 千里라 할 수 있지요. 淮水(회수)와 濟水(제수) 등 四瀆(사독) 중에서도 長江이 제일이니, 이것이 첫째 가는 중요한 사실입니다. 禹(우)는 石紐(석뉴)에서 출생하셨으니, 지금의

汝山郡(문산군)이 거기입니다. 옛날 堯(요)가 洪水를 당했을 때, 鯀(곤, 禹의 부친)이 홍수를 다스리지 못하자, 禹는 長江과 黃河의 물길을 터서 동쪽 바다로 흐르게 하여 백성들이 입는 피해를 막아주었으니, 生民 이래로 이보다 더 큰 공적은 없었으니, 이것이 둘째로 중요한 사실입니다. 天帝께서는 房宿(방수, 星座名)와 心宿(심수, 星座名)를 안배하여 다스리시며, 參宿(참수)와 伐星(벌성)으로 政事를 결정하는데, 바로 하늘에서 益州에 해당하는 分野이며, 三皇께서는 고귀한 수레에 앉아 谷口에서 출발한다 하였는데, 이는 땅으로 말하면 斜谷(사곡)에 해당합니다. 이러한 곳이 바로 益州의 땅이니, 明府께서 이런 고견을 말씀해 주신다면 그 외 다른 무엇과 비교할 수 있겠습니까?"

이에 하후찬은 우물쭈물하며 다른 말을 못했다.

| 原文 |

益州辟宓爲從事祭酒. 先主旣稱尊號, 將東征吳, 宓陳天時必無其利, 坐下獄幽閉, 然後貸出. 建興二年, 丞相亮領益州牧, 選宓迎爲別駕, 尋拜左中郎將, 長水校尉.

吳遣使張溫來聘, 百官皆往餞焉. 衆人皆集而宓未往, 亮累遣使促之, 溫曰, "彼何人也?" 亮曰, "益州學士也."

及至, 溫問曰, "君學乎?" 宓曰, "五尺童子皆學, 何必小人!" 溫復問曰, "天有頭乎?" 宓曰, "有之." 溫曰, "在何方也?"宓曰, "在西方. 《詩》曰, '乃眷西顧.' 以此推之, 頭在西方." 溫曰, "天有耳乎?" 宓曰, "天處高而聽卑, 《詩》云, '鶴鳴於九皐, 聲聞於天' 若其無耳, 何以聽之?" 溫曰, "天有足乎?" 宓曰, "有. 《詩》云, '天步艱難, 之子不猶' 若其無足, 何以步之?" 溫曰, "天有姓乎?" 宓曰, "有." 溫曰, "何姓?" 宓曰, "姓劉." 溫曰, "何以知之?" 答曰, "天子姓劉, 故以此知之." 溫曰, "日生於東乎?" 宓曰, "雖生於東而沒於西."

答問如響, 應聲而出, 於是溫大敬服. 宓之文辯, 皆此類也.

遷大司農, 四年卒. 初宓見帝系之文, 五帝皆同一族, 宓辨其不然之本. 又論皇帝王霸豢龍之說, 甚有道理. 譙允南少時數往咨訪, 紀錄其言於〈春秋然否論〉, 文多故不載.

국역

益州에서는 秦宓(진복)을 불러 從事祭酒(종사제주)에 임명하였다. 先主가 제위에 오른 뒤, 동쪽으로 東吳를 원정하려 하자, 진복은 天時를 논하면서 이롭지 않다고 제지하였는데, 이 때문에 하옥되어 갇혀 있다가 속전을 내고 풀려나왔다.

(後主) 建興 2년(서기 224)에, 승상 제갈량이 益州牧을 겸하면서 진복을 선임하여 別駕(별가)로 영입했다가, 곧 左中郎將 겸 長水校尉에 임명했다.

東吳에서 張溫(장온)을 사신으로 보내 交聘(교빙)하자, 百官이 모두 환송연에 참석했다. 많은 사람들이 다 모였는데 진복이 오지 않아 제갈량은 사람을 보내 재촉하자, 장온이 "그 사람이 누구입니까?"라고 물었다. 제갈량은 "益州의 學士입니다."라고 말했다.

진복이 들어오자, 장온이 물었다.

"君께서는 학문을 하셨습니까?

이에 진복이 말했다.

"5尺 童子도 모두 학문을 하거늘, 하필 그걸 저에게 묻습니까?"

장온이 다시 "하늘은 머리(頭)가 있습니까?"라고 물었다.

"있습니다."

"어느 쪽이 머리입니까?"

"서쪽입니다. 《詩》[325]에서 '이에 서쪽을 돌아보시고' 하였으니 이를 미뤄볼 때 서쪽이 머리입니다."

"하늘에 귀가 있습니까?"

"하늘은 높지만 땅의 소리를 다 듣습니다. 《詩》[326]에 '鶴이 九皐(구고, 높은 언덕)에서 울자 그 소리가 하늘에 들린다.' 하였으니, 만약 하늘에 귀가 없다면 어찌 들을 수 있겠습니까?"

"하늘은 발이(足) 있습니까?"

"있습니다. 《詩》[327]에 '하늘이 운행이 힘들거늘(時局이 어지럽거늘), 님은 여전히 머뭇거리네(돌아오려 하지 않네).' 라고 하였으니, 만약 발이 없으면 어찌 걸을 수 있겠습니까?"

"하늘은 姓이 있습니까?" "있습니다."

"姓이 무엇입니까?" "姓은 劉입니다."

---

325 《詩 大雅 皇矣》의 구절. '乃眷西顧, 此維與宅.'
326 《詩 小雅 鶴鳴》의 구절.
327 《詩 小雅 白華》의 구절.

"어떻게 알았습니까?"

"天子의 姓이 劉라서 알았습니다."

"해는 동쪽에서 태어납니까?"

"동쪽에서 태어나지만 서쪽에서 죽습니다."

묻자마자 메아리가 들리듯, 말이 끝나면서 대답을 하니, 장온은 진복에게 크게 敬服하였다. 진복의 文辭와 辨說은 대개 이런 식이었다.[328]

진복은 大司農(국가 財政 담당)으로 승진했는데, 建興 4년(서기 226)에 죽었다. 그전에 진복은 帝王의 世系에 관한 글에서 五帝가 모두 一族이라는 내용을 보고, 진복은 그렇지 않다는 것을 辨明하였다. 또 皇帝나 君王, 霸者(패자)가 龍을 기른다(畜養)는 주장을 했는데 매우 설득력이 있었다. 譙允南(초윤남)이란 사람이 젊어 자주 진복을 찾아왔고, 진복에게서 〈春秋然否論〉를 듣고 기록하였는데 문장이 길어서 수록하지 않았다.

| 原文 |

評曰, 許靖夙有名節, 既以篤濃爲稱, 又以人物爲意, 雖行事擧動, 未悉允當, 蔣濟以爲 ‘大較廊廟器’ 也.

麋竺,孫乾,簡雍,伊藉, 皆雍容風議, 見禮於世.

秦宓始慕肥遁之高, 而無若愚之實. 然專對有餘, 文藻壯

---

328 이 문답은 《三國演義》 第86回 〈難張溫秦宓逞天辯 破曹丕徐盛用火攻〉에 실렸다. 소설에서는 진복이 술에 취해 늦게 합석하면서 장온과 문답을 시작한다.

美, 可謂一時之才士矣.

| 국역 |

陳壽의 評論 : 許靖(허정)은 일찍부터 명성이 났었고, 성실하고 忠厚(충후)하다는 칭송이 높았으며 인재를 잘 알아보았다지만, 그가 한 일과 행실이 모두 온당하지도 않았는데도, 蔣濟(장제)는 '대체적으로 조정의 주요한 인물이라.'고 하였다.

麋竺(미축), 孫乾(손건), 簡雍(간옹), 伊藉(이적) 등은 우아한 인품에 온화한 자태로 예를 갖춰 世人을 접대하였다.

秦宓(진복)은 은거하는 처사를 흠모하였지만 大智若愚(대지약우)와 같은 경지는 아니었다. 그러나 대화나 접대에 여유가 있었으며, 문장은 壯麗하고 아름다웠으니 가히 一世의 才士라 할 수 있다.

39권 〈董劉馬陳董呂傳〉(蜀書 9)
(동,유,마,진,동,여전)

❶ 董和

| 原文 |

董和字幼宰, 南郡枝江人也, 其先本巴郡江州人. 漢末, 和率宗族西遷, 益州牧劉璋以爲牛鞞,江原長,成都令. 蜀土富實, 時俗奢侈, 貨殖之家, 侯服玉食, 婚姻葬送, 傾家竭産.

和躬率以儉, 惡衣蔬食, 防遏踰僭, 爲之軌制, 所在皆移風變善, 畏而不犯. 然縣界豪强憚和嚴法, 說璋轉和爲巴東屬國都尉. 吏民老弱相攜乞留和者數千人, 璋聽留二年, 還遷益州太守, 其淸約如前. 與蠻夷從事, 務推誠心, 南土愛而信之.

| 국역 |

董和(동화)[329]의 字는 幼宰(유재)로, 南郡 枝江縣(지강현)[330] 사람인데, 그 선조는 본래 巴郡 江州(今 重慶市) 출신이었다. 漢末에 일족을 거느리고 서쪽으로 옮겨갔고, 益州牧인 劉璋(유장) 휘하에서 (犍爲郡) 牛鞞縣(우비현)과 (蜀郡) 江原縣(강원현) 縣長과 (蜀郡 治所인) 成都 현령을 역임하였다. 蜀 땅은 부유하고 실속이 있는 땅이라서 그 풍속에 사치를 좋아하고 큰돈을 번 가문에서는 王侯와 같은 옷에 산해진미를 먹으며 혼인과 장례에 일가의 재산을 다 소비하는 풍조가 있었다.

동화는 몸소 검소한 생활에 보통 옷을 입고 나물 반찬을 먹었으며 분수를 넘지 않고 법도를 지켰으며, 임지에서 移風易俗(이풍역속)하는 치적을 쌓자 백성들은 두려워하면서 법을 어기지 않았다. 그러나 縣內의 强豪(강호)들은 동화의 엄격한 법을 싫어하였기에 유장을 설득하여 巴東屬國(파동속국)의 都尉로 전출시켰다. 그러자 관리와 백성, 노약자 수천 명이 서로 부축하며 동화의 근무를 애걸하여 유장은 2년을 더 근무시킨 다음에 益州太守로 승진시켰는데, 동화의 청렴과 검약은 여전했다. 동화는 蠻夷와 서로 협조하여 성심으로 다스렸기에 남방 각지 백성들의 경애와 신임을 받았다.

---

329 董和(동화, 생졸년 미상, 字는 幼宰) – 지방관으로 선정을 베풀었고 중앙의 관료로 제갈량의 신임을 받았다.

330 南郡 枝江縣(지강현)은, 今 湖北省 서남부 宜昌市 관할 枝江市. 長江 중류, 북안.

先主定蜀, 徵和爲掌軍中郞將, 與軍師將軍諸葛亮並署左
將軍大司馬府事, 獻可替否, 共爲歡交. 自和居官食祿, 外牧
殊域, 內幹機衡, 二十餘年, 死之日家無儋石之財.

亮後爲丞相, 敎與群下曰, "夫參署者, 集衆思廣忠益也. 若
遠小嫌, 難相違覆, 曠闕損矣. 違覆而得中, 猶棄弊蹻而獲珠
玉. 然人心苦不能盡, 惟徐元直處茲不惑, 又董幼宰參署七
年, 事有不至, 至於十反, 來相啓告. 苟能慕元直之十一, 幼
宰之殷勤, 有忠於國, 則亮可少過矣."

又曰, "昔初交州平, 屢聞得失, 後交元直, 勤見啓誨, 前參
事於幼宰, 每言則盡, 後從事於偉度, 數有諫止. 雖姿性鄙暗,
不能悉納, 然與此四子終始好合, 亦足以明其不疑於直言
也."

其追思和如此.

|국역|

劉備가 蜀郡을 평정한 뒤, 董和(동화)를 불러 中郞將에 임명하여
軍師將軍인 諸葛亮(제갈량)과 함께 左將軍 大司馬府의 업무를 담당
케 하였는데, 해야 할 일을 건의하고 폐지할 일은 고쳐가면서 함께
잘 협조하였다. 동화가 관직에서 관록을 받은 이래 지방관으로 먼
곳을 통치하고 조정의 중신으로 주요업무를 담당하기 20여 년이었
지만 그가 죽을 때 집안에는 여분의 재산이 없었다.

제갈량이 승상이 된 뒤에 여러 관원들에게 말했다.

"부서와 관직을 설치한 것은 나라에 유익한 여러 사람의 의견을 받아들이려는 뜻이다. 만약 사소한 혐의 때문에, 또는 서로 다른 의견을 제출했다 하여 피하고 멀리한다면 국가대사에 손실만 끼칠 것이다. 서로 다른 의견이지만 실질에 부합한다면 이는 헌 신발을 버리고 새로운 보물을 얻는 것과 같을 것이다. 그리고 사람이 盡心盡力(진심진력)하기가 어렵다지만, 徐庶(서서, 字 元直)는 자신의 자리에서 미혹이 없었고, 董和(동화, 字 幼宰)는 7년간 부서에 근무하면서 자신이 잘 모르는 부분이 있어 10번을 반복하면서도 찾아와 그 일을 설명하였다. 진실로 徐庶(서서) 誠心의 10분지 1을, 또 동화의 은근한 성의를 배워 나라에 충성을 바친다면 나 제갈량의 과오도 적을 것이다."

제갈량이 또 말했다.

"옛날에 崔州平(최주평)[331]을 처음 알았을 때 여러 번 행실의 득실에 대한 지적을 들었고, 뒷날 徐庶와 교제하면서 그의 啓發과 가르침을 자주 받았으며, 앞서 근무했던 幼宰(유재, 董和)는 함께 업무를 하면서 늘 그의 솔직한 의견을 들었으며, 그 뒤에 偉度(위도, 胡濟의 字)[332]는 자주 간언을 올려 내 잘못을 바로잡아주었다. 비록 나의 수

---

331 博陵(박릉)의 崔州平(최주평, 생졸년 미상. 이름 失傳, 州平은 그의 字) - 博陵(?) 安平縣(今 河北省 남부 衡水市 安平縣)출신, 후한 太尉를 역임한 崔烈(최열)의 아들.《三國演義》에서는 유비가 三顧茅廬할 때 제일 먼저 최주평을 만나 제갈량인줄 알았다.

332 胡濟(호제, 字 偉度) - 제갈량의 主簿로 업무에 충실하여 제갈량의 칭송을 들었다. 제갈량이 죽은 뒤, 中典軍으로 諸軍을 통솔했으며 中監軍前將軍과 右驃騎將軍을 역임했다.

양이 부족하여 다 받아들이지 못한 경우도 있었지만, 위에 말한 네 사람은 처음부터 끝까지 친밀한 관계를 유지하면서 꺼리지 않고 의심스러운 일에 직언으로 나를 깨우쳐 주었다."

제갈량의 동화에 대한 추모가 이와 같았다.

❷ 劉巴

|原文|

劉巴字子初, 零陵烝陽人也. 少知名, 荊州牧劉表連闢, 及擧茂才, 皆不就. 表卒, 曹公徵荊州. 先主奔江南, 荊, 楚群士從之如雲, 而巴北詣曹公. 曹公闢爲掾, 使招納長沙,零陵,桂陽. 會先主略有三郡, 巴不得反使, 遂遠適交阯, 先主深以爲恨.

|국역|

劉巴(유파)[333]의 字는 子初(자초)로, 零陵郡(영릉군) 烝陽縣(증양현)

---

[333] 劉巴(유파, 190 以前 – 222年, 字 子初) – 荊州 零陵郡 烝陽縣(今 湖南省 중부 邵陽市 관할 邵東縣) 사람. 蜀漢 尙書令 역임. 촉한의 유명한 文士로 劉備가 入蜀하고 稱帝하는 동안 여러 誥命(고명), 策命을 지었다. 淸廉 儉約하고 不治 産業하면서도 私交가 없었다. 才智가 過人하여 諸葛亮도 "運籌帷幄(운주유악)은 내가 子初보다 한참 뒤진다."라고 말할 정도였다. 유파는 좀 오만하고 기량이 편협하여 張飛의 예방을 받고도 장비가 市井 출신이라 하여 禮敬하지 않았다고 한다. 그 문집으로《劉令君集》이 전한다.

사람이다. 젊어서도 유명했는데 荊州牧인 劉表(유표)가 연이어 초빙하고 茂才(무재)로 천거해도 응하지 않았다. 유표가 죽고, 조조가 형주를 원정했다. 유비가 長江 남쪽으로 달아나자 형주와 楚 땅의 많은 인사들이 유비를 따라갔는데 유파는 북쪽으로 조조를 찾아갔다. 조조는 유파를 속관에 임명했고, 유파를 보내 長沙, 零陵, 桂陽郡 등을 초치 위무하게 하였다. 그러나 유비가 3개 군을 먼저 경략했기에 유파는 조조에게 돌아갈 수가 없어 멀리 남쪽 交阯郡(교지군)[334]으로 도피했고, 유비는 이를 몹시 서운하게 생각했다.

| 原文 |

巴復從交阯至蜀. 俄而先主定益州, 巴辭謝罪負, 先主不責. 而諸葛孔明數稱薦之, 先主闢爲左將軍西曹掾. 建安二十四年, 先主爲漢中王, 巴爲尙書, 後代法正爲尙書令. 躬履淸儉, 不治産業, 又自以歸附非素, 懼見猜嫌, 恭默守靜, 退無私交, 非公事不言.

先主稱尊號, 昭告於皇天上帝后土神祇, 凡諸文誥策命, 皆巴所作也.

章武二年卒. 卒後, 魏尙書僕射陳群與丞相諸葛亮書, 問巴消息, 稱曰劉君子初, 甚敬重焉.

----
334 交阯郡 治所 龍編縣, 今 越南國 河內市(하노이 시) 동쪽.

| 국역 |

劉巴(유파)는 交阯郡(교지군)에서 다시 蜀으로 돌아왔다. 얼마 후에 유비가 益州를 평정하자, 유파는 유비에게 사죄하였고, 유비는 문책하지 않았다. 諸葛孔明이 유파를 자주 칭송하며 천거하자, 유비는 유파를 불러 左將軍 西曹掾(서조연)에 임명하였다.

建安 24년(서기 219) 유비가 漢中王으로 즉위하자, 유파는 尙書가 되었고, 뒤에 法正(법정)의 후임으로 尙書令이 되었다. 유파는 청렴 검소하였고 家産을 돌보지도 않았으며, 또 자신이 처음부터 유비에게 귀부하지도 않았기에 시기를 당할 수도 있다고 생각하여 공손하고 말없이 청정한 생활을 하면서 퇴근 후에도 사적 교제가 없었으며, 公事가 아니면 말하지 않았다.

先主가 제위에 오른 뒤, 皇天의 上帝나 后土의 여러 神에게 올리는 昭告(소고)나 여러 문장과 誥命(고명)이나 策命은 모두 유파가 지었다.

유파는 章武 2년(서기 222)에 죽었다. 유파가 죽은 뒤, 魏 尙書僕射인 陳群(진군)은 승상 諸葛亮에게 서신을 보내 유파의 소식을 물었는데, 서신에서 유파를 '劉君子初'라 칭하면서 아주 존경하였다.

❸ 馬良

| 原文 |

馬良字季常, 襄陽宜城人也. 兄弟五人, 並有才名, 鄕里爲

之諺曰, '馬氏五常, 白眉最良.' 良眉中有白毛, 故以稱之.
先主領荊州, 闢爲從事. 及先主入蜀, 諸葛亮亦從後往, 良留
荊州, 與亮書曰,

「聞雒城已拔, 此天祚也. 尊兄應期贊世, 配業光國, 魄兆見
矣. 夫變用雅慮, 審貴垂明, 於以簡才, 宜適其時. 若乃和光
悅遠, 邁德天壤, 使時聞於聽, 世服於道, 齊高妙之音, 正鄭,
衛之聲, 並利於事, 無相奪倫, 此乃管弦之至, 牙,曠之調也.
雖非鍾期, 敢不擊節!」

先主闢良爲左將軍掾.

| 국역 |

馬良(마량)[335]의 字는 季常(계상)으로, 襄陽郡 宜城縣(의성현) 사람
이다. 그 형제 5인이 모두 뛰어난 재주로 소문났지만, 鄕里에서는
'馬氏의 五常 형제 중, 白眉(백미)인 馬良이 제일 뛰어났다.'고 말하
였으니, 마량의 눈썹에 흰 털이 있어 이를 두고 한 말이었다.

유비가 荊州(형주)를 차지하자, 마량을 불러 從事로 임명했다. 유
비가 蜀郡에 들어가자, 諸葛亮(제갈량)도 마찬가지로 뒤따라갔고,
마량은 형주에 남아 지키면서 제갈량에게 서신을 보냈다.

....

335 馬良(마량, 187 – 222년, 字 季常) – 荊州 襄陽郡 宜城縣〔今 湖北省 북부 襄陽市
(襄樊市) 관할 宜城市〕사람. 蜀漢 劉備의 侍中. '馬氏五常, 白眉最良'의 주
인공. 222년 劉備가 東吳 원정할 때, 馬良은 武陵郡 일대 五溪蠻夷를 귀순케
하여 그들의 지원을 이끌어냈지만, 유비가 夷陵之戰에서 패퇴하면서 마량도
전사했다.《蜀書》9권,〈董劉馬陳董呂傳〉에 입전.

「들기로는 雒城(낙성)[336]을 공격, 함락시켰다 하니, 이는 하늘이 내린 복입니다. 尊兄[337]께서는 시운에 따르시며 정사를 보필하시어 나라를 빛낼 대업을 성취하셔야 하나니, 그 징조가 출현한 것입니다. 상황의 변화에 따라 깊이 사려하시고, 형세에 따라 친히 용단을 내리시며, 인재의 선발과 등용 또한 時宜(시의)에 따라야 할 것입니다. 만약 광채 나는 지혜로 먼 곳 만인까지 기꺼이 찾아오게 하고, 숭고한 덕행을 세상에 널리 펴시어 백성들이 정도를 따르게 하고, 高雅한 正音을 고루 펴시며, 鄭과 衛(위)의 음란한 음악을 바로잡고, 모든 백성이 국가 대사에 협조하고 서로 침탈하지 않게 하신다면, 이는 管絃(관현)의 조화를 이룬, 伯牙(백아)[338]나 師曠(사광)[339]의 연주와 같을 것입니다. 제가 鍾子期(종자기)처럼 知音은 아니지만, 어찌 讚嘆(찬탄)하지 않을 수 있겠습니까!」

유비는 마량을 불러 左將軍掾(좌장군연, 좌장군 속관)에 임명하였다.

336 今 四川省 成都 평원 동북, 德陽市 관할 廣漢市.

337 마량과 제갈량이 의형제를 맺었거나, 서로 친밀한 관계에서 제갈량이 연장자라서 尊兄이라 칭했을 것이라는 배송지의 주석이 있다.

338 伯牙(백아) － 春秋 晉國 大夫, 伯氏, 伯雅. 저명한 琴師, 七弦琴을 잘 타고 鍾子期(종자기)와 知音의 故事가 있다. 伯牙의 事跡은 《列子 湯問篇》, 《荀子 勸學》 등에 기록이 있다.

339 師廣(사광, 기원전 6세기 경, 字 子野) － 晉國 羊舌(양설)을 食邑으로 받은 음악가. 師曠은 태어나면서 無目이라서 '盲臣' 이라 자칭 음률에 정통했던 晉國의 大夫, 彈琴을 잘했다.

後遣使吳, 良謂亮曰, "今銜國命, 協穆二家, 幸爲良介於孫
將軍." 亮曰, "君試自爲文." 良卽爲草曰, 「寡君遣掾馬良通
聘繼好, 以紹昆吾,豕韋之勳. 其人吉士, 荊楚之令, 鮮於造次
之華, 而有克終之美, 願降心存納, 以慰將命.」

權敬待之. 先主稱尊號, 以良爲侍中. 及東征吳, 遣良入武
陵招納五溪蠻夷, 蠻夷渠帥皆受印號, 咸如意指. 會先主敗績
於夷陵, 良亦遇害. 先主拜良子秉爲騎都尉.

|국역|

뒷날 마량은 東吳에 사신으로 갔는데, 마량이 제갈량에게 말했
다.

"지금 국명을 받아 두 나라를 화목하게 하는 일을 맡았습니다만,
저를 孫將軍(孫權)에게 소개를 시켜 주셔야 합니다."

그러자 제갈량은 "한번 문장의 초안을 잡아보시오."라고 말했다.
이에 마량은 즉시 초안을 지었다.

「寡君은 속관인 馬良을 보내어 通好하여 昆吾(곤오)[340]와 豕韋(시
위)[341]의 공적을 이어받도록 하겠습니다. 이 사람은 재능이 있어 荊
楚(형초)에서 이름이 알려졌으며, 짧은 시간에 빛을 발하지는 못해

----

340 昆吾(곤오) - 中國 上古 시대 인물, 己姓, 陶神.《史記 楚世家》에 보인다. 뒷날
지금 河南省 許昌市에 昆吾國을 세운다.

341 豕韋(시위) - 豕韋 또는 韋國, 夏朝의 諸侯國 이름. 今 河南省 일부에 있던 나
라. 彭姓.

도 끝까지 유종의 미를 거둘만하니 뜻을 좀 낮추어 引見하시고 사
명을 다할 수 있도록 도와주시기 바랍니다.」

손권은 마량을 우대했다. 유비가 제위에 오른 뒤, 마량은 侍中이
되었다. 先主가 東吳를 원정할 때, 선주는 마량을 파견하여 武陵郡
지역에 들어가 五溪의 蠻夷(만이)를 招撫(초무)하게 하였는데, 만이
의 수장들은 모두 蜀漢의 인수와 작호를 받고 모두 촉한에 협력하
였다. 그러나 先主가 夷陵(이릉)의 전투에서 패전하면서 마량 역시
살해당했다. 先主는 마량의 아들 馬秉(마병)을 騎都尉에 임명했다.

| 原文 |

良弟謖, 字幼常, 以荊州從事隨先主入蜀, 除綿竹,成都令,
越雟太守. 才器過人, 好論軍計, 丞相諸葛亮深加器異. 先主
臨薨謂亮曰, "馬謖言過其實, 不可大用, 君其察之!"

亮猶謂不然, 以謖爲參軍, 每引見談論, 自晝達夜.

建興六年, 亮出軍向祁山, 時有宿將魏延,吳壹等, 論者皆
言以爲宜令爲先鋒, 而亮違衆拔謖, 統大衆在前, 與魏將張郃
戰於街亭, 爲郃所破, 士卒離散. 亮進無所據, 退軍還漢中.
謖下獄物故, 亮爲之流涕. 良死時年三十六, 謖年三十九.

| 국역 |

馬良의 동생 馬謖(마속)[342]의 字는 幼常(유상)인데, 荊州牧의 從事

였다가 先主(유비)를 따라 촉군에 들어왔고 (廣漢郡) 綿竹(면죽)과 (蜀郡) 成都(성도)의 현령과 越嶲郡(월수군)[343] 태수를 역임했다. 재능과 기량이 남보다 뛰어났고 군사 전략에 대한 논의를 즐겨했는데, 승상 諸葛亮(제갈량)도 능력을 인정하며 특별하다고 생각하였다. 그러나 先主는 붕어 직전에 제갈량에게 "마속은 말이 실제보다 지나쳐서 크게 쓸 수 없으니 승상이 살펴보기 바라오!"라고 말했다.

그러나 제갈량은 그렇지 않다고 생각했고 자주 마량을 불러 담론하기를 낮부터 밤까지 계속하였다.

(後主) 建興 6년(서기 228), 제갈량의 祁山(기산)에 출병하였는데 (제갈량의 1차 북벌), 그때 宿將(숙장)으로 魏延(위연)과 吳壹(오일) 등이 있었고, 많은 사람들은 그들 중에 골라 先鋒을 삼아야 한다고 생각했지만, 제갈량은 중론과 달리 마속을 발탁하여 대부대를 거느린 선봉장으로 삼았고, 마속은 魏將 張郃(장합)과 街亭(가정)[344]에서 싸웠지만 장합에게 격파되었으며 士卒은 흩어졌다. 제갈량은 근거지를 잃었기에 진격할 수가 없어 퇴군하여 漢中郡으로 돌아왔다. 마속은 패전의 책임으로 下獄되어 처형되었고(物故), 제갈량은 마속 때문에 눈물을 흘렸다. 마량은 36세에 죽었고, 마속은 39세에 죽었다.

....

342 馬謖(마속, 190 – 228년, 字 幼常) – 謖 일어날 속. 빼어나다. 侍中 馬良의 아우. '馬氏五常'의 한 사람. 劉備가 臨終 전에 '聰明才氣하나 爲人이 言過其實하니 중임을 맡길 수 없다.'고 하였다. 그전에 제갈량이 남방을 원정할 때 마량은 "用兵之道는 攻心이 爲上이고 攻城이 爲下이며, 心戰이 爲上이고 兵戰이 爲下이니, 公께서는 그들이 마음으로 복종시켜야 합니다."라고 건의했었다.

343 越嶲郡(월수군)의 치소는 邛都縣(공도현), 今 四川省 남부 西昌市.

344 祁山(기산)은, 今 甘肅省 남단 隴南市 관할 禮縣(예현). 街亭(가정)은, 今 甘肅省 남부 天水市 관할 秦安縣 隴城鎭(농성진)에 해당.

❹ 陳震

| 原文 |

陳震字孝起, 南陽人也. 先主領荊州牧, 辟爲從事, 部諸郡, 隨先主入蜀. 蜀旣定, 爲蜀郡北部都尉, 因易郡名, 爲汶山太守, 轉在犍爲.

建興三年, 入拜尙書, 遷尙書令, 奉命使吳. 七年, 孫權稱尊號, 以震爲衛尉, 賀權踐阼, 諸葛亮與兄瑾書曰, 「孝起忠純之性, 老而益篤, 及其贊述東西, 歡樂和合, 有可貴者.」

震入吳界, 移關候曰, 「東之與西, 驛使往來, 冠蓋相望, 申盟初好, 日新其事. 東尊應保聖祚, 告燎受符, 剖判土宇, 天下響應, 各有所歸. 於此時也, 以同心討賊, 則何寇不滅哉! 西朝君臣, 引領欣賴. 震以不才, 得充下使, 奉聘敍好, 踐界踴躍, 入則如歸.

獻子適魯, 犯其山諱, 《春秋》譏之. 望必啓告, 使行人睦焉. 卽日張旍誥衆, 各自約誓. 順流漂疾, 國典異制, 懼或有違, 幸必斟誨, 示其所宜.」

震到武昌, 孫權與震升壇歃盟, 交分天下. 以徐, 豫, 幽, 靑屬吳, 幷, 涼, 冀, 兗屬蜀, 其司州之土, 以函谷關爲界. 震還, 封城陽亭侯.

九年, 都護李平坐誣罔廢, 諸葛亮與長史蔣琬, 侍中董允書

曰,

「孝起前臨至吳, 爲吾說正方腹中有鱗甲, 鄕黨以爲不可近. 吾以爲鱗甲者但不當犯之耳, 不圖復有蘇,張之事出於不意. 可使孝起知之.」

十三年, 震卒. 子濟嗣.

| 국역 |

陳震(진진)[345]의 字는 孝起(효기)로, (荊州) 南陽郡 사람이다. 先主(유비)가 荊州牧일 때 진진을 불러 從事로 삼아 여러 郡을 통솔케 했고, 유비를 따라 蜀에 들어갔다. 촉군이 평정된 뒤 蜀郡 北部都尉가 되었으며 그 관할 지역을 郡으로 승격시켜 汶山(문산) 태수가 되었다가 犍爲郡 태수로 전직했다.

(後主) 建興 3년(서기 225), 진진은 조정에 들어와 尙書가 되었다가 尙書令으로 승진한 뒤에, 명을 받아 東吳에 사신으로 다녀왔다. 建興 7년(서기 229), 손권이 칭제했는데 진진은 衛尉(위위, 수도 방위 담당. 卿)로 손권의 즉위를 치하하는 사신으로 가게 되자, 제갈량은 친형인 諸葛瑾(제갈근)에게 서신을 보내 말했다.

「陳孝起(陳震)는 품성이 忠誠 純正한데 나이가 들수록 더욱 독실하니, 이 사람이 동서(東吳와 蜀漢) 두 나라의 관계를 서술하여 기꺼이 화합할 수 있다면 아주 좋을 것입니다.」

진진이 동오의 땅에 들어가 관문을 통과하며 수문장에게 문서를

---

345 陳震(진진, ?-235년, 字, 孝起) - 震은 벼락 진. 東吳에 사신으로 가서 使命을 완수했다. 사람이 正直, 純樸(순박)했으며, 신중하면서도 온화했다.

보내 말했다.

「東吳와 西蜀은 역마와 사신의 왕래가 아주 빈번하고 盟約과 誓言(서언)으로 그간 돈독한 友誼(우의)가 날마다 또 달마다 새로웠습니다. 東吳의 군주께서도 응당 上天의 신성한 福運을 받아 燎祭(요제)를 올려 신령한 符命(부명)을 받고 땅을 나눠 분봉하니 천하가 響應(향응)하며 각각 귀부하였습니다. 지금이야말로 서촉과 동오는 합심하여 賊徒(조위)를 토벌해야 하나니, 어찌 적도를 없애지 않을 수 있겠습니까! 西朝(西蜀)의 군신은 모두 큰 기대를 걸고 있습니다. 재주가 많지 않은 나 陳震은 초빙의 예를 행하며 양국의 우호를 증진토록 사신의 명을 받아, 동오의 영역에 기쁜 마음으로 들어왔는데 마치 집에 돌아온 것 같았습니다.

옛날 范獻子(범헌자)[346]가 魯國에 들어가며, 노국에서 조심해야 할 일을 법하자 《春秋》에서는 이를 비난했습니다. 내가 조심해야할 일을 미리 알려주어 使行을 원만히 마칠 수 있게 도와주기 바랍니다. 귀국에 들어가며 깃발을 올려 여러 사람에게 알리고 양국 관원의 서약을 따를 것입니다. 長江을 따라 내려가면서 동오의 법도나 제도를 잘 몰라 실수가 있을지 걱정이니, 유념할 것을 말해주어 우의를 돈독히 할 수 있기를 바랍니다.」

진진은 武昌에 도착했고, 孫權은 진진과 함께 제단에 올라 피를 발라 맹약을 하며 천하를 양분하였다. 그리하여 徐州, 豫州, 幽州, 兗州는 동오에 소속하고, 幷州, 涼州, 冀州, 靑州는 촉한이 보유하며, 司州(司隷)의 땅은 函谷關(함곡관)을 경계로 정했다. 진진은 귀

---

346 范獻子(범헌자) - 士鞅(사앙, ?-前 501년) 으로 春秋 시대 晉國의 장군.

국하여 城陽亭侯가 되었다.

(建興) 9년(서기 231), 都護인 李平(이평)[347]이 (군량 수송 문제로) 거짓 평계를 조작하고 헐뜯어 파면되었는데, 제갈량이 長史인 蔣琬(장완)과 侍中인 董允(동윤)에게 서신을 보냈다.

「孝起(陳震)가 전에 東吳에 사신으로 가면서 나에게 李正方(李平)의 뱃속에 비늘갑옷(鱗甲)이 들어 있기에(속셈을 알수 없다는 뜻) 鄕黨에서도 가까이할 수 없다고 말했습니다. 나는 갑옷이란 犯(범)할 수 없다는 뜻으로 생각했지만, 蘇秦(소진)이나 張儀(장의) 같은 거짓과 흉계로 의외의 일을 저지를 줄 몰랐으니, 이를 진진에게 알려주어야 합니다.」

建興 13년(서기 235)에, 진진이 죽었다. 아들 陳濟(진제)가 직위를 계승했다.

❺ 董允

| 原文 |

董允字休昭, 掌軍中郎將和之子也. 先主立太子, 允以選爲舍人, 徙洗馬. 後主襲位, 遷黃門侍郎. 丞相亮將北征, 住漢中, 慮後主富於春秋, 朱紫難別, 以允秉心公亮, 欲任以宮省

---

347 이평은 본래 李嚴(이엄, ?-234년, 字 正方) – 뒷날 李平으로 개명. 유비가 죽기 전 제갈량과 함께 유조를 받았다. 제갈량이 기산에 출병했을 때 군량과 馬草를 제대로 수송하지 못하게 되자, 동오가 침략한다는 허위 보고를 올렸고 제갈량은 철수했다. 제갈량은 이엄을 파직하여 서민으로 강등, 귀양보냈다.

之事.

上疏曰,「侍中郭攸之,費禕,侍郎董允等, 先帝簡拔以遺陛
下, 至於斟酌規益, 進盡忠言, 則其任也. 愚以爲宮中之事,
事無大小, 悉以諮之, 必能裨補闕漏, 有所廣益. 若無興德之
言, 則戮允等以彰其慢.」

亮尋請禕爲參軍, 允遷爲侍中, 領虎賁中郎將, 統宿衛親
兵. 攸之性素和順, 備員而已. 獻納之任, 允皆專之矣. 允處
事爲防制, 甚盡匡救之理. 後主常欲採擇以充後宮, 允以爲古
者天子后妃之數不過十二, 今嬪嬙已具, 不宜增益, 終執不
聽. 後主益嚴憚之.

尙書令蔣琬領益州刺史, 上疏以讓費禕及允, 又表「允內
侍歷年, 翼贊王室, 宜賜爵土以褒勳勞.」

允固辭不受. 後主漸長大, 愛宦人黃皓. 皓便闢佞慧, 欲自
容入. 允常上則正色匡主, 下則數責於皓. 皓畏允, 不敢爲非.
終允之世, 皓位不過黃門丞.

| 국역 |

董允(동윤)[348]의 字는 休昭(휴소)로, 掌軍中郎將인 董和(동화)의 아
들이다. 先主가 太子를 책립한 뒤에 동윤을 舍人으로 선임했는데,

348 董允(동윤,?-246年, 字 休昭) — 董和(동화, 字 幼宰) 蜀漢 大臣, 蔣琬(장완), 費禕
(비의)와 함께 제갈량 사후 촉한의 정치를 담당, 동윤이 살아있는 동안 환관
黃皓(황호)는 나쁜 짓을 못했다.

동윤은 나중에 洗馬(세마)[349]가 되었다. 後主가 제위에 오르자 黃門侍郎(황문시랑)[350]으로 승진했다. 丞相 제갈량은 북방원정에 앞서 漢中郡에 머물면서 後主가 나이도 어리고 사리분별을 못하자, 동윤의 심성이 바르고 공정하며 안목이 있다고 생각하여 궁중과 조정의 일을 전담케 하였다. 그리하여 상소를 올렸다.

「侍中인 郭攸之(곽유지), 費禕(비의), 董允(동윤) 등은 先帝께서 선발하여 폐하께 물려준 신하로 국사를 헤아리고 규범에 따라 도움을 주며 충언을 다 바치는 것이 그 임무입니다. 신의 생각에, 궁중의 크든 작든 모든 일은 동윤에게 물어 시행하면 부족을 보완할 수 있고 크게 도움이 될 것입니다. 만약 바른 말을 진언하지 않으면 동윤 등을 죽여 그 태만을 질책하십시오.」

제갈량은 곧 비의를 參軍(참군)으로 임명했고, 동윤을 侍中으로 옮겨 虎賁中郎將을 겸임하며 宿衛하는 親兵을 통솔케 하였다. 곽유지는 성정이 온순하여 자리만 지키게 하였고, 충언을 올리고 여러 의견에 대한 결정은 모두 동윤이 전담케 하였다. 동윤은 업무를 담당하면서 예방과 공정한 처리와 잘못을 보필하는데 힘썼다. 後主가 늘 後宮을 더 많이 들이고 싶어했지만, 동윤은 옛부터 천자의 후비는 12명을 넘지 않았으며, 지금 후궁이 다 충원되었기에 증원할 수 없다며 끝까지 따르지 않았다. 그럴수록 후주는 동윤을 두려워하였다.

尙書令인 蔣琬(장완)이 益州刺史를 겸임하며 상소하여 費禕(비의)

349 太子舍人은 태자의 측근으로 서무 담당. 太子洗馬(洗馬는 간칭) – 태자의 속관으로 수행관원. 이때 洗는 先의 뜻.
350 黃門侍郎(황문시랑)은 간칭 黃門郎, 宮門 안에서 서무를 담당하는 郎官, 곧 황제의 近侍之臣. 조서나 문서의 전달 등을 담당.

나 동윤에게 양보하면서 「동윤은 오랫동안 폐하를 받들고 왕실을 보필하였으니 작위와 땅을 봉하여 그 공훈을 포상해야 합니다.」라고 거듭 표문을 올렸지만, 동윤은 굳이 사양하며 받지 않았다.

후주는 나이가 많아지며 환관 黃皓(황호)를 총애하였다. 황호는 아첨을 잘하고 잔머리를 잘 써서 후주를 기쁘게 하여 출세하려고 했다. 그러나 동윤은 늘 정색으로 후주를 바로잡아가며 아래로는 황호를 여러 번 문책하였다. 때문에 황호는 동윤이 두려워 감히 나쁜 짓을 저지르지 못했다. 동윤이 죽을 때까지 황호의 지위는 黃門丞(황문승)에 불과했다.

| 原文 |

允嘗與尙書令費禕,中典軍胡濟等共期遊宴, 嚴駕已辦, 而郎中襄陽董恢詣允脩敬. 恢年少官微, 見允停出, 逡巡求去, 允不許, 曰, "本所以出者, 欲與同好遊談也, 今君已自屈, 方展闊積, 舍此之談, 就彼之宴, 非所謂也."

乃命解驂, 禕等罷駕不行. 其守正下士, 凡此類也.

延熙六年, 加輔國將軍. 七年, 以侍中守尙書令, 爲大將軍費禕副貳. 九年, 卒.

陳祗代允爲侍中, 與黃皓互相表裏, 皓始預政事. 祗死後, 皓從黃門令爲中常侍,奉車都尉, 操弄威柄, 終至覆國. 蜀人無不追思允. 及鄧艾至蜀, 聞皓奸險, 收閉, 將殺之, 而皓厚賂艾左右, 得免.

| 국역 |

한번은 동윤이 尚書令인 費禕(비의), 中典軍인 胡濟(호제) 등과 잔치에 가기로 약속하고 행장과 수레가 다 준비되었는데, 郎中인 襄陽(양양) 출신 董恢(동회, 字 休緒)가 동윤을 찾아와 예를 갖춰 인사를 올렸다. 동회는 나이도 젊고 관직도 낮았는데, 동윤이 출발을 멈추자, 주저하며 나가겠다고 하자 동윤이 불허하며 말했다.

"내가 외출하려 했던 것은 다른 사람과 환담이나 나누려 했던 것인데, 지금 자네가 직접 찾아온 것은 할 이야기가 있는 것이니, 자네와 이야기 하지 않고 다른 사람과 환담을 나누는 것은 옳지 않소."

그러면서 준비했던 수레와 말을 취소했고, 비의 등도 잔치에 가지 못했다. 동윤이 正道를 따르며 아랫사람을 대하는 일이 대개 이와 같았다.

(後主) 延熙 6년(서기 243), 동윤은 加官[351]으로 輔國將軍이 되었다. 7년, 侍中으로 尚書令를 대리하면서 大將軍 費禕(비의)의 副職을 담당했다. 동윤은 (延熙) 9년에(서기 246) 죽었다.

陳祗(진지)가 동윤의 후임으로 侍中이 되었는데 동윤은 황호와 서로 한마음이 되었고, 황호는 정사에 간여하기 시작했다. 진지가 죽은 뒤 황호는 黃門令에서 中常侍 겸 奉車都尉가 되어 위세와 권력

---

351 加官이란, 本職 외에 다시 더 받은 관직의 직함이다. 열후, 장군, 경대부나 낭관 이상의 관직에서 가관을 받을 수 있었다. 가관의 칭호로 자주 보이는 것은 侍中, 左右曹, 諸吏, 常侍, 散騎, 給事中 등이 있다. 가관을 받은 신하는 황제의 신임을 받고 있다는 뜻이며 권한이 강대한 內朝의 要職을 차지하였다.

을 마음대로 휘둘렀고, 결국 나라를 망하게 했다. 蜀人 모두가 동윤을 추모하였다. (魏將) 鄧艾(등애)가 蜀을 멸망시키고 황호의 간악한 짓을 듣고서 황호를 잡아가두었다가 죽이려 했는데, 황호는 등애의 측근에 후하게 뇌물을 써서 살아남았다.

| 原文 |

陳祗字奉宗, 汝南人, 許靖兄之外孫也. 少孤, 長於靖家. 弱冠知名, 稍遷至選曹郎, 矜厲有威容. 多技藝, 挾數術, 費禕甚異之, 故超繼允內侍. 呂乂卒, 祗又以侍中守尙書令, 加鎭軍將軍, 大將軍姜維雖班在祗上, 常率衆在外, 希親朝政. 祗上承主指, 下接閹豎, 深見信愛, 權重於維.

景耀元年卒, 後主痛惜, 發言流涕, 乃下詔曰,

「祗統職一紀, 柔嘉惟則, 幹肅有章, 和義利物, 庶績允明. 命不融遠, 朕用悼焉. 夫存有令問, 則亡加美諡, 諡曰忠侯.」

賜子粲爵關內侯, 拔次子裕爲黃門侍郎. 自祗之有寵, 後主追怨允日深, 謂爲自輕, 由祗媚玆一人, 皓構間浸潤故耳. 允孫宏, 晉巴西太守.

| 국역 |

陳祗(진지)의 字는 奉宗(봉종)으로 汝南郡 사람인데, 許靖(허정) 兄의 外孫이었다. 젊어 부모를 여의고 허정의 집에서 성장하였다. 진

지는 弱冠(약관, 20세)에 이름이 알려졌고, 점차 승진하여 選曹郎(선조랑)이 되었는데, 표정이 엄숙하고 위용이 있었다. 여러가지 재주가 많았고, 천문이나 술수에도 밝아 費禕(비의)도 진지를 특별하게 여겼기에, 동윤의 후임으로 황제를 측근에서 보필케 하였다.

呂乂(여예)가 죽자, 진지는 侍中으로 尚書令를 대행하였고 加官으로 鎭軍將軍이 되었는데, 大將軍 姜維(강유)가 서열상으로는 진지보다 위였지만 강유는 군사를 거느리고 변방에 나가 있어 조정위 정사에 참여하는 일이 거의 없었다. 때문에 진지는 위로는 후주의 뜻을 받들고 아래로는 환관들과 접촉하며 후주의 절대적인 신임도 있어 그 권력은 강유보다 강했다. 진지는 景耀(경요) 원년(서기 258)에 죽었는데, 후주는 몹시 애통하면서 말할 때마다 눈물을 흘렸는데, 곧 조서를 내렸다.

「진지는 정무를 총괄하기 12년에 온화와 선량으로 본보기가 되었고 그 업무처리에 법도가 있었으며, 조화와 대의로 만물을 이롭게 했고 치적도 훌륭하였다. 人命이 오래지 않다지만 짐은 그 죽음에 비통하노라. 살아 좋은 평판이 있다면 죽어 좋은 시호를 받아야 하니, 시호는 忠侯(충후)이다.」

진지의 아들 陳粲(진찬)에게 關內侯 작위를 하사했고, 次子 陳裕(진유)를 黃門侍郎으로 발탁하였다. 진지를 총애하면서부터, 後主의 동윤에 대한 미움은 날로 심해지며 동윤이 자신을 경시했다고 말했는데, 이는 진지가 후주에게 아부했고 황호가 동윤을 심하게 헐뜯었기 때문이었다. 동윤의 손자 董宏(동굉)은 西晉의 巴西太守를 지냈다.

❻ 呂乂

|原文

呂乂字季陽, 南陽人也. 父常, 送故將劉焉入蜀, 值王路隔塞, 遂不得還. 乂少孤, 好讀書鼓琴.

初, 先主定益州, 置鹽府校尉, 較鹽鐵之利, 後校尉王連請乂及南陽杜祺, 南鄉劉幹等並爲典曹都尉. 乂遷新都, 綿竹令, 乃心隱卹, 百姓稱之, 爲一州諸城之首. 遷巴西太守. 丞相諸葛亮連年出軍, 調發諸郡, 多不相救, 乂募取兵五千人詣亮, 慰喻檢制, 無逃竄者. 徙爲漢中太守, 兼領督農, 供繼軍糧.

亮卒, 累遷廣漢, 蜀郡太守. 蜀郡一都之會, 戶口衆多, 又亮卒之後, 士伍亡命, 更相重冒, 姦巧非一. 乂到官, 爲之防禁, 開喻勸導, 數年之中, 漏脫自出者萬餘口. 後入爲尙書, 代董允爲尙書令, 衆事無留, 門無停賓. 乂歷職內外, 治身儉約, 謙靖少言, 爲政簡而不煩, 號爲淸能. 然持法刻深, 好用文俗吏, 故居大官, 名聲損於郡縣.

延熙十四年卒. 子辰, 景耀中爲成都令. 辰弟雅, 謁者. 雅淸厲有文才, 著《格論》十五篇.

杜祺歷郡守監軍大將軍司馬, 劉幹官至巴西太守, 皆與乂親善, 亦有當時之稱, 而儉素守法, 不及於乂.

| 국역 |

呂乂(여예)[352]의 字는 季陽(계양)으로, 南陽郡 사람이다. 부친 呂常
(여상)은 옛 장군 劉焉(유언)을 蜀으로 호송했는데, 중원으로 통하는
길이 막혀 돌아오지 못했다. 여예는 어렸을 때 부친을 여의었지만
독서와 琴瑟(금슬) 연주를 좋아했다.

그전에 先主(劉備)가 益州를 평정하고서 鹽府校尉(염부교위)를 설
치하고 염철 거래의 이익을 관리케 했는데, 뒷날 염부교위 王連(왕
련)은 여예와 南陽 출신 杜祺(두기), 南鄕(남향) 사람 劉幹(유간) 등을
초치하여 典曹都尉로 임명하였다. 여예는 新都(신도)와 綿竹(면죽)의
현령을 역임했는데, 마음으로 백성을 어여삐 여기고 도왔기에 백성
의 칭송을 들었으며 그 치적이 益州 내 여러 현 중에서 제일이었다.

여예는 巴西 태수로 승진했다. 승상 제갈량이 해마다 출병하면서
여러 군에서 군사를 동원하였기에 서로를 아껴주지 않았지만, 여예
가 모병하고 인솔하여 제갈량에게 도착한 군사는 서로를 위문하면
서도 엄격하게 관장하여 도망자가 없었다. 여예는 漢中 태수가 되
어 군사를 감독하여 농사도 지어 군량을 공급하였다.

제갈량이 죽은 뒤, 여예는 여러 번 승진하여 廣漢과 蜀郡 태수를
역임하였다. 蜀郡은 촉한의 도읍이라서 戶口가 많았으며, 또 제갈량
사후에 도망친 병졸도 모여들어 호적을 날조하는 등 간계가 많았
다. 여예가 부임한 이후, 여러 가지 방책으로 금하면서 깨우치고 교
도하여, 몇 년 간에 촉군을 떠난 자가 1만여 명이나 되었다. 여예는

----

352 呂乂(여예, ?-251년, 字 季陽) - 乂는 벨 예. 蜀漢 蜀郡 太守, 尙書令 역임.《三
國演義》에서는 呂義(여의).

조정에 들어가 尙書가 되었고, 董允(동윤)의 후임으로 尙書令이 되었는데, 모든 일을 미루지 않았기에 대문에는 기다리는 손님이 없었다.

여예는 내외의 여러 직책을 역임하면서 검소와 절약을 실천하였고 겸손하고 말 수도 적었으며, 정사는 간결하며 번잡하지 않았기에 청렴하고 유능하다는 칭송을 들었다. 그렇지만 법을 엄격하게 적용하였고 법을 잘 따지는 俗吏를 즐겨 등용했기에 고관으로 재직 중 명성은 지방관 시절만 못했다.

(後主) 延熙 14년(서기 251)에, 여예가 죽었다. 아들 呂辰(여진)은 景耀(경요) 연간에(258 – 263) 成都 현령이었다. 여진의 동생 呂雅(여아)는 謁者(알자)[353]였다. 여아는 청렴하면서도 문재가 있어 《格論》15편을 저술하였다.

杜祺(두기)는 郡守와 監軍, 大將軍의 司馬를 역임했고, 劉幹(유간)은 巴西太守를 역임하였는데, 모두 여예와 친하게 지내며 당시에 칭송을 들었는데 검소하면서도 법도를 지키는 것은 여예만 못하였다.

|原文|

評曰, 董和蹈〈羔羊〉之素, 劉巴履清尙之節, 馬良貞實, 稱爲令士, 陳震忠恪, 老而益篤, 董允匡主, 義形於色, 皆蜀臣之

353 謁者(알자)는 漢代 郞中令의 속관, 손님 접대 및 시중, 여러 잡무 담당, 漢代 정원 70명 질록 6백석. 후한에서는 인원을 절반으로 줄였는데, 책임자는 謁者僕射(알자복야)였다.

良矣. <u>呂乂</u>臨郡則垂稱, 處朝則被損, 亦<u>黃</u>,<u>薛</u>之流亞矣.

| 국역 |

陳壽의 評論 : 董和(동화)는《詩經 召南 羔羊(고양)》[354]에 서술한 관리의 미덕이 있었고, 劉巴(유파)는 청렴하며 고상한 저조를 지켰으며, 馬良(마량)은 곧고 내실이 있어 賢才라는 칭송을 들었고, 陳震(진진)은 충직하고 성실하였는데 나이가 들어도 더욱 독실했으며, 董允(동윤)은 후주를 바르게 보필하며 대의를 지켰으니 모두가 촉한의 선량한 신하였다. 呂乂(여예)는 지방관으로 칭송을 들었지만 조정에서 명성은 조금 못하였으니 (前漢의) 黃霸(황패)[355]나 薛宣(설선)[356]의 亞流라 할 만하다.

....
354 태평 성대에 염소 가죽의 갖옷(裘)을 입은 관리들의 여유로운 모습을 묘사하였다.
355 黃霸(황패, 前 130 – 51년) – 前漢 宣帝 때 潁川 太守 역임. 外寬하나 內明한 관리. 御史大夫와 승상 역임.
356 薛宣(설선) – 前漢 成帝 때 지방관으로 큰 명성을 누렸고 御史大夫와 승상을 역임했다.

40권 〈劉彭廖李劉魏楊傳〉(蜀書 10)
(유,팽,요,이,유,위,양전)

❶ 劉封

|原文|

劉封者, 本羅侯寇氏之子, 長沙劉氏之甥也. 先主至荊州, 以未有繼嗣, 養封爲子. 及先主入蜀, 自葭萌還攻劉璋, 時封年二十餘, 有武藝, 氣力過人, 將兵俱與諸葛亮,張飛等泝流西上, 所在戰克. 益州旣定, 以封爲副軍中郞將.

|국역|

劉封(유봉)[357]은 본래 羅侯(나후, 地名) 寇氏(구씨)의 아들로, 長沙郡

거주 劉氏의 생질(外孫)이었다. 유비가 荊州(형주)에 왔을 때, 후사가 없어 寇封(구봉)을 養子로 삼았다. 유비가 촉군에 입성한 뒤, 나중에 葭萌縣(가맹현)에서 군사를 돌려 (益州牧) 劉璋(유장)을 공격했는데, 그때 유봉은 20여 세로 무예가 출중하고 기력도 남보다 뛰어나 군사를 거느리고 諸葛亮(제갈량), 張飛(장비) 등과 함께 강을 거슬러 올라가며 곳곳에서 싸워 이겼다. 익주가 평정된 뒤, 유봉은 副軍中郎將이 되었다.

|原文|

初, 劉璋遣扶風孟達副法正, 各將兵二千人, 使迎先主, 先主因令達並領其衆, 留屯江陵. 蜀平後, 以達爲宜都太守.

建安二十四年, 命達從秭歸北攻房陵, 房陵太守蒯祺爲達兵所害. 達將進攻上庸, 先主陰恐達難獨任, 乃遣封自漢中乘沔水下統達軍, 與達會上庸. 上庸太守申耽擧衆降, 遣妻子及宗族詣成都. 先主加耽征北將軍, 領上庸太守員鄉侯如故, 以耽弟儀爲建信將軍,西城太守, 遷封爲副軍將軍.

自關羽圍樊城,襄陽, 連呼封,達, 令發兵自助. 封,達辭以山郡初附, 未可動搖, 不承羽命. 會羽覆敗, 先主恨之. 又封與達忿爭不和, 封尋奪達鼓吹. 達既懼罪, 又忿恚封, 遂表辭先主, 率所領降魏.

魏文帝善達之姿才容觀, 以爲散騎常侍, 建武將軍, 封平陽亭侯. 合房陵, 上庸, 西城三郡爲新城郡, 以達領新城太守. 遣征南將軍夏侯尙, 右將軍徐晃與達共襲封.

| 국역 |

그전에, 劉璋(유장)은 扶風郡 사람 孟達(맹달)[358]을 法正(법정)의 副職에 임명하여 각각 군사 2천 명을 거느리고 劉備를 영입케 하였는데, 유비는 맹달로 하여금 그 군사를 거느리고 (南郡) 江陵(강릉)에 남아 지키게 했다. 蜀郡이 평정된 뒤에 맹달은 宜都(의도)[359] 태수가 되었다.

建安 24년(서기 219), 유비는 맹달에게 秭歸(자귀)에서 출병하여 북쪽으로 房陵郡(방릉군)을 공격케 하였는데, 房陵 태수인 蒯祺(괴기)는 맹달의 군사에게 살해되었다. 맹달은 군사를 거느리고 上庸

---

[358] 孟達(맹달, ?-228, 字 子敬, 子度) - 본래 益州 劉璋(유장)의 부하. 劉備가 蜀에 들어갈 때 유장은 맹달을 보내 유비를 영접케 했는데, 맹달은 유비에 귀부한다. 맹달은 江陵(강릉)을 수비했다. 建安 24년(서기 219년)에, 孟達은 秭歸(자귀)에서 房陵(방릉)을 공격하고 이어 上庸(상용)까지 진격하여 劉封(유봉)과 합세한다. 關羽(관우)가 樊城(번성)에서 포위되었을 때 유봉과 맹달은 구원을 거절한다. 관우가 패전 후 전사하자 맹달은 문책이 두렵고 또 유봉과 不和하여 바로 曹魏에 투항했다. 투항한 맹달은 魏에서 승진을 거듭하다가 文帝가 (曹丕) 죽자 蜀漢으로 다시 돌아가려다가 계획이 누설되어 司馬懿(사마의)에게 죽는다(서기 228년). 제갈량은 맹달을 외부의 후원세력으로 삼으려고 맹달에 연락을 취했고, 맹달도 제갈량에 호응했다. 이는《蜀書》11권,〈霍王向張楊費傳〉의 費詩傳 말미에 수록되었다.

[359] 宜都郡 治所는 夷道縣, 今 湖北省 宜昌市 관할 宜都市. 夷道, 夷陵, 佷山 3縣을 관할. 東吳와 蜀漢의 형세에 따라 소속이 바뀌었다.

郡(상용군)³⁶⁰으로 진격했는데, 유비는 마음속으로 맹달이 혼자 그런 공격을 감당할 수 없을 것이라 걱정하여, 유봉을 파견하여 漢中郡에서 沔水(면수)를 따라 진격하며 맹달의 군사를 통솔케 하였는데, 유봉은 맹달과 상용군에서 합세하였다. 上庸 태수인 申耽(신탐)은 그 군사를 거느리고 투항한 뒤에 처자와 일족을 成都로 보냈다. 유비는 신탐을 征北將軍으로 삼아 上庸太守를 겸임하며 이전처럼 員鄕侯(원향후)로 인정하였으며, 신탐의 동생 申儀(신의)를 建信將軍 겸 西城 태수에 임명했고, 유봉은 副軍將軍으로 승진하였다.

關羽가 樊城(번성)³⁶¹과 襄陽(양양)에서 포위된 뒤에, 연이어 유봉과 맹달에게 사람을 보내 군사를 내어 구원을 요청했었다. 그러나 유봉과 맹달은 산간 지역의 郡이라서 군사를 이동할 수 없다고 생각하여 관우의 요청에 따르지 않았다. 결국 관우는 완전히 패해 생포되었고, 유비는 맹달과 유봉을 원망하였다. 거기다가 유봉과 맹달이 서로 불화했는데, 얼마 후에 유봉이 맹달의 군악병을 탈취하였다. 이에 맹달은 유비의 문책이 두렵고, 또 유봉에게 분노하면서 군사를 거느리고 曹魏에 투항하였다.

魏 文帝(曹丕)는 맹달의 외모와 재능을 칭찬하며, 맹달을 散騎常侍 겸 建武將軍에 임명하며 平陽亭侯에 봉했다. 그리고 房陵, 上庸, 西城의 3郡을 합하여 新城郡에 만든 뒤에 맹달을 新城 태수에 임명하였다. 文帝는 征南將軍인 夏侯尙(하후상)과 右將軍 徐晃(서황)을

360 上庸縣(상용현)은 漢中郡의 현명. 수 湖北省 서북부 十堰市(십언시) 관할 竹山縣. 獻帝 建安 말에, 漢中郡을 나눠 上庸郡을 설치하였다.
361 樊城(번성)은 보루, 작은 성 이름. 당시 襄陽郡, 수 湖北省 襄陽市 樊城區에 해당. 漢水 남안.

보내 맹달과 합세하여 유봉을 습격케 하였다.

|原文|

達與封書曰,

「古人有言, ‘疏不間親, 新不加舊.’ 此謂上明下直, 讒慝不行也. 若乃權君譎主, 賢父慈親, 猶有忠臣蹈功以罹禍, 孝子抱仁以陷難, 種, 商, 白起, 孝己, 伯奇, 皆其類也. 其所以然, 非骨肉好離, 親親樂患也. 或有恩移愛易, 亦有讒間其間, 雖忠臣不能移之於君, 孝子不能變之於父者也. 勢利所加, 改親爲讎, 況非親親乎! 故申生, 衛伋, 禦寇, 楚建稟受形之氣, 當嗣立之正, 而猶如此. 今足下與漢中王, 道路之人耳, 親非骨血而據勢權, 義非君臣而處上位, 徵則有偏任之威, 居則有副軍之號, 遠近所聞也. 自立阿斗爲太子已來, 有識之人相爲寒心. 如使申生從子輿之言, 必爲太伯. 衛伋聽其弟之謀, 無彰父之譏也. 且小白出奔, 入而爲霸, 重耳踰垣, 卒以克復. 自古有之, 非獨今也.」

|국역|

孟達(맹달)은 劉封(유봉)에게 서신을 보내 말했다.

「옛사람 말에 ‘소원한 사람이 친밀한 사이를 멀어지게 할 수 없고 새사람이 옛사람보다 더 낫지 않다.’고 하였습니다. 이는 현명한 주군과 충직한 신하 사이에 참소가 안 먹힌다는 뜻일 것입니다. 그렇지만 임시적이며 흉계에 능한 主君에게 충성을 다 바치고 화를 당하는 신하가 있고, 賢父慈母일지라도 어진 행실을 따르고도 모함을 받는 효자와 같으니, 옛날 (越의) 文種(문종),[362] (秦의) 商鞅(상앙),[363] (秦의) 白起(백기)[364]와 (商朝의) 孝己(효기)[365]와 (周의) 伯奇(백기)[366]가 모두 그런 사람이었습니다. 왜 그러했는가 하면, 骨肉이 아니면 떨어지기 쉽고 親族이라면 환란이라도 감수하기 때문입니다. 설령 恩愛의 정이 변하고 바뀌면, 충신이 주군에게 충성을, 효자가 부친에게 변함이 없더라도 참소가 그 틈에 먹혀들기 때문입니다. 거기에 권세나 이권이 개입하게 되면 혈친이라도 원수가 되는데 친족이 아니라면 어떻겠습니까!

그래서 (晉의) 申生(신생)[367]과 (衛國의) 衛伋(위급)[368] (鄭國의) 列禦寇(열어구),[369] (楚의) 太子 建(건)[370]은 천부의 자질을 타고 났기에

362 種(문종, ?-前 472년) - 春秋 말기 楚 출생 저명한 전략가. 越王을 도와 吳王 夫差를 멸망케 했지만 越王 句踐(구천)에게 賜死되었다.

363 商鞅(상앙, 前 390-338년, 衛鞅, 公孫鞅, 商君, 商鞅) - 法家, 兵家 사상가. 秦 孝公에게 등용되어 變法改革으로 秦國를 부강대국으로 만들었으니, 이를 商鞅 變法이라 한다. 이 과정에서 귀족의 미움을 받아 죽는다.

364 白起(백기, 前 332-257년, 《戰國策》의 公孫起) - 戰國 시대 秦國 名將, 兵家의 대표적 인물. 秦國 장군 30여 년에 70여 성을 탈취했고, 1백 만 이상의 적군을 죽였다. 《千字文》에서 白起, 王翦(왕전), 廉頗(염파), 李牧(이목)을 戰國 4 名將으로 꼽았다.

365 孝己(효기) - 商朝 武丁의 嫡長子, 苦孝로 유명. 《史記 殷本紀》에는 祖己(조기).

366 伯奇(백기)는 周 宣王의 重臣인 尹吉甫의 長子. 계모에게 참소를 당해 내쫓겼다. 孟子宮刑 - 孟子는 西周의 현인. 참소를 당해 宮刑을 받았다.

367 申生(신생) - 申生은 춘추시대 晉 獻公의 아들. 고삐로 목을 매 자살했다.

368 衛伋(위급, ?-前 701年, 太子伋) - 春秋 시대 衛國, 宣公의의 아들.

369 禦寇(列禦寇, 열어구) - 春秋 시대 鄭國人. 道家學派의 선구자. 列子.

응당 후사가 되어야 했는데도 쫓겨나야만 했습니다. 지금 足下와 漢中王은 길에서 만난 사람으로 혈육관계도 아니면서 권세를 누리고, 의리상 君臣관계도 아니면서 높은 자리에 있으며, 군대 출병하면서 책임져야 하는 위엄을 누리고 주둔할 때면 副軍將軍이라는 명성으로 널리 알려졌습니다. 그렇지만 阿斗(아두)가 太子로 책립된 이후로 알 만한 사람은 이를 한심하게 생각하고 있습니다. 만약 申生(신생)이 子輿(자여)의 건의를 따랐더라면 틀림없이 太伯(태백)이 되었을 것입니다. 衛伋(위급)이 그 동생의 책모를 따랐더라면 부친의 추한 모습을 널리 알렸다는 비난을 받지는 않았을 것입니다. 또 (齊의) 小白(소백)은 망명했기에 들어와 覇者(패자, 桓公)가 되었고, (晉)의 重耳(중이)는 담을 넘어 도망갔기에 끝내 집권할 수 있었습니다. 이런 예는 예로부터 있었지 지금 일어난 일이 아닙니다.」

|原文|

「夫智貴免禍, 明尙夙達, 僕揆漢中王慮定於內, 疑生於外矣. 慮定則心固, 疑生則心懼, 亂禍之興作, 未曾不由廢立之間也. 私怨人情, 不能不見, 恐左右必有以間於漢中王矣. 然則疑成怨聞, 其發若踐機耳.

今足下在遠, 尙可假息一時, 若大軍遂進, 足下失據而還, 竊相爲危之. 昔微子去殷, 智果別族, 違難背禍, 猶皆如斯.

---

370 楚建(太子建, ?-前 522年) – 楚 平王의 嫡長子. 大夫 費無極의 모함을 받아 鄭國으로 망명했다가 鄭의 定公에게 살해되었다.

今足下棄父母而爲人後, 非禮也. 知禍將至而留之, 非智也. 見正不從而疑之, 非義也. 自號爲丈夫, 爲此三者, 何所貴乎? 以足下之才, 棄身來東, 繼嗣羅侯, 不爲背親也. 北面事君, 以正綱紀, 不爲棄舊也. 怒不致亂, 以免危亡, 不爲徒行也. 加陛下新受禪命, 虛心側席, 以德懷遠, 若足下翻然內向, 非但與僕爲倫, 受三百戶封, 繼統羅國而已, 當更剖符大邦, 爲始封之君.

陛下大軍, 金鼓以震, 當轉都宛, 鄧, 若二敵不平, 軍無還期. 足下宜因此時早定良計.《易》有'利見大人',《詩》有'自求多福', 行矣. 今足下勉之, 無使狐突閉門不出.」

封不從達言.

| 국역 |

「닥칠 화를 잘 면하는 것이 지모이고, 사리에 미리 통달할 수 있다면 그것이 명철한 것이니, 내가 볼 때, 漢中王의 속셈은 이미 정해졌고 겉으로도 당신을 의심하고 있습니다. 방책이 정해졌다면 마음을 굳힌 것이고 의심이 들면 마음으로 두려워하여 화란이 생길 것이며, 이로 인한 폐출이나 계승이 일어나지 않을 수 없습니다. 私的인 원망이나 인정은 밖으로 나타나지 않을 수 없으니, 漢中王의 측근들의 험담이 틀림없이 들어갔을 것입니다. 그러면 의심하고 소문대로 원한을 품었다가 때가 되면 바로 터질 것입니다.

지금 足下는 밖에 멀리 있어 당분간이야 안전하다지만, 만약 우리 대군이 족하를 공격한다면 足下는 거점을 잃고 (유비에게) 돌아가야 하고 그러면 위험에 빠지게 됩니다. 옛날 (宋의) 微子(미자)[371]가 殷을 떠나야 했고, (晉國의) 智果(지과)[372]가 그 일족을 떠나 환난을 피한 경우가 모두 같았습니다.

지금 귀하는 父母를 버리고 남의 후손(養子)이 되었으니, 이는 禮가 아닙니다. 곧 화란을 당할 것을 알면서도 머문다면 이는 지혜가 아닙니다. 옳은 길을 따르지 않고 의심한다면, 이는 大義가 아닙니다. 스스로 대장부라 하면서 이런 3가지를 따라간다면 무엇을 귀히 여긴단 말입니까? 귀하의 재능으로 西蜀에서 나와 동쪽으로(曹魏) 옮겨와서는 羅侯(나후)의 가문을 계승한다면, 이는 친족을 버리는 것이 아닙니다. 北面하여 事君하고 기강을 바로 세운다면 옛 은정을 버리는 것이 아닙니다. 분노하여 환난을 일으키지 않고 멸망의 위기에서 벗어날 수 있다면 그것은 헛된 일이 아닙니다. 거기다가 폐하께서는(曹丕) 새로이 천명을 받으셨고, 虛心으로 건의를 받아들이시며, 은덕을 베푸시고 먼 사람까지 품어 회유하시니, 만약 귀하가 흔연히 우리에게 온다면 나의 동료로서 3백 호의 식읍을 받아 羅國을 계승할 수 있을 것이며, 응당 부절을 나눠 받고 큰 땅을 封邑으로 받는 제후가 될 것입니다.

지금 폐하의 대군이 징과 북을 울리며 진격하여 (南陽郡의) 宛縣(완현)이나 鄧縣(등현)에 주둔할 경우 촉과 동오를 없애지 않으면 대군

---

371 微子(미자) - 子 姓, 名 啓, 世稱 微子, 또는 微子啓(미자계), 殷商의 宗室貴族, 商王 帝乙의 長子, 紂王(주왕)의 庶兄. 春秋시대 宋國의 開國始祖. 《論語》에서는 微子, 箕子, 比干(비간)을 '殷의 三仁'이라 칭했다.

372 智果(지과, 知果) - 戰國時期 晋國 知氏의 族人.

은 회군하지 않을 것입니다. 그러니 귀하는 이런 시기에 빨리 좋은 방책을 골라 결정해야 합니다. 《易 乾卦》에 '大人을 알현하니 이롭다.'고 하였고, 《詩》에는 '스스로 多福을 얻는다.'[373]고 하였으니, 결행해야 합니다. 지금 귀하의 결단을 재촉하지만, 狐突(호돌)[374]처럼 閉門하여 (내가) 나가서 귀하를 돕지 못하게 해서는 안 될 것입니다.」

그러나 유봉은 맹달의 말을 따르지 않았다.

|原文|

申儀叛封, 封破走還成都. 申耽降魏, 魏假耽懷集將軍, 徙居南陽, 儀魏興太守, 封員鄕侯, 屯洵口.

封旣至, 先生責封之侵陵達, 又不救羽. 諸葛亮慮封剛猛, 易世之後終難制御, 勸先主因此除之. 於是賜封死, 使自裁. 封歎曰, “恨不用孟子度之言!”

先主爲之流涕. 達本字子敬, 避先主叔父敬, 改之.

|국역|

申儀(신의)[375]가 劉封(유봉)에게 반기를 들었고, 유봉은 격파 당하

....

373 《詩 大雅 文王》의 구절. '~ 永言配命 自求多福, ~'

374 狐突(호돌, ?-前637年) – 姬姓에 狐氏(호씨), 字는 伯行, 春秋 시대 晉國의 大夫. 오패 중 한 사람인 晉 文公의 外祖父. 晉 武公에게 출사. 武公의 아들 晉獻公은 狐突의 딸과 혼인하여 重耳(중이, 晉 文公)을 낳았다.

375 申儀(신의)는 (明帝) 太和 연간에, 孟達과 不和했는데, 맹달이 촉한으로 망명하려는 뜻을 간파하고 이를 보고했었다. 맹달이 반역하자, 신의는 蜀으로 통

자 成都로 돌아갔다. (신의의 형) 申耽(신탐, 字 義擧)도 魏에 투항했는데, 魏에서는 신탐에게 懷集將軍을 제수하여 南陽郡에 두둔케 했고, 申儀(신의)는 魏興太守가 되었으며, 員鄕侯(원향후)의 작위를 받고 洵口(순구)란 곳에 주둔하였다.

유봉이 성도에 도착하자, 유비는 유봉이 맹달을 침탈한 일과 關羽를 구원하지 않은 일을 문책하였다. 제갈량도 유봉의 성질이 억세고 사나워 先主 다음이라도 제어하기가 어렵다 생각하여 선주에게 이번 일을 계기로 제거해야 한다고 권유했다. 이에 유봉에게 사형을 내리고 자결케 하였다. 유봉은 "孟子度(孟達)의 말을 듣지 않은 것이 한이다!"라고 탄식했다.

先主는 유봉의 죽음에 눈물을 흘렸다. 맹달의 본래 字는 子敬이었는데, 先主 叔父의 이름 敬을 피해 字를 바꿨다.

❷ 彭羕

|原文|

彭羕字永年, 廣漢人. 身長八尺, 容貌甚偉. 姿性驕傲, 多所輕忽, 惟敬同郡秦子敕, 薦之於太守許靖曰,

「昔高宗夢傅說, 周文求呂尙, 爰及漢祖, 納食其於布衣, 此乃帝王之所以倡業垂統, 緝熙厥功也. 今明府稽古皇極, 允執

·············
하는 길을 차단했다. 맹달이 처형된 뒤에, 신의는 사마의에게 협조하였다.

神靈, 體公劉之德, 行勿翦之惠, 〈清廟〉之作於是乎始, 褒貶
之義於是乎興, 然而六翮未之備也.

伏見處士綿竹秦宓, 膺山甫之德, 履雋生之直, 枕石漱流,
吟詠縕袍, 偃息於仁義之途, 恬惔於浩然之域, 高槪節行, 守
眞不虧, 雖古人潛遁, 蔑以加旃.

若明府能招致此人, 必有忠讜落落之譽, 豐功厚利, 建跡立
勳, 然後紀功於王府, 飛聲於來世, 不亦美哉!」

| 국역 |

彭羕(팽양)[376]의 字는 永年(영년)으로, 廣漢郡(광한군) 사람이다. 신
장이 8척이나 되었고, 용모가 매우 근엄하였다. 그러나 평소 성정이
교만하고 경솔했는데, 그래도 오직 同郡의 秦子敕〔진자칙, 秦宓(진
복)〕을 공경하여 광한군 태수 許靖(허정)에게 천거하였다.

「옛날 (殷) 高宗은 傅說(부열)을 꿈꾸었다가 만났고, 周 文王은 呂
尙(太公望)을 발탁했으며, 漢 高祖는 布衣의 酈食其(역이기)[377]를 등

---

376 彭羕(팽양, 생졸년 미상. 字 永年) − 羕은 江이 길 양. 길다. 하급 관리였다가 죄
수가 되었는데 나중에 龐統과 法正의 추천으로 劉備의 부하가 되었다. 지위
가 높아지자 거만했고, 제갈량의 미움으로 지방관으로 좌천되자, 馬超에게
반역의 뜻으로 큰소리치다가 잡혀 옥사했다. 《삼국연의》에서는 孟達의 친구
로 서신을 보내고 마초 앞에서 유비에 대한 욕설로 잡혀 죽는다.

377 酈食其(역이기, 前 268 - 204) − 별명이 高陽酒徒, 漢王의 謀臣. 食其(yì jī, 이
기)는 '배불리 먹는다'는 뜻. 食은 사람 이름 이. 沛公이 高陽의 傳舍에서 역
이기를 처음 만날 때, 패공은 막 평상에 걸터앉아 여인을 시켜 발을 씻고 있
었다. 역이기는 들어가 크게 揖(읍)을 하고 절은 하지는 않으며 말했다. "足
下께서는 무리를 모으고 義兵을 통합하여 무도한 秦을 꼭 없애려 한다면 걸

용하였는데, 이들 帝王이 왕조를 개창하거나 제위를 후손에 전할 수 있었던 것은 그들의 빛나는 功業 때문이었습니다. 지금 明府께서는 고대 제왕의 치적을 생각하시고 성심으로 신령한 뜻을 이어가며, 公劉(공유)[378]의 德行을 본받고 (召伯처럼) 후인의 칭송을 듣는 은혜를 베푸시며, 〈淸廟〉[379]의 詩에 묘사된 치적을 이루시고, 褒貶(포폄)의 大義를 일으켜야 하지만 아직 明府를 도울 인물이 없는 것 같습니다.

제가 볼 때 處士인 (廣漢郡) 綿竹縣(면죽현)의 秦宓(진복)은 가슴에 仲山甫(중산보)[380]와 같은 心德이 있고, 雋生(전생)[381]과 같은 정직한 道를 실천하며, 山石으로 베개를 삼고, 淸流로 양치하며, 솜옷을 입

터앉아 어른을 만나는 것이 아니요." 그러자 패공은 발을 씻다 말고 옷을 입고서 역이기를 맞아 상좌에 앉히며 사과하였다. 고조의 說客으로 齊 지역 평정에 공을 세웠지만, 당시 齊王 田廣은 漢의 군사가(韓信의 大軍) 공격한다는 말을 듣고 역이기가 자신을 이용했다고 생각하여 역이기를 팽살했다. 《漢書》 43권, 〈酈陸朱劉叔孫傳〉에 입전.

378 公劉(공유) – 姬姓, 周國의 先祖로 '公'의 칭호를 처음 사용. 이적의 침입을 피해 周族을 이끌고 남쪽으로 내려와 豳(빈)에 거주하였고 이후 周族은 크게 번영하였다.

379 〈淸廟〉 – 《詩經 周頌》의 편명. 이 시는 周 文王을 제사하는 노래이다.

380 仲山甫(중산보) – 西周 시대 周 宣王의 卿士, 樊(번)이 식읍이라서 樊穆仲, 樊仲山父로도 호칭.

381 雋生 – 雋不疑(전불의, 字 曼倩). 雋은 새 살찔 전, 성씨 전, 우수할 준. 漢 武帝 때 靑州刺史, 昭帝時 京兆尹 역임. 京師의 관리와 백성들은 전불의의 위엄과 신의를 공경하였다. 전불의가 매번 현을 순시하면서 죄수 기록을 심사하였는데 그때마다 모친이 전불의에게 물었다. "잘못된 판결을 뒤집어 몇 명이나 살렸느냐?" 만일 전불의가 판결을 번복케 한 것이 여러 명이면 모친은 기뻐 웃으며 음식과 언어가 다른 때와 달랐지만, 혹 平反(평반)된 건이 없으면 모친은 화를 내며 식사를 하지 않았다. 때문에 전불의는 관리로서 엄격했지만 잔혹하지는 않았다. 《漢書》 71권, 〈雋疏于薛平彭傳〉에 입전.

고도 詩歌를 읊고, 仁義의 대도를 편안한 마음으로 실천하고, 살면서 浩然之氣를 기르며, 고결한 지조를 지키고 純眞한 본성을 지켜나가니, 비록 古人 중에 隱逸(은일)이라도 진복보다 더 낫지는 않을 것입니다.

만약 明府께서 이 사람을 초치할 수 있다면 틀림없이 忠義에 정직하고 뛰어나게 성실한 인재를 얻었다는 칭송을 들을 것이며, 특별한 공적을 성취할 것이니 王府(황실)에서도 추천한 공적을 기록하고 명성이 후세에 전해질 것이니, 어찌 아름답지 않겠습니까!」

| 原文 |

彭仕州, 不過書佐, 後又爲衆人所謗毀於州牧劉璋, 璋髡鉗彭爲徒隸. 會先主入蜀, 溯流北行. 彭欲納說先主, 乃往見龐統. 統與彭非故人, 又適有賓客, 彭徑上統床臥, 謂統曰, "須客罷當與卿善談."

統客旣罷, 往就彭坐, 彭又先責統食, 然後共語, 因留信宿, 至於經日. 統大善之, 而法正宿自知彭, 遂並致之先主.

先主亦以爲奇, 數令彭宣傳軍事, 指授諸將, 奉使稱意, 識遇日加. 成都旣定, 先主領益州牧, 拔彭爲治中從事. 彭起徒步, 一朝處州人之上, 形色囂然, 自矜得遇滋甚. 諸葛亮雖外接待彭, 而內不能善. 屢密言先主, 彭心大志廣, 難可保安. 先主旣敬信亮, 加察彭行事, 意以稍疏, 左遷彭爲江陽太守.

彭羕(팽양)이 익주에 출사할 때, 그 직위가 書佐에 불과했는데 뒷날 또 여러 사람이 익주목 劉璋(유장)에게 팽양을 헐뜯는 말을 하자, 유장은 팽양의 머리를 깎고 칼을 씌워 죄수로 만들었다. 그때 유비가 入蜀하고 강을 거슬러 북쪽으로 진격하였다. 팽양은 유비에게 유세하려고 우선 龐統(방통)을 찾아갔다. 방통은 팽양과 아는 사람이 아니었고 또 방통은 손님을 접대하고 있었는데 팽양은 바로 방통의 침상 위에 누워서 방통에게 "손님이 나가기를 기다렸다가 좋은 담소를 하고 싶습니다."라고 말했다.

방통의 손님이 나가자 방통은 팽양을 만났는데, 팽양은 우선 방통에게 식사를 요구하였고 그 뒤에 함께 담소하였는데, 이틀 밤을 지나 다음 날까지 이야기를 나누었다. 방통은 팽양을 크게 칭찬했고, 팽양은 法正(법정)과는 전부터 아는 사이라서 방통은 법정과 함께 유비를 만났다.

유비도 팽양을 奇才로 인정하며 팽양에게 군사에 관한 업무를 설명케 하였고, 이를 여러 장수에게도 전달케 했으며 사명을 잘 수행하여 유비의 마음에 들어 팽양에 대한 대우는 날로 좋아졌다. 成都가 평정된 뒤에, 유비가 益州牧을 겸임하며 팽양을 治中從事에 임명하였다. 팽양은 본래 보졸이었지만 하루아침에 익주의 높은 자리에 오르자 마음 씀씀이와 처신이 경박해졌고 자긍심은 날로 더 심해졌다. 제갈량은 겉으로 팽양을 그냥 대우하였지만 내심으로는 좋게 생각하지 않았다. 제갈량은 유비에게 여러 번 은밀하게, 팽양의 뜻이 너무 커서 결국 온전히 따르지 않을 것이라고 말했다. 유비는 평소 제갈량을 존중하였기에 팽양이 하는 일을 유심히 관찰하였는데 점차 소원해져서 나중에 팽양을 江陽[382]태수로 좌천시켰다.

| 原文 |

羕聞當遠出, 私情不悅, 往詣馬超. 超問羕曰, "卿才具秀拔, 主公相待至重, 謂卿當與孔明,孝直諸人齊足並驅, 寧當外授小郡, 失人本望乎?" 羕曰, "老革荒悖, 可復道邪!"

又謂超曰, "卿爲其外, 我爲其內, 天下不足定也." 超羈旅歸國, 常懷危懼, 聞羕言大驚, 默然不答. 羕退, 具表羕辭, 於是收羕付有司.

| 국역 |

彭羕(팽양)은 지방관으로 멀리 전출된다는 말을 듣고 불쾌한 마음으로 馬超(마초)를 찾아갔다. 마초가 팽양에게 물었다.

"卿의 뛰어난 재능에 主公(劉備)께서도 아주 우대하면서, 경이야말로 孔明(공명)이나 孝直(法正)과 함께 발맞춰 나가야 한다고 하셨는데, 무슨 일로 지방 小郡 태수로 가게 되었는지, 혹시 사람들의 여망을 저버린 것이 아닙니까?"

그러자 팽양이 말했다.

---

382 江陽郡 – 후한 建安 18년(서기 213)에 설치. 治所는 江陽縣, 今 四川省 동남부 瀘州市(노주시).

"늙은 병졸[383]의 황당한 행패를 어찌 또 말하겠습니까?"

이어 마초에게 말했다.

"卿은 밖에서, 나는 안에서 협력한다면 천하를 쉽게 평정할 수 있습니다."

본래 마초는 군사를 거느리고 투항했었기에 늘 두려워하고 있었는데, 팽양의 말을 듣고 크게 놀랐지만 아무 대답도 하지 않았다. 팽양이 떠난 뒤에 마초는 팽양의 말을 모두 보고하였고, 팽양은 체포되어 담당 관리에게 넘겨졌다.

| 原文 |

羕於獄中與諸葛亮書曰,

「僕昔有事於諸侯, 以爲曹操暴虐, 孫權無道, 振威闇弱, 其惟主公有霸王之器, 可與興業致治, 故乃翻然有輕擧之志. 會公來西, 僕因法孝直自衒鬻, 龐統斟酌其間, 遂得詣公於葭萌, 指掌而譚, 論治世之務, 講霸王之義, 建取益州之策, 公亦宿慮明定, 卽相然贊, 遂擧事焉.

僕於故州不免凡庸, 憂於罪罔, 得遭風雲激矢之中, 求君得君, 志行名顯, 從布衣之中擢爲國士, 盜竊茂才. 分子之厚, 誰復過此.

羕一朝狂悖, 自求菹醢, 爲不忠不義之鬼乎! 先民有言, 左手據天下之圖, 右手刎咽喉, 愚夫不爲也. 況僕頗別菽麥者哉! 所以有怨望意者, 不自度量, 苟以爲首興事業, 而有投江陽之論, 不解主公之意, 意卒感激, 頗以被酒, 倪失'老'語. 此僕之下愚薄慮所致, 主公實未老也.

且夫立業, 豈在老少, 西伯九十, 寧有衰志, 負我慈父, 罪有百死. 至於內外之言, 欲使孟起立功北州, 戮力主公, 共討曹操耳, 寧敢有他志邪? 孟起說之是也, 但不分別其間, 痛人心耳.

昔每與龐統共相誓約, 庶託足下末蹤, 盡心於主公之業, 追名古人, 載勳竹帛. 統不幸而死, 僕敗以取禍. 自我墮之, 將復誰怨! 足下, 當世伊,呂也, 宜善與主公計事, 濟其大猷. 天明地察, 神祇有靈, 復何言哉! 貴使足下明僕本心耳. 行矣努力, 自愛, 自愛!」

羕竟誅死, 時年三十七.

| 국역 |

彭羕(팽양)은 옥중에서 諸葛亮(제갈량)에게 서신을 보냈다.

「저는 예전에 제후를 섬기려는 뜻이 있었는데, 曹操(조조)는 포악하고, 孫權(손권)은 無道하며, 振威將軍 劉璋(유장)은 우매하고 나약하였으니, 오직 主公(劉備)만이 霸王의 기량을 갖췄기에 함께 대업을 성취하고 태평을 이룰 수 있다고 생각하며 날개를 펴 날아오르 듯 큰 뜻을 품었었습니다. 마침 主公께서 서쪽으로 진출하셨고, 저 는 法孝直(법정)을 찾아가 自薦(자천)하였고, 龐統(방통)은 중간에서 일을 주선하여 葭萌縣(가맹현)에서 主公을 만나 뵈었으며, 손가락으 로 손바닥을 그어가며 譚論(담론, 談論)하여 治世의 방책을 論하고 霸王(패왕)의 대의를 강론하였으며, 益州를 취할 수 있는 방책을 건 의하였는데, 주공께서도 깊은 사려가 있어 명확한 방책을 확정하시 고 저를 칭찬하셨으며 뜻대로 성취하셨습니다.

저는 옛 益州의 평범하고 용렬한 사람으로 법을 어겨 갇혀 있었 으며, 풍운과 전란의 시기에 섬길 주군을 찾으려다가 주군을 모시 고 뜻을 실천하여 이름을 얻었으니, 布衣에서 나라의 重臣으로 발 탁되었으며 茂才(무재)라는 평판도 얻었습니다. 주공께서는 아들에 게 내릴 수 있는 厚德을 저에게 베풀어주셨으니, 어느 누가 저보다 더 나았겠습니까?

그러나 저 팽양은 하루아침에 패역한 짓을 저질러 제 스스로 제 몸을 죽이고 불충불의한 귀신이 되었습니다. 옛사람의 말에 왼손으 로 天下의 지도를 쥐고, 오른손으로는 스스로의 咽喉(인후, 목)을 벤 다고 하였지만 이런 짓은 愚夫(우부)라도 하지 않을 것입니다. 하물 며 저는 그래도 쑥과 보리[384]를 구별하는 사람입니다! 이런 저에게 원망의 뜻이 남아 있는 것은 제 자신의 역량을 헤아리지 못하고 제 가 주공의 창업을 맨 먼저 도울 수 있다고 생각하고 있었는데, 저를

---

384 菽麥은 菽은 콩 숙(大豆). 麥은 보리 맥. 우리나라에서도 콩과 숙은 그 모양 새가 전혀 다르고 재배하는 시기도 다르다. 그러한 콩과 보리를 구분 못하는 사람이 菽麥(숙맥, 쑥맥, 바보)이다.

江陽郡으로 보낼 논의에 제가 主公의 뜻을 헤아리지 못하고, 갑자기 격양되고 술에 취하여 아무 뜻도 없이 (주공을 빗대어) 老卒이라고 말했기 때문입니다. 이는 제가 下愚(하우)의 어리석음과 경박한 생각 때문이며, 主公께서는 결코 늙으시지 않았습니다.

큰 功業을 성취하는 일에 老少가 있을 수 없으니 西伯(서백, 周文王)은 나이가 90에도 그 뜻이 결코 쇠약하지 않았으니, 제가 慈父와 같은 主公의 뜻을 저버렸다면 그 죄는 백 번 죽어 마땅할 것입니다. 제가 조정 內外에서 한 말의 본 뜻은 馬孟起(馬超)가 북방에서 공을 세우고 主公을 위하여 온 힘을 다하여 함께 조조를 토벌하자는 뜻이었지 어찌 감히 다른 뜻을 품을 수 있겠습니까? 마초가 전한 말은 사실입니다만, 그런 말을 한 참뜻을 마초가 헤아리지 못했기에 제 마음이 아플 뿐입니다.

옛날 방통과 함께 足下(諸葛亮)의 뒤를 따르며 마음을 다하여 主公의 대업을 돕고 옛 명인의 뒤를 이어 청사에 기록되기를 늘 함께 다짐했었습니다. 그러나 불행히도 방통은 죽었고 저는 실패하고 환난을 겪고 있습니다. 내 스스로의 추락이니 다시 누구를 원망하겠습니까! 足下께서는 이 시대의 伊尹(이윤)이며 呂尙(여상)이시니, 主公과 함께 국정을 주관하시여 그 큰 뜻을 성취하셔야 합니다. 천지신명께서 보살펴 주시고 모든 신령의 도움이 있을 것이니 다시 무엇을 말씀드리겠습니까! 고귀하신 足下께서 저의 본심을 밝게 헤아려 주시길 바랄 뿐입니다. 더욱 애써주시고 옥체를 잘 보살피고 보살피기를 바랍니다!」

팽양은 결국 처형되었는데, 그때 37세였다.

❸ 廖立

|原文|

廖立字公淵, 武陵臨沅人. 先主領荊州牧, 闢爲從事, 年未三十, 擢爲長沙太守. 先主入蜀, 諸葛亮鎭荊土, 孫權遣使通好於亮, 因問士人皆誰相經緯者, 亮答曰, "龐統,廖立, 楚之良才, 當贊興世業者也."

建安二十年, 權遣呂蒙奄襲南三郡, 立脫身走, 自歸先主. 先主素識待之, 不深責也, 以爲巴郡太守. 二十四年, 先主爲漢中王, 徵立爲侍中. 後主襲位, 徙長水校尉.

|국역|

廖立(요립)[385]의 字는 公淵(공연)으로, 武陵郡 臨沅縣(임원현)[386] 사람이다. 劉備가 荊州牧을 겸할 때, 요립을 불러 從事에 임명했다가 나이 30도 안 되어 長沙 태수가 되었다. 유비가 入蜀하자, 諸葛亮은 荊州를 지키고 있었는데, 孫權이 사신을 보내 제갈량과 통교를 원하면서 士人 중에 누가 국가 경영을 돕고 있는가를 물어오자, 제갈량은 "龐統(방통)과 廖立(요립)은 楚의 良才로 후세까지 이어갈 대업을 보좌하고 홍성케 할 사람이라."고 말했다.

(獻帝) 건안 20년(서기 195), 손권은 여몽을 보내 (長江) 남쪽의 3

----

385 廖立(요립, 생졸년 미상) − 廖는 공허할 료. 성씨. 재주를 믿고 오만했으며, 말을 함부로 지껄여 결국 서인이 되어 汶山郡에서 농사를 짓고 살다 죽었다.
386 武陵郡의 치소는 臨沅縣(임원현), 今 湖南省 북부 常德市 서쪽.

개 군을 엄습하여 탈취했는데, 요립은 도망쳐 나와 유비에게 귀부하였다. 유비는 평소에 요립을 잘 대우했었기에 심하게 문책하지 않았고, 요립을 巴郡(파군) 태수에 임명하였다. 건안 24년(서기 219), 漢中王이 된 유비는 요립을 불러 侍中에 임명하였다. 後主가 제위를 이은 뒤, 요립은 長水校尉[387]가 되었다.

| 原文 |

立本意, 自謂才名宜爲諸葛亮之貳, 而更遊散在李嚴等下, 常懷怏怏. 後丞相掾李邵,蔣琬至, 立計曰, "軍當遠出, 卿諸人好諦其事. 昔先主不取漢中, 走與吳人爭南三郡, 卒以三郡與吳人, 徒勞役吏士, 無益而還. 旣亡漢中, 使夏侯淵,張郃深入於巴, 幾喪一州. 後至漢中, 使關侯身死無孑遺, 上庸覆敗, 徒失一方. 是羽怙恃勇名, 作軍無法, 直以意突耳, 故前後數喪師衆也. 如向朗,文恭, 凡俗之人耳. 恭作治中無綱紀, 朗昔奉馬良兄弟, 謂爲聖人, 今作長史, 素能合道. 中郎郭演長, 從人者耳, 不足與經大事, 而作侍中. 今弱世也, 欲任此三人,

387 長水校尉 – 後漢의 5校尉는 前漢 8교위를 개편한 後漢 중앙군의 5개 부대로, 屯騎校尉,越騎校尉,步兵校尉,長水校尉,射聲校尉를 지칭한다. 무관 지휘관으로 將軍 – 中郎將 – 校尉의 三級이 있는데, 단위 부대를 校라 하고 一校의 지휘관이 校尉이다. 후한에서 질록은 比二千石. 교위 아래에 丞과 司馬 등 속관을 두었다. 長水校尉는 흉노족 출신 기병 3,000명을 통솔하였고, 장수교위의 속관인 長水司馬는 질록 1천석이었다. 나머지 교위 병력은 7백 명이었다. 그 외에 城門校尉(낙양 12개 성문 수비를 담당)가 있었다.

爲不然也. 王連流俗, 苟作掊克, 使百姓疲弊, 以致今日."

邵, 琬具白其言於諸葛亮. 亮表立曰, 「長水校尉廖立, 坐自貴大, 臧否群士, 公言國家不任賢達而任俗吏, 又言萬人率者皆小子也, 誹謗先帝, 疵毁衆臣. 人有言國家兵衆簡練, 部伍分明者, 立擧頭視屋, 憤吒作色曰, '何足言! 凡如是者不可勝數. 羊之亂群, 猶能爲害, 況立託在大位, 中人以下識眞僞邪?」

於是廢立爲民, 徙汶山郡. 立躬率妻子耕殖自守, 聞諸葛亮卒, 垂泣歎曰, "吾終爲左袵矣!" 後監軍姜維率偏軍經汶山, 詣立, 稱立意氣不衰, 言論自若. 立遂終徙所. 妻子還蜀.

| 국역 |

廖立(요립)의 본마음은 자신의 재능과 명성이 諸葛亮의 다음이라고 생각하였지만, 다시 閒職으로 나가 李嚴(이엄) 같은 사람보다 아래에 있게 되자, 늘 怏怏不樂(앙앙불락)하였다. 그 뒤에 丞相掾인 李邵(이소)와 蔣琬(장완)이 자신을 찾아오자, 요립은 자신의 뜻을 말했다.

"군사가 원정에 나선다면 여러분들은 여러 가지를 알아야 합니다. 옛날 先主께서는 漢中郡을 취하지 않고, 남쪽으로 가서 東吳와 長江 남쪽의 3郡을 놓고 다퉜는데 공연히 군사와 관리들 고생만 시키고 아무 성과 없이 돌아왔습니다. 이미 漢中郡을 잃었고, 曹魏의 하후연이나 張郃(장합)으로 하여금 巴郡(파군)까지 깊숙하게 들어오게 하여 거의 一州를 잃을 뻔했습니다. 뒤에 다시 漢中郡에 진출하다 보니 關侯(關羽)는 죽었고 살아남은 자가 하나도 없었으며, 上庸郡(상용군)에서 패전하며 공연히 한쪽을 잃었습니다. 관우는 자신의 용기와 명성만을 믿었고 군사지휘에 기강도 없었으며, 오직 돌격만 알았기에 그간에 많은 군사를 잃었습니다. 관우 역시 向朗(상랑)이나 文恭(문공) 같은 평범한 俗人입니다. 문공은 부대를 지휘하면서 기강을 세우질 못했고, 상랑은 그전에 馬良(마량) 형제를 모시면서 그들을 聖人이라고 했지만, 지금 長史가 되고서는 법도를 따르고 있습니다. 中郞將인 郭演長(곽연장)은 그저 남의 뒤나 따라다닐 사람으로 큰일을 함께 할 사람은 못되는데, 지금 侍中이 되었습니다. 지금 나라가 쇠약해졌기에 이런 3인에게 기대하려 하지만, 그럴만한 인물이 못됩니다. 王連(왕련)은 세속이나 따라 하며 가혹하게 세금이나 걷으니 백성을 피폐하게 만들며 오늘에 이르렀습니다."

李邵(이소)와 張琬(장완)은 요립의 말을 제갈량에게 보고하였다. 제갈량은 요립에 관한 표문을 올렸다.

「長水校尉인 廖立(요립)은 자신을 고귀하고 위대하다고 생각하며, 많은 관리들을 포폄하면서 국가가 현명하고 사리에 밝은 인재가 아닌 俗人만을 등용한다고 공공연히 떠들고, 또 군사를 통솔하는 장령을 모두 小子라 하였으며, 先帝를 誹謗(비방)하고 조정의 신하를 폄훼하였습니다. 또 어떤 사람이 나라의 군사는 정예군사이며 각 군영의 지휘체계가 분명하다고 말하자, 요립은 고개를 들어 하늘을 보며 분연히 성질을 내며 "어찌 그렇다고 하는가!"라고 했습니다. 이런 사례는 셀 수 없이 많습니다. 羊 한 마리가 전체를 혼란에 빠트려도 크게 해롭거늘, 하물며 요립같은 고위 관원의 말을 중간 이하의 관리가 어찌 그 진위를 판별할 수 있겠습니까?」

이에 요립을 파직하여 평민으로 만들어 汝山郡(문산군)³⁸⁸에 이주시켰다. 요립은 처자와 함께 농사를 지으며 분수를 지켰는데, 제갈량이 죽었다는 소식을 듣고 눈물을 흘리며 "나는 끝내 이민족으로 살아야 하는구나!"³⁸⁹라고 탄식하였다.

뒷날 監軍인 姜維(강유)가 일부 군사를 거느리고 汝山郡을 지나다가 요립을 방문하였는데, 요립의 의기가 아직은 쇠약하지 않았고 대화도 태연자약했다고 전했다. 요립은 끝내 유배당한 곳에서 죽었다. 그 처자는 蜀郡으로 돌아왔다.

❹ 李嚴

│ 原文 │

李嚴字正方, 南陽人也. 少爲郡職吏, 以才幹稱. 荊州牧劉表使歷諸郡縣. 曹公入荊州時, 嚴宰秭歸, 遂西詣蜀, 劉璋以爲成都令, 復有能名.

建安十八年, 署嚴爲護軍, 拒先主於綿竹. 嚴率衆降先主, 先主拜嚴裨將軍. 成都旣定, 爲犍爲太守, 興業將軍. 二十三年, 盜賊馬秦, 高勝等起事於郪, 合聚部伍數萬人, 到資中縣.

---

388 汝山郡 – 前, 後漢을 통해 수시로 설치와 폐지가 반복되었는데 치소는 汶江縣, 今 四川省 서북부 茂汶羌族自治縣 일대.

389 원문 "吾終爲左衽矣!"은 이민족의 옷. 제갈량이 죽었기에 다시 등용될 희망이 없어졌다는 탄식.

時先主在漢中, 嚴不更發兵, 但率將郡士五千人討之, 斬秦, 勝等首. 枝黨星散, 悉復民籍. 又越巂夷率高定遣軍圍新道縣, 嚴馳往赴救, 賊皆破走. 加輔漢將軍, 領郡如故.

章武二年, 先主徵嚴詣永安宮, 拜尙書令. 三年, 先主疾病, 嚴與諸葛亮並受遺詔輔少主, 以嚴爲中都護, 統內外軍事, 留鎭永安.

建興元年, 封都鄕侯, 假節, 加光祿勳. 四年, 轉爲前將軍. 以諸葛亮欲出軍漢中, 嚴當知後事, 移屯江州, 留護軍陳到駐永安, 皆統屬嚴.

嚴與孟達書曰, 「吾與孔明俱受寄託, 憂深責重, 思得良伴.」亮亦與達書曰, 「部分如流, 趣舍罔滯, 正方性也.」其見貴重如此.

八年, 遷驃騎將軍. 以曹眞欲三道向漢川, 亮命嚴將二萬人赴漢中. 亮表嚴子豐爲江州都督督軍, 典嚴後事. 亮以明年當出軍, 命嚴以中都護署府事. 嚴改名爲平.

| 국역 |

李嚴(이엄)[390]의 字는 正方(정방)인데, 南陽郡 사람이다. 젊어 郡의

----

390 李嚴(이엄, ?-234년, 後 改名 李平, 字 正方) - 유장은 다시 李嚴(이엄)을 보내 면죽에서 모든 군사를 지휘케 하였지만, 이엄은 군사를 거느리고 유비에게 투항하였다. 이엄은 諸葛亮과 함께 선주 유비의 유언을 들었다. 북벌에서 군량 수송에 차질이 있어 都護인 李嚴(이엄)을 파직하여 梓潼郡(재동군)으로 이주

관리가 되었는데 재간이 뛰어나다는 칭송을 들었다. 荊州牧인 劉表는 이엄에게 각 군현을 순찰케 하였다. 조조가 형주를 평정할 때 이엄은 秭歸縣(자귀현)의 현령이었는데, 나중에 蜀에 가서 劉璋(유장)의 명을 받아 成都縣令이 되었고 다시 유능하다는 명성을 얻었다.

(獻帝) 建安 18년(서기 213), 유장은 이엄을 護軍에 임명하여 (廣漢郡) 綿竹縣에서 유비를 막게 하였지만, 이엄은 군사를 거느리고서 유비에게 투항하였고, 유비는 이엄을 裨將軍에 임명하였다. 成都가 평정된 뒤에, 이엄은 犍爲(건위) 태수 겸 興業將軍이 되었다.

(建安) 23년(서기 218), 盜賊 무리인 馬秦(마진)과 高勝(고승) 등이 (廣漢郡) 郪縣(처현)³⁹¹에서 봉기하여 그 무리가 5만여 명이나 되었고 (犍爲郡) 資中縣에 집결하였다. 그때 유비는 漢中郡에 주둔하고 있었기에, 이엄은 군사를 다시 징발할 수가 없어 휘하의 5천 군사만을 거느리고 마진과 고승 등을 죽였다. 그 잔당은 모두 흩어지거나 백성이 호적을 취득하였다.

또 (益州) 越嶲郡(월수군)³⁹² 만이의 우두머리인 高定(고정)이 군사를 보내 新道縣을 포위하자, 이엄은 서둘러 달려가 신도현을 구원하자 만이들은 모두 달아났다. 이엄은 加官으로 輔漢將軍이 되었으며 건위 태수는 그대로였다.

(先主) 章武 2년(서기 222), 先主는 이엄을 永安宮(영안궁)으로 불러 尚書令을 제수하였다. 3년(서기 223), 先主의 병환이 위독하자 이

케 했다. 諸葛亮, 法正, 劉巴(유파), 李嚴(이엄) 등과 함께 (촉한의 각종 예규집인)《蜀科》를 저술하였다.《蜀書》10권,〈劉彭廖李劉魏楊傳〉에 입전.

391 촉한에서는 東廣漢郡의 치소. 今 四川省 북부 綿陽市 관할 三台縣 南郪江鎮.

392 越嶲郡(월수군)의 治所는 邛都縣(공도현), 今 四川省 남부 西昌市.

엄은 제갈량과 함께 유조를 받고 후주를 보필케 하였는데, 이엄은 中都護(중도호)가 되어 內外의 軍事를 총괄하며 永安縣에 주둔하였다.

(後主) 建興 원년(서기 223), 이엄은 都鄕侯가 되었고 부절을 받았으며 加官으로 光祿勳이 되었다. (建興) 4년, 이엄은 前將軍이 되었다. 제갈량은 漢中郡으로 출병하면서, 이엄이 후방의 업무를 담당해야 하기에 江州縣(今 成都市)로 옮겨 주둔케 하였고, 護軍 陳到(진도)를 남겨 永安縣을 지키게 하였는데, 모두 이엄이 통솔케 하였다.

이엄은 孟達(맹달)에게 서신을 보내「나와 孔明은 함께 선주의 유언을 받았는데 그 책임이 막중하기에 좋은 동료를 얻고자 합니다.」라고 말했다. 제갈량도 맹달에게 서신을 보내「업무처리는 흐르는 물과 같아야 하나니, 할 일과 포기할 일을 구분하여 막힘이 없는 것이 바로 正方(李嚴)의 성격이다.」라고 했는데, 이처럼 이엄은 제갈량의 신임을 받았다.

(建興) 8년(서기230), 이엄은 驃騎將軍(표기장군)으로 승진했다. (曹魏의) 曹眞(조진)이 3道로 나누어 漢川(한천)으로 진격해오자, 제갈량은 이엄에게 명하여 2만 군사를 거느리고 漢中郡으로 출병케 하였다. 제갈량은 이엄의 아들 李豐(이풍)을 江州都督으로 삼아 군사를 감독케 하여 이엄의 후방 업무를 관장케 하였다. 제갈량은 그 다음 해 북벌을 하려고 이엄에게 명하여 中都護로 승상부의 업무를 대행케 하였다. 이엄은 李平으로 개명했다.

九年春, 亮軍祁山, 平催督運事. 秋夏之際, 值天霖雨, 運糧
不繼, 平遣參軍狐忠, 督軍成藩喻指, 呼亮來還, 亮承以退軍.
平聞軍退, 乃更陽驚, 說 "軍糧饒足, 何以便歸!" 欲以解己不
辦之責, 顯亮不進之愆也. 又表後主, 說 "軍偽退, 欲以誘賊
與戰."

亮具出其前後手筆書疏本末, 平違錯章灼. 平辭窮情竭, 首
謝罪負. 於是亮表平曰,

「自先帝崩後, 平所在治家, 尚爲小惠, 安身求名, 無憂國之
事. 臣當北出, 欲得平兵以鎮漢中, 平窮難縱橫, 無有來意,
而求以五郡爲巴州刺史. 去年臣欲西征, 欲令平主督漢中, 平
說司馬懿等開府闢召.

臣知平鄙情, 欲因行之際偪臣取利也, 是以表平子豐督主
江州, 隆崇其遇, 以取一時之務. 平至之日, 都委諸事, 群臣
上下皆怪臣待平之厚也. 正以大事未定, 漢室傾危, 伐平之
短, 莫若褒之. 然謂平情在於榮利而已, 不意平心顚倒乃爾.
若事稽留, 將致禍敗, 是臣不敏, 言多增咎.」

乃廢平爲民, 徙梓潼郡. 十二年, 平聞亮卒, 發病死. 平常
冀亮當自補復, 策後人不能, 故以激憤也. 豐官至朱提太守.

| 국역 |

　(後主 建興) 9년 봄(서기 231), 제갈량의 군사는 祁山(기산)에 출병했고, (제갈량의 1차 북벌) 李平(이평, 李嚴의 改名)은 군량 수송을 감독케 하였다. 여름에서 가을 사이에, 가을 장마철을 만나 군량 공급이 이어지지 않자, 이평은 參軍인 狐忠(호충)과 督軍인 成藩(성번)을 제갈량에게 보내 자신의 뜻을 설명하고 제갈량의 군사를 회군케 하였는데, 제갈량은 후주의 재가를 받아 군사를 철수시켰다.

　이평은 제갈량의 군사가 철수한다는 소식에 거짓 놀란 척하면서 "軍糧은 풍족한데 왜 바로 회군하십니까!"라고 말했다. 그러면서 이평은 자신이 군량 조달을 못한 책임을 벗어나고, 제갈량의 진격하지 않은 허물을 드러내려고 하였다. 이평은 또 後主에게 표문을 올려 「군사가 거짓으로 철수하여 적을 유인하여 싸우려 한다.」고 말했다.

　제갈량은 그동안 손으로 직접 기록해 둔 사건의 본말을 모두 후주에게 제출하자 이평의 과오가 확실해졌다. 이평은 답변이 궁하고 사실이 드러나자 죄를 자백하고 사죄하였다. 이에 제갈량이 이평에 대한 表文을 올렸다.

　「先帝께서 붕어하신 뒤로 이평은 居家하여 治産하면서 소소한 은덕을 베풀어 安身하면서 이름이나 얻으려 했고 나라를 걱정하는 일이 없었습니다. 臣은 응당 북벌에 나서야 하기에 이평의 군사로 漢中郡을 방어케 하였는데, 이 일을 감당하기도 어렵고 또 漢中에 나갈 의사도 없었으며, 오히려 5郡을 감독하는 巴州 자사의 직임을 원했습니다. 작년에 臣은 西征하려고 이평으로 하여금 漢中을 감독케 하였는데, 이평은 司馬懿(사마의) 등이 大將軍府를 개설하고 그 자신을 초빙했다고 말했습니다.

臣은 이평의 비루한 마음을 알았고 臣이 북벌하는 동안에 臣을 핍박하면서 자신의 이득을 취하려 했기에, 臣은 표문을 올려 이평의 아들 李豐(이풍)을 시켜 江州를 감독케 하면서 이평을 융숭하게 대우하여 북벌 기간 중에 정무를 처리케 하였습니다. 이평이 漢中郡에 도착하는 날, 臣은 이평에게 한중군의 모든 권한을 위임했는데, 상하의 많은 신하들 모두가 臣이 이평을 후대하는 뜻을 의아하게 생각하였습니다. 그것은 바로 대사가 미정이고 漢室이 위기에 처해 있기에 이평의 단점을 드러내기보다는 차라리 이평에 대한 포상이 더 유리했기 때문입니다. 그러면서 臣은 이평의 욕심이 榮利(영리)에 있는 줄만 생각했지, 이평의 心思가 이렇듯 국사를 뒤집으리라 생각하지 못했습니다. 만약 사태를 더 미뤄두었다면 더 큰 재앙을 불러왔을 것입니다만, 이 모든 것이 臣의 불민한 탓이오며 더 말할수록 臣의 허물만 많아질 것입니다.」

곧 이평을 평민으로 강등시켜 梓潼郡(재동군)[393]으로 강제 이주시켰다. 建興 12년(서기 234), 이평은 제갈량의 죽음을 전해 듣고 곧 병이 나서 죽었다. 이평은 제갈량이 다시 자신을 불러 임용해주기를 바랐으며, 제갈량의 후임자는 자신을 초빙하지 않을 것을 헤아렸기에 울분으로 죽었다. 이평의 아들 이풍은 朱提郡[394] 太守를 역임했다.

....
393 梓潼郡(재동군)의 郡治는 梓潼縣, 今 四川省 북부 綿陽市 관할 梓潼縣.
394 朱提郡 郡治는 南昌縣, 今 雲南省 동북부 貴州省과 연접한 昭通市 관할 鎭雄縣.

❺ 劉琰

劉琰字威碩, 魯國人也. 先主在豫州, 闢爲從事, 以其宗姓, 有風流, 善談論, 厚親待之, 遂隨從周旋, 常爲賓客. 先主定益州, 以琰爲固陵太守. 後主立, 封都鄉侯, 班位每亞李嚴, 爲衛尉中軍師後將軍, 遷車騎將軍. 然不豫國政, 但領兵千餘, 隨丞相亮諷議而已. 車服飲食, 號爲侈靡, 侍婢數十, 皆能爲聲樂, 又悉敎誦讀〈魯靈光殿賦〉.

建興十年, 與前軍師魏延不和, 言語虛誕, 亮責讓之. 琰與亮箋謝曰,

「琰稟性空虛, 本薄操行, 加有酒荒之病, 自先帝以來, 紛紜之論, 殆將傾覆. 頗蒙明公本其一心在國, 原其身中穢垢, 扶持全濟, 致其祿位, 以至今日. 間者迷醉, 言有違錯, 慈恩含忍, 不致之于理, 使得全完, 保育性命. 雖必克己責躬, 改過投死, 以誓神靈, 無所用命, 則靡寄顏.」

於是亮遣琰還成都, 官位如故.

琰失志慌惚. 十二年正月, 琰妻胡氏入賀太后, 太后令特留胡氏, 經月乃出. 胡氏有美色, 琰疑其與後主有私, 呼卒五百撾胡, 至於以履搏面, 而後棄遣. 胡具以告言琰, 琰坐下獄. 有司議曰, "卒非撾妻之人, 面非受履之地." 琰竟棄市. 自是

大臣妻母朝慶邃絶.

|국역|

劉琰(유염)[395]의 字는 威碩(위석)으로, 魯國 사람이다. 先主가 豫州
牧으로 있을 때, 유염을 불러 從事에 임명했는데 유비와 宗姓이었
고, 또 유염이 풍류를 즐겼고 談論을 잘하여 유비의 후한 대우를 받
았으며, 유비를 수행하여 여러 일을 처리하였고 늘 빈객으로 자리했
었다. 先主가 益州를 차지한 뒤, 유염은 固陵(고릉)[396] 태수가 되었다.

後主가 즉위한 뒤 유염은 都鄕侯가 되었고, 班位는 늘 李嚴(이엄)
다음이었는데, 衛尉 겸 中軍師 後將軍이었다가 車騎將軍(거기장군)
으로 승진하였다. 그러나 국정에는 간여하지 않았고 다만 1천여 명
의 군사를 거느리고 승상 제갈량을 따라다니면서 정사를 비판할 뿐
이었다. 車服과 음식이 사치하다고 소문이 났고, 수십 명의 侍婢(시
비)가 聲樂을 잘했으며, 또 王逸(왕일)의 〈魯靈光殿賦〉를 가르쳐 암
송하게 하였다.

建興 10년(서기 232), 前軍師인 魏延(위연)과 不和하였고 언어가
황당하여 제갈량이 유염을 비난하자 유염은 제갈량에게 서신을 올
렸다.

「저 劉琰(유염)은 稟性(품성)이 공허하고 본래 操行(조행)이 바르지
못한데다가 酒邪(주사)가 있어 先帝 재위 중에도 여러 가지 의논이

---

395 劉琰(유염, ?-234년) - 琰 옥을 갈 염. 옥을 연마하다. 본전 내용 외 특이사항
없음.《삼국연의》에서는 유염의 아내 胡氏와 후주의 불륜관계로 설정되었다.

396 固陵(고릉) - 군명. 後漢末 固陵郡을 章武 원년(서기 221) 巴東郡으로 개명.
郡治는 魚復縣(今 重慶市 奉節縣) 등 6縣을 관할.

많았으며 거의 파멸에 이를 지경이었습니다. 明公께서는 그동안 여러 번 나라를 생각하시는 마음으로 저의 잘못된 행실을 용서하시고, 저를 온전하게 도와주셨기에 녹봉과 자리를 지켜 오늘에 이를 수 있었습니다. 최근에도 술에 취하여 말을 잘못하였지만, 인자하신 은덕으로 인내하시어 저는 재판에 넘겨지지 않고 몸과 목숨을 지킬 수 있었습니다. 저 자신이 깊이 뉘우치고 자책하며 잘못을 고쳐 죽음에 이르더라도 신령께 맹서하여 다시는 질책을 받지 않을 것이며 부끄럽게 얼굴을 가리지 않도록 노력하겠습니다.」

이에 제갈량은 유염을 成都로 돌려보냈고 官位는 전과 같았다.

유염은 본성을 지키지 못하여 제정신이 아니었다. 建興 12년(서기 234) 정월, 유염의 妻을 胡氏(호씨)는 太后에 하례하려고 입궁하였는데, 太后는 특별히 胡氏를 궁에 머물게 했다가 한 달이 지나서야 보내주었다. 胡氏는 美色이 있어, 유염은 後主와 사통했을 것이라 의심하여 五百(오백)³⁹⁷을 불러 胡氏를 때리게 하였는데, 신발 바닥으로 호씨의 얼굴을 때린 뒤에 쫓아버렸다. 호씨는 유염의 모든 행위를 고발하였고, 유염은 옥에 갇혔다. 담당 관리는 "士卒은 남의 아내를 때릴 수 없고 신발로 얼굴을 때릴 수가 없다."라고 판결하였다. 결국 양염은 棄市(기시)刑을 받았는데, 이후로 大臣의 妻나 모친이 정초에 입궁 경하하는 禮를 중지하였다.

···············
397 五百(오백, 伍伯)은 군사 500명의 뜻이 아니다. 여인을 하나 때려주는데 군사 500명을 불렀다면 말이 안 된다. 수레 앞에 안내하는 사람(輿前導之人). 오백은 하급 무관(武校)의 職名.

❻ 魏延

| 原文 |

魏延字文長, 義陽人也. 以部曲隨先主入蜀, 數有戰功, 遷
牙門將軍. 先主爲漢中王, 遷治成都, 當得重將以鎭漢川, 衆
論以爲必在張飛, 飛亦以心自許. 先主乃拔延爲督漢中鎭遠
將軍, 領漢中太守, 一軍盡驚.

先主大會群臣, 問延曰, "今委卿以重任, 卿居之欲云何?"

延對曰, "若曹操舉天下而來, 請爲大王拒之, 偏將十萬之
衆至, 請爲大王吞之."

先主稱善, 衆咸壯其言. 先主踐尊號, 進拜鎭北將軍. 建興
元年, 封都亭侯. 五年, 諸葛亮駐漢中, 更以延爲督前部, 領
丞相司馬, 涼州刺史.

八年, 使延西入羌中, 魏後將軍費瑤, 雍州刺史郭淮與延戰
於陽谿, 延大破淮等, 遷爲前軍師征西大將軍, 假節, 進封南
鄭侯.

| 국역 |

魏延(위연)[398]의 字는 文長(문장)으로, 義陽郡(의양군)[399] 사람이다.

....

398 魏延(위연, ?-234, 字 文長) − 荊州 義陽郡 출신, 作戰에 뛰어났고 장수로서의
  기본 책략을 갖춰 여러 번 전공을 세워 유비와 제갈량의 신임을 받았다. 사졸
  을 잘 대우했고 뛰어난 용맹으로 제갈량 북벌에 최전선을 담당했던 장수였

部曲(私兵)으로 先主를 수행하여 蜀郡에 들어와 여러 번 戰功을 세워 牙門將軍(아문장군)으로 승진하였다. 유비가 漢中王이 되자 위연은 成都로 옮겨갔는데, 중요 장수를 뽑아 漢川(한천)을 방어케 할 때 많은 사람들은 틀림없이 張飛(장비)일 것이라 생각했고, 장비 역시 마음으로 기대하였다. 그러나 유비는 위연을 발탁하여 漢中을 감독하는 鎭遠將軍으로 삼았고, 漢中太守를 겸임하게 하자 一軍의 군사가 모두 놀랐다.

유비는 群臣을 모두 모아 놓고 위연에게 물었다.

"지금 卿에게 重任을 맡겼는데, 卿은 직무를 어찌하겠는가?"

이에 위연이 말했다.

"만약 曹操가 군사를 모아 공격해온다면 大王을 청하여 막겠지만, 장군 하나가 10만 군사를 거느리고 공격한다면 大王을 위해 적을 모두 섬멸하겠습니다."

한중왕은 위연을 칭찬했고 모두가 위연의 장한 뜻에 감탄하였다. 先主가 제위에 오르자, 위연은 승진하여 鎭北將軍이 되었다.

(後主) 建興 원년(서기 223), 위연은 都亭侯가 되었다. (建興) 5년(서기 227), 제갈량은 漢中郡에 주둔하면서 위연을 前部 감독에 임명하였고, 丞相府 司馬와 涼州(양주) 자사를 겸임케 했다. 8년(서기 230), 제갈량은 위연을 시켜 서쪽 羌中(강중)으로 진격케 했는데, 위

다. 위연이 타고난 '反骨'이라는 주장은 《三國演義》에서 지어낸 형상이다. 제갈량은 위연의 머리 뒤쪽에 반골이 있어(吾觀魏延腦後有反骨) 뒷날 필히 배반할 것이기에 미리 참수하여 화근을 끊으려 한다(久後必反 故斬之而絶禍根)고 하였다. 《蜀書》10권, 〈劉彭廖李劉魏楊傳〉에 입전.

399 義陽郡(의양군) - 曹魏의 군명. 223년 설치, 240年 폐지. 治所는 安昌縣, 今湖北省 북부 襄樊市 관할 棗陽市(조양시).

연은 魏의 後將軍 費瑤(비요)와 雍州(옹주) 자사인 郭淮(곽회)와 陽谿
(양계)란 곳에서 싸워 곽회 등을 대파했는데, 위연은 前軍師 征西大
將軍으로 부절을 받았고 작위가 올라 南鄭侯가 되었다.

| 原文 |

延每隨亮出, 輒欲請兵萬人, 與亮異道會於潼關, 如韓信故
事, 亮制而不許. 延常謂亮爲怯, 嘆恨己才用之不盡.

延旣善養士卒, 勇猛過人, 又性矜高, 當時皆避下之. 唯楊
儀不假借延, 延以爲至忿, 有如水火. 十二年, 亮出北谷口, 延
爲前鋒. 出亮營十里, 延夢頭上生角, 以問占夢趙直, 直詐延
曰, "夫麒麟有角而不用, 此不戰而賊欲自破之像也." 退而告
人曰, "角之爲字, 刀下用也. 頭上用刀, 其凶甚矣."

| 국역 |

魏延(위연)이 제갈량을 따라 출병할 때마다, 위연은 1만 명 군사
를 요청하여 제갈령과는 다른 길로, 韓信이 옛날에 했던 것처럼 진
격하여 潼關(동관)[400]에서 합류하고자 하였으나 제갈량은 위연을 견
제하며 허락하지 않았다. 위연은 늘 제갈량이 겁이 많다고 하면서
자신의 재능을 다 발휘하지 못하는 것을 한탄하였다.

....

400 潼關(동관)은, 今 陝西省 동남부 渭南市 관할 潼關縣 북쪽의 관문, 北東쪽으
로 黃河에 연접. 후한 建安 원년(서기 196年)에 건립.

위연은 사졸을 잘 대우하였고 용맹이 남보다 뛰어났지만 오만하고 우쭐대는 성격이라서 그 당시에 그의 부하가 되는 것을 모두가 싫어하였다. 그리고 楊儀(양의)는 위연에게 조금도 양보하지 않았기에 위연은 크게 분노하면서 마치 물과 불처럼 상극이었다.

(後主, 建興) 12년(서기 234) 제갈량은 북벌에 나서 谷口에 출병하면서 위연을 선봉장으로 삼았다. 위연은 본영에서 10리를 더 나가 군영을 설치했는데 밤에 머리에 뿔이(角) 난 꿈을 꾸자, 趙直(조직)에게 해몽을 부탁하자 조직이 거짓으로 말했다.

"麒麟(기린)은 뿔이 있지만 쓸모가 없으니 이번은 싸우지 않고 적군이 스스로 물러날 형상입니다."

그리고 물러 나와서는 다른 사람에게 말했다.

"角이란 글자는 칼(刀) 아래에 用字이다. 머리 위에 칼이 있으니 아주 흉한 일이다."

|原文|

秋, 亮病困, 密與長史楊儀,司馬費禕,護軍姜維等作身歿之後退軍節度, 令延斷後, 姜維次之, 若延或不從命, 軍便自發.

亮適卒, 秘不發喪, 儀令禕往揣延意指. 延曰, "丞相雖亡, 吾自見在. 府親官屬便可將喪還葬, 吾自當率諸軍擊賊, 云何以一人死廢天下之事邪? 且魏延何人, 當爲楊儀所部勒, 作斷後將乎!"

因與禕共作行留部分, 令禕手書與己連名, 告下諸將. 禕紿
延曰, "當爲君還解楊長史, 長史文吏, 稀更軍事, 必不違命
也."

禕出門馳馬而去, 延尋悔, 追之已不及矣.

| 국역 |

가을에(8월), 제갈량은 병이 심해지자 은밀히 長史인 楊儀(양의),
司馬인 費禕(비의), 護軍인 姜維(강유) 등을 불러 자신이 죽은 이후
군사를 후퇴하는 방안을 논의하면서, 위연을 맨 뒤에 남겨 후방을
차단케 하고 강유가 거느린 군사가 위연 부대의 앞에서 철수하되,
만약 위연이 명령을 거부하더라도 부대는 그대로 출발하라고 지시
하였다.

제갈량이 곧 죽자, 이를 숨겨 發喪하지 않고, 양의는 비의를 위연
의 진영에 보내 위연의 속셈을 헤아리게 하였다. 이에 위연이 말했
다.

"비록 승상이 죽었더라도, 나는 이렇듯 건재합니다. 승상부의 관
리를 시켜 영구를 모시고 돌아가 장례를 치르게 하고, 우리는 모든
군사를 거느리고 적도를 공격해야지, 어찌 한 사람이 죽었다 하여
나라의 큰일을 그만둘 수 있겠습니까? 그리고 또 위연이 누구인데
양의의 지휘를 받아 뒤에 남아 적을 차단해야 합니까!"

그러면서 위연은 비의와 함께 공격과 잔류할 부대를 분류하고,
그 문서에 비의와 함께 나란히 서명한 뒤에 이를 여러 장수에게 알
리도록 했다. 이에 비의가 위연을 속였다.

"당장 돌아가서 장군의 뜻을 長史인 양의에게 알리겠는데, 양의
는 文吏라서 군사 작전을 잘 모르지만 그래도 절대로 명을 어기지
않을 것입니다."

비의는 위연의 군영을 나와 말을 달려 돌아왔고, 위연은 곧바로
비의를 보내준 것을 후회하며 추격케 하였으나 따라잡지 못했다.

延遣人覘儀等, 遂使欲案亮成規, 諸營相次引軍還. 延大
怒, 攙儀未發, 率所領徑先南歸, 所過燒絶閣道. 延,儀各相表
叛逆, 一日之中, 羽檄交至.

後主以問侍中董允,留府長史蔣琬, 琬,允咸保儀疑延. 儀等
槎山通道, 晝夜兼行, 亦繼延後. 延先至, 據南谷口, 遣兵逆擊
儀等, 儀等令何平在前禦延. 平叱延先登曰, "公亡, 身尙未
寒, 汝輩何敢乃爾!"

延士衆知曲在延, 莫爲用命, 軍皆散. 延獨與其子數人逃
亡, 奔漢中. 儀遣馬岱追斬之, 致首於儀, 儀起自踏之, 曰,
"庸奴! 復能作惡不?"遂夷延三族.

初, 蔣琬率宿衛諸營赴難北行, 行數十里, 延死問至, 乃旋.
原延意不北降魏而南還者, 但欲除殺儀等. 平日諸將素不同,
冀時論必當以代亮. 本指如此. 不便背叛.

魏延(위연)은 사람을 보내 楊儀(양의)를 엿보게 하였는데, 제갈량이 지시한 대로 모든 군영이 순차적으로 철군한다는 사실을 알았다. 이에 위연은 대노하면서 양의가 출발하기 전에 휘하 부대를 인솔하여 지름길로 먼저 남쪽으로 내려가서 양의의 군사가 통과할 閣道(각도, 棧道 잔도)를 태워버렸다. 위연과 양의가 반역했다고 올리는 표문이 같은 날에 긴급문서로 조정에 들어왔다.

후주는 이를 侍中인 董允(동윤)과 留府長史인 蔣琬(장완)에게 물었고, 장완과 동윤은 양의를 지지하면서 위연을 의심하였다. 양의 등 여러 장수는 산에 나무를 베어 길을 만들어가며 밤낮으로 빨리 행군하여 위연의 부대에 근접하였다. 먼저 도착한 위연은 南谷口(남곡구)를 점거하고 군사를 내어 양의 등을 맞아 공격케 하였고, 양의 등은 何平(하평)을 시켜 앞서 나가 위연을 막게 하였다. 그러자 하평은 높은 곳에 먼저 올라 위연을 질책하였다.

"승상이 돌아가시어 몸이 아직 식지도 않았거늘, 너희들이 어찌 감히 이럴 수가 있나!'

위연의 사졸들은 잘못이 위연에게 있다며, 위연의 명을 따르지 않고 모두가 흩어졌다. 위연은 그 아들과 몇 명을 데리고 도망하여 漢中郡으로 달아났다. 양의는 馬岱(마대)[401]를 보내 위연을 죽였고, 위연의 수급이 양의에게 보내지자, 양의는 위연의 머리통을 밟고서 말했다.

....
401 馬岱(마대, 183 -?) - 司隷 右扶風 茂陵 출신. 馬騰(마등)의 조카, 馬超(마초)의 사촌동생.

"바보 같은 놈!(庸奴) 그래도 나쁜 짓을 또 할 텐가?"

그리고 위연의 삼족을 몰살했다.

앞서, 蔣琬(장완)은 宿衛(숙위)하는 모든 군영을 이끌고 북쪽의 위험을 구원하려 수십 리를 행군하여 올라갔다가 위연이 죽었다는 소식을 듣고 바로 돌아왔다. 위연의 본뜻은 북쪽으로 가서 魏나라에 항복할 생각이 없었고, 군사를 이끌고 남쪽으로 (양의보다 먼저) 내려온 것은 양의 등을 죽이려는 계획이었다. 평소에 여러 장수들과 생각이 달랐던 위연은 제갈량의 후임으로 자신이 적합하다는 여론을 기대했었다. 그것이 위연의 본뜻이었다. 위연은 처음부터 蜀을 배반하지 않았다.

❼ 楊儀

| 原文 |

楊儀字威公, 襄陽人也. 建安中, 爲荊州刺史傅群主簿, 背群而詣襄陽太守關羽. 羽命爲功曹, 遣奉使西詣先主. 先主與語論軍國計策, 政治得失, 大悅之, 因闢爲左將軍兵曹掾.

及先主爲漢中王, 拔儀爲尙書. 先主稱尊號, 東征吳, 儀與尙書令劉巴不睦, 左遷遙署弘農太守. 建興三年, 丞相亮以爲參軍, 署府事, 將南行. 五年, 隨亮漢中. 八年, 遷長史, 加綏軍將軍. 亮數出軍, 儀常規畫分部, 籌度糧穀, 不稽思慮, 斯

須便了. 軍戎節度, 取辦於儀. 亮深惜儀之才幹, 憑魏延之驍
勇, 常恨二人之不平, 不忍有所偏廢也.

十二年, 隨亮出屯谷口. 亮卒於敵場. 儀既領軍還, 又誅討
延, 自以爲功勳至大, 宜當代亮秉政, 呼都尉趙正以《周易》筮
之, 卦得〈家人〉, 默然不悅. 而亮平生密指, 以儀性狷狹, 意
在蔣琬, 琬遂爲尙書令, 益州刺史. 儀至, 拜爲中軍師, 無所統
領, 從容而已.

| 국역 |

楊儀(양의)의 字는 威公(위공)으로, 襄陽郡 사람이다. (獻帝) 建安
연간에, 荊州 刺史인 傅群(부군)의 主簿(주부)가 되었는데, 부군을 버
리고 襄陽太守인 關羽(관우)를 찾아갔다. 관우는 양의를 功曹(공조)
에 임명했고, 양의를 서쪽으로 유비에게 출장을 보냈다. 유비는 양
의와 軍國의 計策과 정치의 득실을 함께 논의하였는데, 양의를 아
주 좋아하면서 양의를 左將軍 兵曹掾(병조연)에 임명하였다.

유비가 漢中王이 되자, 양의를 상서로 발탁하였다. 先主가 제위
에 오른 뒤 東吳를 원정했는데, 양의가 尙書令인 劉巴(유파)와 불화
하자 양의를 멀리 弘農太守의 서리로 좌천시켰다.

(後主) 建興 3년(서기 225), 丞相 제갈량은 양의를 參軍으로 임명
하여 승상부의 업무를 대행케 하고 군사를 거느리고 남쪽을 원정하
였다. 건흥 5년, 양의는 제갈량을 수행하여 漢中郡에 주둔했었다. 8
년(서기 230), 양의는 승진하여 長史가 되었고 加官으로 綏軍將軍

(수군장군)이 되었다. 제갈량이 자주 출병하면서 양의는 늘 부대의 편성과 배치, 군량의 조달과 분배를 계획하였는데, 힘들이지 않고 즉각 처리하였다. 군영 간의 행사나 행군에 관한 일도 양의가 처리하였다. 제갈량은 양의의 재간을 매우 아까워하였고, 위연의 용맹에도 의지하면서 두 사람의 불화를 늘 걱정하였지만 어느 한쪽을 편들지는 않았다.

(建興) 12년(서기 234), 양의는 제갈량을 수행하여 谷口(곡구)에 주둔하였다. 제갈량이 敵의 영역에서(五丈原)[402] 죽었다. 양의는 군사를 지휘하여 철수했고, 또 위연을 토벌하였기에 자신의 공적이 지대하니 제갈량의 후임으로 군사와 내정을 겸해야 한다고 생각하며, 都尉인 趙正(조정)을 불러《周易》으로 점을 치게 하였는데〈家人〉卦(괘)[403]를 얻자 침묵하며 좋아하지 않았다. 제갈량은 평소에 은밀하게, 양의는 그 성질이 외골수에 좁다고 여겼고, 蔣琬(장완)을 후임으로 생각하여 장완을 尙書令 겸 益州刺史에 임명하였다. 양의는 成都에 돌아와 中軍師가 되었지만 거느릴 군사가 없어 그냥 조용히 있었다.

....
402 右扶風 武功縣 五丈原(오장원) - 今 陝西省 寶翻市 岐山縣 縣城 남쪽 약 20km의 五丈原鎭. 고도 약 120m 동서 약 1km, 남북 약 3.5km정도의 黃土고원. 남쪽으로는 秦嶺산맥, 북쪽으로는 渭河(위하) 동서에서 작은 강이 흐르는 험한 지형이다.
403 〈家人〉卦 - 風火家人(☲☴). 집안일이 잘 되려면 가정주부가 곧고 정직해야 한다는 뜻.

初, 儀爲先主尙書, 琬爲尙書郎, 後雖俱爲丞相參軍長史,
儀每從行, 當其勞劇, 自惟年宦先琬, 才能逾之, 於是怨憤形
於聲色, 嘆吒之音發於五內. 時人畏其言語不節, 莫敢從也,
惟後軍師費禕往慰省之. 儀對禕恨望, 前後云云, 又語禕曰,
"往者丞相亡沒之際, 吾若擧軍以就魏氏, 處世寧當落度如此
邪! 令人追悔不可復及."

禕密表其言. 十三年, 廢儀爲民, 徙漢嘉郡. 儀至徙所, 復
上書誹謗, 辭指激切, 遂下郡收儀. 儀自殺, 其妻子還蜀.

| 국역 |

처음에 양의가 先主의 尙書일 때, 장완은 尙書郎이었지만 나중에
는 두 사람이 함께 丞相府 參軍長史가 되었으며, 양의는 늘 제갈량
을 수행하여 어려운 일을 처리하면서도 자신이 장완보다 나이나 관
직이 앞서며 재능 또한 장완보다 낫다고 생각했었기에, 양의는 노
골적으로 분노를 얼굴에 나타내며 탄식과 노여움이 뱃속 五臟(오장)
에서 튀어나오곤 했다. 그때 사람들은 양의의 말에 절제가 없기에
감히 따르려는 사람이 없었는데, 그래도 後軍師인 費禕(비의)는 양
의를 만나 위로하며 살펴주었다. 양의는 비의에게 자신의 불만을
자주 토로하면서 비의에게 말했다.

"지난 번, 승상께서 작고하셨을 때, 내가 만약 군사를 거느리고
魏氏 나라를 찾아갔더라면, 세상에서 내 처지가 이처럼 몰락했겠습

니까! 사람이 후회막급하다지만 이 지경이 돼서는 안 될 것입니다."

비의는 양의의 말을 그대로 보고하였다. 건흥 13년(서기 235), 양의는 서민으로 강등되어 漢嘉郡(한가군)[404]에 강제 이주되었다. 양의는 이주한 곳에서 다시 상서하여 조정을 비방하였고, 그 상서가 너무 격렬하여 군에 지시하여 양의를 체포케 하였다. 양의는 자살하였고 그 처자는 蜀郡으로 돌아왔다.

| 原文 |

評曰, 劉封處嫌疑之地, 而思防不足以自衛. 彭羕,廖立以才拔進, 李嚴以幹局達, 魏延以勇略任, 楊儀以當官顯, 劉琰舊仕, 並咸貴重. 覽其舉措, 跡其規矩, 招禍取咎, 無不自己也.

| 국역 |

陳壽의 評論 : 劉封(유봉)은 의심을 받을만한 처지에서 자신을 지킬 수 있는 방책을 생각하지 못했다. 彭羕(팽양)과 廖立(요립)은 그 재간이 뛰어났고, 李嚴(이엄)은 재능이 출중하여 출세했으며, 魏延(위연)은 용맹과 지략으로 중임을 맡았고, 楊儀(양의)도 관리로서 유능하였으며, 劉琰(유염)은 오래 전에 출사하여 대우를 받았다. 그러나 그들의 언행이 법도에 부합한가를 살펴본다면, 재앙과 허물을 자초하지 않은 사람이 없었다.

....
404 漢嘉郡(한가군)은 후한 말 蜀郡屬國을 章武 원년(서기 221) 漢嘉郡으로 개명. 郡治는 漢嘉縣, 今 四川省 중부 雅安市 관할 天全縣.

41권 〈霍王向張楊費傳〉(蜀書 11)
(곽,왕,상,장,양,비전)

❶ 霍峻

|原文|

霍峻字仲邈, 南郡枝江人也. 兄篤於鄉里合部曲數百人, 篤卒, 荊州牧劉表令峻攝其衆. 表卒, 峻率衆歸先主, 先主以峻爲中郎將. 先主自葭萌南還襲劉璋, 留峻守葭萌城.

張魯遣將楊帛誘峻, 求共守城, 峻曰, "小人頭可得, 城不可得." 帛乃退去.

後璋將扶禁,向存等帥萬餘人由閬水上, 攻圍攻峻, 且一年, 不能下. 峻城中兵才數百人, 伺其怠隙, 選精銳出擊, 大破之, 卽斬存首. 先主定蜀, 嘉峻之功, 乃分廣漢爲梓潼郡, 以峻爲

梓潼太守,裨將軍. 在官三年, 年四十卒, 還葬成都. 先主甚悼
惜, 乃詔諸葛亮曰, "峻旣佳士, 加有功於國, 欲行爵."

　遂親率群僚臨會弔祭, 因留宿墓上, 當時榮之.

| 국역 |

　霍峻(곽준)[405]의 字는 仲邈(중막)으로, 南郡 枝江縣(지강현) 사람이
다. 兄인 霍篤(곽독)은 향리에서 수백 명의 군사를 모았는데, 곽독이
죽자 荊州牧인 劉表는 곽준에게 그 私兵 부대를 관리하게 하였다.
유표가 죽자 곽준은 무리를 이끌고 유비에게 귀부하였고, 유비는
곽준을 中郎將에 임명했다. 유비가 葭萌縣(가맹현)에서 남으로 劉璋
(유장)을 공격하면서 곽준을 남겨 가맹성을 지키게 하였다.

　張魯(장로)[406]가 부장 楊帛(양백)을 시켜 곽준을 유인하여 함께 성
을 지키자고 하자, 곽준은 "내 머리야 자를 수 있겠지만 성은 내줄

----

405 霍峻(곽준, 178 - 217)은 본래 劉表의 부하, 지방관으로 善政을 베풀어 유비의
　　인정을 받았다. 南郡 枝江縣은, 今 湖北省 서남부, 宜昌市 관할 枝江市. 長江
　　중류, 북안.

406 張魯(장로, ?-216년?, 245년?) - 전한 張良(子房)의 먼 후손. 後漢末 五斗米道
　　의 창립자 張陵(장릉, 張道陵)의 손자, 張衡(장형)의 아들. 天師道의 敎主. 正一
　　天師. 張道陵은 늘 호랑이를 타고 다녔으며 葛玄(갈현), 許遜(허손) 등과 함께
　　四大天師로 추앙된다. 황건적 난의 주범인 張角(장각, ?-184년)의 太平道와
　　는 별개임. 장각의 아우 張梁(장량), 張寶(장보)와도 연관이 없다. 益州牧인 劉
　　焉(유언)은 장로를 督義司馬(독의사마)에 임명하였고, 張魯는 漢中에서 득세
　　후, 張修를 죽이고 군사를 차지하였다. 이에 유언과 장로는 적이 되었다. 劉
　　焉(유언)이 죽자 아들 劉璋(유장)이 익주목이 되었는데, 유장은 장로가 순종
　　하지 않는다 하여 장로 모친의 일족을 다 죽여버렸다. 장로는 巴郡과 漢中郡
　　일대에 30년 가까이 세력을 장악하였다. 장로는 자기 세력을 거느리고 조조
　　에 귀부하였다. 《魏書》8권, 〈二公孫陶四張傳〉에 입전.

수 없다."고 하였다. 이에 양백은 그냥 물러났다.

뒷날 劉璋의 부장인 扶禁(부금)과 向存(상존) 등이 1만여 명을 거느리고 閬水(낭수)를 거슬러 올라와 곽준의 성을 포위 공격하였는데 1년이 다 되어도 함락시키지 못했다. 곽준의 城 안 군사는 겨우 수백 명이었지만, 적의 태만을 틈타 정예병으로 공격하여 상존의 목을 잘랐다. 유비가 蜀을 평정한 뒤, 곽준의 공적을 가상히 여겨 廣漢郡을 분할하여 梓潼郡(재동군)을 만들고 곽준을 梓潼太守 겸 裨將軍(비장군)에 임명하였다. 곽준은 재직 3년, 나이 40세에 죽어 成都에 묻혔다. 유비는 매우 슬퍼하며 제갈량에게 명령하였다.

"곽준은 훌륭한 士人으로 나라에 큰 공을 세웠으니 작위를 내리고 싶다."

유비는 친히 여러 부하를 이끌고 제사에 참여했고, 묘에서 하루를 묵었는데 그때 사람들이 영광으로 여겼다.

| 原文 |

子弋, 字紹先, 先主末年爲太子舍人. 後主踐阼, 除謁者. 丞相諸葛亮北駐漢中, 請爲記室, 使與子喬共周旋游處. 亮卒, 爲黃門侍郎.

後主立太子璿, 以弋爲中庶子, 璿好騎射, 出入無度, 弋援引古義, 盡言規諫, 甚得切磋之體. 後爲參軍庲降屯副貳都督, 又轉護軍, 統事如前.

時永昌郡夷獠恃險不賓, 數爲寇害, 乃以弋領永昌太守, 率偏軍討之, 遂斬其豪帥, 破壞邑落, 郡界寧靜. 遷監軍,翊軍將軍, 領建寧太守, 還統南郡事.

景耀六年, 進號安南將軍. 是歲, 蜀並於魏, 弋與巴東領軍襄陽羅憲各保全一方, 舉以內附, 咸因仍前任, 寵待有加.

| 국역 |

아들 霍弋(곽익)의 字는 紹先(소선)인데, 先主 말년에 太子舍人이 되었다. 後主가 제위에 오르면서 곽익은 謁者(알자)[407]가 되었다. 승상 諸葛亮이 北으로 진격하여 漢中에 주둔하며 곽익을 불러 記室(기실)[408]에 임명하였는데, 그 아들 霍喬(곽교)와 함께 제갈량을 수행하며 일했다. 제갈량이 죽자, 곽익은 黃門侍郞이 되었다.

後主(劉禪, 유선)가 태자 劉璿(유선)을 책립하자 곽익은 中庶子가 되었는데, 태자가 騎射를 좋아하여 그 出入이 無度하자 곽익은 옛글을 인용하여 간곡하게 간언을 올렸는데 그 뜻이 매우 성의 있고 절실하였다. 곽익은 뒷날 參軍으로 庲降(내항)에 주둔하며[409] 副 都督이 되었다가 護軍(호군)으로 전직했는데 담당 업무는 전과 같았다.

....

407 謁者(알자)는 漢代 郞中令의 속관, 손님 접대와 관계되는 서무를 담당. 前漢의 경우 정원 70인, 질록 6백석. 그중 우두머리가 謁者僕射(알자복야)이다.

408 記室(기실) — 文書 담당관. 각 부서에 記室令史, 太守의 속관으로 記室史, 군부대에 記室參軍이 있어 문서 취급과 공훈 기록을 담당했다.

409 庲降都督(내항도독)은 蜀漢에서 南中, 곧 지금의 大渡河 이남 四川省, 雲南省, 貴州省을 관리하는 행정관. 도독부의 치소는 南昌縣(今 雲南省 昭通市 관할 鎭雄縣)이었다.

그때 永昌郡(영창군)[410]의 蠻夷(만이, 夷獠 이료)들이 험한 지형을 믿고 복속하지 않으며 자주 노략질을 감행하자, 곽익에게 永昌太守를 겸임케 하며 부대를 거느리고 토벌케 하였는데, 곽익이 그 우두머리를 죽이고 마을을 파괴하자 郡界가 조용하였다. 곽익은 監軍 겸 翊軍將軍으로 승진하였고 建寧郡(건녕군) 太守를 겸임하며 南郡의 여러 업무도 총괄하였다.

(後主) 景耀(경요) 6년(서기 263), 진급하여 安南將軍이 되었다. 이 해에 촉한이 曹魏에 병합되었는데, 곽익과 巴東郡의 領軍인 襄陽(양양) 사람 羅憲(나헌)은 자기 지역을 거느리고 內附하여 모두 前任을 그대로 수행했고 특별한 대우를 받았다.

❷ 王連

| 原文 |

王連字文儀, 南陽人也. 劉璋時入蜀爲梓潼令. 先主起事葭萌, 進軍來南, 連閉城不降, 先主義之, 不强逼也. 及成都旣平, 以連爲什邡令, 轉在廣都, 所居有績. 遷司鹽校尉, 較鹽鐵之利, 利入甚多, 有裨國用, 於是簡取良才以爲官屬, 若呂乂, 杜祺, 劉幹, 終皆至大官, 自連所拔也.

遷蜀郡太守, 興業將軍, 領鹽府如故. 建興元年, 拜屯騎校尉, 領丞相長史, 封平陽亭侯. 時南方諸郡不賓, 諸葛亮將自征之, 連諫以爲 "此不毛之地, 疫癘之鄕, 不宜以一國之望, 冒險而行." 亮慮諸將才不及己, 意欲必往而連言輒懇至, 故停留者久之. 會連卒. 子山嗣, 官至江陽太守.

| 국역 |

　王連(왕련)[411]의 字는 文儀(문의)로, 南陽郡 사람이다. 劉璋 때 蜀郡에 들어가 梓潼(재동)[412] 현령이 되었다. 유비가 葭萌縣(가맹현)에서 유장에 대한 공격을 시작하여 남쪽으로 군사를 몰아 진격할 때, 왕련은 성문을 닫고서 투항을 거부하였고, 유비는 왕련을 의로운 사람이라 하여 강요하지 않았다. 나중에 成都가 평정되자 왕련을 (廣漢郡) 什邡(십방) 현령에 임용했다가 (蜀郡) 廣都 현령으로 전근시켰는데 임지에서 치적이 좋았다. 왕련은 司鹽校尉(사염교위)가 되어 염철 전매의 이익을 관리하였는데, 이득이 매우 많아 국가 재정에 도움을 주었으며 良才를 속관으로 많이 선발하였는데, 呂乂(여예), 杜祺(두기), 劉幹(유간) 등은 나중에 촉한의 고관이 되었으니 모두 왕련이 선발한 인재였다.

　왕련은 蜀郡太守로 興業將軍이 되었지만 司鹽(사염, 소금의 전매) 업무는 이전과 같았다. (後主) 建興 원년(서기 223)에 왕련은 屯騎

----

411 王連(왕련) – 소금 전매를 담당하는 司鹽校尉(사염교위) 직무를 잘 수행하여 국가 재정에 도움을 주었다. 남방의 악천후와 질병을 이유로 제갈량의 남방 원정을 반대했다.
412 梓潼 – 군명, 겸 현명. 今 四川省 북부 綿陽市 관할 梓潼縣.

校尉로 丞相長史를 겸했으며 平陽亭侯가 되었다. 그때 남방 여러 군이 촉한에 복속하지 않았기에 제갈량이 친히 원정하려 하자 왕련이 간언을 올렸다.

"이 不毛의 땅은 질병이 많은 지역이라서 한 나라의 여망을 받는 분의 위험을 무릅쓴 원정은 좋지 않습니다."

그러나 제갈량은 자신을 대행할 만한 장수가 없었으며 꼭 원정해야 했지만 왕련의 간언이 너무 간절하여 좀 오래 미루었다. 그러다가 왕련이 죽었다. 왕련의 아들 王山(왕산)이 계승하였는데 그 관직은 江陽郡[413] 太守였다.

❸ 向朗

|原文|

向朗字巨達, 襄陽宜城人也. 荊州牧劉表以爲臨沮長. 表卒, 歸先主. 先主定江南, 使朗督秭歸,夷道,巫,夷陵四縣軍民事. 蜀旣平, 以朗爲巴西太守, 頃之轉任, 又徙房陵.

後主踐阼, 爲步兵校尉, 代王連領丞相長史. 丞相亮南征, 朗留統後事. 五年, 隨亮漢中. 朗素與馬謖善, 謖逃亡, 朗知情不擧, 亮恨之, 免官還成都. 數年, 爲光祿勳, 亮卒後徙左

---

413 江陽郡 – 후한 建安 18년(서기 213)에 설치. 治所는 江陽縣, 今 四川省 동남부 瀘州市(노주시).

將軍, 追論舊功, 封顯明亭侯, 位特進.

初, 朗少時雖涉獵文學, 然不治素檢, 以吏能稱. 自去長史, 優遊無事垂三十年, 乃更潛心典籍, 孜孜不倦. 年逾八十, 猶手自校書, 刊定謬誤, 積聚篇卷, 於時最多.

開門接賓, 誘納後進, 但講論古義, 不干時事, 以是見稱. 上自執政, 下及童冠, 皆敬重焉. 延熙十年卒. 子條嗣, 景耀中爲御史中丞.

朗兄子寵, 先主時爲牙門將. 秭歸之敗, 寵營特完. 建興元年封都亭侯, 後爲中部督, 典宿衛兵. 諸葛亮當北行, 表與後主曰, 「將軍向寵, 性行淑均, 曉暢軍事, 試用於昔, 先帝稱之曰能, 是以衆論擧寵爲督. 愚以爲營中之事, 悉以咨之, 必能使行陳和睦, 優劣得所也.」

遷中領軍. 延熙三年, 征漢嘉蠻夷, 遇害. 寵弟充, 歷射聲校尉, 尙書.

| 국역 |

向朗(상랑)[414]의 字는 巨達(거달)로, 襄陽郡 宜城縣(의성현) 사람이다. 荊州牧인 劉表가 상랑을 (南郡) 臨沮(임저)의 縣長에 임명하였

414 向朗(상랑, ?-247년) – 向은 성씨 상. 젊어 司馬德操(司馬徽, 사마휘)에게 사사했고, 徐元直(徐庶), 龐士元(龐統) 등과 친했다. 제갈량의 1차 북벌 후 면관되었는데, 한때 복직도 했었지만 죽기 전까지 20년 가까이 전적을 수집하고 80세에도 오류를 교정하는 등 업적을 쌓아 여러 사람의 존경을 받았다.

다. 유표가 죽은 뒤에 유비에게 귀부하였다. 유비가 江南 일대를 평정하고서 상랑을 (宜都郡) 秭歸(자귀), 夷道(이도), 巫(무), 夷陵(이릉) 등 4현의 군사와 민정에 관한 업무를 감독케 하였다. 蜀郡을 평정한 뒤 상랑은 巴西郡 태수가 되었다가 다시 전임하여 房陵郡(방릉군)[415]으로 옮겼다.

後主가 제위에 오른 뒤, 상랑은 步兵校尉가 되었고 王連(왕련)의 후임으로 丞相府 長史를 겸임하였다. 승상 제갈량은 南征하면서 상랑을 남겨 후방 업무를 관장케 하였다. (建興) 5년(서기 227), 제갈량을 수행하여 漢中郡에 머물렀다. 상랑은 평소에 馬謖(마속)과 가까웠는데, 뒷날(서기 228) 마속이 (街亭을 잃고 棄軍하여) 도주한 정황을 알면서도 체포하지 않았다 하여 제갈량이 상랑을 증오하며 免官시키자, 상랑은 成都로 돌아왔다. 몇 년 뒤에 상랑은 光祿勳이 되었고, 제갈량이 죽은 뒤에 左將軍이 되었는데 옛 공훈으로 顯明亭侯에 봉해졌으며 지위는 特進이었다.

그전에, 상랑은 젊은 나이에 文學을 섭렵하였고, 검소한 생활을 하지 않았지만 관리로 능력이 있어 칭송을 들었다. 승상부 長史에서 해임된 이후 한가히 지내면서 30년(20년) 가까운 기간에 다시 여러 경전 연구에 깊이 빠져 부지런히 쉬지 않았다. 나이 80이 지났어도 직접 경서를 교열하며 오류를 바로잡았으며 많은 서적을 모았으니 당시에 제일이었다.

문호를 열어 빈객을 접대하며 후진의 면학을 돕고 경전의 古義를

---

415 房陵郡(방릉군)의 郡治는 房陵縣, 今 湖北省 서북부 十堰市(십언시) 관할 房縣. 建安 25년(서기 220) 魏에 소속 郡廢하여 新城郡에 편입.

강론하면서 時政에는 간여하지 않아 칭송을 들었다. 위로는 집정 대신으로부터 아래로는 어린아이나 청년들의 존경을 받았다. 延熙 10년(서기 247)에 죽었다. 아들 向條(상조, 字 文豹)가 작위를 계승했고 (후주 마지막 연호) 景耀 연간에 (감찰을 담당하는) 御史中丞(어사중승)이 되었다.

상랑의 兄子인 向寵(상총)은 先主 때 牙門將(아문장)이었다. 秭歸(자귀)의 敗戰[416] 중에 상총의 군영만 완전하였다. 建興 원년(서기 223), 상총은 都亭侯가 되었다가 나중에 中部督이 되어 宿衛兵을 지휘하였다. 諸葛亮이 북벌에 즈음하여 後主에게 표문(出師表)을 올려 말했다.

「將軍인 向寵(상총)[417]은 性行이 선량, 균일하며 軍事에 밝은데, 이미 그 능력을 시험하여 先帝께서도 유능하다 칭찬하시며, 衆議를 거쳐 상총을 천거하여 도독에 임명하였습니다. 臣의 생각으로도 軍營에 관한 모든 일은 상총에게 물어 행하면 군영이 화목하고 능력에 따라 각자 소임을 다할 것이라 생각합니다.」

상총은 中領軍으로 승진하였다. 延熙 3년(서기 240), 漢嘉郡(한가군)의 만이를 원정하던 중에 전사하였다. 상총의 아우 向充(상충)은 射聲校尉와 尙書를 역임하였다.

---

416 南郡 秭歸縣(자귀현)은, 今 湖北省 宜昌市 관할 秭歸縣. 유비가 관우의 원수를 갚는다고 대군을 거느리고 출병하여 자귀현에 주둔했다가 東吳의 군사에 夷陵에서 대패했다.

417 向寵(상총, ?-240년) - 向朗(상랑)의 조카. 뒷날 장군으로 中領軍 역임. 소수민족 반란 진압 시 전사.

❹ 張裔

|原文|

張裔字君嗣, 蜀郡成都人也. 治《公羊春秋》, 博涉《史》, 《漢》. 汝南許文休入蜀, 謂裔幹理敏捷, 是中夏鐘元常之倫也.

劉璋時, 舉孝廉, 爲魚復長, 還州署從事, 領帳下司馬. 張飛自荊州由墊江入, 璋授裔兵, 拒張飛於德陽陌下, 軍敗, 還成都. 爲璋奉使詣先主, 先主許以禮其君而安其人也, 裔還, 城門乃開. 先主以裔巴郡太守, 還爲司金中郎將, 典作農戰之器.

先是, 益州郡殺太守正昂, 耆率雍闓恩信著於南土, 使命周旋, 遠通孫權. 乃以裔爲益州太守, 逕往至郡. 闓遂趑趄不賓, 假鬼敎曰, "張府君如瓠壺, 外雖澤而內實粗, 不足殺, 令縛與吳."

於是遂送裔於權.

|국역|

張裔(장예)[418]의 字는 君嗣(군사)인데, 蜀郡 成都縣 사람이다. 《公羊春秋》를 전공하였고, 《史記》와 《漢書》에도 박식하였다. 汝南郡의 許文休(許靖)[419]는 蜀郡에서 유비를 섬겼는데, 장예의 민첩한 업무

---

418 張裔(장예, 167-230년) - 裔는 후손 예. 제갈량의 인정을 받고 제갈량의 막료로 일했다. 楊恭의 벗이었는데 양공이 일찍 죽자, 남겨진 노모와 어린 자식을 친부모와 친자식처럼 돌봐주었다.
419 許靖(허정) - 한때 益州 일대의 명사였다. 《蜀書》8권, 〈許麋孫簡伊秦傳〉에 입전.

처리를 보고 中原(中夏)의 鐘元常(鐘繇, 종요)[420]과 같은 사람이라고 칭찬했다.

　장예는 유장에 의해 孝廉으로 천거되어 (巴郡) 魚復縣[421] 縣長을 역임했고, 益州牧의 從事였으며 익주목의 司馬를 겸임했다. 張飛(장비)가 荊州에서 墊江縣(점강현)으로 진격하자, 유장은 장예에게 군사를 주어 張飛를 (廣漢郡) 德陽縣의 陌下(맥하)에서 방어케 했는데, 장예는 패전하고 成都로 돌아왔다. 장예는 유장의 명을 받아 先主에게 사자로 파견되었는데, 유비는 유장을 예우하고 그 백성을 안정시키겠다고 약속했고, 장예는 돌아가 成都의 성문을 열고 유비를 맞아들였다. 유비는 장예를 巴郡太守에 삼았다가 司金中郞將에 임명하여 농기구와 병기 제조를 담당케 하였다.

　이에 앞서, 益州郡[422]에서는 太守인 正昻(정앙)을 죽였었다. 그 우

420 鐘繇(종요, 151－230년, 字 元常) － 豫州 潁川 長社縣 출신. 曹魏 重臣, 유명한 서예가. 太傅 역임. 晉代 書法家 王羲之와 함께 '鐘王'으로 불린다.《魏書》 13권, 〈鐘繇華歆王朗傳〉에 立傳.

421 巴郡(巴東郡) 魚復縣은 章武 2년(서기 222), 劉備가 夷陵戰에서 패한 뒤 白帝城으로 물러나와 魚復縣을 永安縣으로 개명했다. 유비는 臨終 전에 白帝城 永安宮에서 丞相 諸葛亮를 불러 후사를 부탁했다.「劉備託孤」. 당시 백제성은 한쪽은 육지와 연결되고 삼면이 강물이었으나 지금은 산샤 댐 공사로 수면이 높아져서 완전한 섬이 되었다. 예로부터 李白, 杜甫, 白居易, 劉禹錫(유우석), 蘇軾(소식), 黃庭堅(황정견) 등이 이곳에 와서 명작을 남겼다. 李白의 「朝辭白帝彩雲間, 千里江陵一日還, 兩岸猿聲啼不住, 輕舟已過萬重山」(〈朝發白帝城〉)이 인구에 회자되며 백제성은 '詩城'이라는 멋진 이름으로 불린다. 지금도 거기에는 毛澤東과 周恩來가 직접 쓴 李白의 〈朝發白帝城〉 편액이 양쪽에 걸려 있다. 今 重慶市 동부 奉節縣.

422 益州자사부의 치소는 廣漢郡 雒縣(낙현), 今 四川省 德陽市 관할 廣漢市. 이후 綿竹, 成都縣 등으로 옮겨 다녔다. 郡名으로 益州는 滇池縣(전지현)이 치소였다. 今 雲南省 昆明市 관할 晋寧縣.

두머리였던 雍闓(옹개)는 은덕과 신의로 남방 일대에 명성이 있었는데, 옹개는 사방의 유력자에게 사자를 보내며 멀리 孫權과도 통교하였다. 이에 유비는 장예를 益州 太守에 임명했고, 장예는 지름길로 익주군에 부임하였다.

익주군의 大姓인 옹개는 결국 이런저런 이유로 장예에게 불복하며, 귀신의 뜻을 핑계 대며 "태수 장예는 바가지와(瓠壺, 호호) 같아 겉은 매끈하나 그 속은 거칠고 조잡하니 죽일 가치도 없기에 포박하여 東吳로 보내야겠다."라고 말했다.

결국 장예는 생포되어 손권에게 보내졌다.[423]

| 原文 |

會先主薨, 諸葛亮遣鄧芝使吳, 亮令芝言次可從權請裔. 裔自至吳數年, 流徒伏匿, 權未之知也, 故許芝遣裔. 裔臨發, 權乃引見.

問裔曰, "蜀卓氏寡女, 亡奔司馬相如, 貴土風俗何以乃爾乎?" 裔對曰, "愚以爲卓氏之寡女, 猶賢於買臣之妻." 權又謂裔曰, "君還, 必用事西朝, 終不作田父子閭里也, 將何以報我?" 裔對曰, "裔負罪而歸, 將委命有司. 若蒙僥倖得全首領, 五十八已前父母之年也, 自此已後大王之賜也."

....
423 益州郡의 大姓인 雍闓(옹개)가 반기를 들어 태수인 張裔(장예)를 東吳로 방축한 뒤, 郡을 점유하고 조정에 복종하지 않았다. 이는 章武 3년(서기 223)의 사건이었다.

權言笑歡悅, 有器裔之色. 裔出閤, 深悔不能陽愚, 即便就
船, 倍道兼行. 權果追之, 裔已入永安界數十里, 追者不能及.

| 국역 |

마침 先主가 붕어했는데, (그 이후) 諸葛亮은 鄧芝(등지)[424]를 東吳
에 사신으로 보내면서, 가는 김에 손권에게 張裔(장예)를 보내달라고
요청하게 했다. 장예가 동오에 온 지 이미 몇 년이 되었는데, 장예는
유배된 죄수로 숨어 살았기에 손권은 장예를 알지 못했으며 장예를
보내주겠다고 수락했다. 장예는 출발 전에 손권에게 불려갔다.

손권이 장예에게 물었다.

"蜀郡 卓氏의 과부가 된 딸이(卓文君) 司馬相如(사마상여)와 눈이
맞아 부모 몰래 도주하였는데 그곳 풍속이 어째서 그러한가?"

이에 장예가 말했다.

"저의 우견으로는 卓氏의 과부 딸은 前漢 朱買臣(주매신)의 妻[425]
보다 현명합니다."

....
424 鄧芝(등지) - 《蜀書》15권, 〈鄧張宗楊傳〉에 입전.
425 朱買臣(주매신)의 妻 - 朱買臣(주매신, ?-前 115)은 覆水難收(복수난수), 馬前
潑水(마전발수) 등 成語의 주인공. 朱買臣의 字는 翁子(옹자)로 吳縣 사람이
다. 집은 가난했지만 독서를 좋아했는데, 늘 나무를 해다가 팔아서 먹고 살면
서도 글을 외웠다. 그 아내 역시 등에 지거나 머리에 이고 따라다녔는데, 주
매신이 길에서 책을 외우는 것을 그만두라고 여러 번 말했었다. 그러면 주매
신은 더욱 크게 글을 외웠고 아내는 그것이 부끄러워 떠나가겠다고 말했다.
주매신이 웃으며 말했다. "내가 50이 되면 틀림없이 높은 사람이 될 것인데,
이미 40이 넘었도다. 당신이 고생한 날이 오래지만 내가 富貴할 때까지 기다
려 준다면 당신의 공덕에 보답할 것이요." "당신 같은 사람은 결국 굶어죽어
구덩이에 들어가지 어찌 부귀를 누리겠나!" 그리고 그 아내는 떠나갔다.

손권이 다시 장예에게 말했다.

"그대가 돌아가면 西朝(蜀漢)에서 틀림없이 등용할 것이니, 그러면 결코 농부로 논밭에서 일하지는 않을 것인데, 나에게 어떤 보답이 있겠는가?"

이에 장예가 말했다.

"저는 죄를 짓고 돌아가니 제 목숨은 담당 관리에게 달렸습니다. 만약 다행히도 제 목숨을 지킬 수 있다면, 58세 이전은 부모가 주신 생명이지만 오늘 이후로는 대왕께서 하사한 목숨입니다."

손권은 웃으면서 좋아하였고 장예의 기량을 높이 평가했다. 궁궐을 나온 장예는 어리석은 척하지 못한 자신을 후회하며, 배를 타자마자 두 배의 속력으로 밤새워 배를 몰았다. 예상대로 손권이 추격했지만 장예가 이미 永安縣 땅 수십 리를 들어왔기에 추격할 수 없었다.

|原文|

旣至蜀, 丞相亮以爲參軍, 署府事, 又領益州治中從事. 亮出駐漢中, 裔以射聲校尉領留府長史, 常稱曰, "公賞不遺遠, 罰不阿近, 爵不可以無功取, 刑不可以貴勢免, 此賢愚之所以

武帝는 주매신을 會稽(회계)태수로 임명하였다. "富貴하여 고향에 가지 않는다면 비단옷을 입고 밤길을 가는 것과 같다 하였으니, 지금 그대 생각은 어떠한가?" 주매신은 머리를 조아려 사례하였다. 會稽郡에서는 태수가 온다고 백성들을 동원하여 길을 정비케 했다. 吳縣 경계에 들어가 동원된 예전의 아내와 새 남편을 보았다. 주매신은 수레를 멈추고 불러 뒤의 수레에 그 부부를 태워 관사에 도착한 뒤, 머물며 지내게 하였다. 한 달쯤 지내다가 아내는 스스로 목을 매 죽었다. 《漢書》64권, 〈嚴朱吾丘主父徐嚴終王賈傳(上)〉에 입전.

斂忘其身者也."

其明年, 北詣亮諮事, 送者數百, 車乘盈路, 裔還書與所親
曰,

「近者涉道, 晝夜接客, 不得寧息, 人自敬丞相長史, 男子張
君嗣附之, 疲倦欲死.」

其談啁流速, 皆此類也.

少與犍爲楊恭友善, 恭早死, 遺孤未數歲, 裔迎留, 與分屋
而居, 事恭母如母. 恭之子息長大, 爲之娶婦, 買田宅産業,
使立門戶. 撫恤故舊, 振贍衰宗, 行義甚至. 加輔漢將軍, 領
長史如故.

建興八年卒. 子毣嗣, 歷三郡守, 監軍. 毣弟郁, 太子中庶子.

국역

張裔(장예)가 蜀으로 돌아오자, 승상인 제갈량은 장예를 參軍(참
군)[426]에 임명하여 승상부 업무를 담당케 하였고, 또 益州의 治中從
事를 겸임케 하였다. 제갈량이 출병하여 漢中에 주둔할 때, 장예는
射聲校尉로 留府長史를 겸임하였는데, 늘 제갈량을 칭송하였다.

"승상은 관계가 소원하다고 施賞을 빼놓지 않고 가깝다 하여 처
벌을 안 하지 않으며, 공적이 없으면 작위를 받을 수 없고, 권세가라
하여 형벌을 면할 수 없기에 현인이나 우매한 사람이든 자신을 돌
보지 않고 전심전력한다."

----

426 參軍 – 參軍事의 약칭. 장군의 고급 참모.

그 다음 해, 장예가 승상의 자문을 담당하러 북으로 갈 때, 전송객 수백 명의 수레와 말이 길을 메웠는데 장예는 가까운 사람에게 서신을 보내 말했다.

「近者에 길을 가면서 밤낮으로 손님을 맞이하느라 편히 쉴 수가 없으며, 사람들이 승상의 長史인 저를 이처럼 공경하고, 저는 長史의 직분을 다하느라 피곤하여 죽을 지경입니다.」

장예의 거침없고 기민한 농담은 대개 이런 식이였다. 장예는 젊어서부터 犍爲郡의 楊恭(양공)과 매우 친했는데, 양공이 일찍 죽어 남은 어린아이가 불과 몇 살이었기에 장예가 데려다가 별채에 거처케 하였고 양공의 모친을 친모처럼 모셨다. 양공의 자식이 장성하자 결혼을 시켜주고 토지와 집을 사주어 일가로 독립케 하였다. 어려운 옛 벗을 돌봐주거나 가난한 문중을 도와주며 두루 대의를 실천하였다. 장예는 加官으로 輔漢將軍이 되었는데 승상부 長史의 업무는 이전과 같았다.

(後主) 建興 8년(서기 230)에, 장예가 죽었다. 아들 張毣(장목, 毣은 생각할 목)은 3개 군의 태수와 監軍을 역임했다. 장목의 동생 張郁(장욱)은 太子中庶子였다.

❺ 楊洪

| 原文 |

楊洪字季休, 犍爲武陽人也. 劉璋時歷部諸郡. 先主定蜀,

太守李嚴命爲功曹. 嚴欲徒郡治舍, 洪固諫不聽, 遂辭功曹, 請退. 嚴欲薦洪於州, 爲蜀部從事. 先主爭漢中, 急書發兵, 軍師將軍諸葛亮以問洪, 洪曰, "漢中則益州咽喉, 存亡之機會, 若無漢中則無蜀矣, 此家門之禍也. 方今之事, 男子當戰, 女子當運, 發兵何疑?"

時蜀郡太守法正從先主北行, 亮於是表洪領蜀郡太守, 衆事皆辦, 遂使卽眞. 頃之, 轉爲益州治中從事.

| 국역 |

楊洪(양홍)[427]의 字는 季休(계휴)로, 犍爲郡 武陽縣(무양현) 사람이다. 劉璋이 있을 때 익주 자사부 내 여러 군에 근무했었다. 유비가 촉군을 평정하자 太守인 李嚴(이엄)[428]은 양홍을 功曹(공조)에 임명했다. 이엄이 군의 청사를 새로 지으려 했지만 양홍은 굳이 제지하며 따르지 않다가 공조의 직위를 사직하고 퇴직을 요청하였다. 이엄은 양홍을 익주목에 천거하여 익주자사부의 從事가 되었다. 유비가 漢中郡에서 전투하며 긴급문서로 군사동원을 명령했는데, 軍師將軍인 諸葛亮이 이를 양홍에게 묻자, 양홍이 말했다.

427 楊洪(양홍, ?-228년, 字 季休) － 益州 犍爲郡 武陽縣 사람. 今 四川省 중동부 眉山市(미산시) 彭山區(팽산구).

428 李嚴(이엄, ?-234년, 後 改名 李平, 字 正方) － 유장은 다시 李嚴(이엄)을 보내 면죽에서 모든 군사를 지휘케 하였지만, 이엄은 군사를 거느리고 유비에게 투항하였다. 이엄은 諸葛亮과 함께 선주 유비의 유언을 들었다. 북벌에서 군량 수송에 차질이 있어 都護인 李嚴(이엄)을 파직하여 梓潼郡(재동군)으로 이주케 했다.《蜀書》10권,〈劉彭廖李劉魏楊傳〉에 입전.

"漢中은 益州의 목구멍(咽喉, 인후)과 같으며 이 싸움에 존망이 달렸으니, 만약 漢中이 없으면 蜀도 없으며, 이는 家門에 닥친 재앙이 됩니다. 지금의 이 상황에서 男子는 싸워야 하고, 여자는 군량을 운송해야 하거늘 병력 동원을 어찌 미루겠습니까?"

이때 蜀郡 태수인 法正(법정)도 유비를 따라 북쪽에 출정했기에, 제갈량은 양홍을 촉군태수 겸임케 하고 모든 일을 처리케 하였고, 업무를 마친 뒤에 정식 태수가 되었다. 얼마 뒤에 益州牧 治中從事가 되었다.

| 原文 |

先主旣稱尊號, 征吳不克, 還住永安. 漢嘉太守黃元素爲諸葛亮所不善, 聞先主疾病, 懼有後患, 擧郡反, 燒臨邛城. 時亮東行省疾, 成都單虛, 是以元益無所憚. 洪卽啓太子, 遣其親兵, 使將軍陳曶, 鄭綽討元. 衆議以爲元若不能圍成都, 當由越巂據南中.

洪曰, "元素信凶暴, 無他恩信, 何能辦此? 不過乘水東下, 冀主上平安, 面縛歸死, 如其有異, 奔吳求活耳. 敕曶, 綽但於南安峽口遮卽便得矣."

曶, 綽承洪言, 果生獲元. 洪建興元年賜爵關內侯, 復爲蜀郡太守, 忠節將軍, 後爲越騎校尉, 領郡如故.

先主가 尊號를 칭한 뒤에 東吳를 원정했지만, 이기지 못하고 永安宮에 돌아와 머물고 있었다. 漢嘉(한가)[429] 太守인 黃元(황원)은 평소에 諸葛亮과 관계가 좋지 않았는데, 先主가 질병 중이라는 소식을 듣고 후환이 두려워 한가군에서 반기를 들고 臨邛(임공)현의 城을 불태웠다. 그때 제갈량은 동쪽 영안궁에 문병하러 가서 成都가 비었기에(空) 황원은 더욱 거리낌이 없었다. 이에 양홍은 즉시 太子에게 보고한 뒤, 그 친위병을 거느리고 將軍인 陳曶(진홀, 曶은 먼동 틀 홀), 鄭綽(정작)을 시켜 황원을 토벌케 하였다. 그때 많은 사람들은 황원이 성도를 포위할 수 없으면 越嶲郡(월수군)을 거쳐 南中을 점거할 것이라고 생각하였다. 이에 양홍이 말했다.

"황원은 평소에 정말로 흉포하며, 은덕이나 신의를 베푼 적이 없는데 어찌 그렇게 되겠습니까? 長江을 따라 동쪽으로 흘러가 主上의 平安을 빌며 스스로 포박하여 처형되거나, 그게 아니라면 살려고 東吳로 도주할 것입니다. 진홀과 정작에게 명하여 南安郡의 峽口(협구)를 막게 하면 바로잡을 수 있습니다."

진홀과 정작은 양홍의 말 그대로 황원을 생포하였다. 양홍은 (後主) 建興 원년(서기 223)에 關內侯의 작위를 받았고, 다시 蜀郡太守로 忠節將軍이 되었다가 뒤에 越騎校尉가 되었는데 蜀郡 태수직은 전과 같았다.

----

429 漢嘉郡(한가군)은 후한 말 蜀郡屬國을 章武 원년(서기 221) 漢嘉郡으로 개명. 郡治는 漢嘉縣, 今 四川省 중부 雅安市 관할 天全縣.

五年, 丞相亮北住漢中, 欲用張裔爲留府長史, 問洪何如? 洪對曰, "裔天姿明察, 長於治劇, 才誠堪之, 然性不公平, 恐不可專任, 不如留向朗. 朗情㴠差少, 裔隨從目下, 效其器能, 於事兩善."

初, 裔少與洪親善. 裔流放在吳, 洪臨裔郡, 裔子郁給郡吏, 微過受罰, 不特原假. 裔後還聞之, 深以爲恨, 與洪情好有損. 及洪見亮出, 至裔許, 具說所言. 裔答洪曰, "公留我了矣, 明府不能止."

時人或疑洪意自欲作長史, 或疑洪知裔自嫌, 不願裔處要職, 典後事也. 後裔與司鹽校尉岑述不和, 至於忿恨. 亮與裔書曰,

「君昔在陌下, 營壞, 吾之用心, 食不知味, 後流迸南海, 相爲悲歎, 寢不安席. 及其來還, 委付大任, 同獎王室, 自以爲與君古之石交也. 石交之道, 擧仇以相益, 割骨肉以相明, 猶不相謝也, 況吾但委意於元儉, 而君不能忍邪?」

論者由是明洪無私.

(後主 建興) 5년(서기 227), 승상 제갈량은 출병하여 漢中郡에 주둔하면서 張裔(장예)를 留府長史에 임용하려고 楊洪(양홍)에게 가부

를 물었다. 이에 양홍이 대답하였다.

"장예는 천성이 시비를 잘 가릴 줄 알고 어려운 일을 잘 처리하니 그 재능으로 충분히 감당할 수 있습니다만, 그 性情이 공평하지 못해 혼자서 전담하기는 어려워 向朗(상랑)을 유임시키는 것이 더 나을 것입니다. 향랑의 병폐는 상대적으로 적으며, 장예는 승상께서 직접 곁에 두고 그 재능을 다하게 한다면 두 사람 모두에게 이로울 것입니다."

그전부터 장예는 양홍과 가까운 사이였다. 장예가 반도들에 쫓겨 東吳에 방출되었을 때, 양홍은 장예의 고향 郡에 부임했고, 장예의 아들 張郁(장욱)은 郡吏로 재직 중이었는데, 작은 과오로 처벌을 받았으며 특별한 용서나 사면도 없었다. 장예가 東吳에서 돌아와 이를 전해 듣고 매우 분노하면서 장홍과의 우정도 틈이 났다. 양홍은 제갈량이 나간 뒤에 장예가 근무하는 곳을 찾아가 자신이 한 말을 모두 전했다. 이에 장예가 양홍에게 말했다.

"승상께서는 분명 나를 남겨둘 것이라서(留府長史에 任命), 明府(楊洪)는 어쩔 수 없을 것이요."

그때 사람들은 양홍 자신이 留府長史가 되고 싶어 한다고 의심하거나, 또 어떤 사람은 장예가 양홍을 혐오하는 감정을 알기에 장예의 요직 담당을 원하지 않고 그대로 남겨두려 했다고 의심하였다. 그 뒤에 장예는 司鹽校尉인 岑述(잠술)과 불화하여 크게 분노하고 증오했다. 이에 제갈량이 장예에게 서신을 보냈다.

「君이 예전에 陌下(맥하)에서 싸울 때, 군영이 파괴되었기에 나는 걱정이 되어 음식을 먹어도 맛을 몰랐으며, 그 뒤에 그대가 東

吳의 南海로 방출되었기에 卿을 위해 슬퍼하며 누워도 편하지 않
았었다. 경이 돌아오게 되어 대임을 맡겼고 함께 王室을 위해 일하
면서 나와 그대는 옛날부터 石交[430]라고 생각했었다. 石交의 道는
원수라도 천거하여 서로 도움을 주고, 골육을 갈라서 마음을 분명
히 보여주더라도 서로 고맙다고 말하지 않나니, 하물며 내가 元儉
(원검, 岑述의 字)에게 부탁을 했던 것인데, 그대는 참을 수가 없었는
가?」

   論者들은 이를 볼 때 양홍은 私的 감정이 없었다고 평했다.

| 原文 |

   洪少不好學問, 而忠淸款亮, 憂公如家, 事繼母至孝. 六年
卒官.

   始洪爲李嚴功曹, 嚴未去犍爲而洪已爲蜀郡. 洪迎門下書
佐何祗, 有才策功幹, 擧郡吏, 數年爲廣漢太守, 時洪亦尙在
蜀郡. 是以西土咸服諸葛亮能盡時人之器用也.

| 국역 |

   양홍은 젊어서도 학문을 좋아하지는 않았지만, 성실 청렴하고 관
용에 거짓이 없었으며 나랏일을 집안 일처럼 걱정하였고 계모에게
도 효도를 다했다. 양홍은 (建興) 6년에 관직 재임 중에 죽었다.

....

430 石交 - 金石처럼 단단한 交誼(교의), 우정. 碩交(석교). 그러한 벗은 石友.

그전에 양홍이 태수 李嚴(이엄)의 功曹였었는데, 이엄은 犍爲郡 태수로 부임하지 못했을 때, 양홍은 蜀郡太守로 부임했다. 양홍은 門下書佐인 何祗(하지, 字 君肅)[431]를 발탁했고, 하지는 才幹과 방책이 뛰어나 郡吏에서 천거를 받아 불과 몇 년 안에 廣漢 태수가 되었다. 그때까지도 양홍은 蜀郡에 재임하고 있었다. 이 때문에 西土(蜀漢)에서는 제갈량이 그 당시의 인재들의 능력을 다 발휘할 수 있게 등용한다고 모두가 인정하였다.

❻ 費詩

| 原文 |

費詩字公擧, 犍爲南安人也. 劉璋時爲綿竹令, 先主攻綿竹時, 詩先擧城降. 成都旣定, 先主領益州牧, 以詩爲督軍從事, 出爲牂牁太守, 還爲州前部司馬.

先主爲漢中王, 遣詩拜關羽爲前將軍, 羽聞黃忠爲後將軍, 羽怒曰, "大丈夫終不與老兵同列!" 不肯受拜.

詩謂羽曰, "夫立王業者, 所用非一. 昔蕭,曹與高祖少小親舊, 而陳,韓亡命後主, 論其班列, 韓最居上, 未聞蕭,曹以此爲

---

431 나중에 조정에서 조회할 때, 何祗(하지, 字 君肅)의 자리는 늘 양홍의 다음이었다. 그래서 양홍이 물었다. "자네 말은 어찌 그리 잘 달리는가?" 그러자 하지가 말했다. "제 말이 잘 달리는 것이 아니라 경께서 채찍을 휘두르지 않으셨습니다." 그러자 모두가 웃었다고 한다.

怨. 今漢中王以一時之功隆崇於漢升, 然意之輕重, 寧當與君
侯齊乎! 且王與君侯臂猶一體, 同休等戚, 禍福共之, 愚爲君
侯不宜計官號之高下,爵祿之多少爲意也. 僕一介之使, 銜命
之人, 君侯不受拜, 如是便還, 但相爲惜此擧動, 恐有後悔耳!"

羽大感悟, 遂卽受拜.

| 국역 |

費詩(비시)[432]의 字는 公擧(공거)로, 犍爲郡 南安縣 사람이다. 劉璋
때 (廣漢郡) 綿竹 현령이었는데 유비가 綿竹을 공격하자, 비시는 먼
저 성을 들어 투항했다. 成都가 평정되고, 유비는 益州牧을 겸하면
서 비시를 督軍從事에 임명했는데, 비시는 牂牁郡(장가군)[433] 太守를
역임한 뒤 돌아와 益州 前部 司馬가 되었다.

유비가 漢中王이 되자, 비시를 보내 關羽를 前將軍에 임명케 했
는데, 관우는 黃忠(황충)이 後將軍이 되었다는 소식에 대노하면서
"大丈夫라면 老兵(黃忠)과 같은 반열에 설 수 없다."며 전장군의 인
수를 받으려 하지 않았다. 이에 비시가 관우에게 말했다.

"대체로 王業을 성취한 분은 한 사람만을 등용하지는 않습니다.
옛날 蕭何(소하)와 曹參(조참)은 高祖와 젊었을 적부터 친구였었고,

----

432 費詩(비시, 생줄년 미상. 字 公擧) - 益州 犍爲郡 南安縣 출신. 今 四川省 중남
  부 樂山市. 비시의 언행은 합리적이고 솔직한 면이 있지만, 황제 등극에 찬동
  하지 않은 것은 時變을 고려하지 않았다고 볼 수 있다.
433 牂牁郡(장가군) 治所는 故且蘭縣, 今 貴州省 동남부 黔東南苗族侗族自治州
  黃平縣.

陳平(진평)과 韓信(한신)은 망명한 뒤에 고조를 섬겼으나 그 班列을 따지자면 한신이 가장 높았는데, 소하나 조참이 그 때문에 원망했다는 말은 없었습니다. 지금 漢中王께서 한때의 공적을 평가하여 漢升(黃忠)을 우대하지만 그 본뜻의 경중을 따진다면 황충이 어찌 장군과 같을 수 있겠습니까! 한중왕과 장군은 비교하자면 한 몸과 같으며 기쁨과 슬픔을 같이 나누고 禍福을 공유하거늘, 저의 우견으로 장군께서는 관직명의 고하와 관록의 다소에 마음을 쓸 일이 아닙니다. 저는 다만 사명을 받은 사자이기에, 장군께서 받지 않으신다면 그냥 돌아가면 그뿐이나 다만 장군의 이러한 거동은 아마 틀림없이 후회가 될 것입니다!'

관우는 크게 깨달은 바 있어 즉시 관직을 받았다.

| 原文 |

後群臣議欲推漢中王稱尊號, 詩上疏曰,

「殿下以曹操父子逼主篡位, 故乃羈旅萬里, 糾合士衆, 將以討賊. 今天敵未克, 而先主自立, 恐人心疑惑. 昔高祖與楚約, 先破秦者王. 及屠咸陽, 獲子嬰, 猶懷推讓, 況今殿下未出門庭, 便欲自立邪! 愚臣誠不爲殿下取也.」

由是忤指, 左遷部永昌從事.

그 후에 여러 신하가 漢中王께 尊號를 올려야 한다고 논의할 때 費詩(비시)가 상소하였다.

「전하께서는 曹操(조조) 父子가 主君(헌제)을 핍박하고 簒位(찬위)하였기에, 지금 만 리 밖을 떠돌며 군사를 규합하여 역적을 토벌하려고 하십니다. 오늘날, 적도를 꺾지도 못하고 전하께서 自立하신다면 아마도 백성의 의혹을 살 수 있습니다. 옛날 高祖께서는 楚王(義帝)과 먼저 秦을 격파하는 자를 왕으로 봉한다고 약조하였습니다. 고조께서는 咸陽(함양)을 함락시키고 孺子 嬰(영)을 사로잡았지만 그래도 양보하였는데, 지금 전하께서는 성문에서 한 발도 더 나아가지 못하시고 제위에 오르실 수 있겠습니까! 어리석은 의견이지만 전하께서 취할 방도가 아니라고 생각합니다.」

그러나 이 때문에 뜻을 거스려 비시는 익주부 永昌 從事로 좌천되었다.

建興三年, 隨諸葛亮南行, 歸至漢陽縣, 降人李鴻來詣亮, 亮見鴻, 時蔣琬與詩在坐.

鴻曰 "聞過孟達許, 適見王沖從南來, 言往者達之去就, 明公切齒, 欲誅達妻子, 賴先主不聽言. 達曰, '諸葛亮見顧有本末, 終不爾也.' 盡不信沖言, 委仰明公, 無復已已."

亮謂琬,詩曰, "還都當有書與子度相聞." 詩進曰, "孟達小子, 昔事振威不忠, 後又背叛先主, 反覆之人, 何足與書邪!"

亮默然不答. 亮欲誘達以爲外援, 竟與達書曰,

「往年南征, 歲末乃還, 適與李鴻會於漢陽, 承知消息, 慨然永歎, 以存足下平素之志, 豈徒空託名榮, 貴爲乘離乎! 嗚呼孟子, 斯實劉封侵陵足下, 以傷先主待士之義. 又鴻道王沖造作虛語, 云足下量度吾心, 不受沖說. 尋表明之言, 追平生之好, 依依東望, 故遣有書.」

達得亮書, 數相交通, 辭欲叛魏. 魏遣司馬宣王征之, 卽斬滅達. 亮亦以達無款誠之心, 故不救助也. 蔣琬秉政, 以詩爲諫議大夫, 卒於家.

王沖者, 廣漢人也. 爲牙門將, 統屬江州李嚴. 爲嚴所疾, 懼罪降魏. 魏以沖爲樂陵太守.

| 국역 |

(後主) 建興 3년(서기 225), 비시는 諸葛亮을 수행하여 남방을 원정하고 돌아오는 길에 (朱提郡) 漢陽縣에 들렀는데, 투항한 李鴻(이홍)이란 사람이 제갈량을 찾아왔고 제갈량은 이홍을 접견했는데, 그때 蔣琬(장완)과 費詩(비시)도 동석했다. 이에 이홍이 말했다.

"제가 (魏나라에서) 孟達(맹달)을 만난 적이 있었는데, 마침 王沖(왕충)도 남쪽에서(蜀漢) 온 것을 알았는데, 지난날에 맹달이 先主를 배신하고 曹魏에 투항하였기에, 明公께서도 이를 갈며 맹달의 처자를 죽이려 했지만 先主의 말을 듣고 죽이지 않았다고 들었습니다. 그래서 맹달은 '諸葛亮은 다른 사람 처지를 살펴 그 본말을 생각하기에 끝내 (처자식을) 죽이지는 않을 것이다.' 라고 말했다고 하였습니다. 왕충의 말을 다 믿을 것은 아니지만, 맹달이 明公을 우러러 생각하는 마음은 식지 않은 것 같습니다."

이에 제갈량은 장완과 비시에게 말했다.

"成都에 돌아가서는 子度(孟達)에게 서신을 보내 소식을 전할 생각이요."

그러자 비시가 말했다.

"孟達 같은 소인은 예전에 振威將軍(劉璋)을 섬길 때도 충성을 다하지 않았고, 나중에 또 先主를 배반하였으니 그렇게 반복이 무상한 사람에게 왜 서신을 보내려 하십니까!"

제갈량은 묵묵히 말이 없었다. 제갈량은 맹달을 끌어들여 외부의 후원세력으로 삼으려고 결국 맹달에게 서신을 보냈다.

「작년에 남쪽을 원정했고 연말에야 돌아왔습니다. 마침 李鴻(이홍)과 漢陽縣에서 만나 소식을 듣고 한참을 탄식했습니다만, 足下의 평소 뜻이 어찌 공허한 명성이나 영예를 따지고 배신을 귀하게 생각하겠습니까! 오호라, 맹달이여! 이 모두가 劉封(유봉)이 足下를 무시하면서 인재를 소중히 대우하는 先主의 대의를 손상시켰기 때문이 아니겠는가? 또 이홍이 말하기를, 王沖(왕충)이 헛말을 지어 퍼트릴 때, 족하는 나의 심중을 헤아리며 왕충의 말을 따르지 않았다고 하였습니다. 그대가 한 말을 깊이 생각하고, 또 그간의 우호를 생각하며 동쪽으로 그대 생각에 서신을 보냅니다.」

맹달은 제갈량의 서신을 받고 여러 번 연락을 취했고, 서신으로 曹魏를 떠나려는 뜻을 말했는데, 魏에서는 司馬宣王(司馬懿)을 보내 맹달을 공격했고 맹달을 참수하였다. 제갈량 역시 맹달은 충성심이 없다고 생각하여 맹달을 구원하는 군사를 보내지 않았다.

蔣琬(장완)이 (제갈량의 후임으로) 권력을 잡았고, 비시는 諫議大夫가 되었는데 집에서 죽었다.

王沖(왕충)이란 자는 廣漢郡 사람이다. 牙門將이 되어 江州 李嚴(이엄)의 부하였다. 이엄의 미움을 받았기에 처벌이 무서워 魏에 투항했는데, 魏에서는 왕충을 樂陵(낙릉)[434] 태수에 임명했다.

|原文|

評曰, 霍峻孤城不傾, 王連固節不移, 向朗好學不倦, 張裔膚敏應機, 楊洪乃心忠公, 費詩率意而言, 皆有可紀焉. 以先主之廣濟, 諸葛之準繩, 詩吐直言, 猶用陵遲, 況庸后乎哉!

|국역|

陳壽의 評論 : 霍峻(곽준)은 孤城을 지키며 투항을 거부했고, 王連(왕련)은 굳은 지조를 바꾸지 않았으며, 向朗(상랑)은 好學하며 게으르지 않았고, 張裔(장예)는 영민하고 재치가 있었으며, 楊洪(양홍)은 그 心志가 충직하고 공정했으며, 費詩(비시)는 솔직한 속마음을 말

---

434 冀州 樂陵郡 − 郡治는 厭次縣(염차현), 今 山東省 동북부 濱州市 관할 陽信縣 동남.

할 수 있었으니 모두가 기록할만 했다.

先主의 폭넓은 도량과 제갈량의 원칙 고수 등을 생각할 때, 비시가 (황제 즉위가 옳지 않다는) 솔직한 뜻을 말하여 강등을 당했으니, 하물며 凡庸(범용)한 제왕이야 어떠하겠는가?

42권 〈杜周杜許孟來尹李譙郤傳〉(蜀書 12)
(두, 주, 두, 허, 맹, 내, 윤, 이, 초, 극전)

❶ 杜微

| 原文 |

杜微字國輔, 梓潼涪人也. 少受學於廣漢任安. 劉璋辟爲從事, 以疾去官. 及先主定蜀, 微常稱聾, 閉門不出.

建興二年, 丞相亮領益州牧. 選迎皆妙簡舊德, 以秦宓爲別駕, 五梁爲功曹, 微爲主簿. 微固辭, 輿而致之. 旣致, 亮引見微, 微自陳謝. 亮以微不聞人語, 於坐上與書曰,

「服聞德行, 飢渴歷時, 淸濁異流, 無緣咨覯. 王元泰,李伯仁,王文儀,楊季休,丁君幹,李永南兄弟,文仲寶等, 每歎高志, 未見如舊. 猥以空虛, 統領貴州, 德薄任重, 慘慘憂慮, 朝廷

主公今年始十八, 天姿仁敏, 愛德下士. 天下之人思慕漢室, 欲與君因天順民, 輔此明主, 以隆季興之功, 著勳於竹帛也. 以謂賢愚下相爲謀, 故自割絶, 守勞而已, 不圖自屈也.」

微自乞老病求歸, 亮又與書答曰,

「曹丕簒弒, 自立爲帝, 是猶土龍芻狗之有名也. 欲與群賢因其邪僞, 以正道滅之. 怪君未有相誨, 便欲求還於山野. 丕又大興勞役, 以向吳,楚. 今因丕多務, 且以閉境勤農, 育養民物, 並治甲兵, 以待其挫, 然後伐之, 可使兵不戰民不勞而天下定也. 君但當以德輔時耳, 不責君軍事, 何爲汲汲欲求去乎!」

其敬微如此, 拜爲諫議大夫, 以從其志. 五梁者, 字德山, 犍爲南安人也, 以儒學節操稱. 從議郎遷諫義大夫,五官中朗將.

| 국역 |

杜微(두미)의 字는 國輔(국보)로, 梓潼郡 涪縣(부현)[435] 사람이다. 젊어 廣漢郡 任安(임안)[436]에게 학문을 배웠다. 劉璋(유장)이 益州牧일 때 두미를 초빙하여 從事에 임명했는데 질병으로 사직하였다. 유비가 蜀을 평정할 무렵, 두미는 늘 귀가 안 들린다며 폐문하고 외출하지 않았다.

(後主) 建興 2년(서기 224), 승상 제갈량은 益州牧을 겸임했다.

---

435 涪縣(부현)은 今 四川省 동북부 綿陽市 涪城區.

436 任安(임안, 124~202년, 字 定祖) - 廣漢郡 綿竹縣人. 杜微, 杜瓊(두경), 何宗 등이 任安 弟子로 유명.

제갈량이 영입한 사람들은 모두 덕망이 높은 사람들이었으니 秦宓(진복)은 익주목 別駕(별가)였고, 五梁(오량)[437]은 功曹에, 두미는 主簿에 임명했다. 두미는 관직을 固辭했지만 제갈량은 두미를 수레로 모셔오게 했다. 두미가 도착하자 제갈량은 두미를 알현했고, 두미는 辭意를 표했다. 제갈량은 두미가 들을(聽) 수 없다 하여 그 자리에서 글을 써서 보여주었다.

「저는 귀하의 德行을 듣고 기갈에 지친 사람처럼 오랜 시간을 보냈습니다만, 淸濁의 흐름이 다르지만 그간 인연이 없어 뵙지 못했습니다. 王元泰(왕원태), 李伯仁(이백인), 王文儀(왕문의, 王連), 楊季休(양계휴), 丁君幹(정군간), 李永南(이영남) 형제, 文仲寶(문중보) 등의 고상한 志趣(지취)에 늘 감탄했지만 知人처럼 뵙지는 못했습니다. 외람되나마 제가 益州를 통솔하지만 德行은 없고 임무는 무겁기에 늘 참담한 걱정뿐입니다. 朝廷의 主公(後主)은 이제 나이가 18세이며, 天姿가 인자 영민하고 士人을 아끼며 베풀고 있습니다. 세상 사람들이 漢室을 사모하니 당신과 함께 하늘과 백성의 뜻을 따르며 明主를 보필하여 쇠약한 나라를 다시 융성케 하여 큰 업적을 竹帛(죽백, 靑史)에 남기고 싶습니다. 당신은 賢愚(현우)가 함께 일을 꾸밀 수 없다 하며 스스로 세상과 교류하지 않고 勞心하면서도 자신의 뜻을 굽히지 않고 있습니다.」

그러나 두미는 노환이라 돌아가고 싶다는 뜻을 표하자, 제갈량이 다시 글을 써서 답했다.

「曹丕(조비)가 찬역하고 자립하여 제위에 올랐지만 이는 진흙으

---

437 五梁(오량, 생졸년 미상, 字 德山) − 五가 姓氏. 犍爲郡 南安縣 사람.

로 만든 용이며(土龍), 짚으로 만든 개와(芻狗, 추구) 같은 이름일
뿐입니다. 여러 현인군자와 함께 그 사악과 허위를 正道로 없애버
려야 합니다. 당신께서 아무 가르침도 없이 그저 山野로 돌아가려
고만 하시니 참으로 이해를 못하겠습니다. 지금 曹操는 백성을 동
원하여 役事를 크게 일으켜 吳와 楚 일대를 정벌하려고 합니다. 지
금 조비가 전쟁 준비에 전력하니, 우리는 국경을 닫고 농사를 권하
여 백성의 힘을 키우고 병기를 만들면서 적이 지치기를 기다려 정
벌에 나선다면, 군사가 크게 싸우지 않고도 또 백성을 크게 동원하
지 않아도 천하를 평정할 수 있을 것입니다. 지금 당신께서는 크신
덕행으로 時務를 보필해 주시고, 당신께는 軍事를 묻지 않을 것인
데 어찌 서둘러 돌아가시려 하십니까!」

제갈량의 두미에 대한 공경이 이와 같았으며, 두미에게 諫議大夫[438]
를 제수하여 그 뜻을 따라주었다.

五梁(오량)은 字가 德山(덕산)으로 犍爲郡 南安縣 사람인데, 儒學
과 절의와 지조로 칭송을 들었다. 議郎이었다가 諫義大夫와 五官中
郎將을 역임하였다.

---

438 諫議大夫는 황제의 측근에서 정사에 대한 의론과 간언을 담당. 꼭 수행해야 할
실무가 없는 자리이기에 명예직이면서 人材를 豫備하기 위한 자리이다. 後漢
에서는 질록 6백석. 無 定員.

❷ 周群 · 張裕

|原文|

周群字仲直, 巴西閬中人也. 父舒, 字叔布, 少學術於廣漢楊厚, 名亞董扶, 任安. 數被徵, 終不詣. 時人有問, "《春秋讖》曰'代漢者當塗高', 此何謂也?" 舒曰, "當塗高者, 魏也."

鄕黨學者私傳其語, 群少受學於舒, 專心候業. 於庭中做小樓, 家富多奴, 常令奴更直於樓上視天災, 才見一氣, 卽白群, 群自上樓觀之, 不避晨夜, 故凡有氣候, 無不見之者, 是以所言多中. 州牧劉璋辟以爲師友從事.

先主定蜀, 署儒林校尉. 先主欲曹公爭漢中, 問群, 群對曰, "當得其地, 不得其民也, 若出偏軍, 必不利, 當戒愼之!"

時州後部司馬蜀郡張裕亦曉占候, 而天才過群, 諫先主曰, "不可爭漢中, 軍必不利." 先主竟不用裕言, 果得地而不得民也. 遣將軍吳蘭, 雷銅等入成都, 皆沒不還, 悉如群言. 於是擧群茂才.

|국역|

周群(주군)[439]의 字는 仲直(중직)으로, 巴西郡 閬中縣(낭중현)[440] 사람이다. 부친인 周舒(주서)의 字는 叔布(숙포)로, 젊어 廣漢郡의 楊厚

---

439 周群(주군, 생졸년 미상, 字 仲直) – 촉한의 占術家.
440 閬中縣(낭중현)은 巴西郡의 郡治, 今 四川省 동부 巴中시 관할 閬中市.

(양후)에게 학술을 배웠는데, 그 명성이 董扶(동부)나 任安(임안)에 버금이었다.

주서는 여러 번 부름을 받았지만 끝내 응하지 않았다. 그때 어떤 사람이 《春秋讖》에 '漢을 대신할 자는 當塗高(당도고)이다' 라고 하였는데, 이는 무슨 뜻입니까?' 라고 물었다.

이에 주서는 "當塗高란 魏(위)이다." 라고 말했다.

鄕黨의 학자들은 은밀히 그 말을 후세에 전했고, 周群(주군)은 부친 주서의 학문을 이어받아 여러 현상을 살피는 일에 전념하였다. 주군은 뜰에 작은 누각을 지었는데, 집안이 부유하고 노비가 많아 늘 奴僕(노복)을 시켜 누각에서 하늘의 변화를 살피게 하였는데, 어떤 변화 조짐이 있으면 즉시 주군에게 알리게 했고, 주군은 누각에 올라 관찰하였는데 밤낮을 가리지 않았기에 기후 변화 현상을 살피지 않은 것이 없었고, 그러했기에 그의 말은 많이 적중하였다. 익주목 유장은 주군을 불러 師友이면서 從事로 일하게 하였다.

劉備는 蜀郡을 평정한 뒤에, 주군을 儒林校尉에 임명하였다 유비가 조조와 漢中郡을 놓고 다툴 때, 이를 주군에게 묻자 주군이 말했다.

"그 땅이야 차지할 수 있지만 그곳 백성을 차지 못할 것이며, 만약 장군을 시켜 출병하더라도 틀림없이 불리할 것이니 응당 신중하게 조심해야 합니다."

그때, 익주 後部 司馬인 蜀郡 張裕(장유) 역시 점을 잘 쳤고, 그의 타고난 재능은 주군보다 뛰어났는데, 장유가 유비에게 말했다.

"漢中을 두고 다툴 수 없으며 틀림없이 군사가 패전할 것입니다."

유비는 끝내 장유의 말을 받아들이지 않았는데, 예상대로 땅은 차지했지만 백성을 얻지는 못했다. 유비는 장군 吳蘭(오란)과 雷銅 (뇌동)[441]을 成都로 진격케 했지만 모두 전사하여 돌아오지 못했으니 모두가 주군의 말과 같았다. 이에 유비는 주군을 茂才(무재)로 천거 하였다.

| 原文 |

　裕又私語人曰, "歲在庚子, 天下當易代, 劉氏祚盡矣. 主公 得益州, 九年之後, 寅卯之間當失之." 入密白其言.

　初, 先主與劉璋會涪, 時裕爲璋從事, 侍坐, 其人饒鬚, 先主 嘲之曰, "昔吾居涿縣, 特多毛姓, 東西南北皆諸毛也, 涿令稱 曰 諸毛繞涿居乎!"

　裕卽答曰, "昔有作上黨潞長, 遷爲涿令者, 去官還家, 時人 與書, 欲署潞則失涿, 欲署涿則失潞, 乃署曰, 潞涿君."

　先主無鬚, 故裕以此及之. 先主常銜莫不遜, 加忿其漏言, 乃顯裕諫爭漢中不驗, 下獄, 將誅之. 諸葛亮表請其罪, 先主 答曰, "芳蘭生門, 不得不鋤." 裕遂棄市.

　後魏氏之立, 先主之薨, 皆如裕所刻. 又曉相術, 每擧鏡視 面, 自知刑死, 未常不撲之於地也.

　群卒, 子巨頗傳其術.

- - - - - - - - - - - - - -
441　吳蘭(오란, ?-218년) — 유장의 부장이었다가 유비의 부하. 雷銅(뇌동, ?-218
　　년) — 劉璋의 將領이었다가 유비의 부장. 曹洪軍의 매복에 걸려 전사했다.

張裕(장유)는 또 비밀리에 말했다.

"庚子年(경자년, 서기 220)에 세상이 바뀔 것이니, 劉氏의 國運은 끝날 것이다. 主公(劉備)은 益州를 차지하겠지만, 9년 뒤에 寅, 卯 (壬寅, 癸卯) 연간에 틀림없이 잃을 것이다."[442]

그 사람은 장유가 한 말을 유비에게 말했다.

그전에, 유비와 유장이 涪縣(부현)에서 회동할 때, 장유는 유장의 從事로 유장을 모시고 동석했는데, 수염이 많은 장유를 유비가 조롱했다.

"옛날 내가 涿縣(탁현)에 살 때, 특별히 毛氏가 많아 동서남북 어디든 모두 모씨였기에, 탁현 현령이 '모씨들이 탁현을 에워싸고 있구나!' 라고 하였습니다."

그러자 장유가 곧바로 응수하였다.

"옛날에 上黨郡 潞縣(노현) 縣長이던 사람이 涿縣(탁현) 현령으로 승진하게 되어 사직하고 집에 돌아왔는데, 마침 어떤 사람이 그에게 서신을 보내왔는데, 노현 縣長이라고 쓰면 탁현 縣令이라 쓸 수가 없고, 탁현 현령이라고 쓰면 노현을 쓸 수가 없어서 결국 潞涿君(노탁의 君子)[443]이라고 썼다고 합니다."

---

442 庚子年은 서기 220년으로 헌제가 조비에게 선양했다. 이는 적중했다. 유비가 익주를 차지한 것은 甲午年(서기 214)이었고, 그 9년 뒤는 癸卯年(서기 223) 인데 이 해에 劉備(昭烈帝)가 붕어했다. 유비가 익주를 얻은 것보다 帝位에 오른 것이 더 큰 사건이나, 등극은 예언하지 못하고 익주를 잃을 것이라는 예언이 죽음을 의미하지는 않았다고 본다면 그저 우연의 일치였을 것이다.

443 潞涿君(노탁군)은 露啄君(노탁군)의 뜻. 입이 다 드러난 사람. 수염이 없는 사람이란 뜻.

이는 유비가 수염이 없기에 장유가 이렇게 말한 것이었다. 유비
는 장유가 아주 불손한 사람이라고 생각하며 그가 헛소문을 퍼트리
고 있다고 분노했었는데, 장유가 漢中郡을 차지하면 손해라고 간쟁
한 말이 맞지 않았다 하여 하옥한 다음에 죽이려고 했다. 이에 제갈
량이 그 죄를 용서해줘야 한다고 건의하자, 유비가 말했다.

"향기로운 난초라도 대문 앞에 자란다면 뽑아버리지 않을 수 없
다."

장유는 결국 棄市(기시)형을 받았다. 뒷날 曹魏의 성립과 유비의
죽음이 모두 장유의 예언과 같았다. 장유는 觀相術에도 뛰어났는
데, 거울을 볼 때마다 형벌을 받아 죽을 것을 알기에 거울을 땅에 팽
겨 치지 않은 때가 없었다.

周群이 죽고, 아들 周巨(주거)가 그 술법을 어지간히 전승했다.

❸ 杜瓊

| 原文 |

杜瓊字伯瑜, 蜀郡成都人也. 少受學於任安, 精究安術. 劉
璋時辟爲從事, 先主定益州, 領牧, 以瓊爲議曹從事. 後主踐
阼, 拜諫議大夫, 遷左中郎將, 大鴻臚, 太常.

爲人靜默少言, 闔門自守, 不與世事. 蔣琬, 費禕等皆器重之.
雖學業入深, 初不視天文有所論說. 後近通儒譙周常問其意,
瓊答曰, "欲明此術甚難, 須當身視, 識其形色, 不可信人也.

晨夜苦劇, 然後知之, 復憂漏洩, 不如不知, 是以不復視也."

周因問曰, "昔周徵君以爲當塗高者魏也, 其義何也?"

瓊答曰, "魏, 闕名也, 當塗而高, 聖人取類而言耳." 又問周曰, "寧復有所怪邪?" 周曰, "未達也."

瓊又曰, "古者名官職不言曹, 始自漢已來, 名官盡言曹. 吏言屬曹, 卒言侍曹, 此殆天意也."

瓊年八十餘, 延熙十三年卒. 著《韓詩章句》十餘萬言, 不敎諸子, 內學無傳業者.

| 국역 |

杜瓊(두경)[444]의 字는 伯瑜(백유)로, 蜀郡 成都縣 사람이다. 젊어서 任安(임안)에게 배웠고, 임안의 학술을 정밀 탐구하였다. 劉璋의 부름을 받아 從事가 되었고, 유비가 익주를 평정하고 익주목을 겸하게 되자 두경은 議曹從事가 되었다. 後主가 제위에 오르자, 두경은 諫議大夫를 제수 받았다가 左中郎將, 大鴻臚(대홍려),[445] 太常 등을 역임했다.

두경은 사람됨이 조용한 성품에 말수가 적었으며, 대문을 닫고 분수를 지키며 세상일에 간여하지 않았다. 蔣琬(장완), 費禕(비의) 등이

---

444 杜瓊(두경, ?-250년, 字 伯瑜)-瓊은 옥 경. 瑜은 아름다운 옥 유. 蜀郡 成都人, 蜀漢 官員, 占星家.

445 大鴻臚(대홍려)는 漢 9卿의 하나. 九卿은 太常, 光祿勳, 衛尉, 太僕, 廷尉, 大鴻臚, 宗正, 大司農, 少府를 지칭한다. 질록 中二千石. 大鴻臚(대홍려)는 諸王의 入朝 시 접대와 諸侯의 封爵에 대한 업무, 歸義하는 蠻夷(만이, 소수민족)와 관련한 업무도 담당했다.

모두 두경을 인정하고 중시하였다. 두경은 학문이 매우 깊었지만 처음부터 천문을 보거나 아는 것을 말하지 않았다. 그 뒤에 通儒(통유)에 가까운 譙周(초주)[446]가 왜 그러는가를 묻자, 두경이 대답했다.

"이런 천문에 관한 학술에 통달하려면 매우 어렵고 또 실제로 온몸으로 체험해야 하며, 천문현상을 알았다 하여도 다른 사람을 믿을 수가 없다. 밤낮으로 심한 고생을 하고 천문을 알아도 그것을 발설하게 될까 또 걱정해야 하니 차라리 모르는 것만 못하기에 다시는 천문을 보지 않는다."

이에 초주가 물었다. "옛날에 周徵君(周群)께서는[447] 當塗高(당도고)를 魏(위)라고 말씀했는데 무슨 뜻입니까?"

두경이 말했다. "魏(위)는 본래 궁궐의 이름이며, 도로를 향해 높이 솟은 건물이니 聖人이 그런 뜻을 취해 말한 것이다."

그리고는 초주에게 "아직 무슨 뜻인지 모르겠는가?"라고 물었다. 초주는 "아직 모르겠습니다."라고 했다. 이에 두경이 또 말했다.

"옛날에 관직을 지칭할 때 曹(마을 조, 관아 조, 무리 조)라고 말하지

---

446 譙周(초주)는 六經과 天文에 밝은 蜀地의 大儒로 그 문하에 陳壽(진수), 李密(이밀), 杜軫(두진) 등의 제자가 있었다. 諸葛亮(제갈량)이 益州牧으로 있으면서 초주를 勸學從事로 등용했다. 諸葛亮 사후에 後主 劉禪(유선)은 태자 劉璿(유선)을 책립한 뒤 초주로 하여금 輔導케 하였다. 이후 여러 관직을 역임했다. 제갈량과 강유의 북벌에 반대하여 그 폐단을 지적하였는데, 炎興 원년(서기 263년), 魏가 蜀漢을 공격하자 後主에게 투항을 권유하였고, 뒷날 魏의 여러 관직을 역임하였다. 《蜀書》12권에 입전. 《三國演義》에서는 천문 점성가로 등장하며, 第80回에서는 諸葛亮이 譙周와 유비를 황제로 옹립하는 일을 협의하고, 91回에서는 諸葛亮이 북벌을 준비할 때 天文을 보고 반대 의견을 개진하지만 받아들여지지 않는다.

447 徵君(징군)은 徵士. 학문이 높아 조정에서 관직으로 초빙했지만 응하지 않은 인재. 美稱.

않았는데, 漢代 이후로 관아를 지칭할 때 曹라 하였다. 관리를 屬曹(속조)라고 지칭했고 나중에는 侍曹(시조)라고 하였으니, 이는 아마 天意일 것이다."

두경은 나이 80여 세로, 延熙 13년(서기 250)에 죽었다. 《韓詩章句》10여만 자를 저술했지만 제자를 가르치지 않았고 가문에서도 그 학문을 배운 자가 없었다.

| 原文 |

周緣瓊言, 乃觸類而長之曰,

"《春秋傳》著秦穆侯名太子曰仇, 弟曰成師. 師服曰, '異哉君之名子也! 嘉耦曰妃, 怨耦曰仇, 今君名太子曰仇, 弟曰成師, 始兆亂矣, 兄其替乎?'

其後果如服言. 及漢靈帝名二子曰史侯, 董侯, 旣立爲帝, 後皆免爲諸侯, 與師服言相似也. 先主諱備, 其訓具也, 後主諱禪, 其訓授也, 如言劉已具矣, 當授與人也. 意者甚於穆侯, 靈帝之名子."

後宦人黃皓弄權於內, 景耀五年, 宮中大樹無故自折, 周深憂之, 無所與言, 乃書柱曰,

「衆而大, 期之會, 具而授, 若何復?」

言曹者衆也, 魏者大也, 衆而大, 天下其當會也, 具而授, 如何復有立者乎? 蜀旣亡, 咸以周言爲驗. 周曰, "此雖己所推

尋, 然有所因, 由杜君之辭而廣之耳, 殊無神思獨至之異也."

| 국역 |

譙周(초주)는 杜瓊(두경)의 說法을 근거로 더욱 확대하여 말했다.

"《春秋傳》에 秦나라 穆侯(목후)는 太子 이름을 仇(원수 구)라 하였고 그 동생을 成師(성사)라 하였는데, 師服(사복)이란 사람이 말했다. '이상하도다! 君侯의 아들 이름이여! 화목한 짝을 妃(비)라 하고 원한을 품을 상대를 仇(구)라 하는데, 지금 군후가 태자 이름을 仇, 그 동생을 成師(성사)라 하니, 혼란이 일어나면 형을 대신할 것인가?'

그 뒤에 과연 사복의 말과 같았다. 後漢 靈帝가 두 아들을 史侯(사후)와 董侯(동후)라 하였는데, 제위에 올라야 할 아들들이 모두 강등되어 諸侯가 되었으니 師服의 말과 비슷하였다. 先主의 이름은 備(비)이니 그 뜻은 갖춘다는(具備) 뜻이고, 後主는 이름이 禪(선, 사양할 선)으로 그 뜻은 넘겨준다는(授) 뜻이니, 劉氏가 만사를 다 준비하여 남에게 넘겨준다는 뜻이다. 그 뜻은 秦의 穆侯(목후)나 靈帝의 아들 이름보다 더 심했다."

뒷날 환관 黃皓(황호)가 조정에서 권력을 농단했는데 (後主) 景耀(경요) 5년(서기 262), 궁안의 큰 나무가 아무 까닭도 없이 저절로 부러지자, 초주는 심각하게 걱정하면서도 아무에게도 말하지 않고서 기둥에 글을 써 놓았다.

「많으면서도(衆) 높고 크며(大), 정해진 기일에 모여서 모든 것을 구비하여 넘겨주니, 다시 어찌 일어서겠는가?」

여기 曹는 많다는 뜻이고, 魏는 높고 크다는 뜻이며(曹魏), 천하가 때가 되자 모든 것을 넘겨주니, 누가 어찌 다시 세우겠는가? 촉한의 멸망은 모두 초주의 말과 같았다. 이에 초주가 말했다.

"이는 내가 미뤄 짐작한 것이지만 그 원인이 있으니, 두경의 말을 더 확대한 것으로 어떤 신비한 일이나 나의 특별한 능력은 아니다."

❹ 許慈

| 原文 |

許慈字仁篤, 南陽人也. 師事劉熙, 善鄭氏學, 治《易》,《尙書》,《三禮》,《毛詩》,《論語》. 建安中, 與許靖等俱自交州入蜀. 時又有魏郡胡潛, 字公興, 不知其所以在益土. 潛雖學不沾洽, 然卓犖彊識, 祖宗制度之儀, 喪紀五服之數, 皆指掌畫地, 擧手可采.

先主定蜀, 承喪亂歷紀, 學業衰廢, 乃鳩合典籍, 沙汰衆學. 慈,潛並爲學士, 與孟光,來敏等典掌舊文. 値庶事草創, 動多疑議, 慈,潛更相剋伐, 謗讟忿爭, 形於聲色. 書籍有無, 不相通借, 時尋楚撻, 以相震撼. 其矜己妒彼, 乃至於此.

先主愍其若斯, 群僚大會, 使倡家假爲二子之容, 效其訟鬩之狀, 酒酣樂作, 以爲嬉戲. 初以辭義相難, 終以刀杖相屈, 用感切之.

潛先沒, 慈後主世稍遷至大長秋, 卒. 子勳傳其業, 復爲博士.

| 국역 |

許慈(허자)의 字는 仁篤(인독)으로 南陽郡 사람이다. 劉熙(유희)에게 師事하였고 鄭氏學(鄭玄의 학문)[448]에 밝았으며 《易》, 《尙書》, 《三禮》, 《毛詩》, 《論語》를 전공하였다. (獻帝) 建安 연간에, 許靖(허정) 등과 함께 (피난지) 交州(교주)에서 蜀郡으로 이주했다. 그때 또 魏郡 사람 胡潛(호잠, 字 公興)도 어떤 이유인지는 몰라도 益州에 살고 있었다. 호잠은 그 학문이 충분히 깊지는 않았지만, 그 기억력이 아주 뛰어나서 祖宗 이래의 制度나 의식, 喪禮에서 五服에 관한 예의 등을 손가락으로 땅에 그려가며 설명하였는데, 거개가 받아들여 배울만하였다.

유비가 蜀郡을 차지한 뒤, 계속되는 혼란 속에 학문 연구도 쇠락

448 鄭玄(정현, 서기 127-200년, 字는 康成) - 北海郡 高密縣 사람. 太學에 가서 受業을 받았는데 京兆人 第五元先(제오원선)을 사부로 모시고 《京氏易》, 《公羊春秋》, 《三統曆》, 《九章算術》 등에 능통하였다. 또 東郡의 張恭祖(장공조)로부터 《周官》, 《禮記》, 《左氏春秋》, 《韓詩》, 《古文尙書》 등을 배웠다. 정현은 山東에서 더 배울 사람이 없다 하여 서쪽으로 關中에 들어가서 涿郡의 盧植(노식)과 함께 右扶風의 馬融(마융)을 스승으로 섬겼다. 10년을 공부한 뒤, 떠날 때, 마융은 한숨을 쉬며 제자들에게 말했다. "鄭玄이 지금 떠나간다니 나의 학문이 동쪽에 전해질 것이다." 향리로 돌아온 정현은 집이 가난하여 東萊郡(동래군)에 가서 다른 사람의 농토를 빌려 경작하였는데 정현을 따르는 문도가 이미 수백에서 천 명 가까이 되었다. 黨錮(당고)의 禍가 일어났지만 정현은 은거하면서 경서 연구에만 전념하고 두문불출하였다. 정현의 門人들은 함께 정현이 제자들과 5經에 관하여 문답한 내용을 《論語》처럼 《鄭誌》 8편으로 편찬하였다. 정현은 《周易》, 《尙書》, 《毛詩》, 《儀禮》, 《禮記》, 《論語》, 《孝經》, 《尙書大傳》, 《中候》, 《乾象曆》에 주석을 달았고, 또 《天文七政論》, 《魯禮禘祫義》, 《六藝論》, 《毛詩譜》 등 총 100만여 자의 저술을 남겼다. 鄭玄 文辭와 訓詁(훈고)에 치중하였기에 학식이 廣博한 사람 조차도 설명이 너무 번잡하다고 비판하였다. 그러나 經傳에 관한 광박한 지식으로 純儒(순유)의 칭송을 들었고, 齊, 魯 일대의 宗師가 되었다. 《後漢書》 35권, 〈張曹鄭列傳〉에 입전.

했지만, 그래도 경전을 찾아 모으거나 잡다한 학파는 도태되기도 했다. 허자나 호잠은 나란히 學士로 뽑혔는데, 孟光(맹광)과 來敏(내민) 등은 옛 문헌을 관장하였다. 그때 모든 일이 초창기였기에 왕왕 많은 논쟁거리가 있었는데, 허자나 호잠은 서로 상극이라서 헐뜯고 원망하며 다투었는데 언사나 표정에 그대로 나타났다. 서적의 유무에 따라 서로 빌려주지도 않았고, 때로는 주먹질을 하거나 호통을 쳤다. 그들이 서로 으스대거나 질투심이 이런 정도였다.

유비는 그들의 다툼을 크게 걱정하면서 모든 신하를 다 모아놓고, 여자 광대를 두 사람 모양으로 분장시켜 서로 싸우는 형상을 연기하며, 술을 마시고 즐기게 하였다. 그들은 처음에 문장의 뜻을 가지고 논쟁을 하다가 나중에는 칼로 상대를 굴복시키려 하였다.

호잠이 먼저 죽은 뒤, 허자는 後主 재위 중에 점차 승진하여 大長秋를 역임한 뒤에 죽었다. 아들 許勳(허훈)이 그 학문을 계승하여 박사가 되었다.

❺ 孟光

| 原文 |

孟光字孝裕, 河南洛陽人, 漢太尉孟郁之族. 靈帝末爲講部吏. 獻帝遷都長安, 遂逃入蜀, 劉焉父子待以客禮. 博物識古, 無書不覽, 尤銳意三史, 長於漢家舊典. 好《公羊春秋》而譏呵《左氏》, 每與來敏爭此二義, 光常譊譊讙咋.

先主定益州, 拜爲儀郎, 與許慈等並掌制度. 後主踐阼, 爲符節令,屯騎校尉,長樂少府, 遷大司農.

延熙九年秋, 大赦, 光於衆中責大將軍費禕曰, "夫赦者, 偏枯之物, 非明世所宜有也. 衰弊窮極, 必不得已, 然後乃可權而行之耳. 今主上仁賢, 百僚稱職, 有何旦夕之危, 倒懸之急, 而數施非常之恩, 以惠奸宄之惡乎? 又鷹隼始擊, 而更原宥有罪, 上犯天時, 下違人理. 老夫耄朽, 不達治體, 竊謂其法難以經久, 豈具瞻之高美, 所望於明德哉."

禕但顧謝踧踖而已. 光之指摘痛癢, 多如是類. 故執政重臣, 心不能悅, 爵位不登, 每直言無所迴避, 爲代所嫌. 太常廣漢鐔承,光祿勳河東裴儁等, 年資皆在光後, 而登據上列, 處光之右, 蓋以此也.

| 국역 |

孟光(맹광)의 字는 孝裕(효유)로, 河南尹 洛陽縣 사람인데, 漢 太尉인 孟郁(맹욱)의 후손이다. 靈帝 말기에 講部吏가 되었다. 獻帝가 (董卓에 의해 강제로) 長安에 천도할 때(서기 190), 맹광은 도망쳐 蜀郡에 이주했는데, 劉焉(유언) 부자는 客禮로 맹광을 예우했다. 맹광은 광박한 지식에 읽지 않은 책이 없었으며, 특히 三史[449]를 깊이

---

449 이때는 《史記》와 《漢書》, 後漢의 劉珍(유진) 등이 편술한 《東觀漢記》를 지칭하였다. 唐 이후 《東觀漢記》는 失傳되었고, 대신 南朝의 宋(劉宋) 나라 范曄(범엽)의 《後漢書》가 널리 알려지면서 《三史》로 확정되었다. 여기에 西晉 陳壽(진수)의 《三國志》가 보태어져 《四史》라고 통칭한다.

연구했고 漢代의 典章制度에 정통하였다. 맹광은《公羊春秋》를 좋아하였고《左氏 春秋傳》을 비판하였기에, 늘 來敏(내민)과 함께 兩傳의 旨義를 논쟁하였는데, 대개 맹광이 큰 소리로 쟁론하였다.

유비가 益州를 평정한 뒤에, 맹광은 儀郎이 되었고, 許慈(허자) 등과 함께 여러 제도와 의식을 관장하였다. 後主가 제위에 오른 뒤 符節令과 屯騎校尉, 長樂少府를 거쳐 大司農으로 승진하였다. (後主) 延熙 9년(서기 246) 가을, 대 사면령을 시행하자, 맹광은 대중 앞에서 大將軍 費禕(비의)에게 따져 물었다.

"죄를 사면하는 일은 거의 반쯤 말라죽은 나무와 같은 것으로 聖明한 시대에는 적합하지 않습니다. 이는 나라가 아주 쇠퇴하여 부득이 할 경우에 임시방편으로 시행할 수 있는 제도입니다. 지금 主上께서 인자 현명하시고 신료들이 자기 직임을 잘 수행하여 아무런 위기나 급박한 상황도 아닌데, 평상시와 다른 은택을 자주 베풀어 준다면, 이는 간악한 악인에게 혜택을 주는 것이 아닙니까? 또 매가 (猛禽) 사냥을 하듯 (관리가) 악인을 잡았는데, 그 죄를 (나라에서) 사면해 준다면 위로는 天時를 범하고, 아래로는 인륜을 어기는 것입니다. 나 같은 늙고 쇠약한 늙은이가 통치의 대체를 모른다고 하겠지만, 이러한 방법으로는 오래 지켜나가기 어려울 것이며, 만인이 높이 우러러보는 당신이라지만 어찌 聖明한 덕행을 기대할 수 있겠습니까?"

費禕(비의)는 다만 맹광에게 사과하며 우물쭈물할 뿐이었다. 맹광의 날카로운 지적은 대개 이런 식이었다. 그래서 執政하는 重臣들은 맹광을 좋아하지 않았고, 맹광은 작위를 받지도 못했지만, 그래도 맹광은 직언을 서슴지 않았기에 동료들도 맹광을 기피하였다.
太常인 廣漢郡의 鐔承(심승, 字 公文), 光祿勳인 河東郡의 裴儁(배준)
등은 나이가 맹광보다 후배였지만 上卿의 반열에 올라 맹광의 윗자
리였는데 아마 이런 이유였을 것이다.

| 原文 |

　後進文士秘書郞郤正數從光諮訪, 光問正太子所習讀性幷
其情性好尙, 正答曰, "奉親虔恭. 夙夜匪懈, 有古世子之風.
接待群僚, 擧動出於仁恕."

　光曰, "如君所道, 皆家戶所有耳, 吾今所問, 欲知其權略智
調何如也."

　正曰, "世子之道, 在於承志竭歡, 旣不得妄有所施爲, 且智
調藏於胸懷, 權略應時而發, 此之有無, 焉可豫設也?"

　光解正愼宜, 不爲放談, 乃曰, "吾好直言, 無所迴避, 每彈
射利病, 爲世人所譏嫌. 疑省君意亦不甚好吾言, 然語有次.
今天下未定, 智意爲先, 智意雖有自然, 然不可力强致也. 此
儲君讀書, 寧當效吾等竭力博識以待訪問, 如博士探策講試
以求爵位邪! 當務其急者."

　正深謂光言爲然. 後光坐事免官, 年九十餘, 卒.

| 국역 |

후배 文士인 秘書郞 郤正(극정)[450]은 자주 孟光(맹광)을 자문차 방문했는데, 맹광이 극정에게 太子(劉璿, 유선)의 평소 독서 습관과 좋아하는 취향을 묻자, 극정이 대답하였다.

"부모 모시기에 공경을 다 합니다. 밤낮으로 게으르지 않으니 옛 세자의 유풍이 있습니다. 여러 臣僚를 접대하거나 그 거동이 인자하고 관대합니다."

그러자 맹광이 말했다.

"당신이 말한 것은 모든 자제가 다 마찬가지이나, 나는 그 權變(권변)과 智謀(지모), 지혜나 才幹(재간)이 어떤 가를 물었소."

이에 극정이 말했다.

"世子의 기본 도리는 부모의 뜻을 따르고, 부모를 기쁘게 해드리는데 있나니, 어찌 세자라 하여 함부로 은덕을 베풀고, 지략을 가슴에 품거나 권변의 형세를 따를 수 있겠습니까? 또 그런 뜻의 유무를 어찌 예단할 수 있겠습니까?"

맹광은 극정이 신중하고 중립적이라서 허튼소리를 하지 않는 줄을 알고 이어 말했다.

"나는 直言을 좋아하고 회피하지 않아 늘 사실대로 말하기에 세인들의 미움을 받고 있습니다. 미루어 짐작컨대, 그대도 나의 직언을 좋아하지 않기에 조심해서 말하는 것 같습니다. 지금 천하가 안정되지 않았기에 才智와 智謀가 중요하며, 그런 智意는 타고나는

---

450 郤正(극정, ?-278年)은 後主 유선을 섬겼다가 西晉에 출사했다. 극정은 《蜀書》12권, 〈杜周杜許孟來尹李譙郤傳〉에 입전.

것이지만, 그래도 노력하면 어느 정도 얻을 수 있는 것입니다. 그러하기에 太子(儲君)의 독서는 우리들처럼 온 힘을 다하는 노력이나 물어 배우는 것으로 성취할 수도 있으니, 博士가 策文이나 侍講으로 작위를 얻을 수 있는 것과 마찬가지 아니겠습니까! 응당 힘써 가르쳐야 할 것입니다."

극정은 맹광의 말이 맞는 말이라고 생각하였다. 그 뒤에 맹광은 업무관계로 면직되었고 나이 90여 세에 죽었다.

❻ 來敏

| 原文 |

來敏字敬達, 義陽新野人, 來歙之後也. 父艷, 爲漢司空. 漢末大亂, 敏隨姊夫奔荊州, 姊夫黃琬是劉璋祖母之姪, 故璋遣迎琬妻, 敏遂俱與姊入蜀, 常爲璋賓客. 涉獵書籍, 善《左氏春秋》, 尤精於《倉》·《雅》訓詁, 好是正文字.

先主定益州, 署敏典學校尉. 及立太子, 以爲家令. 後主踐阼, 爲虎賁中郎將. 丞相亮住漢中, 請爲軍祭酒, 輔軍將軍, 坐事去職. 亮卒後, 還成都爲大長秋, 又免, 後累遷爲光祿大夫, 復坐過黜. 前後數貶削, 皆以語言不節, 舉動違常也.

時孟光亦以樞機不慎, 議論干時, 然猶愈於敏, 俱以耆宿學士見禮於世. 而敏荊楚名族, 東宮舊臣, 特加優待, 是故廢而

復起. 後以敏爲執愼將軍, 欲令以官重自警戒也, 年九十七,
景耀中卒.

子忠, 亦博覽經學, 有敏風, 與尙書向充等並能協贊大將軍
姜維. 維善之, 以爲參軍.

| 국역 |

來敏(내민)의 字는 敬達(경달)로, 義陽郡 新野縣[451] 사람인데, (後
漢) 來歙(내흡)[452]의 후손이다. 부친 來艶(내염)은 後漢 (靈帝 時) 司
空이었다. 後漢 말기 大亂에 내민은 姊夫(자부)를 따라 荊州로 피난
하였는데, 姊夫인 黃琬(황완)은 劉璋 祖母의 조카라서 유장은 사람
을 보내 황완과 그 처를 맞이하게 했고 내민은 누나를 따라 蜀郡에
가서 늘 유장의 빈객이었다. 내민은 많은 서적을 섭렵했는데 특히
《左氏春秋》에 밝았고 더욱《倉頡(창힐)》과《爾雅(이아)》[453]의 訓詁(훈
고)가 정밀하였으며, 경전의 문자 교정을 좋아하였다.

유비가 益州을 평정한 뒤에 내민은 典學校尉에 임명되었다. 태자

....
451 曹魏의 義陽郡 – 223년 설치, 240年 폐지. 新野縣은, 今 河南省 서남부 白河
유역 南陽市 관할 新野縣. 예로부터 人傑地靈하다고 유명, 陰麗華(後漢 光武
帝 劉秀의 아내)의 고향. '三請諸葛', '火燒新野' 등《三國演義》의 무대.
452 來歙(내흡)은 후한 光武帝의 개국공신, 隗囂(외효)의 반란 진압에 공훈.《後漢
書》15권, 〈李王鄧來列傳〉에 입전.
453 《倉頡》은 文字學의 書名. 본래 倉頡(창힐)은 双瞳四目의 神話人物, 黃帝의 史
官, 漢字의 創造者, 속칭 倉頡先師, 倉頡聖人, 制字先師, 재래 각급 학교에서
는 모두 '文字聖人倉頡先師'의 신위를 모시고 받들었다.《爾雅(이아)》는 中
國 최초의 訓詁書, 곧 단어사전.《漢書 藝文志》에 漢代 경학을 重視하면서
《爾雅》는 經學 解釋書로 중시되었다고 하였다. 書名의 '爾'는 가까울 이(邇,
近). '雅'는 '意爲', 官方語言, 雅言(아언)의 뜻.

를 책립하면서 내민은 太子家令이 되었다. 後主가 제위에 오르면서 내민은 虎賁中郎將이 되었다. 승상 제갈량이 漢中郡에 주둔하면서 내민을 불러 軍祭酒 겸 輔軍將軍에 임명했으나 업무 관계로 사직하였다. 제갈량이 죽은 뒤 成都에 돌아와 大長秋[454]가 되었지만 또 면직되었다. 그 뒤, 여러번 승진하여 光祿大夫가 되었지만 다시 업무상 폐출되었다. 전후에 걸쳐 여러 번 폄직이나 면직된 것은 語言이 절제되지 않았고 거동이 보통 사람과 달랐기 때문이었다.

그때 孟光(맹광) 역시 언사를 조심하지 않았고 의론이 時政과 달랐는데, 그 정도가 내민보다는 더 심했지만, 두 사람 다 원로 학자로서 세상 사람들의 예우를 받았다. 특히 내민은 荊楚(형초) 일대의 名族이며, 東宮(태자)의 舊臣으로 특별한 우대를 받아 폐출되더라도 다시 복직할 수 있었다. 그 뒤에 내민은 執慎將軍이 되었는데, 관직명 그대로 자신에게 보다 신중하려는 뜻이었으며, 나이 97세로 景耀(경요) 연간에(서기 258 – 263) 죽었다.

아들 來忠(내충) 역시 경학을 널리 배웠고 내민의 유풍이 있었는데 尙書인 向充(상충) 등과 함께 大將軍 姜維(강유)를 잘 도왔다. 강유는 내충을 잘 대우하여 參軍으로 삼았다.

....

454 長秋宮은 皇后가 거처하는 궁궐이다. 前漢 景帝 때부터 태후나 황후를 시중드는 환관을 大長秋라 하였다. 질록 이천석의 환관의 직분이었다. 종친이 태후나 황후를 알현할 때 대장추를 경유했고, 종친에게 賞賜하는 일도 담당했다. 대장추였던 曹騰(조등)의 양자가 曹嵩(조숭)이었고, 조숭의 아들이 曹操였다.

❼ 尹默

|原文|

尹默字思潛, 梓潼涪人也. 益部多貴今文而不崇章句, 默知
其不博. 乃遠遊荊州, 從司馬德操,宋仲子等受古學. 皆通諸
經史, 又專精於《左氏春秋》, 自劉歆條例, 鄭衆,賈逵父子,陳
元,服虔注說, 咸略誦述, 不復按本.

先主定益州, 領牧, 以爲勸學從事. 及立太子, 以默爲僕射,
以《左氏傳》授後主. 後主踐阼, 拜諫議大夫. 丞相亮住漢中,
請爲軍祭酒. 亮卒, 還成都, 拜大中大夫, 卒.

子宗傳其業, 爲博士.

|국역|

尹默(윤묵)의 字는 思潛(사잠)으로, 梓潼郡(재동군) 涪縣(부현) 사람
이었다. 익주자사부 지역은 많은 사람들이 今文을 귀하게 여기고,
경전의 章句를 硏學하지 않았는데, 윤묵은 그런 학문이 깊지 못한
것을 알았다. 그래서 멀리 荊州 지역에 遊學하였는데, 司馬德操(사
마덕조, 司馬徽)[455]와 宋仲子(송중자, 宋忠)[456]한테서 古學을 배웠다.

···············

455 司馬德操(사마덕조, ?-208년) – 司馬徽(사마휘) 水鏡先生, 德操는 字. 後漢 末
期 名士, 諸葛亮은 臥龍, 龐統(방통)을 鳳雛(봉추), 司馬徽(사마휘)를 水鏡선생
이라고 하였다. 이중 사마휘가 가장 잘 알려졌다. 劉備가 司馬徽를 만났을
때, 사마휘는 諸葛亮과 龐統을 천거하였다.

456 宋仲子 – 仲子는 宋忠(송충, ?-219)의 字, 南陽郡 章陵縣 출신, 후한 말 유학
자. 註釋家. 劉表의 부하.

윤묵은 經史에 두루 통했는데 특히 《左氏春秋》에 정통하였으며, 劉歆(유흠)의 《春秋條例》나 鄭衆(정중)[457]과 賈逵(가규) 父子[458]와 陳元(진원),[459] 服虔(복건)[460]의 주석이나 해설을 대개 외우거나 강술하여 原書와 대조하지 않을 정도가 되었다.

劉備가 益州를 평정하고 익주목을 겸임할 때, 윤묵은 勸學從事가 되었다. 太子를 책립한 뒤, 윤묵은 僕射(복야)가 되어 《左氏傳》을 後主에게 가르쳤다. 後主가 제위에 오른 뒤, 諫議大夫가 되었다. 丞相 제갈량이 漢中郡에 주둔할 때 윤묵을 불러 軍祭酒로 삼았다. 제갈량이 죽자 成都로 돌아와 大中大夫로 재직하다가 죽었다.

아들 尹宗(윤종)은 부친의 학문을 이어 博士가 되었다.

<hr>

457 鄭衆은 鄭興(정흥)의 아들. 서역에서도 활동하였고 《春秋》에 밝았다. 《後漢書》 36권, 〈鄭范陳賈張列傳〉 立傳.

458 賈逵(가규, 30 – 101년) – 逵는 한 길(큰 길) 규. 經學者, 천문학자. 賈誼(가의)의 후손. 가규는 부친의 학문을 전수받아 弱冠(20세)에 《左氏傳》 및 《五經》의 본문을 모두 외웠고 《大夏侯尚書》를 敎授하였는데, 비록 古文 經學을 전공했으면서도 五家의 《穀梁傳》 學說에도 두루 밝았다. 어린아이 시절부터 늘 太學에 머물면서 속세의 일에는 관심이 없었다. 신장은 8尺2寸의 큰 키라서 여러 유생들은 가규에 대하여 '키 큰 賈逵(가규)의 머리에는 모르는 것이 없다.' 고 말했다. 가규의 성품은 화락하면서도 단아했고 뛰어나게 지혜로웠으며 뜻이 크고 재주가 뛰어났으며 지조가 군건하였다. 특히 《左氏傳》과 《國語》에 밝아 《解詁》 51편을 저술하였다. 《後漢書》 36권, 〈鄭范陳賈張列傳〉 立傳.

459 陳元(진원)의 字는 長孫(장손)으로, 蒼梧郡(창오군) 廣信縣 사람이다. 부친 欽(흠)은 《左氏春秋》를 전공하였는데, 黎陽縣(여양현)의 賈護(가호, 字 季君)를 스승으로 섬겼고 劉歆(유흠)과 같은 시대에 (《陳氏春秋》로) 별개의 학파를 세웠다.

460 服虔(복건, 字 子愼) – 후한 말, 영제–헌제 시절의 《春秋》를 전공. 《春秋左氏傳解誼》를 저술.

❽ 李譔

|原文|

李譔字欽仲, 梓潼涪人也. 父仁, 字德賢, 與同縣尹默俱游
荊州, 從司馬徽,宋忠等學. 譔具傳其業, 又默講論義理, 五
經,諸子, 無不該覽, 加博好技藝, 算術,卜數,醫藥,弓弩,機械
之巧, 皆致思焉. 始爲州書佐,尙書令史.

延熙元年, 後主立太子, 以譔爲庶子, 遷爲僕射轉中散大
夫,右中郞將, 猶侍太子. 太子愛其多知, 甚悅之. 然體輕脫,
好戲啁, 故世不能重也. 著古文《易》,《尙書》,《毛詩》,《三禮》,
《左氏傳》,《太玄指歸》, 皆依準賈,馬, 異於鄭玄. 與王氏殊隔,
初不見其所述, 而意歸多同. 景耀中卒.

時又有漢中陳術, 字申伯, 亦博學多聞, 著《釋部》七篇,《益
部耆舊傳》及《志》,位歷三郡太守.

|국역|

李譔(이선, 譔은 가르칠 선)의 字는 欽仲(흠중)으로, 梓潼郡(재동군)
涪縣(부현) 사람이다. 부친 李仁(이인)의 字는 德賢(덕현)으로, 同縣의
尹默(윤묵)과 함께 荊州(형주)에 遊學하여 司馬徽(사마휘)와 宋忠(송
충)한테 배웠다.

이선은 부친의 학문을 모두 전수받았고, 또 윤묵으로부터는 經學
의 講解와 談論, 經義와 名理를 따라 배워 五經과 諸子書에 읽지 않

은 책이 없었고, 거기다가 技藝에 관하여 널리 배워 算術과 卜數(占卜), 醫藥, 弓弩(궁노, 兵器), 機械(기계)의 이치까지 모두 연구하였다. 이선은 益州의 書佐와 尙書令史를 역임했다.

　(後主) 延熙 원년(서기 238), 後主가 太子를 책립하고 이선을 太子 庶子(서자, 관직명)에 임명했는데, 이선은 승진하여 僕射(복야)가 되었다가 中散大夫와 右中郎將을 역임하면서도 태자를 계속 모시었다. 太子는 이선의 풍부한 학식을 매우 좋아하였다. 그러나 이선은 행실이 경박하고 다른 사람 비웃기를 좋아하여 세상 사람들의 존경을 받지 못하였다. 이선은 古文의 《易經》과 《尙書》, 《毛詩》, 《三禮》 및 《左氏傳》과 《太玄指歸》에 관한 저술을 남겼는데, 모두가 賈逵(가규)나 馬融(마융)의 학설을 바탕으로 삼아 鄭玄(정현)과는 달랐다. 또 王肅(왕숙)[461]과도 현격하게 달라 처음부터 왕숙의 저술을 보지 않았지만 그 결론은 많이 비슷하였다. 이선은 景耀(경요) 연간에 죽었다.

　그 시절에, 또 漢中郡에 陳術(진술, 字 申伯)이 역시 博學多聞하여, 《釋部》 7편과 《益部耆舊傳》 및 《益州志》를 저술하였으며 3郡의 太守를 역임했다.

---

461 王肅(왕숙, 195-256, 字 子雍)은 三國 시기의 經學大師로, 曹魏의 重臣인 王朗(왕랑)의 아들. 晉王 司馬昭(사마소)의 岳父. 왕숙의 딸 王元姬가 司馬昭의 妻로 晉 武帝 司馬炎의 모친이다. 왕숙의 儒家의 六經에 대한 注釋은 남북조 시대까지 유학의 교재로 쓰일 정도였으며 唐 孔穎達(공영달)에게 영향을 끼쳤다.

❾ 譙周

|原文|

譙周字允南, 巴西西充國人也. 父幷, 字榮始, 治《尙書》, 兼通諸經及圖緯. 州郡辟請, 皆不應, 州就假師友從事. 周幼孤, 與母兄同居. 旣長, 耽古篤學, 家貧未嘗問產業, 誦讀典籍, 欣然獨笑, 以忘寢食. 研精六經, 尤善書札, 頗曉天文, 而不以留意. 諸子文章非心所存, 不悉遍視也. 身長八尺, 體貌素樸, 性推誠不飾. 無造次辯論之才, 然潛識內敏.

建興中, 丞相亮領益州牧, 命周爲勸學從事. 亮卒於敵庭, 周在家聞問, 卽便奔赴, 尋有詔書禁斷, 惟周以速行得達. 大將軍蔣琬領刺史, 徙爲典學從事, 總州之學者.

|국역|

譙周(초주)[462]의 字는 允南(윤남)으로, 巴西郡 西充國縣[463] 사람이

....

462 譙周(초주, 199 – 270年, 字 允南)는 六經과 天文에 밝은 蜀地의 大儒로 그 문하에 陳壽(진수), 李密(이밀), 杜軫(두진) 등의 제자가 있었다. 諸葛亮(제갈량)이 益州牧으로 있으면서 초주를 勸學從事로 등용했다. 諸葛亮 사후에 後主 劉禪(유선)은 태자 劉璿(유선)을 책립한 뒤 초주로 하여금 輔導케 하였다. 이후 여러 관직을 역임했다.《蜀書》12권, 〈杜周杜許孟來尹李譙郤傳〉에 입전. 초주는《三國演義》의 주요 인물인데, 第 65回에서는 劉璋을 따라 劉備에 투항하고, 80회에서는 제갈량과 함께 劉備를 황제로 옹립할 것을 논의한다. 91회에서는 諸葛亮의 북벌 준비에 천문의 뜻으로 북벌에 반대하나 제갈량은 받아들이지 않는다. 역시 102회에서도 제갈량에게 북벌 중지를 권유한다. 105회에서 초주는 천문을 보아 제갈량의 죽음을 알고 후주에게 보고한다.

다. 父親 譙幷(초병)의 字는 榮始(영시)로《尙書》를 전공했는데, 여러 경전 및 圖讖書(도참서)와 緯書(위서)에도 능통하였다. 州郡에서 관직으로 초빙했지만 모두 불응하자, 益州部에서는 師友從事의 직책을 내렸다.

초주는 어려서 부친을 여의고, 모친, 형과 함께 살았다. 장성한 뒤에도 고전을 독실하게 공부했고, 집안이 가난하였지만 가산에 대해서 묻지 않았고 오로지 典籍만을 읽고 외우다가 欣然(흔연)히 홀로 웃으며 침식도 잊을 정도였다. 六經을 정성으로 硏學하였고 특히 書札(서찰)을 잘 지었고, 天文에 두루 통했지만 천문에는 관심을 기울이지 않았다. 또 諸子百家의 文章에도 관심을 두지 않았고 끝까지 읽지도 않았다.

초주는 신장이 8척이나 되었는데, 외모를 중시하지 않았고 성격은 성실하면서 꾸밈이 없었다. 순간의 재치나 변론의 재주는 없었지만 뛰어난 식견에 英敏한 사람이었다.

建興 연간(서기 223 – 237)에, 丞相 제갈량이 益州牧을 겸임하면서 초주를 勸學從事에 임명하였다. 제갈량이 적지에서 죽자(서기 234), 초주는 집에서 그 소식을 듣고 즉시 북으로 달려갔는데, 그 뒤 곧 조서로 奔喪(분상)을 금했지만 초주만은 速行(속행)했기에 분상할 수 있었다. 대장군 蔣琬(장완)이 익주자사를 겸임하자, 초주는 典學從事로 자리를 옮겨 익주 내의 교육을 총괄하였다.

....
112회에서는《仇國論》을 지어 姜維의 북벌 준비를 반대하였고, 118회에서는 魏軍이 닥치자 후주에게 투항을 권유하고, 119회에서 劉禪을 따라 曹魏에 투항한다.

463 巴西郡은, 수 四川省과 重慶市 일대의 郡 이름. 巴郡, 巴東郡과 합하여 '三巴'로 불렸다. 西充國縣은, 수 四川省 동부 南充市 관할 西充縣.

|原文|

後主立太子, 以周爲僕, 轉家令. 時後主頗出遊觀, 增廣聲樂. 周上疏諫曰,

「昔王莽之敗, 豪傑並起, 跨州據郡, 欲弄神器, 於是賢才智士思望所歸, 未必以其勢之廣狹, 惟其德之薄厚也. 是故於時更始,公孫述及諸有大衆者多己廣大, 然莫不快情恣欲, 怠於爲善, 遊獵飲食, 不恤民物.

世祖初入河北, 馮異等勸之曰, "當行人所不能爲." 遂務理冤獄, 節儉飲食, 動尊法度, 故北州歌歎, 聲布四遠. 於是鄧禹自南陽追之, 吳漢,寇恂未識世祖, 遙聞德行, 遂以權計舉漁陽,上谷突騎迎於廣阿. 其望風慕德者邳肜,耿純,劉植之徒, 至於輿病繼棺, 褓負而至者, 不可勝數, 故能以弱爲强, 屠王郎, 吞銅馬, 折赤眉而成帝業也.

及在洛陽, 嘗欲小出, 車駕已御, 銚期諫曰, '天下未寧, 臣誠不願陛下細行數出.' 即時還車. 及征隗囂, 潁川盜起, 世祖還洛陽, 但遣寇恂往, 恂曰, '潁川以陛下遠征, 故奸猾起叛, 未知陛下還, 恐不時降. 陛下自臨, 潁川賊必卽降.' 遂至潁川, 竟如恂言. 故非急務, 欲小出不敢, 至於急務, 欲自安不爲, 故帝者之欲善也如此!

故《傳》曰 '百姓不徒附', 誠以德先之也. 今漢遭厄運, 天下三分, 雄哲之士思望之時也. 陛下天姿至孝, 喪逾三年, 言及

隕涕, 雖曾‚閔不過也. 敬賢任才, 使之盡力, 有逾成‚康. 故國
內和一, 大小戮力, 臣所不能陳. 然臣不勝大願, 願復廣人所
不能者.

夫挽大重者, 其用力苦不衆, 拔大艱者, 其善術苦不廣, 且承
事宗廟者, 非徒求福祐, 所以率民尊上也. 至於四時之祀, 或
有不臨, 池苑之觀, 或有仍出, 臣之愚滯, 私不自安. 夫憂責
在身者, 不暇盡樂, 先帝之志, 堂構未成, 誠非盡樂之時. 願
省減樂官, 後宮所增造, 但奉備先帝所施, 下爲子孫節儉之教.」

徙爲中散大夫, 猶侍太子.

| 국역 |

後主가 太子를 책립하자, 譙周(초주)는 복야가 되었다가 太子家令
으로 전직했다. 그 무렵, 후주는 자주 출궁하여 유람하였으며 女樂
도 증원하였다. 이에 초주가 간언하는 상소를 올렸다.

「옛날 王莽(왕망)[464]이 패망하자(서기 23년), 호걸이 모두 기병했
고, 여러 주군을 차지하며 神器(帝位)를 노리고 다퉜는데, 賢才와 智
士들은 귀부할만한 세력을 갈망하면서 세력의 강약이 아니라 그 덕
행의 厚薄(후박)을 고려하였습니다. 그러했기에 당시에 更始帝(경시
제)[465]나 公孫述(공손술)[466] 및 대군을 거느린 여러 세력자가 많았지만

----

464 王莽(왕망, 前 45-서기 23년) - 漢朝를 찬탈하여 新朝 건국.(서기 8-23년 재
위). 中國 傳統 歷史學의 忠君 이념으로는 '僞君子'이며, '逆臣' 또는 '佞邪之
材'라는 평가를 받는다. 莽은 풀 우거질 망. 《漢書 王莽傳, 上, 中, 下》에 입전.
465 更始帝(경시제) - 劉玄(유현, 字 聖公, ?-서기 25. 南陽郡 蔡陽縣人). 光武帝(劉

그들은 방자한 행동이나 行善에 게으를 수도, 또 사냥이나 음식을 마음대로 하거나 백성의 재물을 지켜주지 않을 수가 없었습니다.

世祖(光武帝)[467]가 처음 河北 지역에 진입하였을 때, 馮異(풍이)[468] 등이 광무제에게 "남이 할 수 없는 일을 실천해야 합니다."라고 권유했습니다. 그리하여 光武帝는 冤獄(원옥)이 없도록 힘쓰고 음식도 절약하며 검소하였고 행실에 법도를 준수하였기에 河北의 여러 주에서 칭송과 감탄을 들었으며 그 명성은 널리 퍼졌습니다. 이에 鄧禹(등우)[469]는 南陽郡에서부터 광무제를 추종했고, 吳漢(오한)[470]과

....

秀)와 劉玄은 같은 항렬로 三從兄弟(삼종형제, 8촌)이다. 劉玄은 平林의 무리에 속해 있었다. 平林과 新市軍의 장수인 王常(왕상)과 朱鮪(주유) 등은 함께 劉玄을 황제로 옹립하였고, 유현은 연호를 更始(경시)라 했기에 보통 更始帝라 칭하며, 서기 23 – 25년에 재위했다. 이를 역사에서는 玄漢(현한)이라 통칭한다. 《後漢書》11권, 〈劉玄劉盆子列傳〉에 입전.

466 公孫述(공손술, ?-36년, 字 子陽) – 公孫은 복성. 益州(巴蜀) 일원을 차지하고 天子라 자칭, 國號는 成家. 建武 12년, 장수 吳漢(오한)의 공격을 받아 멸망. 《後漢書》13권, 〈隗囂公孫述列傳〉에 입전.

467 世祖는 廟號. 전한 高祖 이후, 文帝는 太宗, 武帝는 世宗, 宣帝는 中宗이라는 묘호를 올려 호칭했다. 후한 明帝는 顯宗, 章帝는 肅宗이다. 和帝(孝和皇帝)는 사후에 穆宗(목종)으로 묘호를 올렸다가 뒤에 삭제하였고, 이후 다른 황제의 묘호는 있었지만 獻帝 때 공식적으로 취소하였다. 廟號를 정함에 특별한 공이 있으면 祖, 德이 뛰어나면 宗이라 하는데, 光武帝는 漢朝 中興을 이루었기에 世祖라 하였다. 諡法에 '能紹前業曰 光, 克定禍亂曰 武' 라 하였다. 光武帝 劉秀는 서기 前 6년 12월에 출생하였고(양력으로 계산하면 前 5년 1월 15일생), 王莽(왕망)의 地皇 3년(서기 22년, 28세)에 起兵한 뒤, 서기 25년(31세)에 鄗縣(호현, 수 河北省 서남부 石家莊市 관할 高邑縣)에서 즉위하고 연호를 建武, 國號를 漢(史稱 東漢, 後漢)으로 정했다. 32년을 재위하고 建武中元 2년(57년, 63세)에 낙양에서 죽었고, 시호는 光武, 廟號는 世祖. 陵墓는 原陵이다.

468 馮異(풍이, ?-34) – 光武帝의 雲臺二十八功臣의 한 사람. 馮 성 풍, 탈 빙.《後漢書》17권, 〈馮岑賈列傳〉에 입전.

469 鄧禹(등우, 서기 2 – 58, 字 仲華) – 南陽 新野人, 광무제와 가까웠고, 광무제가 蕭何(소하)처럼 믿을 수 있는 사람이라고 생각했다. 後漢 개국에 크게 기여하

寇恂(구순)⁴⁷¹은 世祖(光武帝)를 알지 못했지만 멀리서 그 덕행을 듣고 임시 방책을 써서 漁陽郡과 上谷郡의 突騎(돌기, 돌격기병)를 거느리고 廣阿(광아)에서 광무제를 맞이하였습니다. 이처럼 바람에 쏠리듯 덕행을 흠모하는 자로 邳肜(비융), 耿純(경순), 劉植(유식)⁴⁷²의 무리들이 병자는 수레를 타고 관을 들고 모여들었으며, 어린아이를 데리고 오는 자를 이루 다 셀 수가 없었으니 그리하여 세력이 약했던 무리가 강해져서 王郎(왕랑)⁴⁷³을 도륙하고 銅馬賊(동마적)⁴⁷⁴을 격

················

　　였으며 '雲臺二十八將'의 첫째. 등우의 아들이 鄧訓, 등훈의 딸이 和帝의 황후인 鄧綏(등수)이다. 《後漢書》16권, 〈鄧寇列傳〉에 입전.

470 吳漢(오한, ?-44, 字는 子顏) 光武帝의 功臣, 雲臺二十八將의 제2위. 《後漢書》18권, 〈吳蓋陳臧列傳〉에 입전.

471 寇恂(구순)은 광무제의 공신. 寇 도둑 구. 성씨. 恂 정성 순. 《後漢書》18권, 〈吳蓋陳臧列傳〉에 입전.

472 邳肜(비융, 肜은 융제사 융)은 《後漢書》에서는 邳肜(비동, 邳 클 비. 肜 붉을 동). 왕망의 和成郡 卒正(太守)이었는데 郡을 들어 광무제에게 투항했다. (信都國의) 昌城縣 사람 劉植(유식)과 (鉅鹿郡) 宋子縣 사람 耿純(경순)도 각각 종친의 자제들과 함께 縣邑을 웅거하면서 光武帝를 받들었다. 耿純(경순)은 耿純(경순)의 字는 伯山(백산), 鉅鹿郡(거록군) 宋子縣(송자현) 사람. 경순은 곧 광무를 알현하고 나오면서 광무의 관리와 장병, 또 법도가 다른 장수와 같지 않음을 보고 스스로 섬기기로 마음먹고 말과 비단 수백 필을 광무에게 헌상하였다. 《後漢書》21권, 〈任李萬邳劉耿列傳〉에 입전.

473 王郎(왕랑, ?-24, 본명 王昌) 趙國 邯鄲(한단) 사람. 평소에 관상을 잘 보았고 천문에 밝았는데, 늘 河北에 天子의 기운이 있다고 생각하였다. 更始 원년 (서기 23) 12월, 劉林(유림) 등은 마침내 수백의 車騎兵을 거느리고 邯鄲城(한단성)에 들어가 (趙王) 왕궁에 머물면서 王郎을 天子로 옹립하였다. 劉林은 승상이 되었고, 李育은 大司馬, 張參(장참)은 대장군이 되었다. 왕랑은 장수를 나눠 파견하여 幽州(유주)와 冀州(기주) 지역을 평정케 하였다. 更始帝 2년 (서기 24년) 정월, 왕랑의 세력이 새로이 커지자 光武(劉秀)는 한때 쫓기었고, 왕랑은 격문을 보내 光武의 몸에 十萬 戶의 작위를 내걸었었다. 한때 光武에 맞섰으나 여러 번 패전한 뒤 밤에 도망하다가 길에서 죽어 참수되었다. 《後漢書》12권, 〈王劉張李彭盧列傳〉에 입전.

파했으며, 赤眉賊(적미적)[475]의 세력을 꺾어 누르고 帝業을 완성하였
습니다.

광무제가 洛陽에 定都한 뒤, 잠시 놀러 외출하려고 車駕(거가)도
다 준비를 했는데 銚期(요기)[476]가 제지하며 '천하가 아직 평온치 못
한데, 폐하께서 잠깐이라도 자주 출궁하시는 일을 臣은 진정 원하
지 않습니다.' 라고 말했습니다. 이에 광무제는 즉시 어가를 돌렸습
니다. (광무제가) 隗囂(외효)[477]를 원정할 때, 潁川郡(영천군) 일대에
서 도적이 봉기하자, 世祖(광무제)는 낙양으로 돌아오며 寇恂(구순)
을 보내 지키게 하였는데, 구순은 광무제에게 '영천군에서는 폐하
께서 원정 중이라서 간교한 무리들이 반기를 들었지만 폐하께서 회
군한 줄도 모르기에 아마 투항하지 않을 것입니다. 폐하께서 영천
군에 돌아가시면 영천 일대의 도적은 틀림없이 투항할 것입니다.'
라고 말했습니다. 광무제가 영천에 이르자 모든 것이 구순의 말과
같았습니다.

---

474 銅馬賊(동마적)은 왕망 말기 지방 할거세력의 이름. 銅馬의 賊帥(적수)는 東山
荒禿(동산황독)과 上淮況(상회황) 등이었다.

475 赤眉는 왕망 말기 농민 봉기 세력의 이름. 반란군의 수괴 樊崇(번숭) 등이 그
무리를 왕망의 군사와 구분하기 위해 눈썹에 붉은 칠을 했다. 적미는 函谷關
(함곡관)에 들어가 경시제를 공격하였고 장안을 점령, 약탈하였고 漢의 宗室
인 劉盆子(유분자)를 천자로 옹립. 서기 25 - 27년 재위. 연호 建世.《後漢書》
11권, 〈劉玄劉盆子列傳〉에 입전.

476 銚期(요기)의 字(자)는 次況(차황)으로, 潁川郡(영천군) 郟縣(겹현) 사람이다.
신장이 8尺2寸이며, 특이한 용모가 엄숙 단정하고 위풍당당하였다.《後漢
書》20권,〈銚期王霸祭遵列傳〉에 입전.

477 隗囂(외효, ?-33) - 隗 험할 외, 성씨. 囂 떠드는 소리 효. 왕망 말기, 수 甘肅
省 동부 일대에 웅거. 광무제에게 귀순을 거부하고 나중에 공손술에게 의탁
했다가 병사했다.《後漢書》13권,〈隗囂公孫述列傳〉에 입전.

이러하기 때문에 긴급 업무가 아니라면 잠깐의 외출이라도 결코 할 수 없고, 스스로의 安危를 위해서라도 하지 않는 것이니, 옛 제왕들의 선행 의지가 이와 같았습니다. 그래서 경전에서는 '백성이 이유 없이 귀부하지는 않는다.'고 하였으니, 진실로 덕행으로 솔선해야 합니다. 지금 漢室이 厄運(액운)을 만나 천하가 三分되었고, 영웅이나 賢哲之士는 賢君을 갈망하는 때입니다.

폐하께서는 천성이 아주 효성스러워 3년 상을 마쳤어도 先帝를 말씀하시면서 눈물을 흘리시니, 비록 曾參(曾子)[478]이나 閔子騫(민자건)[479]일지라도 그 효행은 폐하만 못할 것입니다. 폐하께서 현인을 경애하고 才子를 등용하여 진력하게 하는 것은 (周) 成王이나 康王(강왕)보다 더 훌륭하십니다.[480] 그래서 國內가 하나로 화합하고 大小(老少) 관리가 모두 힘을 다하는 것은 제가 다 말씀드릴 수가 없

---

478 曾參(曾子) - '二十四孝' 중 '齧指痛心(설지통심)'의 주인공. 증삼이 산에서 나무를 할 때 손님이 찾아왔다. 증삼의 모친은 기다렸지만 어떻게 알릴 방법이 없었다. 이에 모친은 손가락을 깨물어 피를 흘렸다. 산에서 나무하던 증삼은 갑자기 가슴이 아파 견딜 수 없었는데, 증삼은 모친에게 변고가 있다고 생각하여 급히 나뭇짐을 메고 돌아왔다. 모친은 내 손끝을 깨물어 너에게 알리려 했다고 말했다. 이를 齧指痛心(설지통심, 깨물 설)이라 한다.

479 閔子騫(민자건, 前 536년~487년) - 閔損(민손), 字는 子騫(자건), 魯國人. 孔門十哲 중 德行으로 유명. 閔子騫은 큰 효자였다. 어려서 모친을 여의고 계모 밑에서 생활하였다. 어느 해 겨울에, 계모는 두 아들에게만 솜옷을 입히고 민자건에게는 갈대 솜(蘆花, 蘆絮)을 넣은 홑옷(單衣)을 입게 했다. 민자건은 아버지를 태우고 수레를 몰았는데, 너무 추워 실수를 하여 수레가 구덩이에 처박혔다. 아버지가 크게 나무라며 매질을 하자, 홑옷이 터지면서 갈대 솜이 날렸다. 부친이 사실을 알고 계모를 내쫓으려 하자, 민자건이 울면서 말했다. "어머니가 계시면 저만 추위에 떨지만, 어머니가 안 계시면 자식 셋이 고생하게 됩니다." 부친은 계모를 용서했고, 계모는 잘못을 뉘우쳤다. 이를 〈二十四孝〉 중 '單衣順母'라고 한다.

480 이는 좀 지나친 비교이다. 後主는 暗君(昏君)의 典型이었다.

습니다. 그래도 臣은 큰 바람을 말하지 않을 수 없으니, 폐하께서는 다른 사람이 할 수 없는 일을 많이 하시길 바랍니다.

아주 무거운 짐을 끌고 가려면 많은 사람이 모두 힘써야 하며, 큰 난관을 이겨내려면 선행을 널리 베풀지 않을 수 없으며, 또 종묘사직을 받드는 사람이라면 그냥 맨손으로 복을 빌 수 없으니 백성을 이끌고 上天을 받들어야 합니다. 四時에 맞춰 지내는 제사에 가끔 참예하지 않고서, 연못이나 苑囿(원유, 놀이터)에서의 놀이는 빠지지 않고 행한다면, 우매하고 고지식한 신하지만 불안하기만 합니다.

국정에 대한 우려와 책임을 맡은 사람이라면 사실 잔치나 놀이할 겨를이 없으며, 先帝의 유언을 아직 완성하지 못했다면 놀이에 빠질 때가 아닙니다. 바라옵건대, 樂官을 감원하고 후궁 건물의 신축이나 증축을 억제하며, 선제께서 뜻하신 바를 받들어 실천하면서 아래로는 자손들에게 절약과 검소를 가르쳐야 합니다.」

초주는 中散大夫가 되었고 태자를 모시는 일은 전과 같았다.

|原文|

於時軍旅數出, 百姓凋瘁, 周與尙書令陳祗論其利害, 退而書之, 謂之〈仇國論〉, 其辭曰,

「因餘之國小, 而肇建之國大, 並爭於世而爲仇敵. 因餘之國有高賢卿者, 問於伏愚子曰, '今國事未定, 上下勞心, 往古之事, 能以弱勝强者, 其術何如?' 伏愚子曰, '吾聞之, 處大

無患者恒多慢，處小有憂者恒思善．多慢則生亂，思善則生治，理之常也．故周文養民，以少取多，勾踐恤衆，以弱斃强，此其術也．'

賢卿曰，'曩者項强漢弱，相與戰爭，無日寧息，然項羽與漢約分鴻溝爲界，各欲歸息民．張良以爲民志既定，則難動也，尋帥追羽，終斃項氏，豈必由文王之事乎？肇建之國方有疾疢，我因其隙，陷其邊陲，覬增其疾而斃之也．'

伏愚子曰，'當殷,周之際，王侯世尊，君臣久固，民習所專，深根者難拔，據固者難遷．當此之時，雖漢祖安能杖劍鞭馬而取天下乎？當秦罷侯置守之後，民疲秦役，天下土崩．或歲改主，或月易公，鳥驚獸駭，莫知所從．於是豪强並爭，虎裂狼分，疾搏者獲多，遲後者見吞．今我與肇建皆傳國易世矣，既非秦末鼎沸之時，實有六國並據之勢，故可爲文王，難爲漢祖．夫民疲勞，則騷擾之兆生，上慢下暴則瓦解之形起．諺曰，射幸數跌，不如審發．是故智者不爲小利移目，不爲意似改步，時可而後動，數合而後舉．故湯,武之師不再戰而克，誠重民勞而度時審也．如遂極武黷征，土崩勢生，不幸遇難，雖有智者將不能謀之矣．若乃奇變縱橫，出入無間，沖波截轍，超谷越山，不由舟楫而濟盟津者，我愚子也，實所不及．'」

後遷光祿大夫，位亞九列．周雖不與政事，以儒行見禮．時訪大議，輒據經以對，而後生好事者亦咨問所疑焉．

| 국역 |

그때 군부대가(軍旅, 군여) 자주 출동하여 백성은 지쳐 피폐하였는데, 譙周(초주)는 尙書令인 陳祗(진지)와 그 이해관계를 논의한 뒤에 글을 지어 〈仇國論(구국론)〉이라고 하였다.

그 글은 다음과 같다.

※ 〈仇國論〉 - 譙周(초주)

「因餘國(인여국)은 작은 나라이고, 肇建國(조건국)은 큰 나라인데,[481] 서로 30여 년을 싸워 원수가 되었다. 인여국의 高賢卿(고현경)이란 사람이 伏愚子(복우자)[482]에게 물었다.

'지금 國事가 안정되지 못하여 上下 모두가 勞心하는데, 지난 사적을 볼 때 작은 나라가 큰 나라를 이긴 경우는 어떤 방책이었습니까?'

그러자 복우자가 말했다.

'내가 알기로, 큰 우환이 없는 나라는 대개의 경우 태만해지고, 우환이 많은 작은 나라는 늘 선정을 생각하게 됩니다. 태만이 오래가면 혼란이 일어나고, 선정을 생각하면 태평을 이루는 것이 당연한 이치입니다. 그래서 周 文王은 백성을 양육하여 작은 나라로 큰

......

481 因餘國(인여국)은 '선조의 유업을 계승한 나라'라는 가공의 國名인데, 蜀漢을 의미한다. 肇建國(조건국, 肇는 비로소 조)은 '새로 세워진 나라'라는 뜻인데, 曹魏를 지칭했다.
482 高賢卿(고현경), 伏愚子(복우자) - 모두 가공의 인물. 고현경은 主戰論者, 복우자는 譙周(초주) 자신을 상정하였다.

나라를(殷) 이겼고, (越王) 句踐은 백성을 잘 보살펴 약세였지만 强國을(吳) 이겼으니, 이것이 승리한 방책일 것입니다.'

고현경이 물었다.

'옛날에 項羽는 강했고 漢軍은 약세였지만 서로 싸우느라고 평온한 날이 없었는데, 항우는 漢과 鴻溝(홍구)[483]를 경계로 삼고 각자 돌아가 백성을 휴식케 하자고 약조했습니다. 그러나 張良(장량)은 백성의 의지가 안정되었기에 그 뜻을 바꾸기 어렵다면서 바로 군사를 거느리고 항우를 추격하여 끝내 항씨를 몰락케 하였으니, 이것이 어찌 文王의 치적과 같겠습니까? 조건국은 지금 질병과 재해에 시달리고 있으니, 우리는 그 틈을 이용하여 변방을 함락시키고 조건국에 고통을 가하여 멸망시킬 것입니다.'

이에 복우자가 말했다.

'殷과 周의 교체기에 王侯(왕후)는 대대로 존경을 받았고, 군신 관계는 오랜 기간 안정되었으며, 백성은 본업에 익숙하였으니 뿌리가 깊어 뽑기 어렵고, 근거가 확고하여 옮기기도 어려웠습니다. 그러니 漢 고조가 어찌 군사의 힘만으로 천하를 차지했겠습니까? 秦나라가 제후국을 폐지하고 군수를 배치한 이후[484] 秦의 부역과 군역에 백성은 완전 피폐했기에 천하가 흙더미처럼 무너졌습니다. 혹세월이 가며 주군이나 공경이 바뀌었지만 놀란 새나 짐승처럼 누구

---

483 鴻溝(홍구)는 戰國 魏 惠王 때(前 360) 개설한 운하. 황하와 여러 대소 지류를 연결하는 교통 겸 灌漑用 수로. 漢代에는 狼湯渠(낭탕거)라 하였다. 今 河南省 鄭州市 관할의 滎陽市 동북. 근처에 敖倉(오창, 군량 저장 창고)가 있다. 鴻溝를 경계로 휴전에 들어간 것은 漢王 5년, 서기 前 202년이었다.

484 秦은 周의 봉건제를 폐지하고 전국을 36郡(뒤에 48郡)을 나눠 군수를 배치하는 郡縣制를 채택하였다.

를 따라야 할지 알지 못했습니다. 이에 强豪(강호)들이 모두 세력을 다투고 호랑이와 이리처럼 분열되었는데, 빠르고 강한 자는 많이 차지했고 꾸물대며 늦은 자는 먹혀 버렸습니다. 지금 우리와 조건국 모두 새 주군이 들어섰지만, 지금 상황은 秦末의 물 끓듯 하던 때와는 크게 다르며, 실제 6國이 함께 병립한 시기와 비슷하기에 文王처럼 대처할 수는 있어도 漢 高祖처럼 무력에 의한 통일은 어려울 것입니다. 백성이 지치고 피폐하면 소요가 일어날 조짐이 생기고, 위에서 오만하고 아래서는 흉포하다면 와해할 수 있는 형세가 일어납니다. 그래서 俗諺(속언)에서도 요행수를 바라고 여러 번 쏘는 것은 살펴 한 번 쏘는 것만 못하다고 하였습니다. 이 때문에 智者는 小利에 눈을 돌리지 않고 생각이 비슷하다 하며 주관을 바꾸지 않으며, 때가 무르익기를 기다려 움직이고, 여러 수를 종합한 뒤에야 거사하는 것입니다. 그래서 湯王이나 武王의 군사는 한 번의 전투로 결판을 내었으니, 이는 백성의 노고를 중시했고 시대 상황을 잘 살펴 결정한 것입니다. 만약 모든 무력을 다 동원하여 마구 출정한다면 흙더미처럼 무너지게 될 것이고, 거기에 불행히도 난관을 만난다면 비록 智者라 할지라도 어떤 방책도 강구할 수 없을 것입니다. 만약 기이한 변화를 종횡으로 구사한다 하여도 적용할 수 있는 틈이 없다면 파도를 타고 넘든 수레에 싣고 가든 산과 계곡을 가로지른다 하여도, 이는 배가(舟楫) 없이는 (황하의) 盟津을 건널 수 없는 것과 같으니, 내가 아무리 어리석어도 따를 수 없을 것입니다.'」

譙周(초주)는 뒷날 光祿大夫로 승진하여 지위가 九列(九卿)의 다음이었다. 초주는 주요 정사에 관여하지는 않았지만 儒者의 雅行

(아행)으로 예우를 받았다. 수시로 국가 중요한 정책의 논의가 있으면 그때마다 經義에 의거 답변하였고 경학을 탐구하는 後生의 평소 여러 의문에도 자문을 해주었다.

| 原文 |

景耀六年冬, 魏大將軍鄧艾克江由, 長驅而前. 而蜀本謂敵不便至, 不作城守調度. 及聞艾已入陰平, 百姓擾擾, 皆進山野, 不可禁制. 後主使臣群會議, 計無所出. 或以爲蜀之與吳, 本爲和國, 宜可奔吳. 或以爲南中七郡, 阻險斗絶, 易以自守, 宜可奔南.

惟周以爲, "自古以來, 無寄他國爲天子者也, 今若入吳, 固當臣服. 且政理不殊, 則大能吞小, 此數之自然也. 由此言之, 則魏能並吳, 吳不能並魏明矣. 等爲小稱臣, 孰與爲大? 再辱之恥, 何與一辱? 且若欲奔南, 則當早爲之計, 然後可果. 今大敵以近, 禍敗將及, 群小之心, 無一可保, 恐發足之日, 其變不測, 何至南之有乎!"

群臣或難周曰, "今艾以不遠, 恐不受降, 如之何?"

周曰, "方今東吳未賓, 事勢不得不受之, 受之後, 不得不禮. 若陛下降魏, 魏不裂土以封陛下者, 周請身詣京都, 以古義爭之."

衆人無以易周之理.

| 국역 |

(後主) 景耀(경요) 6년 겨울(서기 263), 魏의 大將軍인 鄧艾(등애)[485]가 江由(강유) 城[486]의 싸움에서 이기고 승승장구 전진하였다. 蜀에서는 본래 적군이 금방 들어오지는 못할 것이라 생각하여 도성을 방어할 준비를 하지 않았었다. 등애가 이미 陰平(음평)[487]에 들어왔다고 하자, 백성들은 소요하며 모두 산과 들로 흩어졌는데 어찌 막을 방도가 없었다. 後主는 신하를 모아 회의를 했지만 특별한 대책이 나올 수 없었다.

어떤 자는 촉한과 東吳가 본래 동맹국이었으니 동오로 도망할 수 있다고 하였다. 또 어떤 자는 南中의 7郡[488]은 지형이 험준하고, 외부와 斗絶(두절)되어 지키기가 용이하니 남쪽으로 달아날 수 있다고 하였다. 그러나 譙周(초주)만이 다른 의견을 말하였다.

"자고 이래로 다른 나라에 의탁한 천자가 없었으니, 지금 만약 동오에 들어간다면 응당 신하로 복속될 것입니다. 게다가 政理란 것

----

485 鄧艾(등애, 195 - 264, 字 士載) - 義陽郡 棘陽人(今 河南 新野). 曹魏 후기 명장. 本名 鄧範, 字 士則에서 改名, 오랫동안 蜀漢 姜維(강유)와 대결. 陰平을 넘어 후주 劉禪(유선)의 투항을 받았다(서기 263년). 太尉로 승진. 鍾會(조회)의 모함을 받았고 결국 아들(鄧忠)과 함께 피살되었다.《魏書》28권,〈王毌丘諸葛鄧鍾傳〉에 입전.

486 江由(강유) - 城, 보루 이름. 四川省 중동부 綿陽市 관할 江油市.

487 陰平(음평) - 현명, 군명. 景元 4년(서기 263年) 平蜀 후에 雍州 소속. 郡治는 陰平縣, 今 甘肅省 남단 隴南市 文縣. 咸熙 元年(서기 264年) 廢郡, 梓潼郡에 흡수.

488 南中의 7郡 - 越嶲(월수), 朱提 牂柯(장가) 雲南 興古, 建寧, 永昌郡,

이 크게 다른 것이 아니니 큰 나라가 작은 나라를 합치는 것은 자연의 이치입니다. 이렇게 본다면 曹魏는 동오를 병탄할 수 있지만, 동오는 조위를 병합하지 못하는 것이 확실합니다. 똑같이 稱臣해야 한다면 어느 쪽이 더 낫겠습니까? 두 번의 치욕을 당하는 것이 어찌 한 번의 치욕과 같겠습니까? 또 만약 남쪽 7군 지역으로 피난하려 한다면 일찍 준비한 다음에 가능했을 것입니다. 지금 적의 대군이 접근하여 패망의 환난이 눈앞에 닥쳤는데, 여러 소인의 생각은 하나같이 지킬 수 없으며, 또 떠난다 하여도 어떤 일이 일어날지 예측할 수도 없으니 남쪽에 들어갈 수나 있겠습니까!"

여러 사람들은 초주를 비난하며 말했다.

"지금 등애가 가까이 왔는데 투항을 받아주지 않는다면 어찌 하겠습니까?"

이에 초주가 말했다.

"지금 東吳가 曹魏의 복속하지 않는 것은 그 형세가 받아들일 수 없기 때문이며 복속을 받아들인다면 예우를 해주지 않을 수 없습니다. 만약 폐하께서 위에 귀부했는데 魏나라에서 땅을 나눠 봉하지 않는다면, 나 초주는 직접 낙양에 가서 옛 대의에 의거 쟁론할 것입니다."

이에 초주의 논리를 반박할 사람은 아무도 없었다.

| 原文 |

後主猶疑於入南, 周上疏曰,

「或說陛下以北兵深入, 有欲適南之計, 臣愚以爲不安. 何者? 南方遠夷之地, 平常無所供爲, 猶數反叛. 自丞相亮南征, 兵勢逼之, 窮乃幸從, 是後供出官賦, 取以給兵, 以爲愁怨, 此患國之人也. 今以窮迫, 欲往依恃, 恐必復反叛, 一也. 北兵之來, 非但取蜀而已, 若奔南方, 必因人勢衰, 及時赴追, 二也. 若至南方, 外當拒敵, 內供服御, 費用張廣, 他無所取, 耗損諸夷必甚, 甚必速叛, 三也.

昔王郎以邯鄲僭號, 時世祖在信都, 畏逼於郎, 欲棄還關中. 邳肜諫曰, '明公西還, 則邯鄲城民不肯捐父母, 背城主, 而千里送公, 其亡叛可必也.' 世祖從之, 遂破邯鄲. 今北兵至, 陛下南行, 誠恐邳肜之言覆信於今, 四也. 願陛下早爲之圖, 可獲爵土, 若遂適南, 勢窮乃服, 其禍必深.

《易》曰, '亢之爲言, 知得而不知喪, 知存而不知亡. 知得失存亡而不失其正者, 其惟聖人乎!' 言聖人知命而不苟必也, 故堯,舜以子不善, 知天有授, 而求授人, 子雖不肖, 禍尙未萌, 而迎綏於人, 況禍以至乎! 故微子以殷王之昆, 面縛銜璧而歸武王, 豈所樂哉, 不得已也.」

於是遂從周策. 劉氏無虞, 一邦蒙賴, 周之謀也.

| 국역 |

後主는 그래도 南中으로 피난할 생각을 갖고 있어, 譙周(초주)가

상소하였다.

「어떤 사람은 적병이 깊이 들어왔으니 남쪽으로 피난해야 한다는 계책을 건의했지만, 臣의 우견으로는 불안하기만 합니다. 왜 그렇겠습니까? 남방은 멀고도 만이의 땅이라서 평소에 그들은 나라에 부세를 내지 않으면서도 자주 반기를 들었습니다. 제갈량 승상께서 남방을 원정하며 군사의 힘으로 그들을 핍박했고 궁지에 몰렸기에 그들이 복종했었지만, 그 이후에 나라에 부세를 바치고 군졸이 되어야 하자 싫어하고 원망하여 나라에 우환거리가 되었습니다. 지금 폐하께서 궁지에 쫓겨 남쪽으로 가서 그 땅에 의지한다면, 아마도 틀림없이 또 반기를 들것이니, 이것이 첫째 이유입니다.

北兵(魏兵)의 내침은 비단 蜀郡만을 차지할 생각이 아니기에 우리가 남방으로 도망가면 우리의 쇠약을 틈타 계속 추격해 올 것이니, 이것이 두 번째 이유입니다. 만약 우리가 남방에 가더라도 외부의 적을 막고 내부의 반기를 굴복시키려면 비용이 크게 증가하는데, 다른 곳에서 징수할 곳이 없어 만이의 부담은 크게 늘어나기에 뺏긴다 생각하여 틀림없이 빨리 반역할 것이니, 이것이 세 번째 이유입니다.

옛날 (후한 초) 王郎(왕랑)이 邯鄲(한단)[489]에서 황제를 참칭할 때, 世祖(광무제)는 信都郡에 있었는데 왕랑의 압박이 두려워 河北을 버리고 關中으로 돌아가려 했습니다. 그러자 邳肜〔비융, 邳肜(비동)〕은

----

489 邯鄲(한단)은 縣名. 전국시대 趙國의 도읍, 北宋시대에는 北京大名府로 《水滸傳》의 무대. 邯은 山名. 鄲은 盡也. 邯山이 여기에 와서 끝난다는 의미. 수 河北省 남부 邯鄲市. 黃粱美夢, 邯鄲學步, 圍魏救趙. 完璧歸趙, 刎頸之交(문경지교), 毛遂自薦(모수자천) 등 수많은 고사성어의 고향.

'明公께서 서쪽으로 돌아간다면, 邯鄲(한단)의 城民들은 부모를 버릴 수가 없기에 성주를 배반할 것이며, 公을 따라 천리를 간다 하여도 틀림없이 公을 배반하고 돌아올 것입니다.' 라고 간언을 올렸습니다. 그래서 광무제는 간언을 받아들였고, 결국 한단성의 왕랑을 격파하였습니다. 지금 북방의 군사가 내침하고 폐하께서 남쪽으로 피난한다면, 아마 비융의 간언처럼 틀림없이 여기서도 반란이 일어날 것이니, 이것이 네 번째 이유입니다. 폐하께서는 빨리 방책을 결정하시어 작위와 땅을 얻기를 바라며, 만약 남쪽으로 피난했다가 거기에서 궁지에 몰려 복종한다면 아마 환난이 더욱 클 것입니다.

《易》에서도 '亢爻(항효, 上九)[490]가 말하는 것은, 얻을 것만 알고 (知得) 잃는 것을 알지 못하며(不知喪), 생존을 알지만 패망을 모른다. 得失과 存亡을 알고 그 정도를 잃지 않는 사람이라면 아마 성인일 것이다.' 라고 하였습니다. 그래서 聖人은 天命을 알고 꼭이라고 (必) 말하지 않았으니, 堯와 舜은 그 아들의 不善하기에 하늘이 천명을 다른 사람에게 내릴 것을 알고 받을만한 사람을 구했으며, 못난 아들이지만 하늘의 재앙이 떨어지기 전에 (제위를) 다른 사람에게 넘겼는데, 재앙이 떨어진 다음이라면 어떠했겠습니까? 그래서 微子(미자)는 殷王의 형이었지만 밧줄을 목에 걸고 입에 구슬을 물고서 (周) 武王에 귀부하였으니, 어찌 기뻐서 그러했겠습니까? 부

----

490 亢(오를 항, 목 항)은 64괘의 上九나 上六을 지칭한다. 《易經》64卦의 괘 이름이 아니다〔64괘 중 恒卦(항괘)가 아님〕. 여기에 인용된 글은 《易經 文言傳》중 乾卦(☰☰) 上九의 '亢龍有悔'를 풀이한 설명이다. 원문은 「上九, 亢之爲言也, 知進而不知退, 知存而不知亡, 知得而不知喪. 其唯聖人乎, 知進退存亡 而不失其正者, 其劉聖人乎.」이다.

득이 했기 때문입니다.」

결국 後主는 초주의 방책을 따랐다. 劉氏 일족이 무사했고 백성은 의지할 나라를 얻은 것은 초주의 智謀였다.

| 原文 |

時晉文王爲魏相國, 以周有全國之功, 封陽城亭侯. 又下書辟周, 周發至漢中, 困疾不進. 咸熙二年夏, 巴郡文立從洛陽還蜀, 過見周. 周語次, 因書版示立曰, 「典午忽兮, 月酉沒兮.」典午者謂司馬也, 月酉者謂八月也, 至八月而文王果崩.

晉室踐阼, 累下詔所在發遣周. 周遂興疾詣洛, 泰始三年至. 以疾不起, 就拜騎都尉, 周乃自陳無功而封, 求還爵土, 皆不聽許.

| 국역 |

그때, 晉 文王(司馬昭)[491]이 魏의 相國이었는데, 譙周(초주)가 나라

491 晉 文王(司馬昭) — 저자 陳壽는 晉의 신하였기에 晉 황실에 대한 존칭을 그대로 사용하였다. 司馬懿(사마의)는 司馬宣王, 사마의의 아들 司馬師(사마사)를 司馬景王, 司馬昭(사마소)를 '司馬文王'이라 표기했다. 물론 이에 대해서는 역사 기록의 공정성에 대한 논란을 불러왔다. 司馬昭(사마소, 211-265년, 字 子上,《三國演義》에서는 子尙)는 河內郡 溫縣(今 河南省 河水 북쪽 焦作市 관할 溫縣) 출신으로, 부친 司馬懿와 모친 張春華(장춘화)의 次子, 司馬師의 동생, 西晉 開國皇帝 司馬炎(사마염)의 부친. 蜀漢을 멸망시키고 曹魏의 권력을 완전 장악. 司馬炎이 曹奐(조환)의 禪讓(선양)을 받아 칭제한 뒤에 司馬昭를 晉 文帝로 추존했다.

(魏)를 안정시키는데 기여했다 하여 陽城亭侯(성양정후)에 봉했다. 또 공문을 보내 초주를 초빙했는데, 초주가 蜀을 출발하여 漢中郡에 와서는 병환이 심하여 더 가지 못했다.

(魏, 曹奐) 咸熙 2년 여름(서기 265, 曹魏가 멸망한 해), 巴郡 사람文立(문립, 字 廣休)이 洛陽에서 蜀郡으로 돌아가면서 초주를 예방하였다. 초주는 말을 아끼다가, 書版에「典午(전오)가 홀연히, 酉月(유월)에 죽는다.」라고 써서 보여주었다 典午(典은 司의 뜻. 午는 馬)는 司馬氏를 지칭하고, 月酉(월유)는 八月을 뜻하는데, 그 8월에 文王(司馬昭)이 죽었다.

晉室이 帝位를 차지한 뒤,[492] 여러 번 초주가 사는 郡에 조서를 내려 초주를 보내라고 하였다. 초주는 병중에 수레를 타고 晉 武帝 泰始 3년(서기 267)에 낙양에 도착했다. 병환으로 일어나지도 못했지만 騎都尉를 제수 받았는데, 초주는 자신이 晉에 아무런 공도 없이 작위를 받았다며 작위와 식읍을 반환하려 했지만 허락되지 않았다.

....

492 서기 265년 가을 8월 辛卯日에, 相國인 晉王(司馬昭)이 54세로 죽었다. 晉 太子 司馬炎(사마염)이 선친의 작위와 관직을 계승하였고(紹封襲位), 백관을 總領(총령)하였는데, 여러 儀仗(의장)과 器物이나 典籍(전적)과 簡册(간책) 등은 모두 司馬昭와 같게 하였다. 咸熙 2년(서기 265) 12월, 上天은 曹魏의 天祿을 영원히 종결케 하니, (왕조의) 歷數(역수)는 晉(진)으로 옮겨갔다. 마지막 황제 曹奐(조환)은 조서를 내려 모든 公卿과 관원이 南郊에 의식을 거행한 高壇을 설치케 하고, 使者를 보내 황제의 國璽(국새)와 綏帶(수대)와 簡册(간책)을 받들고 皇位(황위)를 晉의 後嗣 王인 司馬炎에게 선양하였는데 後漢과 曹魏의 전례와 같았다. 甲子日, 使者를 보내 策書를 헌상하였다. 이후, 曹奐(조환)은 陳留王에 봉해졌는데, 선양할 때 나이는 20세였다.

五年, 予常爲本郡中正, 清定事訖, 求休還家, 往與周別. 周語予曰, "昔孔子七十二, 劉向,楊雄七十一而沒, 今吾年過七十, 庶慕孔子遺風, 可與劉,楊同軌, 恐不出後歲, 必便長逝, 不復相見矣."

疑周以術知之, 假而此言也. 六年秋, 爲散騎常侍, 疾篤不拜, 至冬卒. 凡所著述, 擇定《法訓》,《五經論》,《古史考》書之屬百餘篇.

周三子, 熙,賢,同, 少子同頗好周業, 亦以忠篤質素爲行, 擧孝廉, 除錫令,東宮洗馬, 召不就.

晉 武帝 泰始 5년(서기 269), 나는(予, 陳壽)[493] 本郡(巴西郡)의 中正官(인재 천거 담당)이 되어 업무를 다 마치고 휴가를 받아 집으로 돌아오면서 촉군에 가서 (스승인) 譙周(초주)에게 마지막 인사를 했다. 그때 초주가 나에게 말했다.

"옛날 공자는 72세에 죽었고[494] 劉向(유향)과 楊雄(양웅, 揚雄)[495]은

---

493 陳壽(233 - 297년) - 字 承祚, 巴西郡 安漢縣(今 四川省 南充市) 출신. 초주의 제자.

494 공자의 출생연도에 여러 설이 있지만, 지금은 일반적으로 기원 前 551년 출생으로 통용되며, 기원전 479년에 73세를 일기로 작고하였다.《史記 孔子世家》에는 襄公 21년(前 550년) 출생으로 기록되었다.

495 揚雄(양웅, 前 53- 서기 18, 一作 楊雄, 字 子雲) - 蜀郡 成都縣 사람, 哲學家. 말을 많이 더듬었기에 깊은 思考와 文辭에 노력하였다. 司馬相如를 추앙하였고,

71세에 죽었는데, 내 나이도 지금 70이 넘었으니, 공자의 유풍을 사모하며 유흠과 양웅의 뒤를 따르고 싶으니, 아마 다음 해에는 틀림없이 죽을 것이라 아마 다시 못 볼 것이다."

마치 초주가 술법에 의거, 죽을 날을 아는 것처럼 나에게 들려주었다. 초주는 泰始 6년 가을(서기 270), 散騎常侍가 되었지만 병으로 제수 받지 못하고 그 겨울에 죽었다.

초주의 저술로는 《法訓》,《五經論》,《古史考》를 꼽을 수 있는데, 각종 1백여 편을 저술하였다.

초주의 三子는 譙熙(초희), 譙賢(초현), 譙同(초동)인데, 少子인 초동은 초주의 학문을 많이 계승했으며 평소에 충실, 돈독 질박, 검소한 행실이 있어 孝廉으로 천거되어 (魏興郡) 錫縣(석현)[496] 현령과 東宮洗馬의 관직으로 초빙하였으나 응하지 않았다.

❿ 郤正

| 原文 |

郤正字令先, 河南偃師人也. 祖父儉, 靈帝末爲益州刺史, 爲盜賊所殺. 會天下大亂, 故正父揖因留蜀. 揖爲將軍孟達都

양웅의 〈蜀都賦〉는 班固의 〈兩都賦〉, 張衡의 〈二京賦〉 및 晉代 左思의 〈三都賦〉에 영향을 주었다. 양웅은 나중에 賦의 창작을 '雕虫篆刻, 壯夫不爲' 라 하여 더 이상 창작하지 않고 철학적 저술에 힘을 써 《法言》,《太玄》을 저술했다. 《漢書》87권, 〈揚雄傳(上, 下)〉에 입전.

496 錫縣은, 今 陝西省 남부 安康市 관할 白河縣.

督, 隨達降魏, 爲中書令史.

正本名纂. 少以父死母嫁, 單煢雙立, 而安貧好學, 博覽墳
籍. 弱冠能屬文, 入爲秘書吏, 轉爲令史, 遷郞, 至令. 性淡於
榮利, 而尤耽意文章, 自司馬, 王, 揚, 班, 傅, 張, 蔡之儔遺文篇
賦, 及當世美書善論, 益部有者, 則鑽鑿推求, 略皆寓目. 自
在內職, 與宦人黃皓比屋周旋, 經三十年. 皓從微至貴, 操弄
威權, 正旣不爲皓所愛, 亦不爲皓所憎, 是以官不過六百石,
而免於憂患.

| 국역 |

郤正(극정)[497]의 字는 令先(영선)으로, 河南尹 偃師縣(언사현) 사람
이다. 祖父인 郤儉(극검)은 靈帝 말기에 益州 자사였는데 도적 무리
에게 피살되었다. 그때는 천하가 혼란할 때라서 극정의 부친 郤揖
(극집)은 蜀에 그대로 눌러 살았다. 극집은 장군인 孟達(맹달)의 都督
(도독)이었는데, 맹달을 따라 魏에 투항하였고 曹魏의 中書令史가
되었다.

극정의 본명은 郤纂(극찬)이었다. 젊어 부친이 죽고, 모친은 개가
하였기에 홀로 외롭게 살았는데, 安貧하며 好學하였고, 많은 서적
을 두루 열람하였다. 弱冠에 글을 잘 지어 입궁하여 秘書吏가 되었

----

497 郤正(극정, ?-278년, 字 令先, 本名 纂) – 郤은 땅이름 극, 틈 극, 성씨. 河南尹
偃師縣(언사현, 今 河南省 洛陽市 관할 偃師市) 출신. 亡國의 後主에게 끝까지
신하의 도리를 다했다.

다가 슈史로 전직했고 다시 비서랑이 되었다가 秘書令까지 승진했다.

극정의 성품은 영예와 이익에 담백하면서 문장에만 탐닉하여 (前漢의) 司馬相如(사마상여), 王褒(왕포),[498] 揚雄(양웅), (後漢의) 班固(반고),[499] 傅毅(부의),[500] 張衡(장형),[501] 蔡邕(채옹)[502] 같은 사람들의 遺文이나 文賦 및 당대의 좋은 책이나 文論으로 益州에 가진 자가 있으면 硏鑽(연찬)하고 탐구하여 대부분을 열람하였다. 극정은 內職에 근무했기에 환관 黃皓(황호)와 가까운 건물에서 30여 년이나 서로 상대하며 근무하였다. 황호는 미천한 자리에서 높이 올라 권력을 쥐고 흔들었는데, 극정은 황호와 가까움지도 또 미움을 받지도 않았으며, 그 관직은 겨우 질록 6백석(中, 下位職)이었기에 환호의 횡포에 따른 우환을 겪지는 않았다.

....

498 王褒(왕포, 생졸년 미상) ─ 蜀 資中縣 사람. 전漢代 辭賦家.

499 班固(반고, 字 孟堅. 서기 32-92)의 《漢書》는 紀傳體(기전체) 斷代史의 典範이다. 반고의 사실 기록은 칭송이 지나치거나 시류에 휩쓸리지 않았으며, 풍부하나 잡되지 않고 상세하면서도 條理가 있어 사람들이 읽고 읽어도 질리지 않기에 그의 명성은 당연하다고 볼 수 있다. 반고는 사부 작가로도 유명하며 대표작은 〈兩都賦〉이다. 《後漢書》 40권, 〈班彪列傳〉 (上, 下)에 입전.

500 傅毅(부의, ?-90년, 字 武仲) ─ 後漢 문장가. 班固, 賈逵(가규) 등과 同事, 傅毅의 문장으로 〈舞賦〉와 〈七激〉이 전한다.

501 張衡(장형, 78-139) ─ 天文學者, 數學者, 科學家이며 發明家, 그리고 文學者로 太史令, 侍中, 尙書 역임. 그의 일생과 성취는 정말 특별하여 水力으로 움직이는 渾天儀를 발명했고, 地動儀(지진계)와 指南車(나침반)을 만들었으며, 〈二京賦〉로 문명을 떨쳐 '漢賦四大家'의 한 사람이다. 《後漢書》, 59권, 〈張衡列傳〉에 立傳.

502 蔡邕(채옹, 133-192년) ─ 邕은 화할 옹. 喈은 새소리 개. 음률에 정통, 박학했음. 名筆로 飛白書의 창시자. 後漢의 유명한 才女 蔡琰(채염, 文姬, 177?-249?, 음악가이며 여류 시인)의 父. 뒷날 옥사. 《後漢書》 60권, 〈馬融蔡邕列傳〉 (下)에 입전. 蔡琰(채염)은 84권, 〈列女傳〉에 입전. 그녀의 〈悲憤〉 詩가 전한다.

依則先儒, 假文見意, 號曰〈釋譏〉, 其文繼於崔駰〈達旨〉, 其辭曰,

「或有譏余者曰, "聞之前記, 夫事與時並, 名與功偕, 然則名之與事, 前哲之急務也. 是故創制作範, 匪時不立, 流稱垂名, 匪功不記. 名必須功而乃顯, 事亦俟時以行止, 身沒名滅, 君子所恥.

是以達人研道, 探賾索微, 觀天運之符表, 考人事之盛衰. 辯者馳說, 智者應機, 謀夫演略, 武士奮威, 雲合霧集, 風激電飛, 量時揆宜, 用取世資. 小屈大申, 存公忽私, 雖尺枉而尋直, 終揚光以發輝也.

今三方鼎跱, 九有未乂, 悠悠四海, 嬰丁禍敗, 嗟道義之沉塞, 愍生民之顚沛. 此誠聖賢拯救之秋, 烈士樹功之會也. 吾子以高朗之才, 珪璋之質, 兼覽博窺, 留心道術, 無遠不致, 無幽不悉. 挺身取命, 干茲奧秘, 蹻蹻紫闥, 喉舌是執, 九考不移, 有入無出, 究古今之眞僞, 計時務之得失.

雖時獻一策, 偶進一言, 釋彼官責, 慰此素餐, 固未能輸竭忠款, 盡瀝胸肝, 排方入直, 惠彼黎元, 俾吾徒草鄙並有聞焉也. 盍亦綏衡綏轡, 回軌易塗, 興安駕肆, 思馬斯徂, 審歷揭以投濟, 要夷庚之赫憮, 播秋蘭以芳世, 副吾徒之披圖, 不亦盛與!」

余聞而歎曰, '嗚呼, 有若云乎邪! 夫人心不同, 實若其面, 子雖光麗, 旣美且艷, 管窺筐擧, 守厥所見, 未可以言八紘之形埒, 信萬事之精練也.'

或人率爾, 仰而揚衡曰, '是何言與! 是何言與!'」

| 국역 |

(郤正 극정은) 先儒를 본받고, 자신의 뜻을 표현하는 글을 지어 〈釋譏(석기)〉[503]라 하였는데, 그 문장은 崔駰(최인)[504]의 〈達旨(달지)〉를 본떴다. 그 문장은 아래와 같다.

※ 〈釋譏(석기)〉 - 郤正(극정)

「어떤 사람이 나를 비난하며 말했다.

"예전 글을 읽어 알았습니다만, 모든 일이란 것이 시대와 함께 이

----

503 〈釋譏(석기)〉는 남의 비웃음에 대해 해명한다는 뜻이지만, 가상인물과의 대화 형식으로 자신의 志意를 서술한 글이다.

504 崔駰(최인, ?-서기 92년, 字 亭伯) - 駰은 말 이름 인. 흰털이 섞인 거무스레한 말. 涿郡 安平縣(今 河北省 衡水市 安平縣) 사람. 後漢의 經學者, 文章家. 13살에 《詩》, 《易》, 《春秋》에 두루 통했는데, 박학하고 재주가 뛰어났으며 古今의 訓詁(훈고)와 百家 사상에 두루 통했고 글을 잘 지었다. 젊어 太學에서 공부하였는데 班固(반고)와 傅毅(부의)와 거의 같은 시기에 이름이 났다. 늘 典籍을 공부하느라 出仕하여 일할 겨를이 없었다. 그때 최인이 너무 깊이 생각하고 平靜하기에 명성과 실질을 다 잃을지 모른다고 지적하는 사람이 있었다. 이에 최인은 楊雄(양웅)의 〈解嘲〉를 본떠 〈達旨〉라는 글을 지어 대답하였다. 그가 저술한 詩, 賦, 銘, 頌, 書, 記, 表, 〈七依(칠의)〉와 〈婚禮結言〉, 〈達旨〉와 〈酒警〉 등이 모두 21편이었다. 《후한서》 52권, 〈崔駰列傳〉에 입전.

뤄지고 공적을 이루면 명성이 따르는 것이니, 곧 명성과 공적은 옛 先人들도 힘써 이루고자 했습니다. 이 때문에 새로운 일을 시작하고 규범을 정립하는 것이 그 시대와 맞지 않으면 성취할 수 없고, 명성을 후세에 전하려 해도 공적이 없으면 기록으로 남길 수 없습니다. 명성은 꼭 공적이 있어야 일어날 수 있고, 성공은 시류를 따라야 성공할 수 있으며, 죽은 뒤에 사라지는 명예를 君子도 부끄럽게 생각했습니다.

이 때문에 사리에 통달한 사람(達人)이라면 대도를 연찬하여 깊고 미세한 道를 발현하거나 天運의 징표를 관찰하고 人事의 盛衰(성쇠)를 고찰합니다. 그래서 辯者는 여러 곳에서 자신의 주장을 설파하고, 智者는 미세한 조짐을 찾아 호응하며, 謀夫는 책략을 전개하고, 武士는 용맹을 떨치면서 구름처럼 모였다가 바람이나 천둥 따라 흩어지거나 時宜(시의)를 헤아려 필요로 하는 것을 취합니다. 그리고 세력이 약하면 움츠리고, 강대하면 뜻을 펴면서 公義를 보존하고, 私利를 가벼이 여기기에 비록 1자(尺)를 움츠렸다가 1발(尋, 8尺)을 뻗어나가 결국에는 광채를 발휘하게 됩니다.

지금 三國이 세발 솥(鼎)처럼 대치하면서 九有(九州, 天下)가 불안정한데, 悠悠(유유, 멀고 멈)한 온 세상은 화란과 패망을 겪으면서 도의의 쇠퇴를 탄식하고 生民의 몰락이 그저 안쓰러울 뿐입니다. 이런 시기야말로 진정 聖賢이 세상을 구원하거나 건져낼 중요한 시기이며, 烈士가 큰 공을 세울 수 있는 기회입니다. 그런데 당신은 뛰어난 재능과 아주 좋은 바탕을 갖고 태어나 많은 책을 두루 열람하였으며, 마음으로 득도한 경지에 이르렀고 아무리 멀거나 심오한 것도 모두 알고 있습니다. 그리고 조정에 출사하여 심오하고 비밀 (秘書令)스러운 자료를 열람하였으며, 황제 측근에 머물면서 국가의 주요 업무를 담당하였고, 여러 번 고과 평정을 거치면서도[505] 자리를 옮기지 않고 지방으로 전출도 되지 않아 그간 古今의 眞僞를 탐구하고 時務의 득실도 계산하였습니다.

비록 가끔 방책을 하나 올리고 어쩌다가 한 마디 의견을 말하면서 관리로서의 책무를 면하고, 하는 일 없이 국록을 받는다는 비난을 겨우 면하고 있습니다. 당신은 나라에 충성을 다하거나 가슴속의 진정을 펴 보이거나 또 방책을 마련하여 직언을 올리거나 백성에게 혜택을 주는 일을 했다면 우리 같은 평민이 벌써 들어 알고 있을 것입니다. 또 여유 있게 수레를 몰거나 길을 돌려 쉬운 길만 찾아 편안한 관직을 즐기니, 말이 가는 데로 따라만 가는 것입니까? 가다가 물의 깊이를 헤아려 적당히 물을 건너고 평평하고 순탄한 길을 찾아 가을의 난초를 심어 향기를 퍼지게 하며, 우리 같은 사람을 도와주는 일 또한 명성을 높이는 좋은 일이 아니겠습니까!'

나는 그 말을 듣고 탄식하였다.

"오호라, 결국 그런 말을 한 것입니까! 인심이 같지 않듯 사람의 얼굴이 다르며, 그대가 비록 광채가 나고 아름답고 수려한 외모이나 대롱으로 하늘을 바라보고, 대나무 광주리로 바닷물을 퍼내려 하면서 자신이 본 것만을 고집하여 온 세상 먼 끝의 형세를 말하거나 세상만사의 심오한 이치를 말하지 못하고 있습니다."

----

505 원문의 九考는 3년에 1考이니, 9考면 27년, 곧 한 세대에 걸친 관리의 고과 평정을 말한다.

그러나 그 사람은 생각도 없이 하늘을 올려다보고 눈썹을 세우더니 "도대체 무슨 말입니까? 무슨 말을 하는 것입니까!"라고 말했다.」

|原文|

「余應之曰, "虞帝以面從爲戒, 孔聖以悅己爲尤. 若子之言, 良我所思, 將爲吾子論而釋之.

昔在鴻荒, 朦昧肇初, 三皇應籙, 五帝承符, 爰曁夏,商, 前典攸書. 姬衰道缺, 霸者冀扶, 嬴氏慘虐, 吞嚼八區, 於是從橫雲起, 狙詐如星, 奇衺蜂動, 智故萌生.

或飾眞以讐僞, 或挾邪以干榮, 或詭道以要上, 或鬻技以自矜. 背正崇邪, 棄直就佞, 忠無定分, 義無常經. 故軳法窮而慝作, 斯義敗而姦成, 呂門大而宗滅, 韓辯立而身刑. 夫何故哉? 利回其心, 寵耀其目, 赫赫龍章, 鑠鑠車服, 偸幸苟得, 如反如仄, 淫邪荒迷, 恣睢自極, 和鸞未調而身在轅側, 庭寧未踐而櫟折榱覆.

天收其精, 地縮其澤, 人吊其躬, 鬼芟其額. 初升高岡, 終隕幽壑, 朝含榮潤, 夕爲枯魄. 是以賢人君子, 深圖遠慮, 畏彼咎戾, 超然高擧, 寧曳屬於塗中, 穢濁世之休譽. 彼豈輕主慢民, 而忽於時務哉? 蓋《易》著行止之戒, 《詩》有靖恭之歎, 乃神之聽之而道使之然也."」

| 국역 |

「내가 그에게 말했다.

"虞帝(우제, 舜)는 눈앞에서 순종을(面從) 경계하였고, 孔聖(孔子)은 자신의 뜻에 영합하려는 사람을 멀리하였습니다. 지금 당신의 말은 나도 생각한 바 있었지만, 당신에게 내 생각을 말해 설명해보겠습니다.

아주 먼 옛날 인간이 몽매한 상황에서 겨우 벗어났을 때, 三皇은 상천의 符籙(부록)에 순응하였고, 五帝는 祥瑞(상서)의 징조를 계승하였으며, 夏와 商代에 이르도록 전대의 기록은 남아있었습니다. 姬姓(周室)이 쇠약해져 정도가 문란해지자 (춘추시대) 霸者(패자)들이 周室을 부축했고, 嬴氏(영씨, 秦의 國姓)는 참혹 잔인하게 사방팔방의 제후국을 병탄하였는데, 이때 合從連衡(합종연횡)이 구름처럼 일어나고 속이려는 술책이 별보다 많았으며, 아첨하고 영합하려는 무리는 벌떼처럼 움직였고 지략은 풀싹처럼 많았습니다.

어떤 자는 진실을 가장하여 허위를 공격했고, 사악한 간계로 영광을 얻으려 했고, 궤변으로 윗사람에게 영합하거나 자신의 잔재주를 팔아 자신의 몸값을 높였습니다. 정도를 버리고 邪道(사도)를 숭상하며, 정직을 포기하고 아부의 길을 걸었으며, 충성이라면서 분수를 버렸고 大義를 말하지만 日常의 정도가 없었습니다. 그래서 商鞅(상앙, 衛鞅)의 신법은 끝에 가서 사악이 되었고, 李斯(이사)의 법도가 무너지며 간악이 생겨났으며, 呂不韋(여불위)의 집안이 융성했지만 결국 멸족되었고, 韓非(韓非子)는 능변으로 출세했지만 처형되었습니다. 그런 사람들이 왜 그러했겠습니까? 이익 때문에 마음을 바꾸었고 총애에 눈이 멀었으며, 눈부신 龍의 깃발이나 문양, 번쩍거리는 수레와 복식을 요행히 얻었다 하여 손바닥 뒤집듯, 몸을 돌리듯, 쉽게 음란과 미혹에 빠져 제멋대로 막다른 곳에 치닫고, 지위에 걸맞은 처신을 하지 못했으니, 대궐 같은 큰 집에 들어가기도 전에 기둥과 서까래가 무너졌기 때문입니다.

하늘은 精靈을 빼앗아갔고 땅은 은택을 베풀지 않았으며, 사람들은 그 벼락출세를 애도했고 귀신은 그 목을 잘랐습니다. 처음에는 그저 높은 언덕에 올라갔다고 생각했지만 끝에는 큰 낭떠러지에 처박혔고, 아침에 위세를 부리다가 저녁에는 말라죽은 시신이 되었습니다. 그래서 현인이나 군자는 깊게 헤아리고 멀리까지 생각하여 허물이나 잘못이 있을까 겁내며, 속세를 초월하는 고매한 행실을 지켜서, 죽어 신령한 거북이 되기보다는 살아 진흙 밭에서 꼬리를 끌며 살아가려고, 혼탁한 세상에서는 명예를 추구하지 않은 것입니다. 이러한 처신이 어찌 주군을 경시하거나 백성에게 오만하며 시무를 소홀히 한다고 하겠습니까?

그래서 《易》에서는 인간의 행실을 조심하라는 훈계가 있고, 《詩》에서는 안녕과 공경을 賞讚(상찬)하는 것이니, 이 모두가 신령이 감청하고 道義가 그렇게 이끄는 것입니다.」

| 原文 |

「"自我大漢, 應天順民, 政治之隆, 皓若陽春, 俯憲坤典, 仰式乾文. 播皇澤以熙世, 揚茂化之醲醇, 君臣覆度, 各守厥眞.

上垂詢納之弘, 下有匡救之責, 士無虛華之寵, 民有一行之
跡, 粲乎曅曅, 尚此忠益.

　然而道有隆窊, 物有興廢, 有聲有寂, 有光有翳. 朱陽否於
素秋, 玄陰抑於孟春, 羲和逝而望舒係, 運氣匿而耀靈陳.

　<u>沖</u>,<u>質</u>不永, <u>桓</u>,<u>靈</u>墜敗, 英雄雲布, 豪傑蓋世, 家挾殊議, 人
懷異計. 故從橫者欻披其胸, 狙詐者暫吐其舌也.”」

| 국역 |

　「“우리 大漢이 건국된 이후, 應天하고 順民하며 政治의 융성으로
陽春처럼 빛을 발하였으며, 아래로는 대지의 常規를 준수하고 위로
는 上天의 法象을 우러러 본받았습니다. 황제가 베푸는 은택으로 세
상을 밝혔으며, 아름다운 교화를 널리 전개하여 백성은 순박하였고,
君臣은 법도를 따르며 각자 본성을 지켰습니다. 주군은 널리 자문하
고 받아들였으며, 아래 신하들은 보필하는 책무를 다하였고, 士人들
은 虛華한 총애를 구하지 않았고, 백성들은 한결같은 실천으로 찬란
하게 힘썼으니 이 모두가 충성이고 국가에 대한 헌신이었습니다.

　그러나 천도에는 융성과 쇠퇴가 있고, 사물에는 홍성과 쇠락할
때가 있으며, 소리에도 적막이 뒤따르고 광채에는 그늘이 있습니
다. 한여름의 양기도 가을이 되면 막히고, 겨울 북방의 음기도 봄이
되면 눌리게 됩니다. (해를 몰고 가는) 羲和(희화)가 지나가면 달을
짊어진 望舒(망서)가 뒤따라오고, 달의 기운이 숨으면 태양의 빛이
퍼집니다.

　後漢 沖帝(충제, 재위 144 – 145)와 質帝(질제, 재위 145 – 146)가 오래

가지 못했고, 桓帝(환제, 재위 146 – 167)와 靈帝(영제, 재위 167 – 188) 때 국운이 완전 추락하자, 각지 영웅이 구름처럼 일어났고 호걸들은 세상을 압도하였으니, 가문에 따라 서로 다른 주장을 내세웠고 사람마다 다른 계략을 가졌습니다. 그리하여 從橫家들은 거리낌 없이 말을 했고, 거짓 음모를 꾸미는 자들도 마음대로 혀를 놀렸습니다.」

| 原文 |

「"今天綱已綴, 德樹西鄰, 丕顯祖之宏規, 麋好爵於士人, 興五教以訓俗, 豐九德濟民, 肅明祀以祐祭, 幾皇道以輔眞. 雖跱者未一, 僞者未分, 聖人垂戒, 蓋均無貧.

故君臣協美於朝, 黎庶欣戴於野, 動若重規, 靜若疊矩. 濟濟偉彦, 元凱之倫也, 有過必知, 顏子之仁也, 侃侃庶政, 冉, 季之治也, 鷹揚鷟騰, 伊, 望之事也.

總群俊之上略, 含薛氏之三計, 敷張, 陳之秘策, 故力征以勤世, 援化英而不遑, 豈暇修枯籜於榛穢哉!"」

| 국역 |

「"지금 天綱(國法)은 벌써 제정되었고 은덕은 이미 西鄰(서린, 蜀漢의 영역)에 뿌리를 내렸으며, 훌륭하신 顯祖(현조, 先祖)의 큰 법도를 이어받아 士人에게 적당한 작위와 직위를 내렸고, 五教(仁, 義, 禮, 智, 信)로 백성의 습속을 교화하며, 九德을 충분히 베풀어 백성

을 구제하고, 신령께 올리는 제사를 엄숙하게 받드는 등, 皇道를 거의 다 갖춰 天命을 받은 천자를 보필하고 있습니다. 비록 버티는 자가 있어 통일에 이르지는 못했고, 참칭한 자를 제거하지는 못했지만 聖人의 가르침에 따라 대개가 균등하며 貧者가 없습니다.

그리하여 君臣은 조정에서 서로 도우며, 백성은(黎庶, 여서) 들에서 기뻐 일하면서 행실에 법도를 따르고, 안거할 때는 많은 법규 안에서도 평안합니다. 뛰어난 준재들은 모두 元凱(원개, 인물명? 미상)와 같은 무리들이며, 과오가 있으면 틀림없이 알고 고치는 것은 顔子(顔淵, 顔回)의 仁과 같으며, 庶政에 강직(侃侃, 간간)하기로는 冉求(염구, 冉有)와 季由(仲由, 子路)의 治民과 비슷하며, 매나 맹금처럼 용감하게 추진하기는 伊尹이나 太公望(呂尙)의 政事 그대로입니다.

수많은 준걸들의 지략을 총괄하기는 薛氏(설씨)의 三計와 같으며,[506] 張良(장량)과 陳平(진평)과 같은 비책을 골라 힘써 부지런히 정벌하며, 또 영재 발굴과 등용에 바쁘니, 어느 겨를에 잡초 속의 마른 잎과 같은 寒士(한사)를 찾아 등용하겠습니까!」

| 原文 |

「"然吾不才, 在朝累紀, 託身所天, 心焉是恃. 樂滄海之廣深, 歎嵩嶽之高跱, 聞仲尼之贊商, 感鄕校之益己, 彼平仲之

------

506 淮南王 英布가 반역했을 때(서기 前 196년) 滕公(등공, 夏侯嬰)은 옛 楚의 令尹이었던 薛公(설공)에게 방책이 있다고 천거했다. 한고조가 설공을 불러 묻자, 설공은 영포가 취할 형세를 설명하며, 영포는 그 下策을 택할 것이라고 말했고, 고조는 그 방책에 따라 쉽게 영포의 반란을 진압했다.

和羹, 亦近可而替否. 故曚冒瞽說, 時有攸獻, 譬邁人之有采
於市閭, 游童之吟詠乎疆畔, 庶以增廣福祥, 輸力規諫.

若其合也, 則以暗協明, 進應靈符. 如其違也, 自我常分, 退
守己愚. 進退任數, 不矯不誣, 循性樂天, 夫何恨諸? 此其所
旣入不出, 有而若無者也.

狹屈氏之常醒, 濁漁父之必醉, 溺柳季之卑等辱, 編夷, 叔之
高懟. 合不以得, 違以不失, 得不克詘, 失不慘悸. 不樂前以顧
軒, 不就後以慮輕, 不鬻譽以干澤, 不辭愆以忌絀. 何責之釋?
何殞之卹? 何方之排? 何直之入? 九考不移, 固其所執也."」

│ 국역 │

「"그러나 나는 재능이 없어 조정에서는 여러 해 동안 누를 끼쳤
다지만, 그래도 천명에 몸을 맡겼고 마음으로 믿고 따랐을 뿐입니
다. 넓고 깊은 푸른 바다를 좋아했고, 높이 솟은 嵩嶽(숭악, 五嶽의 하
나인 嵩山)에 감탄했으며, 仲尼(孔子)[507]가 商(卜商, 字 子夏)을 칭찬
한 말을 기꺼이 생각하고, 鄕校(향교)의 예절교육이 나에게 이롭다

---

507 仲尼(중니, 공자)는 孔子의 字. 위에 이복형이 있어 字에 仲(형제 서열 중 둘째
라는 뜻)이 들어간다. 본명은 공구(孔丘)로 당시 魯(노)나라의 耶邑(추읍, 수 山
東省 중부 濟寧市 관할 曲阜市)에서 몰락한 하급 무사의 아들로 태어났다. 공자
의 어머니 顔氏는 尼丘山(이구산)에 기도를 해서 공자를 낳았으며, 공자의 부
친 별세 후에는 魯 도성 내의 闕里(궐리)로 이사했고 공자는 궐리에서 생활하
였다. 이 근처에 洙水(수수)와 泗水(사수)가 있다. 그래서 尼丘(이구)와 洙泗
(수사), 闕里(궐리)는 때로 공자의 代稱(대칭)으로도 쓰인다. 출생연도에 여러
설이 있지만, 지금은 일반적으로 기원전 551년 출생으로 통용되며, 기원전
479년에 73세를 일기로 작고하였다.

는 것을 알았으며, 저 晏平仲(안평중, 晏子, 晏嬰)이 재상으로 국물의 (羹, 국 갱) 맛을 조화하듯 善人을 가까이 하고, 무능한 자를 멀리하며 君德을 보좌하였습니다. 그래서 저는 몽매하고 우둔한 말이지만 때때로 진언하였으니, 비유하자면 (조서를 반포하고 백성에 대한 교화를 담당하는) 遒人(주인)처럼 시장이나 마을에서 들은 바를 건의하였고, 또 노니는 아이들이 밭두둑에서 부르는 노래가 복이나 祥瑞(상서)를 기원하기에 그런 것으로 힘을 다하여 (主上을) 規諫(규간)하였습니다.

만일 간언이 主君의 뜻과 일치했다면 우매한 주장이지만 주군의 聖明을 도운 것이며, 더 나아가 신령한 부명에 합일한 것입니다. 만일 主君의 뜻과 일치하지 않았다면, 나는 나의 분수를 지켜 물러나 나의 우매한 지조를 지킬 것입니다. 물론 나의 진퇴를 分數에 맡겨두고 고치거나 억지 해석을 하지 않을 것이며, 본성을 지켜 천명을 즐길 것이니, 무슨 한이 있겠습니까? 이것이 소위 내가 관직에 들어간 다음 辭職하고 退出이 없었으며, 내가 조정 안에 있지만 (존재가) 없는 것 같은 까닭일 것입니다.

옛날, 늘 깨어있던 屈氏(屈原)를 속이 좁은 사람이라고 생각했고, 술 찌꺼기라도 마셔 기어이 취하려는 漁父를 혼탁한 사람이라 여겼으며, 낮은 관직에서 밀려나도 치욕을 모르는 柳季(유계, 柳下惠)[508]

---

508 柳下惠(유하혜)는 魯의 대부로, 본명은 展獲(전획)이고 柳下를 식읍으로 받았고, 惠는 시호이다. 공자는 유하혜의 탁월한 재능을 칭찬하였다. 유하혜는 典獄官(전옥관)으로 현명하고 유능하였지만 관직에서 3번이나 쫓겨났다. 어떤 사람이 유하혜에게 "당신은 아직도 떠나지 않을 겁니까?"라고 물었다. 이에 유하혜가 말했다. "正道로 주군을 섬긴다면 어디를 가더라도 3번쯤은 쫓겨나지 않겠습니까? 正道를 굽힌 枉道(왕도)로 섬길 것이라면 하필 부모님이 살던

를 흐리멍덩하다고 생각하였고, 원한이 쌓이고 쌓인 伯夷(백이)와 叔齊(숙제)를 편협하다고 생각합니다. (主君과) 뜻이 합치했다 하여 얻지도 않고 어긋났다 하여 잃지 않았으며, 자리를 얻었다 해도 비굴할 수 없고, 잃었어도 서글퍼하지도 않았습니다. 수레 앞으로 나가도(승진) 수레의 뒤를 생각하지 않고, 뒤로 물러나지 않아 수레 앞이 숙인 것을 생각하지 않았으며, 내 명예를 이용하여 은택을 구하지 않았고, 내 허물로 내치게 되었어도 핑계를 대지 않았을 것입니다. 그러니 무슨 책임을 회피했겠습니까? 종일 배부르게 먹고서는 누구를 불쌍히 여기겠습니까? 더 이상 무슨 직언을 올려야 합니까? 3년 1회씩 9번 고과 평가에 밀려나지 않은 것은 내 스스로를 지켰기 때문입니다.」

| 原文 |

「"方今朝士山積, 髦俊成群, 猶鱗介之潛乎巨海, 毛羽之集乎鄧林, 游禽逝不爲之勦, 浮魴臻不爲之殷. 且陽靈幽於唐葉, 陰精應於商時, 陽旴請而洪災息, 桑林禱而甘澤滋. 行止有道, 啓塞有期. 我師遺訓, 不怨不尤, 委命恭己, 我又何辭? 辭窮路單, 將反初節, 綜墳典之流芳, 尋孔氏之遺藝, 綴微辭以存道, 儘先軌而投制. 羴叔肦之優遊, 美疏氏之遐逝, 收止足以言歸.

⋯⋯⋯⋯⋯⋯
나라를 떠나겠습니까?"라고 말했다. 이처럼 유하혜는 사리에 맞는 말을 사려 깊은 행동으로 정도를 지켰지만 3번이나 면직되는 치욕을 겪었다(降志辱身).

汎皓然以容裔, 欣環堵以恬娛, 免咎悔於斯世, 顧茲心之未
泰, 懼末塗之泥滯, 仍求激而增憒, 肆中懷以告誓.

昔九方考精於至貴, 秦牙沈思於殊形. 薛燭察寶以飛譽, 瓠
梁托弦以流聲. 齊隷拊髀以濟文, 楚客潛寇以保荊. 雍門援琴
而挾說, 韓哀秉轡而馳名, 盧敖翺翔乎玄闕, 若士竦身於雲
清. 余實不能齊技於數子, 故乃靜然守己而自寧.」

| 국역 |

「"지금 조정에는 신하들이 산처럼 많이 쌓였고, 뛰어난 俊才(준
재)는 무리를 이루었는데, 마치 어류나(鱗) 조개류가(介) 큰 바다에
잠겨 사는 것과 같고, 들짐승이나(毛) 鳥類(羽)가 鄧林(등림)[509]에 모
여 있는 것과 같아, 노닐던 짐승이 어디론가 가더라도 그 숫자가 줄
어들지 않고(원문의 尠은 적을 선, 鮮과 通), 헤엄치는 魴魚(방어)가
모여든다 하여 더 많아지는 것도 아닙니다. 또 陽靈(太陽)은 唐(堯)
시대에 쇠퇴하였고[510] 陰精(음정, 달)은 商(殷) 시절에 맞춰 성했으며,
陽旴(양우)에서 기원하자 홍수 피해가 없어졌고, 桑林(상림)에서 기
도하자 단비가 내려 땅이 비옥하였습니다. 나아가거나 멈추는 일에

----

509 鄧林(등림, 桃林) ─ 전설상 수천 리에 이르는 큰 숲. 夸父(과보)가 해를 쫓아 끝
   까지 달려갔는데, 해가 지자 과보는 목이 말라 쓰러져 죽었다. 그 살이 썩으
   면서 수천 리에 걸친 땅이 비옥해졌고 큰 숲이 생겨나니 등림이라 했다.《山
   海經》을 지은 사람의 상상력이 참으로 부럽다.
510 唐堯 시절에 태양 10개가 한꺼번에 떠서 초목이 말라죽자, 堯는 大羿(后羿,
   후예)를 시켜 9개의 태양을 쏘아 떨어트렸다. 그 후예의 아내가 嫦娥(항아, 달
   의 여신)이다.

道가 있으며 (운명의) 열림과 닫힘에 때가 있는 것입니다. 나의 스승 공자의 가르침에 원망도 탓하지도 않는다 하며,[511] 천명에 맡기고 자신의 행실을 공경하게 할 뿐이라 하였으니, 내가 또 무슨 말을 더 하겠습니까? 말이 막히고 길은 외길이니 저는 본래의 뜻으로 돌아갈 것이고, 산처럼 많은 경전의 그 향기를 종합하고, 孔氏(孔子)의 유훈을 탐구하여 미묘한 뜻에 담긴 大道를 찾아내어 先人의 규범을 본보기로 삼아 이 시대에 적합한 규범을 만들어야 합니다. 저는 叔肸(숙힐)[512]의 유유자적을 따라가고, 疏氏(소씨, 疏廣)[513]가 멈추고 만족을 알아 고향으로 멀리 돌아가겠다고 말한 그 뜻을 칭송할 것입니다.

....

511 不怨不尤 – 공자도 자신을 알아주는 사람이 없다고 탄식했다. 이 말을 자공도 이해를 못했다. 그래서 자공이 "어째서 사부님을 몰라준다고 말씀하십니까?"라고 물었다. 이에 공자가 말했다. "나는 하늘을 원망하지 않았고(不怨天), 남을 탓하지 않았으며(不尤人), 기본을 배웠고 높은 경지에 도달하였다(下學而上達). 나를 알아주기는 아마 하늘일 것이다(知我者其天乎)."《論語 憲問》子曰, "莫我知也夫!" 子貢曰, "何爲其莫知子也?" 子曰, "不怨天, 不尤人, 下學而上達. 知我者其天乎!"

512 叔肸(숙힐)은 羊舌肸(양설힐), 晉公族으로 晉의 大夫. 姬姓, 羊舌氏, 名肸, 字는 叔向. 春秋 시기 晋國의 政治家, 外交家. 叔向과 齊 晏嬰, 鄭의 子産이 모두 동시대 사람이었다.

513 疏廣(소광, 생졸년 미상)의 字는 仲翁, 前漢 董仲舒의 三傳弟子. 선제 때 太子太傅 역임. 疏廣(소광)의 字는 仲翁(중옹)으로 젊어 호학하여《春秋》에 밝았는데 집에서 敎授를 하자 배우려는 자들이 먼데서도 찾아왔다. 부름을 받아 博士가 되었다가 太中大夫가 되었다. 宣帝 地節 3년(前 67)에 皇太子를 책립하고 丙吉을 선임하여 太傅로 삼았고, 소광은 少傅가 되었는데 몇 달 뒤에 병길이 어사대부가 되자 소광은 승진하여 태자태부가 되었다. 소광 형의 아들 疏受(소수)의 字는 公子인데, 역시 賢良으로 천거되어 太子家令이 되었다. 소수도 好禮하고 恭謹하며 총명하고 말 재주가 좋았다. 두 사람은 태자가 장성하자 미련 없이 관직을 버리고 떠나갔다.《漢書》71권,〈雋疏于薛平彭傳〉에 입전.

세상을 마음대로 떠돌며 부침하다가도 홀연히 작은 집에 돌아와 안일과 쾌락을 즐겨야 하지만, 세상의 허물이나 후회에서 벗어나지 못하거나 마음의 불안을 떨쳐버리지 못하고 만년의 벼슬길이 평안 치 못할까 걱정하지만, 그래도 격려와 함께 진취적 노력을 하라는 당부를 내심으로 받아들이려 합니다.

옛날에 九方皐(구방고)[514]는 최고의 말을 고르면서 그 精氣를 살폈고, 秦牙(진아)는 깊이 생각하여 다른 형상을 추구하였습니다. 薛燭 (설촉)[515]이란 사람은 보검을 잘 감별하여 이름을 멀리까지 날렸고, 瓠巴(호파)는 琴弦(금현)을 잘 연주하여 명성을 얻었습니다. 齊나라 의 從者는 자신의 허벅지를 때려서 닭 울음소리를 내어(鷄鳴狗盜의 鷄鳴) 田文(전문, 孟嘗君)[516]을 구출하였으며, 楚의 食客은 적진에 침 입하여 荊州를 지켰습니다.[517] 雍門(옹문)은 琴(금)을 연주하여 설득 하고, 韓哀(한애)는 수레를 잘 몰아 명성을 떨쳤으며, 盧敖(노오)는 玄闕山(현궐산) 위에서 비상하였고, 若士(약사)는 구름 속으로 몸을 숨겼습니다. 나는 이런 여러 사람들과 같은 재주가 없으니 조용히 내 분수를 지키며 마음 편히 살아갈 것입니다.”」

---

514 九方〔구방, 九方皐(구방고)〕 - 春秋 시대 말(馬)을 잘 감별한 사람. 伯樂의 천 거를 받아 秦 穆公을 위해 천리마를 골라주었다고 한다.

515 薛燭(설촉) - 越王 句踐(구천)의 보검을 감별하였다.

516 田文(전문, ?-前 279년) - 戰國 四公子의 한 사람. 齊國의 宗室 大臣.

517 楚의 장군 子發(자발)이 齊와 싸우는데 연전연패했다. 자발의 식객 중 도둑질 을 잘하는 자가 齊의 장군의 장막에 침입하여 휘장(커튼), 베개(枕), 머리꽂 이(簪, 비녀)를 차례로 훔쳐왔고, 훔쳐온 물건을 齊나라 군영에 보내주자, 齊 의 장군은 겁을 먹고 철수하였다.

景耀六年, 後主從譙周之計, 遣使請降於鄧艾. 其書, 正所
造也.

明年正月, 鐘會作亂成都, 後主東遷洛陽. 時擾攘倉卒, 蜀
之大臣無冀從者, 惟正及殿中督汝南張通, 捨妻子單身隨侍.
後主賴正相導宜適, 舉動無闕, 乃慨然歎息, 恨知正之晚, 時
論嘉之. 賜爵關內候.

泰始中, 除安陽令, 遷巴西太守. 泰始八年詔曰,

「正昔在成都, 顚沛守義, 不違忠節, 及見受用, 盡心幹事,
有治理之績, 其以正爲巴西太守.」

咸寧四年卒. 凡所著述詩論賦之屬, 垂百篇.

|국역|

(曹魏, 마지막 황제 曹奐의 연호) 景耀 6년(서기 263), 後主는 譙
周(초주)의 계책에 따라 사자를 鄧艾(등애)에게 보내 투항했는데, 그
降書(항서)를 郤正(극정)이 작성했다.

그 다음 해 정월, 鐘會(종회)는 成都(성도)에서 반역했고,[518] 後主는
동쪽 낙양으로 옮겨 갔다. 그때 혼란한 상황 속에 갑자기 결정된 일
이라서 蜀漢의 大臣으로 후주를 수행하려는 사람이 없었는데, 다만
극정과 殿中督인 汝南 출신 張通(장통)만이 처자를 버려두고 단신으

---

518 鄧艾(등애)의 죽음과 鐘會(종회)의 반란은 《魏書》 28권, 〈王毌丘諸葛鄧鍾傳〉
참고.

로 후주를 수행하며 시중을 들었다. 후주는 극정의 인도와 예법에
맞는 처신으로 행실에 아무런 착오나 실수가 없었는데, 후주는 극
정을 늦게 안 것을 한스럽게 생각했고, 당시 많은 사람들도 극정을
칭송했다. 극정은 관내후의 작위를 받았다.

(西晉, 武帝) 泰始 연간에(서기 265 – 274), 극정은 (汝南郡) 安陽
현령이 되었다가 巴西 태수로 승진했다. 泰始 8년(서기 272) 조서
를 내렸다.

「郤正(극정)은 옛날 成都에 있을 때, 혼란 속에서도 대의와 충절
을 지켰으며, (晉에서) 등용된 이후에도 성심으로 업무를 담당했고
그 실적이 뛰어났기에 극정을 巴西郡 太守에 임명한다.」

극정은 (西晉, 武帝) 咸寧(함령) 4년(서기 278)에 죽었다. 극정이
지은 詩와 論과 賦 등은 모두 1백여 편이었다.

|原文|

評曰, 杜微脩身隱靜, 不役當世, 庶幾夷,皓之槪. 周群占天
有徵, 杜瓊沈默愼密, 諸生之純也. 許,孟,來,李, 博涉多聞, 尹
默精於《左氏》, 雖不以德業爲稱, 信皆一時之學士. 譙周詞理
淵通, 爲世碩儒, 有董,揚之規, 郤正文辭燦爛, 有張,蔡之風,
加其行止, 君子有取焉. 二子處晉事少, 在蜀事多, 故著於篇.

|국역|

陳壽의 評論 : 杜微(두미)는 脩身(수신)하여 은거하면서 관직에 나

가지 않았으니 거의 伯夷(백이)나 商山 四皓(사호)의 기개가 있었다. 周群(주군)은 천문을 보고 바르게 예측했으며, 杜瓊(두경)은 침묵 속에 신중하고 周密하여 純儒에 속했다. 許慈(허자), 孟光(맹광), 來敏(내민), 李譔(이선)은 博學多聞(박학다문)했고, 尹默(윤묵)은《春秋左氏傳》에 정통했는데, 비록 德業으로 칭송을 듣지는 못했어도 그들 모두가 진실로 한때의 學士였다. 譙周(초주)는 그 문장과 事理과 淵博(연박)하고 達通하였으니 한 시대의 碩儒(석유)로 董仲舒(동중서)와 揚雄(양웅)과 같은 기풍이 있었다.

邰正(극정)은 그 文辭가 찬란하였는데, 張衡(장형)과 蔡邕(채옹)의 풍모에 바른 행실을 실천하여 君子의 본보기가 되었다. 초주와 극정은 西晉에서의 사적이 많지 않고 蜀漢에서의 事跡(사적)이 많았기에 본편에 수록하였다.

43권 〈黃李呂馬王張傳〉(蜀書 13)
(황,리,여,마,왕,장전)

❶ 黃權

| 原文 |

黃權, 字公衡, 巴西閬中人也. 少爲郡吏, 州牧劉璋召爲主簿. 時別駕張松建議, 宜迎先主, 使伐張魯. 權諫曰, "左將軍有驍名, 今請到, 欲以部曲遇之, 則不滿其心, 欲以賓客禮待, 則一國不容二君. 若容有泰山之安, 則主有累卵之危. 可但閉境, 以待河淸."

璋不聽, 竟遣使迎先主, 出權爲廣漢長, 及先主襲取益州, 將帥分下郡縣. 郡縣風景附, 權閉城堅守, 須劉璋稽服, 乃詣降先主. 先主假權偏將軍.

及曹公破張魯, 魯走入巴中, 權進曰, "若失漢中, 則三巴不
振, 此爲割蜀之股臂也." 於是先主以權爲護軍, 率諸將迎魯,
魯已還南鄭, 北降曹公. 然卒破杜濩, 朴胡, 殺夏侯淵, 據漢
中, 皆權本謀也.

| 국역 |

黃權(황권)[519]의 字는 公衡(공형)으로, 巴西郡 閬中縣(낭중현) 사람
이다. 젊어 郡吏가 되었는데, 益州牧인 劉璋(유장)이 불러 主簿(주부)
에 임명했다. 그때 별가인 張松(장송)은 劉備를 영입하여 張魯(장로)
를 정벌케 해야 한다고 건의했다. 이에 황권이 제지하며 말했다.

"左將軍(劉備)은 용맹하고 善戰한다는 소문이 났는데, 이번에 초
청해 들어올 경우에, 그를 우리의 군사로 대우하면 그가 불만이고,
빈객으로 예우한다면 하나의 나라에 두 군주가 있는 것입니다. 만
약 그가 태산처럼 안전하다면 우리 주군은 累卵(누란)의 위기에 처
할 것입니다. 그러니 국경을 폐쇄하고 천하가 태평할 때까지 기다
려야 합니다."

유장은 따르지 않았고 사람을 보내 유비를 영입했고 황권을 廣漢
郡의 縣長으로 내보냈는데, 유비가 益州를 공격하며 부하 장수를
각지에 보내 정벌케 했는데, 각 군현에서는 그 형세를 보고 그림자

---

519 黃權(황권, ?-240년, 字 公衡) - 益州 巴西 閬中縣(今 四川省 동부 南充市 관할
閬中市) 사람. 蜀漢 장군, 曹魏에 투항. 劉璋, 蜀漢, 曹魏에 출사. 劉備 稱帝
후 夷陵의 전투가 발생하기 전, 황권은 유비에게 원정 중지를 건의했다. 유비
패전 후 퇴로가 차단되자 부득이 魏에 투항했다.

처럼 귀부했지만, 황권은 성문을 닫고 굳게 지키다가 유장이 항복한 다음에 유비에게 투항했다. 유비는 황권을 임시 偏將軍에 임명했다.

조조가 張魯(장로)를 공격하자 장로는 巴郡 지역으로 들어왔는데, 황권이 말했다.

"만약 漢中郡을 잃으면 三巴(巴郡, 巴東郡, 巴西郡)도 위축될 것이니, 이는 蜀郡의 팔 다리를 자르는 것과 같습니다."

이에 유비는 황권을 護軍(호군)에 임명하여 군사를 거느리고 張魯를 영입케 했으나, 장로는 南鄭(남정)에서 돌아가 북쪽의 조조에게 투항하였다. 그러나 결국 유비는 (魏將) 杜濩(두호)와 朴胡(박호) 등을 격파한 뒤에 夏候淵(하후연)을 죽이고 漢中郡을 차지했는데, 이 모두가 본래 황권의 방책이었다.

| 原文 |

先主爲漢中王, 猶領益州牧, 以權爲治中從事, 及稱尊號, 將東伐吳, 權諫曰, "吳人悍戰, 又水軍順流, 進易退難, 臣請爲先驅以當寇, 陛下宜爲後鎭."

先主不從, 以權爲鎭北將軍, 督江北軍以防魏師. 先主自在江南. 及吳將軍陸議乘流斷圍, 南軍敗績, 先主引退. 而道隔絶, 權不得還, 故率將所領降於魏. 有司執法, 白收權妻子. 先主曰, "孤負黃權, 權不負孤也." 待之如初.

魏文帝謂權曰, "君捨逆效順, 欲追從陳, 韓邪?"

權對曰, "臣過受劉主殊遇, 降吳不可. 還蜀無路, 是以歸命. 且敗軍之將, 免死爲幸, 何古人之可慕也!"

文帝善之, 拜爲鎭南將軍, 封育陽侯, 加侍中, 使之陪乘. 蜀降人或云誅權妻子, 權知其虛言, 未便發喪, 後得審問, 果如所言. 及先主薨問至, 魏群臣咸賀而權獨否.

文帝察權有局量, 欲試驚之, 遣左右詔權, 未至之間, 累催相屬, 馬使奔馳, 交錯於道, 官屬侍從莫不闞魄, 而權擧止顏色自若.

| 국역 |

유비는 漢中王이 되었지만 여전히 益州牧을 겸직하였는데, 黃權(황권)을 治中從事에 임명했고 칭제 후에 군사를 거느리고 동쪽으로 吳를 정벌하려 하자 황권이 간쟁하였다.

"吳人은 전쟁에 용감하며 수군은 長江을 이용하기에 진격은 쉽지만 퇴군이 어려우니, 臣이 선봉으로 적과 싸울 것이니 폐하께서는 후방에 주둔하셔야 합니다."

그러나 선주는 따르지 않고 황권을 鎭北將軍으로 삼아, 江北軍을 지휘하여 曹魏의 군사를 방어케 했다. 그러나 吳將軍 陸議(육의, 陸遜의 본명, 183 - 245년, 字 伯言)는 강물을 따라 포위를 뚫었고 (先主의) 南軍은 패전한 뒤 퇴각하였다. 황권은 도로가 막혀 돌아갈 수 없자 거느린 군사와 함께 魏에 투항하였다.

사법을 담당하는 관리가 황권의 처자를 잡아 가둬야 한다고 말했다. 그러나 선주는 "내가 황권을 저버렸지 황권이 나를 버린 것이 아니다."라고 말했으며 전과 같이 대우하였다.

魏 文帝(曹丕)가 황권에게 말했다.

"君은 天意를 버린 주군을 버리고 천명을 받은 군주에게 귀순하였으니, 옛 陳平과 韓信을 본받겠는가?"

황권이 말했다.

"臣은 과분하게 劉主의 특별한 대우를 받았기에, 東吳에 투항할 수 없었습니다. 촉한에 돌아갈 길이 없어 폐하께 歸命했습니다. 또 敗軍之將으로 죽음을 면한 것도 다행이거늘, 어찌 고인을 따른다 하겠습니까!"

文帝는 황권의 말을 옳다고 생각하여 황권에게 鎭南將軍을 제수하고 育陽侯에 봉했으며, 加官으로 侍中으로 삼아 황제를 陪乘(배승)케 하였다. 어떤 투항한 蜀人이 황권의 처자가 사형되었다고 말하자, 황권은 거짓말이라 생각하며 發喪하지 않았는데, 나중에 자세히 알아보니 황권의 생각과 같았다. 先主가 죽었다는 소식이 전해지자 魏의 群臣이 모두 하례했지만 황권은 홀로 하례하지 않았다.

文帝는 황권의 局量이 넓을 줄을 알고 놀라게 하려고 측근을 보내 황권을 소환케 했는데, 도착하기도 전에 재촉하는 사자를 여러 번 급히 달려가게 하여 시종과 관속이 혼을 빼듯 재촉하였지만 황권의 안색은 조금도 다르지 않았다.

後領益州刺史, 徙占河南. 大將軍司馬宣王深器之, 問權
曰, "蜀中有卿輩幾人?" 權笑而答曰, "不圖明公見顧之重
也!"

宣王與諸葛亮書曰, "黃公衡, 快士也, 每坐起歎述足下, 不
去口實."

景初三年, 蜀延熙二年, 權遷車騎將軍,儀同三司. 明年卒,
謚曰景侯.

子邕嗣, 邕無子, 絶. 權留蜀子崇, 爲尙書郞, 隨衛將軍諸葛
瞻拒鄧艾. 到涪縣, 瞻盤桓未近, 崇屢勸瞻宜速行據險, 無令
敵得入平地. 瞻猶與未納, 崇至於流涕. 會艾長驅而前, 瞻猶
戰綿竹, 崇帥厲軍士, 期於必死, 臨陣見殺.

| 국역 |

황권은 뒷날 益州刺史를 겸했다가 나중에 河南尹으로 옮겼다. 대
장군인 사마의는 황권을 매우 아끼면서 "蜀에 경과 같은 사람이 몇
이나 있는가?"라고 물었다. 이에 황권은 웃으면서 "明公께서 저를
이렇게 중히 여길 줄 몰랐습니다!"라고 말했다.

사마의는 제갈량에게 서신을 보내 "黃公衡(黃權)은 호쾌한 장군
이니, 생활하며 늘 귀하를 칭찬하는데 입에 발린 말이 아닙니다."라
고 말했다.

(曹魏 明帝) 景初 3년은 蜀漢 延熙 2년인데(서기 239), 황권은 車

騎將軍 겸 儀同三司[520]가 되었다. 그 다음 해 죽었는데, 시호는 景候(경후)였다.

아들 黃邕(황옹)이 계승했는데 황옹이 無子하여 단절되었다. 황권의 촉한에 남은 아들은 黃崇(황숭)인데, 尙書郞이 되었고 衛將軍 諸葛瞻(제갈첨)을 따라 鄧艾(등애)를 방어했다. 제갈첨이 涪縣(부현)에 이르러 머뭇거리며 전진하지 않자, 황숭은 여러 번 빨리 진격해서 험지를 점거하여 등애의 군사가 평지에 오지 못하게 막아야 한다고 권유했다.

그러나 제갈첨은 여전히 유예하며 받아들이지 않았고, 황숭은 눈물을 흘려야 했다. 마침 등애가 승승장구 전진하자 제갈첨은 綿竹縣(면죽현)에서 막아 싸웠는데, 황숭은 군사를 독려하며 죽기를 작정하고 싸워 끝내 전사하였다.

❷ 李恢

| 原文 |

李恢字德昂, 建寧兪元人也. 仕郡督郵, 姑夫爨習爲建伶令, 有違犯之事, 恢坐習免官. 太守董和以習方土大姓, 寢而不許. 後貢恢於州, 涉道末至, 聞先主自葭萌還攻劉璋. 恢知

....
520 儀同三司(의동삼사)는 加官(가호)의 한 가지, 儀制同於三司의 뜻. 儀同으로도 간칭. 大將軍보다는 낮은 車騎將軍이지만 三公(司徒, 司馬, 司空)과 같이 開府하고, 三公과 같은 儀衛(의위, 儀仗 겸 수위)와 대우를 받는다는 뜻.

璋之必敗, 先主必成也, 乃託名郡使, 北詣先主, 遇於綿竹.

先主嘉之, 從至雒城, 遣恢至漢中交好馬超, 超遂從命. 成都既定, 先主領益州牧, 以恢爲功曹書佐,主簿. 後爲亡虜所誣, 引恢謀反, 有司執送. 先主明其不然, 更遷恢爲別駕從事.

章武元年, 庲降都督鄧方卒, 先主問恢, "誰可代者?"

恢對曰, "人之才能, 各有長短, 故孔子曰'其使人也器之.'且夫明主在上, 則臣下盡情, 是以先零之役, 趙充國曰'莫若老臣.'臣竊不自量, 惟陛下察之."

先主笑曰, "孤之本意, 亦已在卿矣!"

遂以恢爲庲降都督, 使持節領交州刺史, 住平夷縣.

| 국역 |

李恢(이회)[521]의 字는 德昂(덕앙)으로, 建寧郡 兪元縣(유원현)[522] 사람이다. 郡의 督郵(독우)로 출사했는데, 고모부인 爨習(찬습)이 建伶(건령)의 縣令이었는데, 법을 어긴 일이 있었는데 이회는 이에 연좌되어 면직되었다. 太守인 董和(동화)는 찬습이 그 지역의 大姓이라 하여 이를 불문에 부쳐 찬습의 면직을 허락하지 않았다. 태수는 뒷

....

521 李恢(이회, ?-231년, 字 德昂) - 益州 建寧郡 兪元縣 출신. 마초를 설득하여 유비에게 귀부케 했다. 蜀漢이 南中의 땅을 평정하는데 기여.《三國演義》에서는 제갈량의 북벌에 군량 수송을 담당한다.

522 建寧郡 兪元縣(유원현) - 建寧郡은 후한의 益州郡, 郡治는 滇池縣(전지현), 今 雲南省 중동부 昆明市 晉寧區. 章武 3년(서기 223년)에 益州 大姓인 雍闓(옹개)의 반란이 있었다. 後主 建興 3년(225), 제갈량의 南征 후에 建寧郡으로 개명했다. 兪元縣은 중동부 玉溪市 관할 澄江縣(징강현).

날 이회를 益州에 천거하였는데, 이회가 걸어 익주에 도착하기 전 유비가 葭萌縣(가맹현)에서 劉璋(유장)을 공격한다는 소식을 들었다. 이회는 유장은 필패하고 유비는 필히 성공할 것이라 생각하여 건녕 군의 사자를 칭하면서 북쪽으로 유비를 찾아가 綿竹縣에서 유비를 만나보았다.

유비는 이회를 가상히 여겼고 이회는 유비를 따라 雒城(낙성)[523]에 들어갔는데, 유비는 이회를 漢中郡에 있던 馬超에게 보내 사귀고 설득케 하자 마초는 유비의 명을 따랐다.

成都가 평정된 뒤, 유비가 益州牧을 겸했는데, 이회는 功曹書佐와 主簿가 되었다. 뒷날 도망친 자가 이회를 끌어들여 모반을 꾀하자 담당자가 이회를 체포해 유비에게 보냈다. 유비는 절대 그렇지 않다고 믿으면서 이회를 別駕從事에 임명했다.

(先主) 章武 원년(서기 221), 庲降(내항)의 都督[524]인 鄧方(등방)이 죽었는데, 先主가 이회에게 "누가 후임이 될 만한가?"라고 물었다. 이에 이회가 대답했다.

"사람의 재능이란 각각 장단이 있기에 孔子도 '사람을 등용하며

---

523 雒城 - 今 四川省 成都 평원 동북, 德陽市 관할 廣漢市.

524 庲降都督(내항도독)은 蜀漢에서 南中, 곧 지금의 大渡河 이남 四川省, 雲南省, 貴州省을 관리하는 행정관. 도독의 치소는 南昌縣(今 雲南省 昭通市 관할 鎭雄縣), 蜀漢 건립 후에 平夷縣(평이현, 今 貴州省 서북부 畢節市)로 옮겼다. 내항 도독은 朱提郡(치소는 今 雲南省 昭通市), 越嶲郡(월수군, 今 四川省 西昌市), 建寧郡(치소 今 雲南省 曲靖市), 牂牁郡(장가군, 치소 今 貴州省 黃平縣), 永昌郡(治 今 雲南省 保山市), 興古郡(治 今 雲南省 丘北縣), 雲南郡(치소, 今 雲南省 姚安縣) 등 7군 61개 현을 관할하였다. 행정관할은 益州牧. 촉한에는 江州都督(今 重慶市), 永安 都守(주재지, 今 重慶市 奉節縣 白帝城), 漢中 都督(주재지 今 陝西省 漢中市) 등 4개 도독부를 설치했다.

그 기량을 헤아려야 한다.' 고 하였습니다. 또 明主께서 위에 계시고 아래 신하들이 진심을 다해 일하는 만큼, (옛날 前漢에서) 先零(선령, 地名)의 羌族(강족)과 싸운 趙充國(조충국)[525] 장군은 '老臣만한 사람이 없습니다.' 라고 하였습니다. 臣이 제 능력을 모르니 폐하께서 살펴보시기 바랍니다."

이에 先主가 웃으며 말했다.

"나의 본뜻도 경을 생각하고 있었소!"

이에 이회는 庲降(내항) 도독이 되었고, 부절을 받아 交州 刺史를 겸하면서 平夷縣(평이현)에 주재하였다.

| 原文 |

先主薨, 高定恣睢於越巂, 雍闓跋扈於建寧, 朱褒反叛於牂牁. 丞相亮南征, 先由越巂, 而恢案道向建寧. 諸縣大相糾合, 圍恢軍於昆明. 時恢衆少敵倍, 又未得亮聲息, 紿謂南人曰, "官軍糧盡, 欲規退還, 吾中間久斥鄉里, 乃今得旋, 不能復

---

525 趙充國(조충국, 前 137 - 52) – 전한 武帝에서 宣帝에 이르는 동안 장군으로 활약했다. 특히 강족과의 전투에서 屯田策으로 효과를 거두었다. 조충국의 나이는 70여세였는데 선제는 너무 늙었다 생각하여 어사대부 丙吉(병길)을 보내 누구를 장수로 쓰면 좋은가를 물었다. 그러자 조충국이 대답했다. "저보다 나은 사람이 없습니다." 그러자 선제가 다시 물었다. "장군 생각에 강족은 어떠하며, 어떤 사람을 써야 하는가?" 그러자 조충국이 말했다. "百聞이 不如一見입니다. 군사란 미루어 짐작할 수 없으니 臣이 金城郡에 가서 방략을 올리겠습니다. 그리고 강족은 약소 이민족으로 천자의 뜻을 거스르며 배반하면 머잖아 멸망하니 폐하께서는 저에게 맡기시고 걱정하지 마시길 바랍니다." 《漢書》69권, 〈趙充國辛慶忌傳〉에 입전.

北, 欲還與汝等同計謀, 故以誠相告."

南人信之, 故圍守怠緩. 於是恢出擊, 大破之, 追奔逐北, 南至槃江, 東接牂牁, 與亮聲勢相連.

南土平定, 恢軍功居多. 封漢興亭侯, 加安漢將軍. 後軍還, 南夷復叛, 殺害守將. 恢身往撲討, 鋤盡惡類, 徙其豪帥於成都, 賦出叟, 濮耕牛戰馬金銀犀革, 充繼軍資, 於時費用不乏.

建興七年, 以交州屬吳, 解恢刺史. 更領建寧太守, 以還居本郡. 徙居漢中, 九年卒.

子遺嗣, 恢弟子球, 羽林右部督, 隨諸葛瞻拒鄧艾, 臨陣授命, 死於綿竹.

| 국역 |

先主가 붕어하자(서기 223), 高定(고정)은 越嶲郡(월수군)에서 멋대로 횡행했고, 雍闓(옹개)[526]는 建寧郡(건녕군)에서 발호했으며, 朱褒(주포)는 牂牁郡(장가군)에서 반기를 들었다. 丞相 諸葛亮의 남방 원정은 월수군을 거쳐 출발했는데, 李恢(이회)는 길을 안내하며 건녕군으로 나아갔다. 남방 여러 현에서는 크게 군사를 모아 昆明(곤명)에서 이회의 군사를 포위했다. 당시 이회의 군사는 적었고, 또 제갈량의 본진과 연락도 되지 않았는데, 이회가 남방 사람들을 속여 말했다.

526 雍闓(옹개, ?-225년, 一作 雍凱) - 三國 益州 南部의 만이의 우두머리. 漢 高祖의 武將 雍齒(옹치)의 후손이라고 알려졌다.

"官軍의 군량이 다하여 기회를 보아 퇴각하려 하는데, 나는 이 중간에 오랫동안 고향을 떠나 있었기에 이번 기회에 돌아가면 다시 북쪽으로 갈 수 없어, 너희들과 함께 일을 꾸며볼 의향이 있어 내 성심을 알려주는 것이다."

그러자 남방 사람들은 이회의 말을 믿고 포위가 느슨해지자, 이회는 기회를 보아 출격하여 적을 대파하고 북쪽으로 쫓아버렸으며, 남쪽으로는 槃江(반강)에 이르렀고 동쪽으로는 장가군에 연접하며 제갈량의 군사와 연합하였다.

남방 지역 평정에 이회의 군공이 가장 컸다. 이회는 漢興亭侯에 봉해졌고, 加官으로 安漢將軍이 되었다. 그 후에 제갈량의 군사가 돌아가자 南夷들이 다시 반기를 들고 守將들을 살해하였다. 이에 이회가 직접 출병하여 토벌했고 반역한 자들을 모두 잡아냈으며 그 우두머리들을 成都로 이주시켰고, 叟(수, 蜀의 별칭)와 濮(복, 壯族 거주지)에서는 耕牛나 戰馬, 그리고 금은이나 물소 가죽을(犀革, 서혁) 부세로 징수하여 군사비용으로 충당케 하자 軍費가 넉넉하였다.

(後主) 建興 7년(서기 229), 交州 지역이 東吳에 소속되면서 이회를 교주자사에서 해임했다. 이회는 다시 建寧太守를 겸임하여 자신의 본군에 거주하다가 다시 漢中郡에 옮겨 살다가 건흥 9년에 죽었다.

아들 李遺(이유)가 작위를 계승했고, 이회 아우의 아들인 李球(이구)는 羽林右部督이었는데, 諸葛瞻(제갈첨, 제갈량의 아들)을 수종하여 鄧艾(등애)와 싸우며 군진에서 목숨을 바쳐 綿竹(면죽)에서 전사했다.

❸ 呂凱

| 原文 |

呂凱字季平, 永昌不韋人也, 仕郡五官掾,功曹. 時雍闓等聞先主薨於永安, 驕黠滋甚. 都護李嚴與闓書六紙, 解喩利害, 闓但答一紙曰,

「蓋聞天無二日, 土無二王, 今天下鼎立, 正朔有三, 是以遠人惶惑, 不知所歸也.」

其桀慢如此. 闓又降於吳, 吳遙署凱爲永昌太守. 永昌既在益州郡之西, 道路壅塞, 與蜀隔絶, 而郡太守改易. 凱與府丞蜀郡王伉帥厲吏民, 閉境拒闓. 闓數移檄永昌, 稱說云云. 凱答檄曰,

「天降喪亂, 奸雄乘釁, 天下切齒, 萬國悲悼, 臣妾大小, 莫不思竭筋力, 肝腦塗地, 以除國難. 伏惟將軍世受漢恩, 以爲當躬聚黨衆, 率先啓行, 上以報國家, 下不負先人, 書功竹帛, 遺名千載. 何期臣僕吳越, 背本就末乎?

昔舜勤民事, 隕於蒼梧, 書籍嘉之, 流聲無窮. 崩於江浦, 何足可悲! 文,武受命, 成王乃平. 先帝龍興, 海內望風, 宰臣聰睿, 自天降康. 而將軍不睹盛衰之紀, 成敗之符. 譬如野火在原, 蹈覆河冰, 火滅水泮, 將何所依附?

曩者將軍先君雍侯, 造怨而封, 竇融知興, 歸志世祖, 皆流

名後葉, 世歌其美. 今諸葛丞相英才挺出, 深睹未萌, 受遺託
孤, 翊贊季興, 與衆無忌, 錄功忘瑕. 將軍若能翻然改圖, 易
跡更步, 古人不難追, 鄙土何足宰哉!

蓋聞楚國不恭, 齊桓是責, 夫差僭號, 晉人不長. 況臣與非
主, 誰肯歸之邪? 竊惟古義, 臣無越境之交, 是以前後有來無
往. 重承告示, 發憤忘食, 故略陳所懷, 惟將軍察焉.」

凱威恩內著, 爲郡中所信, 故能全其節.

| 국역 |

呂凱(여개)[527]의 字는 季平(계평)으로, 永昌郡 不韋縣 사람인데, 郡
에 출사하여 五官掾과 功曹가 되었다. 그때 雍闓(옹개) 등은 先主가
永安宮에서 붕어한 것을 알고 더욱 멋대로 방자하였다. 都護인 李
嚴(이엄)[528]이 옹개에게 서신을 6번이나 보내어 이해관계를 설득하
였지만 옹개는 겨우 서신을 한 번 보내 말했다.

「나 옹개가 알기로, 하늘에 두 개의 해가 없고 땅에 두 명의 왕이

....

527 呂凱(여개, 생졸년 미상, 字 季平) ─ 凱는 즐길 개. 永昌郡 不韋縣(불위현). 雍闓
(옹개) 토벌에 공을 세웠지만 나중에 만이들의 반란에 희생되었다. 永昌郡 치
소는 不韋縣(불위현). 雲南省 중서부 保山市. 雲南省과 버마(緬甸)의 접경 지
역.

528 李嚴(이엄, ?-234년, 後 改名 李平, 字 正方) ─ 유장은 다시 李嚴(이엄)을 보내 면
죽에서 모든 군사를 지휘케 하였지만, 이엄은 군사를 거느리고 유비에게 투
항하였다. 이엄은 諸葛亮과 함께 선주 유비의 유언을 들었다. 북벌에서 군량
수송에 차질이 있어 都護인 李嚴(이엄)을 파직하여 梓潼郡(재동군)으로 이주
케 했다. 諸葛亮, 法正, 劉巴(유파), 李嚴(이엄) 등과 함께 (촉한의 각종 예규집
인)《蜀科》를 저술하였다.《蜀書》10권,〈劉彭廖李劉魏楊傳〉에 입전.

없다는데, 지금 천하가 3分하여 鼎立(정립)하니 먼 변방 사람으로 당혹스러워 어디에 귀부할지 모르겠소이다.」

그의 어깃장과 오만이 이와 같았다. 옹개는 또 東吳에도 투항하였는데, 동오에서는 멀리 옹개에게 永昌太守를 제수하였다. 永昌郡은 益州郡의 서쪽으로 도로가 통하지 않아 촉한과도 격절되었는데 이렇게 해서 태수가 바뀌었다. 여개와 府丞(부승)인 蜀郡 출신 王伉(왕항)은 관리와 백성을 거느리고 접경을 폐쇄하고 옹개를 막았다. 옹개는 영창군에 여러 번 격문을 보내 이런 저런 말을 했는데, 여개가 격문으로 답신을 보냈다.

「천명이 혼란하자 奸雄(간웅)이 이를 틈타 설쳐대었고, 온 세상이 이를 갈며 만국이 슬픔에 잠겼고, 모든 백성이 온 힘을 다하여 간뇌를 땅에 바를지언정 국난을 극복하려 애쓰고 있습니다. 생각해보면, 장군(옹개)은 대대로 漢室의 은덕을 입었으니 응당 무리를 모아 솔선하여 선행을 실천하여 위로는 國家의 은덕에 보답하고, 아래로는 조상의 은덕을 저버리지 않고 공을 세워 그 공적을 靑史에 올려 이름을 영원히 남겨야 할 것이오. 그런데 어찌 吳越(오월, 東吳)의 신하가 되어 근본을 배신하고 末利를 얻으려 하시오?

옛날에 舜은 백성을 부지런히 다스리다가 蒼梧山(창오산)에 묻혔는데, 경전에서는 이 훌륭한 사적을 가상히 여겨 영원토록 명성이 전하고 있습니다. 비록 강변에 묻혔지만 무엇이 슬프겠는가? 周의 文王과 武王이 천명을 받자, 성왕 때에 태평을 이루었습니다. (우리 蜀漢의) 先帝께서 龍興하시자, 해내 백성이 우러러 호응했고 총명예지의 宰臣(재신)은 하늘이 내리신 분입니다. 그러나 장군은 아직도

(역사상) 성쇠의 紀綱(기강)과 성패의 징조를 모르고 있습니다. 이를 비유하자면, 조그만 들불이 일어나고 얼은 강물을 밟고 가는 것과 같으니, 들불이 꺼지고 얼음이 풀리면 어디에 의지하겠습니까?

그 옛날에 장군의 先君인 雍侯(옹후, 雍齒)[529]는 (漢 高祖에게) 악행을 저지르고도 제후가 되었으며, (후한의) 竇融(두융)은 (漢) 홍륭의 기운을 알아 광무제에게 귀부하여 후세에 이름을 날렸고 칭송을 들었습니다. 지금 諸葛 승상의 英才는 특별히 뛰어나 아직 싹트지 않은 기미를 볼 수 있는 분으로, 유조를 받아 후주를 보필하며 漢室의 중흥을 이루려 애쓰며, 모든 사람을 꺼리지 않고 받아들이며 공적을 기록하느라 쉴 틈이 없습니다. 그래서 만약 장군이 마음을 고쳐

----

529 雍齒(옹치) − 인명, 漢 高祖(劉邦)의 동향인. 옹치는 沛公을 무시하고 豊邑을 들어 魏國에 투항했고, 나중에는 항량에게 투항하여 패공을 곤경에 몰아넣기도 했다. 고조가 大 功臣 20여 명을 봉했지만 그 나머지는 밤낮으로 공을 다퉈 결정이 나지 않았다. 고조는 낙양의 남궁에서 장수들이 곳곳에 모여 웅성대는 것을 보았다. 고조가 물었다. "이들이 무슨 말을 하는가?" 장량이 말했다. "폐하께서는 평민에서 기의하여 이미 천자가 되었으며, 소하나 조참 등 가까운 사람을 제후에 봉했고, 폐하가 죽인 사람들은 모두 폐하의 평생 원수였습니다. 이제 軍吏가 공적을 조사하면서 모든 사람을 다 봉하기에는 땅이 부족하다고 했기에, 이들은 폐하가 모두를 봉하지 못하고 잘못이 있다고 의심을 받아 죽을까 걱정하며 모여 모반을 얘기하는 것입니다." 그러면서 장량이 말했다. "폐하께서 평소 미워하며, 또 여러 장수들이 다 알고 있는 자 중에서 가장 심한 자가 누구입니까?" 고조가 말했다. "雍齒(옹치)와 나는 예부터 원한이 있고 내게 자주 애를 먹였기에 죽이고 싶었지만 공이 있어 차마 죽이지 못했소." 그러자 장량이 말했다. "지금이라도 빨리 옹치를 먼저 봉하여 群臣에게 널리 알리십시오. 여러 신하들이 옹치가 봉해진 것을 보고서는 모두들 안심할 것입니다." 이에 고조는 잔치를 벌이고 옹치를 什方侯(십방후)에 봉하면서 승상과 어사대부에게 빨리 논공행상을 마무리하라고 하였다. 군신들은 술자리를 끝내면서 모두 기뻐하며 말했다. "옹치도 제후가 되었으니 우리들은 걱정이 없다."《漢書》40권, 〈張陳王周傳〉의 〈張良傳〉 참고.

먹고 태도를 바꿔 충성한다면 古人이라도 따라올 수 없을 것이니, 변방을 다스리기에 무슨 어려움이 있겠습니까!

내가 알기로, 옛날 楚國이 (周室을) 공경하지 않자 齊 桓公(환공)이 楚를 질책했고, (吳王) 夫差(부차)가 왕호를 참칭하자 晉은 부차를 왕으로 대우하지 않았습니다. 하물며 신하가 주군을 비난한다면, 누가 그대에게 의지하려 하겠습니까? 내가 옛 대의를 생각해 보면, 신하는 다른 나라와 국경을 넘어 교류할 수 없으며, 이 때문에 예로부터 위에서 내려오는 사자는 있지만 외국에 보낼 수는 없습니다. 여러 차례 장군의 격문을 읽었기에 發憤忘食(발분망식)하며 나의 소회를 적어 보내니 장군은 살펴보기 바랍니다.」

여개는 위엄과 은덕은 군내에 베풀었고 군 백성들의 신임을 얻으면서 그 지조를 지킬 수 있었다.

| 原文 |

及丞相亮南征討闓, 既發在道, 而闓已爲高定部曲所殺. 亮至南, 上表曰,

「永昌郡吏呂凱,府丞王伉等, 執忠絶域, 十有餘年, 雍闓,高定逼其東北, 而凱等守義不與交通. 臣不意永昌風俗敦直乃爾!」

以凱爲雲南太守, 封陽遷亭侯, 會爲叛夷所害, 子祥嗣. 而王伉亦封亭侯, 爲永昌太守.

  승상 제갈량이 남방을 원정하며 옹개를 토벌하려고 출병하여 행
군 도중에 옹개가 이미 高定(고정)의 部曲(私兵)에게 살해되었다는
소식을 들었다. 제갈량은 南中에서 표문을 올렸다.

  「永昌郡의 郡吏인 呂凱(여개)와 府丞인 王伉(왕항) 등은 먼 변방에
서도 충성을 다하기 10여 년이었는데, 옹개와 高定의 무리들이 영
창군의 동북방을 위협했지만, 여개 등은 대의에 따르며 적도와 왕
래하지 않았습니다. 臣은 영창군의 풍속이 이처럼 돈후 정직한 줄
을 생각지도 못했습니다!」

  그러면서 여개는 雲南太守를 제수 받고 陽遷亭侯에 봉해졌는데,
나중에 만이들의 배반에 희생되었고, 아들 呂祥(여상)이 계승했다.
왕항 역시 亭侯에 永昌 태수가 되었다.

❹ 馬忠

| 原文 |

  馬忠字德信, 巴西閬中人也. 少養外家, 姓狐, 名篤, 後乃復
姓, 改名忠. 爲郡吏, 建安末擧孝廉, 除漢昌長. 先主東征, 敗
績猇亭, 巴西太守閻芝發諸縣兵五千人以補遺闕, 遺忠送往.

  先主已還永安, 見忠與語, 謂尙書令劉巴曰, "雖亡黃權, 復
得狐篤, 此爲世不乏賢也." 建興元年, 丞相亮開府, 以忠爲下

督. 三年, 亮入南, 拜忠牂牁太守.

郡丞朱褒反. 叛亂之後, 忠撫育恤理, 甚有威惠. 八年, 召爲丞相參軍, 副長史蔣琬署留府事. 又領州治中從事. 明年, 亮出祁山, 忠詣亮所, 經營戌事. 軍還, 督將軍張嶷等討汶山郡叛羌.

十一年, 南夷豪帥劉胄反, 擾亂諸郡. 徵庲降都督張翼還, 以忠代翼. 忠遂斬胄, 平南土. 加忠監軍,奮威將軍, 封博陽亭侯. 初, 建寧郡殺太守正昂, 縛太守張裔於吳, 故都督常駐平夷縣. 至忠, 乃移治味縣, 處民夷之間. 又越巂郡亦久失土地, 忠率將太守張嶷開復舊郡, 由此就加安南將軍, 進封彭鄉亭侯.

延熙五年還朝, 因至漢中, 見大司馬蔣琬, 宣傳詔旨, 加拜鎮南大將軍. 七年春, 大將軍費禕北御魏敵, 留忠成都, 平尚書事. 禕還, 忠乃歸南. 十二年卒, 子脩嗣.

忠爲人寬濟有度量, 但恢咽大笑, 忿怒不形於色. 然處事能斷, 威恩並立, 是以蠻夷畏而愛之. 及卒, 莫不自致喪庭, 流涕盡哀, 爲之立廟祀, 迄今猶在.

張表, 時名士, 清望逾忠. 閻宇宿有功幹, 於事精勤. 繼踵在忠後, 其威風稱績, 皆不及忠.

| 국역 |

馬忠(마충)[530]의 字는 德信(덕신)으로, 巴西郡 閬中縣(낭중현) 사람

이다. 어렸을 적에 外家에서 자라며, 姓이 狐(호), 이름을 篤(독)이라 했는데 나중에 본성을 찾고 忠(충)으로 개명했다. 郡吏가 되었는데, 建安 말에 孝廉(효렴)으로 천거되어 (巴西郡) 漢昌 縣長이 되었다. 先主가 東吳를 원정하여 猇亭(효정)에서 패전하자, 巴西 태수인 閻芝(염지)는 여러 현에서 징발한 병력 5천 명을 보내 결손을 보충케 했는데, 마충이 병력을 인솔했다.

先主는 이미 永安宮에 머물고 있었는데, 마충을 만나 이야기를 나눈 뒤에, 尙書令 劉巴(유파)[531]에게 말했다.

"黃權(황권)을 잃었지만[532] 다시 狐篤(호독, 馬忠의 옛 이름)을 얻었으니, 이 사람은 없어서는 안 될 賢人이다."

(後主) 建興 원년(서기 223), 승상 제갈량이 승상부를 개설하자, 마충은 승상부의 督軍이 되었다. 건흥 3년, 제갈량이 남방을 원정하면서 마충을 牂牁(장가) 태수에 임명하였다.

장가군의 郡丞인 朱褒(주포)가 반란을 일으켰다. 주포의 반란 뒤에, 마충은 백성을 위무하며 잘 다스려 위엄과 함께 혜택을 베풀었다. (後主) 建興 8년(서기 230), 조정에 들어가 丞相府 參軍이 되어 副長史인 蔣琬(장완)[533]과 함께 승상부 업무를 담당하였다. 또 益州

530 馬忠(마충, ?-249년, 字 德信) - 益州 巴西 閬中縣(낭중현, 파서군의 치소. 수 四川省 동부 南充市 관할 閬中市.) 사람. 서남이의 통치와 치안에 유공. 제갈량 북벌에 동참. 관용, 원만한 인품으로 존경을 받았다.

531 劉巴(유파, 190?-222년, 字 子初) - 荊州 零陵郡 출신, 蜀漢 尙書令.《蜀書》9권, 〈董劉馬陳董呂傳〉에 입전.

532 黃權은 퇴로가 차단당하여 曹魏에 투항했다. 馬忠은 황권과 같은 현 출신이다.

533 蔣琬(장완, ?-246年, 字 公琰) - 蜀漢의 重臣, 荊州 零陵郡 출신. 蜀漢四英(四

의 治中從事를 겸임했다. 다음 해(서기 231) 제갈량이 祁山(기산)에 출병하자(4차 북벌), 마충은 제갈량의 지휘소에 가서 부대 경영을 담당했다. 제갈량의 군사가 돌아오자, 마충은 장군 張嶷(장억) 등을 감독하여 汶山郡(문산군)[534]에서 반란을 일으킨 羌族(강족)을 토벌하였다.

건흥 11년(서기 233), 南蠻의 우두머리 劉冑(유주)가 반기를 들어 여러 군이 동요했다. 제갈량은 庲降都督(내항도독)인 張翼(장기)를 소환하고, 마충을 장기의 후임에 임명하였다. 마충은 유주를 잡아 죽였고 남방 지역은 평정되었다. 마충은 監軍 겸 奮威將軍이 되었고 博陽亭侯가 되었다.

그전에 建寧郡에서는 태수인 正昻(정앙)을 죽였고, 새로 부임한 태수 張裔(장예)를 결박하여 東吳로 방출했었는데[535] 그 이후 庲降都督(내항도독)은 平夷縣에 상주했었다. 마충은 내항도독으로 부임한 뒤 치소를 (建寧郡) 味縣(미현)으로 옮겨 漢人과 蠻夷가 혼거하였다. 또 越嶲郡(월수군) 역시 오랫동안 본래의 영역을 상실하고 있었는데, 마충은 태수인 張嶷(장억)을 거느리고 본래 郡의 옛 영역을 수복하였다. 이로써 마충은 加官으로 安南將軍이 되었고, 彭鄕亭侯(팽향정후)로 작위가 올랐다.

....

相, 諸葛亮, 蔣琬, 費禕, 董允)의 한 사람. 제갈량 死後 촉한의 국정을 주관, 국력증강과 안정에 크게 기여. 《蜀書》14권, 〈蔣琬費禕姜維傳〉에 입전.

534 汶山郡(문산군) - 郡治는 縣虒縣(면사현), 수 四川省 서북부 阿壩藏族羌族自治州의 茂縣. 2008년 汶川 대지진이 났던 곳.

535 益州郡의 大姓인 雍闓(옹개)가 반기를 들어 태수인 張裔(장예)를 東吳로 방축한 뒤, 郡을 점유하고 조정에 복종하지 않았다. 이는 章武 3년(서기 223)의 사건이었다. 張裔(장예)는 《蜀書》11권, 〈霍王向張楊費傳〉에 입전.

(後主) 延熙(연희) 5년(서기 242)에 마충은 조정으로 돌아왔는데, 이어 漢中郡에 가서 大司馬 蔣琬(장완)에게 조서를 전하고 加官으로 鎭南大將軍을 제수 받았다. (延熙) 7년 봄(서기 244), 大將軍 費褘(비의)가 북쪽으로 曹魏와 싸우면서 마충을 成都에 남겨 尙書事를 처리하게 하였다. 비의가 돌아오자, 마충은 진남대장군의 임지로 부임했다. 延熙 12년(서기 249)에 마충이 죽었는데, 아들 馬脩(마수)가 작위를 이었다.

마충은 사람됨이 너그럽고 도량이 있는 데다가 농담을 잘하고 큰 소리로 늘 웃었으며 얼굴에 노기를 나타내지 않았다. 그렇지만 업무처리는 단호했기에 만이들은 마충을 두려워하면서도 친애하였다. 마충이 죽자 그 빈소를 찾아와 슬퍼하지 않는 사람이 없었으며 눈물을 흘리며 심히 애통했는데, 묘당을 세워 제사하며 지금까지 이어진다.

張表(장표)란 사람도 그 당시 名士였는데 청렴한 명망이 마충보다 나았다. 閻宇(염우)도 오래 기간 공을 세우며 업무에 정통하고 부지런하였다. 그들이 마충의 후임이었지만 위엄이나 치적은 마충을 따라가지는 못했다.

❺ 王平

|原文|

王平字子均, 巴西宕渠人也. 本養外家何氏. 後復姓王. 隨

杜濩,朴胡詣洛陽, 假校尉, 從曹公征漢中, 因降先主, 拜牙門將,裨將軍.

建興六年, 屬參軍馬謖先鋒. 謖捨水上山, 擧措煩擾, 平連規諫謖, 謖不能用, 大敗於街亭. 衆盡星散, 惟平所領千人鳴鼓自持, 魏將張郃疑其伏兵, 不往逼也. 於是平徐徐收合諸營遺迸, 率將士而還. 丞相亮旣誅馬謖及將軍張休,李盛, 奪將軍黃襲等兵. 平特見崇顯, 加拜參軍, 統五部兼當營事, 進位討寇將軍, 封亭侯.

九年, 亮圍祁山, 平別守南圍. 魏大將軍司馬宣王攻亮, 張郃攻平, 平堅守不動, 郃不能克. 十二年, 亮卒於武功, 軍退還, 魏延作亂, 一戰而敗, 平之功也. 遷後典軍,安漢將軍, 副車騎將軍吳壹住漢中, 又領軍漢中太守.

十五年, 進封安漢侯, 代壹督漢中. 延熙元年, 大將軍蔣琬住沔陽,平更爲前護軍, 署琬府事.

六年,琬還住涪, 拜平前監軍,鎮北大將軍,統漢中.

| 국역 |

王平(왕평)[536]의 字는 子均(자균)으로, 巴西郡 宕渠縣(탕거현) 사람이다. 본래 何氏인 외가에서 성장했는데 나중에 王氏로 復姓했다.

---

536 王平(왕평, ?-248, 字 子均) - 巴西 宕渠縣(탕거현) 출신 武將. 今 四川省 동부 達州市 관할 渠縣 동북.

杜濩(두호)와 朴胡(박호)를 따라 낙양에 가서 임시 校尉가 되어 曹操를 따라 漢中郡에 출정했다가 유비에게 투항한 뒤, 牙門將과 裨將軍을 지냈다.

(後主) 建興 6년(서기 228), 參軍 馬謖(마속)의 선봉 부대에 소속되었다. 마속이 물가를 버려두고 산 위에 진을 펴서 이래저래 말이 많이 나오자, 왕평은 연이어 마속에게 건의하였지만 마속을 받아들이지 않았고 결국 街亭(가정)에서 대패했다. 군사들은 모두 흩어졌지만 오직 왕평이 거느린 1천 명 군사는 불을 치며 방어했는데, 위나라 장수 張郃(장합)은 복병을 겁내어 공격하지 않았다. 때문에 왕평은 서서히 여러 군영과 흩어진 군사를 모아 철수하였다. 승상 제갈량은 마속과 將軍인 張休(장휴), 李盛(이성)을 참수하고, 將軍 黃襲(황습) 등의 군사를 빼앗았다. 왕평은 표창을 받아 가관으로 參軍을 제수 받았고, 五部를 통솔하고 군영을 운영을 겸하였고, 討寇將軍으로 승진하고 亭侯가 되었다.

建興 9년, 제갈량이 祁山(기산)을 포위하자, 왕평은 별도의 부대로 남쪽 군영을 지켰다. 魏 대장군 司馬宣王(司馬懿)가 제갈량을 공격하고 장합이 왕평을 공격했지만, 왕평은 굳게 방어하며 출병하지 않아 장합은 이길 수가 없었다. 建興 12년(서기 234), 제갈량이 (扶風郡) 武功縣(무공현, 五丈原)에서 죽어 군사가 퇴각할 때, 魏延(위연)이 반란을 일으켰지만 一戰에 패망했는데, 이는 왕평의 功이었다. 왕평은 後典軍으로 승진하고 安漢將軍이 되었으며, 車騎將軍 吳壹(오일)의 副職으로 漢中郡에 주둔하면서 漢中太守를 겸임하였다.

建興 15년(서기 237), 왕평은 安漢侯로 작위가 올랐고, 오일의 후임으로 漢中郡의 군사를 감독하였다. (後主) 延熙 원년(서기 238), 대장군 蔣琬(장완)이 沔陽(면양)에 주둔했는데, 왕평은 다시 前護軍으로 장완의 대장군부의 업무를 담당하였다.

연희 6년(서기 243), 장완이 회군하여 涪縣(부현)에 주둔하자, 왕평은 前監軍 겸 鎮北大將軍이 되어 漢中郡의 군사를 지휘하였다.

|原文|

七年春, 魏大將軍曹爽率步騎十餘萬向漢川, 前鋒已在駱谷. 時漢中守兵不滿三萬, 諸將大驚. 或曰, "今力不足以拒敵, 聽當固守漢, 樂二城, 遇賊令入, 比爾間, 涪軍足得救關."

平曰, "不然. 漢中去涪垂千里. 賊若得關, 便爲禍也. 今宜先遣劉護軍, 杜參軍據興勢, 平爲後拒. 若賊分向黃金, 平率千人下自臨之, 比爾間, 涪軍行至, 此計之上也."

惟護軍劉敏與平意同, 即便施行. 涪諸軍及費禕自成都相繼而至, 魏軍退還, 如平本策. 是時, 鄧芝在東, 馬忠在南, 平在北境, 咸著名跡.

平生長戎旅, 手不能書, 其所識不過十字, 而口授作書, 皆有意理. 使人讀《史》,《漢》諸紀傳, 聽之, 備知其大義, 往往論說不失其指. 遵履法度, 言不戲謔, 從朝至夕, 端坐徹日, 懷無武將之體. 然性狹侵疑, 爲人自輕, 以此爲損焉.

十一年卒, 子訓嗣.

初, 平同郡漢昌句扶 忠勇寬厚, 數有戰功, 功名爵位亞平, 官至左將軍, 封宕渠侯.

│국역│

(後主 延熙) 7년 봄(서기 244), 魏 대장군 曹爽(조상)[537]이 보병과 기병 10여만 명을 거느리고 漢川(한천)으로 출병하여 그 선봉이 이미 駱谷(낙곡)[538]에 도착하였다. 그때 漢中郡을 지키는 군사는 3만이 안 되었고 모든 장수들이 크게 놀랐다. 어떤 장군은 "지금 우리가 적을 막기에 力不足하니, 응당 漢城(한성)과 樂城(낙성)[539]만을 방어하고 적을 유인한다면 그때 쯤에는 涪城(부성)의 군사가 關門을 구원할 수 있을 것입니다." 라고 말했다.

그러나 왕평이 말했다.

"그렇지 않소. 漢中郡은 涪縣에서 (북쪽으로) 거의 천리나 된다. 적군이 만약 관문을 지났다면 바로 화가 닥치게 된다. 지금 우선 劉護軍과 杜參軍을 보내 興勢山(흥세산)[540]에서 적을 저지케 하고, 나는 그 후방을 지원할 것이오. 만약 적이 군사를 나눠 黃金(황금)이란

----

537 대장군 曹眞(조진)의 아들 曹爽(조상)은 司馬懿에게 일국의 모든 권력을 다 빼앗기는 순간에, 그래도 '富家翁(부가옹)' 으로 살 수 있을 것이라 기대하면서 사마의에 대한 저항이나 決勝을 포기하였으니 정말로 돼지는 돼지였다. 《魏書》9권, 〈諸夏侯曹傳〉에 입전.

538 駱谷(낙곡) – 駱谷道(낙곡도). 關中 땅에서 秦嶺산맥을 넘어 漢中郡을 통하여 巴蜀으로 들어가는 주요 도로의 북쪽 출발점이다.

539 漢城(한성)과 樂城(낙성) – 제갈량이 漢中郡에 축조한 성 이름.

540 興勢는 산 이름. 今 陝西省 서남부 漢中市 관할 洋縣의 서북에 있는 산. 後主 延熙 7년(서기 244) 曹魏의 조상은 10만 대군을 동원하여 촉을 멸망시키려 여기까지 와서 싸웠지만 鎭北大將軍인 王平(왕평)에게 패한 뒤 퇴각하였다.

곳으로 향한다면 내가 1천여 명을 거느리고 직접 출병할 것이고 그때 쯤에는 涪城(부성)의 군사가 이를 것이니, 이것이 최상일 것이요."

다만 護軍인 劉敏(유민)만이 왕평에 동의했지만, 왕평은 바로 시행하였다. 부성의 여러 군영 및 費禕(비의)가 成都에서부터 속속 도착하자, 曹魏의 군사는 저절로 물러갔는데 모든 것이 왕평 본래의 방책과 같았다. 이때 鄧芝(등지)는 (촉한의) 동쪽에, 馬忠(마충)은 남방에, 왕평은 북쪽 국경을 지켰는데 모두 뚜렷한 공적을 남겼다.

왕평은 평생 軍門에서 성장하고 생활했는데 글을 쓸 줄 몰랐고, 그가 아는 글자는 불과 10여 자였지만 말로 불러주면 책이 될 정도로 조리가 분명하였다. 사람을 시켜 《史記》나 《漢書》의 여러 紀傳 부분을 읽게 하였고, 왕평은 내용을 듣고 그 대의를 다 알았으며, 가끔 평론하면 그 본 취지가 부족하지 않았다. 법도를 철저하게 준수했고 농담도 하지 않았으며, 아침부터 저녁까지 단정히 앉아 하루를 지냈기에 武將의 모습과 같지 않았다. 그러나 협소한 성격에 의구심이 많아 경박한 곳이 있어 그 때문에 체면을 많이 잃었다.

延熙 11년(서기 248)에 죽었고, 아들 王訓(왕훈)이 작위를 계승했다.

그전에 왕평과 同郡 출신으로 漢昌縣의 句扶(구부)[541]는 충성스럽고 용맹하며 관대했으며, 여러 번 전공을 세워 그 작위는 왕평의 다음이었으며 左將軍을 역임했고 宕渠侯(탕거후)가 되었다.

....

541 그 뒤에 張翼(장익)과 廖化(요화)도 대장군이 되었는데, 촉한에서는 '예전에는 왕평과 구부, 뒤에는 장익과 요화가 있다.'고 말했다.

❻ 張嶷

|原文|

張嶷字伯岐,巴郡南充國人也. 弱冠爲縣功曹. 先主定蜀之際, 山寇攻縣, 縣長捐家逃亡, 嶷冒白刃, 攜負夫人, 夫人得免. 由是顯名, 州召爲從事. 時郡內士人龔祿,姚冑位二千石, 當世有聲名, 皆與嶷友善.

建興五年, 丞相亮北住漢中, 廣漢綿竹山賊張慕等鈔盜軍資, 劫略吏民, 嶷以都尉將兵討之. 嶷度其鳥散, 難以戰禽. 乃詐與和親, 剋期置酒. 酒酣, 嶷身率左右, 因斬慕等五十餘級, 渠帥悉殄. 尋其餘類, 旬日清泰.

後得疾病困篤, 家素貧匱. 廣漢太守蜀郡何祗, 名爲通厚, 嶷宿與疏闊, 乃自輿詣祗, 托以治疾. 祗傾托醫療, 數年除愈. 其黨道信義皆此類也. 拜爲牙門將, 屬馬忠, 北討汶山叛羌, 南平四郡蠻夷, 輒有籌畫戰克之功.

十四年, 武都氐王苻健請降, 遣將軍張尉往迎, 過期不到, 大將軍蔣琬深以爲念. 嶷平之曰, "苻健求附款至, 必無他變. 素聞健弟狡黠, 又夷狄不能同功, 將有乖離, 是以稽留耳."

數日, 問至, 健弟果將四百戶就魏, 獨健來從.

張嶷(장억)[542]의 字는 伯岐(백기)로, 巴郡 南充國(縣) 사람이다. 弱冠 나이에 현의 공조가 되었다. 유비가 蜀郡을 정벌할 무렵에, 산적들이 남충현을 공격했는데 縣長이 가족을 버리고 도주하자, 장억은 산적의 칼을 피하지 않고 현장의 부인을 데리고 피난하여 부인을 구출하였다. 이 때문에 유명해지자 익주부에서는 장억을 불러 從事에 임명하였다. 그때 군내의 士人인 龔祿(공록)과 姚胄(요주)는 태수로 그 당시에 유명했는데, 모두 장억의 가까운 친우였다.

(後主) 建興 5년(서기 227), 승상 제갈량은 출병하여 漢中에 주둔하고 있었는데, 廣漢郡 綿竹縣의 산적인 張慕(장모) 등이 군량과 병기 등을 노략질하고 백성들을 협박하자, 장억은 都尉로서 군사를 거느리고 토벌하였다. 장억은 그들이 새가 날아가듯 뿔뿔이 흩어지면 싸워 잡아낼 수 없다 생각하여 거짓으로 그들과 화친하며 날을 잡아 잔치를 벌였다. 술이 취하자, 장억은 측근을 거느리고 장모 등 50여 명을 참수하여 그 우두머리를 거의 죽여버렸다. 이어 잔당을 찾아 10여 일 안에 모두 제거하였다.

장억은 뒷날 병에 걸려 매우 위중했는데 집안은 평소에 가난하였다. 廣漢太守인 蜀郡 출신 何祗(하지)는 속이 트이고 후덕한 사람으로 이름이 났는데, 장억은 평소에 별로 왕래가 없었지만 직접 수레를 몰고 찾아가서 질병 치료를 도와 달라고 부탁했다. 하지는 정성을 다해 의원에게 명하여 장억을 치료케 했고 몇 년 뒤에 다 나았다.

---

542 張嶷(장억, ?-254년, 字 伯岐) - 嶷은 숙성할 억, 산 이름 의. 益州 巴郡 南充國 (縣) 출신. 수 四川省 동북부 南充市. 제갈량의 부장으로 南征北伐에 활약. 나중에 姜維를 구원하다가 전사한다.

장억이 도리와 신의를 바탕으로 하는 교제가 대개 이런 식이었다.

　장억은 牙門將이 되어 馬忠(마충)에 소속되었는데 북으로 汶山郡 羌族(강족)의 반란을 평정하고, 남으로는 4개 군의 만이를 평정하였는데 그때마다 뛰어난 방책으로 전투에 이겨 공을 세웠다.

　(建興) 14년(서기 236), 武都郡[543] 氐族(저족)의 우두머리 苻健(부건)이 투항을 청하자 조정에서는 장군 張尉(장위)를 보내 영입케 했지만, 기일이 지나도 오지 않자 大將軍 蔣琬(장완)이 크게 걱정하였다. 이에 장억은 "苻健(부건)이 매우 진지하고 성의가 있었으니 다른 변고는 없을 것입니다. 평소에 제가 알기로, 부건의 동생이 매우 교활하고 또 그 무리가 같이 오려고 하지 않는다면 약간 어긋날 수 있어 기다리고 있습니다"라고 말하였다.

　며칠 뒤 부건의 동생은 4백 호를 거느리고 魏에 투항했고, 부건은 홀로 (蜀에) 투항하였다.

原文

　初, 越巂郡自丞相亮討高定之後, 叟夷數反, 殺太守龔祿, 焦璜, 是後太守不敢之郡, 只住安定縣, 去郡八百餘里, 其郡徒有名而已. 時論欲復舊郡, 除嶷爲越巂太守, 嶷將所領往之郡, 誘以恩情, 蠻夷皆服, 頗來降附. 北徼捉馬最驍勁, 不承節度, 嶷乃往討, 生縛其帥魏狼. 又解縱告喻, 使招懷餘類.

──────────
543 武都郡 郡治는 下辨縣, 今 甘肅省 남부 隴南市 成縣 서북.

表拜狼爲邑侯, 種落三千餘戶皆安土供職. 諸種聞之, 多漸降
服. 嶷以功賜爵關內侯.

蘇祁邑君冬逢,逢弟隗渠等, 已降復反. 嶷誅逢. 逢妻, 旄牛
王女, 嶷以計原之. 而渠逃入西徼. 渠剛猛捷悍, 爲諸種深所
畏憚, 遣所親二人詐降嶷, 實取消息. 嶷覺之, 許以重賞, 使
爲反間, 二人遂合謀殺渠. 渠死, 諸種皆安.

又斯都耆帥李求承昔手殺龔祿, 嶷求募捕得, 數其宿惡而
誅之. 始嶷以郡郛宇頽壞, 更築小塢. 在官三年, 徙還故郡,
繕治城郭, 夷種男女莫不致力.

국역

그전에, 越嶲郡(월수군)은 丞相 제갈량이 (반기를 든) 高定(고정)을
토벌한 이후, 叟夷(수이, 蜀郡의 蠻夷. 叟는 蜀의 별칭)가 자주 반기를
들었는데, 太守인 龔祿(공록)과 焦璜(초황)이 피살된 이후, 태수들은
감히 郡에 부임하지 못하고 군에서 8백 리나 떨어진 安定縣에 겨우
머물고 있어 郡은 사실상 이름뿐이었다. 이에 다시 옛 군을 회복해
야 한다는 논의가 이뤄지며 張嶷(장억)을 越嶲郡 태수에 임명하였는
데, 장억은 부하를 거느리고 월수군에 부임하여 은혜와 인정을 베
풀며 유인하여 만이를 거의 복속시켰고 투항자도 많았다.

북쪽 변경의 捉馬(착마)족은 가장 사납고 억세어 蜀漢의 통치를
거부하고 있었는데, 장억이 군사를 거느리고 토벌하여 그 우두머리
魏狼(위랑)을 생포하였다. 이에 장억은 그를 풀어주며 회유하여 나

머지 부류를 회유케 하였다. 그리고 표문을 올려 위랑에게 邑侯를 제수하자, 그 종족 부락 3천여 호가 모두 안주하며 세금을 납부하였다. 여러 부족이 이를 전해 듣고 점차 투항하였다. 장억은 이 공적으로 관내후가 되었다.

蘇祁(소기)의 邑君인 冬逢(동봉)과 동봉의 동생 魄渠(백거) 등은 투항했다가 다시 반기를 들었다. 장억은 동봉을 처형했는데, 동봉의 처는 旄牛(모우)족의 王女라서 장억은 계략으로 용서하였다. 백거는 서쪽 변경으로 도주했다. 백거는 용맹 민첩하고 흉포하여 종족들이 매우 두려워하였는데, 백거는 부하 두 사람을 보내 거짓으로 장억에게 투항시켜 소식을 염탐케 하였다. 장억은 이를 알고 여러 가지 상을 내려 그들은 反間으로 만들었는데, 그 두 사람은 함께 백거를 죽여버렸다. 백거가 죽자, 여러 부족은 모두 안정되었다.

또 斯都(사도)의 우두머리인 李求承(이구승)은 옛날에 태수 龔祿 (공록)을 직접 살해한 자인데, 장억이 현상금을 내걸어 잡은 뒤, 옛 죄악을 열거한 뒤 죽여버렸다.

그전에 장억은 월수군의 外城과 청사가 무너졌기에 우선 작은 성을 신축하였다. 재직 3년에, 원래 郡의 옛 성곽을 수리할 때 만이들 남녀가 모두 힘써 일을 하였다.

| 原文 |

定莋,臺登,卑水三縣去郡三百餘里, 舊出鹽鐵及漆, 而夷徼久自固食. 嶷率所領奪取, 署長吏焉. 嶷之到定莋, 定莋率豪

狼岑, 盤木王舅, 甚爲蠻夷所信任, 忿嶷自侵, 不自來詣. 嶷
使壯士數十直往收致, 撻而殺之, 持屍還種, 厚加賞賜. 喩以
狼岑之惡, 且曰, “無得妄動, 動卽殄矣!” 種類咸面縛謝過.
嶷殺牛饗宴, 重申恩信. 遂獲鹽鐵, 器用周贍.

　漢嘉郡界旄牛夷種類四千餘戶, 其率狼路, 欲爲姑婿冬逢
報怨. 遣叔父離將逢衆相度形勢. 嶷逆遣親近繼牛酒勞賜, 又
令離姊逆逢妻宣暢意旨. 離旣受賜, 並見其姊, 姊弟歡悅, 悉
率所領將詣嶷, 嶷厚加賞待, 遣還. 旄牛由是輒不爲患.

| 국역 |

　定莋(정작), 臺登(대등), 卑水(비수) 3 현은 월수군에서 3백여 리나
떨어져 있고 옛날부터 소금과 철 및 옻(漆, 칠)이 생산되었지만, 만이
들이 그 지역 산물을 독식하고 있었다. 張嶷(장억)은 장졸을 거느리
고 탈취한 뒤에 관장하는 관리를 임명하였다. 장억이 정작현에 들
어갔을 때, 정작현 만이의 우두머리인 狼岑(낭잠)은 盤木王(반목왕)
의 외숙으로 만이들의 절대적 신임을 얻고 있었는데, 장억이 그들
을 침탈했다고 원한을 품고 찾아오지도 않았다. 이에 장억은 장사
수십 명을 보내 잡아온 뒤에 매질을 하여 죽여버린 뒤, 그 시신을 부
족에게 돌려보내면서 후한 상을 함께 내렸다. 그러면서 낭잠의 죄
악을 열거한 뒤에 “함부로 망동하지 말 것이니, 망동하면 죽여버리
겠다!”고 선언하였다. 부족들은 모두 머리에 밧줄을 걸고 찾아와 사
죄했다. 장억은 이에 소를 잡아 잔치를 베풀고 거듭 은덕을 베풀었

다. 결국 소금과 철을 캐내어 여러 가지 비용으로 충당했다.

漢嘉郡 영역의 旄牛夷(모우이) 부족은 4천여 호나 되었는데, 그 우두머리인 狼路(낭로)는 고모부인 冬逢(동봉)의 원수를 갚으려했다. 그러면서 叔父인 離(리)에게 동봉의 무리를 거느리고 형세를 살피게 하였다. 장억은 오히려 역으로 가까운 자들에게 소고기와 술과 여러 가지를 하사하였고, 또 離(리)의 자매로 하여금 동봉의 처를 데려다가 그 의중을 타진케 하였다. 離(리)는 여러 가지 상을 받고, 또 자매들을 만나자 심히 기뻐하며 그 무리들을 거느리고 장억을 찾아오자, 장억은 그들에게 후한 상을 주어 돌려보냈다. 旄牛(모우)족은 이후 걱정거리가 아니었다.

| 原文 |

郡有舊道, 經旄牛中至成都, 旣平且近. 自旄牛絶道, 已百餘年, 更由安上, 旣險且遠. 嶷遣左右資貨幣賜路, 重令路姑喩意, 路乃率兄弟妻子悉詣嶷, 嶷與盟誓, 開通舊道, 千里肅淸, 復古亭繹. 奏封路爲旄牛毗王, 遣使將路朝貢.

後主於是加嶷撫戎將軍, 領郡如故. 嶷初見費禕爲大將軍, 恣性泛愛, 待信新附太過, 嶷書戒之曰,「昔岑彭率師, 來歙杖節, 咸見害於刺客, 今明將軍位尊權重, 宜鑒前事, 少以爲警.」

後禕果爲魏降人郭脩所害.

| 국역 |

월수군에는 옛길이 있어 旄牛(모우) 부족의 땅을 지나 成都에 갈
수 있고 길은 평탄하고 또 가까웠다. 그러나 모우 부족이 길을 막아
버린 뒤, 이미 1백여 년이 지났고, 새 길은 安上(안상)을 경유하는데
길도 험하고 또 멀었다.

이에 張嶷(장억)은 측근을 보내 그 우두머리인 狼路(낭로)에게 여
러 가지 물자와 돈을 하사하고, 낭로의 고모를 시켜 장억의 뜻을 일
러주게 하자, 낭로는 형제와 처자를 모두 거느리고 장억을 찾아왔
고, 장억은 그들과 맹서를 한 뒤 옛길을 개통시키자, 천리에 걸친 땅
이 조용해졌고 옛 亭(역참)을 수복시켰다. 그리고 상주하여 낭로에
게 旄牛毗王(모우비왕)을 제수하고 낭로를 시켜 입공케 하였다.

後主는 이에 장억에게 撫戎將軍(무융장군)을 제수했고, 월수군을
전처럼 다스리게 하였다.

장억은 費禕(비의)가 大將軍이 된 뒤에도 아무런 의심 없이 관용
을 베풀고, 특히 새로 귀부한 자들에게도 너무 지나치게 관대한 것
을 보고 비의에게 서신을 보내 조심케 하였다.

「옛날 (후한 光武帝의 功臣) 岑彭(잠팽)[544]이 군사를 지휘하며, 또
(광무제의 功臣) 來歙(내흡)[545]은 부절을 받고 군사를 지휘하던 중,

----

544 岑彭(잠팽, ?-36년, 字 君然) - 南陽郡 출신 후한 光武帝의 개국공신, 雲臺 28
장의 한 사람. 잠팽이 광무제의 명을 받아 성도의 공손술을 정벌할 때, 야영
한 지명이 彭亡(팽망)이라는 말을 듣고 기분 나빠하며 옮기려 하였으나 마침
날이 어두웠는데 (그 밤에) 蜀에서 보낸 자객이 도망친 노비라며 거짓 투항
했다가 잠팽을 살해했다.

545 來歙(내흡, 字 君叔) - 來가 성씨. 歙은 거둘 흡. 일치하다. 翕과 同. (建武) 11
년, 내흡은 蓋延(개연)과 馬成(마성)을 거느리고 공손술의 장수 王元과 環安

두 사람 모두 자객에게 죽음을 당했는데, 지금 장군은 높은 지위에 권한도 막중하시니 응당 전례를 거울삼아 조금이라도 조심하여야 할 것입니다.」

뒷날 비의는 魏에서 투항한 사람 郭脩(곽수)에게 살해되었다.(서기 253년)

|原文|

吳太傅諸葛恪以初破魏軍, 大興兵衆以圖攻取. 侍中諸葛瞻, 丞相亮之子, 恪從弟也. 嶷與書曰,

「東主初崩, 帝實幼弱, 太傅受寄託之重, 亦何容易! 親以周公之才, 猶有管,蔡流言之變, 霍光受任, 亦有燕,蓋,上官逆亂之謀, 賴成,昭之明, 以免斯難耳. 昔每聞東主殺生賞罰, 不任下人, 又今以垂沒之命, 卒召太傅, 屬以後事, 誠實可慮. 加吳,楚剽急, 乃昔所記, 而太傅離少主, 履敵庭, 恐非良計長算之術也. 雖云東家綱紀肅然, 上下輯睦, 百有一失, 非明者之慮邪?

取古則今, 今則古也, 自非郎君進忠言於太傅, 誰復有盡言者也! 旋軍廣農, 務行德惠, 數年之中, 東西並舉, 實爲不晚,

---

(환안)을 (武都郡) 河池縣과 下辨縣(하변현)에서 공격하여 점령한 뒤 승세를 타고 진격하였다. 蜀人은 크게 두려워하면서 자객을 보내 내흡을 찔렀고, 결국 내흡은 부상당한 몸으로 광무에게 올리는 표문을 지은 다음에 절명했다.

願深朵察.」

恪竟以此夷族. 嶷識見多如是類.

| 국역 |

　東吳의 太傅인 諸葛恪(제갈각, 제갈량의 친형인 諸葛瑾의 아들)[546]은 처음 魏軍을 격파한 이후, 크게 군사를 동원하여 위를 정벌하려는 계획을 추진했다. 侍中인 諸葛瞻(제갈첨)은 丞相 제갈량의 아들이기에 제갈각의 사촌동생이었다. 이에 장억은 제갈첨에게게 서신을 보냈다.

　「東主가 얼마 전에 붕어하시고,[547] 새 황제(孫亮, 손량)[548]는 매우 幼弱한데, 太傅(諸葛恪)는 (孫權의) 유언을 받고 중책을 맡았다니 이런 일이 어찌 쉬운 일이겠습니까!

　(周 武王의) 혈친인(동생) 周公(주공)의 재능으로도 管叔(관숙)과 蔡叔(채숙)이 流言을 퍼트리는 변란이 있었고, 또 (前漢의) 霍光(곽광)이 宣帝의 遺言을 받았어도 燕王(劉旦)과 蓋主(개주, 昭帝의 누이),

546　諸葛瑾(제갈근, 174-241년, 字 子瑜)은 諸葛亮(제갈량)의 친형, 제갈량의 族弟인 諸葛誕(제갈탄)은 魏에 출사했다. 제갈근은 太傅 및 大將軍을 역임했고, 제갈근의 아들 諸葛恪(제갈각, 203-253년, 字 元遜)은 東吳의 太傅 및 丞相을 역임했다. 孫權이 臨終하며 輔政大臣에 임명하여 太子 孫亮(손량)을 보필하라고 유언했다. 손량이 즉위한 뒤 제갈각은 혼자 軍政대권을 장악하고 초기에는 민심을 얻었으나 계속되는 위나라 원정실패로 인심을 잃어 결국 孫峻(손준)에게 살해당했고 삼족이 멸족되었는데, 죽을 때 51세였다. 제갈근은 《吳書》7권,〈張顧諸葛步傳〉에 입전. 諸葛恪은《吳書》19권,〈諸葛滕二孫濮陽傳〉에 입전했다.

547　東主는 孫權, 延熙 15년(서기 252)에 71세로 붕어했다.

548　孫亮(손량, 재위 252~258년) - 吳 廢帝, 孫權의 三男. 252년 손권이 죽자 10살에 즉위했다.

그리고 上官桀(상관걸)의 逆亂(역란)의 음모가 있었는데, 다행히 (周) 成王과 (漢) 昭帝(소제)의 명철한 지혜에 의거, 그러한 난관을 극복할 수 있었습니다. 옛날에 늘 東主(孫權)가 殺生과 상벌에 아랫사람을 신임하지 못했다는 말을 들었고, 또 이번에 붕어하며 유언을 남길 때 갑자기 太傅(태부)를 불러 후사를 부탁했다는 말을 들으니 정말로 걱정이 됩니다. 거기다가 吳와 楚 지역은 사람들이 사납고 다급하다고 곧 옛 기록에 있는데, 太傅(제갈각)가 젊은 주군 곁을 떠나 적의 땅을 원정하는 것은 결코 良計나 長算의 術法이라 할 수 없을 것입니다. 비록 東吳 조정의 기강이 肅然(숙연)하고 上下가 화목할지라도 백에 한 번의 실수가 있다면, 그것이 바로 현명한 자가 염려할 일이 아니겠습니까?

옛일을 취하여 지금의 법으로 삼는다면 지금이 곧 옛일과 같을 것이니, 郞君(諸葛瞻)이 太傅(諸葛恪)에게 충언을 올리지 않는다면 (사촌 형제이니 서신이라도 보내라는 뜻) 누가 그에게 할 말을 다 할 수 있겠습니까! 군사를 해산하고 농업을 장려하며 힘써 백성에게 덕을 베푼다면 수년 내에 東吳와 우리가 함께 거병하여도 늦지 않을 것이니 깊이 통찰하여야 할 것입니다.」

제갈각은 魏에 대한 무리한 원정으로 (실각하고) 멸족 당했다. 장역의 뛰어난 식견은 대개 이와 같았다.

| 原文 |

在郡十五年, 邦域安穩. 屢乞求還, 乃徵詣成都. 夷民戀慕,

扶轂泣涕, 過旄牛邑, 邑君鶄負來迎, 及追尋至蜀郡界, 其督相率隨嶷朝貢者百餘人.

嶷至, 拜蕩寇將軍, 慷慨壯烈, 士人咸多貴之. 然放蕩少禮, 人亦以此譏焉, 是歲延熙十七年也. 魏狄道長李簡密書請降, 衛將軍姜維率嶷等因簡之資以出隴西.

既到狄道, 簡悉率城中吏民出迎軍. 軍前與魏將徐質交鋒, 嶷臨陣隕身, 然其所殺傷亦過倍. 既亡, 封長子瑛西鄉侯, 次子護雄襲爵. 南土越嶲民夷聞嶷死, 無不悲泣, 爲嶷立廟, 四時水旱輒祀之.

| 국역 |

張嶷(장억)이 월수군에 15년을 재직하는 동안 郡 영역이 안정되고 화합하였다. 장억은 여러 번 사직을 요구했는데, 겨우 조정의 부름을 받아 成都로 돌아올 수 있었다. 만이와 漢人들이 모두 연모하며 수레를 붙잡고 눈물을 흘렸으며, 旄牛(모우)의 마을을 지날 때는 邑君과 어린아이까지 나와 영접하고, 蜀郡의 경계까지 장억을 따라왔으며, 부족의 수령으로서 장억을 따라가 조공하겠다고 함께 따르는 자가 1백여 명이나 되었다.

장억은 성도에 도착하여 蕩寇將軍(탕구장군)을 제수 받았는데, 강개하고 장렬한 풍모에 사대부 모두가 감격하며 존경하였다. 그러나 장억은 행동에 절제가 없고 예를 갖추지 않았기에 지인들은 이를 비난하였는데, 이 해가 延熙 17년(서기 254)이었다.

魏 (隴西郡) 狄道縣(적도현) 縣長인 李簡(이간)이 밀서를 보내 蜀에 투항을 요청하였는데, 衛將軍인 姜維(강유)는 장억 등을 인솔하여 이간의 군수물자를 받으러 隴西(농서)에 출병하였다.

강유 일행이 狄道縣에 도착하자, 이간은 성 안에 관리와 백성 모두를 인솔하고 나와 강유의 군사를 영접하였다. 강유군의 선봉과 魏將 徐質(서질)이 전투를 시작하자, 장억은 출전하여 싸우다가 죽었는데, 장억이 죽이고 다치게 한 자가 그 2배는 되었다.

장억이 죽자 장자인 張瑛(장영)을 西鄕侯에 봉했고, 次子인 張護雄(장호웅)이 부친의 작위를 이었다. 남방 월수군의 한인과 만이들은 장억의 전사 소식에 슬피 울지 않는 자가 없었으며, 장억의 묘당을 건립하고 사계절과 수해, 旱害(한해)가 있을 때마다 제사를 지냈다.

| 原文 |

評曰, 黃權弘雅思量, 李恢公亮志業, 呂凱守節不回, 馬忠擾而能毅, 王平忠勇而嚴整, 張嶷識斷明果, 咸以所長, 顯名發跡, 遇其時也.

| 국역 |

陳壽의 評論 : 黃權(황권)은 박식 高雅하며 도량이 넓었고, 李恢(이회)는 공정했고 큰 뜻을 실천했으며, 呂凱(여개)는 지조를 지켜 변심하지 않았고, 馬忠(마충)은 온순하면서도 과감하였으며, 王平(왕평)

은 충성과 용맹에 엄정하였고, 張嶷(장억)은 뛰어난 식견에 명철하고 과단성이 있었으니, 모두가 특장을 살려 공을 세웠는데 그들을 필요로 하는 그런 때를 만났었다.

44권 〈蔣琬費禕姜維傳〉(蜀書 14)
(장완,비의,강유전)

❶ 蔣琬

|原文|

蔣琬字公琰, 零陵湘鄕人也. 弱冠與外弟泉陵劉敏俱知名. 琬以州書佐隨先主入蜀, 除廣都長. 先主嘗因遊觀奄至廣都, 見琬衆事不理, 時又沈醉, 先主大怒, 將加罪戮. 軍師將軍諸葛亮請曰, "蔣琬, 社稷之器, 非百里之才也. 其爲政以安民爲本, 不以修飾爲先, 願主公重加察之."

先主雅敬亮, 乃不加罪, 倉卒但免官而已. 琬見推之後, 夜夢有一牛頭在門前, 流血滂沱, 意甚惡之, 呼問占夢趙直. 直曰, "夫見血者, 事分明也. 牛角及鼻, '公'字之象, 君位必當至公, 大吉之徵也."

頃之, 爲什邡令. 先主爲漢中王, 琬入爲尙書郎.

建興元年, 丞相亮開府, 辟琬爲東曹掾. 擧茂才, 琬固讓劉邕, 陰化, 龐延, 廖淳, 亮教答曰, "思惟背親捨德, 以殄百姓, 衆人旣不隱於心, 實又使遠近不解其義, 是以君宜顯其功擧, 以明此選之淸重也."

遷爲參軍. 五年, 亮住漢中, 琬與長史張裔統留府事. 八年, 代裔爲長史, 加撫軍將軍. 亮數外出, 琬常足食足兵以相供給. 亮每言, "公琰托志忠雅, 當與吾共贊王業者也." 密表後主曰, "臣若不幸, 後事宜以付琬."

| 국역 |

蔣琬(장완)[549]의 字는 公琰(공염)으로, 零陵郡 湘鄕(상향) 사람이다. 弱冠에 외사촌 아우인 (零陵郡) 泉陵縣(천릉현)[550]의 劉敏(유민)[551]과 함께 이름이 알려졌었다.

장완은 荊州의 書佐로, 先主(劉備)를 따라 入蜀하여 (蜀郡) 廣都

----

549 蔣琬(장완, ?-246년, 字 公琰) — 蔣은 풀이름 장. 성씨. 琬은 아름다운 옥 완. 蜀漢의 重臣. 荊州 零陵郡 湘鄕(今 湖南省 중동부 湘潭市 관할 湘鄕市) 출신. 蜀漢 四英((四相, 諸葛亮, 蔣琬, 費禕, 董允)의 첫째. 諸葛亮 卒後에 大將軍이 되어 후주 보필. 군정 대권을 장악. 閉關息民 政策을 추진, 國力이 大增했다. 大司馬, 역임 安陽亭侯, 諡號 恭侯.

550 零陵郡의 郡治인 泉陵縣, 今 湖南省 남부 永州市.

551 劉敏(유민) — 생졸년 미상. 蜀漢 관리, 名筆.《蜀書》10권,〈劉彭廖李劉魏楊傳〉,《蜀書》13권〈黃李呂馬王張傳〉에 보인다.

(광도) 縣長이 되었다. 언젠가 유비가 관내를 순시하다가 갑자기 광도현에 들렀는데, 장완은 업무를 처리하지도 않았고 또 술에 크게 취해 있어 유비가 대노하며 처형하려고 하였다. 이에 軍師將軍인 諸葛亮이 말했다.

"장완은 社稷(사직)을 떠받칠 大器이지, 百里를(조그만 지방) 다스릴 인재가 아닙니다. 그 사람의 政事는 安民을 바탕으로 삼을 뿐 겉을 꾸미지 않으니, 주공께서 거듭 살펴보시기 바랍니다."

유비는 평소에 제갈량을 공경했기에, 장완을 벌하지는 않고 바로 면직시켜 버렸다.

장완이 면직된 뒤, 어느 날 밤 꿈에, 소의 머리가 대문에 걸려 있고 그 밑에 피가 고여 있는 꿈을 꾸고, 마음에 심히 언짢아서 해몽을 잘하는 趙直(조직)에게 해몽을 부탁했다. 이에 조직이 말했다.

"꿈속에 피를 보았다면, 이는 분명하다는 뜻입니다. 소의 두 뿔과 코는 '公'字의 형상이니, 필히 三公에 오를 것이라는 大吉의 징조입니다."

얼마 뒤, 장완은 什邡縣(십방현)[552] 현령이 되었다. 유비가 漢中王이 되자(서기 219년), 장완은 조정에 들어가 尙書郞이 되었다.

(後主) 建興 원년(서기 223), 丞相 제갈량은 승상부를 열고, 장완을 불러 東曹掾(동조연)에 임명하였다. 장완은 茂才로 천거되었는데, 장완은 劉邕(유옹), 陰化(음화), 龐延(방연), 廖淳(요순) 등에게 굳이 양보하려 하자, 제갈량이 타일러 말했다.

"생각해 보면, 사람이 背親(배친)하거나 덕행을 버리거나 아니면

....
552 什邡(십방)은 廣漢郡의 현명.

백성을 해친다면, 누구나 그런 사람을 아까워하지 않을 것이며, 또 실제로 멀거나 가까운 사람에게 나의 참뜻을 이해시키기도 쉽지 않기에, 君은 이번 나의 천거가 청렴에 바탕을 두었고 또 君의 능력을 중시했다는 점을 증명해야 합니다."

장완은 승진하여 參軍이 되었다. (建興) 5년(서기 227), 제갈량은 漢中郡에 주둔하고 있었는데, 장완과 長史인 張裔(장예)는 승상부에 남아 업무를 처리했다. (建興) 8년, 장예의 후임으로 (丞相府) 長史가 되었고 가관으로 撫軍將軍(무군장군)이 되었다. 제갈량이 자주 출병했기에, 장완은 늘 군량과 보충병을 알아서 공급하였다.

이에 제갈량은 "公琰(공염, 蔣琬)은 그 뜻이 충성스럽고도 高雅(고아)하니, 나와 함께 王者의 대업을 도와 성취할 만하다."고 말했다. 제갈량은 後主에게 은밀히 표문을 올려 "만약, 臣에게 불행이 일이 있다면 後事를 장완에게 맡기면 됩니다."라고 했다.

| 原文 |

亮卒, 以琬爲尙書令, 俄而加行都護, 假節, 領益州刺史, 遷大將軍, 錄尙書事, 封安陽亭侯. 時新喪元帥, 遠近危悚. 琬出類拔萃, 處群僚之右, 旣無戚容, 又無喜色, 神守擧止, 有如平日, 由是衆望漸服.

延熙元年, 詔琬曰,「寇難未弭, 曹叡驕凶, 遼東三郡勞其暴虐, 遂相糾結, 與之離隔. 叡大興衆役, 還相攻伐. 曩秦之亡,勝,廣首難, 今有此變, 斯乃天時. 君其治嚴, 總帥諸軍屯任漢中, 須吳擧動, 東西掎角, 以乘其畔.」

又命琬開府, 明年就加爲大司馬.

| 국역 |

제갈량이 죽자(서기 234년), 蔣琬(장완)은 尙書令이 되었고, 얼마 뒤에 加官을 받아 都護를 대행하며, 부절을 받고 益州刺史를 겸임했다가 大將軍으로 승진하며 尙書事를 감독하였고 安陽亭侯가 되었다. 그때 元帥가(제갈량) 죽은 지 얼마 안 되어 원근의 관리 모두가 두려움을 느끼고 있었다. 장완은 특별히 높이 발탁되어 모든 신하의 윗자리에 있었지만 두려움이나 기쁜 안색도 없이 마음가짐과 행동이 평상시와 다름이 없었고, 이후 백성은 衆望은 점점 늘어났다.

(後主) 延熙(연희) 원년(서기 238), 장완에게 조서로 명령했다.

「적의 침략이 그치지 않고, 曹叡(조예)[553]는 교만 흉악하며 遼東의 3郡은 조예의 폭정에 시달려 서로 규합하여 曹魏에서 떨어져 나갔도다. 조예는 대군을 징발하여 아직도 우리를 공격하려고 한다. 옛날 秦의 멸망은 맨 먼저 반기를 든 陳勝(진승)과 吳廣(오광)[554]에서 시

....

553 魏 明帝 曹叡(조예, 204 – 239년, 재위 226 – 239년, 字 元仲, 叡는 밝을 예) – 조예도 詩文에 뛰어났지만 曹操나 曹丕만 못했다. 제갈량 사후에 대규모 궁궐 신축공사로 국력을 바닥내었다. 明帝 死後에 曹芳(조방)은 허수아비 황제였고, 결국 司馬懿(사마의)의 高平陵之變 이후 魏國의 大權은 司馬氏의 수중에 들어갔다. 《魏書》 3권, 〈明帝紀〉에 입전.

554 陳勝(진승, ? – 前 208)과 吳廣(오광, ? – 前 208). 陳勝(진승)의 字는 涉으로 陽城 사람이다. 吳廣(오광)의 字는 叔으로 陽夏 사람이다. 진승이 젊었을 적에 다른 사람과 함께 품팔이 농사일을 하다가 두둑에 앉아 쉬면서 크게 한숨을 쉬

작되었는데, 지금도 그러한 변란이 일어나니, 이는 하늘이 내린 기회이다. 君은 內政을 엄히 다스리고, 全軍을 거느리고 漢中에 주둔하고 있나니, 東吳의 거병을 기다려 동서에서 서로 호응하며 북쪽 땅의 내분을 기다리라.」

또 장완에게 軍府의 개설을 명했다. 다음 해 장완은 加官을 받아 大司馬가 되었다.

| 原文 |

東曹掾楊戲索性簡略, 琬與言論, 時不應答. 或欲構戲於琬, 曰, "公與戲語而不見應, 戲之慢上, 不亦甚乎!" 琬曰, "人心不同, 各如其面, 面從後言, 古人之所誡也. 戲欲贊吾是耶, 則非其本心, 欲反吾言, 則顯吾之非, 是以默然, 是戲之快也."

又督農楊敏曾毀琬, 曰, "作事憒憒, 誠非及前人." 或以白琬, 主者請推治敏. 琬曰, "吾實不如前人, 無可推也." 主者重據聽不推, 則乞問其憒憒之狀. 琬曰, "苟其不如, 則事不當理, 事不當理, 則憒憒矣. 復何問邪?"

．．．．．．．．．．．．．．
며 말했다. "만약 부귀해지더라도 서로 잊지는 말자!" 일꾼들이 웃으며 말했다. "너는 품팔이나 하면서 어떻게 부귀를 누리겠는가?" 진승이 크게 탄식하며 말했다. "아! 제비나 참새가 어찌 큰 기러기나 고니의 뜻을 알겠는가!(嗟乎, 燕雀安知鴻鵠之志哉!)" 秦二世(名 胡亥, 재위, 前 210 - 207년) 원년(전 209년)에 봉기했다. 《史記》에서는 陳勝의 사적을 〈陳涉世家〉로 기록했다. 《漢書》31권, 〈陳勝項籍傳〉에 입전.

後敏坐事繫獄, 衆人猶懼其必死. 琬心無適莫, 得免重罪.
其好惡存道, 皆此類也.

| 국역 |

(大將軍府의) 東曹掾(동조연)[555]인 楊戲(양희)는 평소에 소탈하여
蔣琬(장완)과 대화를 할 때 가끔 응답하지도 않았다. 어떤 사람이 이
러한 양희를 헐뜯으며 장완에게 말했다.

"公께서 양희와 대화할 때 양희가 응답하지 않는다면, 이는 윗사
람을 무시하는 것인데 좀 심하지 않습니까!

이에 장완이 말했다. "사람 얼굴이 다르듯 마음도 다르고, 면전에
서는 복종하지만 돌아서서 헐뜯는 것을 옛사람도 조심하라고 하였
습니다. 양희가 나를 옳다고 칭송하려 했다면 아마 본심이 아니고,
내 말이 틀렸다고 하면 나의 잘못을 드러내는 것이기에 아마 말을
하지 않았을 것이니, 이는 양희가 본심을 숨기지 않은 것입니다."

또 督農(독농)이던 楊敏(양민)이 장완에 대한 험담을 하며 "일 처
리가 분명하지 않으니(憒憒, 심란할 궤) 정말 전임자만 못하다."고
말했다. 어떤 사람이 이를 장완에게 말하며 양민의 죄를 추궁해야
한다고 말했다. 이에 장완이 말했다.

"나는 사실 전임자만 못하니, 그가 나쁘다고 추궁할 수 없다."

양민을 고발한 사람은 거듭 양민의 잘못을 설명하면서 장완이 무

....
555 승상부나 대장군부에 東曹, 西曹의 부서가 있고, 그 부서의 우두머리를 掾(도
울 연)이라 했다. 서조는 2천석 이상 長吏나 軍吏의 승진이나 임면 관련 업무
를, 동조는 승상부에서 관리 천거나 선발을 담당했다.

엇을 분명히 처리하지 못했는가를 물어야 한다고 말했다. 그러자 장완이 말했다.

"내가 정말 전임자만 못하다면 이 일은 다시 문책할 수 없고, 다시 문책할 수 없다면 내가 일처리가 불분명한 것인데 어찌 다시 캐물을 수 있겠는가?"

뒷날 양민은 다른 사건으로 옥에 갇혔는데, 많은 사람들은 아마 틀림없이 죽게 될 것이라 걱정했다. 그러나 장완은 개인감정을 개입시키지 않았기에 중벌을 면했다. 장완의 好惡(호오)와 正道를 지키는 의지가 대개 이와 같았다.

|原文|

琬以爲昔諸葛亮數窺秦川, 道險運艱, 竟不能克, 不若乘水東下. 乃多作舟船, 欲由漢,沔襲魏興, 上庸. 會舊疾連動, 未時得行. 而衆論咸謂如不克捷, 還路甚難, 非長策也. 於是遣尙書令費褘,中監軍姜維等喩指. 琬承命上疏曰,

「芟穢弭難, 臣職是掌. 自臣奉辭漢中, 已經六年, 臣旣闇弱, 加嬰疾疢, 規方無成, 夙夜憂慘. 今魏跨帶九州, 根蒂滋蔓, 平除未易. 若東西並力, 首尾掎角. 雖未能速得如志, 且當分裂蠶食, 先摧其支黨. 然吳期二三, 連不克果, 俯仰惟艱, 實忘寢食.

輒與費褘等議, 以涼州胡塞之要, 進退有資, 賊之所惜. 且

羌,胡乃心思漢如渴. 又昔偏軍入羌, 郭淮破走, 算其長短, 以
爲事首, 宜以姜維爲涼州刺史. 若維征行, 銜持河右, 臣當帥軍
爲維鎭繼. 今涪水陸四通, 惟急是應. 若東北有虞, 赴之不難.」

由是琬遂還住涪. 疾轉增劇, 至九年卒, 謚曰恭.

| 국역 |

蔣琬(장완)은 옛날 제갈량이 자주 秦川(진천)[556] 땅을 엿보았지만
길이 험하고 군량 운송이 어려워 결국 이기지 못했으니, 차라리 강
을 따라 동쪽으로 내려가는 것이 더 나을 것이라 생각하였다. 그리
하여 많은 배를(舟船) 만들어 漢水나 沔水(면수)를 이용하여 魏興郡
(위홍군)이나 上庸郡(상용군)을 공격하려 했다. 그러나 마침 장완의
옛 병이 재발하여 실천할 겨를이 없었다. 그리고 중론은 그럴 경우
에 만약 이기지 못한다면 귀로가 매우 험난하니 최선의 방책은 못
된다고 하였다. 이에 장완은 상서령 費禕(비의)와 中監軍인 姜維(강
유) 등을 후주에게 보내 자신의 의도를 설명케 하였다. 이어 장완은
명을 받아 상소하였다.

「臣의 직분은 독초를 제거하고(伐魏) 전란을 그치게 하는 일입니
다. 臣이 명을 받아 漢中에 주둔한 지 이미 6년이 지났지만 우매하

---

556 秦川(진천) - '八百里秦川' 곧 關中平原, 關中. 陝西省(섬서성) 중부에 동서 약
300km, 해발 평균 400m의 평탄 지형. 陝西省 북부 황토고원의 남쪽에 위치.
西에 散關(大散關), 東에 函谷關, 南에 武關, 北에 蕭關이 지켜주는 땅으로,
《史記》에서는 '金城千里', '天府之國', '四塞之國'이라 표현. 지금의 대도시로
는 陝西省의 西安市, 渭南市, 咸陽市, 寶雞市, 銅川市 외 河南省의 三門峽市
를 포함하고 있다.

고 나약한데다가 身病이 겹쳐 임무를 수행할 수 없어 밤낮으로 우울 참담할 뿐입니다. 지금 魏는 九州에 걸쳤고 그 뿌리와 꼭지가 점차로 뻗어나가고 있어 완전 제거가 쉽지 않습니다. 그래서 우리와 東吳가 협력하여 하나의 首尾(수미)처럼 의지해야 합니다. 비록 빠른 시일 내에 뜻을 이룰 수야 없지만 조금씩이라도 그 땅을 분열시키고 蠶食(잠식)하기 위해서는 먼저 그 잔가지라도 꺾어야 합니다. 그러나 東吳와 두세 번 약조했었습니다만 적을 이기지 못하였고 앞으로의 전망도 사실 어렵기에 침식조차 불안하기만 합니다.

그간 費禕(비의) 등과 논의도 했지만, 涼州(양주)[557]는 북쪽 흉노를 막을 수 있는 요지라서 그 지역은 曹魏에서도 중시하는 지역입니다. 거기다가 羌族(강족)이나 胡人(흉노)도 마음으로 漢을 목 타게 기다리고 있습니다. 그리고 옛날에 일부 부대가 강족 지역에 침입했다가 (魏의) 郭淮(곽회)[558]가 패전하여 후퇴한 적도 있으니, 그 장단점을 따져본다면 涼州(양주) 차지는 매우 중요한 일이기에 강유의 涼州刺史 임명이 옳다고 생각합니다. 만약 강유가 출정하여 황하의 서쪽(河右)을 점유할 수 있다면, 臣도 응당 군사를 거느리고 강유와 함께 전진할 것입니다. 지금 梓潼郡(재동군)의 涪縣(부현)은 수륙으로 四通한 곳인 만큼 서둘러 대응해야 합니다. 또 만약 동북 방면에 침입이 있다면 그 대응도 어렵지 않을 것입니다.」

----

557 涼州(양주) – 후한의 涼州(양주)는 隴西郡, 漢陽郡, 武都郡, 安定郡 등 후한의 서북 지역을 지칭했다. 曹魏의 涼州는 武威, 金城, 張掖, 酒泉, 敦煌, 西平, 西郡, 西海郡 등 8郡을 지칭하여 약간 차이가 있다.

558 郭淮(곽회, ?-255년, 字 伯濟)는 지략이 뛰어나 蜀漢 姜維(강유)와 맞대결에서 밀리지 않았다. 《魏書》 26권, 〈萬田牽郭傳〉에 입전.

이후에 장완은 涪縣에 주둔하였다.(延熙 6년, 서기 243) 그러나 병은 점점 위독하여 延熙 9년(서기 246)에 죽었는데, 시호는 恭侯였다.

| 原文 |

子斌嗣, 爲綏武將軍, 漢城護軍. 魏大將軍鐘會至漢城, 與斌書曰,

「巴蜀賢智文武之士多矣, 至於足下, 諸葛思遠, 譬諸草木, 吾氣類也. 桑梓之敬, 古今所敦. 西到, 欲奉瞻尊大君公侯墓, 當灑掃墳塋, 奉祠致敬. 願告其所在!」

斌答書曰,「知惟臭味意眷之隆, 雅托通流, 未拒來謂也. 亡考昔遭疾疢, 亡於涪縣, 卜云其吉, 遂安厝之. 知君西邁, 乃欲屈駕修敬墳墓. 視予猶父, 顏子之仁也, 聞命感愴, 以增情思.」

會得斌書報, 嘉歎意義, 及至涪如其書云. 後主旣降鄧艾, 斌詣會於涪, 待以交友之禮. 隨會至成都, 爲亂兵所殺. 斌弟顯, 爲太子僕. 會亦愛其才學, 與斌同時死.

| 국역 |

아들 蔣斌(장빈)이 작위를 계승했는데, 장빈은 綏武將軍(수무장군)으로 漢城護軍이었다. 魏의 대장군 鐘會(종회)가 漢城(한성)[559]에 이

르러 장빈에게 서신을 보냈다.

「巴蜀(파촉)에는 현명하고 지혜로운 文, 武士가 많으니, 足下나 諸葛思遠(諸葛瞻)은 여러 초목처럼 나와 같은 천지의 氣를 받았을 것입니다. 故土나 先人에 대한 존경은 예부터 칭송 받을만한 일입니다. 西蜀에 들어간다면 족하의 선친 묘소를 참배하고 분묘를 깨끗이 한 뒤에 꼭 제사를 올리려 생각하고 있습니다. 그러니 선친 묘소를 알려주기 바랍니다!」

이에 장빈이 답서를 보냈다.

「같이 숨 쉬는 동류로, 선친에 대한 그리운 정이 이처럼 융성한 줄을 알았고, 저 생각과 같은 당신의 뜻을 존경하오며, 서신을 보내신 큰 뜻을 거절할 생각은 없습니다. 선친께서는 중병으로 고생하시다가 涪縣(부현)에서 돌아가셨는데, 吉地라는 곳을 골라 부현에 안장하였습니다. 君께서 서쪽으로 일부러 왕림하여, 어려운 걸음으로 묘소에 들려주시고, 저의 선친을 君의 부친처럼 여겨주시니, 이는 顔子(안회)의 仁과 같으며, 서신을 받고 슬픔이 복받쳐 思親의 念이 벅차오릅니다.」

종회는 장빈의 서신을 받고 그 뜻을 가상히 여겼고, 부현에 이르러 서신에 썼던 그대로 제사를 올렸다. 後主가 鄧艾(등애)에게 투항한 뒤에 장빈은 부현으로 종회를 찾아가 만나 交友의 禮로 서로 상대하였다. 장빈은 종회를 따라 成都에 들어온 뒤에 (종회가 반란을 일으키자) 난병에게 살해되었다. 장빈의 동생 蔣顯(장현)은 太子僕이었다. 종회는 장현의 재학을 아꼈지만 장현도 장빈과 함께 죽었다.

劉敏, 左護軍,揚威將軍, 與鎭北大將軍王平俱鎭漢中. 魏
遣大將軍曹爽襲蜀時, 時議者或謂但可守城, 不出拒敵, 必自
引退. 敏以爲男女布野, 農穀棲畝, 若聽敵入, 則大事去矣.
遂帥所領與平據興勢, 多張旗幟, 彌亘百餘里. 會大將軍費禕
從成都至, 魏軍卽退. 敏以功封雲亭侯.

| 국역 |

劉敏(유민)은 左護軍에 揚威將軍으로, 鎭北大將軍인 王平(왕평)과
함께 漢中郡에 주둔했었다. 魏가 大將軍 曹爽(조상)을 보내 蜀을 공
격할 때(서기 244), 그 당시 논자들은 城을 잘 방어하며 나가서 응전
하지 않는다면 적은 틀림없이 스스로 물러갈 것이라고 하였다. 그
러나 유민은 백성이 들에 흩어져 살고 한창 농사를 지을 때라서 만
약 적의 침입을 버려두면 漢中郡 방어도 어려울 것이라 생각하였
다. 그래서 유민은 휘하의 군사를 거느리고 왕평과 興勢(흥세, 산 이
름)에 군영을 설치하고 1백여 리에 걸쳐 많은 깃발을 세워두었다.
마침 大將軍 費禕(비의)가 成都로부터 도착하자, 魏의 군사는 곧 퇴
각하였다. 유민은 이 공로로 雲亭侯가 되었다.

❷ 費禕

|原文|

費禕字文偉, 江夏鄳人也. 少孤, 依族父伯仁. 伯仁姑, 益州牧劉璋之母也. 璋遣使迎仁, 仁將禕遊學入蜀. 會先主定蜀, 禕遂留益土, 與汝南許叔龍,南郡董允齊名.

時許靖喪子, 允與禕欲共會其葬所. 允白父和請車, 和遣開後鹿車給之. 允有難載之色. 禕便從前先上. 及於喪所, 諸葛亮及諸貴人悉集, 車乘甚鮮, 允猶神色未泰, 而禕晏然自若. 持車人還, 和問之, 知其如此, 乃謂允曰, "吾常疑汝於文偉優劣未別也. 而今而後, 吾意了矣."

|국역|

費禕(비의)[560]의 字는 文偉(문위)로, 江夏郡 鄳縣(맹현) 사람이다. 어려서 부친을 여의고 族父인 費伯仁(비백인)에게 의지하였다. 비백인의 고모는 益州牧인 劉璋(유장)의 모친이었다. 유장은 사람을 보내 비백인은 비의를 데리고 가서 蜀郡에 들어가 遊學케 하였다. 마침 유비가 蜀郡을 차지하면서 비의는 익주의 땅(蜀)에 머물렀는데, 汝南 출신의 許叔龍(허숙룡), 南郡의 董允(동윤)과 나란히 이름을 날

---

560 費禕(비의, ?-253년, 字 文偉) — 費가 성씨. 禕는 아름다울 의. 荊州 江夏郡 鄳縣(맹현), 今 河南省 동남부 信陽市 관할 羅山縣 출신. 제갈량의 신임이 두터웠음. 蜀漢四英(四相, 諸葛亮, 蔣琬, 費禕, 董允)의 한 사람.《蜀書》14권, 〈蔣琬費禕姜維傳〉에 입전.

렸다.

그때 許靖(허정)의 아들이 죽었는데, 동윤과 비의는 함께 그 장지에 가려고 했다. 동윤은 부친 董和(동화)에 말하여 수레를 빌리려 했는데 동화는 시종이 사용하는 門이 없는 수레(鹿車)를 내주었다. 동윤은 그런 수레를 타는 것에 난색을 표했다. 그러나 비의는 곧바로 먼저 올라탔다. 장지에 갔을 때 諸葛亮 및 귀인들이 많이 모였고, 수레가 모두 매우 화려하여 동윤은 그 안색이 편치 못했지만 비의는 태연자약하였다. 수레를 몰았던 사람이 돌아오자, 동화가 있었던 일을 물었고 그런 사정을 들은 뒤에 동화가 아들 동윤에게 말했다.

"나는 늘 너와 비의의 우열을 잘 몰랐었다. 그렇지만 오늘 이후 나는 확실히 알았다."

| 原文 |

先主立太子, 禕與允爲舍人, 遷庶子. 後主踐位, 爲黃門侍郎. 丞相亮南征還, 群僚於數十里逢迎, 年位多在禕右, 而亮特命禕同載, 由是衆人莫不易觀.

亮以初從南歸, 以禕爲昭信校尉使吳. 孫權性旣滑稽, 嘲啁無方, 諸葛恪,羊衜等才博果辯, 論難鋒至, 禕辭順義篤, 據理以答, 終不能屈. 權甚器之, 謂禕曰, "君天下淑德, 必當股肱蜀朝, 恐不能數來也."

還, 遷爲侍中. 亮住北住漢中, 請禕爲參軍. 以奉使稱旨,頻煩至吳. 建興八年, 轉爲中護軍, 後又爲司馬.

値軍師魏延與長史楊儀相憎惡. 每至並坐爭論, 延或擧刀擬儀, 儀泣涕橫集. 禕常入其坐間, 諫喩分別, 終亮之世. 各盡延,儀之用者, 禕匡救之力也.

亮卒, 禕爲後軍師. 頃之, 代蔣琬爲尙書令. 琬自漢中還涪, 禕遷大將軍,錄尙書事.

| 국역 |

先主가 太子를 책립하자, 費禕(비의)와 董允(동윤)은 太子舍人(태자사인)이 되었다가 太子庶子(태자서자)가 되었다. 後主(劉禪)가 제위에 오르자(서기 223년), 비의는 黃門侍郞이 되었다. 승상 제갈량이 남방원정에서 돌아올 때, 많은 臣僚(신료)들이 수십 리 되는 곳까지 나가 영접했는데, 연령이나 관직이 비의보다 높은 사람이 많았지만 제갈량은 특별히 비의를 불러 동승하였는데 이후 사람들은 비의를 다시 보지 않은 사람이 없었다.

제갈량이 남방원정에서 돌아온 이후 비의는 昭信校尉가 되어 東吳에 사신으로 갔다. 孫權은 농담을 좋아하여 아무 때나 사람을 조롱하였고, 諸葛恪(제갈각)과 羊衜(양도, 衜는 길 도) 등은 재능이 뛰어나고 박식했으며 변론에 능하였는데, 비의는 논란이 어디로 행하든 온순한 언사와 독실한 大義로 사리에 맞게 대답하였기에 끝내 굴복하지 않았다. 이에 손권도 비의를 크게 인정하면서 비의에게 말했다.

"君의 아름다운 덕행은 천하에 제일이니 필히 蜀 조정의 대신이
될 것이나 혹 자주 못 볼지 걱정이요."

비의는 촉으로 돌아와 승진하여 侍中이 되었다. 제갈량은 북벌에
나서 漢中에 주둔하면서 비의를 불러 參軍으로 삼았다. 비의는 後
主의 뜻에 따라 東吳에 사신으로 자주 나갔다. 建興 8년(서기 230),
비의는 中護軍이 되었다가 뒤에 다시 司馬가 되었다.

軍師 魏延(위연)과 長史인 楊儀(양의)가 서로를 증오하였다. 그들
이 한자리에서 논쟁을 벌일 때마다 위연이 칼을 잡고 양의를 협박
하면, 양의는 많은 눈물을 쏟기도 하였다. 그럴 경우 비의는 그 중간
에서, 제갈량이 죽을 때까지, 사리를 따져 판별하거나 가르쳐 주
었다. 그리하여 위연과 양의 두 사람이 자기 능력을 다 발휘할 수 있
었던 것은 모두 비의가 바로잡아준 덕분이었다.

제갈량이 죽자, 비의는 後軍師가 되었다. 얼마 뒤에 비의는 장완의
후임으로 尙書令이 되었다. 장완이 漢中郡에서 涪縣(부현)에 돌아와
주둔할 때, 비의는 大將軍으로 승진했고 尙書 업무를 감독하였다.

| 原文 |

延熙七年, 魏軍次於興勢, 假禕節, 率衆往御之. 光祿大夫
來敏至禕許別, 求共圍棋. 於時羽檄交馳, 人馬擐甲, 嚴駕已
訖. 禕與敏留意對戲, 色無厭倦.

敏曰, "向聊觀試君耳! 君信可人, 必能辦賊者也."

禕至, 敵遂退, 封成鄉侯. 琬固讓州職, 禕復領益州刺史.

琬當國功名, 略與琬比. 十一年, 出住漢中, 自琬及禕, 雖自
身在外, 慶賞刑威, 皆遙先咨斷然, 後乃行. 其推任如此.

後十四年夏, 還成都, 成都望氣者云都邑無宰相位, 故冬復
比屯漢壽. 延熙十五年, 命禕開府. 十六年歲首大會, 魏降人
郭循在坐. 禕歡飮沉醉, 爲循手刃所害, 諡曰敬侯.

子承嗣, 爲黃門侍郎, 承弟恭, 尙公主. 禕長女配太子璿爲妃.

|국역|

(後主) 延熙(연희) 7년(서기 244), 魏軍(大將軍 曹爽)이 興勢(흥세,
山名)에 침입하자, 비의에게 부절을 내려주고 군사를 동원하여 방어
케 하였다. 그때 光祿大夫인 來敏(내민)[561]이 비의에 처소에 찾아와
전별 인사를 하며 함께 바둑을 두자고 청했다. 그러자 긴급을 알리
는 격문이 교대로 들어오면서 수행원과 戰馬, 수레 등의 준비가 끝
났다. 그러나 비의는 내민과 바둑에 열중일 뿐, 아무런 싫증도 내지
않았다. 이에 내민이 말했다.

"이는 그냥 장군을 시험해본 것입니다. 장군은 정말 믿을 만하니,
틀림없이 적을 물리칠 것입니다."

비의가 전방에 도착했을 때는 적은 퇴각했고, 비의는 成鄕侯에
봉해졌다. 蔣琬(장완)이 굳이 익주자사의 직책을 사양하여 비의가
다시 益州刺史를 겸임하였다. 비의의 국가를 위한 공적과 명성은

----

561 來敏(내민)은 언어가 정제되지 않은 학자였다. 《蜀書》12권, 〈杜周杜許孟來
尹李譙郤傳〉에 입전.

대략 장완과 비슷하였다. (延熙) 11년(서기 247), 비의는 출병하여 漢中에 주둔하였는데 장완에서 비의에 이르기까지 그 자신들은 전방에 나가 있더라도 상벌과 재판이나 형벌은 멀리까지 와서 자문을 구한 뒤에 집행하였는데, 그 정무 판단의 신임이 이와 같았다.

그 뒤 (연희) 14년 여름, 비의는 成都로 돌아왔는데 成都에서 望氣(망기)[562]하는 자는 도읍(成都)에는 재상의 자리가 없다 하여 겨울에는 다시 漢壽(한수)[563]에 주둔하였다. 延熙 15년(서기 252), 後主는 비의에게 大將軍府를 개설케 했다. (연희) 16년(서기 253), 정초에 대소 신하가 모두 모여 하례하는데, 魏에서 투항한 郭循(곽순)도 참석했다. 비의는 기쁘게 마셔 취했고 곽순의 칼에 살해되었는데 시호는 敬侯(경후)였다.

아들 費承(비승)이 작위를 계승했는데 黃門侍郎이었고, 동생 費恭(비공)은 공주와 결혼하였다. 비의의 장녀는 太子 劉璿(유선)과 결혼하여 태자비가 되었다.

❸ 姜維

| 原文 |

姜維, 字伯約, 天水冀人也. 少孤, 與母居, 好鄭氏學. 仕郡

---

562 望氣者 – 하늘의 雲氣를 보고 길흉을 점치는 術士.
563 漢壽(한수) – 曹魏의 廣漢郡 葭萌縣(가맹현), 今 四川省 북부 廣元市. 陝西省과 연접. 葭는 갈대 가. 萌은 싹 맹. 가맹현을 蜀漢에서 바꾼 이름.

上計掾, 州辟爲從事. 以父冏昔爲郡功曹, 値羌,戎叛亂, 身衛郡將, 没於戰場, 賜維官中郎, 參本郡軍事.

建興六年, 丞相諸葛亮軍向祁山, 時天水太守適出案行. 維及功曹梁緒,主簿尹賞,主記梁虔等從行. 太守聞蜀軍垂至而諸縣響應, 疑維等皆有異心, 於是夜亡保上邽. 維等覺太守去, 追遲, 至城門, 城門已閉, 不納. 維等相率還冀, 冀亦不入維. 維等乃俱詣諸葛亮. 會馬謖敗於街亭. 亮拔將西縣千餘家及維等還, 故維遂與母相失.

亮辟維爲倉曹掾, 加奉義將軍, 封當陽亭侯, 時年二十七. 亮與留府長史張裔,參軍蔣琬書曰,

「姜伯約忠勤時事, 思慮精密, 考其所有, 永南,季常諸人不如也. 其人, 涼州上士也.」

又曰,「須先教中虎步兵五六千人. 姜伯約甚敏於軍事, 既有膽義, 深解兵意. 此人心存漢室而才兼於人, 畢教軍事, 當遣詣宮, 覲見主上..」

後遷中監軍,征西將軍.

| 구역 |

姜維(강유)[564]의 字는 伯約(백약)으로, 天水郡 치소인 冀縣(기현) 사

564 姜維(강유, 202 – 264년, 字 伯約)는 涼州 天水郡 冀縣(今 甘肅省 天水市 甘谷縣) 출신. 蜀漢의 장수, 본래는 曹魏의 天水郡 中郎將, 촉한에 투항, 제갈량의 인정을 받았다. 諸葛亮 사후에 蜀漢의 軍權을 쥐고 전후 11차례나 伐魏에 나

람이다. 젊어 부친을 여의고 모친과 살았는데 鄭玄(정현)의 유학을 좋아하였다. 郡에 출사하여 上計掾(상계연)이 되었는데, 나중에 涼州 자사부의 부름을 받아 從事가 되었다. 부친 姜冏(강경, 冏은 빛날 경)은 옛날에 天水郡의 功曹였는데, 羌族(강족)과 西戎(서융)의 반란을 당해 몸으로 군 태수를 지키다가 전사하였기에, (천수군에서) 강유에게 中郎將을 제수하고 군사 업무를 담당케 하였다.

(後主) 建興 6년(서기 228), 승상 제갈량의 군사는 祁山(기산)에 출병하였는데, 그때 天水郡의 태수는 마침 관내를 순시 중이었다. 강유와 功曹인 梁緒(양서), 主簿인 尹賞(윤상), 主記인 梁虔(양건) 등이 태수를 수행하였다. 太守는 蜀軍이 막 도착했고, 여러 군현에서 제갈량에게 협조한다는 사실을 알고, 강유 등이 딴 마음을 품었을 것이라 생각하여 밤에 혼자 몸을 빼내 上邽縣(상규현)으로 가버렸다. 강유 등은 태수가 떠난 것을 알고 따라갔으나 잡지 못하고 늦게 상규현 성문에 도착했지만, 성문은 이미 닫혔고 받아주지도 않았다. 강유 등은 다시 모두 함께 冀縣(기현)으로 갔지만, 역시 들어갈 수가 없었다. 이에 강유는 제갈량의 군영에 가서 투항했다.

그 무렵 馬謖(마속)이 街亭(가정)에서 패전하였다. 제갈량은 西縣의 1천여 민호와 강유 등을 데리고 蜀으로 돌아갔기에 강유는 모친과 결국 헤어져야만 했다.

....

섰다. 司馬昭가 蜀漢을 멸망시킬 때, 姜維는 劍閣(검각)에서 鍾會(종회)를 막고 있었으나 鄧艾(등애)가 陰平(음평) 小路를 지나 成都를 함락시켰고, 後主 劉禪(유선)의 투항을 받았다. 종회는 등애를 제거한 뒤 강유와 그 군사를 거느리고 위를 정벌하려는 반역을 꾸몄고, 강유도 딴 뜻을 품고 종회에 동조하였지만, 종회의 부하들이 반기를 들면서 亂軍 속에서 62세로 죽었다. 《蜀書》 14권, 〈蔣琬費禕姜維傳〉에 立傳.

제갈량은 강유를 倉曹掾에 임명하고 加官으로 奉義將軍의 직함을 내리고 當陽亭侯에 봉했는데, 그때 강유는 27세였다. 제갈량은 留府 長史인 張裔(장예)와 參軍인 蔣琬(장완)에게 서신을 보내 말했다.

「姜伯約(강백약, 姜維)은 성실하게 직분을 수행하며 사려가 정밀한데, 그 사람의 재능을 살펴보면 李永南(이영남) 형제나 季常(계상, 白眉 馬良) 등도 따라갈 수 없으니, 강유야말로 涼州의 으뜸가는 士人이다(上士).」

또 말했다. 「우선 강유에게 中虎步兵 5, 6천 명을 훈련시키게 하라. 강유는 군사에 특히 명민하고 담략도 뛰어나며 병법을 잘 이해하고 있다. 이 사람의 마음은 漢에 대한 충성뿐이며 재능은 보통 사람보다 뛰어나다. 군사 훈련이 끝나면 바로 조정에 데리고 들어가 主上을 알현할 것이다.」

그 뒤에 강유는 中監軍으로 征西將軍이 되었다.

| 原文 |

十二年, 亮卒, 維還成都, 爲右監軍,輔漢將軍, 統諸軍, 進封平襄侯. 延熙元年, 隨大將軍蔣琬住漢中. 琬既遷大司馬. 以維爲司馬, 數率偏軍西入. 六年, 遷鎭西大將軍, 領涼州刺史.

十年, 遷衛將軍, 與大將軍費禕共錄尙書事. 是歲, 汶山平康夷反, 維率衆討定之. 又出隴西,南安,金城界, 與魏大將軍郭淮,夏侯霸等戰於洮西. 胡王治無戴等擧部落降, 維將還安處之.

十二年, 假維節復出西平, 不克而還. 維自以練西方風俗, 兼負其才武, 欲誘諸羌, 胡以爲羽翼, 謂自隴以西可斷而有也. 每欲興軍大舉, 費禕常裁制不從, 與其兵不過萬人.

| 국역 |

(建興) 12년(서기 234), 제갈량이 죽자, 姜維(강유)는 成都로 돌아와 右監軍에 輔漢將軍이 되어 모든 군사를 통제하였고 작위가 올라 平襄侯(평양후)가 되었다. 延熙(연희) 원년(서기 238), 대장군 蔣琬(장완)을 수행하여 漢中에 주둔했다. 장완은 大司馬로 승진했다. 강유는 司馬가 되어 단위부대를 거느리고 자주 서쪽에 출병하였다. (연희) 6년, 鎭西大將軍으로 승진했고 涼州 자사를 겸임했다.

(연희) 10년(서기 247), 衛將軍으로 승진했고, 大將軍 費禕(비의)와 함께 尙書事를 감독하였다. 이 해에, 汶山郡 平康縣의 만이들이 반기를 들자 강유는 군사를 동원하여 토벌, 평정하였다. 강유는 다시 隴西, 南安, 金城郡 지역에 출병하여 魏 대장군 郭淮(곽회), 夏侯霸(하후패)[565] 등과 洮西(조서) 등지에서 싸웠다. 胡人 족장 治無戴(치무대) 등이 온 部落을 들어 투항해 오자 강유는 그들을 인솔하여 안주시켰다.

(延熙) 12년(서기 249), 강유는 부절을 받고 다시 (涼州) 西平郡[566]에 출병했지만 이기지 못하고 돌아왔다. 강유는 자신이 西方의 풍

---

565 연희 12년 봄 정월(서기 249), 魏에서 大將軍 曹爽(조상) 등을 죽였는데(高平陵의 變), 曹魏의 右將軍 夏侯霸(하후패)는 촉에 투항한다.

566 西平郡의 郡治는 西都縣, 今 靑海省 동부 西寧市.

속을 잘 알고, 또 자신의 재능에 자부심을 가지고 있어 여러 羌族이나 胡人들을 달래어 羽翼(우익)으로 삼을 수 있다고 생각하여 隴山 (농산) 서쪽의 땅을 잘라 차지할 수 있다고 말하였다. 그래서 매 번 대군을 출동시키고자 했으나 費禕(비의)는 늘 강유를 억제하며 군사를 1만여 명 정도만 내 주었다.

| 原文 |

十六年春, 禕卒. 夏, 維率數萬人出石營, 經董亭, 圍南安. 魏雍州刺史陳泰解圍至洛門, 維糧盡退還.

明年, 加督中外軍事. 復出隴西, 守狄道長李簡擧城降. 進圍襄武, 與魏將徐質交鋒, 斬首破敵, 魏軍敗退. 維乘勝多所降下, 拔河間, 狄道, 臨洮三縣民還.

後十八年, 復與車騎將軍夏侯霸等俱出狄道, 大破魏雍州刺史王經於洮西, 經衆死者數萬人. 經退保狄道城, 維圍之. 魏徵西將軍陳泰進兵解圍, 維卻住鍾題.

| 국역 |

(延熙) 16년 봄(서기 253), 費禕(비의)가 피살되었다. 여름에 강유는 수만 군사를 거느리고 石營(석영)이란 곳에서 출발하여 董亭(동정)을 지나 (魏의) 南安郡[567]을 포위했다. 魏의 雍州(옹주) 자사인 陳

----

567 (魏 雍州 관할) 南安郡 – 後漢 靈帝 中平 5년(서기 188)에 설치했다가 建安

泰(진태)는 포위를 풀고 洛門(낙문)에 주둔했으며, 강유는 군량이 떨어져 귀환하였다.

다음 해, 강유는 加官을 받아 中外의 모든 군사를 감독하였다. 강유는 다시 隴西에 출병하였는데, 狄道 縣長 대행이던 李簡(이간)은 성을 들어 蜀에 투항했다. 강유가 진격하여 襄武(양무)를 포위하고서, 魏將인 徐質(서질)과 싸워 적을 크게 무찌르자 魏軍은 패퇴하였다. 강유는 승승장구했고 많은 적군이 투항했고, 강유는 河間, 狄道(적도), 臨洮(임조) 등 3개 현의 백성을 이끌고 돌아왔다.

다음 해 18년(서기 255), 강유는 다시 車騎將軍인 夏侯霸(하후패) 등과 함께 적도현에 출병하여 魏 雍州 자사인 王經(왕경)[568]을 洮西(조서)에서 대파했는데 왕경의 군사 수만 명이 전사했다. 왕경은 물러나 적도현 성을 지켰고, 강유는 다시 포위했다. 魏의 徵西將軍인 陳泰(진태)가 출병하여 포위를 풀었고, 강유는 鍾題(종제, 鍾提, 수 甘肅省 臨洮)란 곳으로 퇴각했다.

....
19년(214년)에 폐군하여 隴西郡에 편입되었다. 曹魏에서 다시 설치했다. 郡治는 獂道縣(원도현, 수 甘肅省 隴西縣 동남). 3개 현을 관할하는 작은 군이었다.

568 王經(왕경, ?-260년, 字 彦緯) - 장군으로 강유에게 대패했었다. 조정의 고관이었는데 황제 高貴鄕公 曹髦(조모)가 司馬昭를 공격할 때, 王經(왕경)은 曹髦 편에 섰기에 사마소에 잡혀 모친과 함께 처형되었다. 왕경은 처형 전에 어머니 앞에 눈물을 흘리며 말했다. "어머니 말씀을 안 들어 이 지경이 되었습니다." 이에 그 어머니는 안색을 바꾸지도 않고 웃으며 말했다. "사람이 누군들 안 죽느냐? 너는 사람의 아들로 효도를 다 했고 신하로서 충성을 다했다. 효도하고 충성했으니 네가 내게 무슨 걱정을 끼쳤느냐?"《世說新語 賢媛》.

十九年春, 就遷維爲大將軍. 更整勒戎馬, 與隴西大將軍胡
濟期會上邽. 濟失誓不至, 故維爲魏大將鄧艾所破於段谷, 星
散流離, 死者甚衆. 衆庶由是怨讟, 而隴已西亦騷動不寧. 維
謝過引負, 求自貶削. 爲後將軍, 行大將軍事.

二十年, 魏徵東大將軍諸葛誕反於淮南, 分關中兵東下. 維
欲乘虛向秦川, 復率數萬人出駱谷, 逕至沈嶺. 時長城積穀甚
多而守兵乃少, 聞維方到衆皆惶懼. 魏大將軍司馬望拒之, 鄧
艾亦自隴右, 皆軍於長城. 維前住芒水, 皆倚山爲營. 望,艾傍
渭堅圍, 維數下挑戰, 望,艾不應.

景耀元年, 維聞誕破敗, 乃還成都. 復拜大將軍.

(延熙) 19년 봄(서기 256), 강유는 다시 대장군으로 승진했다. 강
유는 다시 부대와 마필을 정비하고서, 鎭西大將軍 胡濟(호제)와 (天
水郡) 上邽縣(상규현)[569]에서 회동하기로 약조했다. 그러나 호제가
약속을 못 지켜 오지 않았기에 강유는 魏 大將 鄧艾(등애)에게 段谷
(단곡)에서 격파당해 뿔뿔이 흩어졌고 아주 많은 군사가 죽었다. 이
때문에 많은 사람들이 강유를 원망했으며 隴縣(농현) 서쪽 지역도
동요하며 평온치 못하였다. 강유는 패전의 책임을 지고 자신의 관

----

569 (天水郡, 漢陽郡) 上邽縣은, 今 甘肅省 동남부 天水市.

직을 사임하겠다고 하였다. 강유는 後將軍으로 강등되어 大將軍事를 대리하였다.

(延熙) 20년(서기 257), 魏의 征東大將軍 諸葛誕(제갈탄)[570]이 淮南郡에서 반란을 일으키자, 魏에서는 關中의 군사를 나눠 동쪽으로 보냈다. 강유는 이 틈을 이용하여 關中을 차지하고자 다시 數萬 군사를 데리고 駱谷(낙곡)을 출발해서 소로를 이용하여 沈嶺(침령)에 도착했다. 그때 長城(장성)이란 곳에는 비축한 군량은 많았지만 지키는 군사가 적었는데 강유의 내침 소식에 모두가 두려워하였다. 그러나 魏 대장군 司馬望(사마망)이 강유를 막았고, 鄧艾(등애)도 隴右(농우)에서 이동하여 長城에 주둔하였다. 강유는 芒水(망수)란 곳에 진출하여 산기슭을 이용하여 군영을 지었다. 사마망과 등애는 渭水(위수)가에 견고한 군영을 만들었는데, 강유가 여러 번 도전하였지만 사마망과 등애는 응전하지 않았다.

景耀(경요) 원년(서기 258), 강유는 제갈탄이 패망했다는 소식을 듣고 바로 成都로 회군했다. 강유는 다시 大將軍이 되었다.

···············
570 諸葛誕(제갈탄, ?-258年, 字 公休) - 琅邪郡 陽都縣人(今 山東省 남부 臨沂市 임기시). 蜀漢 諸葛亮과 東吳 諸葛瑾의 堂弟, 서기 256년에 東吳의 군사가 위를 침략하자, 제갈탄은 壽春 방어를 위하여 10만 군사가 더 필요하며 淮水 주변에 축성하여 적의 침입에 대비해야 한다고 요청하면서, 내심으로는 회남 일대를 완전 장악하려고 했다. 甘露 2년 5월(서기 257), 조정에서는 제갈탄을 司空에 임명하였다. 제갈탄은 조서를 받고 더욱 두려워하면서 결국 반기를 들었다. 제갈탄은 淮南 및 淮北의 각 군현의 둔전하는 10만 군사와 揚州에서 새로이 징발한 군사 4, 5만 명을 모으고, 1년을 버틸 군량을 거둬 비축한 뒤에 수춘 성문을 폐쇄하고 반란을 계속했지만 고립무원으로 곧 멸망했다. 《魏書》 28권, 〈王毌丘諸葛鄧鍾傳〉에 입전.

初, 先主留魏延鎭漢中, 皆實兵諸圍以御外敵. 敵若來攻, 使不得入. 及興勢之役, 王平捍拒曹爽, 皆承此制.

維建議, 以爲錯守諸圍, 雖合《周易》'重門'之義, 然適可禦敵, 不獲大利. 不若使聞敵至, 諸圍皆斂兵聚穀, 退就漢,樂二城. 使敵不得入平, 且重關鎭守以捍之. 有事之日, 令遊軍並進以伺其虛. 敵攻關不克, 野無散穀, 千里縣糧, 自然疲乏. 引退之日, 然後諸城並出, 與遊軍並力搏之, 此殄敵之術也.

於是令督漢中胡濟卻住漢壽, 監軍王含守樂城, 護軍蔣斌守漢城, 又於西安,建威,武衛,石門,武城,建昌,臨遠皆立圍守.

|국역|

그전에, 先主는 魏延(위연)을 남겨 漢中郡 지역을 수비케 하였는데, 그 전술은 모두 병력을 충분히 배치하여, 적이 만약 공격하더라도 관할 지역에 들어오지 못하게 하는 방어였다.(延熙 7년, 서기 244) 興勢(흥세)의 전투에서 王平(왕평)이 曹爽(조상)을 막은 전술도 이를 계승한 것이었다.

이에 강유가 건의하였는데, 여러 성이 多重으로 방어하는 것이 비록 《周易》의 '重門(여러 겹의 출입문)'의 뜻에 맞아 내침을 방어할 수는 있지만 큰 승리를 얻을 수는 없다. 일단 적군이 내침한다면 모든 성에서는 군사를 불러들이고 군량을 집결시키며, 퇴각한다면 (제갈량이 축조했던) 漢城이나 樂城으로 이동한다. 적을 평지에 들어오지 못하게 하고 또 다중의 관문으로 지키면서 방어한다. 그러다가 전투를 벌일 때가 되면, 틈을 보아 각 보루의 군사를 출동시킨다. 적이 관문을 공격하여 이기지 못하거나, 또 들에는 민가의 곡식이 없어, 천리나 떨어진 곳에 군량을 운반해야 하기에, 적군은 자연지칠 것이다. 적이 퇴각할 때가 되면 모든 성에서 군사를 출동하며 전력을 다하는 유격전으로 공격하는 것이 바로 적을 전멸시키는 전술이 될 것이라고 하였다.

이에 따라 漢中郡의 군사를 감독하는 胡濟를 후방으로 빼어 漢壽(한수)에 주둔케 하였으며, 監軍인 王含(왕함)은 樂城을 수비케 하고, 護軍인 蔣斌(장빈)은 漢城(한성)을 수비케 하였으며, 또 西安, 建威(건위),[571] 武衛(무위), 石門, 武城, 建昌, 臨遠(임원)에 수비 군사를 배치하였다.

| 原文 |

五年, 維率衆出漢,侯和爲鄧艾所破, 還住沓中. 維本羈旅托國, 累年攻戰, 功績不立. 而宦官黃皓等弄權於內, 右大將軍閻宇與皓協比, 而皓陰欲廢維樹宇. 維亦疑之, 故自危懼, 不復還成都.

六年, 維表後主, 「聞鐘會治兵關中, 欲規進取, 宜並遣張

---

571 建威(건위)는 武都郡 서북쪽에 설치한 군영 이름. 建威之戰은 蜀漢과 曹魏의 전투. 제갈량의 3차 북벌 시(서기 229), 이 건위의 싸움으로 촉한은 今 甘肅省 隴南 일대의 武都郡과 陰平郡 일대를 확보하였다.

翼,廖化詣督堵軍分護陽安關口,陰平橋頭, 以防未然.」

皓徵信鬼巫, 謂敵終不自致. 啓後主寢其事, 而群臣不知. 及鐘會將向駱谷, 鄧艾將入沓中. 然後乃遣右車騎廖化詣沓中爲維援, 左車騎張翼, 輔國大將軍董厥等詣陽安關口以爲諸圍外助. 比至陰平, 聞魏將諸葛緒向建威, 故住待之.

月餘, 維爲鄧艾所摧, 還住陰平. 鐘會攻圍漢,樂二城, 遣別將進攻關口, 蔣舒開城出降, 傅僉格鬪而死.

會攻樂城, 不能克. 聞關口已下, 長驅而前, 翼,厥甫至漢壽, 維,化亦舍陰平而退. 適與翼,厥合, 皆退保劍閣以拒會.

會與維書曰,「公侯以文武之德, 懷邁世之略, 功濟巴,漢, 聲暢華夏, 遠近莫不歸名. 每惟疇昔, 嘗同大化, 吳札,鄭喬, 能喩斯好.」

維不答書, 列營守險. 會不能克, 糧運縣遠, 將議還歸.

| 국역 |

(景耀 경요) 5년(서기 262), 姜維(강유)는 군사를 거느리고 漢城(한성)과 侯和(후화)에서 출병했지만 鄧艾(등애)에게 격파되어 沓中(답중)[572]으로 돌아와 주둔하였다. 강유는 본래 다른 나라에서 蜀을 찾아와 의탁한 사람이었고, 여러 해 동안 원정을 벌렸어도 공을 세우지 못했다. 그런데 宦官 黃皓(황호)는 조정에서 권력을 농단했고,

---

572 沓中(답중)은 요새 이름. 당시 梓潼郡 陰平縣, 今 甘肅省 동남 隴南市 관할 文縣. 여기서 강유가 둔전했었다.

右大將軍인 閻宇(염우)는 황호와 짝이 되어 협조했는데, 황호는 은밀히 강유를 제거하고 염우를 심으려 했다. 강유 또한 황호를 의심하며 다시는 成都로 돌아가지 않았다.

(景耀) 6년(서기 263), 강유가 後主에게 표문을 올렸다.

「臣이 알기로, 鐘會(종회)가 關中에서 군사를 훈련하며 틈을 보아 우리를 공격하려 한다니, 張翼(장익)과 廖化(요화)을 보내 군사를 감독하며 陽安의 關口와(陽平關)[573] 陰平의 橋頭를(陰平橋)[574] 방어케 하여 미연에 예방해야 좋을 것입니다.」

황호는 귀신을 섬기는 무당의 말을 믿어 적이 절대로 침입하지 못한다고 말했다. 황호는 후주에게 말하여 강유의 표문을 그냥 묵살시켰기에 조정 신하는 이런 사실조차 몰랐다.

종회는 군사를 거느리고 駱谷(낙곡)으로 진격했고, 등애는 沓中(답중)으로 진격하려고 했다. 그런 뒤에야 겨우 右車騎將軍 廖化(요화)는 답중에 도착하여 강유를 지원하였고, 左車騎將軍인 張翼(장익)과 輔國大將軍인 董厥(동궐) 등을 陽安 關口에 보내 여러 城의 군사를 지원케 하였다. 장익과 동궐이 陰平縣에 도착할 때, 魏將 諸葛緒(제갈서)[575]는 建威郡(건위군)으로 진격한다는 소식을 듣고 더 이상 진격을 멈추고 적을 기다렸다.

....

573 陽平關 – 陝西省 寧羌縣에 위치, 陽安關, 關口, 白馬城으로도 불렸다. 당시 漢中郡 沔陽縣(면양현) 서쪽. 曹魏와 蜀漢의 군사 요지.

574 陰平橋 – 今 甘肅省 동남 隴南市 관할 文縣, 白水河에 있던 교량.

575 諸葛緒(제갈서, 生卒年 미상) – 毌丘儉(관구검) 叛亂 때 泰山太守로 관구검과 교전, 雍州刺史로 승진하여 滅蜀之戰에 참여하여 강유를 고립시키기도 했지만 강유에게 대패했고 종회의 질책을 받고 겨우 죽음을 면한 채 낙양으로 압송되었다.

한 달쯤 지나, 강유는 등애에게 패전하여 음평으로 후퇴하여 주둔했다. 鐘會는 漢城과 樂城을 포위 공격하면서 별장을 보내 양안 관구를 공격케 하였는데, (守將인) 蔣舒(장서)는 성문을 열고 나와 투항했고 傅僉(부첨)은 육박전을 벌이다가 죽었다.

종회는 樂城(낙성)을 공격했지만 점령할 수가 없었다. 종회는 陽安 關口가 함락되었다는 소식을 듣고 (낙성을 버려두고) 대군을 몰아 진격했고 (촉의) 장익과 동궐은 겨우 漢壽(한수)에 도착했으며, 강유와 요화는 陰平을 포기하고 퇴각하였다. 장익은 동궐과 합세한 뒤에 모두 퇴각하여 劍閣(검각)[576]을 지키며 종회를 방어하였다.

종회는 강유에게 서신을 보냈다.

「公은 文武之德을 겸비하였고 세상을 이끌 지략을 품었으며, 巴蜀(파촉)과 漢中에서 공을 세워 中原까지 명성을 날려 원근의 모두가 공의 大名을 따라 귀부하려고 합니다. 그리고 늘 古事를 회념하시며 큰 교화를 이룩하셨으니, 이는 吳의 季札(계찰)이나 鄭喬(鄭子産)[577]와 같을 것입니다.」

강유는 종회에게 답신을 보내지 않았고 군영을 설치하여 검각을 방어하였다. 종회는 강유를 이길 수 없고 군량을 먼 곳에서 운송해야 하기에 회군할 생각도 하였다.

----

576 劍閣(검각, 劍門閣) - 당시 梓潼郡 漢德縣 소재 關門. 今 四川省 북동부 廣元市 관할 劍閣縣. 甘肅省 남부와 四川省 간의 교통요지. 현존 劍閣은 2005년 화재 소실 후 다시 지었다고 한다.

577 孔子는 鄭나라의 子産(자산)과 齊의 晏嬰(안영, 晏子)을 유능한 정치가로 공경하였다.

而鄧艾自陰平由景谷道傍入, 遂破諸葛瞻於綿竹. 後主請
降於艾, 艾前據成都. 維等初聞瞻破, 或聞後主欲固守成都,
或聞欲東入吳, 或聞欲南入建寧. 於是引軍由廣漢, 郪道以審
虛實. 尋被後主敕令乃投戈放甲, 詣會於涪軍前, 將士咸怒,
拔刀斫石.

會厚待維等, 皆權還其印號節蓋. 會與維出則同輿, 坐則同
席, 謂長史杜預曰, "以伯約比中土名士, 公休, 太初不能勝
也."

會旣構鄧艾, 艾檻車徵, 因將維等詣成都, 自稱益州牧以
叛. 欲授維兵五萬人, 使爲前驅. 魏將士憤發, 殺會及維, 維
妻子皆伏誅.

|국역|

한편, 鄧艾(등애)는 음평에서 景谷道(경곡도) 곁의 길을 따라 蜀에
들어가 諸葛瞻(제갈첨, 제갈량의 아들)을 綿竹에서 격파하였다. 後主
는 등애에게 투항했고, 등애는 전진하여 成都에 입성했다.

강유 등은 처음에 제갈첨이 격파되었다는 소식을 듣고 이어 후주
가 성도를 고수하고 있다거나, 동쪽 東吳로 가려 한다거나, 남쪽 建
寧郡(건녕군)[578]으로 옮겨가려 한다는 소문을 들었다. 이에 강유는

---

578 建寧郡 – 후한의 益州郡, 郡治는 滇池縣, 今 雲南省 중부 玉溪市 관할 澄江縣
(징강현).

군사를 거느리고 廣漢郡의 郪縣(처현)을 지나면서 소문의 진위를 살폈다. 그 뒤 後主의 敕令(칙령)을 전해 듣고 바로 무기와 갑옷을 버리고 涪縣(부현)의 종회 군영을 찾아갔는데, 將卒들은 모두 분노하며 칼로 돌을 내려치기도 했다.

종회는 강유 등을 우대하였고, 강유의 관인과 부절과 車蓋(거개) 등을 돌려주었다. 종회와 강유는 수레를 함께 타고 외출하거나 대등한 자리에 앉았는데, 종회는 長史인 杜預(두예)[579]에게 "伯約(백약, 姜維)을 中原의 名士와 비교한다면 公休(諸葛誕)이나 太初(夏侯玄)[580]보다 뛰어나다."고 말했다.

종회는 등애를 반역으로 얽어 함거로 압송시킨 뒤에, 강유 등을 거느리고 成都에 입성하였고, 益州牧을 자칭하며 반란을 일으켰다. 종회는 강유에게 5만의 군사를 주어 (낙양을 진격할) 선봉으로 삼았다. 그러나 魏의 將士들은 분노를 폭발하여 종회 및 강유를 죽였고,[581] 강유의 처자도 모두 처형되었다.

....

579 杜預(두예 222~285년) – 뒷날 吳를 멸망시킨 西晉의 장수. 羊祜(양호)는 晉武帝(司馬炎)에게 吳나라 정벌을 건의했으나 다른 신하들의 반대로 실행하지 못하자, 양호는 병을 핑계로 사임한다. 양호가 위독하다는 소식을 들은 무제가 양호를 찾아 문병하자, 양호는 杜預(두예)를 천거한 뒤 죽는다. 두예는 평소 학문을 좋아해 左丘明(좌구명)의 《春秋左傳》을 틈만 나면 읽었고 행군 중에도 사람을 시켜 말 앞에서 《좌전》을 읽게 하였다. 이에 사람들은 두예를 '좌전에 푹 빠졌다' 는 뜻으로, '左傳癖(좌전벽)' 이라고 불렀다.

580 夏侯玄(하후현, 209 - 254, 字 泰初, 一作 太初) – 夏侯尙의 아들, 하후현의 아내 李惠姑(이혜고)는 道敎에서 女眞仙으로 숭배된다. 모친 德陽鄕主는 曹眞의 여동생이니 曹爽과 夏侯玄은 내외종 형제였다. 하후현은 玄學(현학)의 대가로 알려졌다. 司馬師에게 멸족 당했다.

581 《三國演義》에 의하면, 후주가 등애에게 항복했다는 소식을 들은 강유는 종회에게 투항한다. 강유는 종회를 부추겨 등애와 싸우게 만든 뒤, 그를 이용하

郤正著論論維曰,

「姜伯約據上將之重, 處群臣之右. 宅舍弊薄, 資財無餘, 側室無妾媵之藝, 後庭無聲樂之娛. 衣服取供, 輿馬取備, 飮食節制, 不奢不約, 官給費用, 隨手消盡.

察其所以然者, 非以激貪厲濁, 抑情自割也. 直謂如是爲足, 不在多求. 凡人之談, 常譽成毀敗, 扶高抑下, 咸以姜維投厝無所, 身死宗滅, 以是貶削, 不復料擿, 異乎《春秋》褒貶之義矣. 如姜維之樂學不倦, 淸素節約, 自一時之儀表也.」

維昔所俱至蜀, 梁緒官至大鴻臚, 尹賞執金吾, 梁虔大長秋, 皆先蜀亡沒.

| 국역 |

郤正(극정)[582]은 글을 지어 강유를 논평하였다.

「姜伯約(강백약, 강유)은 上將의 막중한 지위였고 群臣보다 윗자

여 촉한을 다시 일으키려 했다. 그러나 강유와 종회의 등애 제거 음모가 누설되고, 강유는 자신을 엄습한 심장마비 증세 속에 등애의 군사와 싸우다가 자결한다. 강유는 하늘을 우러러보며 "내 계략이 성공하지 못한 것은 곧 천명이다(吾計不成 乃天命也)."라며 죽었다. 강유가 죽자, 魏의 장수들은 복수를 한다고 강유의 배를 갈라 보니, 강유의 쓸개(膽)가 계란만큼 컸다고 한다(其膽大如鷄卵). 인간의 용기는 쓸개에서 나온다고 생각했기에, 여기서 大膽(대담)이라는 말이 나온 것 같다.

582 郤正(극정, ?-278년, 字 令先, 本名 纂) - 郤은 땅이름 극, 틈 극. 성씨. 景耀 6년(서기 263), 後主는 譙周(초주)의 계책에 따라 鄧艾(등애)에게 투항했는데, 그 降書(항서)를 극정이 작성했다. 그 다음 해 정월, 後主는 동쪽 낙양으로 옮겨

리였다. 그가 거처하는 집은 낡고 누추했으며, 집안에 여분의 재산도 없었고, 가까이 거느린 側室(측실, 후처)이나 첩실도 없었으며, 풍악을 즐길만한 뒤뜰도 없었다. 의복을 제대로 갖춰 입고, 수레나 말은 준비되었으며, 음식을 절제하였고, 사치하지 않았으며, 검약을 내세우지도 않으면서, 나라에서 받는 관록은 살아가며 지출했었다.

그가 그러한 것을 살펴본다면 탐욕하거나 혼탁한 자를 감화시키려는 뜻도 아니었고, 자신의 욕망을 억제하려는 뜻도 아니었다. 다만 그렇게 마음 편하게 살았을 뿐 더 많은 것을 얻으려 하지도 않았다. 보통 사람의 남에 대한 담론은 성공한 사람이라면 칭송하고 실패한 사람이라면 헐뜯으며, 높은 사람은 더욱 부추기고 아래 사람이라면 짓누르게 되지만, 강유는 죽어 묻히지도 못했고 그 때문에 일족도 멸족되었으니, 이로써 그를 평가한다면 다른 것을 논할 필요도 없을 것이다. 이는《春秋》의 褒貶(포폄)하는 대의와도 다를 것이다. 강유처럼 호학하거나 배움에 게으르지 않고 청렴하며 검소하고 절약한다면 아마 한 시대의 儀表가 될 것이다.」

예전에 강유와 함께 蜀에 투항했던, 梁緖(양서)는 大鴻臚(대홍려)였고, 尹賞은 執金吾(집금오), 梁虔(양건)은 大長秋를 역임했지만 모두가 촉이 멸망하기 전에 죽었다.

....

갔다. 극정과 殿中督인 汝南 출신 張通(장통)만이 처자를 버려두고 단신으로 후주를 수행하며 시중을 들었다. 후주는 극정의 인도와 예법에 맞는 처신으로 행실에 아무런 착오나 실수가 없었다.

評曰, 蔣琬方整有威重, 費禕寬濟而博愛, 咸承諸葛之成
規, 因循而不革, 是以邊境無虞, 邦家和一, 然猶未盡治小之
宜, 居靜之理也. 姜維粗有文武, 志立功名, 而玩衆黷旅, 明
斷不周, 終致隕斃. 老子有云,「治大國者猶烹小鮮.」況於區
區蕞爾, 而可屢擾乎哉?

｜국역｜

陳壽의 評論 : 蔣琬(장완)은 행신이 바르고 위엄이 있었으며, 費禕
(비의)는 관용으로 모두를 널리 친애하였으며, 두 사람 다 제갈량의
풍모를 흠모했고 그 법제를 따르며 고치지 않았기에 변방에 걱정이
없었고, 나라와 왕실이 하나처럼 화합하였지만 소국을 다스리는 적
절한 治道나 無爲의 治를 완전 이해하지는 못했다.

姜維(강유)는 文武에 대략적인 재능이 있었지만 功名에만 뜻을 두
었고, 군사와 전쟁을 너무 가볍게 생각했기에 그 결단이 두루 치밀
하지 못하여 결국 그 때문에 죽어야 했다.

老子가 말했다「大國을 다스리기는 마치 작은 생선을 익히 듯 조
심해야 한다.」[583] 하물며 한쪽의 작은 나라가 어찌 그리 요란해야 하
겠는가?

---

583 원문 :《老子道德經》60章「治大國, 若烹小鮮. 以道蒞天下, 其鬼不神, 非其鬼
不神. ～」"큰 나라를 다스리는 것은 작은 생선을 익히는(烹, 삶다. 굽다) 것
과 같다. 道를 가지고 세상을 다스리면 神도 조화를 못부리며, 바르지 않은
귀신도 힘을 못 쓴다. ～" 백성은 저절로 살아가니 간섭하지 말라는 뜻이다.
작은 나라가(蜀) 큰 나라(魏)를 정벌하려는 목표가 처음부터 무리가 아니냐
는 뜻으로 인용했을 것이다.

45권 〈鄧張宗楊傳〉(蜀書 15)
(등,장,종,양전)

❶ 鄧芝

|原文|

鄧芝字伯苗, 義陽新野人, 漢司徒禹之後也. 漢末入蜀, 未見知待. 時益州從事張裕善相, 芝往從之, 裕謂芝曰, "君年過七十, 位至大將軍, 封侯." 芝聞巴西太守龐義好士, 往依焉.

先主定益州, 芝爲郫邸閣督. 先主出至郫, 與語, 大奇之, 擢爲郫令, 遷廣漢太守. 所在淸嚴有治績, 入爲尙書.

|국역|

鄧芝(등지)[584]의 字는 伯苗(백묘)로, 義陽郡 新野縣 사람으로, 後漢

584 鄧芝(등지, 178 – 251年, 字 伯苗) – 芝는 지초 지. 향기 나는 풀. 義陽郡 新野

司徒(사도)였던 鄧禹(등우)[585]의 후손이다. 後漢 말기에 蜀 땅에 이주했지만 알려지거나 출사하지 못했다. 당시 益州 從事인 張裕(장유)가 관상을 잘 본다 하여 등지가 장유를 찾아가 만나자 장유가 말했다.

"당신 수명은 70이 넘을 것이고, 지위는 대장군에 제후가 될 것이요."

등지는 巴西太守인 龐羲(방희)가 好士한다는 말을 듣고 찾아가 의탁했다.

유비가 益州를 평정한 뒤, 등지는 郫邸閣督(비저각독, 관저 관리인)이 되었다. 유비가 순시 중 (蜀郡) 郫縣(비현)에 들러 함께 이야기 한 뒤에 등지를 크게 칭찬하며 비현 현령으로 발탁했는데, 등지는 廣漢 태수로 승진했다. 임지에서 청렴, 근엄하고 치적이 좋아 조정에 들어가 尚書가 되었다.

| 原文 |

先主薨於永安. 先是, 吳王孫權請和, 先主累遣宋瑋,費禕等與相報答. 丞相諸葛亮深慮權聞先主殂隕, 恐有異計, 未知

∙∙∙∙∙∙∙∙∙∙∙∙∙∙∙∙
(今 河南省 南陽市 新野縣) – 유비가 죽었을 때, 제갈량의 명을 받고 東吳에 사신으로 가서 講和했다. 제갈량의 정벌에도 참여했다. 《蜀書》15권, 〈鄧張宗楊傳〉에 입전.

585 鄧禹(등우, 서기 2 – 58, 字 仲華) – 후한 개국공신, 光武帝 개국공신 雲臺二十八將의 첫째. 광무제와 가까웠고, 광무제가 蕭何(소하)처럼 믿을 수 있는 사람이라고 생각했다. 《後漢書》16권, 〈鄧寇列傳〉에 입전.

所如.

芝見亮曰, "今主上幼弱, 初在位, 宜遣大使重申吳好." 亮答之曰, "吾思之久矣, 未得其人耳, 今日始得之." 芝問其人爲誰? 亮曰, "卽使君也." 乃遣芝脩好於權. 權果狐疑, 不時見芝, 芝乃自表請見權曰, "臣今來亦欲爲吳, 非但爲蜀也."

權乃見之, 語芝曰, "孤誠願與蜀和親, 然恐蜀主幼弱, 國小勢偪, 爲魏所乘, 不自保全, 以此猶豫耳." 芝對曰, "吳, 蜀二國四州之地, 大王命世之英, 諸葛亮亦一時之傑也. 蜀有重險之固, 吳有三江之阻, 合此二長, 共爲脣齒, 進可並兼天下, 退可鼎足而立, 此理之自然也. 大王今若委質於魏, 魏必上望大王之入朝, 下求太子之內侍, 若不從命, 則奉辭伐叛, 蜀必順流見可而進, 如此, 江南之地非復大王之有也."

權默然良久曰, "君言是也." 遂自絕魏, 與蜀連和, 遣張溫報聘於蜀. 蜀復令芝重往, 權謂芝曰, "若天下太平, 二主分治, 不亦樂乎!" 芝對曰, "夫天無二日, 土無二王, 如並魏之後, 大王未深識天命者也, 君各茂其德, 臣各盡其忠, 將提枹鼓, 則戰爭方始耳."

權大笑曰, "君之誠款, 乃當爾邪!" 權與亮書曰, 「丁厷掞張, 陰化不盡, 和合二國, 唯有鄧芝.」

及亮北住漢中, 以芝爲中監軍, 揚武將軍. 亮卒, 遷前軍師前將軍, 領兗州刺史, 封陽武亭侯, 頃之爲督江州. 權數與芝相聞, 饋遺優渥.

延熙六年, 就遷爲車騎將軍, 後假節. 十一年, 涪陵國人殺
都尉反叛, 芝率軍征討, 即梟其渠帥, 百姓安堵. 十四年卒.

| 국역 |

先主가 永安宮에서 붕어했다(서기 203년). 그 이전에, 吳王 孫權
은 강화를 희망했고, 先主는 그간 宋瑋(송위)나 費褘(비의) 등을 보내
호응했었다. 승상 諸葛亮(제갈량)은 손권이 선주의 붕어 소식을 듣
고 다른 계책을 꾸밀지를 걱정하면서 어찌해야 할지 결정하지 못하
고 있었다. 鄧芝(등지)가 제갈량을 만나 말했다.

"지금 主上은 幼弱한데다가 처음 제위에 올랐으니, 東吳와 우호
수립의 중임을 수행할 사신을 보내야 할 것입니다."

이에 제갈량이 말했다.

"나도 오랫동안 생각했지만 적임자를 얻지 못했는데 오늘서야
찾았습니다."

등지가 그 사람이 누구냐고 묻자, 제갈량은 "바로 당신입니다."
라고 말했다. 그리고는 등지를 손권에 보내 修好하게 했다. 그러나
예상했던 대로 손권은 狐疑(호의)하며 즉시 등지를 만나주지 않자,
등지는 손권에게 알현을 요청하는 글을 올렸다.

"臣의 이번 방문은 吳國를 위한 것이지 결코 蜀만을 위한 일이 아
닙니다."

손권이 등지를 만나 말했다.

"孤(고)는 蜀國과 화친을 원하지만 蜀主가 유약한데다가 나라가

미약하고 정세도 불안한데다가, 魏가 틈을 보아 공격하면 나라 보전하기도 어려울 것 같아 유예했을 뿐이오."

이에 등지가 대답하였다.

"吳와 蜀 두 나라는 四州의 땅을 차지하였으며 大王께서는 하늘이 낸 영웅이시고, 우리 제갈량 승상 역시 한 시대의 걸출한 인물입니다. 蜀은 험고한 지형을, 그리고 吳는 三江이 지켜주는 땅이니, 이 두 가지 장점을 취하면 함께 脣齒(순치, 입술과 치아)를 형성하여, 함께 나아가면 천하를 차지할 수 있고, 물러난다 하여도 鼎足(정족)처럼 鼎立할 수 있으니, 이는 자연의 이치입니다. 大王께서 만약 魏에 의탁하려 한다면, 魏에서는 필히 대왕의 入朝를 요구하거나 적어도 太子를 보내 입시하라고 요구할 것인데, 만약 따르지 않는다면 魏에서는 반역을 정벌한다고 할 것이며, 거기에 蜀이 長江을 따라 남진한다면 江南의 땅은 대왕의 차지가 아닐 것입니다."

손권은 말없이 한참 있다가 말했다. "君의 말이 맞소."

그리고서는 魏와의 관계를 단절하고 蜀과 連和하면서, 張溫(장온)을 촉에 보내 답례케 하였다. 蜀에서도 등지를 다시 吳에 파견하였는데, 손권이 등지에게 말했다.

"만약 천하가 太平하여 二主가 分治한다면 그 또한 좋지 않겠는가!"

이에 등지가 대답했다.

"하늘에 태양이 두 개가 아니듯, 땅에 두 왕이 있을 수 없으니, 만약 魏를 병합한다면 그 이후에 大王께서는 天命이란 것을 생각하여야 하니, 군주는 각각 德을 힘써 베풀고 신하는 각자 충성을 다할 뿐이니 그러다가 서로 군사를 동원하고 북을 울리며 전쟁을 시작할 것입니다."

손권은 크게 웃으며 말했다.

"君은 성실하고 정직하니 정말 그대로 되겠지!"

그리고 손권은 제갈량에게 서신을 보냈다.

「丁厷(정굉)⁵⁸⁶의 말은 허풍이 심하고, 陰化(음화)는 속의 뜻을 다 말하지 않지만, 두 나라를 화합케 할 사람은 오직 鄧芝(등지) 뿐이요.」

제갈량이 북벌하며 漢中郡에 주둔할 때, 등지는 中監軍으로 揚武將軍이었다. 제갈량이 죽자 前軍師로 前將軍이 되었고, 兗州(연주) 자사를 겸했으며 陽武亭侯에 封해졌으며, 얼마 뒤에는 江州 도독이 되었다. 손권은 등지와 자주 연락했고, 그 대우가 매우 특별하였다.

延熙 6년(서기 243), 등지는 승진하여 車騎將軍이 되었고 나중에 부절을 받았다. 연희 11년(서기 248), 涪陵(부릉)⁵⁸⁷ 군민들이 都尉를 죽이고 반란을 일으켰는데, 등지가 군사를 거느리고 토벌하고 그 우두머리를 곧 잡아 매달자 백성은 안도했다.

延熙 14년(서기 251)에 죽었다.

| 原文 |

芝爲將軍二十餘年, 賞罰明斷, 善卹卒伍. 身之衣食資仰於

---

586 丁厷(정굉, 厷은 팔뚝 굉) – 張은 과장. 언사가 과장되고 꾸밈이 많다는 뜻
587 涪陵郡(부릉군) – 郡治는 涪陵縣, 今 重慶市 동남부 彭水(팽수) 苗族(묘족) 土家族自治縣은 중국 유일의 苗族 위주 소수민족 자치현. 약칭 팽수현.

官, 不苟素儉, 然終不治私産, 妻子不免飢寒, 死之日家無餘財. 性剛簡, 不飾意氣, 不得士類之和. 於時人少所敬貴, 唯器異姜維云.

子良, 襲爵, 景耀中爲尙書左選郎, 晉朝廣漢太守.

| 국역 |

鄧芝(등지)가 將軍으로 재직 20여 년에, 상벌은 분명하고 엄격했으며 사졸을 잘 대우하였다. 자신의 衣食은 나라에서 해결되었기에 굳이 검소 절약하지는 않았지만 그렇다고 개인 자산을 늘리지도 않았으며, 처자식은 굶주림과 추위를 면하지 못했고, 죽는 날에 집안에는 여분 재산이 없었다. 강직하고 단순한 성격에 자신의 감정을 숨기지 않았기에 士人과 잘 화합하지는 못했다. 그래서 다른 사람의 존경을 받지는 못했지만, 강유의 출중한 재능을 인정해준 사람이었다.

아들 鄧良(등량)이 작위를 계승했는데, 등량은 景耀 연간에 尙書左選郎이 되었고 晉朝에서 廣漢 태수를 역임했다.

❷ 張翼

| 原文 |

張翼字伯恭, 犍爲武陽人也. 高祖父司空浩, 曾祖父廣陵太

守綱, 皆有名跡.

先主定益州, 領牧, 翼爲書佐. 建安末, 擧孝廉, 爲江陽長, 徙涪陵令, 遷梓潼太守, 累遷至廣漢, 蜀郡太守. 建興九年, 爲涪降都督, 綏南中郞將.

翼性持法嚴, 不得殊俗之歡心. 耆率劉冑背叛作亂, 翼擧兵討冑. 冑未破, 會被徵當還, 群下咸以爲宜便馳騎卽罪, 翼曰, "不然. 吾以蠻夷蠢動, 不稱職故還耳, 然代人未至, 吾方臨戰場, 當運糧積穀, 爲滅賊之資, 豈可以黜退之故而廢公家之務乎?"

於是統攝不懈, 代到乃發. 馬忠因其成基以破殄冑, 丞相亮聞而善之. 亮出武功, 以翼爲前軍都督, 領扶風太守. 亮卒, 拜前領軍, 追論討劉冑功, 賜爵關內侯. 延熙元年, 入爲尙書, 稍遷督建威, 假節, 進封都亭侯, 征西大將軍.

| 국역 |

張翼(장익)[588]의 字는 伯恭(백공)으로, 犍爲郡 武陽縣 사람이다. 高祖父인 張浩(장호, 字 叔明)는 (후한 安帝 때) 司空이었고, 曾祖父인 張綱(장강, 字 文紀) 역시 명망과 치적이 뛰어났었다.

先主(劉備)가 益州를 평정하고 익주목을 겸할 때(建安 19년, 서

----

588 張翼(장익, ?-264년, 字 伯恭) ― 益州 犍爲 武陽縣(今 四川省 중부 眉山市 彭山區) 사람. 張良의 후손, 左車騎將軍 역임.

기 214), 장익은 書佐(서좌)가 되었다. 建安 말기에 孝廉(효렴)으로 천거되어 (犍爲郡) 江陽 縣長이 되었다가 涪陵(부릉) 현령으로 다시 승진하여 梓潼(재동) 태수가 되었으며, 廣漢, 蜀郡 태수 등을 역임하였다. 建興 9년에, 庲降(내항) 도독으로 綏南中郎將(수남중랑장)이 되었다.

장익은 법을 엄격히 집행하는 성격이라서 습속을 달리하는 이민족의 환심을 사지는 못했다. (내항도독으로서, 지방 세력의) 우두머리인 劉胄(유주)가 배반하여 반란을 일으키자 장익을 군사를 동원하여 유주를 토벌하였다. 유주를 다 토벌하지 못했을 때 조정의 부름을 받아 돌아가게 되었는데, 아랫사람 모두가 되는대로 빨리 돌아가지 않으면 죄를 짓게 된다고 말하자, 장익이 대답했다.

"그렇지 않다. 나는 만이가 蠢動(준동, 蠢은 꿈틀거릴 준)하는데, 직무를 제대로 수행하지 못해 소환되는 것이고, 또 후임자가 부임하지 않았으며, 내가 싸움터에 나왔으며 군량을 운반 비축하여 적을 물리칠 준비를 다 해 놓았는데, 어찌 함부로 퇴각하여 나라의 임무를 폐할 수 있겠는가?"

그리고서는 지휘를 태만히 하지 않다가 후임자가 도착하자 출발하였다. (후임자) 馬忠(마충)은 장익의 준비를 바탕으로 유주를 격파했는데, 승상 제갈량이 듣고서는 장익이 잘했다고 말했다. 제갈량이 (右扶風) 武功縣에 출병하면서 장익을 前軍都督에 임명했고 扶風太守를 겸임케 하였다. 제갈량이 죽은 뒤(서기 234년), 장익은 前領軍이 되었고 劉胄(유주)를 토벌한 공을 인정받아 關內侯의 작위를 받았다.

(後主) 延熙 원년(서기 238), 조정에 들어와 尙書가 되었고, 차츰 승진하여 建威(건위)[589] 都督이 되어 부절을 받았으며 작위도 올라 都亭侯가 되었다가 征西大將軍이 되었다.

| 原文 |

十八年, 與衛將軍姜維俱還成都. 維議復出軍, 唯翼廷爭, 以爲國小民勞, 不宜黷武. 維不聽, 將翼等行, 進翼位鎭南大將軍. 維至狄道, 大破魏雍州刺史王經, 經衆死於洮水者以萬計.

翼曰, "可止矣, 不宜復進, 進或毀此大功." 維大怒. 曰, "爲蛇畫足." 維竟圍經於狄道, 城不能克. 自翼建異論, 維心與翼不善, 然常牽率同行, 翼亦不得已而往.

景耀二年, 遷左車騎將軍, 領冀州刺史. 六年, 與維咸在劍閣, 共詣降鍾會於涪. 明年正月, 隨會至成都, 爲亂兵所殺.

| 국역 |

(延熙) 18년(서기 255), 張翼(장익)은 衛將軍인 姜維(강유)와 함께 成都로 돌아왔다. 강유가 다시 출병을 논의할 때, 조정에서 다만 장익만이 작은 나라에서 백성은 피로한데, 마구 군사를 동원하는 것

---

589 建威(건위)는 제갈량의 3차 북벌 때(서기 229), 武都郡 서북쪽에 설치한 군영 이름.

은 옳지 못하다고 말했다. 그러나 강유는 따르지 않았고, 장익 등과 함께 출병하려고 장익을 鎭南大將軍으로 승진시켰다. 강유는 狄道 縣(적도현)에서 魏 雍州(옹주) 刺史인 王經(왕경)의 군사를 대파했는데, 왕경의 군사로 洮水(조수)에서 죽은 자가 수만 명이었다. 이에 장익이 말했다.

"이제 그쳐야지 더 이상 진격은 좋지 않으며, 진격한다면 큰 전공을 훼손할 것입니다."

그러나 강유는 대노하면서 "蛇足(사족)을 단다"고 말했다. 강유는 왕경의 적도현을 포위 공격했지만 이기지 못했다. 장익이 이의를 제기한 뒤로 강유는 마음속으로 장익을 미워하면서 늘 억지로 동행케 했고, 장익은 부득불 따라갈 수밖에 없었다.

景耀(경요) 2년(서기 259), 장익은 左車騎將軍으로 冀州刺史[590]를 겸임했다. 경요 6년(서기 263), 장익은 강유와 함께 劍閣(검각)에서 방어하다가 함께 涪陵(부릉)의 鍾會 군영을 찾아가 투항했다. 다음 해 정월, 종회를 따라 成都에 들어왔지만 (종회의 반란 뒤), 亂兵에게 피살되었다.

··················
590 冀州刺史 – 冀州는 魏의 영역으로 황하 북쪽이다. 여기서 기주자사는 실질적 통치나 행정이 없는 명예 관직명이다. 〈鄧芝傳〉에 鄧芝(등지)가 兗州(연주) 자사를 겸한 것도, 또 廖化(요화) 幷州(병주) 자사를 겸한 것도 마찬가지이다. 손권이 서기 229년에 정식으로 칭제하자, 촉한에서는 사자를 보내 즉위를 경축하였다. 그리고 동오와 촉한은 천하 양분에 동의하여 豫州, 靑州, 徐州, 幽州는 吳의 소속으로 정했고, 兗州(연주), 冀州, 幷州, 涼州는 蜀漢의 소속이었다. 그리고 司州(司隸校尉部)의 땅은 函谷關(함곡관)을 경계로 나누었다.

❸ 宗預

|原文|

宗預字德艷, 南陽安衆人也. 建安中, 隨張飛入蜀. 建興初, 丞相亮以爲主簿, 遷參軍右中郎將.

及亮卒, 吳慮魏或承衰取蜀, 增巴丘守兵萬人, 一欲以爲救援, 二欲以事分割也. 蜀聞之, 亦益永安之守, 以防非常. 預將命使吳, 孫權問預曰, "東之與西, 譬猶一家, 而聞西更增白帝之守, 何也?"

預對曰, "臣以爲東益巴丘之戍, 西增白帝之守, 皆事勢宜然, 俱不足以相問也."

權大笑, 嘉其抗直, 甚愛待之, 見敬亞於鄧芝,費禕. 遷爲侍中, 徙尚書. 延熙十年, 爲屯騎校尉. 時車騎將軍鄧芝自江州還, 來朝, 謂預曰, "禮, 六十不服戎, 而卿甫受兵, 何也?" 預答曰, "卿七十不還兵, 我六十何爲不受邪?"

芝性驕傲, 自大將軍費禕等皆避下之, 而預獨不爲屈. 預復東聘吳, 孫權捉預手, 涕泣而別曰, "君每銜命結二國之好. 今君年長, 孤亦衰老, 恐不復相見!" 遺預大珠一斛, 乃還. 遷後將軍, 督永安, 就拜征西大將軍, 賜爵關內侯.

景耀元年, 以疾徵還成都. 後爲鎮軍大將軍, 領兗州刺史. 時都護諸葛瞻初統朝事, 廖化過預, 欲與預共詣瞻許. 預曰,

"吾等年逾七十, 所竊已過, 但少一死耳, 何求於年少輩而屑屑造門邪?" 遂不往.

| 국역 |

宗預(종예)[591]의 字는 德艶(덕염)으로, 南陽郡 安衆縣 사람이다. 建安 연간에, 張飛(장비)를 따라 蜀郡에 들어갔다. (後主) 建興 연간에, 승상 諸葛亮의 主簿가 되었다가 參軍右中郎將으로 승진하였다.

제갈량이 죽자, 東吳에서는 曹魏가 蜀漢의 쇠약을 틈타 蜀을 병합할까 걱정하여 巴丘(파구)[592]를 방어하는 군사 1만 명을 증원하여 蜀漢을 구원하거나 상황에 따라 땅을 분할하려고 했다. 蜀漢에서도 이를 알고 역시 永安縣(영안현)[593]의 수비 군사를 늘려 비상시에 대비하였다. 종예가 명을 받아 吳에 사신으로 갔는데, 손권이 종예에게 물었다.

"동쪽과 서쪽은 비교하자면 한 집인데, 서쪽(蜀)에서 白帝의 수비군을 증강했다는데 왜 그리했는가?"

이에 종예가 말했다.

"臣은 동쪽(吳)에서 巴丘(파구)의 방위병을 늘렸기에 서쪽에서도 白帝城의 수비를 늘린 것이니, 양쪽 형편이 그러했으니 굳이 서로

....

591 宗預(종예, 188 - 264년, 字 德豔) - 荊州 南陽郡 安衆縣(今 河南省 南陽市 관할 鄧州市). 東吳 외교 사신으로 파견, 활약.

592 巴丘(파구) - 東吳 廬陵郡의 巴丘縣, 今 湖南省 동북단 岳陽市. 서기 210년 周瑜(주유)가 36세에 죽은 곳.

593 巴郡(巴東郡) 魚復縣은 章武 2년(서기 222), 劉備가 夷陵戰에서 패한 뒤 白帝城으로 물러나와 魚復縣을 永安縣으로 개명했다. 今 重慶市 동부 奉節縣.

따져 물을 것은 아닙니다."

손권은 크게 웃었고, 종예의 당당한 답변을 가상히 여겨 매우 우호적으로 대우하며 鄧芝(등지)나 費禕(비의) 다음으로 우대하였다.

종예는 侍中으로 승진했다가 尙書로 옮겼다. 延熙 10년(서기 247), 屯騎校尉가 되었다. 그때 車騎將軍인 鄧芝(등지)는 江州縣에서 성도로 돌아왔고 입조하며 종예에게 말했다.

"禮에도 60이면 軍에 복무하지 않는다 했거늘, 卿이 얼마 전에 둔기교위가 되었는데 왜 그리했소?"

그러자 종예가 대답했다.

"卿은 70에서 병권을 반환하지 않는데, 내가 어찌 60에 못 받겠습니까?"

등지는 난체하고 오만하였기에 大將軍 費禕(비의) 등이 모두 피하였지만, 종예 혼자만은 끝까지 굽히지 않았다. 종예가 다시 東吳에 사신으로 가자, 손권은 종예의 손을 잡고 눈물을 흘리며 이별의 말을 하였다.

"君은 늘 양국의 우호를 위한 使命(사명)을 받고 왔소. 이제 君도 나이가 많고 나도 쇠약하니 아마 다시 보기 어려울 것이요!"

그러면서 종예에게 큰 구슬(大珠) 1斛(곡)을 하사하여 돌려보냈다. 종예는 後將軍이 되어 永安의 군영을 지휘했고, 곧 征西大將軍을 제수 받았고 관내후의 작위도 받았다.

景耀(경요) 원년(서기 258), 병환으로 부름을 받아 成都로 돌아왔다. 뒷날 鎭軍大將軍이 되어 兗州(연주)자사를 겸했다. 그때 都護인 諸葛瞻(제갈첨)이 조정의 일을 관할하였는데, 廖化(요화)가 종예를 찾아와 함께 제갈첨을 만나보자고 말했다. 이에 종예가 말했다.

"우리 모두 70이 넘었으니 너무 오래 살았고 다만 죽을 일만 남았는데, 어찌 젊은 사람을 찾아 屑屑(설설, 마음이 안정되지 못한 모양) 기어야 하겠나?"

종예는 끝내 제갈첨을 찾아가지 않았다.

❹ 廖化

|原文|

廖化字元儉, 本名淳, 襄陽人也. 爲前將軍關羽主簿, 羽敗, 屬吳. 思歸先主, 乃詐死, 時人謂爲信然, 因攜持老母晝夜西行. 會先主東征, 遇於秭歸. 先主大悅, 以化爲宜都太守.

先主薨, 爲丞相參軍, 後爲督廣武, 稍遷至右車騎將軍, 假節, 領幷州刺史, 封中鄕侯, 以果烈稱. 官位與張翼齊, 而在宗預之右. 咸熙元年春, 化,預俱內徙洛陽, 道病卒.

|국역|

廖化(요화)[594]의 字는 元儉(원검)이고, 본명은 淳(순)으로 南郡 襄陽

----

[594] 廖化(요화, ?-264년, 本名 廖淳, 字 元儉) — 廖는 공허할 료(요), 성씨. 荊州 南郡 襄陽縣 출신. '蜀中無大將하여 廖化作先鋒'이라는 속담은 正史에 나오는 말이 아니다. 본래의 뜻은 요화가 늙어 선봉장이 되었지만 그렇다고 젊은이가 함부로 나설 일은 아니라는 뜻이었지만, 나중에는 인재가 없으니 능력이 안 되는 사람을 등용한다는 뜻으로 전용되었다.

縣(양양현) 사람이다. 前將軍인 關羽(관우)의 主簿(주부)였는데, 관우가 패전하며 吳에 남게 되었다. 유비에게 돌아갈 일념으로 거짓 죽은 척 했고, 그때 사람들이 그런 줄 알았는데, 요화는 노모를 모시고 밤낮 으로 서쪽으로 갔다. 마침 先主가 東征할 때, 秭歸縣(자귀현)에서 만 나자, 선주는 크기 기뻐하며 요화를 宜都(의도)[595] 태수에 임명했다.

先主가 죽자, 요화는 丞相府 參軍이 되었다가 나중에 廣武의 도 독이 되었고 점차 승진하여 右車騎將軍이 되었으며, 부절을 받고 幷州(병주) 자사를 겸했으며 中鄕侯에 봉해졌는데, 과감하고 열성적 이라는 칭송을 들었다. 관직은 張翼(장익)과 같았지만 宗預보다는 높았다. (曹魏, 曹奐의) 咸熙 원년 봄(서기 264), 요화와 종예는 함 께 낙양으로 이주하였는데 요화는 가는 도중에 병사했다.

❺ 楊戲

|原文|

楊戲字文然, 犍爲武陽人也. 少與巴西程祁公弘,巴郡楊汰 季儒,蜀郡張表伯達並知名. 戲每推祁以爲冠首, 丞相亮深識 之. 戲年二十餘, 從州書佐爲督軍從事, 職典刑獄, 論法決疑, 號爲平當, 府闢爲屬主簿. 亮卒, 爲尙書右選部郞, 刺史蔣琬 請爲治中從事史.

---

595 宜都郡 治所는 夷道縣, 今 湖北省 宜昌市 관할 宜都市. 夷道, 夷陵, 佷山 3縣 을 관할하였다. 東吳와 蜀漢의 형세에 따라 소속이 바뀌었다.

琬以大將軍開府, 又闢爲東曹掾, 遷南中郞參軍, 副貳庲降
都督, 領建寧太守. 以疾徵還成都, 拜護軍監軍, 出領梓潼太
守, 入爲射聲校尉, 所在淸約不煩.

延熙二十年, 隨大將軍姜維出軍至芒水. 戲素心不服維, 酒
後言笑, 每有傲弄之辭. 維外寬內忌, 意不能堪, 軍還, 有司
承旨奏戲, 免爲庶人. 後景耀四年卒.

戲性雖簡惰省略, 未嘗以甘言加人, 過情接物. 書符指事,
希有盈紙. 然篤於舊故, 居誠存厚. 與巴西韓儼, 黎韜童幼相
親厚, 後儼痼疾廢頓, 韜無行見捐, 戲經紀振卹, 恩好如初.
又時人謂譙周無當世才, 少歸敬者, 唯戲重之, 嘗稱曰, "吾等
後世, 終自不如此長兒也." 有識以此貴戲.

張表有威儀風觀, 始名位與戲齊, 後至尙書, 督庲降後將
軍, 先戲沒. 祁, 汰各早死.

| 국역 |

楊戲(양희)[596]의 字는 文然(문연)으로, 犍爲郡 武陽縣 사람이다. 젊
어서 巴西郡 程祁(정기, 字 公弘), 巴郡의 楊汰(양태, 字 季儒), 蜀郡의
張表(장표, 字 伯達) 등과 나란히 이름이 알려졌다. 양희는 정기를 첫
째라고 생각하였는데, 丞相 제갈량도 이들을 잘 알고 있었다. 양희

596 楊戲(양희, ?-261년) − 字는 文然. 犍爲郡 武陽縣(今 四川省 중부 眉山市 彭
山區) 출신. 〈季漢輔臣贊〉을 지었는데 이는 蜀漢의 역대 君臣을 찬미하며 개
개인의 치적을 나름대로 주관적으로 평가하였다.

는 나이 20여 세에 자사의 書佐(서좌)에서 督軍從事를 승진하여 刑獄에 관한 일을 담당했는데, 판결과 사건 처리에 공평하고 정당하다는 칭송을 들었으며, 승상부의 부름을 받아 主簿가 되었다. 제갈량이 죽은 뒤 尙書 右選部郎이 되었다가 刺史 蔣琬(장완)의 부름을 받아 治中從事史가 되었다.

장완이 大將軍府를 설치하자, 다시 양희를 불러 東曹掾에 임명했고, 양희는 南中郎 參軍이 되었으며, 庲降(내항) 都督의 副職이 되어 建寧 태수를 겸임하였다. 그 뒤 양희는 질병으로 成都에 돌아왔다가 護軍監軍이 되었으며, 지방관으로 나가 梓潼(재동) 태수를 겸했다가 중앙에 들어와 射聲校尉가 되었는데, 임지에서는 청렴 검소했고 정령은 청명 간결하였다.

延熙 20년(서기 257), 대장군 姜維(강유)를 수행하며 군사를 거느리고 芒水(망수)란 곳에 주둔하였다. 양희는 평소에 강유에게 심복하지 않았는데, 술 취한 뒤에 늘 건방지며 희롱하는 농담을 했다. 강유는 겉으로는 너그러우나 속이 좁은 사람이라 양희의 농담을 참지 못하고 회군한 뒤에 담당자를 시켜 양희를 탄핵했고, 양희는 서인으로 강등되었다. 양희는 景耀 4년(서기 262)에 죽었다.

양희의 천성이 소탈하면서도 좀 오만하고 생각이 커서 남한테 좋은 말을 할 줄 몰랐고 감정을 숨겨가며 교제할 줄도 몰랐다. 그가 처리하는 업무 관련 문장은 간략하여 종이 한 장을 채우는 경우가 없었다.

그러나 옛 지인에게는 성실하고도 후덕하였다. 그래서 巴西郡의 韓儼(한엄)이나 黎韜(여도)와는 어렸을 적부터 친밀하였는데, 뒷날 한엄은 중병에 걸려 폐인이 되었고, 여도는 행실이 불성실하여 등용되지 못했지만, 양희는 그들을 도와주고 끝까지 보살펴 우정이 처음과 같았다.

또 그때 사람들이 譙周(초주)가 '時政을 보좌할 만한 능력이 없다.' 며 초주를 공경하는 사람이 거의 없었지만, 양희만은 초주를 존경했는데, 일찍이 "우리 같은 후배들은 (초주같이) 키가 큰 분을 따라갈 수가 없다."[597]고 말했다. 이 때문에 알 만한 사람은 양희를 높이 평가했다.

張表(장표)는 점잖고 위엄이 있었는데, 처음에는 직위와 명성이 양희와 비슷했지만 나중에 尙書가 되었다가 庲降(내항) 도독의 後將軍이 되었다가 양희보다 먼저 죽었고, 정기와 양태도 모두 일찍 죽었다.

| 原文 |

戲以延熙四年著〈季漢輔臣贊〉, 其所頌述, 今多載於《蜀書》, 是以記之於左. 自此之後卒者, 則不追諡, 故或有應見稱紀而不在乎篇者也. 其戲之所贊而今不作傳者, 余皆註疏本末於其辭下, 可以觕知其彷彿云爾.

| 국역 |

楊戲(양희)는 延熙 4년(서기 241)에, 〈季漢輔臣贊〉[598]를 지었는

----

597 譙周(초주)는 신장이 8척이었다.
598 〈季漢輔臣贊(계한보신찬)〉 – 季漢은 마지막 漢, 곧 前漢, 後漢(中漢) 蜀漢(季漢)을 지칭. 贊은 讚(기릴 찬). 頌의 뜻. 칭송하는 글. 贊(찬)은 文體의 하나. 稱

데, 양회가 서술하여 칭송한 인물은 지금《蜀書》에 많이 입전되었
지만,〈季漢輔臣贊〉은 아래와 같다.

　양회가〈계한보신찬〉을 지은 이후 죽은 사람은 시호를 기록하지
않았으며, 응당 여기에 수록되어야 하지만 이 여기에 실리지 못한
사람도 있다. 양희의〈계한보신찬〉에는 수록되었지만 立傳되지 않
은 사람에 대해서는, 내가(陳壽) 그 문장 다음에 사건의 본말을 주
석으로 달았기에 그 비슷한 내용의 대략은(觕은 거칠 추, 대략) 알
수 있을 것이다.

※〈季漢輔臣贊〉- 楊戱

|原文|

「昔文王歌德, 武王歌興, 夫命世之主, 樹身行道, 非唯一
時, 亦由開基植緖, 光於來世者也. 自我中漢之末, 王綱棄柄,
雄豪並起, 役殷難結, 生人塗地. 於是世主感而慮之, 初自燕,

....

述하고 평론하는 글. 후세에 전해 오지는 않지만 司馬相如가 戰國시대 燕의
荊軻(형가)를 贊한 글을 시작으로 본다. 班固는《漢書》七十傳의 인물에 맞춰
贊을 지었다. 贊은 雜贊, 哀贊, 史贊으로 대별하는데, 雜贊은 인물의 뜻을 襃
彰(포창)한 글이고, 哀贊은 사람의 죽음을 애도하며 그 덕을 조술하였고, 史
贊은 역사적 인물에 대한 평론과 함께 그 행적을 襃貶(포폄)한 글이다.《漢
書》의 贊은 史贊이며 班固의 견해이다. 반고는 부친 반표의 글을 그대로 옮
겨 적기도 하였다. 이러한 史贊의 시작은《左傳》이 '君子曰'이라 할 수 있다.
司馬遷은 모든 編에 '太史公曰'로 시작되는 논찬으로 자신의 의견을 피력하
였다. 사실 사찬은 역사적 인물이나 사건에 대한 객관적인 평가나 의혹을 풀
기 위한 서술이지만 매편에 사찬을 붙여 번잡한 史論이 생기는 단서를 열었
다는 비판도 있다.

代則仁聲洽著, 行自齊,魯則英風播流, 寄業荊,郢則臣主歸心, 顧援吳,越則賢愚賴風, 奮威巴,蜀則萬里肅震, 厲師庸,漢則元寇斂跡, 故能承高祖之始兆, 復皇漢之宗祀也. 然而姦兇黠險, 天徵未加, 猶孟津之翔師, 復須戰於鳴條也. 天祿有終, 奄忽不豫. 雖攝歸一統, 萬國合從者, 當時俊乂扶攜翼戴, 明德之所懷致也, 蓋濟濟有可觀焉. 遂乃並述休風, 動於後聽.」

其辭曰,

| 국역 |

「옛날 (周) 文王은 德義를 노래했고, 武王은 興盛을 읊었나니, 천명을 받은 人世의 君主는 자신을 修行하고 道義를 실천하였는데, 모두가 一朝一夕에 이루어진 것이 아니며, 나라의 기초를 닦고 단서를 열어 후세에 영광을 남긴 분들이다. 우리 中漢(後漢) 말에 황제가 기강을 잃자, 영웅호걸이 모두 일어나 戰亂과 禍亂이 이어지고 生民은 肝腦塗地(간뇌도지)하였다.

이를 世主(劉備, 昭烈帝)께서 탄식하고 우려하였으니, 처음 燕(연)과 代(대)[599]에서는 인자한 명성을 널리 펴셨고, 齊(제)와 魯(노)[600] 일대에서는 영웅의 기풍을 떨쳤으며, 荊州(형주)와 郢(영, 楚)에서 기반을 마련할 때는 주군과 신하가 합심하였고, 吳(오)와 越(월)[601]을

----

599 燕(연)과 代(대) – 劉備의 고향 中山國 涿縣(탁현)과 처음 공손찬 등과 협력할 때를 뜻함.

600 齊(제)와 魯(노) – 유비가 豫州나 徐州 일대에서 활동할 때.

601 吳(오)와 越(월) – 손권과 합세하여 조조를 격파할 때, 적벽대전의 승리를 표현.

도와줄 때는 賢士와 愚民이 바람에 쏠리듯 우러러보았으며, 巴郡과 蜀郡[602]에서 위세를 떨칠 때는 천하가 진동하였고, 上庸(상용)과 漢中郡[603]에서는 元寇(원구, 曹魏)가 움츠렸는데, 그리하여 漢 高祖의 창업을 계승했고 漢 皇室의 종묘제사를 회복하였다.(서기 221년 즉위) 그렇지만 姦凶(간흉)의 포악을 아직 懲治(징치)하지 못하였기에, (周 武王이) 孟津(맹진)에 군사를 모은 것처럼, 또 (殷 湯王이 桀王을 토벌한) 鳴條(명조)의 전투[604]를 기다려야만 했다. 천명은 갑자기 그 끝이 있고 황제의 생존도 예상할 수 없다. 비록 하나로 통일되어 萬邦이 하나가 되더라도 당대의 俊傑(준걸)과 英才라면 천자를 보좌해야 하고, 아울러 그들의 훌륭한 덕행을 기록하여야 훌륭한 賢才의 풍모를 후세에도 볼 수 있을 것이다. 그리하여 그들의 아름다운 풍모를 기록하여 후세에 보여주고자 한다.」

그 찬사는 아래와 같다.

|原文|

▽ 贊昭烈皇帝

「皇帝遺植, 爰滋八方, 別自中山, 靈精是鍾, 順期挺生, 傑

---

602 巴郡과 蜀郡 - 나라의 영역을 비로소 확보했다는 뜻.

603 上庸(상용)과 漢中郡 - 유비가 한중군에 진출하여 魏를 제압하고, 漢中王으로 즉위했다.

604 鳴條(명조)의 전투 - 서기 前 1600년 경, 商 湯王이 鳴條(今 山西省 남부 運城市 夏縣, 또는 河南省 洛陽市 부근)에서 夏 桀王의 군사와 벌인 전투. 결과는 夏朝 멸망과 商湯의 商朝를 건립.

起龍驤.

始於燕代, 伯豫君荆, 吳越憑賴, 望風請盟, 挾巴跨蜀, 庸漢
以並.

乾坤復秩, 宗祀惟寧, 躡基履跡, 播德芳聲.

華夏思美, 西伯其音, 開慶來世, 歷載攸興.」

| 국역 |

▽ 昭烈皇帝(先主) 贊

「皇帝(高祖, 景帝의) 후손은 八方에서 번영했는데,

中山靖王의 후손으로 靈通한 精魂이 이어졌으며,

때맞춰 하생하시니 龍馬처럼 뛰어난 英傑이셨다.

燕(연)과 代(대)에서 일어나시어 豫州와 荆州를 다스렸고,

吳(오)와 越(월)에서 신뢰를 얻어 바람처럼 쏠려 의지하고

巴(파)와 蜀(촉)을 차지하고 上庸(상용), 漢中을 병합했다.

乾坤(天地)의 질서가 서고 종묘제사를 이었으며,

옛 터전에서 자취를 이어 德音을 펴고 교화를 이루셨다.

華夏(中國)가 은택을 흠모하니, 周 西伯 같은 칭송 있어,

후손의 福運을 열었으니 대대를 이어 흥성하리라.」

| 原文 |

▽ 贊諸葛丞相

「忠武英高, 獻策江濱, 攀吳連蜀, 權我世眞.

受遺阿衡, 整武齊文, 敷陳德敎, 理物移風, 賢愚競心, 僉忘
其身.

誕靜邦內, 四裔以綏, 屢臨敵庭, 實耀其威, 硏精大國, 恨於
未夷.」

| 구역 |

▽ 승상 諸葛亮 贊

「英特高明한 忠武侯(諸葛亮)는 長江의 전략을 마련했고,

東吳와 西蜀을 하나로 결속하니 權謀는 당대에 최고였다.

遺詔를 받은 승상으로(阿衡) 문무를 整齊하시어,

德敎를 널리 펴고, 만물을 調理하며 移風易俗하니,

賢愚가 衷心(충심)을 다하며 백성은 몸을 아끼지 않았다.

邦國이 평안하고, 주변의 蠻夷(만이)도 안정되자,

敵地에 자주 출정하여 나라의 위엄을 떨치었고,

大國의 꿈을 꾸었지만, 逆徒를 未平한 한만 남았다.」

| 原文 |

▽ 讚許司徒

「司徒淸風, 是詻是臧, 識愛人倫, 孔音鏘鏘.」

▽ 贊關雲長, 張益德

「關張赳赳, 出身匡世, 扶翼攜上, 雄壯虎烈.

藩屛左右, 翻飛電發, 濟於艱難, 贊主洪業, 侔跡韓,耿, 齊
聲雙德.

交待無禮, 並致姦慝, 悼惟輕慮, 隕身匡國.」

▽ 贊馬孟起

「驃騎奮起, 連橫合從, 首事三秦, 保據河,潼.

宗計於朝, 或異或同, 敵以乘釁, 家破軍亡.

乖道反德, 託鳳攀龍.」

| 국역 |

▽ 許司徒(許靖) 讚

「司徒 許靖(허정)은 청렴한 기풍으로 자문하고 포폄하며,

선악과 능력을 식별하니 좋은 명성이 귓가에 쟁쟁했다.」

▽ 關雲長(關羽), 張益德(張飛) 贊

「걸출한 무예의 관우, 장비는 세상을 바로잡고자 출생했나니,

나라를 보필하고 主上을 도와 영웅의 모습에 무예도 壯烈했다.

황제의 좌우에서 지키며 몸은 섬광처럼 재빨랐고,

난관을 극복하고 주군을 도와 대업개창을 도왔으니,

자취는 韓信(한신)과 耿弇(경엄)[605] 같은 명성과 공적이다.

---

605 耿弇(경엄, 서기 3 – 58, 字 伯昭) – 耿은 빛날 경, 弇은 덮을 엄. 우리나라 옥편
에 '사람 이름 감'이라는 음훈이 있지만 택하지 않는다. '弇音 演'의 주석에
의거 경엄으로 표기한다. 光武帝의 開國功臣, 雲臺二十八將 중 4위.《後漢
書》19권,〈耿弇列傳〉立傳.

교제에 예를 갖추지 못해 흉악한 끝을 보았다지만,
輕慢한 思慮를 애도하나, 몸을 돌보지 않고 나라에 헌신했다.」

▽ 馬孟起(馬超) 贊

「驃騎將軍 馬超가 분기하여 동서로 合從하고 連衡하며,
처음에 三秦(關中)[606]서 싸웠고, 河水의 潼關을 차지했다.
조정을 위한 책모는 혹 같았고 때로는 달랐는데,
틈새를 노린 적도에 가문과 군사가 패망했다.
詭道를 떠나 正德에 돌아와 봉황과 黃龍에 의지했다.」

│原文│

▽ 贊法孝直

「翼侯良謀, 料世興衰, 委質於主, 是訓是諮, 暫思經算, 睹
事知機.」

▽ 贊龐士元

「軍師美至, 雅氣曄曄, 致命明主, 忠情發臆, 惟此義宗, 亡
身報德.」

606 三秦(삼진) - 項羽(항우)는 劉邦(유방)을 漢王에 봉해 漢中에 가둔 뒤에, 한왕
    의 진출을 봉쇄할 계획으로 秦의 降將 3인을 왕으로 봉해 관중을 삼분하여
    다스리게 했는데, 이들 삼왕의 영역을 三秦으로 통칭했다. 곧 雍王(옹왕) 章
    邯(장한), 塞王(새왕) 司馬欣(사마흔), 翟王(책왕) 董翳(동예)의 영역은, 곧 關中
    지역인데 三秦으로도 널리 통용되었다.

▽ 贊黃漢昇

「將軍敦壯, 摧峰登難, 立功立事, 於時之幹.」

▽ 贊董幼宰

「掌軍清節, 亢然恆常, 讜言惟司, 民思其綱.」

| 국역 |

▽ 法孝直(法正) 贊

「翼侯(法正)의 賢良한 策謀는 世道의 興衰를 미리 알았고,

主君(劉備)에 몸을 맡겼고 諫議하고 諮問(자문)하며,

深思하여 앞을 예측하고 상황에 따라 기회를 잡았다.」

▽ 龐士元(龐統) 贊

「軍師 龐統(방통)은 탁월한 재능에 고아한 기풍이 빛났고,

현명한 주군에 목숨 바쳤고 내심의 충절을 발현하니,

仁義의 大宗이었으며 목숨을 바쳐 보덕하였다.」

▽ 黃漢昇(黃忠) 贊

「장군의 돈독, 장한 기상, 험한 봉우리에 오르는 듯,

공을 세우고 치적을 쌓아 그 시대의 큰 일꾼이었다.」

▽ 董幼宰(董和) 贊

「掌軍(董和)[607]의 청렴한 절조는 높고도 한결같았고,

---

607 董和(동화, 생졸년 미상, 字는 幼宰) – 지방관으로 선정을 베풀었고, 중앙의 관료로 제갈량의 신임을 받았다.

곧은 말과 바른 업무처리에 백성은 그 치적을 흠모했다.」

▽ 贊鄧孔山

「安遠强志, 允休允烈, 輕財果壯, 當難不惑, 以少禦多, 殊方保業.」

─ 孔山名方, 南郡人也. 以荊州從事隨先主入蜀. 蜀旣定, 爲犍爲屬國都尉, 因易郡名, 爲朱提太守, 選爲安遠將軍,庲降都督, 住南昌縣. 章武二年卒. 失其行事, 故不爲傳.

▽ 贊費賓伯

「揚威才幹, 歆歆文武, 當官理任, 衎衎辯擧, 圖殖財施, 有義有敍.」

─ 賓伯名觀, 江夏鄳人也. 劉璋母, 觀之族姑, 璋又以女妻觀. 觀建安十八年參李嚴軍, 拒先主於綿竹, 與嚴俱降, 先主旣定益州, 拜爲裨將軍, 後爲巴郡太守,江州都督, 建興元年封都亭侯, 加振威將軍. 觀爲人善於交接. 都護李嚴性自矜高, 護軍輔匡等年位與嚴相次, 而嚴不與親褻. 觀年少嚴二十餘歲, 而與嚴通狎如時輩云. 年三十七卒. 失其行事, 故不爲傳.

| 국역 |

▽ 鄧孔山(鄧方) 贊

「安遠將軍(鄧方)의 강한 의지, 훌륭한 뜻에 大功을 세웠고,

재물을 경시하고 과감 장렬하여 난관에 아니 흔들렸다.

소수로 대군을 막아냈고 변방에서 대업을 이뤘다.」

– 鄧孔山(등공산)의 이름은 方으로 南郡 사람이었다. 荊州 자사의 從事였다가 유비를 따라 入蜀했다. 蜀郡이 평정된 뒤, 犍爲郡의 屬國都尉가 되었는데, 나중에 郡으로 승격하여 朱提郡(주제군)[608] 태수가 되었고, 安遠將軍으로, 庲降(내항) 도독에 임명되어 (朱提郡) 南昌縣에 주둔하였다. (先主) 章武 2년(서기 222)에 죽었다. 평생 사적이 散失되어 입전하지 못했다.

▽ 費賓伯(費觀) 贊

「위엄에 능력 발휘하고, 문무에 두루 통달하였으며,

관리의 직무에 충실했고 공정한 처사로 선정을 폈으며,

재물을 널리 베풀고 인의를 지키며 공덕을 쌓았다.」

– 費賓伯(비빈백)의 이름은 費觀(비관)이니, 江夏郡 鄳縣(맹현)[609] 사람이다. 劉璋(유장)의 모친은 비관의 당고모였는데, 유장은 그 딸

....

608 朱提郡 郡治는 南昌縣, 今 雲南省 동북부 貴州省과 연접한 昭通市 관할 鎭雄縣.

609 荊州 江夏郡 鄳縣(맹현) – 今 河南省 동남부 信陽市 관할 羅山縣. 費禕(비의, ?-253년, 字 文偉)의 일족.

을 비관에게 시집보냈다. 비관은 建安 18년(서기 213)에 李嚴의 참군으로 綿竹(면죽)에서 유비에 대항하다가 이엄과 함께 투항했는데, 유비가 익주를 평정한 뒤에 비관은 裨將軍이 되었으며, 뒷날 巴郡태수와 江州 주둔군의 都督이 되었고, (後主) 建興 원년(서기 223)에 都亭侯에 봉해졌으며, 加官으로 振威將軍이 되었다. 비관은 천성적으로 남과 잘 교제하였다. 都護인 李嚴(이엄)은 자부심이 강했고, 護軍인 輔匡(보광) 등은 나이나 지위가 이엄과 차이가 있어 이엄은 보광 등과 가깝게 지내지 않았다. 그러나 비관은 이엄보다 20여 년이나 젊었지만, 이엄이 가깝게 생각하여 마치 동년배처럼 지냈다. 비관은 37세에 죽었다. 비관의 행적 기록이 없어 立傳하지 못했다.

| 原文 |

▽ 贊王文儀

「屯騎主舊, 固節不移, 旣就初命, 盡心世規, 軍資所恃, 是辨是裨.」

▽ 贊劉子初

「尙書淸尙, 敕行整身, 抗志存義, 味覽典文, 倚其高風, 好侔古人.」

▽ 贊糜子仲

「安漢雍容, 或婚或賓, 見禮當時, 是謂循臣.」

▽ 王文儀(王連) 贊

「屯騎校尉(王連)⁶¹⁰는 舊主에 대한 지조를 바꾸지 않았고,

君命을 받들고 직무에 성심으로 임했으며,

군수 비용을 공급하며 인재 選任으로 국익에 기여했다.」

▽ 劉子初(劉巴) 贊

「尙書令(劉巴)⁶¹¹은 청렴, 고상하고 행실과 업무가 곧았고,

마음에 대의를 견지하고 전적을 연학하고 탐구했으며,

고아한 그의 풍모는 古人과 자취를 즐겨 따랐다.」

▽ 麋子仲(麋竺) 贊

「安漢將軍은 麋竺(미축)⁶¹² 용모 온화한 인척, 빈객였으니,

----

610 王連(왕련) － 소금 전매를 담당하는 司鹽校尉(사염교위) 직무를 잘 수행하여 국가 재정에 도움을 주었다. 남방의 악천후와 질병을 이류로 제갈량의 남방 원정을 반대했다.

611 劉巴(유파, 190 以前－222년, 字 子初) － 荊州 零陵郡 烝陽縣(今 湖南省 중부 邵陽市 관할 邵東縣) 사람. 蜀漢 尙書令 역임. 촉한의 유명한 文士로 劉備가 入蜀하고 稱帝하는 동안 여러 誥命(고명), 策命을 지었다. 淸廉 儉約하고 不治産業하면서도 私交가 없었다. 才智가 過人하여 諸葛亮도 "運籌帷幄(운주유악)은 내가 子初보다 한참 뒤진다."라고 말할 정도였다. 유파는 좀 오만하고 기량이 편협하여 張飛의 예방을 받고도 장비가 市井 출신이라 하여 禮敬하지 않았다고 한다. 그 문집으로《劉令君集》이 전한다.

612 麋竺(미축, ?－221년, 字 子仲) － 麋는 큰 사슴 미. 竺은 대나무 축. 나라 이름. 徐州 東海郡 朐縣(今 江蘇省 連雲港市) 출신, 蜀漢의 官吏, 孫乾(손건), 簡雍(간옹)과 함께 최고 대우를 받았던 신하. 본래 서주의 富商으로 유비에게 여동생을 아내로 주고(麋夫人) 아울러 많은 노비와 재물을 보냈다.

조정 인사의 예우 속에 主君의 良臣이었다.」

| 原文 |

▽ 贊王元泰,何彦英,杜輔國,周仲直

「少府脩愼, 鴻臚明眞, 諫議隱行, 儒林天文. 宣班大化, 或
首或林.」

— 王元泰名謀, 漢嘉人也. 有容止操行. 劉璋時, 爲巴郡太
守, 還爲州治中從事. 先主定益州, 領牧, 以爲別駕. 先主爲
漢中王, 用荊楚宿士零陵賴恭爲太常, 南陽黃柱爲光祿勳, 謀
爲少府. 建興初, 賜爵關內侯, 後代賴恭爲太常. 恭,柱,謀皆
失其行事, 故不爲傳. 恭子玄, 爲丞相西曹令史, 隨諸葛亮於
漢中, 早夭, 亮甚惜之, 與留府長史參軍張裔,蔣琬書曰,「令
史失賴玄, 掾屬喪楊顒, 爲朝中損益多矣.」顒亦荊州人也.
後大將軍蔣琬問張休曰, "漢嘉前輩有王元泰, 今誰繼者?" 休
對曰, "至於元泰, 州里無繼, 況鄙郡乎!" 其見重如此.

何彦英名宗, 蜀郡郫人也. 事廣漢任安學, 精究安術, 與杜
瓊同師而名問過之. 劉璋時, 爲犍爲太守. 先主定益州, 領牧,
闢爲從事祭酒. 後援引圖,讖, 勸先主卽尊號. 踐阼之後, 遷爲
大鴻臚. 建興中卒. 失其行事, 故不爲傳. 子雙, 字漢偶. 滑稽
談笑, 有淳于髡,東方朔之風. 爲雙柏長. 早卒.

| 국역 |

▽ 王元泰(王謀), 何彦英(何宗), 杜輔國(杜微), 周仲直(周群) 贊

「근엄 신중한 少府(王謀), 明智에 진솔한 大鴻臚(何宗),

隱居不仕한 諫議(杜微)와 天文에 통한 儒林校尉(周群),[613]

백성 교화를 널리 실천했고, 출사하거나 산림에 은거했다.」

— 王元泰(왕원태)의 이름은 王謀(왕모)로, 漢嘉郡(한가군)[614] 사람이
다. 용모 단정하고 操行(조행)이 모범적이었다. 익주자사 劉璋(유장)
때 巴郡 태수였다가 익주자사의 治中從事가 되었다. 先主가 익주목
을 겸할 때 別駕(별가)가 되었다. 先主가 漢中王일 때, 荊楚의 원로
士人인 零陵郡(영릉군) 출신 賴恭(뇌공)은 太常이었고, 南陽郡 사람
黃柱(황주)는 光祿勳(광록훈)이었으며 왕모는 少府였다. (後主) 建興
초에, 작위를 받아 關內侯가 되었다. 뒷날 뇌공은 太常이 되었다.
뇌공, 황주, 왕모는 그 행적 자료가 없어 입전하지 못했다.

뇌공의 아들 賴厷(뇌굉)은 丞相府 西曹令史였는데, 제갈량을 수
행하여 漢中郡에 출병했는데 일찍 죽어 제갈량이 몹시 애석하였다.
제갈량은 留府長史인 參軍 張裔(장예)와 蔣琬(장완)에게 서신을 보내
「令史인 賴厷(뇌굉)과 掾屬인 楊顒(양옹)을 잃었으니, 이는 조정의
큰 손실이다.」라고 말했다. 양옹 역시 荊州 사람이었다.

뒷날 大將軍 蔣琬이 張休(장휴)에게 물었다.

....
613 杜微(두미)와 周群(주군, 생졸년 미상, 字 仲直, 촉한의 占術家)은《蜀書》12권,〈杜
周杜許孟來尹李譙郤傳〉에 입전.
614 漢嘉郡(한가군)은 후한 말 蜀郡屬國을 章武 원년(서기 221) 漢嘉郡으로 개명.
郡治는 漢嘉縣, 今 四川省 중부 雅安市 관할 天全縣.

"漢嘉郡 출신으로 앞서 王元泰(王謀)가 있었는데, 지금은 누가 그 뒤를 이을 수 있나?"

이에 장휴가 말했다.

"王元泰만한 인물은 형주에도 없는데, 하물며 우리 郡에는 더더구나 없을 것입니다."

왕원태에 대한 평가가 이러했었다.

何彦英(하언영)의 이름은 何宗(하종)인데 蜀郡 郫縣(비현) 사람이다. 廣漢郡의 任安(임안)을 모시고 학문을 배웠는데, 임안의 학술을 精密하게 탐구하였으며, 杜瓊(두경)과 같이 사사하였는데 명성은 두경보다 나았다. 유장 아래서 犍爲 태수를 역임했다. 유비가 益州를 평정하고 익주목을 겸임하면서, 하종을 불러 從事祭酒에 임명하였다. 하종은 도서와 讖言(참언)을 인용하여 先主에게 제위에 오를 것을 권하였다. 선주가 제위에 오른 뒤, 大鴻臚(대홍려)가 되었다. (後主) 建興 연간에 죽었는데, 그 행적이 散佚(산일)되어 입전하지 못했다.

하종의 아들 何雙(하쌍)의 字는 漢偶(한우)인데, 滑稽(골계)와 談笑를 잘하여 淳于髡(순우곤)[615]이나 東方朔(동방삭)[616]과 같은 풍모가 있었다. 하쌍은 (建寧郡) 雙柏(상백) 縣長을 지냈으나 일찍 죽었다.

---

615 淳于髡(순우곤) – 淳于(순우)는 복성. 髡은 머리 깎을 곤. 戰國 시대 齊國人, 政治家. 滑稽와 多辯으로 유명. 杯盤狼藉(배반낭자), 樂極生悲(낙극생비)의 고사를 처음 말한 사람이다. 《史記 滑稽列傳》에 입전. 滑稽(골계)는 말이 유창하고 재치가 있음. 우스갯소리. 滑은 미끄러울 활. 어지러울 골.

616 東方朔(동방삭, 前 154-93, 字 曼倩(만천) – 東方은 복성. 漢 武帝 때, 고위관리. 辭賦 作家. 滑稽(골계)로도 유명했던 문장가. 《史記 滑稽列傳》에 입전. 《漢書》65권, 〈東方朔傳〉에 입전.

▽ 贊吳子遠

「車騎高勁, 惟其汎愛, 以弱制强, 不陷危墜.」

－ 子遠名壹, 陳留人也. 隨劉焉入蜀. 劉璋時, 爲中郎將, 將兵拒先主於涪, 詣降. 先主定益州, 以壹爲護軍討逆將軍, 納壹妹爲夫人.

章武元年, 爲關中都督. 建興八年, 與魏延入南安界, 破魏將費瑤, 徙亭侯, 進封高陽鄉侯, 遷左將軍. 十二年, 丞相亮卒, 以壹督漢中, 車騎將軍, 假節, 領雍州刺史, 進封濟陽侯. 十五年卒. 失其行事, 故不爲傳.

壹族弟班, 字元雄, 大將軍何進官屬吳匡之子也. 以豪俠稱, 官位常與壹相亞. 先主時, 爲領軍. 後主世, 稍遷至驃騎將軍, 假節, 封綿竹侯.

|국역|

▽ 吳子遠(吳壹) 贊
「車騎將軍(吳壹)의 크고 강한 뜻 백성을 아꼈고,
弱軍으로 强軍을 이기고도 위험에 처하지 않았다.」

－ 吳子遠(오자원)의 이름은 吳壹(오일)인데, 陳留郡 사람이다. 劉焉(유언, 劉璋의 父)을 따라 入蜀했다. 劉璋 휘하에서 中郎將이었는데, 군사를 거느리고 涪縣(부현)에서 유비를 막다가 유비에게 투항

하였다. 유비가 益州를 차지한 뒤, 오일은 護軍으로 討逆將軍이 되었는데, 오일은 여동생을 유비에게 부인으로 바쳤다.[617]

章武 원년(서기 221), 오일은 關中都督이 되었다. (後主) 建興 8년(서기 230), 오일은 魏延(위연)과 함께 南安郡 땅에 진군하여 魏將 費瑤(비요)를 격파하고 亭侯가 되었다가, 작위가 올라 高陽鄕侯에 책봉되었고 左將軍으로 승진했다. (建興) 12년, 승상 제갈량이 죽자 (서기 234), 오일은 漢中의 군사를 감독했고, 車騎將軍으로 부절을 받았고, 雍州(옹주) 자사를 겸임하였으며 작위가 올라 濟陽侯에 봉해졌다. (建興) 15년(서기 237)에 죽었다. 그 행적 기록이 없어 입전하지 못했다.

오일의 族弟인 吳班(오반)의 字는 元雄(원웅)인데, 大將軍 何進(하진)의 관속이었던 吳匡(오광)의 아들이었다. 豪俠(호협)으로 소문이 났고 관위는 늘 오일의 다음이었다. 先主 때, 領軍이었다. 後主 시대에 점차 승진하여 驃騎將軍이 되었고 부절을 받았으며 綿竹侯에 봉해졌다.

----

617 가족을 데리고 유언을 따라 蜀郡으로 이주하였다. 유언은 평소에 다른 뜻을 품고 있었는데, 관상을 잘 보는 사람이 오일의 여동생 관상을 보고 大貴하다는 말을 들었다. 그때 유언의 아들 劉瑁(유모)가 부친을 수행하고 있었는데, (오일의 여동생을) 유모의 아내로 맞이하였다.(유언의 며느리가 되었다.) 그런데 유모가 죽어 과부로 지내고 있었다. 유비가 益州를 차지한 뒤에, 孫夫人은 東吳로 돌아가고 없자, 유비는 吳氏를 맞이하였다. (獻帝) 建安 24년, 유비가 漢中王后로 책립하였다. (後主) 建興 원년(서기 223), 後主가 즉위하며 皇太后로 올렸다. 吳壹(오일)은 車騎將軍이 되었고, 縣侯에 봉해졌다. (後主) 延熙 8년(서기 245)에 황후가 붕어하여 (昭烈帝의) 惠陵(혜릉)에 합장하였다. 《蜀書》 4권 〈二主妃子傳〉에 입전.

▽ 贊李德昂

「安漢宰南, 奮擊舊鄉, 翦除蕪穢, 惟刑以張, 廣遷蠻濮, 國
用用强.」

▽ 贊張君嗣

「輔漢惟聰, 旣機且惠, 因言遠思, 切問近對, 贊時休美, 和
我業世.」

▽ 贊黃公衡

「鎭北敏思, 籌畫有方, 導師襄穢, 遂事成章.

偏任東隅, 末命不祥, 哀悲本志, 放流殊疆.」

▽ 贊楊季休

「越騎惟忠, 厲志自祗, 職於內外, 念公忘私.」

｜국역｜

▽ 李德昂(李恢, 이회) 贊

「安漢(李恢)[618]는 남방의 태수로 고향 악인을 제거했고,

반역자를 토벌 평정하고 법으로 치안을 유지했다.

만이의 땅을 개척하고 국익을 증진했다.」

---

618 李恢(이회, ?-231년, 字 德昂) — 益州 建寧郡 兪元縣 출신. 마초를 설득하여 유
비에게 귀부케 했다. 蜀漢이 南中의 땅을 평정하는데 기여.《三國演義》에서
는 제갈량의 북벌에 군량 수송을 담당한다.

▽ 張君嗣(張裔, 장예) 贊

「輔漢將軍은 총명에 機智가 있고 너그러웠으며,

언사는 深思遠慮하고 切問近思로 대답하였으며,

미덕을 가진 자를 도와 뛰어난 대업을 성취하였다.」

▽ 黃公衡(黃權) 贊

「鎭北장군(黃權)[619]은 민첩했고 方略을 잘 세웠는데,

군사를 이끌고 간악한 무리를 제거하였다.

동쪽 방어를 맡았지만 말년 명운은 불우했으며,

본뜻을 이루지 못한 슬픔에 異國(魏)을 떠돌았다.」

▽ 楊季休(楊洪) 贊

「越騎校尉(楊洪)은 충성을 바쳤고 큰 뜻을 실천하였으며,

內外 어떤 직무를 담당하든 滅私奉公(멸사봉공)하였다.」

| 原文 |

▽ 贊趙子龍,陳叔至

「征南厚重, 征西忠克, 統時選士, 猛將之烈.」

－叔至名到, 汝南人也. 自豫州隨先主, 名位常亞趙雲, 俱

....
619 黃權(황권, ?-240년, 字 公衡) － 益州 巴西 閬中縣(今 四川省 동부 南充市 관할 閬中市) 사람. 蜀漢 장군, 曹魏에 투항. 劉璋, 蜀漢, 曹魏에 출사. 劉備 稱帝 후 夷陵의 전투가 발생하기 전, 황권은 유비에게 원정 중지를 건의했다. 유비 패전 후 퇴로가 차단되자 부득이 魏에 투항했다.

以忠勇稱. 建興初, 官至永安都督,征西將軍, 封亭侯.

▽ 贊輔元弼,劉南和

「鎭南粗强, 監軍尙篤, 幷豫戎任, 任自封裔.」

ー 輔元弼名匡, 襄陽人也. 隨先主入蜀. 益州旣定, 爲巴郡太守. 建興中, 徙鎭南, 爲右將軍, 封中鄕侯. 劉南和名邕, 義陽人也. 隨先主入蜀. 益州旣定, 爲江陽太守. 建興中, 稍遷至監軍後將軍, 賜爵關內侯, 卒. 子式嗣. 少子武, 有文, 與樊建齊名, 官亦至尙書.

| 국역 |

▽ 趙子龍(趙雲), 陳叔至(陳到) 贊
「征南將軍(趙雲)은 중후하고, 征西(陳到) 장군은 충성 강직하며, 당시 선별된 장졸과 함께 맹장으로 공을 세웠다.」

ー 陳叔至(진숙지)의 이름은 陳到(진도)로, 汝南郡 사람이다. 豫州에서 유비를 따라왔는데, 명성은 늘 趙雲 다음이었는데 두 사람 다 충의와 용맹으로 이름이 났다. (後主) 建興 초에 진도는 永安都督으로, 征西將軍이며 亭侯가 되었다.

▽ 輔元弼(보광), 劉南和(유옹) 贊
「鎭南은 용맹 강인하고 監軍에 篤實했으며, 함께 군사 지휘하며 공을 세워 봉토를 받았다.」

－ 輔元弼(보원필)의 이름은 輔匡(보광)으로, 襄陽郡 사람이다. 先主를 따라 入蜀했다. 益州가 평정된 뒤에 巴郡 태수가 되었다. (後主) 建興 연간에, 鎭南將軍으로 右將軍이 되었으며 中鄕侯에 봉해졌다.

劉南和의 이름은 劉邕(유옹)으로, 義陽郡[620] 사람이다. 先主를 따라 入蜀했다. 益州가 평정된 뒤 江陽 태수가 되었다. 建興 연간에, 점차 승진하여 監軍으로 後將軍이 되었고 관내후의 작위를 받았는데, 죽은 뒤에 아들 劉式(유식)이 계승했다. 少子인 劉武는 文才가 있어 樊建(번건)과 나란한 명성을 누렸고 尙書를 역임하였다.

| 原文 |

▽ 贊秦子敕
「司農性才, 敷述允章, 藻麗辭理, 斐斐有光.」

▽ 贊李正方
「正方受遺, 豫聞後綱, 不陳不斂, 造此異端, 斥逐當時, 任業以喪.」

▽ 贊魏文長
「文長剛粗, 臨難受命, 折衝外禦, 鎭保國境.
不協不和, 忘節言亂, 疾終惜始, 實惟厥性.」

----

620 義陽郡(의양군) － 曹魏의 군명. 223년 설치, 240年 폐지. 治所는 安昌縣, 今 湖北省 북부 襄樊市 관할 棗陽市(조양시).

▽ 贊楊威公

「威公狷狹, 取異衆人.

閑則及理, 逼則傷侵, 舍順入兇,《大易》之云.」

| 국역 |

▽ 秦子敕(陳宓) 贊

「司農(陳宓, 진복)은 타고난 재능에 명문을 잘 지었고,

文理를 갖춘 멋진 문장은 찬란하게 빛이 났다.」

▽ 李正方(李嚴) 贊

「正方은 李嚴(이엄) 선주의 유조를 받아 후세 기강 확립에 힘썼고,

政事에 진력하지 않다가 이단과 邪說(사설)을 날조하여,

결국엔 쫓겨나고 직무와 공적도 모두 잃었다.」

▽ 魏文長(魏延) 贊

「文長은 魏延(위연) 억세고 거칠며, 위난에 목숨을 바쳐,

외적을 모두 막아내며 국경을 확보하였다.

남들과 잘 협조하지 못하고 지조 없는 거친 언어로,

아쉬운 시작에 안 좋은 끝은 아마 천성 때문일 것이다.」

▽ 楊威公(楊儀) 贊

「威公(楊儀)는 속이 편협하여 보통 사람과 달랐다.

평소에 사리를 헤아리나, 다급하면 남을 해쳤고,

순리를 버리고 흉악을 택하니 《大易》에도 있는 일이다.」

|原文|

▽ 贊馬季常,衛文經,韓士元,張處仁,殷孔休,習文祥

「季常良實, 文經勤類, 士元言規, 處仁聞計,

孔休文祥, 或才或臧, 播播述志, 楚之蘭芳.」

- 文經,士元, 皆失其名實,行事,郡縣. 處仁本名存, 南陽人也. 以荊州從事隨先主入蜀, 南次至雒, 以爲廣漢太守. 存素不服龐統, 統中矢卒, 先主發言嘉嘆, 存曰, "統雖盡忠可惜, 然違大雅之義." 先主怒曰, "統殺身成仁, 更爲非也?" 免存官. 頃之, 病卒. 失其行事, 故不爲傳.

孔休名觀, 爲荊州主簿別駕從事, 見〈先主傳〉. 失其郡縣. 文祥名禎, 襄陽人也. 隨先主入蜀, 歷雒,郫令, 廣漢太守. 失其行事. 子忠, 官至尙書郎.

|국역|

▽ 馬季常(馬良), 衛文經, 韓士元, 張處仁(張存), 殷孔休(殷觀), 習文祥(習禎) 贊

「白眉 馬良은 참으로 성실했고, 衛文經(위문경)은 근면했으며,

韓士元은 바른 言辭로, 張處仁(張存)은 계책으로 알려졌으며,

殷孔休(殷觀)과 習文祥(習禎)은 재능과 선행이 뛰어났는데,

각자 그 뜻을 널리 폈으니, 楚 땅의 뛰어난 인재였었다.」

– 衛文經과 韓士元은 본명과 행적과 출신지들이 전하지 않는다. 張處仁의 본명은 張存(장존)으로, 南陽郡 출신이다. 荊州牧의 從事였다가 先主를 따라 入蜀했고 남쪽으로 가다가 雒縣(낙현)[621]에 이르러 廣漢太守가 되었다. 장존은 평소에 龐統(방통)에 心服하지 않았는데, 방통이 화살에 맞아 죽었을 때(서기 214년), 先主가 방통을 칭송하자 장존이 말했다.

"방통이 비록 충성을 다하다가 죽은 것은 애석하지만, 방통은 고상하고 雅正한 도의를 따르지 않았습니다."

그러자 유비가 화를 내며 말했다. "방통은 殺身成仁했거늘, 더 무엇이 잘못되었단 말인가?" 그리고는 장존을 파면하였다. 장존은 얼마 뒤에 병사하였다. 그의 행적 기록이 없어 입전하지 못했다.

殷孔休(은공휴)의 이름은 殷觀(은관)인데, 荊州牧의 主簿와 別駕從事를 역임했고 〈先主傳〉에 기록되었다. 그 출신 군현은 미상이다. 習文祥(습문상)의 이름은 習禎(습정)으로, 襄陽郡 출신이다. 先主를 따라 入蜀했고 雒縣(낙현), (蜀郡) 郫縣(비현) 현령과 廣漢 태수를 역임했지만 그 행적이 散失되었다. 아들 習忠(습충)은 상서랑이었다.

| 原文 |

▽ 贊王國山,李永南,馬盛衡,馬承伯,李孫德,李偉南,龔德

---

621 廣漢郡 雒縣(낙현)은, 今 四川省 德陽市 관할 廣漢市. 益州刺史部의 치소였다.

緒, 王義彊

「國山休風, 永南耽思, 盛衡, 承伯, 言藏言時.

孫德果銳, 偉南篤常, 德緒, 義彊, 志壯氣剛.

濟濟脩志, 蜀之芬香.」

一 國山名甫, 廣漢郪人也. 好人流言議. 劉璋時, 爲州書佐.
先主定蜀後, 爲綿竹令, 還爲荆州議曹從事. 隨先主徵吳, 軍
敗於秭歸, 遇害. 子祐, 有父風, 官至尙書右選郞.

永南名邵, 廣漢郪人也. 先主定蜀後, 爲州書佐部從事. 建興
元年, 丞相亮闢爲西曹掾. 亮南征, 留邵爲治中從事, 是歲卒.

盛衡名勳, 承伯名齊, 皆巴西閬中人也. 勳, 劉璋時爲州書
佐, 先主定蜀, 闢爲左將軍屬, 後轉州別駕從事, 卒. 齊爲太
守張飛功曹. 飛貢之先主, 爲尙書郞. 建興中, 從事丞相掾,
遷廣漢太守, 復爲參軍. 亮卒, 爲尙書. 勳, 齊皆以才幹自顯
見, 歸信於州黨, 不如姚伷.

伷字子緒, 亦閬中人. 先主定益州後, 爲功曹書佐. 建興元
年, 爲廣漢太守. 丞相亮北駐漢中, 闢爲掾. 並進文武之士,
亮稱曰, "忠益者莫大於進人, 進人者各務其所尙. 今姚掾並
存剛柔, 以廣文武之用, 可謂博雅矣, 願諸掾各希此事, 以屬
其望."

遷爲參軍. 亮卒, 稍遷爲尙書僕射. 時人服其眞誠篤粹. 延
熙五年卒, 在作讚之後.

孫德名福, 梓潼涪人也. 先主定益州後, 爲書佐,西充國長, 成都令. 建興元年, 徙巴西太守, 爲江州督,楊威將軍, 入爲尙書僕射, 封平陽亭侯. 延熙初, 大將軍蔣琬出征漢中, 福以前監軍領司馬, 卒.

偉南名朝, 永南兄. 郡功曹, 擧孝廉, 臨邛令, 入爲別駕從事. 隨先主東征吳, 章武二年卒於永安.

德緖名祿, 巴西安漢人也. 先主定益州, 爲郡從事牙門將. 建興三年, 爲越嶲太守, 隨丞相亮南征, 爲蠻夷所害, 時年三十一. 弟衡, 景耀中爲領軍. 義彊名士, 廣漢郪人, 國山從兄也. 從先主入蜀後, 擧孝廉, 爲符節長, 遷牙門將, 出爲宕渠太守, 徙在犍爲. 會丞相亮南征, 轉爲益州太守, 將南行, 爲蠻夷所害.

| 국역 |

▽ 王國山, 李永南, 馬盛衡, 馬承伯, 李孫德, 李偉南, 龔德緖(공덕서), 王義彊(왕의강) 贊

「王國山의 훌륭한 풍모, 李永南의 깊은 사려,

馬盛衡와 馬承伯은 그 생각과 時事를 피력했다.

李孫德은 과감 예리했고, 李偉南은 늘 篤實하였으며,

龔德緖(공덕서) 王義彊(왕의강)은 장렬한 기개가 있었다.

모두 그 지조가 아름다워, 蜀에서 아름다운 이름을 전했다.」

- 王國山의 이름은 王甫(왕보)인데, 廣漢郡 郪縣(처현)[622] 사람이다. 인물 평가와 논의를 좋아했다. 劉璋(유장)이 재임 때, 益州 書佐였다. 유비가 蜀을 평정한 뒤, 綿竹 縣令이 되었다가 荊州 議曹從事가 되었다. 유비를 수행하여 東吳를 원정하다가 秭歸(자귀)에서 패전하여 전사했다. 아들 王祐(왕우)는 부친의 풍모가 있었는데, 尙書右選郞을 역임했다.

李永南의 이름은 李邵(이소)였는데, 廣漢郡 郪縣(처현) 사람이다. 유비가 蜀을 평정한 뒤, 益州 書佐部從事가 되었다. (後主) 建興 원년(서기 223), 승상 제갈량의 부름을 받아 西曹掾이 되었다. 제갈량의 남방 원정 때 이소를 남겨 治中從事로 삼았는데, 그 해에 죽었다.

馬盛衡의 이름은 馬勳(마훈), 馬承伯의 이름은 馬齊(마제)인데 모두 巴西郡 閬中縣(낭중현)[623] 사람이다. 마훈은 劉璋 때 益州 書佐였고, 유비가 蜀을 평정한 뒤에 불러 左將軍屬이 되었다가 뒤에 익주 別駕從事였다가 죽었다.

마제는 太守인 張飛(장비)의 功曹였다. 장비가 유비에게 천거하였고, 마제는 尙書郞이 되었다. 後主 建興 연간에, 從事로 丞相府의 掾(연)이었다가 廣漢太守로 승진했고 다시 參軍이 되었다. 제갈량이 죽은 뒤에는 尙書가 되었다. 마훈과 마제는 모두 뛰어난 재능으로 알려졌는데 고향에서의 명성은 姚伷(요주)만 못하였다.

요주의 字는 子緒(자서)로, 역시 閬中縣 사람이었다. 유비가 益州

....
622 漢에서는 東廣漢郡의 치소. 今 四川省 북부 綿陽市 관할 三台縣 南郪江鎭.
623 閬中縣(낭중현)은 巴西郡의 郡治, 今 四川省 동부 巴中시 관할 閬中市.

를 차지한 뒤에 功曹書佐가 되었다. 建興 원년(서기 223), 요주는 廣漢 태수가 되었다. 승상 제갈량이 북벌에 나서 漢中郡에 주둔할 때 부름을 받아 그 속관이 되었다. 요주는 文武之士를 자주 천거하였는데, 제갈량이 칭찬하며 말했다.

"나라에 충성으로 보필하는 것으로 인재 천거보다 더 막중한 것은 없으며, 인재를 천거하는 자는 자신이 중요시하는 바에 진력한다. 지금 요주는 剛柔(강유)를 함께 실천하며, 文武 인재의 등용에 힘쓰니 가히 박학하며 典雅하다고 말할 수 있나니, 여러 掾屬(연속)은 이 일에 힘써 나의 기대에 보답하기 바란다."

요주는 參軍으로 승진하였다. 제갈량이 죽은 뒤, 점차 승진하여 尙書僕射(상서복야)가 되었다. 時人들은 요주의 참된 성의와 독실 순수함에 감복하였다. 요주는 延熙 5년(서기 242)에 죽었으니, 楊戲(양희)가 〈계한보신찬〉을 지은 뒤이다.

李孫德의 이름은 李福(이복)인데, 梓潼郡 涪縣(부현) 사람이다. 유비가 益州를 평정한 이후, 書佐와 西充國 縣長, 成都 縣令 등을 역임했다. 建興 원년에, 巴西 태수가 되었다가 江州都督으로 楊威將軍이 되었으며, 조정에 들어가 尙書僕射가 되었고 平陽亭侯에 봉해졌다. (後主) 延熙 초에, 대장군 蔣琬(장완)이 출정하여 漢中에 있을 때 李福은 前監軍으로 司馬를 겸직하다가 죽었다.

李偉南(이위남)의 이름은 李朝(이조)인데, 永南 李邵(이소)의 형이다. 郡의 功曹였다가 孝廉으로 천거되어 臨邛(임공)[624] 현령을 역임

624 蜀郡 臨邛縣(임공현)은, 今 四川省 成都市 관할 邛崍市(공래시). 漢 司馬相如의 고향.

했고, 조정에 들어와 別駕從事가 되었다. 先主를 수행하여 東吳를 원정하다가, 章武 2년(서기 222)에 永安縣에서 죽었다.

龔德緖(공덕서)의 이름은 龔祿(공록)인데, 巴西郡 安漢縣[625] 사람이다. 유비가 益州를 차지한 뒤, 郡 從事로 牙門將이었다. 後主 建興 3년(서기 225), 越嶲(월수) 태수였는데, 승상 제갈량의 남방원정에 참가했다가 蠻夷(만이)들에게 살해 되었는데 그때 31세였다. 동생인 龔衡(공형)은 (後主) 景耀 연간에(서기 258 - 263) 領軍이었다.

王義彊(왕의강)의 이름은 王士(왕사)인데, 廣漢郡 郪縣(처현) 사람인데, 王國山의 사촌 형이다. 유비를 따라 入蜀한 뒤에 효렴으로 천거되어 符節(부절)을 관리하는 책임자였다가 牙門將이 되었고, 지방관으로 나가 宕渠郡(탕거군) 태수였다가 나중에 犍爲郡(건위군) 태수가 되었다. 마침 승상 제갈량의 남방 원정 때 益州 태수로 군사를 거느리고 출정했다가 蠻夷(만이)에게 피살되었다.

| 原文 |

▽ 贊馮休元,張文進

「休元輕寇, 損時致害, 文進奮身, 同此顚沛, 患生一人, 至於弘大.」

－ 休元名習, 南郡人. 隨先主入蜀. 先主東征吳, 習爲領軍, 統諸軍, 大敗於猇亭.

625 安漢縣, 今 四川省 동북부 南充市.

文進名南, 亦自荊州隨先主入蜀, 領兵從先主徵吳, 與習俱死. 時又有義陽傅彤, 先主退軍, 斷後拒戰, 兵人死盡, 吳將語彤令降, 彤罵曰, "吳狗! 何有漢將軍降者!"

遂戰死. 拜子僉爲左中郎, 後爲關中都督, 景耀六年, 又臨危授命. 論者嘉其父子奕世忠義.

| 국역 |

▽ 馮休元(풍휴원), 張文進(장문진) 贊

「馮休元은 적을 경시하여, 때를 놓쳐 피해를 불렀으며,

張文進은 몸소 분전했지만 함께 전사했으니,

한 사람이 부른 환난이지만 피해가 컸었다.」

─ 풍휴원의 이름은 馮習(풍습)인데, 南郡 사람이다. 유비를 따라 入蜀했었다. 先主가 동쪽으로 吳나라를 원정할 때 풍습은 領軍으로 군사를 통솔했는데 猇亭(효정)에서 대패하였다.

장문진의 이름은 張南(장남)인데, 荊州에서 유비를 따라 入蜀했는데 군사를 거느리고 先主를 따라 吳 원정에 나섰고 풍습과 함께 전사했다.

그때 또 義陽郡 사람 傅彤(부융)이란 사람이 있었는데, 先主가 退軍할 때, 후방 추격을 방어하며 싸우다가 장졸이 거의 죽자, 吳의 장수가 부융에게 투항을 권하자, 부융은 "吳의 개새끼! 漢의 장군이 어찌 항복하겠는가!"라고 욕했다. 결국 전사했다.

부융의 아들 傅僉(부첨)은 左中郎이었는데, 나중에 關中都督이 되

었다가 景耀 6년, 나라가 망하는 위기에 목숨을 바쳤다. 논자들은
그 父子의 혁혁한 忠義를 칭송했다.

|原文|

▽ 贊程季然

「江陽剛烈, 立節明君, 兵合遇寇, 不屈其身, 單夫只役, 隕
命於軍.」

― 季然名畿, 巴西閬中人也. 劉璋時爲漢昌長. 縣有賨人,
種類剛猛, 昔高祖以定關中. 巴西太守龐羲以天下擾亂, 郡宜
有武衛, 頗招合部曲. 有讒於璋, 說羲欲叛者, 璋陰疑之. 羲
聞, 甚懼, 將謀自守, 遣畿子郁宣旨, 索兵自助.

畿報曰, "郡合部曲, 本不爲叛, 雖有交構, 要在盡誠. 若必
以懼, 遂懷異志, 非畿之所聞."

並敕郁曰, "我受州恩, 當爲州牧盡節. 汝爲郡吏, 當爲太守
效力, 不得以吾故有異志也."

羲使人告畿曰, "爾子在郡, 不從太守, 家將及禍!" 畿曰,
"昔樂羊爲將, 飮子之羹, 非父子無恩, 大義然也. 今雖復羹
子, 吾必飮之."

羲知畿必不爲己, 厚陳謝於璋以致無咎. 璋聞之, 遷畿江陽
太守. 先主領益州牧, 闕爲從事祭酒. 後隨先主徵吳, 遇大軍

敗績, 溯江而還, 或告之曰, "後追已至, 解船輕去, 乃可以免."

畿曰, "吾在軍, 未曾爲敵走, 況從天子而見危哉!" 追人遂及畿船, 畿身執戟戰, 敵船有覆者. 衆大至, 共擊之, 乃死.

| 국역 |

▽ 程季然(정계연) 贊
「江陽태수는 강직과 忠烈로, 절개를 지킨 명사이니,
전투에 적과 조우하며 지조를 굽히지 않았으며,
혼자서 맞아 싸우면서 목숨을 나라에 바쳤도다.」

– 정계연의 이름은 程畿(정기)인데, 巴西郡 閬中縣(낭중현) 사람이다. 劉璋 때 漢昌 縣長이었다. 縣內에 賨族(종족, 부족 이름) 사람들이 있었는데, 그들은 아주 용맹하고 사나운 사람들이라서 漢 高祖도 그들을 동원하여 關中을 평정했었다.

巴西 태수인 龐羲(방희)는 천하가 혼란해지자 郡에도 응당 武備가 있어야 한다고 생각하여 賨族(종족) 그들을 불러 모아 군대로 편성하였다. 그러자 劉璋에게 방희가 모반을 준비한다고 참소하는 자가 있어 유장은 마음속으로 방희를 의심하였다. 방희가 그런 사실을 알고 매우 두려워하면서 자신을 방어할 방책을 세우며 程畿(정기)의 아들 程郁(정욱)에게 취지를 설명하며 군대를 모아 자신을 돕게 하였다. 이에 정기가 말했다.

"郡에서 군사를 모으는 것은 본래 반역하려는 것이 아니고, 비록 이간하는 자가 있어도 성심을 다해야 합니다. 만약 윗사람이 진정 두렵다면 결국 딴마음을 품을 것이니, 이는 제가 알고 있는 도리가 아닙니다."

그러면서 정기는 아들 정욱에게 일러 말했다.

"나는 劉璋의 은덕을 입었기에 응당 유장에게 충절을 바쳐야 한다. 그러나 너는 郡吏이니, 태수에게 보답해야 하니 나의 처지를 생각하여 다른 뜻을 가져서는 안 된다."

(巴西 태수) 방희는 사람을 시켜 정기에게 말했다.

"당신 아들이 郡에 재직하는데, 태수를 따르지 않으면 가문에 화가 곧 닥칠 것입니다."

이에 정기가 말했다.

"옛날 樂羊(악양)이 장수가 되어 아들을 삶은 국물을 마셨는데,[626] 그것은 父子의 은덕이 없어서가 아니라 大義가 그러했던 것입니다. 지금 다시 아들을 삶은 국물이 있다면 나는 마실 수 있습니다."

파서태수 방희는 정기가 자신을 돕지 않을 것이라 생각하여 진정으로 유장에게 사죄하며 뒤탈이 없게 하였다. 유장은 그런 사실을 알고 정기를 江陽[627] 태수로 승진시켰다.

유비가 益州牧을 겸하면서 정기를 불러 從事祭酒에 임명했다. 뒷날 先主를 따라 東吳를 원정했지만 대군을 만나 패전한 뒤 장강을 거슬러 올라 돌아오자, 어떤 사람이 정기에게 말했다.

"후미를 추격하는 적군이 거의 다 추격해오니 배를 버리고 단신

---

626 옛날 戰國 시대 魏國의 大將인 樂羊(낙양)은 (적국에서) 아들을 죽여 끓인 국물을 보내주자 마신 뒤에 복수를 하였다.

627 江陽郡 治所는 江陽縣, 今 四川省 동남부 瀘州市(노주시).

으로 피하면 살 수 있을 것입니다."

그러자 정기가 말했다.

"내가 軍에 있으면서 적을 피해 달아난 적이 없거늘, 하물며 천자를 수행하며 위기에 처했거늘 피신하겠는가!"

적군이 정기의 배를 추격하자, 정기는 창을 들고 싸웠고 적군의 배는 전복되기도 했다. 많은 적이 몰려들어 공격하여 정기는 결국 전사했다.

|原文|

▽ 贊程公弘

「公弘後生, 卓爾奇精, 天命二十, 悼恨未呈.」

- 公弘, 名祁, 季然之子也.

▽ 贊糜芳, 士仁, 郝普, 潘濬

「古之奔臣, 禮有來偪, 怨興司官, 不顧大德.

靡有匡救, 倍成奔北, 自絶於人, 作笑二國.」

- 糜芳字子方, 東海人也, 爲南郡太守. 士仁字君義, 廣陽人也, 爲將軍, 住公安, 統屬關羽. 與羽有隙, 叛迎孫權. 郝普字子太, 義陽人. 先主自荊州入蜀, 以普爲零陵太守. 爲吳將呂蒙所譎, 開城詣蒙. 潘濬字承明, 武陵人也. 先主入蜀, 以爲荊州治中, 典留州事, 亦與關羽不穆. 孫權襲羽, 遂入吳. 普至廷尉, 濬至太常, 封侯.

▽ 程公弘(정공홍) 贊
「정공홍은 젊은 사람이지만 아주 걸출한 奇才였는데,
나이 20에 요절하니 피지 못한 서글픈 한만 남았다.」

– 程公弘의 이름은 程祁(정기)로, 程季然(정계연)의 아들이다.

▽ 麋芳(미방), 傅士仁(부사인), 郝普(학보), 潘濬(반준) 贊
「옛날 주군을 버리고 도망한 자들은 예를 따르지 않았으며,
상관에 원한을 품고 유덕자도 몰라 본 사람들이었다.
주군에 충성을 아니 바치고 배신 후 적국에 稱臣하니,
배신은 관계를 끊어 버리고 양쪽의 웃음거리가 된다.」

– 麋芳(미방)[628]의 字는 子方(자방)이니, 東海郡 사람이며 南郡 태수였다. 傅士仁(부사인)의 字는 君義(군의)인데, 廣陽郡 사람으로 장군이 되어 公安(공안)에 주둔하며 關羽(관우) 휘하의 소속이었다. 관우와 뜻이 맞지 않아 배반한 뒤 손권의 군사를 불러들였다.[629]

---

628 麋芳(미방)은 麋竺(미축)의 동생. 미축은 자기 여동생(麋夫人)과 함께 많은 재물을 유비에게 지원하였고, 元老로서 유비의 절대적 신임을 받고 있었다. 麋芳(미방)은 麋竺(미축)의 동생.

629 南郡 태수인 麋芳(미방)은 江陵(강릉)에 있었고, 將軍인 傅士仁(부사인)은 公安縣(공안현)에 주둔하고 있었는데, 관우가 평소에 자신을 모욕한데 대하여 감정이 있었다. 관우가 出軍하면 미방과 부사인이 군량을 공급해야 했지만 전력을 다하여 돕지 않았다. 이에 관우는 "회군하면 治罪하겠다."고 말했다. 미방과 부사인 모두 두렵고 불안하였다. 이에 손권은 은밀히 미방과 부사인을 회유했고, 미방과 부사인은 사람을 보내 손권의 군사를 영입하였다. 그리

郝普(학보)의 字는 子太(자태)인데, 義陽郡 사람이었다. 유비가 荊州에서 入蜀하자, 학보를 零陵(영릉) 태수에 임명했다. 학보는 吳將 呂蒙(여몽)[630]에게 회유당해 성문을 열고 여몽을 불러들였다.

潘濬(반준)의 字는 承明(승명)인데, 武陵郡(무릉군) 사람이다. 유비가 入蜀할 때 荊州의 治中으로 형주에 남아 형주의 업무를 처리했었는데 역시 관우와 뜻이 맞지 않았다. 손권이 군사를 보내 관우를 공격하자 반준은 吳에 들어갔다. 학보는 동오에서 廷尉가 되었고, 반준은 太常이 되었으며 제후가 되었다.

| 原文 |

評曰, 鄧芝堅貞簡亮, 臨官忘家, 張翼亢姜維之銳, 宗預禦孫權之嚴, 咸有可稱. 楊戱商略, 意在不群, 然智度有短, 殆罹世難云.

| 국역 |

陳壽의 評論 : 鄧芝(등지)는 의지가 군고 충직, 簡明(간명)하여 公

....

고 曹公이 徐晃(서황)을 보내 曹仁을 구원하자, 관우는 당할 수 없어 결국 군사를 철수하였다.

630 呂蒙(여몽, 178 – 220년, 字 子明) – 汝南郡 富陂縣(今 安徽省 阜南) 출신, 出身貧苦. 虎威將軍이었기에 呂虎로 통칭. 孫權의 장려에 힘입어 경전을 공부하고 많은 책을 읽어 전략에 관한 안목을 틔웠고 智勇雙全의 장군이 되었으니, '士別三日, 刮目相看(괄목상대)' 의 주인공. 關羽를 생포한 東吳의 장수, 周瑜, 魯肅, 陸遜(육손)과 함께 東吳의 四大都督. 《吳書》 9권, 〈周瑜魯肅呂蒙傳〉에 입전.

人으로 가사를 돌보지 않았고, 張翼(장익)은 姜維(강유)의 예봉에 맞
섰으며, 宗預(종예)는 손권의 위엄에 굽히지 않았으니 모두 칭송을
들을 만하였다. 楊戲(양희)는 얽매임이 없었고 그 지향이 보통 사람
과 달랐지만 그 지모가 조금 결여되어 시대의 환난을 거의 당할 뻔
하였다.

原文譯註

正史 三國志(四) [蜀書]
정사 삼국지

초판 인쇄 2019년 9월 23일
초판 발행 2019년 9월 30일

역   주 | 진기환
발행자 | 김동구
디자인 | 이명숙·양철민
발행처 | 명문당(1923. 10. 1 창립)
주   소 | 서울시 종로구 윤보선길 61(안국동)
          우체국 010579-01-000682
전   화 | 02)733-3039, 734-4798(영), 733-4748(편)
팩   스 | 02)734-9209
Homepage | www.myungmundang.net
E-mail | mmdbook1@hanmail.net
등   록 | 1977. 11. 19. 제1~148호

ISBN 979-11-90155-13-7 (04900)
ISBN 979-11-90155-09-0 (세트)
30,000원

* 낙장 및 파본은 교환해 드립니다.
* 불허복제